HEYNE BÜCHER

Tip des Monats

In derselben Reihe
erschienen außerdem als Heyne-Taschenbücher:

Alistair MacLean · Band 23/1
Johannes Mario Simmel · Band 23/2
Sandra Paretti · Band 23/3
Willi Heinrich · Band 23/4
Desmond Bagley · Band 23/5
Victoria Holt · Band 23/6
Michael Burk · Band 23/7
Marie Louise Fischer · Band 23/8
Will Berthold · Band 23/9
Mickey Spillane · Band 23/10
Robert Ludlum · Band 23/11
Susan Howatch · Band 23/12
Hans Hellmut Kirst · Band 23/13
Colin Forbes · Band 23/14
Barbara Cartland · Band 23/15
Louis L'Amour · Band 23/16
Alistair MacLean · Band 23/17
Victoria Holt · Band 23/18
Jack Higgins · Band 23/19
Utta Danella · Band 23/20
Desmond Bagley · Band 23/21
Caroline Courtney · Band 23/22
Robert Ludlum · Band 23/23
Gwen Bristow · Band 23/24
Heinz G. Konsalik · Band 23/25
Leon Uris · Band 23/26
Susan Howatch · Band 23/27
Colin Forbes · Band 23/28
Utta Danella · Band 23/29
Craig Thomas · Band 23/30
Daphne Du Maurier · Band 23/31
Robin Moore · Band 23/32
Marie Louise Fischer · Band 23/33
Johanna Lindsey · Band 23/34
Alistair MacLean · Band 23/35
Philippa Carr · Band 23/36
Joseph Wambaugh · Band 23/37
Mary Stewart · Band 23/38
John D. MacDonald · Band 23/39
Caroline Courtney · Band 23/40
Robert Ludlum · Band 23/41
Utta Danella · Band 23/42
Johanna Lindsey · Band 23/43
Stefan Murr · Band 23/44
Marie Louise Fischer · Band 23/45
John Gardner · Band 23/46

3 Romane in einem Band

Susan Howatch

Teuflische Liebe
Anruf bei Nacht
Dunkle Küste

WILHELM HEYNE VERLAG
MÜNCHEN

HEYNE TIP DES MONATS
Nr. 23/27

Titel der amerikanischen Originalausgabe
THE DEVIL ON LAMMAS NIGHT/TEUFLISCHE LIEBE
Deutsche Übersetzung von Claude de L'Orme

Titel der amerikanischen Originalausgabe
CALL IN THE NIGHT/ANRUF BEI NACHT
Deutsche Übersetzung von Ulla Ernst

Titel der amerikanischen Originalausgabe
THE DARK SHORE/DUNKLE KÜSTE
Deutsche Übersetzung von Leni Sobez

3. Auflage

Genehmigte ungekürzte Taschenbuchausgabe

Printed in Germany 1989
Umschlagzeichnung: Norma/San Julian
Umschlaggestaltung: Atelier Ingrid Schütz, München
Gesamtherstellung: Presse-Druck Augsburg

ISBN 3-453-00646-1

Inhalt

Teuflische Liebe

1. Kapitel

I.

Nicole träumte: sie war allein am Strand und vor ihr streckte sich kilometerweit leerer Sand. Kein Laut war zu hören. Selbst die Wellen rollten geräuschlos über den Sand auf sie zu. Die Stille ließ sie die Leere des Strandes und die Helligkeit des Lichts besonders deutlich empfinden. Sie ging und ging, bis ihr plötzlich zum Bewußtsein kam, daß sie nicht mehr allein war.

Evan ging vor ihr.

Sie war noch sehr weit von ihm entfernt. Dennoch wußte sie, daß es Evan war, denn sie konnte sein dunkelrotes Haar und die für ihn typische Haltung der Schultern genau erkennen. Sie rief seinen Namen, aber er drehte sich nicht um, und so begann sie hinter ihm herzulaufen. Nach einigen Minuten hörte sie sich schluchzend um Atem ringen. Es war der einzige Laut in dieser stillen Landschaft. So lang sie aber auch lief – sie kam ihm doch nicht näher. Schließlich hielt sie an, und während sie noch vor sich hinstarrte, löste sich Evan in nichts auf. Wieder war sie allein auf diesem einsamen Stück Strand. Sie versuchte, Evan zu rufen, aber der Atem blieb ihr in der Kehle stecken. Schließlich gelang es ihr mit übermenschlicher Anstrengung, seinen Namen zu schreien.

Eine Sekunde später erwachte sie, den Schrei noch auf den Lippen.

»Ach, Nicole«, sagte ihre Freundin ärgerlich, »ich wollte, du hättest diesen Unglückskerl nie kennengelernt! Kannst du nicht ausnahmsweise einmal von jemand anderem träumen?«

Es war fünf Uhr früh. Als Nicole kurze Zeit später ins Wohnzimmer trat, begann die Sonne gerade über Hampstead Heath aufzugehen, und London tauchte aus der Nacht in einen blassen Morgen.

Nicole seufzte. Sie wußte genau, daß sie nicht wieder einschlafen würde, bis der Wecker um halb acht Uhr schrillte. Und so fand sie sich damit ab, munter zu sein und ging in die Küche, um Kaffee zu kochen. Judy war indessen wieder eingeschlafen. Sie hatte keine Sorgen. – Wenn sie überhaupt träumte, so träumte sie von ihrem Verlobten oder von ihrer Arbeit, die ihr viel Spaß machte, oder von all ihren großartigen Zukunftsaussichten. Für Judy lief das Leben genauso ab, wie sie es sich wünschte, und sie schien das Glück gepachtet zu haben.

»Mich wundert das gar nicht«, hatte Judy am Vorabend zufrieden gesagt. »Diese Dinge verlaufen in Zyklen, und ich bin jetzt gerade in einem guten Zyklus. Maris hat mir gesagt, dies würde ein ausgezeichnetes Jahr für Steinböcke, weil Jupiter im Aszendenten stehe.«

Nicole aber glaubte nicht an Astrologie.

»Aber Nicki, wie dumm von dir! Es ist, als würdest du sagen, du glaubst nicht, daß die Erde rund ist. Würdest du nur einmal mit Maris sprechen –. Ja, ja, ich weiß schon, sie ist merkwürdig, aber sie ist eben eine echte ungarische Zigeunerin, und Zigeunerinnen sind in diesen Dingen so erfahren – sei doch nicht so ängstlich, Nicki, nur weil sie eine Ausländerin ist –.«

Nicole aber hegte allen – sogar den englischen – Wahrsagerinnen gegenüber eine tiefe Skepsis und sah nicht ein, warum sie ausgerechnet Maris vertrauen sollte, die Judy bei irgendeiner eher zwielichtigen Party in Pimlico kennengelernt hatte. Maris war die Besitzerin eines ungarischen Restaurants in der Nähe der Fulham Road, eine zarte, rätselhafte Frau unbestimmten Alters mit sorgfältig gepflegtem Akzent und stets höchst exzentrisch gekleidet. Man erzählte von ihr, daß sie nicht einmal die Speisekarte für ihr Restaurant zusammenstelle, ohne zuerst die Sterne zu befragen und entsprechende astrologische Berechnungen anzustellen.

»Nun, wenn du einmal doch zu Maris gehen solltest«, hatte Judy mir ärgerlicher Selbstsicherheit gesagt, »und wenn sie dir deine Zukunft voraussagt und dann auch noch alles haargenau eintrifft, dann sag nicht, ich hätte dir das nicht gleich gesagt.«

Nicole aber dachte nicht daran, die Sterne zu befragen. Sie wußte ganz genau, was diese sagen würden.

»Sie machen jetzt eine schwierige und unglückliche Phase in Ihrem Leben durch, aber Kopf hoch, bald tritt Venus in Ihr Haus, und Venus in Verbindung mit diesem und jenem Stern bedeutet, daß Liebe und Glück zweifellos bald zu Ihnen kommen... Das macht drei Pfund, bitte.«

Mein Problem ist, dachte Nicole, während sie langsam ihren Kaffee trank und den Sonnenaufgang über London beobachtete, daß ich eine Zynikerin bin.

Sie war nicht immer so zynisch gewesen; vor knapp zwei Jahren war sie noch so sorglos wie Judy. Die Firma, in der sie arbeitete, hatte sie zur Chefsekretärin befördert, sie genoß immer noch die Unabhängigkeit einer eigenen Wohnung in London. Und nach langem Warten hatte sie bei Evan endlich Anzeichen bemerkt, daß er ihr mehr als nur wohlwollendes Interesse entgegenbrachte. Aber es war besser, nicht an Evan zu denken. Evan war nicht mehr Teil ihres gegenwärtigen Lebens. Dieses bestand aus ihrer Arbeit, die sie langweilte, aus einer Stadt, die ihr durch intime Vertrautheit keine Reize mehr bot, und einer Mitbewohnerin, die bald heiraten würde und dann durch eine andere ersetzt werden mußte. Nicole haßte die unangenehme Aufgabe, sich eine neue Mitbewohnerin suchen zu müssen, und hatte in letzter Zeit mit dem Gedanken gespielt, lieber allein zu wohnen. Aber in einer großen Stadt vereinsamte man viel zu leicht, vor allem, wenn man mit seinem Freundeskreis gerade nicht allzuviel Glück hatte, und so lästig Judy auch in mancherlei Hinsicht sein konnte, half sie Nicole doch über einsame Stunden hinweg und brachte von Zeit zu Zeit etwas Schwung in ihre gesellschaftlichen Kontakte.

»Nicki, du kannst nicht jeden Abend allein daheim sitzen! Es ist – so eine Verschwendung! Du kannst nicht einfach aufgeben, nur weil dich dieses Scheusal sitzengelassen hat. Um Gottes willen, er ist ja nicht der einzige Mann auf der ganzen Welt! Hör mal, geben wir eine Party, du mußt einfach wieder mehr unter Menschen gehen.«

Judy hatte sich sehr bemüht, ihrer Freundin über Evan Colwyn hinwegzuhelfen. Nicole aber wollte sich offenbar nicht so recht über den Verlust Evans trösten lassen.

Es wurde sechs Uhr, dann sieben Uhr. London war nun hellwach, und Nicole konnte durch das Wohnzimmerfenster den Postboten die Straße hinunterkommen sehen, während hinter ihm der Milchmann in seinem elektrischen Wägelchen dahinzuckelte. Es war Zeit, sich anzukleiden. Nachdem sie etwas Orangensaft getrunken hatte, ging sie ins Schlafzimmer zurück und begann damit, sich für einen Tag hübsch zu machen, von dem sie jetzt schon wußte, daß er langweilig und enttäuschend sein würde.

Auf dem Weg zur Arbeit kaufte sie bei der Untergrundbahnstation eine Zeitung, die sie durchblätterte, während der Zug von Hampstead ins Herz der Stadt sauste. Sie wollte gerade die Seite mit den Gesellschaftsnachrichten überblättern, als sie ein Bild Lisas entdeckte.

›Mrs. Matthew Morrison, die Gattin des Industriemillionärs, war bei einem Wohltätigkeitsball, der gestern abend zugunsten der hungernden Kinder Afrikas veranstaltet wurde...‹

Nicole dachte, daß Lisas Brillanten sicherlich einem Dutzend hungernder Kinder ein Jahr lang Nahrung verschafft hätten. Lisa aber wäre nie auf einen solchen Gedanken gekommen.

Nicole rief sich zur Ordnung. Es war wohl verständlich, daß sie ihrem Vater seine kürzliche Heirat mit dieser jungen und strahlenden Person aus der High-Society übelnahm. Aber wenn sie sich auch ihren Ärger eingestand, mußte sie doch versuchen, sich zu beherrschen. Lisa hätte viel schlimmer sein können. Nun, vielleicht nicht *sehr* viel schlechter, aber immerhin. Nicole lächelte vor sich hin. Vielleicht lag es in Wahrheit bloß daran, daß sie auf ihre Stiefmutter eifersüchtig war. Lisa war nur fünf Jahre älter als sie selbst und hatte dennoch schon zwei Ehen hinter sich, war zwischen diesen Ehen in zahllose romantische Abenteuer verstrickt gewesen und hatte in einem halben

Dutzend Länder gelebt, ehe sie sich schließlich mit Nicoles Vater in der Nähe von London niederließ. Nicoles Vater war eben zufällig und glücklicherweise Millionär. Nicole konnte Lisa nicht einmal bemitleiden, weil sie kinderlos geblieben war, denn sie hatte zwei hübsche Kinder aus erster Ehe. Lisa hatte alles, und was am ärgerlichsten daran war: Sie war erst neunundzwanzig.

Nicole dachte darüber nach, was wohl mit ihr in den fünf Jahren geschehen würde, die sie noch von ihrem 29. Geburtstag trennten. Wahrscheinlich sehr wenig. Sie sah sich immer noch die gleiche Arbeit verrichten, immer noch als die getreue Miß Morrison ihres Chefs, die ihn daran erinnerte, seiner Frau Blumen zu schicken, sah sich immer noch allein im Leben stehen, während ihre jeweilige Wohngefährtin heiratete und auszog.

Als sie den Zug verließ und auf den Perron trat, stieß jemand sie an.

»Entschuldigen Sie vielmals«, sagte eine unangenehme Stimme, die Nicole vage bekannt vorkam. Und dann rief dieser Jemand: »Aber Sie sind ja Judys Freundin! Nicki! Sie sind doch Nicki, nicht wahr?« Es war Maris, die Astrologin mit ihrer Handleserei und ihren Tierkreiszeichen und dem ungarischen Restaurant in der Fulham Road.

»Meine Liebste«, rief Maris und umklammerte Nicoles Arm, mitten auf dem Bahnsteig der Holborn-Kingsway-Station. Die Person klang wie eine schlechte Kopie einer der Gabor-Schwestern. »Was für ein Zufall, Sie hier zu treffen. Ich habe kürzlich von Ihnen geträumt.«

›Guter Gott‹, dachte Nicole. – »Ein merkwürdiger Traum. – Ich hatte mit Judy gesprochen, wissen Sie, und sie hat Sie erwähnt. Und das, wissen Sie, aus dem Unterbewußtsein natürlich.«

»Ja, natürlich«, sagte Nicole. »Wie geht es Ihnen, Maris, es ist wirklich überraschend, daß wir uns hier treffen.«

»Ja, Liebste, das war wohl Schicksal, meinen Sie nicht auch? Hören Sie zu, essen Sie doch heute mit mir zu Mittag. Ich erzähle Ihnen dann von meinem Traum. Es war wirklich ein sehr merkwürdiger Traum.«

»Maris, ich glaube nicht, daß –«

»Liebste, kennen Sie einen Mann mit rotem Haar, mit dunkelrotem Haar, und blauen Augen, einen sehr stattlichen, männlichen –?«

Der Zug begann aus der Station zu fahren. Die Menschenmenge, der Lärm und der Staub waren kaum zu ertragen. Nicole hatte sofort Judy in Verdacht. Wenn es aber nicht Judy war?

»Ja«, hörte sie sich sagen, »das klingt ganz wie jemand, den ich einmal gekannt habe.«

»*Sehr* interessant.« Maris zupfte sich zufrieden ihr gefärbtes, hochaufgetürmtes Haar zurecht und verlieh ihren Augen einen nach innen blickenden Ausdruck.

»Liebste, wir müssen einfach miteinander essen gehen. Um zwölf Uhr? Im La Belle Epoque, das kennen Sie doch? Bitte – Sie sind natürlich mein Gast! Werden Sie kommen?«

»Ah... ja, natürlich – ich danke Ihnen, Maris –«

»Wunderbar, Liebste«, sagte Maris ganz glücklich. Und im nächsten Augenblick war sie in der Menschenmenge verschwunden. Nicole blieb verdutzt stehen und hatte plötzlich das Gefühl, daß das ganze Gespräch nur eine Halluzination gewesen war.

II.

»Sie waren am Strand«, sagte Maris drei Stunden später in einer stillen Ecke des kleinen französischen Restaurants in der Nähe des Russell Square. »Es war ein sehr hübscher Strand, sandig, mit großen Wellen. Vielleicht gab es dort auch Klippen, ich kann mich nicht so genau erinnern. Es war niemand dort, daran erinnere ich mich ganz genau. Nur Sie und der junge Mann mit dem roten Haar.«

Der Kellner trug die Hauptspeise auf. Als Nicole Messer und Gabel zur Hand nahm, sagte irgend etwas in ihrem Hirn, daß sie nun zweifellos verrückt würde, während ein anderer Teil ihres Selbst bemüht war, sich an all das zu erinnern, was sie jemals über übersinnliche Wahrnehmungen gelesen hatte.

»Liebste«, sagte Maris mit Anteilnahme in der Stimme, »seien Sie doch bitte nicht verärgert. Judy, die ja Ihre Freundin ist und sich um Sie sorgt, hat mir – ich gebe es gerne zu – ein wenig von Ihren Problemen erzählt, aber –«

Das war es also! Judy hatte Evan beschrieben und alle Einzelheiten über Nicoles Beziehung zu ihm erzählt, ehe sie Maris in ihrer naiven Art bat, Rat bei den Sternen zu holen. Aber das erklärte immer noch nicht, wieso Maris den Traum mit der Küste gehabt hatte.

»Haben Sie wirklich das vom Strand geträumt, Maris?« fragte sie neugierig.

Maris wurde wieder völlig geheimnisvoll. »Es war in gewisser Hinsicht ein Traum, andererseits auch wieder nicht.« Nicole war nun schon zu verwirrt, um sich noch zu ärgern. Sie schnipselte ein Stückchen von ihrem Kalbssteak und versuchte, Klarheit in ihre Gedanken zu bringen.

»Denken Sie nicht darüber nach, was für ein Traum es war«, sagte Maris pathetisch. »Es war eben ein Traum. Sie und Ihr junger Freund befanden sich auf dem Sand am Rand des Meeres –«

»– und als ich auf ihn zuging, verschwand er!« schlug Nicole mit kümmerlicher Stimme vor.

»Ganz und gar nicht«, sagte Maris ernst. »Ganz falsch, Liebste, Sie sind auf ihn zugegangen, ja, das stimmt. Er aber stand still und rief Ihren Namen. Sie haben ihm nicht geantwortet. Sie gingen direkt an ihm vorbei. Er bat Sie, ihn anzusehen, aber Sie hörten ihm gar nicht zu. Sie gingen vorbei und verschwanden schließlich.«

Rund um sie im Restaurant hörte man Stimmengewirr und das leise Klappern von Tellern. Nicole kam plötzlich zu Bewußtsein, daß sie immer noch das Stückchen Kalbfleisch anstarrte, das sie auf die Zinken ihrer Gabel gespießt hatte.

»Natürlich«, sagte Maris und kostete ein wenig von ihrem

Ragôut de bœuf, »ist die Bedeutung des Traumes ganz klar.« Es entstand eine Pause.

»Ja?« fragte Nicole schließlich.

»Aber natürlich, selbstverständlich! Sie wollen doch nicht sagen, daß Sie nicht verstehen, was das bedeutet!«

»Nun, ich –«

»Sicherlich, meine Liebste, werden Sie sich von Ihrer – Ihrer –«

»Verliebtheit«, sagte Nicole trocken.

»– Bindung«, sagte Maris, »an diesen jungen Mann erholen. Sie sind jetzt schon der Zeit ganz nahe, in der Sie an ihm vorbeigehen können, ohne ihn auch nur zur Kenntnis zu nehmen. Er wird Sie anflehen, aber er wird umsonst flehen. Es wird vorbei sein. Aus! Sie werden frei sein«, sagte Maris, die nun auf einmal sehr unenglisch klang. »Frei, um wieder zu lieben.«

»Das glaube ich nicht«, entfuhr es Nicole, bevor sie sich zurückhalten konnte. Und dann, durch ihre eigene Unhöflichkeit in Verlegenheit geraten, fügte sie rasch hinzu: »Ich würde es natürlich gerne glauben, aber Evan ist jetzt schon seit einem Jahr in Afrika, und ich denke noch immer so viel an ihn wie früher. Ich kann mir einfach nicht vorstellen, daß er mir jemals völlig gleichgültig werden könnte.«

»In diesen Dingen irre ich mich selten«, sagte Maris.

»Wie groß ist die Wahrscheinlichkeit, daß so eine Vorhersage eintrifft? Sicherlich kommt es doch vor, daß Sie sich auch einmal irren.«

»Darf ich einen Augenblick Ihre Hand sehen?«

»Meine Hand?«

»Nun, Sie wollten doch die Wahrscheinlichkeit wissen, Liebste, und da brauche ich irgend etwas, an das ich mich halten kann!«

»Ach, ich verstehe? Welche Hand?«

»Ich seh' mir zuerst einmal die linke an.« Nicole war sehr verlegen, als sie ihre Gabel niederlegte und ihre linke Hand über den Tisch hinweg Maris entgegenstreckte.

»Ich bin natürlich keine Expertin auf dem Gebiet der Handlesekunst«, sagte Maris. »Ich habe nie vorgegeben, in wissenschaftlicher Hinsicht ein Experte zu sein, aber manchmal gibt es Nuancen – Eindrücke, verstehen Sie? Ich habe ein sehr gutes Gefühl für Nuancen.« Sie nahm Nicoles Hand und sah die Handfläche einen Augenblick lang an. Dann ließ sie sie wieder los. Es entstand eine Stille.

»Ja?« sagte Nicole fragend, die plötzlich sehr nervös war.

»Darf ich mir jetzt Ihre rechte Hand ansehen?« Wieder entstand eine Pause, das Gesicht von Maris war ausdruckslos. Nicole dachte voll Schrecken, daß ihre Lebenslinie vielleicht eine frühe Unterbrechung aufwies.

»Mhm«, sagte Maris. »Aus Ihrer linken Hand kann man, wie Sie wahrscheinlich wissen, Ihre Anlagen lesen. Die rechte dagegen zeigt, was Sie daraus gemacht haben.«

»Ich fürchte, ich habe bis jetzt noch nicht sehr viel daraus gemacht«, sagte Nicole mit dem Versuch zu scherzen.

»Sie haben Ihre Anlagen noch nicht ausgeschöpft.« Tief in Gedanken wandte sich Maris nun wieder ihrem Ragôut de bœuf zu. »Sie sind ein leidenschaftlicher Mensch«, sagte sie schließlich. »Sie haben ein sehr starkes Gefühlsleben, obwohl Sie es zu verbergen suchen. Wahrscheinlich war Ihr Evan Ihre bisher größte Liebe, aber er wird sicherlich nicht Ihre letzte sein. Nein, ganz sicher nicht Ihre letzte. Und daraus folgere ich, daß mein Traum eine richtige Voraussage war: Sie werden Evan vergessen und sich neuerlich verlieben.«

Nicole fiel Maris' ausdrucksloses Gesicht auf. »Ist das so schlecht?« fragte sie beunruhigt.

»Nein, nein«, sagte Maris mit sorglosem Achselzucken. »Nicht notwendigerweise, aber vielleicht doch, wer kann das schon sagen. Es hängt von so vielen Dingen ab. Aber sagen Sie mir etwas, Nicki: Ziehen dunklere Männer Sie an?«

»Dunklere?«

»Ja, dunkles Haar, dunkle Augen.«

»Für gewöhnlich nicht, nein.« Plötzlich erinnerte sie sich mit einem ganz eigenartigen Gefühl an Evans rotes Haar.

»Wunderbar, Liebste«, sagte Maris, mit einem gelösten Lächeln. »In diesem Falle müssen Sie sich keine Sorgen machen. Und jetzt sagen Sie mir, wie schmeckt Ihnen Ihr Kalbssteak? Die Küche ist hier meist sehr gut. Nicht wie in so vielen französischen Restaurants, wo man glaubt, man kann schlechtes Fleisch servieren, wenn man es nur zuerst in letztklassigen Wein legt... Sie müssen einmal in mein Restaurant kommen! Mögen Sie ungarisches Essen? Gut. Wenn Sie sich dann in diesen neuen, aufregenden Mann verlieben, möchte ich, daß Sie ihn in mein Restaurant bringen. Und ich verspreche Ihnen, Sie bekommen das beste Essen, das meine Küche nur herzugeben vermag.«

»Ja, gerne – das heißt, wenn ich ihn je kennenlerne. Ich danke Ihnen, Maris.«

»Natürlich werden Sie ihn kennenlernen, ich habe es Ihnen ja gerade gesagt. Bald werden Sie vergessen, daß Ihr Evan je gelebt hat. Und es wird Ihnen durchaus nichts ausmachen, wenn er den Rest seiner Tage in Afrika verbringt.«

Nicole war nun wieder plötzlich voll Skepsis. Als die Mahlzeit zu Ende war und sie sich von Maris getrennt hatte, dachte sie mit bitterer Sehnsucht daran, wo Evan jetzt gerade sein mochte und ob er je an sie dachte.

III.

Evan Colwyn arbeitete in einem entlegenen, unter französischer Verwaltung stehenden Teil Afrikas, in dem Geist und Fortschritt des 20. Jahrhunderts noch kaum zu spüren waren. Am Tag, an dem Nicole mit Maris in London zu Mittag aß, hielt er sich mit seiner ›Klinik auf Rädern‹ in einem einfachen Eingeborenendorf auf. Er verabreichte dort Injektionen und Medikamente, die die Weltgesundheitsorganisation in Entwicklungsländern verteilt. Die Dorfbewohner mußten Evan für seine Dienstleistungen nichts bezahlen, aber er kehrte gewöhnlich in sein Haus in der Hauptstadt mit einigen Hühnern zurück, die dankbare Patienten ihm für seine Hilfe aufgedrängt hatten. Die

Krankenschwester, die ihm bei diesen Fahrten zur Seite stand, eine kräftige, schweigsame Französin namens Geneviève, mißbilligte diese Hühner und sah sie als Infektionsquelle an. Evan aber wollte seine Patienten nicht dadurch kränken, daß er sich weigerte, ihre Geschenke anzunehmen, und kümmerte sich nicht um Genevièves Mißbilligung.

An diesem Tag hatte ihm eine Frau, deren Kind er wegen einer in diesem Teil Afrikas verbreiteten Augenkrankheit behandelt hatte, ein Geschenk anderer Art gemacht. Sie gab ihm eine fein geschnitzte Halskette und sagte ihm in dem seltsamen Französisch, das selbst Geneviève kam verstand, dies sei eine Gabe für seine Frau.

»Ich habe aber keine Frau!« entgegnete Evan in seinem Pariser Französisch mit englischem Akzent, und Geneviève mußte dies der verständnislos dreinblickenden Eingeborenen übersetzen.

In diesem Falle, meinte die Frau, müsse er die Kette für seine künftige Frau annehmen, da er ja schließlich eines Tages doch heiraten würde.

»Vielen Dank«, sagte Evan und versuchte, nicht an Nicole zu denken. »Es ist eine wunderschöne Kette. Ich werde sie gut verwahren.« Nun kam der nächste Patient und wieder einer und wieder einer. Es war sehr heiß, Evan spürte, wie ihm das Hemd am Rücken klebte. Sein Haar war dunkel vom Schweiß, und er dachte sehnsuchtsvoll an die kühle Brise, die auf dem Gut seines Vaters in Wales vom Meer her wehte.

Es war Zeit, wieder nach Hause zurückzukehren; das wußte er jetzt. Sein Jahr bei der Weltgesundheitsorganisation war bald um, und es stand ihm dann frei, sich entweder noch für ein weiteres Jahr zu verpflichten oder aber nach England zurückzugehen und schon zu lange aufgeschobene Entscheidungen bezüglich seiner Zukunft zu treffen. Das Jahr des freiwilligen Exils hatte ihn zumindest erkennen lassen, daß er nicht sein weiteres Leben im Exil verbringen wollte. Er hatte vor, nach seiner Rückkehr nach England entweder an einem der großen Londoner Krankenhäuser zu arbeiten oder selbst eine Privatpraxis zu eröffnen. Vor seinem Aufenthalt in Afrika hatte er wegen der geringen Chancen für Mediziner in Großbritannien mit dem Gedanken gespielt, nach Amerika auszuwandern. Solange aber sein Vater noch lebte und seine Schwester kränklich war, fühlte er sich verpflichtet, dieser Versuchung nicht nachzugeben, so stark sie auch gewesen war. Seine Dienstverpflichtung nach Afrika bedeutete also nichts anderes als einen Kompromiß zwischen dem, was er seiner Familie schuldig zu sein glaubte, und dem Wunsch, ins Ausland zu gehen. Ein Jahr in Afrika war etwas ganz anderes als den Rest seiner Tage in den Vereinigten Staaten zu leben. Er hatte wahrheitsgemäß sagen können, diese Aufgabe würde ihm wertvolle Erfahrung auf dem Gebiet der Tropenmedizin vermitteln, und er wußte, daß seine Familie trotz der Verpflichtungen ihr gegenüber diese Abwesenheit in dem Wissen hinnahm, daß er schließlich wieder heimkommen würde. Die Zeit in Afrika würde ihn lehren, wie leicht oder schwer es ihm fallen würde, in einer ungewohnten Umgebung Fuß zu fassen, und ihm gleichzeitig die nötige Perspektive geben, um die für seine Zukunft richtige Entscheidung zu treffen. Ehe er England verließ, hatte er in dieser Frage nur im dunklen herumgetappt.

»Ich weiß nicht, was ich will«, hatte er Nicole gesagt. »Ich muß einfach weg und darüber nachdenken.«

Nicole hätte ihn geheiratet, das wußte er jetzt. Aber er war sich auch über seine Gefühle ihr gegenüber nicht im klaren gewesen, ebenso wie über alle anderen Umstände seines Lebens. Hätte er Nicole geheiratet, so hätte er damit schon die Entscheidung über seine Zukunft getroffen. Dazu aber hatte er sich damals noch nicht fähig gefühlt. Sein Vater wollte, daß er Nicole heiratete, aber paradoxerweise ließ ihn gerade die Billigung seines Vaters vor dieser Bindung zurückschrecken. Vor allem seines Vaters wegen hatte er sich an England gefesselt gefühlt. Heiraten, sich niederlassen, Wurzeln schlagen und auf das Auswandern vergessen... »Ich liebe dich wirklich«, hatte er zu Nicole gesagt. »Aber ich kann dich nicht heiraten, ich muß dieses Angebot in Afrika annehmen.«

»Wenn du mich wirklich liebtest«, hatte Nicole damals zu ihm gesagt, »dann würdest du nicht im Traum daran denken, nach Afrika zu gehen.«

»Frauen sehen so etwas eben anders.«

»Du meinst, das sei romantischer Quatsch, nicht wahr?«

»Ach, du lieber Himmel, Nicki...«

Evan zuckte schmerzlich zusammen, es war besser, nicht an Nicole zu denken. Es machte ihm nichts aus, an England und an sein Heim in Wales zu denken, denn schon bald würde er dort sein Heimweh stillen können, aber an Nicole zu denken hatte einfach keinen Sinn. Sie hatte wahrscheinlich längst einen anderen gefunden, mit Nicole war es zu Ende, und es war sinnlos, weiter darüber nachzudenken.

»Der Medizinmann will Sie sprechen«, sagte Geneviève, die mit einigen neuen Ampullen Penicillin ins Zelt zurückkam.

»O Gott... ich müßte wohl mit ihm reden. Ist er draußen?«

»Ja, aber müßten Sie nicht zuerst die übrigen Patienten versorgen? Warum müssen Sie alles liegen- und stehenlassen, um mit ihm zu sprechen?«

»Weil er hier im Dorf eine wichtige Persönlichkeit ist. Er war auch bisher immer freundlich, und ich möchte, daß es so bleibt«, antwortete Evan etwas schroff. Er mochte es nicht, wenn Geneviève versuchte, ihn zu beeinflussen. »Führen Sie ihn doch, bitte, herein.«

»Schon gut, Herr Doktor.« In Genevièves Gesicht malte sich der gewohnte Ausdruck der Mißbilligung, als sie ging. Der Medizinmann war ein großer, kräftiger Kerl in der Blüte seiner Jahre, ein geborener Herrenmensch. Er hatte tiefliegende, blutunterlaufene Augen, ein berechnendes Lächeln und sprach ein überraschend verständliches Französisch.

»Guter Doktor, monsieur le docteur«, sagte er etwas pompös zu Evan. »Welches Vergnügen, Sie hier zu sehen!«

»Das Vergnügen ist ganz meinerseits.« Die höfliche Förmlichkeit würde fast endlos zu weitergehen, das wußte Evan. Aber die Monate unter dem Volk dieser entlegenen französischen Besitzung hatten ihn gelehrt, seiner ursprünglichen Neigung, alles knapp und geradlinig herauszusagen, nicht nachzugeben und nicht immer gleich zum Kern der Sache zu kommen, ehe nicht die angemessene höfliche Einleitung abgeschlossen war. Die unechten Phrasen, die durch den formellen Charakter des Französischen noch verstärkt wurden, wurden geduldig heruntergeleiert, die unaufrichtigen Komplimente nach genauem Ritual ausgetauscht. Evan konnte den Medizinmann nicht leiden. Er mochte den psychologischen Einfluß nicht, den dieser auf das ganze Gemeinwesen ausübte. Aber auch der Medizinmann mochte Evan nicht, dessen medizinische ›Wunder‹ seinen eigenen Einfluß auf das Dorf zu schmälern drohten. Aber jeder von ihnen respektierte die Macht des anderen und war klug genug, eine offene Auseinandersetzung zu vermeiden. Der Medizinmann hatte schon lange Gerüchte ausgestreut, daß eigentlich er die Besuche Evans veranlasse und daß jede von Evan erzielte Heilung nur mit seiner eigenen wohlwollenden Genehmigung zustande käme. Das schien ihm die vernünftigste Art, sich mit der Konkurrenz auseinanderzusetzen, die Evan für ihn darstellte, und bis jetzt hatte er mit keinem der Dorfbewohner ernsthafte Schwierigkeiten gehabt.

»Wann dürfen wir Sie wieder hier erwarten, Monsieur le docteur?« fragte er höflich und beobachtete Evans blaue Augen. Er hatte lange darüber nachgedacht, ob man mit blauen Augen die Dinge vielleicht anders sah. Aber er wußte, daß es ein taktischer Fehler wäre, das geradeheraus zu fragen. Er wollte sich den Ruf der Allwissenheit erhalten. »Nächsten Monat, wie gewöhnlich?«

»Ich glaube schon. Aber den Monat darauf werde ich Sie vielleicht nicht sehen. Im Juli möchte ich nämlich in mein Heimatland zurückkehren.« Der Medizinmann wußte davon, da solche Dinge nicht leicht geheim blieben und er über ausgezeichnete Informationsquellen verfügte. Er hatte sich darüber schon seit einiger Zeit Sorgen gemacht. Mit einem neuen Arzt ließ sich vielleicht nicht so gut auskommen, es könnte zu einer Konfrontation kommen. Und er könnte dabei möglicherweise das ›Gesicht‹ verlieren, so daß seine ganze Macht über das einfache

Volk immer mehr geschwächt würde. Seit er die Nachricht von Evans bevorstehender Abreise erhalten hatte, hatte der Medizinmann um irgendein Ereignis gebetet, das Evan veranlassen würde, seine Pläne zu ändern. Eine solche Erleuchtung hatte lange auf sich warten lassen, aber am vorangegangenen Abend war er während eines Trancezustandes auf sie gestoßen und war sehr zufrieden damit.

»Ich habe eine Nachricht für Sie, Monsieur le docteur«, sagte er mit wohltönender Simme. »Eine Nachricht, die Sie vielleicht veranlassen könnte, bei uns zu bleiben.«

»Wirklich?« fragte Evan mit beißender Höflichkeit. »Was für eine Nachricht wäre das, mein Herr?«

»Kehren Sie nicht in Ihr Heimatland zurück. Der Satan wartet dort auf Sie. Wenn Sie zurückkehren, wird der Satan Ihnen Böses tun und Sie an den Rand des Todes bringen. Vielleicht werden Sie auch sterben.«

Nach einer kurzen Pause sagte Evan sehr ernst: »Und wenn ich dennoch zurückkehre – wie werde ich den Satan erkennen?«

»Er wird weiß sein.« Evan hatte das geahnt. Er wußte, daß die schwarze Rasse sich den Teufel weiß vorstellte, so wie für die weiße Rasse der Teufel schwarz war.

»Er wird weiß sein«, wiederholte der Medizinmann, »aber er wird sich von Zeit zu Zeit als Tier zu erkennen geben. Am gefährlichsten wird er sein, wenn er sich in Form eines schwarzen Pferdes zeigt.«

Evan unterdrückte einen Seufzer. Ob all den primitiven Völkern dieser Erde je der Durchbruch ins 20. Jahrhundert gelingen würde?

»Ich verstehe«, sagte er höflich zum Medizinmann. »Es war sehr liebenswürdig von Ihnen, mich in dieser Sache zu warnen, und Sie können überzeugt sein, daß mir Ihr Rat äußerst wertvoll ist.«

Der Medizinmann war zufrieden. »Es ist stets ein Vergnügen, einem geschätzten und verehrten Freund zu helfen«, sagte er und machte sich an den Aufbruch. »Au revoir, Monsieur le docteur, ich hoffe, daß Sie noch viele Jahre unser Dorf besuchen werden.«

IV.

Als Evan zwei Tage später in sein kleines Haus in einem Vorort der Hauptstadt zurückkehrte, nachdem er vorher noch mehrere andere Dörfer im Landesinneren besucht hatte, fand er dort zwei Briefe vor. Der eine war von seinem Vater Walter, der andere von seiner Schwester Gwyneth. Nachdem er seinen Diener beauftragt hatte, sich um sein Gepäck zu kümmern, und dem Koch Anweisungen für das Abendessen gegeben hatte, kehrte Evan mit einem Glas Bier ins Wohnzimmer zurück, stellte die Klimaanlage auf die stärkste Stufe und machte es sich bequem.

Zuerst öffnete er den Brief seines Vaters. Die wesentliche Nachricht darin war, daß Gwyneth wieder an einer mysteriösen Krankheit litt – was Evan nur ärgerlich nach seinem Glas Bier greifen ließ. Er wußte sehr wohl um die Hypochondrie seiner Schwester, die ein tatsächlich vorhandenes, allerdings leichtes Herzleiden benützte, um immer dann krank zu werden, wenn es ihren Zwecken förderlich schien. Er hatte mit Gwyneth nie sehr viel Geduld gehabt, aber sie war der Augapfel seines Vaters, der jede Schwankung ihres Gsundheitszustandes sehr ernst nahm...

›... So baten wir, als Gwyneth wieder krank wurde‹, schrieb Walter in seiner zarten Handschrift an Evan, ›einen Kräuterheiler, ihr zu helfen. Mr. Poole ist ein ganz reizender junger Mann, vielleicht etwas älter als Du, der sich vorübergehend in Swansea aufhielt, wo er nach einem Haus suchte, in dem er die Zentrale seiner Organisation unterbringen könne. Zufällig haben wir ihn an einem Wochenende kennengelernt...‹

Ein Kräuterheiler! Wieder schnaubte Evan zornig, stürzte sein Bier hinunter und knallte das Glas ärgerlich auf den Tisch. Warum, zum Kuckuck, waren alte Männer und impulsive junge Frauen immer so willig und bereit, sich Quacksalbern anzuvertrauen?

›... Und er hat Gwyneth völlig kuriert‹, hatte Walter weiter geschrieben. ›Ist das nicht wunderbar?‹

Psychologischer Quatsch, dachte Evan. Eine psychosomatische Erkrankung. Unter günstigen Umständen hätte sie ebensogut auch der Medizinmann heilen können.

›... Und so lud ich ihn ein, bei uns in Colwyn Court zu wohnen, während er auf der Suche nach einem Gebäude für die ›Gesellschaft zur Förderung gesunder Ernährung‹ war...‹

»Guter Gott!« rief Evan aus und sprang auf, um sich noch ein Bier zu holen. Als er ins Wohnzimmer zurückkam, schob er den Brief seines Vaters zur Seite und nahm den Umschlag auf, den Gwyneth mit schrägen, weichen Buchstaben an ihn adressiert hatte.

Gwyneth schrieb ihm nur selten. Während er noch den Brief auseinanderfaltete, glaubte er zu erraten, warum sie plötzlich vor lauter Aufregung zur Feder gegriffen hatte.

›Mein lieber Evan‹, las er. ›Ist es nicht wunderbar? Endlich gibt es bei uns in Colwyn etwas Aufregendes. Ich weiß, daß Daddy Dir von Mr. Poole geschrieben hat, und wie schwer krank ich war. Aber mach Dir keine Sorgen, denn mir geht es jetzt in ganz wunderbarer Weise besser! Mr. Poole ist ein Kräuterfachmann, und ich weiß, Du wirst gleich sagen, daß dies nur Altweibergeschwätz und wertloser Volksaberglaube sei, aber ich kann nur sagen: ich habe mich seit Jahren nicht so wohl gefühlt. Mr. Poole bereitet die Medizin selbst, und ich nehme dreimal am Tag einen Eßlöffel voll. Ich habe ihn schon mehrmals befragt, was in dem Rezept enthalten ist, aber er will es mir nicht sagen. Andererseits hat er mir versprochen, mich ein wenig über Kräuter zu lehren, wenn er einmal etwas mehr Zeit hat. Wie Du Dir vorstellen kannst, ist er ein ganz wunderbarer Mensch und –‹

Evan ließ den Brief fallen, sprang auf und griff nach einem Bogen Papier. Sein zweites Glas Bier stand noch unberührt auf dem Tisch hinter ihm, und er schrieb rasch eine lange Epistel über seine ehrfürchtige Bewunderung der Heilkräfte des unbekannten Mr. Poole, streute aber taktvoll warnende Worte ein, daß es wohl klüger wäre, sich nicht zu sehr mit Mr. Poole zu befassen.

Die vielen Monate in Afrika hatten ihn zumindest Selbstbeherrschung gelehrt. Während Evan noch den sorgfältig diplomatischen Ton seines Briefes überprüfte, ging ihm durch den Kopf, was sich seine Verwandten in Colwyn Court wohl gedacht hätten, hätte er einfach geschrieben: ›Dieser Mann ist wahrscheinlich ein Schwindler, gleichgültig, wie charmant er auch sein mag. Manche Kräuterheiler vermögen wirklich Gutes zu tun, die echten aber kennen ihre Grenzen und trauen sich keine Wunderkuren zu. Vertraut ihm nicht zu sehr, verlaßt Euch nicht zu sehr auf ihn und was immer Ihr auch sonst tun mögt, gebt ihm kein Geld für die Gesellschaft zur Förderung gesunder Ernährung...‹

V.

Evans Brief langte vier Tage später in dem Dorf in South Wales ein und wurde vom Postamt in Colwyn vom ortsansässigen Postboten auf einem antiquierten roten Fahrrad an seinen Bestimmungsort in Colwyn Court gebracht. An diesem Tag gab es viel Post für Colwyn Court. Außer Evans Brief und mehreren Rechnungen von Handwerkern und Lieferanten gab es da noch einen Umschlag mit einem Stempel von Cambridge und außer den Briefen an Mr. Colwyn auch mehrere Schreiben an Mr. Tristan Poole, den Generaldirektor der ›Society for the Propagation of Nature's Foods‹.

Das ganze Dorf Colwyn war von Mr. Poole und seiner Gesellschaft für natürliche Ernährung fasziniert. Ein Gerücht, das wohl durch das Wort *Natur* im Namen der Gesellschaft entstanden war, ließ verschleiert durchblicken, daß Colwyn Court bald zu einer Nudistenkolonie umgestaltet werden würde. Ein Gegengerücht wiederum besagte, wenn Walter Colwyn nun auch schon weit über 60 war, er doch kaum so senil sei, jegliches Gefühl für Anstand zu verlieren, vor allem solange seine junge, unverheiratete Tochter noch daheim wohne. Die Gesellschaft bestehe vielmehr nur aus einer Reihe von Amateurbotanikern, die Walter, selbst ein begeisterter Botaniker, natürlich sympathisch waren. Wieder ein anderes Gerücht verbreitete, daß Mr. Poole und Walters Tochter Gwyneth sich ineinander verliebt hatten, und daß darin die Erklärung für Walters Einladung läge, doch einige Tage in Colwyn Court zu verbringen. Alles in allem war dies das Gerücht, dem von der weiblichen Bevölkerung der Vorzug gegeben wurde, und alle warteten mit angehaltenem Atem auf die baldige Bekanntgabe einer Verlobung.

Die Möglichkeit, daß seine Tochter und sein Gast sich ineinander verlieben könnten, war Walter absolut nicht zu Bewußtsein gekommen. Das lag nicht nur daran, daß er mit zunehmendem Alter immer weltfremder wurde und an den Menschen um sich immer weniger Interesse zeigte als an den Blumen, Büschen und Bäumen auf seinem Landgut. Vor allem seine vielen Sorgen – etwa die Furcht davor, daß Evan nicht nach England zurückkommen könnte, oder die geheime Angst vor einer ungewissen Zukunft oder die konkretere Furcht davor, daß Schulden ihn zwingen könnten, den Familienbesitz mit einer Hypothek zu belasten – waren daran schuld. Walter kam nicht auf den Gedanken, daß sich zwischen Gwyneth und seinem Gast eine Romanze anzubahnen begann, einfach weil es keine Zeichen einer solchen Beziehung gab, die seiner Fantasie Nahrung gegeben hätten. Mr. Poole hatte sich Gwyneth gegenüber freundlich und liebenswürdig benommen – nicht mehr... Gwyneth selbst hatte, obwohl sie von Pooles Qualitäten als Kräuterheiler begeistert war, durchaus nicht verliebt ausgesehen. Walter hatte die vage Vorstellung, daß verliebte junge Mädchen seufzend umhergingen, Gedichte lasen und wenig Interesse am Essen und an praktischen Dingen des Lebens zeigten. Seit ihrer Heilung von jener mysteriösen Krankheit aber hatte Gwyneth herzhaft gegessen, hatte an ihre Brieffreunde und -freundinnen in zehn verschiedenen Ländern geschrieben und sich wie gewöhnlich ihrer riesigen Schallplattensammlung, ihrem Archiv über Popmusik, ihrer Pop-art-Sammlung und ihrer Postersammlung gewidmet. Kurz, Gwyneth war ganz so, wie sie immer war. Sollte sie wirklich in Poole verliebt sein, so genoß sie dies im geheimen – und warum sollte sie das tun? Walter konnte einfach nicht begreifen, daß für Gwyneth schon längst die Welt ihrer Fantasie weit wichtiger geworden war als die Realität. Mr. Poole zeigte vielleicht bloß ein rein platonisches Interesse an ihrem Wohlbefinden. In ihren Träumen aber sprach er zu ihr mit der Stimme aus dem Plattenspieler und versprach ihr unglaubliche Seligkeiten, und hinter verschlossenen Türen und hinuntergelassenen Jalousien konnte sie in der leuchtendbunten Welt, die sie sich selbst geschaffen hatte, ganz so leben, wie sie es wünschte.

Von all dem aber wußte Walter nichts. Für ihn war Gwyneth immer noch sein kleines, mutterloses Mädchen, jetzt zwar schon neunzehn, aber immer noch ein Kind mit ihrem zauberhaften, naiven Interesse an all diesen fremden, absurden, modernen Kunstformen. Der bloße Gedanke, daß sie sich verlieben könne, schien ihm unsinnig. So stark war seine Überzeugung, daß Gwyneth viel zu jung sei, um eine Hauptrolle in jener Romanze zu spielen, die die Dorfbewohner von Colwyn eifrig bei zahllosen Tassen Tee spannen.

Walter hatte keines seiner beiden Kinder je wirklich verstanden. Er hatte sie geliebt und ihre Existenz bestaunt, aber für ihn waren sie immer nur Stereotypen, die ihr Leben in Klischees lebten. Für ihn war Evan immer noch ›der Sohn und Erbe‹, auf dem besten Wege, eines Tages ein ›brillanter Chirurg‹ zu werden, und Gwyneth war ›die zarte Tochter‹, die eines Tages für einen jungen Mann aus einer der landadeligen Familien in der Umgebung die ›ideale Partnerin‹ werden würde. In diese zweidimensionale Lebenssicht hatte er sogar seine verstorbene Frau einbezogen. Er hatte sie in vorgeschrittenem Alter geheiratet, als er das Gut geerbt hatte, und zwar, um sich nach vielen Jahren des Reisens und botanischer Expeditionen ›niederzulassen‹. Dazu hatte er ein ›Mädchen aus der Gesellschaft‹ gewählt, das zehn Jahre jünger als er selbst war, einfach weil sie klug und hübsch war und seinen Vorstellungen von der idealen Gattin entsprach. Sie hatte ihn ein Jahr nach der Geburt von Gwyneth verlassen und war zwei Jahre später in Südfrankreich gestorben. Das Seltsamste daran war, daß er immer davon überzeugt geblieben war, sie sei die ›treusorgende Frau und Mutter‹ und würde eines Tages zu ihm zurückkehren. Und deshalb konnte er sich auch lange Zeit nicht mit dem Gedanken abfinden, daß sie tot war. Er hatte in den Tag hineingelebt, war stets ein wenig zerstreuter geworden, ein wenig mehr der Botanik ergeben, ein wenig mehr in das Buch vertieft, das er über die Flora der Gower Peninsula schrieb, bis er eines Tages auf seine Ehe zurückblickte und einsehen mußte, daß sie unglücklich gewesen war. Daraufhin nahm er sich vor, bis zum Ende seiner Tage Witwer zu bleiben.

»Du hast der Wahrheit nie gerne ins Auge gesehen, nicht wahr, Vater?« hatte Evan ihm einmal gesagt. »Du spielst lieber Vogel Strauß und steckst den Kopf in den Sand!«

Es war für Walter ein schlimmer Schock gewesen, als Evan nach Übersee gegangen war. Schlimmer noch war es für ihn, als Evan allerlei Andeutungen wegen Amerika gemacht hatte und durchblicken ließ, daß für ihn die Sonne nicht nur in dem kleinen Dorf an der Südküste von Wales oder auf einem Landgut auf- und unterging, das seit 600 Jahren im Besitz der Familie Colwyn gewesen war. Jedesmal, wenn Walter einen Brief von Evan bekam, fürchtete er sich davor, ihn zu öffnen. Er hatte Angst vor der Nachricht, Evan hätte beschlossen, nie mehr heimzukommen.

Das galt auch für den Brief, der an jenem Aprilmorgen eintraf. Walter nahm ihn in die Hand, sah ihn an, wendete ihn um und war so nervös, daß er kaum sein Frühstück essen konnte, aber wie gewöhnlich war seine Angst unnötig. Freilich war der Ton des Briefes etwas ernst – alle diese Warnungen vor Mr. Poole waren völlig unnötig –, aber der Junge meinte es im Grunde gut, und darauf kam es doch an. Gegen Ende fand sich sogar ein Satz, in dem es hieß, Evan wolle im Juni heimkommen und würde schon bald seinen Flug buchen. Mit einem Seufzer der Erleichterung legte Walter den Brief aus der Hand und machte sich so herzhaft über seine Eier mit Speck her, daß einige Minuten vergingen, ehe er sich daran erinnerte, daß er noch einen weiteren Brief lesen mußte.

Dies war das Schreiben mit dem Stempel von Cambridge. Es kam von Walters Vetter Benedikt Shaw, der an der Universität Professor für klassische Literatur war.

›Mein lieber Walter‹, stand hier in Benedikts sperriger Handschrift. ›Wie geht's Dir nach all den Jahren? Sicherlich bist du überrascht, so plötzlich von mir zu hören, aber ich hoffe, Du kannst mir in einer wichtigen Sache raten. Ich will diesen Sommer nach Beginn der langen Ferien eine wissenschaftliche Arbeit schreiben und würde mich gerne auf zwei oder drei Monate irgendwo zurückziehen. Weißt Du zufällig, ob in Colwyn etwas zu mieten ist? Jane und ich würden uns schon mit einem ganz kleinen Häuschen begnügen, und ich dachte, Du wüßtest vielleicht von jemand, der so etwas an Sommergäste vermieten will. Fällt Dir etwas ein? Wenn Du ein stilles, bequemes und verschwiegenes Plätzchen weißt, wäre ich Dir für Nachricht dankbar. Hoffentlich geht es Gwyneth gut. Wann kommt Evan aus Afrika zurück? Jane schickt liebe Grüße und hofft Euch bald zu sehen – eine Hoffnung, die ich selbstverständlich teile. Wie immer, Dein Benedikt.‹ Walter aß langsam seine Eier mit Speck fertig und las dann den Brief noch einmal. Er konnte sich nicht darüber schlüssig werden, ob Bedenikt auf diesem Weg versuchte, wieder nach Colwyn eingeladen zu werden. Der Brief selbst enthielt keine Andeutung, daß Benedikt eine Einladung erwartete, und dennoch müßte er eigentlich unter den gegebenen Umständen eine solche Einladung für selbstverständlich halten. Die Worte ›Wenn Du ein stilles, bequemes und verschwiegenes Plätzchen weißt...‹ beschworen bei Walter sofort die Vorstellung von Colwyn Court herauf, und er hatte Schuldgefühle. Nicht etwa, daß er seinen Vetter nicht hätte leiden können. Obwohl sie sich in letzter Zeit selten trafen und auch wenig gemeinsam hatten, waren sie doch immer auf gutem Fuß gestanden. Wenn aber Mr. Poole beschloß, Walter seine finanziellen Sorgen dadurch abzunehmen, daß er beide Flügel von Colwyn Court für die Gesellschaft mietete, so blieb dann kaum Platz genug für Benedikt und seine Frau.

»Ach, du lieber Himmel«, sagte Walter laut vor sich hin und starrte blind auf seinen halb gegessenen Toast mit Marmelade. »Ach, Gott, das ist doch wirklich sehr peinlich.«

Die Tür des Speisezimmers schnappte leise ins Schloß. Weiche Schuhe sanken geräuschlos in den Teppich, und ein leiser Luftzug aus der Halle ließ die Vorhänge am offenen Fenster erzittern.

»Peinlich?« sagte Walters Gast mit seiner warmen, geschmeidigen Stimme. »Erzählen Sie mir doch davon, Mr. Colwyn, vielleicht kann ich Ihnen helfen.«

VI.

Er war hochgewachsen und hatte ein Gesicht, an das man sich nur schwer erinnern konnte, weil es so wandlungsfähig war. Über hohen, breiten Backenknochen und einem großen, beweglichen Mund lagen die Augen tief in ihren Höhlen. Das Haar war dicht, aber kurz geschnitten und in der üblichen Weise gescheitelt. Er trug einen dunklen Anzug von konservativem Schnitt, ein weißes Hemd und eine ebenso konservative Krawatte. Der Eindruck eines ganz normalen englischen Geschäftsmannes, den er so sorgfältig hervorzurufen bemüht war, wurde jedoch durch seine Hände und seine Stimme wieder verwischt. Er hatte schöne Hände mit langen, schlanken Fingern und trug – ganz unenglisch – am dritten Finger der rechten Hand einen Ring in einem komplizierten Design und aus einem matt-silbernen Metall. Seine Stimme klang so angenehm, daß man eigentlich kaum feststellen konnte, warum sie den üblichen englischen Normen nicht entsprach. Nach einer Weile aber, wenn man sich eingehört hatte, konnte man gelegentlich an einzelnen Vokalen oder an der Wortwahl den Ausländer erkennen. Mr. Poole verwendete nur selten auffällige Amerikanismen, aber durch ein gelegentliches ›Ah‹ an der falschen Stelle und einem in England unüblichen Gebrauch von Präpositionen wurde klar, daß er sicher einige Zeit auf der anderen Seite des Atlantiks verbracht hatte. Auch sein Alter ließ sich nur schwer bestimmen. Walter schien er gleich alt wie Evan, also ungefähr dreißig; Gwyneth aber hielt ihn für älter, fast schon vierzig, für kosmopolitisch erfahren und unendlich raffiniert.

»Vielleicht kann ich Ihnen behilflich sein?« fragte Tristan Poole seinen Gastgeber. Sein Blick fiel auf das Häufchen ungeöffneter Rechnungen neben den Briefen von Evan und Benedikt, und er hätte gerne gewußt, in welch ernsten finanziellen Schwierigkeiten Walter Colwyn steckte. Vielleicht handelte es sich nur um einen vorübergehenden Engpaß. Das Haus war in gutem Zustand und mit wertvollem Mobiliar ausgestattet, der Grundbesitz ausgedehnt. Selbst wenn Walter Colwyn zur Zeit auch nur wenig Bargeld zur Verfügung hatte, so war er doch längst nicht bankrott. »Was ist denn los? Ich hoffe, es ist nichts Ernstes.«

»Ach nein, durchaus nicht«, sagte Walter und wendete sich erleichtert seinem Gast zu. Es war wirklich erstaunlich, wie sehr es einen beruhigte, mit Mr. Poole zu sprechen... »So nehmen Sie sich doch Eier und Speck, lieber Freund... Nein, wissen Sie, es ist einfach...« Und dann erzählte er Mr. Poole in seiner umständlichen Weise den Inhalt von Benedikts Brief und von all den Schwierigkeiten, die sich für ihn daraus ergaben.

Poole goß sich eine Tasse Tee ein und nahm sich vor, sobald er nur erst einmal in Colwyn Court Fuß gefaßt hatte, darauf zu bestehen, daß Kaffee – wirklicher Kaffee – zum Frühstück neben dem unvermeidlichen Tee serviert würde.

»... und so habe ich mir gedacht – kann ich Ihnen noch irgend etwas geben, lieber Freund? Salz?«

»Nein, danke«, sagte Poole.

»...nun ja, ich weiß nicht, *was* ich mir eigentlich gedacht habe, es ist nur eben alles so peinlich. Wissen Sie, ich möchte ja wirklich, daß Sie und Ihre Gesellschaft hierherkommen, aber –

wissen Sie, Benedikt... sehr schwierig... ich sollte ihn doch eigentlich einladen –«

»Aber natürlich«, sagte Poole. »Dafür gibt es eine ganz einfache Lösung, nicht wahr, Mr. Colwyn, Sie haben doch das Häuschen unten am Strand, das Sie die letzten beiden Jahre an Sommergäste vermietet haben? Warum vermieten Sie es nicht einfach diesen Sommer an Ihren Cousin? Oder Sie bieten es ihm gratis an? Das würde Professor Shaw sicher zufriedenstellen, da er ja doch, wenn auch nicht in Ihrem Haus, so doch auf Ihrem Besitz wohnen könnte. Auch glaube ich, daß er es ruhig genug finden wird. Haben Sie vielleicht fälschlich angenommen, daß er Sie durch seinen Brief zu einer Einladung auf Colwyn Court veranlassen wollte? Ich könnte mir vorstellen, daß er eher an das Häuschen gedacht hat und nicht an das Herrenhaus hier oben.«

»Oh, Benedikt weiß nicht, daß ich das Häuschen während der letzten beiden Sommer vermietet habe«, sagte Walter. »Mein alter Chauffeur hat früher dort gewohnt, wissen Sie. Ich hab' ihn um ein paar Shilling dort wohnen lassen, als er zu alt wurde, mich noch zu fahren. Und wie er dann gestorben ist –«

Poole dachte an das Häuschen. Sicher wäre es besser, wenn es an einen ganz von seiner Arbeit in Anspruch genommenen Professor vermietet würde als an Urlauber mit einer Herde neugieriger Kinder. »Haben Sie für dieses Jahr das Häuschen schon vermietet?« fragte er, bevor Walter noch weitersprechen konnte. »Ist es noch frei?«

»Nein, ich habe es im Januar an diese netten Leute vermietet –«

»Aber denen gegenüber hat doch Ihr Vetter sicher Vorrang!«

»Ja, aber wissen Sie, ich weiß nicht, wie –«

»Sicherlich geht Ihr Vetter vor«, sagte Poole.

»Aber, was soll ich denn den Leuten sagen?«

»Überlassen Sie das nur mir. Ich werde das ganz in Ihrem Sinn erledigen. Wenn Sie mir nur die Adresse dieser Leute geben, werde ich ihnen schreiben und die ganze Sache erklären.«

»Nun, ich... möchte Sie damit nicht bemühen –«

»Überhaupt keine Mühe«, sagte Poole mit seinem offenen, liebenswürdigen Lächeln. »Ich freue mich, daß ich Ihnen behilflich sein kann.« Er nahm einen Schluck aus seiner Tasse, vergaß dabei, daß sie Tee enthielt und schnitt eine Grimasse. »Erzählen Sie mir von Ihrem Vetter. Ich nehme an, er ist so alt wie Sie, nicht?«

»Benedikt? Nein, er ist eigentlich erst 46, meine Mutter hatte eine viel jüngere Schwester, die heiratete...«

Poole hörte geduldig zu und bestrich ein Stück Toast mit Butter. Der Toast war kalt. Warum mußten diese Engländer immer kalten Toast essen? Wenn er erst einmal in Colwyn Court Fuß gefaßt hatte...

»... heiratete ein 27jähriges Mädchen«, sagte Walter. »Wir waren natürlich alle ganz weg. Lassen Sie mich überlegen, wie alt ist Jane eigentlich? Ich habe vergessen, wie lange sie verheiratet sind. Fünf oder sechs Jahre, glaube ich... und keine Kinder... sie ist wirklich ein nettes Mädel, recht hübsch, sehr angenehm – eigentlich verstehe ich gar nicht, was sie an dem guten, alten Benedikt gefunden hat. Er war einer dieser eigenbrötlerischen Junggesellen...«

Ein von seiner Arbeit in Anspruch genommener Professor, dachte Poole, eine Frau, die wahrscheinlich ganz in ihrem Mann aufgeht – keiner von den beiden stellte eine Bedrohung dar.

»Das ist aber wirklich nett«, sagte er zu Walter mit seiner wärmsten, anteilnehmendsten Stimme, »die beiden klingen ja wunderbar, ich freue mich schon jetzt darauf, sie kennenzulernen...«

VII.

»Eines steht für mich fest«, sagte Benedikt Shaw zwei Tage später beim Frühstück ärgerlich zu seiner Frau, »entweder ist Walter verrückt oder er nagt am Hungertuch oder beides. Stell dir nur vor – er läßt irgendeine verrückte Gesellschaft in seinem eigenen Haus frei ein und aus gehen! – Von mir will er Miete für dieses häßliche kleine Häuschen, in dem er seinen Chauffeur hat wohnen lassen! Wie kann er es nur wagen, Miete von mir zu verlangen! Von mir, seinem eigenen Vetter! Wäre es nicht so verrückt, ich müßte es als Beleidigung auffassen. Er muß wirklich schon am Rande des Bankrotts sein, anders kann ich mir das nicht erklären. Vielleicht sollte ich mit Evan darüber sprechen, wenn er im Juni heimkommt.«

Jane Shaw erwiderte: »Kommt Evan wirklich im Juni zurück?« Während sie sprach, versuchte sie auszurechnen, wie viele Kalorien eine reichlich mit Butter und Marmelade bestrichene Schnitte Toast hatte.

»Nach dem, was ich Walters Brief entnehmen, ja.« Benedikt putzte wütend seine Brille. »Der Himmel weiß, wie Evan das aufnehmen wird. ›Gesellschaft zur Förderung gesunder Ernährung‹, du lieber Gott! Lächerlich.«

220 Kalorien, dachte Jane, das darf ich nicht. Sie versuchte, an etwas anderes zu denken. »Ich glaube, Colwyn Court kostet Walter eine ganze Menge Geld«, sagte sie. »Ich weiß, du hältst Walter immer für reich, Benedikt, aber bei den jetzigen Steuern und den ständig steigenden Lebenshaltungskosten –«

»Liebling«, sagte Benedikt, »*mich* brauchst du nicht an die irren Ungerechtigkeiten unseres Steuersystems und die steigenden Lebenshaltungskosten zu erinnern.«

»Ja, da hast du wohl recht«, sagte Jane und griff schon beinahe nach der verbotenen Schnitte Toast – manchmal war es mit der Willenskraft so eine Sache –, »von all dem Zeug verstehst du sicher viel mehr als ich, Liebster.«

Benedikt lächelte. Er hatte ein angenehmes Lächeln, das ganz plötzlich die zornigen Falten in seinem Gesicht glättete und seine Augen hinter der dicken Brille funkeln ließ. Als sich nun Jane spontan vorbeugte und ihn küßte, umschloß er ihre Hand mit der seinen und drückte sie, ehe er aufstand. »Was ich an dir so wunderbar finde, Liebling«, sagte er, »ist, daß du immer im richtigen Moment das Richtige sagst.«

»Das klingt ja, als würde ich schwindeln, und ich mein's doch ehrlich!«

»Ich weiß, daß du es ehrlich meinst. Ich würde nie daran denken, dich als Sykophantin zu bezeichnen.«

»Das ist aber ein komisches Wort«, sagte Jane, die nicht recht wußte, was es bedeutete. »Benedikt, wirst du Walters Angebot annehmen und das Häuschen mieten? Ich weiß, es *ist* merkwürdig, daß er von dir Miete verlangt, aber –«

»Sieht ihm gar nicht ähnlich«, sagte Benedikt, der nun wieder ärgerlich wurde. »Das gehört sich einfach nicht. Und was diese verrückte Gesellschaft in Colwyn Court anbelangt –«

»– aber das Häuschen hat so eine hübsche Lage, nicht? Und sicher wäre es doch auch so ruhig und friedlich für deine Arbeit –«

»Ruhig und friedlich? Umgeben von einer Masse Wahnsinniger, die sich biologisch ernähren?«

»Ich glaube, du wirst sie gar nicht zu Gesicht bekommen. Ich bin sicher, daß sie dich im Häuschen überhaupt nicht stören werden.«

»Ich glaube, du willst, daß ich hinfahre«, sagte Benedikt grimmig, »nicht?«

»Nur, wenn du es willst, Liebling, aber ich glaube, es könnte ganz gut für dich sein.«

»Und dabei habe ich so halb gehofft, er würde mich nach Colwyn Court einladen!«

»Aber das wäre dir doch gar nicht recht gewesen«, sagte Jane, »Walter wäre dir auf die Nerven gegangen und vor Gwyneths ununterbrochener Popmusik hättest du keinen Augenblick Ruhe gehabt.«

»Aber, daß ich Walter für dieses elende Loch Miete zahlen soll –«

»Aber du hättest auf alle Fälle Miete zahlen müssen, wenn wir uns irgendwo anders ein Häuschen gemietet hätten«, sagte Jane realistisch. »Und das ›Loch‹ ist eigentlich recht nett. Ich bin einmal mit Gwyneth hineingegangen, als sie dem alten Chauffeur ein Weihnachtsgeschenk brachte – und außerdem liegt es doch fast direkt am Meer. Du weißt doch, wie gut du am Strand arbeitest.«

»Mhm«, sagte Benedikt, »ich sehe schon, es bleibt mir keine Wahl.« Nachdenklich ging er zum Fenster und blickte auf den winzigen Garten hinaus, den Jane hinterm Haus so liebevoll angelegt hatte. »Vielleicht sollte ich wirklich nach Colwyn fahren, wenn auch nur, um herauszufinden, wie senil Walter wirklich geworden ist. Vielleicht betrügt ihn diese elende Gesellschaft.« Er drehte sich um und ließ sich wieder in seinen Stuhl beim Tisch fallen. Mit der leeren Kaffeetasse spielend, fragte er: »Gibt's noch Kaffee?«

Jane schenkte ihm noch eine Tasse ein. »Glaubst du, daß Walter wirklich in finanziellen Schwierigkeiten ist?«

»Würde mich überhaupt nicht wundern. In Gelddingen war er immer schon ein völliger Idiot, und so ein großes Herrenhaus wie Colwyn Court ist heutzutage wirklich eine Belastung. Er sollte es verkaufen oder in eine Wohnanlage umgestalten.«

»Aber, das kann er doch nicht. Das Heim seiner Vorfahren!«

»Sentimentaler Quatsch«, sagte Benedikt. »Das paßt einfach nicht in die zweite Hälfte des 20. Jahrhunderts.«

Jane kam ein Gedanke. »Vielleicht will Walter dieser Gesellschaft Colwyn verkaufen!«

»Du lieber Himmel!« rief Benedikt. »Das kann er doch nicht! So verrückt wird er doch hoffentlich nicht sein!«

»Aber, wenn es ihm wirklich an Geld fehlt?«

»Geld«, sagte Benedikt, »dieses ganze Gerede über Geld geht mir schon auf die Nerven. Geld, Geld, Geld. Geld ist eine deprimierende Sache.«

»Schon Liebling, aber nützlich.«

»Zum Beispiel dein Schwager. Jedesmal, wenn von ihm in der Zeitung steht, heißt's ›Matthew Morrison, der Industriemillionär‹. Warum schreiben sie nicht einfach ›Matthew Morrison, der Industrielle‹? Warum muß jedesmal der ›Millionär‹ herhalten? Ist Matthew ein anderer Mensch, nur weil er ›Millionär‹ ist?«

»Nun ja, einen kleinen Unterschied macht es schon«, sagte Jane. »Ich meine, wenn man Millionär ist, lebt man eben doch anders als der Fleischer um die Ecke.«

»Natürlich«, sagte Benedikt. »Wir wissen alle zur Genüge, daß deine Schwester Matthew kaum geheiratet hätte, wäre er nur ein Fleischer gewesen!«

»Darling, ist das Lisa gegenüber nicht ein bißchen unfair?«

Benedikt bemühte sich, ein wenig schuldbewußt dreinzusehen. »Kannst du dir vorstellen, daß Lisa einen Fleischer geheiratet hätte?«

Das konnte Jane freilich nicht. Aber sie wollte es nicht zugeben. Sie dachte kurz über ihre Schwester Lisa nach: 29 Jahre alt, gutes Auftreten, blendende Erscheinung, herzlicher Charme. Lisa, die alles besaß, von ihrer Auswahl von Nerzmänteln bis zu zwei wunderbaren Kindern...

Jane griff nach der letzten Schnitte Toast und hatte sie schon mit Butter bestrichen, ehe sie noch wußte, was sie eigentlich tat. »Lisa ist ein sehr romantischer Typ«, hörte sie sich ganz ruhig sagen, »wahrscheinlich würde sie den Fleischer heiraten, wenn sie sich in ihn verliebt hätte.«

»Blödsinn«, sagte Benedikt. Sein Instinkt riet ihm, das Thema fallenzulassen. »Was tut Matthews Tochter jetzt? Arbeitet sie noch immer in London?«

»Ja, sie wohnt noch in Hampstead und besucht ihren Vater nur selten. Lisa sagt, sie hat Nicole schon ewig lange nicht mehr gesehen.«

»Mh –«, sagte Benedikt und meinte, erraten zu können, warum sich Nicole neuerdings bei ihrem Vater nicht mehr wohl fühlte.

»Es ist wirklich jammerschade, daß aus Nicoles Beziehung zu Evan nichts wurde«, sagte Jane und biß herzhaft in den Toast mit 220 Kalorien. Vielleicht konnte sie ohne Lunch durchkommen. »Es wäre wunderbar gewesen, wenn die beiden geheiratet hätten.«

»›Wunderbar‹ ist gut gesagt«, sagte Benedikt trocken. »Wie es jetzt um Walter steht, muß Evan wohl ein Mädel heiraten, das einmal viel erbt.«

»O Darling! Für Evan kommt eine Geldhochzeit bestimmt nicht in Frage.«

»Geld«, sagte Benedikt, »schon wieder dieses häßliche Wort.«

»Aber Benedikt –« Jane hielt inne. Es war klüger, ihn nicht daran zu erinnern, daß er das Thema aufgegriffen hatte. Um irgend etwas zu tun, nahm sie eine der Morgenzeitungen auf und begann zu lesen. »Du lieber Himmel, ich habe beinahe vergessen, mein Horoskop nachzusehen! Vielleicht findet sich darin ein Hinweis, ob wir Walters Häuschen nehmen sollen oder nicht.«

»Ich hab' mich schon entschlossen, es zu nehmen«, sagte Benedikt. »Bin absolut nicht daran interessiert, zu hören, was irgend so ein Schwindler Tag für Tag für seine leichtgläubigen Leser erfindet.« Er stand auf, beugte sich zu ihr nieder, küßte sie und ging zur Tür. »Ich muß sehen, daß ich wegkomme. Erwarte mich nicht zum Lunch, Liebling, denn ich esse heute in der Stadt.«

»Gut, Liebling, hoffentlich geht alles bei dir glatt.« Sie begleitete ihn wie immer zur Eingangstür und winkte ihm noch, während er auf die Straße hinaus zu ihrem weißen Austin ging. Sie hatten ein kleines Haus in einer stillen, von Bäumen gesäumten Straße, kaum eine Meile vom Herzen der Stadt, und Benedikt hatte nur wenige Minuten zur Hochschule zu fahren. Als er fort war, ging Jane ins Speisezimmer zurück und nahm die Suche nach ihrem Horoskop wieder auf, ehe sie das schmutzige Geschirr in die Spüle stellte.

»Ihr Schicksal heute«, stand über der Horoskopspalte. Bei Janes Tierkreiszeichen fand sich eine kryptische Aussage: »Überlegen Sie sich heute jede Entscheidung gut. Jetzt ist es Zeit, von Reisen zu träumen, sich aber vor unerwarteten Einladungen zu hüten.«

VIII.

»Was steht heute in seinem Horoskop?« fragte Janes kleine Nichte Lucy einen Tag später im Haus von Matthew Morrison in Surrey. »Was steht da?«

»Ihre Sterne stehen günstig«, las ihr Bruder Timothy mühselig. »Ergreifen Sie eine ungewöhnliche Gelegenheit beim Schopf. Seien Sie kühn.« Er sah triumphierend auf. »Das heißt, es wird ihm gelingen, aus China zu entkommen.«

»Tibet!« sagte Lucy. »Daddy war in Tibet. Er hat mit einem einzigen Führer das Himalajagebirge überschritten und ist einen dieser Flüsse mit einem Floß hinuntergefahren, wie in dem Film, den wir gesehen haben, und dann ist er in einen Hubschrauber –«

»Hallo, hallo«, rief Lisa Morrison, die in den Salon gestürmt kam, in dem sich die Zwillige mit der Horoskopseite niedergelassen hatten. »Von wem redet ihr denn, Kinder? Ist es der Held einer dieser schrecklichen Comic strips?«

Die Zwillinge sahen schuldbewußt vor sich hin und waren ausnahmsweise sprachlos. Lisa sah, wie sie einander verstohlen anblickten, ehe sie vorsichtig lächelten.

»Wir haben nur so fantasiert, Mutti«, sagte Lucy, »uns so Sachen vorgestellt.«

»Wir haben uns vorgestellt, wie Daddy nach Hause kommen würde, wenn er nicht bei dem Schiffsunglück umgekommen wäre«, sagte Timothy impulsiv. »Wenn er sich schwimmend gerettet hätte, weißt du, dann wäre er jetzt in Rotchina. Da kommt man nicht leicht heraus. Wahrscheinlich hätte man ihn dort ein paar Jahre eingesperrt, bevor er hätte fliehen können.«

»Aber Kinder«, sagte Lisa, die zwar nicht recht wußte, was sie sagen sollte, aber glaubte, etwas sagen zu müssen. »Daddy ist tot. Er ist jetzt schon lange tot. Glaubt ihr denn, ich hätte Onkel Matt heiraten können, wenn ich geglaubt hätte, daß euer Daddy noch lebte?« Die beiden starrten sie an. Ihre Gesichter waren ausdruckslos. Es herrschte Stille. »Ja, natürlich«, sagte Timothy. »Es war nur so eine Geschichte. Wir haben es uns halt ausgemalt.«

»Nur vorgestellt«, sagte Lucy.

Lisa fühlte sich von einer Welle der Erleichterung überflutet. »Dann ist ja alles in Ordnung«, meinte sie und zog, während sie noch sprach, ihre Handschuhe an. »Und jetzt, Kinder, fahre ich mit Onkel Matt nach London. Verbringt den Tag schön. Abends sehen wir uns wieder. Wo ist Constanza?«

Constanza war das spanische Au-pair-Mädchen, das die Zwillinge zu beaufsichtigen hatte, damit Lisa frei war, das gesellschaftliche Leben ohne Störungen zu genießen. Die Zwillinge waren stolz darauf, daß eigentlich sie Constanza beaufsichtigten. Nach drei Monaten beherrschten sie sie völlig.

»Oben!« sagte Lucy.

»Gut; seid also brav, Kinder!« Sie küßte die beiden rasch und eilte zur Tür. »Ich möchte Onkel Matt nicht warten lassen... Wiedersehen, Kinder! Habt viel Spaß!«

Sie verabschiedeten sich im Chor und wandten sich zum Fenster, um die Abfahrt ihrer Mutter zu beobachten. Der Stiefvater ging schon nervös neben seinem Rolls-Royce auf und ab.

»Sie hat ihn warten lassen«, sagte Timothy.

»Wie gewöhnlich«, sagte Lucy. »Er sieht wütend aus.«

»Gestern abend war er erst wütend.«

»Wirklich, wann?«

»Um ungefähr Mitternacht. Ich bin aufgewacht und habe sie gehört. Die haben ganz schön Krach gemacht, wenn man bedenkt, wie spät es war.«

»Was haben sie gesagt?«

»So genau habe ich das nicht gehört.«

»Bist du nicht gegangen und hast gelauscht?«

»Ja, eigentlich wollte ich schon«, sagte Timothy, »aber dann war es mir das nicht wert. So interessant hat es auch nicht geklungen.«

»Haben sie wirklich gestritten?«

»Ja, sicher.«

»Wer war mehr wütend, Onkel Matt oder Mutti?«

»Onkel Matt. Es ging um Steuern und Geld. Er möchte auf den Kanalinseln oder so wo wohnen, weil er dann Geld spart. Mutti sagte: ›Die Kanalinseln? Du mußt verrückt sein‹, hat sie gesagt. ›Warum soll ich dort in der Einöde leben?‹ Dann wurde Onkel Matt wirklich sehr zornig und sagte, er würde sich nicht deshalb auf die Bahamas zurückziehen, damit sie ihren Spaß hätte. Und Mutti sagte –«

»Timmy, du hast sie ja doch belauscht!«

»Na ja, nur so ein, zwei Minuten lang. Ich hab' irrsinnig Hunger gehabt und war auf dem Weg hinunter in die Küche... Also Mutti sagte: ›Auf den Bahamas hätte ich wenigstens etwas Unterhaltung.‹ Und Onkel Matt sagte: ›Sonst hast du nichts im Kopf, nicht?‹ hat er gesagt. ›Nun, ich werde mich auf den Kanalinseln unterhalten‹, hat er gesagt – und es klang sehr wütend. ›Ob dir das lieb ist oder nicht!‹ hat er gesagt.«

»Was ist dann passiert?«

»Ich hab' weglaufen müssen, weil Mutti aus dem Zimmer gestürzt ist. Ich bin ihr gerade noch entwischt!«

»Wohin ist sie gegangen?«

»Ach, nur ins Gästezimmer, nichts Besonderes.«

»Wenn Leute verheiratet sind, dann sollen sie sich nicht über mehrere verschiedene Schlafzimmer ausbreiten«, sagte Lucy. »Ich habe den Koch zu unserer Mrs. Pearse sagen hören, daß man daran erkennt, ob eine Ehe gut ist oder nicht.«

»Wahrscheinlich hat Mrs. Pearse nur geflucht, weil sie zwei Betten statt nur eines machen mußte... Schau, da kommt Mutti! Onkel Matt schaut immer noch wütend aus.« Beide sahen schweigend zum Fenster hinaus. Dann sagte Lucy:

»Timmy, glaubst du –«

»Ja!«

»Wenn Mutti und Onkel Matt sich voneinander scheiden lassen..., ich mein', ich nehm' das jetzt nur an –«

»Und wenn Daddy aus China zurückkommt.«

»Tibet.«

»– dann wär' das ganz nett... Obwohl ich Onkel Matt mag.«

»Ja, er ist in Ordnung.«

»Vielleicht können wir ihn auch immer noch besuchen – nach der Scheidung.«

»Ja, das könnten wir vielleicht.« Sie lächelten einander an. »Ich bin ganz davon überzeugt«, sagte Timmy fest, »daß alles zum Schluß gut ausgehen wird.«

»Ja, schon, aber wie lange sollen wir noch warten, bis Daddy heimkommt«, sagte Lucy verzweifelt. »Manchmal habe ich das Gefühl, wir müssen ewig warten.«

Timothy gab keine Antwort. Sie standen immer noch schweigend am Fenster, als der Rolls-Royce anfuhr und die Kurven der Auffahrt hinunterrollte, um die 18 Meilen nach London zurückzulegen.

IX.

Nach einer Weile sagte Matthew Morrison: »Entschuldige wegen gestern abend.« Es kostete ihn große Überwindung, das zu sagen. Matt war stolz und entschuldigte sich nicht gern. Und überdies hatte er das Gefühl, daß eigentlich Lisa sich hätte bei ihm entschuldigen müssen.

»Oh?« sagte Lisa sehr kühl. Sie sah an diesem Morgen blendend aus. Das Aprilwetter war unstet, aber sie trug ein schickes Frühlingskleid mit dazu passendem Mantel, als gäbe es keinen Zweifel daran, daß der Winter vorbei war und der Sommer vor der Tür stand. Das Kleid war kurz und gestattete Matt einen guten Blick auf ihre langen, eleganten Beine.

»Du bist ein schrecklicher Autofahrer, Matt«, sagte Lisa. »Du kannst deinen Blick doch nicht einfach von der Straße nehmen. Ich wollte, du würdest einen Chauffeur anstellen!«

Matt aber hielt nichts von Chauffeuren. Er war 55 und hatte sich allmählich an die Bequemlichkeiten gewöhnt, die für Geld zu haben waren. Der Gedanke aber, nur Passagier im eigenen Auto zu sein, störte ihn. Er hatte auch insgeheim Angst davor, sich, wie er es nannte, ›aufzuplustern‹ oder ›zu versuchen, etwas zu sein, was er im Grunde nicht war‹. Das war eine Art Snobismus mit umgekehrten Vorzeichen, der Wunsch, die einfachen Lebensgewohnheiten beizubehalten, die er vor Jahren angenommen hatte, lange bevor er sich vom Lehrling bis zum Generaldirektor eines riesigen Industriekonzerns hinaufgearbeitet hatte. Jetzt besaß er ein großes Haus, in dem er sich immer ein bißchen ungemütlich fühlte, hatte einen erstklassigen Koch, der die gute englische Hausmannskost, die Matt so liebte, verachtete, und nannte auch eine wunderschöne und kultivierte Frau sein eigen, deren Geschmack er jedoch nicht teilen konnte. Insgeheim schimpfte er über das Haus (›die riesige alte Bruchbude‹ nannte er sie manchmal, wenn er ärgerlich war), die Talente des Kochs (verdammter, französischer Blödsinn) und sogar auf seine Frau, von der er wußte, daß sie verwöhnt und eigensinnig war. Gleichzeitig aber wußte er genau, daß er all das nur mit großem Widerstreben hätte aufgeben können. Er wollte sich im Grunde nur als ein einfacher Mensch sehen, den der Erfolg nicht verdorben hatte, aber er war sich selbst gegenüber ehrlich genug, einzugestehen, daß er sich sehr wohl verändert hatte, und daß, so unangenehm ihm dieses Eingeständnis auch sein mochte, er die pompösen Dinge zu schätzen gelernt hatte, die sein Reichtum und seine Position ihm gebracht hatten. Das aber behielt er sorgfältig für sich. Er wußte sehr gut, was man von Emporkömmlingen hielt, die ihren Reichtum offen genießen, und er wünschte nicht, als ›nouveau riche‹ bezeichnet zu werden.

»Ich glaube nicht an Chauffeure«, sagte er laut zu seiner Frau. »Heutzutage ist das nichts als Angeberei. Und du willst doch nicht als Angeberin dastehen!«

»Nein, natürlich nicht«, sagte Lisa. »Du glaubst einfach daran, ein ›einfacher Mensch‹ zu sein und dich nach deiner Pensionierung in irgendeinem Winkel der Kanalinseln verstecken zu müssen.«

»Aber Lisa –«

»Was für einen Sinn hat es, Geld bei der Steuer zu sparen, wenn man es dann nicht ausgeben kann?«

»Wir brauchen ja nicht das ganze Jahr lang auf den Kanalinseln zu leben.«

»Ich verstehe nicht, was du gegen die Bahamas hast. Dort könntest du schwimmen und fischen und dein ›einfaches Leben‹ genauso gut führen wie hier, und das Klima dort ist ganz herrlich.«

»Es ist zu weit von England.«

»Oh, Matt, wie schrecklich britisch! Und überhaupt, heute spielen Entfernungen doch gar keine Rolle mehr!«

»Ja, wenn du glaubst, daß ich jetzt zu einem Mitglied des ›Jetset‹ werde –«

»Was hast du gegen den Jet-set, wenn du es dir doch leisten könntest? Zu angeberisch, nehme ich an. Ach, was bist du doch für ein Heuchler, Matt.«

»Du verstehst mich nur nicht«, sagte Matt gekränkt.

»Nun, wenn du dann im Juni in Pension gehst, können wir wenigstens einen anständigen Urlaub machen, bevor du beschließt, wo du dich dann niederläßt. Warum fahren wir nicht wieder nach Spanien?«

»Im Juni ist Spanien verdammt heiß, und ich vertrage das blödsinnige Essen dort nicht, ich möchte viel lieber hier in England irgendwo am Meer bleiben.«

»Guter Gott«, sagte Lisa, »gleich wirst du mir sagen, du möchtest zu Jane und Benedikt nach Colwyn.«

Matt sah überrascht drein. »Sind die jetzt dort?«

»Noch nicht, aber Benedikt mietet ein Häuschen auf dem Besitz für die großen Ferien. Hab' ich dir nicht erzählt, worüber ich gestern mit Jane gesprochen habe?«

»Du warst zu sehr beschäftigt damit, mir zu erzählen, daß du auf den Bahamas leben möchtest. Vielleicht können wir sie im Juni auf ein paar Wochen in dem Häuschen besuchen?«

»Jetzt machst du aber Spaß!«

»Wie groß ist das Häuschen?«

»Ach, es ist ein schrecklich kleines Loch und sehr eng. Matt, das kann doch nicht dein Ernst sein!«

»Dieser Teil der walisischen Küste gefällt mir«, sagte Matt. »Walter Colwyn hat Glück, daß er einen Familienbesitz an der Gower-Halbinsel hat.«

»Jetzt verstehe ich, warum du so enttäuscht warst, als Evan Colwyn Nicole stehenließ und nach Afrika ging!«

»Er hat sie nicht stehenlassen!« sagte Matt und dachte mit schmerzlicher Sehnsucht an seine Tochter. »Sie waren nicht einmal miteinander verlobt.«

»Nicole war zu zurückhaltend«, sagte Lisa. »Sie hat natürlich überhaupt keine Ahnung, wie man mit Männern umgeht.«

»Wenigstens ist sie ein anständiges Mädel, das einem Mann nicht zu weit nachgibt, nur damit er sie heiratet!«

»Wieso weißt du denn das?« fragte Lisa. »Du siehst sie ja fast nie.«

»Und wer ist daran schuld?« schrie Matt und achtete einen Augenblick lang nicht auf die Straße. Der Wagen kam ins Schleudern, als er sich plötzlich wütend zu Lisa umwandte. Sie schrie auf. »Um Gottes willen, paß doch auf! Wenn du nicht vernünftig fahren kannst, Matt, dann möchte ich lieber aussteigen und mir ein Taxi nehmen, meine Nerven halten das nicht durch!«

Matt schwieg. Seine Finger umspannten das Lenkrad noch fester, und er starrte auf die Straße; keiner von beiden sprach mehr, bis sie den Frisiersalon in Knightsbridge erreicht hatten, in dem Lisa ihren Termin hatte.

»Ich hoffe, du hast einen angenehmen Tag«, sagte er kurz, als sie ausstieg. »Abends sehen wir uns wieder.«

»Danke!« Weg war sie. Als er sie in den Frisiersalon eintreten sah, dachte er an seine erste Frau, Nicoles Mutter, die schon vor zehn Jahren gestorben war. Verzweifelt fragte er sich, wie es denn möglich war, daß er nach einer so glücklichen ersten Ehe mit seiner zweiten so viel Pech hatte.

X.

In Colwyn Court ging Gwyneth zum erstenmal nach dem Beginn ihrer rätselhaften Erkrankung wieder aus. Sie wanderte mit Tristan Poole den Pfad entlang, der zu den Felsklippen hinaufführte, auf denen die Ruine von Colwyn Castle der See trotzte. Als sie die Mauern des Schlosses erreicht hatten, setzte Gwyneth sich nieder, um auf dem Rasen ein wenig auszuruhen. Interessiert lauschte sie dem Klopfen ihres Herzens.

»Ich hoffe, unser Spaziergang war nicht zu viel für mich«, sagte sie nach einem Augenblick.

Poole antwortete nicht. Er stand einige Meter vom Rand der Klippen entfernt, und seine schwarze Jacke flatterte im Wind.

»Tristan.«

Er wandte sich ihr lächelnd zu. »Entschuldigen Sie, was haben Sie gesagt?«

»Sie glauben doch nicht, daß der Spaziergang hier herauf mich zu sehr angestrengt hat? Mein Herz scheint schrecklich schnell zu schlagen.«

»Es wird Ihnen bestimmt nicht schaden. Ruhen Sie sich hier nur ein wenig aus!«

Gwyneth lehnte sich im Gras zurück, legte die Hände unter ihren Kopf und ging in ihrer Fantasie eine Szene durch. Nachdem sie gesagt hatte, wie schnell ihr Herz schlüge, würde Tristan bei ihr niederknien und mit seinen langen Fingern ihren Herztakt fühlen und dann...

»Sie haben eine blühende Fantasie«, sagte Tristan Poole.

Sie setzte sich plötzlich steif aufrecht. Ihre Wangen brannten. Einen Augenblick lang war sie sprachlos. Aber er lachte sie nicht aus. Er stand immer noch da und blickte hinaus aufs Meer.

»Warum haben Sie das gesagt?« wollte sie mit schwankender Stimme wissen.

»Warum nicht?« sagte er und wandte sich ihr zu. »Ist es denn nicht wahr?«

Sie war völlig überrascht. In ihrer Verwirrung suchte sie das Thema zu wechseln, aber es fiel ihr nichts ein.

»Die Fantasie«, sagte Poole, »befriedigt selten so sehr wie die Wirklichkeit. Haben Sie einmal darüber nachgedacht, Gwyneth?«

Gwyneths Gedanken wirbelten in Tausenden unzusammenhängenden Stücken durch ihren Kopf. Sie öffnete den Mund, um zu sprechen, fand aber keine Worte.

»Warum fürchten Sie sich vor der Wirklichkeit, Gwyneth?«

»Ich fürchte mich ja gar nicht«, sagte Gwyneth laut, aber sie zitterte. Sie mußte gegen den Wunsch ankämpfen, zum Haus zurückzulaufen und sich in der beruhigenden Sicherheit ihres Zimmers einzuschließen.

»Aber Sie ziehen doch die Welt der Fantasie vor.« Poole seufzte. Ihm ging durch den Kopf, was er von Anfang an gewußt hatte: Das Mädchen war zu neurotisch, um für ihn interessant zu sein. Es war so schade. Eine solche Verschwendung. Aber es war sinnlos, mit schadhaftem Material zu arbeiten. Die Ängste in Gwyneth würden alle gegen ihn arbeiten, so daß sie sich dem, was er anzubieten hatte, verschließen würde. Sie konnte ihn nur in seiner Verkleidung als Arzt akzeptieren. In jeder anderen Rolle würden ihre Ängste sie in ihre Fantasiewelt zurücktreiben und damit von jeder Welt trennen, die er ihr zeigen könnte.

Gwyneth blickte verzweifelt um sich, und als sie das kleine Häuschen weit unten am Strand sah, sagte sie rasch: »Daddys Vetter Benedikt wird bestimmt im Juni herkommen. Hat Daddy es Ihnen schon gesagt? Er ist schrecklich gelehrt und unmodern und weiß nicht, was heutzutage los ist. Er lebt in der Vergangenheit, aber sie ist sehr süß, seine Frau Jane meine ich, obwohl auch sie altmodisch ist. Aber sie ist recht hübsch, natürlich nicht so hübsch wie Lisa, Lisa ist ihre Schwester, und sie ist wirklich hübsch! O Gott, ich wollte, ich wäre Lisa. Sie ist so schick, und sie ist sogar mit einem Millionär verheiratet – haben Sie einmal von dem Industriellen Matthew Morrison gehört?«

Poole sah, wie die Wellen sich tief unten am Strand brachen. »Ja, ich glaube, ich hab' von ihm gehört.« Er sah Gwyneth scharf an. »Also hat Mrs. Jane Shaw einen Millionär zum Schwager.«

»Ja, weil Janes Schwester –«

»Wie sagten Sie doch, heißt sie?«

»Lisa«, antwortete Gwyneth.

»Lisa Morrison. Welch charmanter Name.«

»Oh, sie ist so charmant wie ihr Name«, sagte Gwyneth erleichtert, weil es ihr gelungen war, seine Aufmerksamkeit von sich abzulenken. »Sie ist wirklich eine überaus attraktive Frau.«

»Wirklich?« meinte Tristan Poole und wandte sich wieder dem Meer zu. Dann sagte er mehr zu sich selbst als zu Gwyneth: »Das ist aber sehr interessant...«

2. *Kapitel*

I.

Es war Juni. In Cambridge wand sich der Fluß an den Gartenseiten der einzelnen Colleges vorbei; der Rasen in den Schulhöfen war bestens gepflegt. Die Studenten waren fort, und die Stadt war wieder in die Ruhe einer kleinen Provinzstadt zurückgesunken. In dem kleinen Haus am Rande der Stadt war Jane, etwas desorganisiert, am Packen und versuchte, den Kopf nicht völlig zu verlieren.

»Sicher werde ich irgend etwas vergessen«, sagte sie zu Benedikt. »Habe ich die Milch und die Zeitung abbestellt? Ich kann mich wirklich nicht mehr erinnern, was ich gemacht und was ich nicht gemacht habe. Wenn wir nur schon in Colwyn wären und diese schreckliche Packerei hinter mir läge!«

»Da die Zeitungen heut früh nicht gekommen sind«, sagte Benedikt, »und da wir schon keine Milch mehr haben, darf ich wohl annehmen, daß du beides abbestellt hast. Was hast du hinsichtlich der Katze unternommen?«

»Ach, Marble kommt natürlich mit! Ich kann sie unmöglich hierlassen!«

»Oh, Jane, sie wird davonlaufen, wenn du sie nach Wales mitnimmst! Du weißt doch, wie Katzen sind! Ihr Instinkt führt sie in ihr Heim zurück, wenn man versucht, sie in eine ganz neue Umgebung zu verpflanzen.«

»Marble ist keine Katze wie alle anderen«, sagte Jane.

»Du wirst doch nicht glauben, daß ich von hier bis Wales fahre, während das verdammte Biest die ganze Zeit am Hintersitz schreit und winselt –«

»Sie wird in ihrem Körbchen auf meinem Schoß sein«, sagte Jane bestimmt. »Und sie wird lammfromm sein.«

»Das möchte ich erst einmal sehen«, entgegnete Benedikt. Aber er ließ die Sache auf sich beruhen. Er selbst hatte die Katze

Jane vor einem Jahr geschenkt, nachdem sie das weiße Kätzchen in ihrer Tierhandlung gesehen hatte. Seither war das Tier liebevoll umsorgt worden. Jetzt war es 14 Monate alt, ein großes, elegantes Geschöpf mit dichtem weißem Fell, bösartigen rosa Augen und scharfen Klauen. Benedikt, der nicht gerade ein Katzenliebhaber war, hatte das Tier zuerst bewundert, betrachtete aber nun seine Anwesenheit im Haus mit gemischten Gefühlen. Er glaubte etwas Trauriges in Janes Liebe zu dieser Katze zu spüren. Er hielt es für eine solche Verschwendung, daß Jane, die soviel Mutterliebe besaß, diese zur Gänze für eine launische Albinokatze aufwenden sollte.

»So komm doch mit, Marble«, sagte Jane, hob die Katze auf und setzte sie in das Körbchen. »Wir gehen auf einen wunderschönen Urlaub.« Marble sah sie mißmutig an. Kaum war sie im Auto, begann sie zu protestieren und man hörte wütende Laute.

»Hab' ich es dir nicht gesagt«, meinte Benedikt.

»Sie wird sich schon beruhigen«, sagte Jane.

»Mhm... haben wir jetzt alles?«

»Ich glaube schon... ach du lieber Himmel, ich habe das Brot nicht weggeworfen! Nur einen Augenblick –«

»Ich mach das schon«, sagte Benedikt, »bleib du lieber bei dem Vieh. Ich möchte nicht für sie verantwortlich sein.«

Schließlich fuhren sie doch los. Benedikt lenkte den Wagen in der für ihn typischen wirren Art aus der Stadt hinaus und hielt sich dann in westlicher Richtung nach Südwales. Die Katze beruhigte sich. Jane stieß einen Seufzer der Erleichterung aus, und Benedikt begann, ein Motiv aus Beethovens Pastorale zu summen.

»Ich hab' schon geglaubt, wir kommen überhaupt nicht weg«, sagte Jane zu ihm. »Warum ich nur immer so wirrköpfig bin? Es muß herrlich sein, eine dieser dynamischen, praktischen und geschickten Frauen zu sein, die nie in ein Schlamassel geraten.«

»Dynamische, praktische und geschickte Frauen sind mir von Herzen zuwider«, sagte Benedikt. »Wärst du nicht genauso, wie du bist, so wäre mir nicht im Traum eingefallen, dich zu heiraten.«

Jane seufzte erleichtert und glücklich auf. Einen Augenblick erinnerte sie sich daran, wie Lisa einmal bei einer Party zu einer Freundin gesagt hatte: »Ich versteh' nicht, was Jane an ihm findet!« Lisa hatte das nie verstanden, ebensowenig wie ihre Mutter, die vor einem Jahr gestorben war. Janes Gedanken wanderten noch weiter in die Vergangenheit. Sie konnte noch heute ihre Mutter in höflicher Verzweiflung sagen hören: »Jane, Liebste, glaubst du nicht, es wäre an der Zeit, deine Frisur zu ändern... die entspricht nicht ganz der jetzigen Mode, und dein Haar hängt immer so wirr herum... Liebling, ich glaube nicht, daß dieses Kleid dir steht... Jane, du bist doch wirklich ganz hübsch, wenn du dich ein bißchen mehr bemühen wolltest, könntest du recht anziehend sein. Man muß sich nur etwas anstrengen... Lisa, zum Beispiel –«

»Aber ich bin nicht Lisa, ich bin ich.«

Und sie dachte plötzlich auch an die jungen Burschen bei längst vergangenen Partys.

»Du bist doch nicht etwa Lisas Schwester? Bist du's wirklich, oh...« Und dann die Lehrer in der Schule: »Ja, Jane bemüht sich, aber...« Lisa ist es in der Schule auch nicht gut gegangen, aber das war, wie jeder wußte, weil Lisa sich nicht bemühte. Und schließlich gab es da noch diese schrecklichen Schwierigkeiten mit dem Übergewicht. »Es ist wirklich ein Pech, daß du nicht veranlagt bist wie Lisa, Liebste. Lisa ißt doppelt soviel wie du und scheint niemals auch nur ein Gramm zuzunehmen...«

Lisa, immer, immer wieder Lisa.

»Du kannst mich unmöglich liebhaben«, hatte sie einmal zu Benedikt gesagt. »Ich bin dick und sehr dumm und sehe meist fürchterlich aus. Und gerate immer in Schlamassel, und im Vergleich zu Lisa –«

»Frauen wie Lisa sind mir widerlich«, hatte Benedikt festgestellt.

»Aber –«

»Du bist mir gerade recht, so wie du bist«, hatte Benedikt gesagt. »Wenn du je versuchen solltest, dich zu verändern, dann werde ich sehr wütend werden.«

Das hatte er in den sechs Jahren, die sie einander nun kannten, mehrmals wiederholt, aber selbst heute noch wagte Jane kaum zu glauben, daß es ihm damit ernst war. Während das Auto an diesem Junitag ruhig und gleichmäßig westwärts nach Wales dahinfuhr, streichelte sie Marbles dickes Fell. Es ging ihr durch den Kopf, daß das schläfrige Schnurren der Katze auch ihrem eigenen überwältigenden Gefühl der Zufriedenheit und des inneren Friedens entsprach.

Als sie den großen Industriehafen von Swansea erreichten, war es schon Abend, und als sie endlich an all dieser von Menschen geschaffenen Häßlichkeit vorbeigefahren waren und sich der Gower-Halbinsel näherten, war die Sonne schon untergegangen. Das Dorf Colwyn lag einen Kilometer vom Meer entfernt an der Südseite der Halbinsel. Während sie auf den Ort zufuhren, verschwand der bewaldete Teil der Halbinsel hinter ihnen, bis sie inmitten offener Landschaft waren: von Steinmauern begrenzte Felder, weite Farmen und Äcker, die bis zur Heide über den Felswänden reichten oder sich zur steinigen Küste hin erstreckten. Man hätte hier ebensogut 300 wie nur 30 Kilometer von Swansea entfernt sein können.

»Evan wird sich sicher darauf freuen, wieder heimzukommen«, sagte Jane und blickte verträumt auf die dunkel werdende See jenseits der Felder. »Jetzt dauert es nicht mehr lange, bis er zurückkommt, nicht wahr?«

Sie fuhren durch das Dorf und dann das lange Sträßchen bis zu den Toren von Colwyn Court. Die Zufahrt war durch ein Spalier von blühenden Büschen eingesäumt und endete schließlich in einer scharfen Kurve direkt vor dem Haus. Das Haus war alt und stammte aus der Zeit der Königin Elizabeth I., aber ein Colwyn hatte es im 18. Jahrhundert ›modernisiert‹. Die weiße Fassade aus der Zeit König Georgs war streng gegliedert, dahinter aber – von der Zufahrt nicht zu sehen – erstreckten sich zwei Flügel aus dem elizabethanischen Zeitalter und in strenger Geometrie der elizabethanische Garten.

»Der Bau sieht wie ein Leichenschauhaus aus«, sagte Benedikt. »Vielleicht sind alle schon schlafen gegangen. Wie spät ist es, Liebling?«

»Neun Uhr.«

»Es muß sicher schon später sein!«

»Ja richtig, meine Uhr ist stehengeblieben. Ich habe sicher vergessen, sie aufzuziehen. Wie dumm von mir! Was sollen wir jetzt tun?«

»Nun, wir werden halt nachsehen, ob Walter noch auf ist – oder wir lassen ihm wenigstens eine Nachricht, daß wir glücklich angekommen sind; dann können wir zum Häuschen hinunterfahren.«

»Gut.« Jane verschloß Marbles Korb sorgfältig mit dem Dekkel und folgte Benedikt. Nach der langen Autofahrt hatte sie ein steifes Gefühl in den Beinen, und plötzlich bekam sie Sehnsucht, sich in einem heißen Bad zu entspannen.

Nachdem Benedikt die Türglocke betätigt hatte, hörte man eine Weile nichts. Über ihnen leuchteten die Sterne, und eine Fledermaus stürzte sich im Blindflug durch die Dämmerung.

»Es scheinen alle schon zu Bett gegangen zu sein.« Er läutete nochmals. »Wir hätten von Cambridge früher aufbrechen sollen«, fügte er hinzu. »Aber es macht nichts, wir können morgen nach dem Frühstück vom Häuschen heraufkommen. Ich hoffe, Walter hat wenigstens daran gedacht, es offenzulassen.«

In diesem Augenblick wurde es in der Halle hell. Als Benedikt sich wieder umdrehte und Jane unentschlossen beim Auto stand, öffnete sich die Tür, und es erschien eine mollige Frau mittleren Alters mit weichem grauem Haar und einem glücklichen Lächeln.

»Guten Abend«, sagte sie mit warmer Stimme. »Professor Shaw und Gattin, nehme ich an. Darf ich mich vorstellen? Ich bin Agnes Miller, die Sekretärin der Sektion Colwyn der ›Gesellschaft zur Förderung gesunder Ernährung‹. Kommen Sie doch herein!«

II.

Marble sah durch das Geflecht des Korbes auf dem Vordersitz des Wagens und versuchte auszubrechen. Da sie Benedikts Stimme aus einiger Entfernung und Janes Murmeln etwas näher hörte, war ihr klar, daß man sie verlassen, aber doch nicht ganz verlassen hatte. Marble wurde wütend. Sie haßte ihren Weidenkorb. Sie haßte Autos, es war ein langer, beschwerlicher Tag gewesen.

Sie atmete tief ein, jaulte dann los, krümmte den Rücken und stemmte sich mit allen vier Pfoten hoch. Der Deckel des Korbes flog auf. Marble blinzelte in das helle Licht der Einfahrt, sprang dann triumphierend durch das offene Fenster des Autos in die Freiheit und landete auf dem Kiesweg.

»Was für eine reizende Katze!« rief eine unbekannte Frauenstimme, und eine ihr fremde Hand liebkoste sie am Rükken.

»Geben Sie acht, Miß Miller«, sagte Benedikt nervös. »Sie mag fremde Menschen nicht.« Marble durchlief ein Zittern. Ein Schauer berührte ihr Rückgrat, das Fell sträubte sich und um ihren Hals bildete sich eine Krause. Sie fühlte sich verzaubert und überwältigt und ganz ungewöhnlich.

»Komm, Marble«, sagte Jane plötzlich und nahm die Katze auf. Die fremde Zärtlichkeit war vorbei. Marble blinzelte wieder, erinnerte sich daran, daß sie jetzt frei war, und sprang aus Janes Armen. Dann schoß sie die Treppe ins Haus hoch.

»Marble!« rief Jane.

Marble meldete sich nicht. Ein älterer Herr kam die Treppe herauf und sagte: »Benedikt, wie schön, dich wieder hier zu sehen! Ich möchte mich entschuldigen, daß ich dich erst jetzt begrüße – aber ich war in meinem Arbeitszimmer...«

»Marble«, rief Jane verzweifelt.

Marble fühlte sich wunderbar bösartig. Sie hatte einen langen, schweren Tag hinter sich und war nun entschlossen, zu feiern. Sie fand einen Gang, der von der Halle wegführte, und lief ihn entlang. Auf halbem Weg hielt sie inne, die Nüstern gebläht – aber es gab keinen verlockenden Geruch, sondern nur ihren sicheren Instinkt, daß sie in die richtige Richtung strebte.

»Marble«, rief Jane immer noch verzweifelt von weit her. »Du schlimme Katze, komm sofort her!«

Marble lief geschickt um eine Ecke und fand sich in einem anderen Korridor. Zu ihrer Linken fiel aus einem Türspalt Licht in den Gang. Marble schoß vorwärts, hob sich auf die Hinterpfoten und stemmte sich mit beiden Vorderpfoten gegen die Tür. Sehr zu ihrer Zufriedenheit gab diese nach, und im nächsten Augenblick wanderte sie in eine riesige Küche. Ein seltsamer Geruch kitzelte ihre Nase. Sie hielt inne. Jemand bemerkte sie.

»Was für eine wunderbare Katze!« sagte eine andere fremde Frauenstimme. »Sieh doch, Harriet, sieh nur die Katze!«

»Komm, Kätzchen, komm!« Marble suchte sich zu verstekken.

»Gib ihr doch ein wenig Milch.«

»Wo ist sie denn hergekommen?«

Jemand öffnete den Kühlschrank und nahm eine Milchflasche heraus. Eine andere Person beugte sich nieder, um sie zu berühren, aber Marble machte einen Buckel und fauchte. Sie wußte durchaus nicht, wo sie war und mochte den fremdartigen Geruch, der vom Herd ausströmte, nicht. Instinktiv sah sie sich nach Jane um, aber die hatte offenbar die Verfolgung aufgegeben. Sie war allein.

»Hierher, Kätzchen«, sagte eine der fremden Frauen.

Es waren lauter Frauen – alle.

»Ist sie nicht süß?«

»Gib ihr etwas Milch in eine Tasse.«

Marble versuchte, die Tür zu finden und stieß gegen ein Tischbein. Jetzt war sie verschreckt. Sie wollte eben in die nächste Ecke schießen, wo sie sich dann gegen jedermann wehren konnte, als ein leiser Luftzug ihr Fell kräuselte. Sie sah, wie sich in der Nähe eine Tür öffnete, eine Tür, die hinaus in die Freiheit der Nacht führte.

Marble sauste so schnell durch die Küche, daß sie nicht einmal die schwarzen Hosen des Mannes sah, bis sie in diese hineinrannte. Der Zusammenprall versetzte ihr einen richtigen Schock. Sie jaulte auf und sprang verschreckt zurück, fiel auf den Rücken und schlug mit den Klauen in die Luft.

»Ich sehe, wir haben einen unerwarteten Gast«, sagte eine dunkle, ruhige Stimme von der Tür her.

Marble keuchte. Die Tür war immer noch offen, und sie konnte den Hof draußen sehen und die frische nächtliche Meeresluft riechen, aber es fiel ihr seltsam schwer, sich zu bewegen. Und dann beugte sich der Mann über sie und berührte ihren Nacken mit langen, zarten Fingern. Da vergaß Marble die Autofahrt und den Geruch vom Herd und die Möglichkeit, nach wenigen Metern außerhalb der Tür in Freiheit zu sein.

»Wie heißt du?« fragte der Fremdling mit ruhiger, dunkler Stimme. »Oder warst du immer namenlos und hast nur auf mich gewartet?«

Marble streckte eine schwache Pfote vor und hakte ihre Klauen in ein schwarzes Schuhband.

»Ich taufe dich Zequiel«, sagte die ruhige Stimme, »und beanspruche dich für mich.«

Und plötzlich hoben sie starke Hände durch die Luft; sie roch ein reines, weißes Hemd, fühlte die glatte Seide einer Männerkrawatte und empfand unermeßlichen Frieden.

»Marble!« hörte man Janes Stimme vom Gang vor der Küchentür rufen: »Marble, wo steckst du?«

Aber Marble hörte sie nicht. Sie hatte die Augen geschlossen und lag, alle Glieder entspannt, in den Armen des Mannes. Sie schnurrte in einer tranceartigen Ekstase.

III.

»Machen Sie sich keine Sorgen, Mrs. Shaw«, sagte Agnes Miller, die Jane knapp vor der Küche abfing. »Wir werden sie schon finden. Seien Sie nicht beunruhigt, die Katze muß ja irgendwo wieder auftauchen.«

Jane war dennoch sehr unglücklich. Sie wußte, daß ihre Sorge unvernünftig war und daß Miß Millers Rat und Zuspruch vernünftig war. Aber dennoch war sie aufgeregt. Sie versuchte sich einzureden, daß ihr ungewöhnliches Verhalten durch die lange Reise ausgelöst wurde, aber gleichzeitig wußte sie, daß dies nicht der Fall war. Ihr unangenehmes Gefühl schien von irgendeiner seltsamen Atmosphäre in diesem Haus verursacht. Vielleicht rührte es sogar von der Anwesenheit dieser unbekannten Frau her, die mit Marble so leicht Freundschaft geschlossen hatte, oder von der Fledermaus, die durch die Dämmerung geflattert war, nachdem Benedikt an der Tür geläutet hatte. Vielleicht stand diese Unruhe auch in Verbindung mit dem fremdartigen Duft, der ihr aus der halbgeöffneten Küchentür entgegenströmte. Jane war sich einer keinem Vernunftgrund zugänglichen Panik bewußt. Mit Schrecken merkte sie, daß sie nahe daran war, in Tränen auszubrechen.

»Ich muß sie finden«, sagte sie und wendete sich blindlings der Tür zu. »Ich muß einfach!«

Miß Miller trat vor sie hin und streckte den Kopf in die Küche. »Hat irgend jemand hier –«, sagte sie fröhlich und rief dann erfreut: »Aber da ist sie ja! Es ist alles in Ordnung. Hier ist sie, gesund und munter. Sie ist bei Freunden und unterhält sich bestens!«

Marble hat keine Freunde, dachte Jane wütend. Nur mich und Benedikt. Wieder füllten sich ihre Augen mit Tränen und dann, als sie noch dastand, ihrer Stimme kaum mächtig, fiel ein Schatten zwischen sie und das Licht. Eine Männerstimme sagte höflich: »Ihre Katze, Mrs. Shaw.«

Jane blinzelte, um die Tränen zurückzudrängen, aber ehe sie noch recht sehen konnte, hörte sie schon Marbles Schnurren. Sie lag entspannt in den Armen des Mannes, und ihr Fell sah gegen das dunkle Sakko sehr weiß aus.

»Du schlimme Katze, Marble«, sagte Jane mit unsicherer Stimme, hob sie auf und drückte sie an ihre Brust. »Du schlimme, ungehorsame Katze.« Marble fauchte und versuchte, sich freizukämpfen.

»Ruhig!« Der Fremdling legte seinen Zeigefinger auf den Kopf der Katze. »Benimm dich.« Das Tier war sofort ruhig.

Nun sah Jane zum erstenmal zu dem Mann auf, der vor ihr stand.

»Mrs. Shaw«, sagte Agnes Miller, »das ist Mr. Poole, der geschäftsführende Direktor unserer Gesellschaft. Vielleicht hat Mr. Colwyn Ihnen schon von ihm erzählt.«

»Ich glaube nicht, daß er... wenigstens bin ich nicht sicher – ich kann mich eigentlich nicht erinnern... Es freut mich, Sie kennenzulernen, Mr. Poole.«

»Ganz meinerseits, Mrs. Shaw.« Er lächelte sie an.

Jane sah weg. »Ich danke Ihnen vielmals, daß Sie Marble eingefangen haben... Ich fürchte, ich habe mich recht dumm benommen... Ich habe mich ins Bockshorn jagen lassen. Marble ist nicht gewohnt, außer Haus zu sein, und ich hatte Angst, sie würde entlaufen und sich verirren.«

»Selbstverständlich«, sagte Poole. »Ich verstehe das sehr gut.«

»So eine nette Katze«, sagte Miß Miller warmherzig, »so eine wunderschöne Katze.«

Poole sagte nichts. Jane kam plötzlich zu Bewußtsein, daß er Marble gegenüber ganz unsentimental war. Kein Wort darüber, wie hübsch die Katze war, keine dummen Bemerkungen darüber, wie schlimm das Tier gewesen war. Keine unaufrichtigen Beteuerungen, wie sehr er sich freute, ihr dienlich gewesen zu sein. Statt dessen hatte er einfach die Katze mit fester Hand behandelt, etwa so wie ein Veterinärarzt. Und nur eine kurze Ermahnung, als das Tier sich feindselig benommen hatte. Jane hatte den Eindruck beherrschter Kraft, durchdachter Bewegungen und einer kühlen, berechnenden Maskulinität, die gar nicht zu einem Mann zu passen schien, der mit Katzen umgehen konnte, und der sich seinen Lebensunterhalt damit verdiente, etwas zu leiten, das Benedikt als eine ›Gesellschaft von Spinnern‹ bezeichnet hatte.

»Ich wünsche Ihnen einen angenehmen Aufenthalt in dem Häuschen am Meer, Mrs. Shaw«, sagte der Mann. »Ich nehme an, wir werden einander während Ihres Besuches gelegentlich sehen.«

»Ja... ich danke Ihnen«, sagte Jane, die selbst nicht recht wußte, was sie sprach. »Wenn Sie mich jetzt entschuldigen –«

»Selbstverständlich, gute Nacht, Mrs. Shaw.«

»Ich begleite Sie hinaus in die Halle«, sagte Agnes Miller. »Ich hoffe, Sie finden in dem Häuschen alles, was Sie brauchen. Ich habe mich ein wenig um die Vorbereitungen gekümmert, weil Mr. Colwyns Haushälterin vor ein oder zwei Wochen gekündigt hat. Man bekommt heutzutage so schwer Personal, und die Mädchen und ich haben einstweilen den Haushalt selbst geführt.«

»Mädchen?«

»Ja, wir sind zwölf«, sagte Miß Miller freundlich. »Alle Altersgruppen und Berufssparten sind vertreten. Es ist sehr anstrengend! Meine Schwester Harriet und ich leiten sozusagen die Gruppe und teilen die verschiedenen Arbeiten und Aufgaben auf. Wir kümmern uns um all den Alltagskram, so daß Mr. Poole freie Hand hat, die wichtigeren Tätigkeiten der Gesellschaft zu planen und zu lenken.«

»Ich verstehe«, sagte Jane, »das machen also Sie zwölf.«

»Dreizehn«, sagte Miß Miller, »mit Mr. Poole.«

»Ja, ja, ich verstehe schon, aber was tun Sie eigentlich?«

Miß Miller antwortete mit ihrer klaren Stimme: »Wir befassen uns mit einer soziologischen Untersuchung der physischen und psychischen Vorzüge einer Ernährungsweise, die durch menschliches Zutun nicht verdorben oder verändert ist. Wir gehen von der Annahme aus, daß wir durch die Tatsache, von Chemikalien unberührte Nahrung, also Früchte des natürlichen Bodens, zu uns zu nehmen, mit der Natur verschmelzen und uns jenen natürlichen Kräften nähern, die unsere Geschicke bestimmen.«

Guter Gott! dachte Jane. »Ja, ja, ich verstehe schon«, sagte sie wieder. Es schien das Beste zu sein, nicht mehr zu sagen.

»Wir sind nur die jüngste mehrerer kleiner Gruppen, die über das ganze Land verstreut sind«, sagte Miß Miller fröhlich. »Wir sind sehr stolz darauf, daß Mr. Poole uns so viel von seiner wertvollen Zeit gewidmet hat, um uns zu helfen, hier Fuß zu fassen. Mr. Poole ist – wie soll ich es ausdrücken? – unser Leitstern. Er hält Kontakt mit allen Gruppen und kümmert sich um die Richtlinien auf nationaler Ebene. Wenn unsere Gruppe erst einmal in sich gefestigt ist und Fuß gefaßt hat, dann geht er wieder anderswo hin. Im Augenblick aber haben wir das Glück, daß er noch hier ist und sich persönlich um unsere Arbeit kümmert.«

»Ah«, sagte Jane. »Ja, natürlich.«

»Ach, du lieber Himmel, Sie machen sich schon bestimmt Sorgen um das Häuschen, und ich stehe hier und rede immer von der Gesellschaft. Ich muß mich wirklich entschuldigen. Also, hier ist der Schlüssel zum Häuschen. Im Eisschrank finden Sie Milch, und in der Speisekammer habe ich ein paar Dinge zusammengestellt, mit denen Sie wohl auskommen werden, bis Sie selbst einkaufen gehen können. Der Küchenherd ist elektrisch, ich persönlich habe Gas lieber, aber elektrisch zu kochen ist sehr sauber und wirtschaftlich, wenn man sich erst einmal daran gewöhnt hat. In der Küche sind genügend Töpfe, Pfannen, Messer, Teller und Besteck, die Bettwäsche ist in dem Schrank unmittelbar vor dem Badezimmer. Das Auto der Wäscherei kommt hier jeden Mittwoch vorbei. Wenn Sie also die Schmutzwäsche am Mittwoch früh heraufbringen, kümmere ich mich um alles. Ich glaube, das ist das Wichtigste, wenn Sie aber sonst noch irgend etwas brauchen, so sagen Sie es mir, bitte ... Ach, da ist ja Ihr Mann und Mr. Colwyn – und Gwyneth in ihrem Frisiermantel! Gwyneth, mein Liebling, ich dachte, Tristan hätte dir geraten, heute früh zu Bett zu gehen.«

»Ich habe schon geschlafen«, sagte Gwyneth, »aber ich bin natürlich aufgewacht, als alle nach der Katze zu brüllen begannen. Hallo, Jane! Das ist also die Katze! Ist das Ding echt? Sie sieht wie ein Stofftier aus.«

»Leider ist sie nur allzu echt«, sagte Benedikt. »Jane, ich glaube, wir sollten uns auf den Weg machen.«

»Ja«, sagte Jane, »natürlich.«

»Kommt doch morgen herauf, sobald ihr euch eingerichtet

habt«, sagte Walter. »Inzwischen wünsche ich euch eine gute Nacht. Jane schaut sehr müde aus.«

»Du siehst selbst ziemlich müde aus«, sagte Benedikt kurz angebunden. »Ich glaube, uns allen täte eine ruhige Nacht gut.«

»Ach, ich bin schon in Ordnung«, sagte Walter unsicher und ging mit ihnen bis zur Tür. »Kennt ihr den Weg? Geht nur bei den Ställen entlang und dann hinunter zum Meer.«

»Gut, und wo ist der Schlüssel?«

»Den habe ich«, sagte Jane. »Gute Nacht, Miß Miller. Nochmals vielen Dank. Gute Nacht, Gwyneth und Walter! Bis morgen.«

Sie gingen. Marble, die nun zu schläfrig war, um sich zu wehren, wurde wieder in ihren Korb gelegt. Benedikt schaltete die Scheinwerfer ein, und der Wagen rumpelte vom Haus hinunter über den dunklen Weg, der zur Küste führte.

»Benedikt«, sagte Jane, »in dem Haus ist irgend etwas sehr Merkwürdiges los. Diese Leute haben es völlig mit Beschlag belegt. Hast du bemerkt, wie schrecklich Gwyneth und Walter aussehen? Was, zum Kuckuck, glaubst du, geht dort vor?«

»Liebling, mach nicht aus allem ein Mysterium«, sagte Benedikt, der versuchte, den Schlaglöchern in der Straße auszuweichen. »Gwyneth sieht immer wie die Hauptdarstellerin eines Dramas aus dem Victorianischen Zeitalter in der Endphase der Schwindsucht aus, und Walter ist, seit wir ihn das letztemal gesehen haben, ein wenig älter geworden, das ist alles. Natürlich muß er am Rande des Bankrotts sein, sonst hätte er nicht diesen ganzen Leuten erlaubt, sich in seinem Haus einzunisten, aber –«

»Das ganze Haus, Benedikt! Miß Miller führt sogar den Haushalt!«

»Nun, wie dem auch sei, so hat er sich wenigstens die Kosten einer Haushälterin erspart. Aber jedenfalls möchte ich mit ihm möglichst bald ein vertrauliches Gespräch führen. Vielleicht kann ich ihn in finanziellen Dingen beraten. Ich kenne Walter! Er stolpert in alle möglichen Schwierigkeiten, wenn ihn nicht jemand fest bei der Hand nimmt und ihm wieder heraushilft. Das ganze Mißgeschick hat wahrscheinlich begonnen, als Evan vor einem Jahr ins Ausland ging und niemand sich darum kümmerte, was hier in Colwyn Court geschah. Gott sei Dank wird Evan gegen Monatsende wieder daheim sein. Wir beide sollten schon imstande sein, die Sache wieder in Ordnung zu bringen.«

»Aber Benedikt, diese Gesellschaft!«

»Nur eine Handvoll harmloser, älterer Damen, meine Liebe, die sich ein wenig mit Kräuterheilkunde befassen. Ich war wirklich erleichtert, als ich Miß Miller kennenlernte und gesehen habe, was für eine nette Frau sie ist. Ich bin überzeugt, daß die Gesellschaft selbst ungefährlich ist. Es ist ihnen lediglich gelungen, Walters ungünstige wirtschaftliche Lage völlig legitim für sich auszunützen.«

»Du hast Mr. Poole noch nicht kennengelernt«, sagte Jane.

»Wer ist Mr. Poole?«

»Miß Miller hatte ihn den ›Leitstern‹ genannt.«

»Das ist komisch. Walter hat gesagt, es wären lauter Frauen... Nun, was stört dich an Mr. Poole? Ich könnte mir vorstellen, daß ein Mann, der mit einem Dutzend ›mittelalterlicher‹ Frauen arbeitet, die mit natürlichen Nahrungsmitteln experimentieren, irgendein ältlicher Homosexueller ist, aber –«

»Das ist Mr. Poole durchaus nicht«, sagte Jane. »Er ist etwa 35 Jahre alt, hochgewachsen, gutaussehend, gebildet, gut angezogen, sehr höflich und –«

»Und –?« sagte Benedikt, der zu überrascht war, um auch nur eine Spur von Eifersucht zu fühlen.

»Und recht beunruhigend«, sagte Jane. Sie zitterte so sehr, daß Marbles Korb fast von ihrem Schoß glitt.

IV.

Drei Tage vergingen. Benedikt hatte seine tägliche Routine aufgenommen, den ganzen Vormittag zu arbeiten, am Nachmittag zu lesen und am Abend wieder zu arbeiten. An diese Tageseinteilung hatte Jane sich in den Jahren ihrer Ehe schon gewöhnt, aber sie fühlte sich dabei immer noch einsam und allein gelassen, wenn sie selbst nicht ganz ausgelastet war. Am Tag nach ihrer Ankunft hatten sie mit Walter und Gwyneth zu Mittag gegessen, aber Colwyn Court hatte bei Tag weniger unheimlich ausgesehen. Die Mitglieder der Gesellschaft waren in ihrem eigenen Teil des Hauses geblieben, so daß einem kaum zu Bewußtsein kam, daß die Colwyns ihr Haus nicht mehr allein bewohnten. Walter hatte erklärt, Mr. Poole sei aus irgendwelchen Gründen nach London gefahren und würde dort ein oder zwei Tage bleiben. Jane fühlte sich zunächst erleichtert, als sie dies hörte, bedauerte dann aber, daß Benedikt immer noch nicht Gelegenheit haben würde, Miß Millers ›Leitstern‹ kennenzulernen.

Vielleicht aber hätte Benedikt auch Mr. Poole ebenso angenehm alltäglich gefunden wie Miß Miller.

Nach dem Mittagessen hatte Jane Gwyneth vorgeschlagen, die Männer allein zu lassen und hinunter zum Strand zu gehen. Gwyneth aber hatte diesen Vorschlag ohne Begeisterung aufgenommen, sie hatte eingewendet, daß sie nun ihre nachmittägliche Ruhe halten müsse und daß es überhaupt zu heiß sei, bis zu der kleinen Bucht hinunterzugehen. Ihr Gesundheitszustand habe sich wohl gebessert, aber sie hätte kürzlich einen kleinen Rückfall gehabt, und ›Tristan‹ hätte ihr geraten, sich einige Tage zu schonen.

»Heißt er wirklich Tristan Poole?« hatte Jane plötzlich gefragt.

Gwyneth schaute sie erstaunt an. »Warum denn nicht?«

»Ach… ich weiß nicht. Mir kommt einfach vor, daß das ein sehr unwahrscheinlicher Name ist.«

»Ich verstehe nicht, warum du das sagst«, hatte Gwyneth mißbilligend geantwortet. »Poole ist ein durchaus üblicher Nachname und Tristan – nun, es *gibt* doch Leute, die Tristan heißen, nicht? Mir kommt der Name nicht ungewöhnlicher vor als Benedikt.«

Jane, die nicht streiten wollte, hatte das Thema fallenlassen und war allein zum Strand hinunter spaziert. Colwyn Cove, die kleine Bucht, war Privatbesitz und gehörte zu Walters Gut. Sie hatte einen kleinen, felsüberstreuten Sandstrand und war von hohen Felsklippen umsäumt. Das Landhaus, in dem Benedikt und Jane wohnten, lag an einem Punkt über dem Strand, an dem diese Felswände am niedrigsten waren. Dort erhoben sie sich nur etwa sechs Meter über dem Sandstreifen, und das Haus lag etwa 150 Meter vom Felsabfall entfernt. Die Lage war ausgezeichnet, und aus dem großen Fenster des Wohnzimmers konnte man nicht nur die Wellen in der Bucht brechen sehen, sondern man hatte auch einen Blick nach Norden zu den Ruinen der Burg und der Kapelle, oben auf der Spitze des am weitesten entfernten Felsens, und nach Süden auf den windgepeitschten Adlerfarn und das Heidekraut auf den Klippen in der Nähe. Die Sonnenaufgänge waren prächtig. Nach ihrem ersten Abendessen im Haus waren Jane und Benedikt noch lange Zeit am Fenster gesessen und hatten die Sonne im dunkelnden Meer versinken gesehen.

»Du hast recht gehabt wie immer«, hatte Benedikt gesagt, ihre Hand ergriffen und ihr zugelächelt. »Du hast gewußt, daß das für mich der beste Arbeitsplatz sein würde.« Und am nächsten Morgen hatte er den großen Koffer geöffnet, der seine Bücher enthielt, hatte seine Papiere über den Tisch verstreut und auf seine ältliche Schreibmaschine einzuklopfen begonnen, umgeben von leeren Kaffeetassen und gehäuften Aschenbechern. Walters Schwierigkeiten waren vergessen. Benedikt hatte von seinem Vetter erfahren, daß er ›etwas an Bargeldmangel litt‹, wie Walter es genannt hatte, aber durchaus nicht in ernsten finanziellen Schwierigkeiten war. Diese Entdeckung, zusammen mit der augenscheinlichen Harmlosigkeit der Gesellschaft, hatte Benedikt davon überzeugt, daß er sich grundlos Sorgen gemacht hatte.

»Ich, natürlich«, hatte er zu Jane gesagt, »ich hätte es nicht gerne, wenn ich einen Teil meines Hauses einer Gruppe Fremder überlassen sollte, selbst dann nicht, wenn sie so wohlerzogen wären, wie diese Leute offenbar sind. Aber wenn es Walter finanziell hilft und ihm nichts ausmacht, sehe ich nicht ein, warum dieses Arrangement nicht für alle Beteiligten günstig sein sollte. Es tut Gwyneth bestimmt gut, etwas mehr Menschen um sich zu haben. Meines Erachtens war das Leben, das sie hier führte, ohnehin viel zu zurückgezogen.«

Jane dachte lange über Gwyneth nach. Obwohl sie mehr als dreizehn Jahre älter war als diese, hatte Jane bei den seltenen Gelegenheiten, bei denen sie sich trafen, doch stets Minderwertigkeitsgefühle gehabt. Gwyneth hatte daheim nur eine unzulängliche Ausbildung durch eine Gouvernante erhalten. Das aber änderte nichts an der Tatsache, daß sie einen scharfen Intellekt hatte. Sie hatte einen großen Teil ihres Lebens in schlechtem Gesundheitszustand verbracht, was aber ihrer guten Erscheinung keinen Abbruch tat. Jane hatte lange ihre schlanke Figur, ihr lockiges rotes Haar und ihre weitstehenden blauen Augen bewundert. In der Gegenwart von Gwyneth fühlte sie sich unweigerlich dick und ungeschickt und ziemlich dumm. Überdies trug Gwyneths Vorliebe für die moderne Subkultur, ihre psychodelischen Poster von Popkünstlern, ihre Sammlung von Platten des gerade in Mode befindlichen weißen Blues, ihre Bücher über Berühmtheiten der sechziger Jahre, wie Che Guevara, Andy Warhol und Stokely Carmichael, das alles trug dazu bei, in Jane das Gefühl zu verstärken, sie habe keinen Kontakt mit dieser aggressiven und mysteriösen Generation.

So kam es, daß Jane, auch als Benedikt sich schon ganz in seine Arbeit vertieft hatte und sie viel Zeit für sich hatte, es vermied, tägliche Besuche in Colwyn Court zu machen. Vor sich selbst entschuldigte sie das damit, daß sie Gwyneth nicht dadurch langweilen wollte, daß sie tagtäglich zum Plaudern bei ihr erschien, und daß Gwyneth, wenn sie Geselligkeit wünschte, sicherlich den einen Kilometer vom Herrenhaus zum Landhaus gehen könnte. Offenbar aber verlangte es Gwyneth nicht nach Geselligkeit. Sie besuchte das Haus nicht, und obwohl Jane darüber Erleichterung empfand, bedauerte sie es doch auch wieder.

Abgesehen von ihrem morgendlichen Einkaufsbummel in den Läden des Dorfes, sah sie außer Benedikt niemanden, und es wäre ihr angenehm gewesen, manchmal mit einer anderen Frau zu sprechen.

So aber begnügte sie sich damit, lange Spaziergänge zu machen. Sie ging zu der Burgruine auf den Felsen hinauf und jenseits, oben auf dem Plateau, an einem Dutzend verlassener Felsbuchten vorbei, bis zur äußersten Spitze der Gower-Halbinsel. Das war das steinige Gebiet von Worm's Head. Sie machte auch Spaziergänge in die andere Richtung, ging, östlich von Colwyn, um ein weiteres Dutzend Buchten herum, in Richtung auf Port Eynon. Auf keinem ihrer Spaziergänge begegnete sie irgend jemandem. Im Juni hatte die Urlaubssaison noch nicht so richtig eingesetzt, und das Wetter war für Tagesausflügler noch zu unsicher. Nach ihren Spaziergängen war ihr die Isoliertheit des Hauses nur um so stärker bewußt.

Am vierten Tag nach ihrer Ankunft besserte sich das Wetter. Die letzten beiden Tage hatte es geregnet, aber an diesem Morgen schien die Sonne, und Jane beschloß, das bessere Wetter auszunützen und den Vormittag mit einem Sonnenbad am Strand zu verbringen. Nachdem sie das Frühstücksgeschirr abgewaschen hatte, ließ sie Benedikt in seinem Zigarettenrauch und mit seinen intellektuellen Gedanken allein und ging mit ihrem Bademantel hinunter auf den Sandstreifen. Die letzte Ausgabe ihres Lieblings-Frauenmagazins trug sie unter dem Arm.

Die Katze ging ihr nach. Seit der Ankunft hatte sie das Tier kaum gesehen. Denn Marble war allmorgendlich auf ihre eigenen Expeditionen verschwunden und vor Nacht nicht zurückgekehrt. Heute aber blieb sie bei ihr und tappte hinter ihr den Weg zum Strand hinunter. Die Katze war unruhig. Einmal landete eine Möwe nur wenige Schritte von ihnen, und sie jagte sie zum Meer hin. Aber die einströmende Flut erschreckte Marble, und sie war außerstande, sich in den Sand zu setzen und sich friedlich zu sonnen.

Nach einer Weile teilte sich ihre Unruhe Jane mit, und sie sah auf. Es war aber nichts zu sehen, außer den Möwen war kein Lebewesen in Sicht; nur oben am Felsen bei der Ruine grasten die wilden Pferde friedlich auf der Wiese. Jane wandte sich wieder ihrem Magazin zu, merkte aber bald, daß sie nichts von dem Gelesenen behielt. Als sie wieder aufsah, merkte sie, daß Marble davongelaufen war.

Sie trabte über den Sand dem Pfad zu, der vom Strand hinaufführte. Ihr Schwanz bewegte sich sanft, die Ohren waren hoch aufgerichtet, und als Jane genauer hinsah, um festzustellen, was sie denn anzog, sah sie eine Gestalt am oberen Rand des Pfades, die innehielt, bevor sie zur Küste hinabstieg.

Es war Tristan Poole.

V.

Als er sie sah, hob er die Hand, und nach einer Sekunde winkte sie zurück und griff nach ihrem Bademantel. Sie hatte keine Ahnung, warum sie es für notwendig hielt, den Mantel anzuziehen. Ihr Schwimmanzug war durchaus anständig und schmeichelte sogar ihrer Figur, und sie schämte sich wirklich nicht ihrer Beine, die stets – selbst zu den Zeiten, in denen sie am dicksten gewesen war – wohlgeformt waren. Dennoch zog sie den Bademantel an. Erst als sie versuchte, den Gürtel zu binden, kam ihr zu Bewußtsein, wie nervös sie war. Ihre Finger zitterten, und ihre Handflächen fühlten sich auf dem rauhen Gewebe feucht an.

Marble hatte nun Poole erreicht und versuchte, dessen Aufmerksamkeit dadurch auf sich zu lenken, daß sie sich um die Knöchel des Mannes schmiegte. Poole sagte irgend etwas – Jane konnte seine Stimme hören, aber nicht verstehen –, und die Katze blieb gehorsam einen Schritt zurück.

Niemand kann eine fremde Katze so beherrschen, dachte Jane. Es ist einfach widernatürlich. Sie mußte ihre ganze Willenskraft zusammennehmen, um nicht zu schaudern, als er auf sie zutrat.

»Hallo«, sagte er, und es klang so natürlich und normal, daß sie ihre Nervosität sofort vergaß. »Wie geht es Ihnen? Übrigens, Ihre Katze scheint mir sehr zugetan zu sein, ich verstehe selbst nicht, warum. Wie haben Sie gesagt, heißt sie?«

»Marble. Sie müssen mit Katzen wirklich gut umgehen können. Sie verhält sich Fremden gegenüber meist sehr feindselig.«

»Feindseligkeit ist zumeist nur ein Ausdruck der Furcht. Ihre Katze fürchtet sich, so wie viele Menschen, vor allen möglichen Dingen. Beseitigen Sie die Furcht, so beseitigen Sie damit auch die Feindseligkeit – und schon haben Sie ein völlig zahmes Tier.« Er beugte sich nieder, streichelte Marbles Kopf gedankenverloren und sah lächelnd auf Jane herab. »Darf ich Ihnen einen Augenblick Gesellschaft leisten?«

»Ja, natürlich«, sagte Jane, die ihre eigene Angst nicht durch feindseliges Verhalten zu erkennen geben wollte. »Wann sind Sie nach Colwyn zurückgekommen?«

»Noch spät gestern abend. Ich war geschäftlich in London... Kennen Sie eigentlich London?«

»Nicht wirklich. Meine Familie stammt aus Hampshire. Und seit ich geheiratet habe, wohne ich in Cambridge. Meine Schwester hat eine Zeit in London gelebt, aber ich bin ihrem Beispiel nie gefolgt.«

»Sie haben also eine Schwester?«

»Ja, eine. Keine Brüder. Sie ist jünger als ich.«

»Lebt sie immer noch in London?«

»Nein, sie wohnt mit ihrem Mann etwa zwanzig Meilen von der Stadt, in Surrey. Ich glaube aber, daß Lisa gerne, außer dem Haus auf dem Land, eine Wohnung in der Stadt hätte, wenn ihr das möglich wäre. Matt, mein Schwager, aber ist damit nicht so recht einverstanden. Er möchte sich bald aus dem Geschäftsleben zurückziehen, und er möchte auf eine Weile weg von London.« Himmel, dachte sie plötzlich verwundert, warum erzähle ich ihm das alles? Sie versuchte, ihn etwas über sein Leben zu fragen, aber er sprach schon, ehe sie noch eine Frage formulieren konnte.

»Wenn jemand der Stadt auf eine Weile entrinnen wollte«, sagte Poole, »dann sollte er doch hierher kommen. Ich weiß nicht, ob Ihr Schwager das Meer mag, aber der Streifen Küste hier ist meines Erachtens so gut wie hundert Lichtjahre von London entfernt.«

»Ja, das sagt auch Matt. Und er ist, nachdem er Lisa vor drei Jahren geheiratet hat, einmal hierhergekommen, und ich kann mich gut erinnern, daß ihm die Gegend hier, während sie in Colwyn Court wohnten, sehr gut gefiel. Wissen Sie, er ist wirklich ein ganz offener Mensch mit entsprechend natürlichem Geschmack...« Und Sie ertappte sich dabei, daß sie ihm alles über Matthew Morrison, über dessen stürmische Werbung um Lisa und über Lisas ersten Mann erzählte, der Fernsehproduktionen und Dokumentarfilme über Zeitgeschehen gemacht hatte. Sie erzählte ihm sogar, daß Lisas erster Mann tödlich verunglückt war, als er einen Film über die chinesische Infiltration Hongkongs gedreht hatte. Während einer wagemutigen Erkundungsfahrt entlang der Küste Rotchinas war er ertrunken. Von Lisas erstem Mann kam das Gespräch auf deren Kinder, und dann kam Jane auf Nicole zu sprechen, die Matts einziges Kind war. Eben war sie dabei, die Geschichte von Nicoles unglücklicher Liebe zu Evan Colwyn zu erzählen, als ihr plötzlich klar wurde, wieviel sie dem Fremden schon gesagt hatte. »Entschuldigen Sie«, sagte sie verlegen. »Sicherlich kann das alles Sie nicht interessieren. Wie dumm von mir.«

Er lächelte. Sein Lächeln war sehr anziehend. Sie merkte, daß seine Zähne nicht ganz ebenmäßig waren, aber irgendwie machte das sein Lächeln noch netter. Nun, da sie ihn sich genauer ansehen konnte, bemerkte sie, daß er gar nicht so gutaussehend war, wie es auf den ersten Blick geschienen hatte. Sein Mund war zu breit, auch seine Backenknochen. Sein Kinn schien etwas zu eckig. Aber er war anziehend. Zu anziehend, dachte sie, und blickte schnell fort, da sie fürchtete, daß ihr unfreiwilliges Interesse an seinem Gesicht falsch gedeutet werden konnte.

»Sie irren sich«, sagte er ruhig. »Was Sie mir erzählt haben, hat mich außerordentlich interessiert. Menschen – vor allem Menschen wie Ihr Schwager – haben mich immer fasziniert. Ich bewundere jeden, der seine Karriere als Laufbursche beginnt und als Aufsichtsratsvorsitzender beendet. Wahrscheinlich besteht keine Aussicht, daß Ihre Schwester und Ihr Schwager Sie hier besuchen?«

»Matt würde sicher gerne kommen«, sagte Jane, »und auch die Zwillinge.« Vor ihrem geistigen Auge sah sie sich die Zwillinge auf Spaziergänge mitnehmen und mit ihnen im Sand spielen.

»Warum rufen Sie Ihre Schwester nicht an und schlagen das vor?«

»Nun, das Haus ist etwas klein –«

»Es hat doch vier Schlafzimmer, nicht? Wäre das nicht genug?«

»Ja... ja, ich glaube schon. Ja, das wäre nett. Aber wissen Sie, mein Mann arbeitet doch an einer wissenschaftlichen Veröffentlichung. Es wäre etwas schwierig –«

»Tagsüber hätte er völlige Ruhe. Alle wären ohnehin fort, um sich zu unterhalten.«

»Ja, das stimmt.«

»Wann beabsichtigt Ihr Schwager, sich zur Ruhe zu setzen?«

»Irgendwann in diesem Monat – das genaue Datum weiß ich nicht. Aber ich weiß, daß es bald ist.«

»Würde es Ihnen nicht Spaß machen, Besuch zu haben? – Allein müssen Sie sich doch ganz schrecklich langweilen.«

»Nun...«, sagte sie.

»Sie müssen sich doch wirklich einsam fühlen«, sagte Poole. »Geben Sie's doch zu. Sie sind hier von der Welt ziemlich abgeschnitten.«

»Das stimmt«, sagte Jane.

»Im Haus ist genug Platz.«

»Ja, eine ganze Menge Platz.«

»Ich bin sicher, Ihr Mann hätte nichts dagegen.«

»Ja, das glaube ich auch.«

»Natürlich haben Sie vielleicht schon andere Pläne, aber –«

»Ich werde Lisa anrufen«, sagte Jane, »und sie fragen.«

»Gut!« Er lächelte sie wieder an und stand auf. Dabei klopfte er sich den Sand von seinen schwarzen Hosen. »Tja, jetzt muß ich weiter. Sicherlich sehe ich Sie bald wieder, Mrs. Shaw. Empfehlen Sie mich Ihrem Gatten. Ich hoffe, auch ihn bald kennenzulernen.«

Die Katze regte sich, versuchte aber nicht, ihm zu folgen.

»Sicherlich«, sagte Jane. »Auf Wiedersehen, Mr. Poole.«

Und schon war er gegangen. Sie beobachtete noch, wie er den Steilhang hinaufging, und als er ihren Blicken entschwunden war, legte sie sich im Sand zurück und dachte über ihn nach.

Nach einer Weile dachte sie: Ich tu's nicht. Ich werde Lisa nicht anrufen. Sicher nicht!

Dieser Entschluß gab ihr ein besseres Gefühl. Sie setzte sich auf, warf ihr Haar zurück und ließ den Bademantel in einer Geste der Befreiung von ihren Schultern fallen. Aber dann dachte sie: Es wäre doch nett, wenn die Zwillinge hier wären. Vielleicht können sie allein hierher kommen.

Aber die Zwillinge waren wohl jetzt in der Schule. Wie konnte sie das nur vergessen. Sie waren in zwei verschiedenen Internaten untergebracht, und das Schuljahr endete erst in der dritten Juliwoche.

Jeglicher Wunsch, Lisa anzurufen, schwand. Jane setzte ihre Sonnenbrille wieder auf, zog die Zeitschrift zu sich heran und verbrachte den Rest des Vormittags mit dem Versuch, nicht an das seltsame Gespräch mit Tristan Poole zu denken. Aber es ging ihr dennoch dauernd durch den Kopf. Selbst als sie zum Haus zurückkehrte, um das Mittagessen zu bereiten, dachte sie noch immer an die ungewöhnliche Wirkung, die seine Anwesenheit auf sie gehabt hatte.

Als sie das Wohnzimmer betrat, läutete das Telefon. Normalerweise gab es in dem Haus kein Telefon, damit Walter nicht durch die Laune irgendeines seiner Sommergäste eine riesige Telefonrechnung ins Haus schneite. Ursprünglich aber war ein tragbares Telefon für den pensionierten Chauffeur vorhanden gewesen, das man für die Shaws vor einer Woche wieder in Betrieb gesetzt hatte.

Jane hob den Hörer ab: »Hallo?«

»Liebling«, sagte Lisa, »ich bin's. Hör einmal zu. Die Zwillinge sind wegen Mumps in Quarantäne, und Matt ist drauf und dran, auf die Kanalinseln zu fliegen. Es ist alles einfach scheußlich. Jane, du *mußt* mir helfen. Ich bin verzweifelt. Ich muß Zeit gewinnen und Matt dran hindern, sich ein Grundstück in Guernsey zu kaufen. Die einzige Möglichkeit, ihn davon abzuhalten, ist, eine Einladung nach Colwyn Cottage zu dir und Benedikt zu bekommen. Liebling, es ist mir so peinlich, dich darum zu bitten, aber glaubst du, du könntest nicht doch –«

»Hast du gesagt, die Zwillinge sind daheim?« fragte Jane.

»Ja, und es ist schrecklich für sie, die armen Kinder. Die Semesterferien waren am selben Wochenende, da haben wir sie aus der Schule genommen und haben einen Freund von Matt besucht, der etwa gleichaltrige Enkelkinder hat. Eines von diesen hat dann am nächsten Tag Mumps bekommen, und da sagte Matt: ›Gut, da haben wir eine Ausrede, die Zwillinge überhaupt bis zum Ende des Semesters aus der Schule zu nehmen und uns schon früher nach Guernsey aufzumachen, ehe noch die Urlauber in Massen hinkommen.‹ Nun, ich... hallo, bist du noch dran?«

»Ja«, sagte Jane.

»Du sagst nicht sehr viel«, sagte Lisa vorwurfsvoll. »Seid ihr gerade beim Mittagessen oder was?«

»Nein, Lisa –«

»Weißt du, es geht darum: Matt hat sich in den Kopf gesetzt, auf die Kanalinseln zu ziehen, und ich bin hundertprozentig dagegen. Aber ich bin sicher, ich kann es ihm noch ausreden, wenn ich nur noch ein klein wenig mehr Zeit hätte. Wenn wir euch also besuchen kommen könnten –«

»Benedikt arbeitet doch, Lisa.«

»Nun, wir würden ihn dabei nicht stören! Schließlich wäre Matt den ganzen Tag fort, um sein einfaches Landleben zu führen, die Zwillinge wären am Strand und – nun, ich weiß noch nicht, was *ich* tun werde, aber sicherlich werde ich Benedikt nicht stören. Ich könnte unser Au-pair-Mädchen in Surrey lassen, wenn wir dadurch Platz sparen. Die Zwillinge sind auch allein schon ganz vernünftig, und in einer einsamen Gegend wie Colwyn könnten sie wohl nicht allzuviel anstellen.«

»Ich könnte mich ja um die Zwillinge kümmern«, sagte Jane.

»Oh, Liebling, du weißt, ich würde dich nicht als unbezahltes Kindermädchen ausnützen, aber du kannst wirklich so wunderbar mit Kindern umgehen, und die Zwillinge haben dich so gerne –«

»Wann kommt ihr denn?« sagte Jane.

»Vielleicht Ende der Woche – wäre dir das recht? Oh, Jane, du bist einfach großartig. Wirklich, manchmal wüßte ich nicht, was ich täte, könnte ich mich nicht, wenn's wirklich hart auf hart geht, auf dich verlassen! Jetzt möchte ich dich aber nicht länger aufhalten. Ich nehme an, du bist gerade beim Kochen, und ich möchte Matt sofort sagen, daß du uns alle auf zwei Wochen eingeladen hast. Ich ruf dich später wieder an und sag dir dann, wann wir ankommen.«

»Ja... schon gut, Lisa. In Ordnung.«

»Auf Wiedersehn, Liebling. Laß Benedikt schön grüßen, und vielen, vielen Dank!«

»Wiedersehn«, sagte Jane und begann darüber nachzudenken, woher sie den Mut nehmen sollte, Benedikt diese unerfreuliche Nachricht beizubringen.

Benedikt war wütend.

»Diese Frau!« schrie er und schlug mit der Faust so fest auf den Tisch, daß die Schreibmaschine einen Zentimeter hoch sprang. »Wie kann sie es wagen, uns dazu zu mißbrauchen, ihre Ehekrise zu lösen. Was für eine Unverschämtheit!«

»Na, so schlimm ist es doch nicht, Benedikt. Ich meine –«

»Es ist nicht nur so schlimm«, schrie Benedikt, »es ist noch schlimmer. Wie soll ich Ruhe und Frieden haben, sobald das Haus von Besuchern überquillt! Wie soll ich mit meiner Arbeit weiterkommen, wenn die Morrisons miteinander streiten und die Kinder schreiend und spielend herumschießen –«

»Ich werde dafür sorgen, daß die Kinder dich nicht stören«, sagte Jane.

»Ja, weiß Gott, das wirst du! Daran hat auch Lisa gedacht. Sie hat die zwei Kinder nur als Köder verwendet!«

»Nein, das hat sie nicht«, sagte Jane.

»Natürlich hat sie! Und zu all dem anderen kommt dann noch dieses verdammte Au-pair-Mädchen –«

»Die kommt nicht mit, Benedikt. Es ist ja nur auf zwei Wochen.«

»Ich glaube nicht, daß ich es zwei Wochen lang mit Lisa unter einem Dach aushalte. Ich bekomme sicher einen Nervenzusammenbruch!«

Jane drehte sich wortlos um, ging zum Telefon zurück und begann, Lisas Nummer zu wählen.

»Um Gottes willen«, knurrte Benedikt, riß den Bogen Papier aus der Schreibmaschine, warf ihn zu Boden und trampelte darauf herum, um seinen Gefühlen Luft zu machen. »Was willst du denn jetzt machen?« Er stürzte zum Telefon, nahm Jane den Hörer aus der Hand und warf ihn auf die Gabel. »Du wolltest doch nicht anrufen, um ihr abzusagen?«

Jane war den Tränen nahe. »Was soll ich denn sonst tun?«

»Aber, aber«, sagte Benedikt schuldbewußt. »Aber, aber, du darfst mich nicht so ernst nehmen. Du weißt doch, daß ich manchmal in der Hitze des Gefechtes Dinge sage, die ich nicht so ernst meine. Lassen wir's bei der Einladung.«

»Aber –«

»Ich habe Morrison gerne, und der einzige Grund dafür, daß mir Lisa so zuwider ist, liegt darin, daß ich glaube, daß sie dich meist nur ausnützt. Ich habe um deinetwillen etwas gegen sie, nicht wegen mir.«

»Aber deine Arbeit – ich hätte sie wirklich nicht einladen sollen –«

»Gut, es ist ja nur auf zwei Wochen, und wenn sie nicht Takt genug haben, mich die meiste Zeit in Ruhe zu lassen, dann werde ich mir kein Blatt vor den Mund nehmen.«

»Ich kann wirklich nicht verstehen, warum ich zugestimmt habe«, sagte Jane verzweifelt. »Ich verstehe es wirklich nicht.«

Die Kinder, dachte Benedikt, und es gab ihm einen Stich ins

Herz. Laut sagte er: »Nun, du spielst doch gern mit den Kindern.«

»Es war nicht nur wegen der Kinder«, sagte Jane verbissen. »Wirklich nicht, Benedikt.«

»Oh!« Er dachte: Wir sollten doch wieder einmal über Adoption sprechen. Ich war vielleicht zu hart, wenn ich früher immer sagte, ich könne ein Kind nicht genug lieben, wenn es nicht mein eigen Fleisch und Blut wäre. Es war ihr gegenüber unfair. »Nun –«

»Ich meine, vielleicht war es teilweise wegen der Zwillinge, aber ... Benedikt, ich habe Mr. Poole heute morgen am Strand getroffen. Wir haben über Lisa und Matt gesprochen, und er – er hat mir gesagt, ich soll sie doch einladen, und ... wie Lisa dann angerufen hat, und bat, ich möge sie einladen, da konnte ich einfach nicht nein sagen. Es fehlte mir einfach die Willenskraft, es ihr abzuschlagen. Es war, als ob ... ach, ich weiß nicht! Aber es ist alles irgendwie Mr. Pooles Schuld – ich weiß es einfach.«

»Schon gut, schon gut«, sagte Benedikt beruhigend. Er schloß sie in die Arme und küßte sie. »Macht nichts. Es tut mir leid, daß ich mich so habe gehenlassen.«

»Benedikt, du hast mir nicht zugehört. Mr. Poole –«

»Dieser Poole hat dich offenbar ganz behext«, sagte Benedikt. »Ich sehe schon, ich werde ihn möglichst bald kennenlernen müssen, um herauszufinden, warum du ihn so unwiderstehlich findest.«

»Benedikt, ich weiß, du nimmst mich nicht ernst, aber es war wirklich, als wäre ich behext – oder hypnotisiert, oder sonst irgendwas.«

»Unsinn«, sagte Benedikt ruhig. »Du hast einfach mysteriöse Dinge gern, Liebling, das ist bei dir schon so, und wenn es kein Geheimnis gibt, dann erfindest du schnell eines. Es liegt einfach in deiner romantischen weiblichen Natur. In Wirklichkeit hat Mr. Poole einfach gesehen, daß du allein am Strand bist, und vernünftigerweise vorgeschlagen, du solltest die übrige Familie einladen. Dann hat Lisa zufällig angerufen und den gleichen Vorschlag gemacht. Dich hat es gereizt, die Zwillinge wieder einmal zu sehen, und du hast ja gesagt. Ich verstehe nicht, warum du jetzt die Schuld an allem dem armen Mr. Poole zuschieben willst, der wahrscheinlich nur freundlich und nett sein wollte.«

»Ja«, sagte Jane. »Ja, sicher hast du recht. Es ist nur –«

»Ja?« fragte Benedikt neugierig.

»– ich kann Mr. Poole nicht leiden«, sagte Jane. »Ich kann mir nicht helfen. Ich mag ihn ganz und gar nicht.«

VI.

Als Poole nach seinem Gespräch mit Jane nach Colwyn Court zurückkam, fand er dort Agnes Miller in dem kleinen Zimmer, das früher der Haushälterin gehört hatte. Agnes addierte eine Kolonne von Zahlen im vor ihr liegenden Haushaltsbuch und sah verwirrt drein.

»Sag jetzt nichts«, sagte sie, als Poole eintrat. »Ich bin jetzt an einem schwierigen Punkt angelangt. 9 minus 4 = 5, 13 weniger 6 = 7, 2 weniger 7... 2 weniger 7? Ach ja, ist schon klar.« Sie schrieb eine Zahl und sah sie mißtrauisch an.

»Ich werde dir noch eine Rechenmaschine kaufen müssen«, sagte Poole amüsiert.

»Mein Lieber, wir haben kaum mehr genug Geld, einen Laib Brot zu kaufen, geschweige denn eine Rechenmaschine! Was werden wir denn tun?«

»Frauen haben doch immer an einer Krise ihre Freude«, sagte Poole und setzte sich auf das Sofa. Die Beine legte er auf das Tischchen. »Frauen lieben es, sich Sorgen zu machen.«

»Da irrst du dich«, sagte Agnes, »mir ist es zuwider.« Sie knallte das Rechnungsbuch zu. »Was für eine häßliche Sache Geld doch ist!«

»Durchaus nicht«, sagte Poole. »Der Mangel an Geld ist häßlich. Geld an sich macht Spaß.«

»Hör mit deinen Haarspaltereien auf«, sagte Agnes mißmutig.

Er lachte. Sie sah ihn an und mußte nun selbst lächeln.

»Eines muß man dir lassen«, sagte sie. »In deiner Gegenwart und bei deinem erstaunlichen Selbstvertrauen ist es schwer, deprimiert zu sein. Ich wünschte nur, ich könnte auch so viel Vertrauen in die Zukunft haben.«

»Agnes«, sagte er, »du bist ein sehr kleingläubiges Wesen.«

Agnes wurde plötzlich ernst. »Daran liegt es nicht«, erwiderte sie. »Natürlich fehlt es mir nicht an Glauben! Wenn ich denke, was du schon alles für uns getan hast, etwa uns hier in dieser idealen Umgebung einquartiert, wie du mit den Colwyns fertig geworden bist, dich um alles gekümmert hast –«

»Dann sorg dich doch nicht um Geld.«

»Gut«, sagte Agnes. »Aber, wie willst du –«

»Frag mich nie nach meinen Plänen, das ist Zeitverschwendung. Wenn ich sie dir mitteilen will, so werde ich das tun.«

»Ja ... aber laß dir sagen, wie es mit uns im Augenblick steht. Bisher sind wir ganz gut mit der Erbschaft unseres letzten Wohltäters durchgekommen. Wie es aber jetzt aussieht, wird uns das Geld irgendwann Mitte August ausgehen, und wenn wir die üblichen Lammas-Ausgaben haben ... Schau mich nicht so an, Tristan! Man muß sich ja auch um die praktische Seite kümmern. Das kostet doch alles Geld. Ich kann nicht über fünfzig Leute einladen und nur fünf Pence ausgeben wollen.«

»Wirklich nicht«, sagte Poole völlig ausdruckslos.

»Überdies«, sagte Agnes, die sich für das Thema erwärmte. »Ich halte es auch nicht für respektlos, solche Dinge praktisch zu sehen. Denke doch an die Andere Kirche. Die wußten immer gut mit Geld umzugehen. Die Andere Kirche ist sehr geschickt, finanzielle Mittel aufzubringen, und denkt sehr praktisch.«

Er schwieg. Agnes sah, daß sie zu weit gegangen war.

»Entschuldige«, sagte sie rasch. »Das hätte ich nicht sagen sollen. Ich wollte wirklich nicht respektlos sein.«

Wieder trat eine Pause ein, und dann lächelte er sie plötzlich an, und sie vermochte sich wieder zu entspannen.

»Es schadet nicht, von Zeit zu Zeit an einen Rivalen erinnert zu werden«, sagte Poole leichthin. »Man könnte fast sagen, daß einen das zu größeren Leistungen anspornt.«

»Ja, genau!« sagte Agnes freudig. Sie blickte wieder auf das Haushaltsbuch und wünschte, trotz allem, was er gesagt hatte, er könne sie mit einem Wort etwas beruhigen. »Tristan –«

»Du hast einfach überhaupt keinen Glauben, nicht wahr, Agnes«, sagte er und lachte. »Absolut keinen!«

»Doch«, verteidigte sich Agnes, »aber – Tristan, wie lange willst du bei uns hier bleiben?«

»Meine liebe Agnes, du kennst die Antwort auf diese Frage so genau, daß ich überhaupt nicht verstehe, wieso du die Frage stellst. Ich gehe fort, wenn meine Arbeit getan ist, wenn du und die anderen hier fest etabliert seid und ihr genug Geld habt, um ruhig zu leben. Walter Colwyn ist schon alt und wird nicht ewig leben. Sein Sohn möchte gern nach Amerika auswandern. Gwyneth wird entweder heiraten oder in einer Nervenklinik enden, vielleicht sogar – je nachdem, was sie will – beides. In nicht allzu ferner Zeit wird Colwyn Court versteigert werden, alle werden darauf hinweisen, wie schwer große Häuser heutzutage zu erhalten sind, und ihr werdet den Besitz mit dem Geld, das ich euch zur Verfügung stellen werde, um eine Bagatelle kaufen. Ich mache mir keine Sorgen um eure Zukunft hier. Ich bin völlig davon überzeugt, daß ich euch einen guten Platz gesucht und gefunden habe. Bis Lammas kommt, werdet ihr auch ein stattliches Bankkonto haben; und nach Lammas werde ich mich wohl auf den Weg machen. Also! Wolltest du das hören?«

»Ich hoffe, du verläßt dich bezüglich des Geldes nicht auf die Colwyns«, sagte Agnes. »Ich bin ganz sicher, daß Mr. Colwyn eine Hypothek auf dem Haus hat, und auch Harriet ist davon überzeugt. Ich glaube, er wird ohne einen Penny sterben.«

»Wahrscheinlich.«

»Nun«, sagte Agnes, »ich wollte mich nur versichern, daß du dich nicht auf irgendeine Erbschaft von Colwyn verläßt.«

Poole gab keine Antwort. Bald darauf stand er auf und ging ans Fenster. »Wo sind alle?«

»Sie arbeiten im Kräutergarten. Wir haben mit dem Koriander und dem Bilsenkraut Schwierigkeiten. Es ist so ärgerlich ... Ja, und Margaret und Jackie sind in der Küche und bereiten das

Mittagessen. Tristan, ich mache mir etwas Sorge um Jackie. Ich habe den Verdacht, daß das allwöchentliche Treffen in deinem Zimmer sie nicht mehr befriedigt; vor allem jetzt, da wir alle so asketisch leben, um uns auf Lammas vorzubereiten. Ich glaube, sie sehnt sich nach ein paar Glanzlichtern im Alltag und nach Unterhaltung. Du weißt doch, wie jung sie noch ist, und wie unreif in mancher Hinsicht. Jedenfalls hat sie heute morgen gesagt, sie will sich den Wagen ausleihen, um kommenden Samstag abend nach Swansea zu fahren. Es ging mir durch den Kopf, ob...«

»So laß sie doch gehen.«

»Aber nehmen wir einmal an –«

»Agnes, manchmal sprichst du, als wärst du die Schwester Oberin eines Nonnenklosters!«

»Aber *darum* geht es doch nicht«, sagte Agnes. »Es ist nur, nehme ich an, etwas langweilig für sie derzeit, und wenn sie ihre Energien vor dem 1. August verpufft, dann wird sie die Riten nicht als eine so lohnende Erfahrung empfinden. Ich wünschte wirklich, du würdest mit ihr darüber sprechen.«

»Sie wird schon tun, was man ihr sagt, mach dir keine Sorgen. Da sie Lammas zum erstenmal erlebt, wird sie kaum wollen, daß es für sie nicht ein wirkliches Erlebnis wird. Das ist doch elementarste Psychologie.«

»Es ist mehr ihre elementare Sexualität, die mir Sorgen macht«, murmelte Agnes, »nicht ihre elementare Psychologie.« Sie steckte das Haushaltsbuch in eine Lade und verschloß diese. »Was hast du denn heute morgen gemacht?«

»Ach, ich bin spazierengegangen. Zum Strand hinunter. Die Katze war dort, mit Mrs. Shaw.«

»Sie scheint mir eine nette Frau zu sein«, sagte Agnes unbestimmt. »Auch Intuition hat sie. Sie mag uns nicht, weil du dir mit ihrer Katze so viel Spaß machst.«

»Spaß!? Agnes, du verwendest manchmal die merkwürdigsten Wörter!« Er rieb die Kante des Vorhangs zwischen den Fingern. »Mrs. Shaw könnte eine recht anziehende Frau sein, wenn sie es wollte«, sagte er nach einer kurzen Pause. »Merkwürdig ist, daß sie es aus irgendeinem Grund nicht darauf anlegt. Vielleicht handelt es sich darum, daß sie sich unbewußt dem Vergleich mit ihrer Schwester nicht stellen will. Gwyneth hat mir gesagt, daß Lisa, die Schwester von Mrs. Shaw, sehr attraktiv ist.«

Agnes begann die Tendenz des Gesprächs zu erfassen. Ihr immer schon sehr beweglicher Geist sprang nun von einer Möglichkeit zur nächsten. »Du kannst unmöglich an Mrs. Shaw ernsthaft interessiert sein«, sagte sie. »Da gibt es zu viel tief verwurzelte Feindseligkeit.«

»Ja, aber sie ist sehr intuitiv«, sagte Poole, »und suggestibel.«

»Aber –«

»Nein, ich bin wirklich nicht sehr an Mrs. Shaw interessiert. Wann waren Professoren schon je Millionäre? Aber Mrs. Shaw hat eine zauberhaft schöne Schwester, und die schöne Schwester hat einen Mann, dem es selbst in diesen Zeiten übermäßiger Besteuerung gelungen ist, außerordentlich reich zu werden.«

Agnes begann das Herz in der Brust aufgeregt zu schlagen. »Wie hast du denn das herausgebracht?«

»Dafür war kein Sherlock Holmes nötig. Der Mann heißt Matthew Morrison.«

»*Der* Matthew Morrison?«

»Mhm. Und, Agnes, weißt du schon das Neueste?«

Jetzt wird er auch erregt, dachte Agnes. Er vergißt seinen britischen Akzent. »So sag's mir!« lud sie ihn lächelnd ein.

»Herr und Frau Professor Shaw werden in nächster Zeit Besuch bekommen. Und weißt du, wer dieser Besuch sein wird?«

»Der Industriemillionär Matthew Morrison«, sagte Agnes, deren Vertrauen nun wiederhergestellt war. »Und seine wunderschöne, sehr anziehende, sehr begehrenswerte Frau Lisa.«

3. Kapitel

I.

Vier Tage später studierten die Zwillinge im Fond von Matts Rolls-Royce die Straßenkarte. Der Wagen fuhr durch die Obstgärten westwärts zur walisischen Grenze. Die Zweige der Bäume am Straßenrand bogen sich unter der Last reifender Früchte. Es regnete, still und stetig. Das Gras leuchtete frisch und dicht unter den Hecken.

»Herrliches Urlaubswetter«, sagte Lisa trocken und schnippte ein Fleckchen Asche von ihrem gegürteten weißen Regenmantel. »Das ist der Jammer mit England. Wer nicht verliebt in den Regen ist, tut besser daran, den Urlaub im Ausland zu verbringen.«

»Heutzutage schimpfen ohnehin schon zu viele Leute auf England«, sagte Matt. »Selbstkritik ist sicher eine gesunde Sache, aber eine dauernde Selbstverurteilung ist sicher falsch.«

»Patriotismus ist heute nicht mehr modern, Liebling«, sagte Lisa. »Das sagen alle, sogar die Amerikaner.«

»Mami«, sagte Timothy vom Rücksitz. »Wales ist doch nicht England. Du hast gesagt, wir fahren auf Urlaub in England. Das stimmt doch nicht, wir fahren nach Wales.«

»Ach, das ist doch alles dasselbe«, sagte Lisa.

»Wenn du das Walisern sagst, lynchen sie dich«, sagte Matt.

»Onkel Walter sagt, daß die Gower-Halbinsel in Wirklichkeit weder walisisch noch englisch ist«, sagte Lucy und versuchte, mit ihrem Wissen zu glänzen. »Er sagt, es gibt in Gower eine Menge englischer Namen, aber auch walisische, und kaum irgend jemand spricht hier so walisisch, wie man es im übrigen Wales spricht.«

»Offiziell ist es walisisch«, behauptete Timothy. »Sieh dir doch die Landkarte an.«

»Mir geht die Landkarte schon auf die Nerven«, sagte Lucy.

Sie rückte unruhig auf dem Sitz hin und her und preßte ihr Gesicht gegen die Scheibe.

»Guter Gott, Lucy«, sagte Lisa, »kannst du nicht einmal fünf Minuten stillsitzen?«

»Warum sollte ich?« fragte Lucy, die von der Reise schon genug hatte und sich über eine Kritik ärgerte, die sie für ungerecht hielt. »Hier auf dem Rücksitz gibt es eine Menge Platz, und Timmy macht's nichts aus.«

»Nun, mir schon«, sagte Lisa. »Und widersprich mir nicht so. Das gehört sich nicht.«

»Ich bin nicht die einzige Person, die gern das letzte Wort hat«, sagte Lucy unvorsichtigerweise.

»Lucy!«

»Genug«, sagte Matt kurz und in einem Ton, der alle zum Schweigen brachte. »Die Fahrt ist lange genug, ohne daß alle sich bemühen, sie noch länger erscheinen zu lassen.«

»Ich wollte, wir wären schon dort«, sagte Timothy schließlich.

Ich auch, dachte Matt.

Wären wir nur auf dem Weg zum Flugplatz, dachte Lisa, mit dem Ziel Nassau, Bermuda oder Jamaika.

»Ich wollte, es würde zu regnen aufhören«, sagte Lucy, hauchte gegen die Fensterscheibe und malte auf dem beschlagenen Glas Bildchen. »Sicher hört es bald zu regnen auf.«

Und so war es auch. Als sie die eintönige Landschaft des Rhondda-Tales hinter sich hatten, wurde die Wolkendecke dünner, der Regen hatte aufgehört, und im Westen war der Himmel schon ganz klar. In Swansea schien die Sonne, und als sie Colwyn im letzten Abendlicht erreichten, lag ein goldener Schein auf den Feldern, die sich zum Meer hin erstreckten.

»Wir können zur Burg hinaufgehen«, sagte Timothy. Es war nun schon drei Jahre her, seit sie alle Colwyn Court nach Matts Heirat mit Lisa besucht hatten. Die Zwillinge waren damals erst sechs gewesen, aber Timothy erinnerte sich noch genau an die Ruine ganz oben auf dem Felsen und an die gegen die Steinküste donnernde See.

»Und die Pferde«, sagte Lucy, »vergiß nicht die wilden Pferde bei der Burg.«
»Und die Höhlen am Strand!«
»Und das Wasser in den Felsmulden, oh –«
»– und Muscheln –«
»Und die dummen Schafe oben entlang den Klippen – der anderen Klippen, vis-à-vis von der Burg –«
»Vielleicht hat Tante Jane Keks für uns gebacken.«
»Kuchen, denke ich.«
»Oder Karamellen! Kannst du dich noch an Tante Janes Karamellen erinnern?!«
»Lecker!«
Die Zwillinge waren nun wieder fröhlich geworden. Erwartungsvoll hüpften sie auf den Rücksitzen des Rolls-Royce herum.
»Ich wollte, wir könnten in Colwyn Court bleiben«, sagte Lisa nicht zum erstenmal. »Ist es denn möglich, daß diese merkwürdige Gesellschaft den *ganzen* Platz für sich beansprucht? Das wäre wirklich schrecklich.«
»Ich bleibe lieber bei Jane«, sagte Matt. »Ich wette, sie kocht besser als Walters Haushälterin.«
»Das ist ja die Schwierigkeit mit Jane«, sagte Lisa. »Sie kocht zu gut. All diese Kalorien!«
»Nicht alle Männer lieben Frauen, die wie Telefonstangen aussehen, weißt du.«
»Danke, Liebling«, sagte Lisa.
Sie erreichten Colwyn Court, und Matt fuhr den Feldweg zu dem Landhaus hinunter. Der Rolls, der auf der schmalen Fahrspur riesig wirkte, schnarrte sanft in die Schlaglöcher und aus diesen wieder heraus und wippte nur mißbilligend in der Federung.
»Da ist ja Tante Jane!« rief Lucy und kurbelte das Fenster herunter. »Tante Jane! Hallo, hast du Karamellen für uns gemacht?«
»Lucy«, rief Lisa, »hast du überhaupt keine Manieren?«
Timothy schob Lucy vom Fenster fort und streckte nun

seinen Kopf zum Fenster hinaus. »Hast du eine Torte gebakken?«

Jane lachte, als Matt den Rolls hinter Benedikts Austin anhielt. »Ich habe eine Schokoladetorte gebacken«, rief sie, »ein ganzes Tablett Karamellen und einen Schokoladekuchen.«

Die Zwillinge heulten vor Vergnügen und stürzten aus dem Auto direkt in Janes Arme.

Matt öffnete gerade seiner Frau den Schlag des Wagens, als Benedikt aus dem Haus trat. Sein spärliches Haar stand zu Berge, und seine Brille balancierte auf der Spitze seiner Nase. »Guter Gott, was für ein Krach«, sagte er nachsichtig.

»Tut mir wahnsinnig leid«, sagte Lisa schuldbewußt. »Lucy, Timothy, hört doch endlich auf! Genug!«

»Ach, laß sie doch«, sagte Jane. »In Wirklichkeit macht es Benedikt gar nichts aus... Wie geht's euch allen? Ich bin so froh, euch wiederzusehen...«

Nun kamen einige wirre Augenblicke, während Benedikt und Matt sich des Gepäcks annahmen, die Zwillinge losrasten, um die Schokoladetorte zu kosten, und Lisa sich im Wohnzimmer in einen Lehnstuhl sinken ließ und nach einem Drink verlangte.

»Ja, gleich«, sagte Jane und suchte nach der Flasche Gin, die sie am Morgen gekauft hatte. Sie schien plötzlich verschwunden.

»Da ist sie ja«, sagte Lisa. »Bewahrst du gewöhnlich die Getränke im Kohleneimer auf?«

»Oh!... Ich muß sie wohl aus irgendeinem Grund da abgestellt haben...« Jane wurde sich eines rasch wachsenden Gefühls der Desorganisation bewußt.

»Gib mir die Flasche«, sagte Lisa. »Ich mach das schon! Matt, möchtest du einen Drink?«

»Ich habe auch Whisky gekauft«, sagte Jane. »Er muß hier irgendwo sein.«

In kaum drei Minuten hatte Lisa die Drinks gemixt. Die beiden Männer waren immer noch oben mit dem Gepäck beschäftigt, und die Stimmen der Zwillinge verloren sich, als sie zur

Hintertür hinausgingen, nachdem sie von der Torte genug hatten.

»Ich kann dir gar nicht sagen, wie schrecklich diese Fahrt war«, sagte Lisa. »Gott sei Dank, ist das nun vorbei. Jane, es tut mir wirklich gut, dich zu sehen. Hör einmal, du mußt mir einen Rat geben. Wenn dein Mann plötzlich auf den Gedanken käme, sich auf dem Nordpol anzusiedeln, was würdest du dann tun?«

»Nun, ich glaube, ich würde mit ihm gehen«, sagte Jane. »Aber ich kann mir wirklich nicht vorstellen, warum Benedikt am Nordpol leben wollte.«

»Ach, Jane, du weißt doch, daß ich's nicht so meine. Weißt du, es geht darum, daß –«

Die beiden Ehegatten kamen geräuschvoll die Treppe herab, und das Gespräch der Frauen endete abrupt.

»Da hast du deinen Drink, Matt«, sagte Lisa.

»Einen Moment noch«, sagte Matt, »ich möchte die Kiste Wein aus dem Auto holen.«

»Eine Kiste Wein«, rief Benedikt und folgte seinem Gast vor das Haus, um zu sehen, ob er recht gehört hatte.

»Natürlich kann man sich immer noch scheiden lassen«, sagte Lisa leise. »Aber... weißt du, das mag ich nicht. Weißt du, ich würde sicher Alimente bekommen und all das, aber es wäre doch nicht dasselbe – du weißt, wie das ist, Jane, man gewöhnt sich ein wenig an den Luxus, und außerdem – die Zwillinge... Ich glaube, ihretwegen sollte ich durchhalten, nicht wahr? Matt ist so gut zu ihnen. Und nur durch ihn kann ich sie in die besten Schulen schicken... Und schließlich liebe ich Matt doch. Wirklich. Es ist nur, daß er in letzter Zeit so wenig Verständnis gezeigt hat – du weißt doch, wie Männer manchmal sind –«

»Ja, ich glaube schon«, sagte Jane. »Nun ja, vielleicht, nein, ich glaube doch nicht. Lisa –«

Die Männer kamen zurück mit der Kiste Wein und stellten sie auf den Eßzimmertisch. »Das ist wirklich sehr nett von dir, Matt«, sagte Benedikt und studierte die Etiketten voll Interesse.

»Nein, es ist sehr nett von dir«, sagte Matt, »daß du nichts gegen unsere Invasion hast. Wo ist mein Drink, Lisa?«

»Hier, Liebling.«

»Wie geht es deiner Tochter, Matt?« sagte Benedikt und griff nach seinem Whisky-Soda.

»Ja, wie geht's Nicole?« sagte Jane. Sie war froh, damit Lisas Eheproblem auszuweichen. »Ich wünschte, sie würde uns manchmal in Cambridge besuchen.«

»Ach, du kennst Nicole doch«, sagte Matt. »Man muß sie immer ein wenig drängen, bevor sie etwas tut. Aber ich bin sicher, sie würde euch gerne besuchen.«

»Nicole ist jetzt so festgefahren«, sagte Lisa. »Immer den gleichen Job, die gleiche alte Wohnung in Hampstead... Es ist wirklich ein Jammer.«

»Wenn sie dabei zufrieden ist, sehe ich nicht ein, warum das so ein Jammer sein sollte«, sagte Matt scharf. »Wenn sie mit dem Stand der Dinge zufrieden ist, so ist das ein Glück.«

»So sei doch nicht naiv, Matt«, sagte Lisa. »Kein unverheiratetes und auch nicht verlobtes Mädchen Mitte der Zwanzig wird je mit dem Stand der Dinge zufrieden sein.«

»Ich war's«, sagte Jane. »Es war eine der glücklichsten Zeiten meines Lebens. Ich habe mich um diese Kinder in Schottland gekümmert und mich glänzend unterhalten. Die ganze Familie war so nett.«

Das Gespräch begann sich um Schottland zu drehen und Matt, der ein begeisterter Fischer war, begann den riesigen Lachs zu beschreiben, den er dort im vergangenen Sommer gefangen hatte.

Jane fiel plötzlich die Kasserolle ein, die sie im Backrohr stehen hatte, und sie stellte ihr Glas mit Sherry auf den Tisch. »Guter Gott, ich habe ganz aufs Essen vergessen, bitte entschuldigt mich.«

Lisa ging ihr in die Küche nach.

»Ich wüßte gern, wo die Zwillinge sind«, sagte Jane und hoffte, jeder weiteren Diskussion über Lisas eheliche Situation auszuweichen. »Das Abendessen wird in zwanzig Minuten fertig sein. Meinst du nicht, daß du nachsehen solltest, wo sie sind?«

»Vielleicht sollte ich das«, sagte Lisa unglücklich. »Kann ich dir hier mit etwas helfen?«

»Nein, nein, es ist alles in Ordnung. Es sieht etwas wirr aus, ich weiß, aber ich schaff' es schon ...« Sie öffnete das Backrohr und sah hinein.

»Nun, vielleicht können wir später sprechen«, sagte Lisa, »nur du und ich. Ich habe das Gefühl, ich *muß* einfach jemandem mein Herz ausschütten, oder ich zerplatze. Und du verstehst mich doch so gut, Jane.«

»Mhm«, machte Jane und stach eine Karotte an, um zu sehen, ob sie schon gar war.

»Vielleicht morgen irgendwann?«

»Gut.« Erleichtert sah sie, wie Lisa auf der Suche nach den Zwillingen zum Hinterausgang ging. »Zwanzig Minuten, Lisa«, rief sie ihr nach.

»Gut, Liebling. Ich hoffe, die beiden kleinen Ungeheuer sind nicht zu weit fortgelaufen.« Lisa verließ das Haus und schlug den Pfad ein, der an den Strand hinunterführte, aber die Zwillinge waren nirgends zu sehen. Glücklicherweise trug sie ihre neuen schmalen Wildlederschuhe, die ganz speziell für Wochenenden auf dem Land angefertigt waren. So fiel es ihr nicht schwer, an den Strand zu gelangen und in Richtung der Höhlen zu gehen, die die Zwillinge bei ihrem früheren Besuch in Colwyn unwiderstehlich gefunden hatten.

»Lucy!« rief Lisa. »Timothy!« Aber es kam keine Antwort.

Sie ging weiter. Es hatte kurz vor ihrer Ankunft geregnet, das sah sie nun, da der Sand im starken Schein der Sonne dampfte. Der aufsteigende Dunst ließ alles geisterhaft erscheinen, und Lisa hatte ein seltsam unwirkliches Gefühl, als schritte sie durch eine Fantasielandschaft. Sie konnte die Höhlen nicht mehr klar erkennen.

»Lucy!« rief sie. »Lucy, bist du hier?«

Immer noch keine Antwort. Widerstrebend schritt sie weiter auf die Höhlen am Fuße des Felshanges zu, und es schien ihr, als bewege sich jemand durch die geisterhaften Nebelsäulen auf sie zu.

Lisa hielt an. Wie viele Stadtmenschen hatte sie eine unheimliche Furcht vor der Einsamkeit auf dem Land und die Angst vor der Begegnung mit einem Fremden, wenn sie sich allein an einem einsamen Ort befand.

»Wer ist da?« rief sie scharf.

Es war ein Mann. Sie konnte ihn immer noch nicht klar erkennen, aber sie wußte, daß er hochgewachsen war, einen dunklen Pullover und dunkle Hosen trug.

Der Teufel soll die Zwillinge holen, dachte Lisa, nur ihretwegen bin ich jetzt hier. Sie wußte nicht, ob sie fortlaufen oder aber bleiben und sich völlig unbesorgt geben sollte. Ihr Instinkt hieß sie laufen. Aber der Mann war jetzt schon zu nahe, und sie erschrak plötzlich davor, sich vielleicht völlig lächerlich zu machen, indem sie wie ein erschrecktes Kaninchen davonlief. Sie blickte ihn noch einmal an, und was sie sah, beruhigte sie. Er wirkte völlig vernünftig und durchaus nicht wie ein herumstreunender wahnsinniger Mörder.

»Entschuldigen Sie«, rief sie, einer Eingebung folgend. »Haben Sie zufällig zwei Kinder gesehen, einen Knaben und ein Mädchen, etwa neun Jahre alt, blond und mit blauen Augen?«

»Ich fürchte nein.« Er lächelte sie an. »Sie sind wohl Mrs. Morrison, nicht wahr?«

Nun, da er ihr näher war und der unheimliche Nebel sie nicht mehr trennte, fühlte sie ihre Furcht schwinden. Sie war froh, daß sie nicht in kindischer Angst davongelaufen war. Er sah recht nett aus. Sie mochte sein Lächeln und lächelte selbst zurück.

»Woher wissen Sie das?« fragte sie überrascht.

»Ich bin von Colwyn Court, und ich weiß, daß die Shaws Sie und Ihre Familie heute erwarteten.«

»Oh!« sagte Lisa, sie verstand sofort. »Sie müssen einer von dieser Gesellschaft für – es tut mir leid, ich hab' den Titel jetzt vergessen, aber –«

»Ja, ich bin der Generaldirektor.«

»Ach, ich verstehe, Mr. –«

»Poole«, sagte er darauf. »Tristan Poole. Erfreut, Sie kennenzulernen, Mrs. Morrison.« Er streckte ihr die Hand hin.

Lisa gab ihm ihre Hand und fühlte, wie sich seine Finger um die ihren schlossen. Es entstand eine Pause. Hinter ihnen strömte das Wasser in der Ebbe ab, und die Möwen zogen über dem nassen Strand ihre Kreise. Immer noch stieg der Dampf aus dem Sand auf, aber Lisa merkte es nicht mehr. Sie sah nur noch den Umriß von Pooles Kinn, sein vom Wind wirres Haar und das helle Leuchten seiner Augen.

»Schau, schau«, sagte Poole, »jetzt sehen die Dinge in Colwyn weit besser aus.« Und wieder lächelte er.

O Gott, dachte Lisa, was für ein anziehender Mann. »Was tun Sie denn hier?« sagte sie, ohne viel nachzudenken. »Sie sehen aus wie einer, der in London sein sollte oder in Paris oder New York.«

»Das gleiche möchte ich von Ihnen sagen, Mrs. Morrison, vielleicht können wir einander dabei behilflich sein, uns mit der Eintönigkeit des Landlebens abzufinden.«

»Das *einfache* Leben«, sagte Lisa ironisch und dachte an Matt.

»Es gibt kein einfaches Leben«, sagte Poole. »Nur einfache Leute – und einige sind noch einfältiger als der Rest.«

»Da haben Sie aber wirklich recht«, sagte Lisa. Dann hielt sie inne. Wie kam es, daß sie zu einem wildfremden Menschen so offenherzig sprechen konnte? Die ungewohnte Landluft war ihr offenbar zu Kopf gestiegen. »Nun«, sagte sie, »jetzt muß ich aber meine Kinder suchen. In zehn Minuten serviert meine Schwester das Abendessen –«

»Gestatten Sie, daß ich Ihnen beim Suchen helfe. Sind Sie sicher, daß sie hier zum Strand heruntergekommen sind?«

»Nein, ich –«

»Vielleicht sind sie dann zur Burgruine – zur Kapelle hinaufgegangen. So etwas gefällt doch Kindern, denke ich.«

»Ja, natürlich!« rief Lisa aus, und es fiel ihr ein, daß die Kinder früher schon im Auto die Burg erwähnt hatten. »Wie dumm von mir, warum habe ich nicht gleich daran gedacht?«

»Ach, es war ganz natürlich, daß Sie zuerst an den Strand

dachten«, sagte er und bot ihr wieder die Hand. »Geben Sie auf die Steine hier acht«, sagte er. »Die sind recht schlüpfrig.«

Lisa ergriff wortlos seine Hand. Ihr Herz pochte schwer gegen ihre Rippen, und sie wußte, daß dies nicht nur mit dem Erklimmen des steilen Felspfades vom Strand herauf zu tun hatte. Als sie, oben angekommen, innehielt, um Atem zu schöpfen, fühlte sie, wie sie die Beherrschung über sich selbst verlor, und ihre Zunge sprach wie von selbst.

»Sind Sie verheiratet?« hörte sie sich plötzlich fragen.

»Im Augenblick nicht.«

»Wollen Sie damit sagen, daß Sie schon einmal verheiratet waren?«

»In einem gewissen Sinne, ja.«

Lisa ging im Geiste verschiedene beschönigende Ausdrücke durch. »Sie wollen sagen, Sie haben mit jemandem zusammengelebt«, sagte sie, »ohne den Segen der Kirche.«

Er lächelte und schwieg.

»Ich bin schon zum zweitenmal verheiratet«, sagte Lisa. »Meine erste Ehe hatte schon beinahe jeden Sinn verloren, als mein Mann verunglückte. Mit meiner zweiten Ehe geht's mir nicht viel besser. Manchmal bin ich sehr gegen die Ehe und halte sie für eine der idiotischsten gesellschaftlichen Einrichtungen.«

»Ja, aber man kann dem doch immer ein Ende bereiten.«

»Nein, das kann ich nicht. Bei mir steht zu viel auf dem Spiel. Eine Scheidung kommt für mich nicht in Frage.«

»Wer hat etwas von Scheidung gesagt?«

»Aber... ja, weil ich entweder wirklich verheiratet und treu bleibe oder die Beziehung ganz abbreche. Matt würde sich auf keinen Kompromiß einlassen. Es ist undenkbar, daß er sich mit irgendeinem ›Arrangement‹ zufriedengeben würde. Ich meine, ich könnte ihm einfach nicht untreu sein –«

»Wen wollen Sie eigentlich zum Narren halten, doch hoffentlich nicht mich?«

»Aber!...«

»Alles, was Ihnen bisher gefehlt hat, war die günstige Gelegenheit. Ist die einmal gekommen – werden Sie nicht einen Augenblick zaudern.«

»Das ist nicht wahr!« schrie Lisa.

»Lügnerin«, sagte Poole, und sie fühlte seine langen Finger um ihre Taille gleiten.

Nachher konnte sich Lisa nicht mehr deutlich erinnern, was eigentlich dann geschehen war. Sie hatte das ungläubige Gefühl, daß sie sich ihm tatsächlich zugewendet und ihm den Mund zum Kuß geboten hatte, aber das konnte doch nicht wahr sein. Sie hatte sicherlich schon manchmal wilde Dinge getan, aber sie hielt sich nicht für nymphomanisch – und was konnte der Nymphomanin näher liegen, als sich einem fremden Mann anzubieten, den man erst fünf Minuten kannte? Aber, ob nun ihre Rolle passiv gewesen war oder nicht – zweifellos hatte Poole sie geküßt, und sie hatte sich dann an ihn geklammert, bis er sie sanft von sich geschoben hatte.

»Ihr Mann darf uns so nicht sehen«, sagte er lächelnd und blickte über die Schulter zum Haus hin. Lisa war unfähig, auch nur ein Wort zu sagen. Sie zitterte an allen Gliedern. Sie konnte sich kaum bewegen.

»Schon gut«, sagte Poole. »Dank dieses großen und sehr günstig placierten Felsbrockens kann man uns von den Fenstern des Hauses nicht sehen.« Dabei gab er dem Felsen einen freundlichen Klaps und wendete sich von ihr ab. »Warum kommen Sie nicht morgen hinauf ins Herrenhaus?«

»Gut«, sagte Lisa. Dann sagte sie: »Nein, ich sollte besser nicht.«

Er zuckte die Achseln und war durch ihren offensichtlichen Kampf mit Vernunft und Gewissen sichtlich amüsiert.

»Ich muß jetzt gehen«, sagte Lisa, rührte sich aber nicht vom Fleck. »Ich muß gehen.«

»Ja, wenn Sie müssen, dann müssen Sie wohl«, sagte Poole.

Sie standen reglos und blickten einander an. Plötzlich vollführte Poole eine seltsame Handbewegung. »Gehen Sie.«

Im Nu flossen Kraft und Koordination wieder in Lisas Glieder, sie begann zu laufen. Der Pfad führte steil hinan, und ihr

Atem ging in schluchzenden Stößen, aber sie lief weiter. Sie lief, bis sie den hinteren Eingang des Landhauses erreicht hatte und keuchend auf der Schwelle der leeren Küche stand.

Jane trat einen Augenblick später ein. »Lisa, was ist mit dir los, was ist geschehen?«

»Nichts«, sagte Lisa wütend, »nichts.«

»Aber –«

»Red mich nicht an.«

»Schon gut«, sagte Jane. »Übrigens, die Zwillinge sind zurückgekommen. Ich habe sie hinaufgeschickt, damit sie sich waschen. In etwa fünf Minuten gibt's Abendessen, das Gemüse hat etwas länger gebraucht, als ich dachte.«

Lisa ging ins Wohnzimmer. Dort erzählte Matt gerade von der besonderen Lachsart, die im Wyefluß vorkommt.

Lisa lief nach oben und sah durch die geöffnete Badezimmertür, wie die Zwillinge sie schuldbewußt ansahen. Sie waren gerade dabei gewesen, sich die Hände zu waschen.

»Es tut uns leid, daß du uns suchen gehen mußtest, Mami«, sagte Timothy schließlich. Die Zwillinge hatten sich schon seit langem darauf geeinigt, daß Timothy die bessere Begabung für Entschuldigungen hatte. »Wir wollten dich nicht ängstigen.«

»Schon gut, Kinder«, sagte Lisa. »Ich rege mich ja gar nicht auf.« Sie sah einen ihrer Koffer im Schlafzimmer nebenan, stürzte über die Schwelle, schlug die Tür hinter sich zu und ließ sich aufs Bett fallen.

II.

»Vielleicht sollten wir heute am Morgen zum Herrenhaus hinaufgehen«, sagte Matt zu Lisa, während sie sich am nächsten Tag vor dem Frühstück ankleideten. »Wir sollten Walter und Gwyneth begrüßen.«

»Ich glaube nicht, daß mir danach zumute ist«, sagte Lisa rasch, und als Matt sie ganz erstaunt ansah, fügte sie verwirrt hinzu: »Natürlich will ich Walter und Gwyneth sehen, aber ich möchte jetzt noch nicht nach Colwyn Court hinübergehen. Vielleicht kommen sie ohnedies herunter, um nach uns zu sehen.«

»Warum, zum Teufel, willst du nicht hinauf nach Colwyn Court gehen?«

»Oh...« Lisa sah lustlos drein. »Am liebsten ging ich heute gar nirgendwo hin. Mir ist nicht recht gut.« Es war nur eine schlechte Ausrede, aber zu ihrer Erleichterung schien Matt sie ohne weitere Fragen hinzunehmen.

»Schon gut«, sagte er. »Vielleicht gehe ich mit den Zwillingen nach dem Frühstück auf ein paar Minuten hinauf, nur so der Höflichkeit halber. Und während wir oben sind, schlage ich dann Walter und Gwyneth vor, daß sie irgendwann nachmittags zu uns ins Haus kommen. Es tut mir leid, daß du dich nicht gut fühlst – warum bleibst du heute morgen nicht im Bett und ruhst dich aus?«

»Nun, das sollte ich wahrscheinlich«, sagte Lisa. Aber sie tat es nicht. Sobald Matt und die Zwillinge nach dem Frühstück aufgebrochen waren, zog sie einen blau-weißen Hosenanzug an, vollendete ihr Make-up, um sich eine dem Landleben gemäße Farbe zu geben, und band ihr dichtes, blondes Haar mit einem Tuch zurück, das im Blau zu ihrer übrigen Kleidung paßte.

»Ich geh hinunter zum Strand, Jane«, sagte sie, als sie ihre Schwester in der Küche antraf. »Ich glaube, die Seeluft wird mir guttun... Kann ich dir beim Abwaschen helfen?«

»Nein, natürlich nicht!« sagte Jane, die ein langes Gespräch über Lisas Probleme fürchtete. »Du bist doch auf Urlaub! Ich freue mich, daß du dich schon besser fühlst.«

»Ach, ich war nur nach der langen Reise etwas müde«, sagte Lisa. »Jetzt habe ich mich schon ausgeruht.« Sie spazierte zur offenen Hintertür hinaus, und Janes Katze folgte ihr.

»Verschwinde!« sagte Lisa, die Marbles schmutzige Pfoten auf den Pastelltönen ihres Hosenanzuges fürchtete. »Marsch!«

Aber Marble folgte ihr bis zum Abfall der Klippen und ging erst zurück, als sie die Felsen zum Sandstreifen hinunterzuklettern begann. Sie konnte noch sehen, wie sie in Richtung auf Colwyn Court davonlief; ihr buschiger Schwanz wehte hinter ihr her, und ihre Beine bewegten sich so schnell, daß sie sich nur als weißer Schein vom Braun des Weges abhoben.

Lisa ging über den Strand und beobachtete die hereinströmende Flut. Die Sonne schien unbeständig; die Luft war kühl, aber Lisa war es in Pullover und Jacke warm genug. Lange stand sie dann und sah aufs Meer hinaus. Sie beobachtete, wie der weiße Schaum den Sand wegschwemmte und fühlte das Dröhnen der hereinbrechenden Wellen. Und als sie sich letztlich umwendete und sah, daß sie nicht mehr allein war, war sie nur darüber überrascht, daß sie so gar nicht überrascht war. Im nächsten Augenblick schlug ihr Herz sehr schnell, ihr Mund war trocken, und etwas in ihrem Rückenmark kitzelte erwartungsvoll.

»Hallo, Lisa«, sagte Tristan Poole, als er über den Sand auf sie zuschritt. »Es ist schön, dich hier zu treffen.«

III.

»Onkel Matt«, sagte Lucy und ergriff die Hand ihres Stiefvaters, »gehen wir doch zur Burg hinauf!«

Inzwischen waren die Höflichkeitsbesuche in Colwyn Court abgewickelt worden, die Zwillinge hatten Limonade getrunken und Ingwerkekse gegessen, während Walter ihnen die neuesten Stücke seiner Sammlung seltener Blumen gezeigt hatte. Und Gwyneth hatte ihnen großmütig gestattet, die neuesten Singles der Hitparade anzuhören.

»Ich mag Gwyneth«, hatte Timothy zu Lucy gesagt, »sie ist überhaupt nicht wie eine Erwachsene.«

Nach dem Besuch bei Gwyneth hatten sie Miß Miller von der Gesellschaft zur Förderung gesunder Ernährung kennengelernt und hatten ihr ganz wunderbar die ›Zwillingsrolle‹ vorgespielt. Sie hatten sie mit großen, unschuldigen Augen angesehen und süß gelächelt, als sie ein über das andere Mal ausrief, wie lustig es sein müsse, Zwillinge zu sein, und daß sie gerade wie zwei kleine Engel aussähen.

»Der Schein trügt, Miß Miller«, hatte Matt eingewendet, und alle Erwachsenen hatten gelacht – recht blöd, wie die Zwillinge meinten.

»Ihr seid in Wirklichkeit kleine Teufel, nicht wahr, Zwillinge?«

»Teufel in Person«, hatte Lucy geruhsam gesagt, und Miß Miller hatte sie dabei ganz seltsam angesehen.

»Diese Miß Miller hat mir nicht gefallen«, hatte Timothy nachher gemeint.

»Warum nicht? Sie ist ein blödes altes Weib wie jede andere. Du weißt, wie dumm sie in dem Alter sind.«

Schließlich, nach mehreren Gläsern Limonade und unzähligen Ingwerkeks, hatte man den gesellschaftlichen Verpflichtungen Genüge getan, und Matt führte die Zwillinge durch den Garten und den Pfad hinab zum Landhaus.

»Waren wir in Ordnung, Onkel Matt?« wollte Lucy wissen. Sie war zwar nicht sicher, daß sie sich bestens benommen hatte, wollte aber doch das Kompliment hören. »Waren wir brav?«

»Vollkommen!« Matt hatte gelächelt, als sie an seiner Seite auf und nieder sprang. »Ihr wart beide wunderbar.«

In diesem Augenblick hatte Lucy, die nun völlig obenauf war, vorgeschlagen, daß sie alle miteinander zur Burg hinaufgingen.

»Ihr wollt doch nicht, daß ein alter Kerl wie ich euch nachläuft?« sagte Matt, der meinte, er solle nun wohl zum Häuschen zurückgehen, um nach Lisa zu sehen.

»Ja, ja, ja!« schrie Lucy und ergriff seine Hand, um ihn gefangenzunehmen.

»Dreifach ja!« schrie auch Timothy und langte nach der anderen Hand, so daß der Gefangene nicht entkommen konnte.

»Okay!« lachte Matt. Es machte ihm nichts aus, jetzt nicht nach Lisa zu sehen, sie lag wahrscheinlich noch immer im Bett und schmollte wegen der Bahamas. »Schon gut, wir gehen hinauf zur Burg.«

Die Burg war vor etwa 600 Jahren erbaut worden, nachdem Edward I. die Waliser unter seine Herrschaft gebracht hatte, war aber bereits zur Zeit, in der die Tudors Ende des 15. Jahrhunderts an die Macht gelangten, wieder verlassen worden. Jetzt war diese Burg nur mehr eine verwitterte Ruine am Felsgrat westlich der Bucht von Colwyn. Es gab Teile einer Einfriedung, die Außenmauer eines Turmes und eine Reihe verstreuter Mauerreste. Durch die normannischen Fenster hatte man immer noch einen Blick über die Ebene bis zu Meer, Brandung und Sand.

»Ist das nicht ein prächtiger Ort?« sagte Timothy mit leuchtenden Augen.

Nächst der Burg gab es eine Kapelle, die zwar kein Dach mehr hatte, aber dennoch besser erhalten war als die Burg selbst. Ein Archäologe hatte Walter gesagt, die Kapelle sei später aus Ziegeln der Burg erbaut worden, als diese zu verfallen begann. Die Kapelle war aber seit der Zeit der Reformation nicht mehr benützt worden und hatte offenbar nur kurze Zeit ihrem Zweck gedient. Walter hatte beim Bautenministerium um einen Zuschuß angesucht, um die Ruine zu sichern und vor weiterem Verfall zu bewahren. Dieser Zuschuß war unter der Bedingung gewährt worden, daß er seinen Besitz der Öffentlichkeit einmal im Monat zugänglich mache, so daß die Steuerzahler Burg und Kapelle besuchen und sehen konnten, was mit ihrem Geld geschehen war. Es kamen aber nur wenige. Es gab keine gedruckten Broschüren, keine Postkarten, keine Imbißbuden oder Souvenirläden, und die meisten Touristen, die in die Gegend kamen, waren nicht daran interessiert, etwas anzusehen, was die meisten nur für ›schon wieder eine alte Ruine‹ angesehen hätten.

Um die Burg herum weideten etwa zwanzig wilde Pferde aus einem Blut, das sich auf dem Colwynschen Besitz schon seit grauer Vorzeit gehalten hatte. Es waren magere, graziöse Tiere mit langen Nacken, sanften Augen und Schweifen, die im Wind hinter ihnen wehten, so oft sie den Abhang zum Strand hinabgaloppierten. Als Matt und die Zwillinge sich jetzt der Burg näherten, begannen sie zu galoppieren, und eine Minute später donnerte die ganze Herde den Pfad herab, der in die nächste Bucht führte. Dort gab es einen Bach mit frischem Wasser, der die Tränke für die Pferde bildete.

»Hier möchte ich gerne leben«, sagte Timothy, »auf immer und ewig. Hier in der Burg mit meinem eigenen Pferd.« Als er sah, daß Matt einige Schritte entfernt war und in die Bucht von Colwyn hinunter sah, flüsterte er Lucy zu: »Wenn Daddy aus China herauskäme –«

»Timmy, wir haben uns doch auf Tibet geeinigt.«

»Vielleicht ist er jetzt schon in Indien. Liegt Indien bei Tibet? Aber, wenn er schließlich heimkommt –«

»Mit seinem großen Reichtum«, sagte Lucy, »seinen Juwelen aus dem Taj Mahal, könnte er die Burg hier restaurieren und wir könnten alle drin wohnen –«

»Für immer und ewig«, fügte Timothy hinzu und sagte dann plötzlich: »Worauf starrt denn Onkel Matt?«

»Ich weiß es nicht... Onkel Matt, nach was siehst du?«

Matt antwortete nicht, und so gingen die Zwillinge zu ihm, um selbst einmal hinunterzusehen. »Das ist ja Mami!« sagte Lucy überrascht. »Am Strand! Wer ist der Mann?«

»Gehen wir hinunter und sehen nach«, sagte Matt und begann rasch den Burghügel hinabzugehen.

»He, wart auf uns!« rief Lucy.

»Warte, Onkel Matt«, schrie auch Timothy. Aber Matt verlangsamte kaum seinen Schritt, und die Zwillinge mußten laufen, um nicht zurückzubleiben.

»Jetzt gehen sie vom Strand weg«, keuchte Timothy nach kurzer Zeit. »Bis wir hinkommen, sind sie schon oben überm Felsrand.«

»Machen wir ein Wettrennen«, sagte Lucy, von Matts langen Schritten angeregt. »Komm, Timmy, laufen wir!«

Sie liefen und sausten bergab auf den Strand zu. Sie kamen keuchend auf dem Pfad an, der vom Strand zum Landhaus führte.

»Oh!« keuchte Lucy und hielt sich den Leib. »Jetzt habe ich Seitenstechen.«

»Ich auch!« Timothy ließ sich ins Heidekraut fallen.

»Wo ist Mami? Ach, da kommt sie schon. Schau, der Mann, der mit ihr kommt, sieht aus wie der Kerl im Fernsehen.«

»Welches Programm?«

»Ach, du weißt doch, Trottel... nein, er sieht doch nicht so aus. Er ist hübscher als der Kerl im Fernsehen.«

Timothy antwortete nicht. Er stand langsam auf, sah seine Mutter an und dachte, wie gut sie aussah. Ihre Wangen waren von der Seeluft gerötet, in ihren Augen tanzten Fünkchen, und ihr Haar schimmerte im fahlen Sonnenschein.

»Kinder«, sagte Lisa, »das ist ja eine herrliche Überraschung. Seid ihr schon in Colwyn Court gewesen?«

»Ja – und oben auf der Burg!« Lucy sah Poole an. »Wer ist denn das?«

»Das ist Mr. Poole, der Generaldirektor der Gesellschaft in Colwyn Court. Tristan, darf ich Ihnen...«

»Freut mich, Sie kennenzulernen«, sagte Lucy, die gerne die Gelegenheit ergriff, zu zeigen, wie gut sie sich benehmen konnte. Sie steckte ihr süßestes, unschuldigstes Lächeln auf, das Lächeln, das seine Wirkung noch nie verfehlt hatte – und sagte mit pretiöser Aussprache: »Wir haben soeben Miß Miller in Colwyn Court kennengelernt. Sie hat von Ihnen gesprochen und uns viel von Ihrer wunderbaren Gesellschaft erzählt. Wir fanden sie wirklich sehr sympathisch, nicht wahr, Timothy?«

Aus irgendwelchen Gründen, die er nicht verstand, fühlte sich Timothy sehr verlegen. Er merkte, wie er errötete, und drehte sich um, um seine Verwirrung zu verbergen.

Poole lächelte. Er sah Timothys Unbehagen und registrierte es. Er sah Lucys langes glattes, helles Haar, ihre weitstehenden blauen Augen mit den dunklen Wimpern, ihren rosafarbenen Mund und stellte fest, daß sie ein ungewöhnlich hübsches Kind sei. Er sah die Unschuld in ihren Augen und den engelhaften Ausdruck ihres Gesichtes und stellte fest, daß sie bezüglich Agnes Miller log. Dennoch lächelte er weiter.

»Hallo, Lucy«, sagte er mit angenehmer Stimme. Das Kind zögerte noch, lächelte aber nach einem Augenblick gerne zurück.

»Timothy, grüß Mr. Poole schön«, sagte Lisa streng, aber Timothy wurde dadurch der Antwort enthoben, daß nun Matt auf der Szene erschien. Lisa wurde dadurch sofort abgelenkt. »Matt«, begann sie, »das hier ist Mr. Tristan Poole, der Generaldirektor der Gesellschaft in Colwyn Court... Tristan, darf ich Ihnen meinen Mann vorstellen.«

Die beiden Männer blickten einander an. Ein langer Augenblick verging, ehe Mr. Poole Matt die Hand hinstreckte und irgend etwas Förmliches murmelte.

Matt nahm die dargebotene Hand, schüttelte sie kurz und ließ sie wortlos fallen. »Fühlst du dich schon besser?« sagte er völlig ausdruckslos zu seiner Frau.

»Großartig«, sagte Lisa unüberlegt und fügte hinzu: »Die Meeresluft hat mich völlig geheilt«, was die Dinge noch schlimmer machte.

Wieder trat eine Pause ein.

»Tristan hat uns zum Mittagessen nach Colwyn Court eingeladen«, sagte Lisa hastig, »uns alle, mein ich. Ich war gerade dabei, zum Haus zu gehen, um Jane zu sagen, sie solle sich nicht damit abplagen, etwas für uns zu kochen.«

»Ich habe etwas anderes vor«, sagte Matt.

»Oh, aber –«

Matt sah sie mit einem Gesichtsausdruck an, den er in Tausenden von Aufsichtsratssitzungen erworben hatte. Das verfehlte seinen Eindruck nicht, sie war still.

»Vielleicht ein andermal«, sagte Poole sorglos. »Kein Grund, warum es ausgerechnet heute sein sollte. – Und, wenn Sie mich jetzt entschuldigen...« Er entfernte sich ganz gleichgültig und ruhig, und als er dann den Pfad nach Colwyn Court einschlug, hörten sie ihn noch vor sich hinpfeifen, ehe er verschwand.

»Kinder«, sagte Lisa zu den Zwillingen, »lauft voraus zum Haus und sagt Tante Jane, ich würde nicht zum Mittagessen kommen.«

Die Zwillinge sahen Matt an, der aber sagte nichts.

»So geht doch schon«, sagte Lisa. Die Zwillinge drehten sich um und gingen wortlos in Richtung auf das Landhaus. Bald reichten sie einander die Hände und gingen Seite an Seite den schmalen Pfad hinan, versuchten aber nicht zurückzublicken.

»Also«, sagte Matt leise. »Jetzt sprich – sprich schnell. Was, zum Teufel, ist hier los?«

»Matt, ich –«

»Und fang nicht zu lügen an, oder es wird dir leid tun. Ich hab' gesehen, was du am Strand gemacht hast!«

»Aber, Matt, wir haben doch nichts getan.«

Er versetzte ihr einen Schlag über den Mund. Sie trat einen Schritt zurück.

»Warum –?«

»Ich hab' dir gesagt, es würde dir leid tun, wenn du anfängst zu lügen.«

»Wie kannst du es wagen, mich ins Gesicht zu schlagen! Ich dachte, du wärst ein Gentleman, inzwischen bist du nur ein hergelaufener Kerl aus den Slums von Birmingham –«

»Jetzt hör mit dem Quatsch auf; wärst du eine Lady, anstatt der egoistischen kleinen Nutte, die du wirklich bist, dann hätte ich dich nicht angerührt. Jetzt hör mal her, Lisa, ich weiß nicht, wer der Mann ist und wie lange du ihn schon kennst; aber eins weiß ich: du wirst ihn nicht mehr treffen. Wenn du mit ihm geflirtet hast, um mir eins auszuwischen, weil ich dir wegen der Bahamas nicht nachgegeben habe –«

»Aber ich habe mit ihm nicht geflirtet! Nur weil ich es nett fand, mit einem hübschen Mann meines Alters am Strand zu sitzen –«

»Du bist nur lange, lange auf dem Rücken im Sand gelegen, und er hat dich geküßt, bis er bemerkt hat, daß ihr beobachtet würdet. So sei doch nicht so dumm, Lisa! Diesmal kannst du dich nicht herausreden, warum versuchst du es also? Wären die Zwillinge nicht dabei gewesen, hätte ich den Kerl beim Kragen genommen und ihn zurück hinunter auf den Strand geschmissen. Du wirst ihn nicht mehr sehen, und du gehst auch nicht zum Mittagessen hinauf nach Colwyn Court.«

»Ach, sei doch nicht so komisch, Matt! Walter wird dabei sein und Gwyneth und Tristans Mitarbeiterin, Miß Miller –«

»Jetzt hör mal gut zu«, sagte Matt. »Muß ich es dir noch deutlicher sagen? Mag sein, ich bin altmodisch, aber ich hab' gewisse

Grundsätze und beabsichtige nicht, von ihnen abzugehen. Du bist meine Frau, und solange du meine Frau bist, spielst du mit anderen Männern nicht herum. Wenn ich dich dabei erwische, daß du dem Saukerl auch nur zublinzelst, dann –«

»Oh, Matt!« Lisa brach in Tränen aus. Die Tränen waren völlig ehrlich, aber zufällig waren sie auch die beste Taktik, die sie anwenden konnte. Wie die meisten Männer, die gerne dominieren und sich hart geben, war Matt im Grunde weichherzig.

»Aber Lisa...« Schon fühlte er sich schwach werden.

»Ach, du verstehst mich einfach nicht!« schluchzte Lisa und entzog sich seinen ausgestreckten Armen. Immer noch verzweifelt schluchzend, stolperte sie den Pfad zum Haus entlang.

Matt aber fürchtete, daß er nur allzu gut verstand.

IV.

Am Nachmittag ging Jane mit den Zwillingen zum Strand hinunter, Benedikt kehrte zu seiner Arbeit zurück, und Lisa blieb in ihrem Schlafzimmer, in das sie sich noch vor dem Mittagessen zurückgezogen hatte. Matt war alleine unten. Nachdem er über verschiedene Möglichkeiten nachgedacht hatte, den Nachmittag zu verbringen, verwarf er sie alle und fuhr mit seinem Wagen von der Gower-Halbinsel in Richtung Swansea. In den Vororten angekommen, hielt er bei einer Reihe von Geschäften an, suchte eine Telefonzelle auf und begann sein Wechselgeld für einen Anruf nach London zu zählen.

»Ich möchte einen Direktruf«, sagte er der Vermittlung. »An Miß Nicole Morrison, Hampstead 5961.« Nicole aber war nicht daheim. Es war Samstag, und sie war ausgegangen.

»Tut mir leid«, hörte er die fröhliche Stimme von Nicoles Mitbewohnerin zur Vermittlung sagen. »Aber ich werde ihr sagen, wer angerufen hat, sobald sie wieder zurückkommt.« Die Vermittlung hatte ihr den Anrufer gleich anfangs bekanntgegeben.

Matt seufzte. Er wußte nicht recht, warum er so dringend mit seiner Tochter sprechen wollte, aber er fühlte sich einsam und unglücklich, und außer Nicole hatte er auf der ganzen Welt keine Verwandten.

Das Telefon läutete, als er eben das Landhaus durch die Vordertür betrat. Benedikt, der ein Nickerchen machte, hatte das Läuten nicht gehört, und sonst schien niemand im Hause zu sein.

Matt nahm den Hörer ab: »Hallo?«

»Daddy? Ich bin eben heimgekommen, Judy hat gesagt, du hättest angerufen, aber ich mußte mich furchtbar anstrengen, um zu dir durchzukommen. Die Vermittlung sagte erst, das Telefon im Häuschen wäre gar nicht angeschlossen. Wie steht's in Colwyn?«

»Nun...« Er sah die Treppe hoch, um festzustellen, ob die Tür zu Lisas Zimmer geschlossen war. Von seinem Standort aus aber konnte er das nicht erkennen. »Nicht allzu gut. Walter hat sein halbes Haus an irgendeinen verrückten Klub für natürliche Ernährung vermietet, und Lisa scheint drauf und dran, sich diesen Leuten anzuschließen.«

»Guter Gott, Daddy, das kann doch nicht dein Ernst sein?«

Er ging nicht darauf ein. »Warum kommst du nicht auf ein paar Tage her? Walter und Gwyneth haben sich beide nach dir erkundigt, als ich sie heute morgen besuchte.«

»Ach, das würde auf keinen Fall gehen.«

»Warum nicht?«

»Tja... ich habe erst im September Urlaub.«

»Nimm ihn früher.«

»Das wäre für meinen Chef sehr unangenehm.«

»Quatsch«, sagte Matt. »Niemand ist unentbehrlich. Und dein Chef würde dich wahrscheinlich mehr schätzen, wenn ausnahmsweise einmal nicht alles nach seinem Willen ginge.«

»Nun...«

»Evan ist nicht hier, weißt du. Man erwartet ihn nicht vor nächster Woche.«

»Das hat damit nichts zu tun«, sagte Nicole, obwohl sie genau wußte, daß ihr Widerwille gegen einen Besuch in Colwyn daher stammte, daß dort so viele Erinnerungen an Evan und die schönen Zeiten, die sie gemeinsam dort verbracht hatten, auf sie lauerten. »Ganz und gar nichts.«

»Nun, denk noch mal drüber nach. Es ist ja hier im Haus nicht sehr viel Platz, aber Gwyneth hat gesagt, es gäbe trotz der verdammten Gesellschaft immer noch ein Gästezimmer in Colwyn Court.« Er hörte an einem leisen Knarren, daß die Tür zu Lisas Zimmer nun offen stand. »Nun, wie geht's in Hampstead?«

»Prächtig, eigentlich gibt's gar nichts Neues.«

»Nun gut, gib gut acht auf dich und versuche herzukommen, wenn du kannst. Ich sehe dich neuerdings ohnedies fast nie.«

Nicole war schuldbewußt. Nachdem sie sich verabschiedet und den Hörer aufgelegt hatte, dachte sie eine Weile darüber nach, daß Lisa ihr die Besuche bei ihrem Vater so schwer machte. Und was hatte Matt wohl mit der Gesellschaft und mit Lisas Interesse für diese gemeint? Nicole runzelte die Stirn und ging in die Küche, um sich Kaffee zu machen. Zum erstenmal begann sie darüber nachzudenken, ob ihr Vater tatsächlich so glücklich verheiratet war, wie sie immer angenommen hatte; ihre kurzen und ungemütlichen Besuche daheim hatten ihr keine Anzeichen dafür geboten, daß die Beziehung zwischen Matt und Lisa gestört war.

Sie dachte immer noch an die beiden, als zehn Minuten später das Telefon läutete. Judy war fortgegangen und Nicole allein in der Wohnung. Sie kippte ihren Stuhl etwas hinüber, als sie nach dem Hörer griff.

»Hallo?«

Es gab eine Reihe von Geräuschen in der Leitung des Münzfernsprechers, ehe die Verbindung klappte und die Leitung frei wurde. Was sie hören konnte, deutete darauf hin, daß der Anruf von einem Flugplatz, Bahnhof oder einer Busstation kam. Man hörte Stimmen aus Lautsprechern, das Hasten von Menschen und Stimmen.

»Hallo?« wiederholte Nicole.

»Hallo«, antwortete die Stimme, von der sie sich schon tausendmal gesagt hatte, daß sie sie nie wieder hören würde. »Du bist also immer noch in derselben Wohnung, wie geht's dir?«

Der Schock war so stark, daß sie nicht sprechen konnte. Sie dachte, es müsse eine Halluzination sein. Sie war offenbar nahe daran, verrückt zu werden.

»Hallo, Nicki, bist du dort?«

Er klang wie sonst, knapp und freundlich, und auf einmal konnte sie ihn klar vor sich sehen: sein rotes Haar, kurz und gekräuselt, die sommersprossige Nase, die man ihm vor Jahren beim Rugby gebrochen hatte, die blauen, lustigen Augen.

»Das kann doch nicht sein«, sagte sie laut vor sich hin. »Du kommst doch erst nächste Woche, jemand hält mich zum besten.«

»Niemand hält dich zum besten!« Er sprach leichthin, aber sie wußte, daß es ihm schwerfiel, die rechten Worte zu finden. »Ich habe mir um meinen Vater Sorgen gemacht, und es ist mir geglückt, früher von Afrika wegzukommen. Mein Flugzeug ist vor einer halben Stunde angekommen. Im Augenblick bist du der einzige Mensch in ganz England, der weiß, daß ich hier bin.«

»Soll ich vielleicht nun vor Freude ohnmächtig umfallen?« Sie hatte die Worte kaum gesagt, da hätte sie sich am liebsten selbst getreten. Sie hatte wirklich nicht sarkastisch klingen wollen.

»Nein, das erwarte ich eigentlich nicht.« Sie wußte, daß er sich zurückgewiesen fühlte, und das Herz tat ihr weh. Sie wollte sagen: ›Ich bin so froh, daß du wieder da bist! Ich freue mich so, daß du angerufen hast! Wie ich mir wünsche, dich wiederzusehen!‹ Tatsächlich aber sagte sie: »Wann fährst du hinunter nach Colwyn?«

»Morgen. Aber ich hatte mir vorgestellt, ich würde heute abend in London bleiben und mich etwas von der langen Reise ausruhen. Hör mal, Nicki –«

»Ja?« sagte sie. Ihr Mund war ganz trocken.

»– sag doch, bitte, niemand, daß ich hier bin, ja? Ich möchte die in Colwyn überraschen.«

»Ist gut.«

Es trat eine Pause ein. Jetzt muß ich etwas sagen, dachte Nicole verzweifelt, oder er hängt ein. »Wie war's in Afrika?« fragte sie, denn etwas Besseres fiel ihr nicht ein. Ihre eigene Stimme klang ihr oberflächlich und falsch. »Es muß ein großartiges Erlebnis gewesen sein.«

»Ja.«

O Gott, dachte Nicole. Ihre Finger umspannten den Hörer so fest, daß sie schmerzten. So sag doch etwas, betete sie innerlich. Bitte, sag doch etwas. Bitte. Häng doch nicht ein.

»Nicki«, sagte Evan.

»Ja?«

»Ich hatte in Afrika viel Zeit, nachzudenken.«

»Oh –«

»Ich hätte dir geschrieben, aber –«

»Nein, ich hab' dir doch gesagt, du sollst nicht.«

»Ja, ich weiß schon... Nun, ich habe dir oft und oft beinahe geschrieben.«

»Wirklich?« Tränen traten ihr in die Augen. Sie mußte sich sehr beherrschen, um ihre Stimme ruhig klingen zu lassen.

»Ja, ich... nun, jetzt rückblickend, erscheint alles so unnötig, wie es mit uns aus war... du verstehst? Obwohl du vielleicht damit recht hattest, dich so zu verhalten, aber –«

»Du hattest auch deine Gründe«, sagte Nicole. »Es hätte für mich klar sein müssen, daß es für dich notwendig war, nach Afrika zu gehen.«

»Ja, aber...« Sie hörte ihn tief Atem holen. »Ich vermute, daß du inzwischen einen anderen hast«, sagte Evan. »Aber vielleicht könnten wir uns doch treffen, nur so, um Erinnerungen aufzufrischen. Was hältst du davon?«

»Warum nicht?« sagte Nicole. Es wunderte und erschreckte sie, wie gleichgültig sie klang. Wieder überkam sie Furcht. »Ja«, sagte sie und versuchte, begeistert zu klingen, verfiel aber nur in ihren früheren, oberflächlich fröhlichen Ton. »Das wäre wirklich prima.«

»Wie wär's heut abend mit einem Drink? Weil heute Samstag ist, vermute ich, daß du schon eine Einladung zum Abendessen hast, aber –«

»Nein, heute nicht«, sagte Nicole.

»Nein? Nun, darf ich dich dann zum Abendessen einladen?«

Überrascht stellte sie fest, daß sie nun wirklich weinte. Große Tränen rollten still ihre Backen hinab. »Ja«, sagte sie, »das möchte ich gerne.«

»Gut. Ich miete mir einen Wagen und hole dich um halb sieben ab.«

»Sehr gut.«

»Prächtig! Auf bald, Nicki«, sagte er erfreut und war so aufgeregt, daß er sich nicht einmal verabschiedete. Er schoß aus der Telefonzelle, nahm seine Koffer, fand ein Taxi und gab die Adresse des Hotels im Zentrum Londons an, in dem er ein Zimmer bestellt hatte. Er war daheim, und in wenigen Stunden würde er Nicole wiedersehen. Noch während das Taxi ihn in die City brachte, vergaß er alle seine Familiensorgen und dachte nur an den kommenden Abend.

V.

Nachdem an diesem Abend alle anderen im Landhaus zu Bett gegangen waren, blieb nur noch Matt auf, um an seine Tochter zu schreiben. Alles war völlig still. Nur einige hundert Meter entfernt brachen sich die Wellen am sandigen Strand, aber außer dem Murmeln der Brandung und dem Ticken der Pendeluhr bei der Treppe war es im Haus völlig still. Die Zwillinge waren längst eingeschlafen, und Lisa hatte sich nach dem Abendessen mit Kopfweh entschuldigt und war hinaufgegangen. Benedikt hatte vor einer Stunde seine letzte Zigarette ausgestippt, um hinauf zu Jane zu gehen. Matt war allein.

›... so also steht die Sache derzeit‹, schrieb er an Nicole. Er versuchte, sich sein Leid und seine Zweifel von der Seele zu schreiben. ›Hast Du übrigens jemals von einem gewissen Tristan Poole gehört? Er ist ein junger Bursche, etwa in Lisas Alter...‹

Das tat weh, dachte er, während er diese Worte versonnen anblickte und ihm einfiel, daß er nun dem Sechziger schon näher war als dem Fünfziger. Aber es geschah ihm ganz recht.

Hatte er doch ein Mädchen geheiratet, das seine Tochter hätte sein können.

›... sieht ganz normal aus, keine besonderen Merkmale, gutes Benehmen, höflich. Ich hätte gerne gewußt, ob Du ihm vielleicht einmal bei einer Deiner Partys in London begegnet bist. Es geschehen ja manchmal die unwahrscheinlichsten Dinge. Jedenfalls bin ich sicher, daß Lisa ihn schon von früher kennt. Ich kann einfach nicht glauben, daß sie ihn nur zweimal auf ein paar Minuten gesehen hat, obwohl sie schwört, daß es so ist. Sie hat sich da wirklich etwas gehenlassen, aber ich denke, ich habe ihr jetzt den Kopf zurechtgerückt...‹

Er wünschte, Nicole wäre jetzt bei ihm hier im Zimmer. Sie war der einzige Mensch, mit dem er gerne sprach, wenn er sehr deprimiert war. Er erinnerte sich an die Stunden, die sie nach dem Tod von Nicoles Mutter miteinander verbracht hatten. Danach hatte er sich Nicole auf besondere Weise zugehörig gefühlt. Bis er Lisa geheiratet hatte.

›... und doch wünsche ich, es lägen hundert Meilen zwischen Lisa und diesem verflixten Poole‹, schrieb er. Die Feder grub sich tief ins weiße Papier, so daß ihm die Worte in gewichtigen Lettern entgegenstarrten. ›Es würde mich gar nicht überraschen, wenn er ein Gauner wäre. Walter Colwyn ist einer der leichtgläubigsten Leute, die ich kenne. Und wie es mit Gwyneth steht, weißt Du ja selbst...‹

Die Tür knarrte. Er blickte jäh auf, aber es war nur die Katze, die sich aus der Küche hereindrückte.

›... Ich glaube, Evan wird sich um die Dinge hier in Colwyn Court kümmern müssen, wenn er von Afrika zurückkommt. Ich hoffe, er entdeckt dann nicht, daß Poole Walter mit irgendeinem Gaunertrick um den ganzen Besitz gebracht hat...‹

Marble ließ sich beim Kamin nieder und begann, ihre Vorderpfoten zu lecken.

›... Tut mir leid, daß in dem Brief soviel über Poole steht, aber der Kerl regt mich einfach auf. Eins kann ich Dir heute schon sagen: Wenn ich entdecke, daß Lisa noch einmal mit ihm herumspielt, dann ist der Teufel los. Ich bin einfach zu stolz, um mir das gefallen zu lassen. Lieber eine Scheidung, als als alter Trottel dastehen. Der Wahrheit die Ehre – ich glaube, wenn das Geld nicht wäre, würde sich Lisa aus einer Scheidung gar nichts machen. Nun, sie kriegt mein Geld, solange ich lebe, aber damit genug. Wenn es jetzt noch irgend etwas gibt, dann werde ich dafür sorgen, daß sie nach meinem Tod keinen Penny kriegt...‹

Er hielt inne. Ihm kam plötzlich zu Bewußtsein, daß die Katze auf die Kommode hinter ihm gesprungen war und ihm in den Nacken blies.

»Marsch, runter«, sagte Matt streng, und als sich die Katze nicht wegrührte, stieß er sie an, so daß sie zu Boden mußte.

Marble stieß einen Klagelaut aus. Ihre rosa Augen verengten sich zu feindselig starrenden Schlitzen.

Matt schrieb nur noch einen Satz, um den Brief zu beenden, adressierte den Umschlag und verschloß den Brief dann. Jetzt war es Zeit, schlafen zu gehen. Er ließ den verschlossenen Brief auf dem Tisch liegen, als er langsam die Treppe zu seinem Zimmer hinaufging, in dem Lisa zu schlafen vorgab. Als er das Licht löschte, versank das Wohnzimmer in Dunkelheit.

Marble wartete einige Minuten. Dann, als auch noch der Lichtspalt unter der Türe von Matts Schlafzimmer verschwunden war, sprang sie auf den Tisch, griff sich den Brief mit scharfen weißen Zähnen und verschwand lautlos in der Nacht.

VI.

»Das ist doch merkwürdig«, sagte Matt. »Jane, hast du den Brief weggenommen, den ich gestern abend auf dem Tisch liegen ließ?«

»Brief? Nein, ich glaube, ich habe ihn nicht einmal bemerkt. Benedikt, hast du einen Brief gesehen, den Matt hier am Tisch im Wohnzimmer gelassen hat?«

»Nein, da war kein Brief«, sagte Benedikt. »Ich war schon um sieben unten, und es war nichts am Wohnzimmertisch. Ich hätte das sicher bemerkt, denn ich hab' meinen Schuh auf den Sessel da gestellt, um ein Schuhband nachzuknüpfen.«

»Zwillinge«, sagte Jane, »habt ihr einen Brief gesehen, den Onkel Matt gestern abend am Wohnzimmertisch gelassen hat?«

»Nein«, sagte Timothy, »was gibt's zum Frühstück, Tante Jane?«

»Würstchen und Eier. Lucy, hast du –?«

»Nein«, sagte Lucy. »Kann ich ein verlorenes Ei haben?«

»Heute nicht, das ist zu kompliziert. Ich mache Rührei für alle«, sagte Jane, und zu Matt gewendet fügte sie hinzu: »Bist du sicher, du hast ihn hier gelassen?«

»Schon gut«, sagte Matt. »Ich glaube, ich kann mir denken, was passiert ist!« Und er ging schnell hinauf in sein Zimmer. Lisa war angezogen und saß vor dem Frisiertisch, um ihr Gesicht zurechtzumachen. Als er eintrat, blickte sie auf.

»Okay«, sagte Matt, »wo ist er?«

»Wo ist was?« sagte Lisa erstaunt.

»Der Brief, den ich gestern abend an Nicole geschrieben habe.«

»Aber lieber Matt! Warum sollte ich einen Brief nehmen, den du an Nicole geschrieben hast?«

»Weil ich darin ein paar unfreundliche Dinge über deinen geliebten Mr. Poole geschrieben habe!«

Lisa wußte nicht, ob sie sich verwirrt, zornig oder empört fühlen sollte. Schließlich gewann ihr Zorn. »Wie kannst du es wagen, Nicole zu erzählen, was zwischen mir und Tristan geschehen ist!«

»Also hast du ihn doch genommen«, sagte Matt.

»Nein!«

»Du bist in der Nacht aufgestanden, hinuntergegangen, und–«

»Ich habe mich überhaupt nicht aus dem Zimmer gerührt!« Wieder war Lisa wütend. »Wie kannst du es wagen, deiner Tochter von unseren höchst privaten und persönlichen Schwierigkeiten zu erzählen?«

»Ja, glaubst du denn, daß nicht ohnedies schon jeder davon weiß?« Er drehte sich um und sah nach, ob die Türe tatsächlich fest verschlossen war. Dann kehrte er sich wieder jäh Lisa zu. »Also gut«, sagte er, kurz angebunden. »Setzen wir uns einmal nieder und denken in Ruhe darüber nach. Ich glaube, es ist höchste Zeit, daß du und ich einmal sehr ernst und vernünftig miteinander sprechen.«

VII.

Eine Stunde später kam eine völlig aufgelöste und atemlose Lisa in Colwyn Court an und wollte Mr. Tristan Poole sprechen.

»Ich gehe ihn holen«, sagte Agnes, als man ihr die Nachricht in die Küche brachte. »Führt sie solange in den Salon.« Sie war eben damit fertig geworden, die verschiedenen Arbeiten für den Vormittag einzuteilen, und hatte mitgeholfen, das Frühstücksgeschirr abzutrocknen.

Poole war in seinem Zimmer. Als sie anklopfte, kam er zur Tür.

»Ja?«

»Lisa ist gekommen und will mit dir sprechen.«

»Schwierigkeiten?«

»Ich weiß nicht, ich habe nicht selbst mit ihr gesprochen.«

Er ging wortlos zurück in sein Zimmer. Sie sah, daß eines seiner Bücher aufgeschlagen auf dem Nachttisch lag und daß hinten im Ankleideraum die schwarze Kiste unversperrt offen stand.

»Hat es irgendwelche Probleme gegeben, Tristan?«

»Morrison ist schwer unter Kontrolle zu halten. Er ist ein zäher Bursche.« Er schlug das Buch zu, um es dann in die Kiste zurückzulegen. Als er zurückkam, fragte er: »Wo ist sie?«

»Unten im Salon.«

»Schon gut, ich gehe jetzt zu ihr.« Als er an Agnes vorbeiging, gab er ihr ein zusammengefaltetes Blatt Papier: »Lies das und verbrenn es dann.«

»Ja, Tristan.« Sie senkte den Blick und begann Matts Brief an Nicole zu lesen.

Sie war immer noch in seinem Zimmer und sah immer noch

auf den Brief, als er zehn Minuten später zurückkam. Er fand sie auf der Bettkante sitzend. Sie sah nachdenklich drein. Als er das Zimmer betrat, blickte sie erschreckt auf.

»Ist sie schon fort?«

»Sie ist immer noch da. Ich mußte dich zwischendurch einmal sprechen. Hör mal zu, Agnes: Diese Ehe zerfällt für meinen Geschmack viel zu schnell. Ich hatte gehofft, in ihm den besorgten Gatten zu finden, der seine junge Frau gern mit allem, was er besitzt, überschüttet. Aus dem Brief aber kannst du sehen, daß dies durchaus nicht der Fall ist. In Wirklichkeit ist es beinahe genau umgekehrt. Sie hatten heute morgen einen schlimmen Streit, als er sie wegen des verschwundenen Briefes beschuldigte. Ein Wort gab das andere, bis auf einmal das Wort ›Scheidung‹ wie ein Pingpongball hin und her schwirrte. Das mit dem Brief war natürlich ein Pech, aber es hätte vielleicht zu unerfreulichen Nachwirkungen geführt, wäre er abgeschickt worden. Überhaupt ist die Ehe jetzt so zerrüttet, daß, hätte sich dieser Anlaß nicht ergeben, sich sicher ein anderer für den Streit gefunden hätte. Also müssen wir handeln, und zwar rasch. Sie sagt, Morrison hätte den Wagen genommen und sei wütend nach Swansea gefahren. Die Sache sieht schlimm aus, aber ich denke, wir haben noch vierundzwanzig Stunden, bevor er irgendwelche definitive, für uns nachteilige Schritte unternimmt. Ich möchte, daß du nun folgendes tust: Fahr hinunter ins Dorf, geh in eine Telefonzelle und rufe mich hier in Colwyn Court an. Ich übernehme das Gespräch im Salon in Lisas Gegenwart und sage ihr, ich sei dringend nach Swansea gerufen worden. Damit werde ich sie los. Wenn du dann zurückkommst, sieh zu, daß mich niemand stört. Wie sieht es mit Opfertieren aus?«

»Wir haben derzeit vier schwarze Hähne und sechs Hasen.«

»Gut! Bring einen der Hähne auf mein Zimmer. Nach der Opferung geb' ich dir das blutbefleckte Messer, und du kannst dann die Haselrute für den Zauberstab schneiden, während ich ein Bad nehme und meine Gewänder anlege. Ja, und noch etwas: Reinige, bitte, mein Zimmer. Das solltest du vielleicht gleich tun. Verwende Lorbeerblattsaft, Kampfer, weißes Harz und Schwefel – und vergiß nicht auf Salz. Ich weiß, Salz ist normalerweise für uns alle der Bannfluch, aber es symbolisiert Reinheit, und ich möchte mich bei der Reinigung des Zimmers auf nichts einlassen. Wir nehmen schon ein hinlänglich großes Risiko auf uns dadurch, daß wir die Haselrute nicht bei Morgengrauen schneiden und all die anderen üblichen Vorsichtsmaßnahmen ergreifen, aber die Zeit arbeitet gegen uns und wir haben keine andere Wahl.«

»Ja, Tristan. Und wenn du dann fertig bist – soll ich dir helfen, den Kreis zu zeichnen? Möchtest du, daß ich beiwohne?«

»Hast du heute morgen gefrühstückt?«

Agnes sah betroffen drein.

»Es tut mir leid, Agnes, aber ich möchte lieber jemand, der wenigstens pro forma gefastet hat. Wer in der Gruppe hält jetzt eine hinlänglich strenge Diät, um wahrscheinlich kein Frühstück genommen zu haben?«

»Jackie, aber –«

»Ja, sie wird gut sein. Ich brauche ohnedies eine Hellseherin.«

»Versuch es doch mit Sandra«, schlug Agnes vor, »ihre Kräfte in dieser Hinsicht sind weit besser entwickelt, und sie trinkt immer nur ein Glas Orangensaft zum Frühstück.«

»Nein, es ist jetzt Zeit, daß Jackie sich ihr Brot verdient. Und überdies wird es ihre Langeweile hinsichtlich des Landlebens auf einige Stunden unterbrechen. Ja, und dann, Agnes –«

»Ja, Tristan?«

»Ruf die Katze herbei.«

VIII.

Matt gehörte zu den Männern, die es gewohnt sind, die Sachlage klar zu erfassen und unter Zeitdruck rasche Entscheidungen zu treffen. So hatte er seine geschäftlichen Angelegenheiten mehr als dreißig Jahre lang geführt, und wenn es sich ergab, dann war er durchaus bereit, auch seine Privatangelegenheiten in der gleichen Weise zu ordnen. Der letzte erbitterte Streit mit

Lisa hatte ihm das geliefert, was er für unwiderlegbare Beweise hielt. Seine Frau liebte ihn nicht und hatte im geheimen schon seit einiger Zeit eine Scheidung gewünscht. Nur sein Geld und sein sonstiger Besitz hatten sie bisher zögern lassen. Schon gut, dachte er wütend, schon gut. Vielleicht war es seine Schuld, weil er in seinem Johannistrieb nachgegeben und ein Mädchen wie Lisa geheiratet hatte. Vielleicht hätte er sie überhaupt nicht heiraten sollen. Aber sie hatten nun einmal geheiratet, und die Ehe war gescheitert. Nun wollte er dieser Tatsache dadurch Rechnung tragen, daß er das Eheband mit Lisa so rasch wie möglich löste. Matt zog es vor, ehrlich zu sein. Er sah lieber der Wahrheit ins Auge, akzeptierte sie und paßte ihr sein Leben an. Das machte einen Teil jener Stärke aus, auf die er immer so stolz gewesen war. Jetzt also stand er dem Ende dieser Ehe gegenüber und tat dies in seiner eigenen, dickköpfigen, praktischen Weise. Dabei begann er sofort an sein Geld zu denken.

Sobald er an diesem Morgen in Swansea angekommen war, ging er in eines der größten Hotels, benützte zehn Minuten lang dessen Schreibzimmer und führte dann von einem Münzfernsprecher im Foyer ein Ferngespräch.

Dabei gingen ihm eine ganze Reihe von Regeln durch den Kopf, die er sich vor langer Zeit zu eigen gemacht hatte, als er noch im beruflichen Aufstieg begriffen war. Was du heute kannst besorgen, das verschiebe nicht auf morgen. Sieh dir die Tatsachen an, triff deine Entscheidung und bleib dabei. Unentschlossenheit und langes Überlegen kosten nur Zeit und Geld. Unentschlossenheit und Zögern waren Zeichen der Schwäche.

Knapp bevor er das Gespräch führte, dachte er noch: Männer meines Alters streckt der Herzschlag jeden Tag nieder. Besser, nichts dem Zufall zu überlassen. Nichts.

Sein Gespräch am Telefon dauerte einige Zeit, weil sein Gesprächspartner so zweifelnd und mißbilligend war. Aber schließlich war es doch vorbei, und Matt in der Lage, die nötigen Formalitäten der Aufgabe, die er sich gestellt hatte, zu vollenden. Nun mußte er entscheiden, was er als Nächstes tun wollte. Nach einigem Überlegen beschloß er, ins Landhaus zurückzukehren und nachzusehen, was während seiner Abwesenheit geschehen war. War Lisa fort, so würde er bleiben und seinen Urlaub, wie geplant, beenden. War sie aber noch da, so mußte er wohl auf seinen Urlaub verzichten und selbst aus dem Haus ausziehen. Dabei ging ihm durch den Kopf, was wohl aus den Zwillingen werden würde. Würde Lisa sie mitnehmen, wenn sie das Haus verließ, oder würde sie sie dort bei Jane lassen, während sie sich mit ihren Anwälten besprach und versuchte, ihr Privatleben umzustellen? Er wußte es nicht, aber sein Mund verzog sich in bitterem Verzicht, als er an die beiden Kinder dachte.

Die Ausfahrt aus Swansea ging glatt vonstatten, aber als er auf die Gower-Halbinsel kam, erhöhte er die Geschwindigkeit des Wagens, bis er auf der leeren Straße die Kurven schnitt, und er kümmerte sich um keine Geschwindigkeitsbegrenzung. Als er sich Colwyn näherte, begann ein leichter Regen zu fallen. Die offene Landschaft, die sich zum verschwommenen Grau der See hin erstreckte, sah wüst und öde aus. Jetzt war er schon im landwirtschaftlichen Gebiet, und die Straße wurde von Steinmauern begrenzt, mit denen die Felder eingesäumt waren.

Er sah die Katze erst, als es schon zu spät war. Er kam um eine Ecke gebogen, und da saß sie in der Mitte der Straße und leckte ihre verdammten weißen Pfoten, als hätte sie das beste Anrecht, da zu sitzen.

Matt zerbiß einen Fluch, trat heftig auf die Bremse und verriß das Lenkrad. Das Letzte, was er noch sah, ehe er die Beherrschung über den Wagen verlor, war, daß die Katze sich mit einem Sprung in Sicherheit brachte. Weißes Fell flog, und das Maul war wie in einem Grinsen um scharfe, böse Zähne verzogen.

4. Kapitel

I.

Evan war verwirrt. Er hatte sich so sehr darauf gefreut, Nicole wiederzusehen, daß er, als die Zeit gekommen war, und er sie wirklich von Angesicht zu Angesicht sah, etwas wie Enttäuschung empfand. An diesem Samstag war er in einem wahren Fieber der Erwartung zu ihrer Wohnung gerast, und als er an der Glocke läutete, hatte seine Hand gezittert. Sobald sie aber die Tür geöffnet hatte, war es ihm schwergefallen, irgend etwas zu sagen.

Selbst jetzt am Ende des Abends konnte er noch immer nicht verstehen, was eigentlich geschehen war. Warum, so fragte er sich verwirrt, fühlte er sich so enttäuscht? Nicht etwa, daß sie nicht ausgezeichnet ausgesehen hätte. Ihr glänzendes, dunkles Haar schwang sich in den Spitzen sanft aufwärts wie immer. Und ihre grauen Augen waren immer noch so groß und schön, ihr Blick so fest, wie er ihn in Erinnerung hatte. Aber die Unmittelbarkeit ihres Verhaltens, die er so geliebt hatte, war verschwunden. Sie schien jetzt ernster, zurückgezogener und unzugänglicher. Schließlich meinte er, es sei die Förmlichkeit ihres Verhaltens, die ihm am meisten auf die Nerven ging.

»Möchtest du vielleicht hereinkommen und einen Drink nehmen, ehe wir fortgehen?« hatte sie ihn höflich gefragt, als er um halb sieben gekommen war, aber er hätte nicht zu sagen vermocht, ob sie wirklich wollte, daß er diese Einladung annahm oder nicht.

»Nun... ich möchte deine Mitbewohnerin nicht stören –«

»Sie ist heute nachmittag übers Wochenende heimgefahren.«

»Oh, nun dann vielleicht später...«

Aber später hatte sie ihn nicht mehr aufgefordert.

»Kann ich mit hinaufkommen?« hatte er nach diesem verwirrenden Abend gesagt, an dem er mit ihr endlose Gespräche über Afrika geführt hatte. Das Taxi war vor dem Haus stehengeblieben, in dem Nicole ihre Wohnung hatte, und er hatte ihr hinausgeholfen, ehe er den Fahrer entlohnte.

»Ja, warum nicht«, hatte sie ohne viel Interesse gesagt und sich abgewendet, als er dem Fahrer sagte, er möge nicht warten.

Sie gingen ins Haus, durch die Halle und die Treppe hinauf, ohne auch nur ein Wort zu sagen. Evan begann sich zu fragen, warum er um diese Einladung gebeten hatte. Nach einem so steifen Abend wäre es nur natürlich gewesen, so rasch wie möglich das Weite zu suchen. Aber irgendein jäher Instinkt ließ ihn darauf beharren, den Abend auszudehnen, bis er mit Nicole wieder intimeren Kontakt gefunden hatte. Er hatte das Gefühl, er hatte zu lange und zu viel an sie gedacht, als er noch in Afrika war, um ihr nun den Rücken zu kehren, ohne auch nur den Versuch zu machen, zu verstehen, was eigentlich geschehen war.

»Kaffee?« fragte sie mit jener gleichgültig höflichen Stimme, die er so verabscheute.

»Bitte.« Er begann, im Wohnzimmer herumzugehen, während sie in die Küche ging. Nach kurzer Zeit wallte seine Enttäuschung in ihm so sehr hoch, daß er es nicht mehr ertragen konnte. »Nicki!«

»Ja?«

»Was ist geschehen?«

Sie sah bestürzt auf: »Nichts, was meinst du?«

»Du hast einen anderen, nicht wahr?«

»Nein.« Sie setzte den Wasserkessel auf den Herd und drehte den Hahn an. »Pulverkaffee, ich hoffe, es macht dir nichts aus.«

»Wäre es dir lieber, wenn ich jetzt ginge?«

Sie schüttelte den Kopf heftig und begann, Tassen und Untertassen aus dem Schrank zu nehmen.

»Wer ist es?«

Keine Antwort. Nun begann sich Zorn in Evans Enttäuschung zu mischen. »Warum hast du nicht gesagt, ich möge verschwinden, wenn du mich nicht wirklich wiedersehen wolltest? Warum hast du mich an der Nase herumgeführt? Was hattest du damit vor?«

»Ich wollte dich doch wiedersehen. Es tut mir leid, daß der Abend so mißlungen ist.« Sie wandte ihm den Rücken zu und schaufelte den Pulverkaffee mit ungeschickten Bewegungen in die Tassen.

»Ach, du guter Gott!« Er versuchte, seines Ärgers Herr zu werden. »Hören wir jetzt mit dem Herumspielen auf, ja? Warum gehen wir der Wahrheit nicht auf den Grund? Du hast einen anderen gefunden, und du bist heute nur mit mir zusammengekommen um alter Zeiten willen, und ich habe mich völlig daneben benommen. So war's doch?«

Keine Antwort.

»Schläfst du mit ihm?«

Das traf. Er sah, wie sich ihr Rücken stolz straffte, und ihr Kopf hochschoß.

»Nein.«

»Es gibt also einen anderen!«

»Nein.«

»Warum dann, also?«

»Nein, nein, nein!« Sie wirbelte herum, um ihm ins Gesicht zu sehen; mit ihrer Selbstbeherrschung war's vorbei. Tränen leuchteten in ihren Augen. »Es gibt keinen anderen – niemand, niemand, niemand! Und jetzt geh und laß mich allein!«

»Nicki!...« Als er sie in die Arme schloß, versuchte sie nicht, ihn fortzuschieben. Er begann sie zu küssen. Am Herd begann das Wasser zu kochen, aber sie bemerkten es nicht.

»Evan, oh –«

Er küßte ihren Mund, und plötzlich war alles so wie in seiner Erinnerung, und ihr Körper lehnte sich weich und gewährend gegen seinen.

»Wie sehr du mir gefehlt hast!« hörte er sie sagen, als sie ihren Mund wieder frei bekam. »Oh, wie hab' ich mich nach dir gesehnt – daß du wieder hier bist...«

Der Dampf des kochenden Wassers und das harte Licht der Deckenbeleuchtung kamen ihm nebelhaft zu Bewußtsein, aber er hatte vergessen, wo er sich befand. Die Welt bestand nur mehr aus glänzendem, dunklem Haar und seidiger Haut und seiner eigenen schmerzenden Sehnsucht.

»Hier...« Er hielt den Arm fest um ihre Taille geschlungen und griff nach der Tür.

»Evan –«

Er hob sie auf, um eine weitere Debatte zu verhindern. Es war so leicht, sie aufzuheben und aus der Küche zur verschlossenen Schlafzimmertür zu tragen.

»Mach die Tür auf«, sagte er zu ihr, während er sie in seinen Armen hielt und darauf wartete, daß sie mit ihrer freien Hand die Klinke ergriff. Sie aber tat es nicht. »Mach schon.«

»Evan, ich –«

Er setzte sie ab und riß die Tür so heftig auf, daß sie in den Angeln zitterte. Dann drehte er sich um, um sie mit sich ins Schlafzimmer zu ziehen, aber sie hatte sich schon entfernt.

»Nicki, Nicki«, sagte er.

Da stand sie und starrte ihn an, und Schweigen senkte sich über sie. Schließlich sagte sie: »Du mußt mich für schrecklich dumm halten.«

»Schau, ich liebe dich doch, ich liebe dich wahnsinnig, ich –«

»Das hast du schon vor fünfzehn Monaten gesagt. Ganz genau mit denselben Worten.«

»Jetzt ist aber alles anders –«

»Das muß auch so sein oder ich will nichts davon wissen.«

»Hör mal, ich –«

»Nein!« sagte sie. Plötzlich war sie wieder so ehrlich und unvermittelt, wie er sie in Erinnerung hatte. »Nein, jetzt hör mir mal zu! Drei ganze Jahre lang, seit mein Vater wieder geheiratet hat und ich dich und deine Familie durch Lisa und Jane kennengelernt habe, habe ich dich romantisch umschwärmt wie irgendein Teenager, der in das jeweilige Idol verknallt ist. Nach den ersten achtzehn Monaten – während denen du kaum meine Existenz zur Kenntnis nahmst – hast du schließlich aus deiner olympischen Höhe herabgesehen und mich bemerkt. Großartig! Kein Wunder, daß ich damals den Kopf verlor und mich wie ein verrücktes Schulmädchen ohne ein Gramm Verstand aufgeführt habe. Gut! Also bist du weggegangen. Ist mir recht geschehen. Das hatte ich verdient. Dann hatte ich ein ganzes Jahr, um wieder zu mir zu kommen. Gut! Genau, was ich brauchte! Und dennoch hast du jetzt – *jetzt* die kaum glaubliche Unverfrorenheit, aus Afrika zurückzukommen, wieder aus olympischer Höhe herabzublicken und genau dort fortzusetzen, wo du damals aufgehört hast. Was bildest du dir eigentlich ein? Wenn du wüßtest, was ich in all diesen Monaten mitgemacht habe, während du deine edle Seele im wilden Afrika geläutert hast –«

»Es tut mir leid. Ich habe nicht gewollt, daß du es so siehst.«

»Nun, ich sehe es aber so –«

»Aber Nicki –«

Sie wich vor ihm in die Küche zurück. »Bitte mich nicht, zu tun, was du jetzt willst, denn ich werde es nicht tun. Ich habe zuviel Angst, wieder verletzt zu werden.«

»Aber Nicki, ich verspreche –«

»Ja?« sagte sie wild und drehte das Gas unter dem Wasserkessel ab. »Was versprichst du?«

Aber Evan wußte nicht recht, was er sagen sollte. Es schien der falsche Augenblick für eine Brautwerbung, und er war überdies gar nicht so sicher, daß er sie um ihre Hand bitten sollte, ehe er sich nicht wieder in England niedergelassen, seine Familienprobleme geklärt und über seine nähere Zukunft entschieden hatte. »Gut«, sagte er schließlich und wandte sich automatisch der Eingangstür zu. »Wenn du es so willst.«

»Evan –«

»Ja?« Er merkte, daß er sich viel zu rasch umdrehte und damit verriet, wie sehr er hoffte, daß sie es sich noch überlegen würde.

»Was ist mit deinem Kaffee?«

»Oh...« Er strich mit der Hand ungeduldig durchs Haar. »Vielleicht ein andermal... Hör zu, Nicki. Ich ruf' dich nächste Woche aus Wales an, wenn ich etwas festeren Boden unter den Füßen habe. Vielleicht könntest du auf ein langes Wochenende nach Colwyn kommen.«

»Gut«, sagte sie. »Ich werde also von dir hören.« Sie ging auf ihn zu, als er die Eingangstür öffnete. »Ich danke dir für das

Abendessen. Es tut mir leid, wenn du mich für dumm hältst. – Nicht, daß du mir gleichgültig wärst –«

»Ich weiß!« Und das Verlangen nach ihr überfiel ihn mit solcher Gewalt, daß er nicht einmal einen raschen Kuß zu riskieren wagte. »Paß auf dich auf«, murmelte er. »Es war nett, dich wieder einmal zu sehen! Wiedersehen!« Und im nächsten Augenblick stürzte er die Treppe hinunter, immer zwei Stufen auf einmal nehmend, und rannte die Straße hinauf, um seinen heftigen Gefühlen durch körperliche Anstrengung Luft zu machen.

Am nächsten Nachmittag um drei Uhr gab es einen Zug nach Swansea. Nachdem er am Morgen wie im Fieber im Park herumgegangen war und sich wieder an den Anblick und die Geräusche von London gewöhnt hatte, kehrte er in sein Hotel zurück. Kaum hatte er sein Zimmer betreten, läutete das Telefon neben dem Bett.

Nicole war der einzige Mensch, der wußte, daß er in England war. Er griff so hastig nach dem Hörer, daß er ihn beinahe fallen ließ. »Hallo?«

»Evan...« Ihre Stimme klang fern und verschleiert.

»Nicki?« fragte er zweifelnd.

»Oh, Evan, ich...« Er hörte ein ersticktes Schluchzen.

»Was ist los?« fragte er. »Was ist denn plötzlich geschehen?«

»Ich habe gerade aus Wales gehört – Jane hat angerufen... mein Vater... er... er hatte einen Unfall, Auto... Oh, Evan, er ist tot... Ich kann's noch nicht glauben. Es war ein Autounfall – auf einer Freilandstraße. Kein anderes Auto – Er ist in eine dieser Steinmauern gerutscht und war sofort tot.«

»Ich bin schon unterwegs!« sagte Evan. Die Worte kamen hastig aus seinem Mund. Er wollte bei ihr sein, wenn sie ihn brauchte. »In zehn Minuten. Ich bin bei dir so rasch ich nur kann.«

II.

›Industriemillionär bei Autounfall getötet‹, verkündeten die Montagsausgaben der Massenpresse, so daß Benedikt sich wieder einmal über das in diesem Zusammenhang ordinäre Wort ›Millionär‹ aufregen konnte. ›Rätselhafter Todesfall auf einsamer walisischer Straße.‹

›Untersuchung des Todes von Morrison ergibt eindeutigen Unfall‹, las man am Donnerstag. ›Behörden warnen vor überhöhter Geschwindigkeit.‹

Keine Zeitung erwähnte, wann oder wo die Beisetzung stattfinden sollte, und zwar aus dem einfachen Grund, weil keine es wußte. Matts Sekretärin und engere Mitarbeiter waren nach seinem Tod rasch nach Colwyn gekommen, hatten sich mit Nicole besprochen, die gemeinsam mit Evan Sonntag abend nach Colwyn Court gekommen war, und hatten zwischen Presseerklärungen die Vorbereitungen für ein stilles Begräbnis in jenem Dorf in Surrey getroffen, wo Matt seit seiner zweiten Heirat gelebt hatte. Sekretäre und engere Mitarbeiter hatten versucht, das Begräbnis mit Lisa zu besprechen. Lisa war aber so verstört gewesen, daß sie ihnen nur bedeutet hatte, sich an Nicole zu wenden.

»Die arme Lisa ist vom Gram völlig zerstört«, sagte Walter besorgt zu Agnes Miller. »Sie tut mir so leid.«

»Arme Seele«, sagte Agnes anteilnehmend. »Wirklich tragisch für ein junges Mädchen.«

»Da sieht man es wieder«, sagte Gwyneth, die immer schon Lisas Glanz und Auftreten bewundert hatte, »all diese Leute, die immer bösartig gesagt haben, Lisa hätte Matt nur seines Geldes wegen geheiratet, haben sich gründlich geirrt. Sie hat ihn wirklich geliebt.«

Wenn ich ihn nur hätte ein wenig mehr lieben können, dachte Lisa in tiefstem Schuldbewußtsein. Wenn ich jetzt nur wenigstens Trauer fühlen könnte, statt dieser schrecklichen geheimen Erleichterung, daß nun alles vorbei ist und ohne eine häßliche Scheidung. Wenn ich nur zu jemand darüber sprechen könnte, wie mir wirklich zumute ist. Wenn nur...

Wenn nur Tristan Poole nicht auf eine Woche zu einem seiner geheimnisvollen Besuche nach London beordert worden wäre.

Sie hatte nicht gewagt, ihn in den ersten beiden Tagen nach Matts Tod aufzusuchen, sondern hatte erst bei der Leichenschau mit Agnes Miller gesprochen, die ihr von Pooles Abwesenheit berichtet hatte. Lisa hatte sie nach seiner Telefonnummer in London fragen wollen, hatte es aber dann nicht gewagt. Sie hatte nicht einmal gewagt zu fragen, wann Poole zurückkommen würde, obwohl Agnes ihr schließlich von selbst gesagt hatte, daß er innerhalb einer Woche wiederkehren würde. Jetzt versuchte sie, nicht an Poole zu denken. Aber je mehr sie sich nach jemand sehnte, dem sie sich eröffnen konnte, desto mehr sehnte sie sich nach ihm. Schließlich war sie unfähig, die Einsamkeit ihrer Schuld länger zu ertragen und wendete sich an ihre Schwester.

»Mir ist so schrecklich zumute, Jane«, sagte sie am Abend nach der Leichenschau. Sie waren in der Küche. Jane bereitete in ihrer eher unordentlichen Weise das Abendessen, und Lisa wußte nicht recht, ob sie ihr überhaupt richtig zuhörte. Dennoch war ihr Bedürfnis, sich jemand anzuvertrauen, so stark, daß sie sich um Janes zerstreute Art nicht kümmerte. »Wenn nur Matt und ich nicht, kurz bevor er starb, so häßlich gestritten hätten –«

»Ja, ich weiß«, sagte Jane. »Es muß scheußlich sein, Liebste. Aber wir wissen alle, wie sehr ihr euch – trotz aller eurer Schwierigkeiten – geliebt habt. Glaub nicht, daß wir das nicht verstehen.«

»Aber ich hab' ihn gar nicht geliebt!« sagte Lisa wild. »Ich bin froh, daß er tot ist!«

»Ach, Liebling, Lisa, du bist nur noch ganz durcheinander, und du weißt nicht, was du sagst –«

Es war hoffnungslos. Lisa gab es auf. Am nächsten Morgen, Donnerstag, verließen sie alle das Landhaus und fuhren zum Begräbnis nach Surrey, das dort am Freitag nachmittag stattfinden sollte.

Matts schwer beschädigter Rolls-Royce war immer noch in einer der größeren Reparaturwerkstätten von Swansea, also fuhr Benedikt Lisa und Walter in seinem Austin nach Surrey, während Evan in Walters geräumigem Bentley mit Nicole, Jane und den Zwillingen nachkam. Nicole hatte fünf wirre Tage in Colwyn Court verbracht, wobei sie nur vage Walters Güte, Janes Obsorge und Evans ernste Aufmerksamkeit wahrgenommen hatte. Die Existenz der Gesellschaft war ihr kaum zu Bewußtsein gekommen. Evan hatte ein- oder zweimal zu ihr gesagt, daß er ein offenes Gespräch mit seinem Vater vorhabe, sobald sich die Dinge wieder etwas normalisiert hätten, aber sie hatte nicht recht verstanden, was er damit meinte. Mit Lisa hatte sie kaum gesprochen. Lisa war sofort, nachdem sie einander begrüßt hatten, in Tränen ausgebrochen, und seither war Nicole ihr aus dem Weg gegangen, da sie fürchtete, so geräuschvolles Leid könne ansteckend sein, und sie würde sich dann auch nicht mehr zusammennehmen können.

»Du solltest weinen«, sagte Evan. »Es ist unter diesen Umständen völlig natürlich. Mir ist selbstverständlich klar«, fügte er rasch hinzu, als ihm ein philosophisches Buch einfiel, das er einmal gelesen hatte, »daß Gram und Trauer bei verschiedenen Menschen auch unterschiedlichen Ausdruck finden.« Es hatte keinen Sinn, ihr Schuldbewußtsein zu wecken, weil sie vielleicht aus irgendeinem Grund über ihren Vater keine Träne vergießen konnte.

»Ich habe geweint«, sagte Nicole. »Aber ich möchte nicht Lisas Beispiel folgen und mich dauernd an der nächstgelegenen Schulter ausweinen.«

»Lisa kann nichts dagegen tun, sie ist so.«

»Sie kann nichts dagegen tun, daß sie eine Heuchlerin ist. Sie hat Daddy nur seines Geldes wegen geheiratet.«

»Ich glaube nicht, daß Lisa ganz so schlimm ist«, sagte Evan, ehe ihm noch klar wurde, daß er damit das Falsche sagte.

»Das sagen alle Männer«, sagte Nicole und ging ohne ihn spazieren.

Evans unmittelbare Reaktion darauf war, daß er sich über sie ärgerte. Aber er nahm sich zusammen und beherrschte seinen

Unmut. Er sagte sich, es sei unvernünftig, von Nicole ihm gegenüber ein normales Verhalten zu erwarten, ehe nicht wenigstens das Begräbnis vorbei und der Schockzustand im Schwinden war. Er wollte seine Gedanken von ihr ablenken und wandte sich den anderen zu. Aber ihm blieb nicht viel zu tun. Jane und Benedikt hatten sich zwar auch erregt, waren aber nun ruhig; Lisa weinte viel, aber erholte sich sichtlich; die Zwillinge waren unerwarteterweise phlegmatisch.

»Alle Leute sterben, wenn sie alt werden«, sagte Lucy. »Traurig dran war nur, daß es ein Unfall war – das war traurig daran.«

»Der Unfall war das schlimmste daran«, echote Timothy. »Bei weitem das schlimmste. Armer Onkel Matt.«

»Es ist auch ein Jammer für Mami«, sagte Timothy, »aber andererseits ist es auch wieder gut.«

»Wieso das?« fragte Evan.

»Weil... ach, nur so.«

»Sie ist jetzt wieder frei«, sagte Lucy.

»Ja, sie kann jetzt wieder eines Tages heiraten.«

Evan sah, wie die beiden Kinder intime, wissende Blicke austauschten.

»Am Schluß wird noch alles gut«, sagte Lucy geheimnisvoll. »Nicht wahr, Timmy?«

»Natürlich«, sagte Timothy.

Evan dachte darüber nach, was hier wohl los sei, unternahm aber keine weiteren Anstrengungen, herauszufinden, warum die Zwillinge an eine mögliche Wiederverehelichung ihrer Mutter dachten. Er war bereits zu der Auffassung gekommen, daß es ihn nicht überraschen würde, zu erfahren, daß Lisa einen Liebhaber hätte. Nachdem er mit ihr gesprochen hatte, argwöhnte er, daß, obwohl ihr Elend ungeheuchelt war, die Quelle des Jammers dunkler sei, als irgend jemand annahm.

Aber Lisa konnte nicht wissen, daß von all den Leuten in Colwyn Court Evan sie noch am ehesten verstand. Sie bemühte sich nicht, sich ihm weiter anzuvertrauen, und am Tag ihrer Rückkehr nach Surrey war sie so sehr damit beschäftigt, sich für die Beerdigung zu stählen, daß dies sogar ihre Schuldgefühle beseite schob. Schließlich, als alle Gäste in ihren Zimmern untergebracht waren, wollte sie sich schon zurückziehen, um früh zu Bett zu gehen, als das Dienstmädchen ihr meldete, jemand wolle sie am Telefon sprechen.

»Wenn es jemand von der Presse ist«, sagte Lisa, »dann möchte ich nicht mit ihm sprechen.«

»Er hat gesagt, er sei nicht von der Presse, gnädige Frau«, sagte das Dienstmädchen. »Ich habe extra noch gefragt. Er sagte, er sei der Direktor einer Gesellschaft für natürliche Ernährungsweise –«

»Ich möchte mit ihm sprechen«, sagte Lisa und eilte hinauf in ihr Zimmer. Der Hörer entglitt fast ihrer feuchten Hand. Ihr Herz schlug gegen ihre Rippen. »Hallo?« flüsterte sie. »Tristan?«

»Wie geht es dir?«

»Oh!...« Sie hielt inne, damit ihr Atem wieder ruhig ginge. Verschiedene gängige Phrasen gingen ihr durch den Kopf, aber sie konnte sich für keine entscheiden.

»Ich möchte wegen des Unfalls kondolieren«, sagte er.

Sie versuchte, ›danke sehr‹ zu sagen, aber er sprach weiter, ehe sie noch die Worte bilden konnte.

»Wie fühlst du dich?«

»Schrecklich«, sagte sie rasch. »Ich muß mit dir sprechen, bitte. Es ist so wichtig.«

»Wann ist die Beisetzung?«

»Morgen nachmittag, drei Uhr.«

»In der Wickerfield Church?«

»Ja. Es wird sehr still und bescheiden zugehen. Nur die Familie und ein oder zwei von Matts allerbesten Freunden.«

»Gut«, sagte er. »Ich werde mich nachher mit dir in Verbindung setzen.«

»Wann?« fragte sie. »Wo? Kann ich dich unter irgendeiner Nummer –«

»Ich werde mich mit dir in Verbindung setzen«, sagte er mit ruhiger Stimme, die sie ihre Augen erleichtert schließen ließ. »Gute Nacht, Lisa.«

Und ehe sie noch ein Wort sagen konnte, hörte sie schon das Summen der freien Leitung.

III.

Gegen Ende des Gottesdienstes blickte sie auf und sah ihn. Die Trauergemeinde war draußen um das offene Grab versammelt, während der Geistliche den letzten Teil der Einsegnung vornahm. Am Himmel standen dunkle Wolken. Poole lehnte nahe der Totenpforte, und einen Augenblick lang glaubte sie, er würde in den Kirchhof kommen und sich unter die Trauernden mischen. Das aber tat er nicht. Er trug einen schwarzen Anzug und eine schwarze Krawatte und beobachtete alles schweigend von seinem Standort außerhalb der geweihten Erde.

Sobald der Gottesdienst vorüber war und der Geistliche sein Buch geschlossen hatte, wandte sich Lisa ab, übersah den Arm, den Benedikt ihr bot, und ging raschen Schrittes zur Totenpforte.

»Wer, zum Teufel, ist das?« raunte Evan Benedikt zu.

»Gott allein weiß es«, sagte Benedikt.

Fern über den Hügeln sah man Blitze. Dann grollte der Donner nach.

»Hab' ihn noch nie im Leben gesehen«, sagte Benedikt, nachdem er seine Brille geputzt und noch einmal hingesehen hatte.

»Benedikt«, flüsterte Jane und griff nach seinem Ärmel. »Das ist Mr. Poole.«

»Ich glaube, es wird bald regnen«, sagte der Geistliche freundlich zu Nicole. »Es ist ein Glück, daß wir den Gottesdienst so früh gehalten haben.«

»Ja«, sagte Nicole. Sie fühlte sich wie gelähmt. Sie wollte mit niemandem sprechen.

»Kann ich auf einige Minuten mit dir zum Haus zurückkommen, Nicole?« sagte eine vertraute Stimme. »Es gibt da etwas, das ich mit dir besprechen möchte.«

Sie drehte sich um. Es war einer der ältesten Freunde ihres

Vaters, der Rechtsanwalt Peter Marshall, der Senior der Firma Marshall & Tate.

»Oh!« Sie versuchte sich zusammenzureißen. »Ja, natürlich.« Nun erst merkte sie, daß Lisa vorausgegangen war und bei der Totenpforte mit einem Unbekannten sprach.

»Wie fühlst du dich, Nicki?« hörte sie Evans Stimme an ihrer Seite.

Sie nickte, ihrer Worte nicht mächtig und in plötzlicher Angst, zusammenzubrechen. Aber zu ihrer Erleichterung rettete sie Walter, indem er Evans Aufmerksamkeit von ihr ablenkte.

»Evan«, rief er. »Ich möchte dich mit Mr. Poole bekannt machen.«

Evan wollte nicht unfreundlich erscheinen und ging widerwillig auf den Fremdling zu, der im Schatten der Totenpforte stand.

Er sah einen Mann in seinem Alter, der aussah, als wäre er ein guter Tennisspieler. Der Fremdling hatte jene gestraffte sportliche Schlankheit, die sich besser auf dem Tennisplatz als auf einem Fußballfeld ausnahm. Etwas weich, dachte Evan, der Tennis immer für einen Damensport gehalten hatte. Dann fiel ihm ein, daß dieser Mann sich selbst und zwölf fremde Menschen nach Colwyn Court hineingedrängt hatte. Das Haar sträubte sich ihm im Nacken. Sein ganzer Körper wurde von Abneigung erfüllt.

»Nett, Sie kennenzulernen«, sagte Poole sehr höflich.

»Ganz meinerseits«, sagte Evan, kurz angebunden, und schwieg dann.

»Und hier darf ich Ihnen Nicole Morrison vorstellen«, sagte Walter, der keine peinliche Stille aufkommen lassen wollte. »Nicole, mein Liebling, das ist Mr. Tristan Poole, der Direktor unserer Gesellschaft in Colwyn Court.«

»Schön, Sie kennenzulernen, Miß Morrison«, sagte Poole. »Darf ich Ihnen mein Beileid aussprechen.«

»Vielen Dank...« Seine Präsenz drang kaum in ihr Bewußtsein. Sie hatte vor sich das vage Bild eines Mannes, der etwas kleiner und zarter gebaut war als Evan, ein Mann mit unbestimmten Zügen und braunem Haar. Nicht einmal die Farbe seiner Augen bemerkte sie.

»... mein Cousin, Benedikt Shaw«, sagte Walter gerade. »Ich glaube nicht, daß Sie einander bereits kennengelernt haben?«

»Ja, das stimmt«, sagte Poole. »Wie geht es Ihnen, Professor Shaw? Ich habe schon einige Male mit Ihrer Frau gesprochen, aber Sie sind mir bis jetzt immer noch entkommen.«

»Es ist ein Pech, daß wir einander bei so einem traurigen Anlaß kennenlernen«, murmelte Benedikt. Er wunderte sich, wieso Jane diesen Mann so unheimlich gefunden hatte. Er sah wie ein recht netter junger Mann aus, etwa so wie einer seiner Assistenten in Cambridge.

»Guten Tag, Mrs. Shaw«, sagte Poole zu Jane und lächelte sie an. »Ich sehe, daß die Zwillinge nicht hier sind.«

»Wir dachten, es würde für sie zu aufregend sein«, sagte Jane unbeholfen.

»Ich glaube nicht, daß Kinder zu Leichenbegängnissen gehen sollten«, sagte Lisa. »Komm, Tristan, gehen wir.«

Alle sahen sie überrascht an.

»Wohin?« sagte Benedikt scharf und sah Poole nochmals genauer an.

»Ich habe Lisa angeboten, sie in meinem Wagen nach Hause zu fahren«, sagte Poole. »Ich hoffe, das stört nicht andere Pläne. Los, Lisa. Ich weiß, du willst bald heimkommen; mein Auto steht dort unter der Eiche.«

»Guter Gott«, murmelte Jane in die folgende Stille hinein. »Guter Gott!« Sie wußte, daß ihre Schwester sich falsch benommen hatte und schämte sich nun für sie.

»Ich bin sicher, Poole hat es gut gemeint«, sagte Walter unschuldig.

So sieht also die Sache aus, dachte Evan. Laut sagte er: »Wie lange kennt sie ihn schon?«

»Kommt es denn darauf an?« sagte Nicole. Sie wandte sich blindlings den wartenden Autos zu. »Folgen wir ihrem Beispiel, und fahren wir heim, ehe es zu regnen anfängt.«

Wie auf ein Stichwort begann der Donner wieder fern zu grollen; schwere Regentropfen fielen aus einem verhangenen Himmel.

»Nicole hat recht«, sagte Evan, »machen wir, daß wir fortkommen.«

Am Weg zurück nach Wickersfield Manor wurde nicht viel gesprochen. Als sie in Matts Haus ankamen, war Nicole drauf und dran, sich in die tröstende Einsamkeit ihres Zimmers zurückzuziehen, als ihr einfiel, daß der Anwalt ihres Vaters wohl jeden Moment zu seinem Gespräch mit ihr eintreffen müsse.

»Wenn Mr. Marshall kommt«, sagte sie hastig zu dem Mädchen, »führen Sie ihn ins Arbeitszimmer meines Vaters. Ich werde dort auf ihn warten.«

»Kann ich noch irgend etwas tun?« fragte Evan, der plötzlich an ihrer Seite auftauchte.

»Wie? Oh, nein danke... Es ist schon alles in Ordnung. Der Anwalt meines Vaters kommt bald, um mit mir zu sprechen. Ich denke, es hat irgend etwas mit dem Testament zu tun.«

Sie hatte recht. Zwei Minuten später kam Mr. Marshall und schlug Nicole vor, daß auch Lisa anwesend sein sollte.

»Es wird nicht lange dauern«, sagte er. »Aber nun, da die Beerdigung vorüber ist, habe ich das Gefühl, ich muß mit euch beiden ein paar Dinge besprechen.«

»Natürlich«, sagte Nicole mechanisch und ging, Lisa zu suchen. Nachdem sie einige Minuten herumgestöbert hatte, lief sie durch den inzwischen heftiger fallenden Regen über den Rasen zum Sommerhaus. Sie waren dort. Sie mußten sie beobachtet haben, wie sie über den Rasen lief, denn keiner von beiden schien überrascht, sie eintreten zu sehen. Sie bemerkte Lisas feindseligen Gesichtsausdruck, kehrte sich aber nicht daran.

»Lisa, darf ich dich einige Minuten stören, bitte? Peter Marshall ist hier und möchte mit uns sprechen. Verstehen Sie, Mr. Poole?«

»Natürlich«, sagte der Mann. »Möchten Sie, daß ich zum Haus hinübergehe und einen Schirm bringe? Es scheint jetzt viel stärker zu regnen.«

»Bitte, bemühen Sie sich nicht«, sagte Nicole. »Man ist im Nu drüben. Dennoch vielen Dank.«

Plötzlich loderte ein Blitz auf. Lisa zuckte zusammen und hielt sich die Ohren zu, während der Donner über ihnen krachte.

»Ich habe vor Gewittern schreckliche Angst!«

»Ich komme mit dir zum Haus hinüber«, sagte Poole. Er zog sich die Jacke aus und hängte sie ihr um die Schultern. »So wirst du nicht allzu naß.«

Sie dankte ihm mit einem Lächeln.

Nicole hielt inne. Plötzlich kamen ihr die Möglichkeiten der Beziehung zwischen den beiden zum Bewußtsein. Konnte Lisa wirklich... am Tage der Beisetzung ihres Ehegatten?... Nein, sicher konnte nicht einmal Lisa die Kühnheit zu so etwas besitzen. Sie hörte sich scharf sagen: »Bleiben Sie hier, Mr. Poole?«

»Nein«, sagte er, »ich fahre heute abend wieder nach London zurück.«

Nun, wenigstens er schien etwas Sinn für Anstand zu haben, wenn dieser schon Lisa völlig abging. Sie war so wütend, daß sie fürchtete, ihre Stimme nicht in der Gewalt zu haben. So sagte sie nichts mehr. Wieder loderte ein Blitz auf, als sie das Sommerhaus verließ und durch den Regen zur Gartentüre des Wohnzimmers lief. Als Lisa und Poole ihr nach wenigen Sekunden nachkamen, sagte sie immer noch nichts, sondern ging nur über die Halle in Matts Arbeitszimmer voraus, wo Mr. Marshall wartete.

Mr. Marshall schien es schwerzufallen, einen Anfang zu finden. Er sagte zunächst, wie sehr ihn die Tragödie von Matts Tod erschüttert hatte und wie tief er mit Lisa und Nicole empfände. Er sagte, Matt sei ihm lange Zeit einer seiner engsten Freunde gewesen, und wie traurig es für ihn nun wäre, sein Testament zu vollstrecken. Dann sagte er noch, wie schwer es ihm fiele, ihnen zu sagen, was in dem Testament stünde. Er gab sogar zu, er wüßte nicht, ob er den Sinn und Inhalt richtig in Worte fassen könnte.

»Bitte, Peter!« sagte Nicole, die nun schon recht verzweifelt war und genau wußte, daß Lisa am Rande eines ihrer Weinkrämpfe war. »Sorg dich nicht darüber, ob du uns aufregst. Mit uns kann es nicht schlimmer kommen, als es schon ist. Und was mich anlangt, so ist es mir völlig gleichgültig, was in Daddys Testament steht. Ich nehme an, daß das meiste davon ohnehin die Steuer auffrißt.«

»Das stimmt«, sagte Mr. Marshall, im geheimen durch den vernünftigen Ton erleichtert, den Nicole angeschlagen hatte. »Er hat allerdings einige Vorkehrungen getroffen, um die Erbschaftssteuer zu umgehen. Vor acht Jahren hat er einen großen Teil seines Vermögens zu deinen Gunsten, Nicole, angelegt, und ich freue mich, dir sagen zu können, daß du jetzt Besitzerin eines Stiftungsvermögens von etwa einer halben Million Pfund bist, das keiner Erbschaftssteuer unterliegt.«

»Oh«, sagte Nicole ausdruckslos.

Guter Gott, dachte Lisa, eine halbe Million Pfund ohne Abzüge. Du lieber Himmel. Sie mußte die Lehne ihres Stuhls festhalten, um sich beherrschen zu können.

»Jetzt erzählen Sie mir bitte nicht, daß mein Anteil am Erbe lediglich einer Unterstützung des Wohlfahrtsstaates dient, Peter«, sagte sie mit einem kleinen Lachen. »Aber ich denke, es wird wohl so sein, da Matt und ich nicht lange genug verheiratet waren, um ihn in den Stand zu setzen, auch für mich die Erbschaftssteuer zu umgehen.«

»Das stimmt«, sagte Mr. Marshall wieder und öffnete den Mund, um noch etwas zu sagen. Aber es kam nichts heraus.

»Wieviel hat Matt hinterlassen?« fragte Lisa. »Ich nehme an, man kann die Stiftung für Nicole nicht mitrechnen, da sie ja nicht mehr offiziell zur Verlassenschaft gehört.«

»Das stimmt«, sagte Mr. Marshall wieder. Er räusperte sich. »Das Gesamtausmaß der Verlassenschaft ist gegenwärtig noch nicht genau bekannt, aber es dürfte in der Größenordnung von etwa drei Millionen Pfund liegen ...«

Das heißt, zwanzig Prozent von drei Millionen für mich, dachte Lisa, 600000 Pfund. Oder ist die Erbschaftssteuer noch höher als achtzig Prozent? Aber ich kriege mindestens 300000 und wahrscheinlich sogar mehr. Vielleicht 500000, eine halbe Million Pfund.

»Ursprünglich«, sagte Mr. Marshall und räusperte sich wieder, »wurde das Geld Ihnen, Lisa, direkt und zur Gänze hinterlassen, da Nicole ja schon gut versorgt war, und natürlich gab es verschiedene Legate, so zum Beispiel tausend Pfund für jedes Ihrer beiden Kinder –«

»Ach, er war so großzügig«, sagte Lisa und Tränen traten ihr in die Augen. »Sie haben ihn so gern gehabt.«

»– und verschiedene andere Dispositionen«, fuhr Mr. Marshall fort. »Jedoch –«, er holte tief Atem, »kurz, bevor er starb, hat Matt... nun, das war schon etwas sehr Merkwürdiges. Ich habe versucht, es ihm auszureden... Ich habe ihm gesagt, er solle noch eine Weile warten –«

»Was wollen Sie damit sagen?« fragte Lisa. »Was hat er getan?«

»Er hat ein Kodizill zu seinem Testament angebracht, er hat mich sogar am Morgen seines Todestages angerufen, um sicherzugehen, daß er den Wortlaut korrekt formuliert hatte. Das Kodizill besagt –«

»Es ist natürlich nicht rechtskräftig.«

»Nun, wirklich«, sagte Mr. Marshall, der rosa anlief, »es tut mir schrecklich leid, Lisa, aber es ist rechtsgültig. Es besagt, daß die Worte ›Gesellschaft zur Verhinderung von Kindesmißhandlung‹ an allen Punkten, an denen Ihr Name im Testament aufscheint, an dessen Stelle zu treten haben.«

Es war völlig still. Lisa war grünweiß geworden.

»Nun«, sagte Mr. Marshall, »es ist leicht möglich, daß ein Richter die Sache mehr von Ihrer Seite sieht. Es ist natürlich der vom Gesetzgeber verfolgte Zweck, zu sichern, daß ein Testament die Wünsche des Erblassers zum Ausdruck bringt und zu deren Verwirklichung führt. Aber... eine Ehegattin bekommt natürlich normalerweise etwas... besondere Umstände... Wenn ich Sie wäre, würde ich –«

»Ich werde es anfechten«, sagte Lisa.

»Nun, lassen Sie sich immerhin von einem Rechtsanwalt beraten. Ich kann Sie natürlich in dieser Sache nicht vertreten, aber ich kann Ihnen einen ausgezeichneten Anwalt, einen Freund, empfehlen –«

»Ich danke Ihnen«, sagte Lisa. »Bitte, schreiben Sie mir seinen Namen und seine Adresse auf, und ich werde mich am Montag bei ihm melden. Jetzt aber entschuldigen Sie mich.« Sie kam ungeschickt auf die Beine, stolperte durchs Zimmer, riß die Tür auf und rannte schluchzend den Korridor entlang, auf der Suche nach Tristan Poole.

IV.

Als Poole an diesem Abend in sein unauffälliges Londoner Hotel zurückkam, ließ er sich sofort mit Colwyn Court verbinden.

Harriet, die Schwester von Agnes Miller, kam zum Apparat.

»Ruf mir Agnes«, sagte Poole nur.

»Ja, Tristan.« Er konnte an ihrer Stimme hören, daß sie schockiert war. Er wußte, daß sein brüsker Ton sie beunruhigt hatte. Es trat eine Pause ein.

Dann sagte Agnes: »Was ist geschehen?«

»Agnes, warum, zum Teufel, hast du mich Jackie als Akolytin gebrauchen lassen, anstatt Sandra?«

»Aber ich habe gedacht, Jackie habe alles so gut gemacht! Sie hat dir genau gesagt, wann Morrison von Swansea wegfuhr, die genaue Zeit, wann er in Colwyn einträfe, sie hat dir jede seiner Bewegungen genau berichtet, habe ich gedacht! Schließlich weiß ich, daß der Dämon, den du in den Kreis beschworen hast, um von der Katze Besitz zu ergreifen, begierig war, deinem Befehl zu gehorchen, aber der Dämon mußte ja gelenkt werden, und wären Jackies Aussagen ungenau gewesen –« Sie hielt plötzlich inne. Die Stille am anderen Ende der Leitung kam ihr zum Bewußtsein.

»Bist du jetzt ganz fertig?« fragte Poole höflich.

»Ja, Tristan. Tut mir leid. Inwiefern hat Jackie versagt?«

»Ich habe sie gefragt, was er in Swansea tue. Und sie hat mir gesagt, er spräche mit einem alten Freund.«

»Und hat er das nicht getan?«

»Verdammt, ja! Mit seinem gottverdammten Rechtsanwalt am gottverdammten Telefon! Sandra hätte mir das sagen können! Jackie aber stellte es dar, als wäre Morrison bei einer Garten-Party und plauderte über den neuesten Fisch, den er gefangen hatte! Du mußt Jackie sagen, daß, wenn sie je auf ihrem Arbeitsgebiet zu wirklicher Glaubwürdigkeit kommen will, sie wohl erst lernen muß, sich auf ihre Arbeit zu konzentrieren, anstatt einen Teil ihres Geistes irgendwo in Strahlenbezirken herumspielen zu lassen!«

»Ach, du Lieber«, sagte Agnes nervös. »Tut mir so schrecklich leid, Tristan. Du hast recht, ich hätte dich sie nicht verwenden lassen dürfen. Ich muß schon sagen, ich hatte meine Zweifel, aber –«

»Ja, die hast du gehabt. Schon gut, Agnes, es war wirklich mehr meine Schuld als die deine. Ich hätte die Grenzen ihres Talentes besser einkalkulieren sollen.«

»Aber was hat Morrison seinem Anwalt gesagt? Du willst mir doch nicht sagen, daß er –«

»Er hat seinem Testament ein Kodizill angefügt.«

»Ach, nein!«

»Ich brauch' dir wohl nicht zu sagen, was in dem Kodizill stand.«

»Er hat Lisa keinen Penny hinterlassen«, sagte Agnes, tief entmutigt.

»Vielleicht kriegt sie auf lange Sicht doch etwas Geld, aber nachdem die Regierung achtzig Prozent der Verlassenschaft eingesteckt hat und nachdem Lisa ihre Anwälte bezahlt hat, wird sie wirklich nur ein paar Penny haben, um damit herumzuspielen. Morrison hinterließ das Geld oder was davon nach der Steuer noch übrig ist, der Gesellschaft zur Verhinderung von Kindesmißhandlung. Nach dem, was ich höre, wird sie es auch bekommen. Wenn Lisa Glück hat, so wird ihr irgendein weichherziger Richter einen Anteil zusprechen, der ihr gestattet, sich auf ein paar Jahre neue Hüte zu kaufen. Zu mehr wird's nicht langen. Also, denken wir nicht mehr an Lisa als die reiche Witwe! Besser gesagt, vergessen wir Lisa überhaupt. Wir stehen wieder am Anfang.«

»Ach, mein Lieber«, sagte Agnes, nun schon beinahe in Tränen. »Nach all der harten Arbeit! Es ist wirklich eine Gemeinheit.«

»Ach, faß doch wieder Mut, Agnes«, sagte Poole, und obwohl sie ihn nicht sehen konnte, meinte sie doch, sein Lächeln zu spüren. »Vielleicht sind wir doch nicht wieder ganz am Anfang. Sagen wir, wir sind einen Schritt weiter statt zwei.«

Agnes spürte, wie sie wieder Mut bekam. »Du hast einen neuen Plan?« fragte sie aufgeregt.

»Nun, ich denke, so könnte man es nennen«, sagte Poole leichthin. »Im Augenblick aber sprechen wir davon lieber als von einer interessanten Möglichkeit.«

5. *Kapitel*

I.

Als Nicole am nächsten Morgen erwachte, war der Himmel nach dem Gewitter völlig klar, und nach einer regnerischen Nacht roch die Luft feucht, frisch und kühl. Es war schon spät. Erschöpfung hatte sie schließlich überwältigt, und als sie zum Frühstück hinunterkam, war es schon zehn Uhr und das Speisezimmer leer. Eben trank sie ihre zweite Tasse Kaffee und begann, eine Scheibe Toast zu essen, als Evan eintrat.

»Hallo«, sagte er und beugte sich zu ihr nieder, um sie zu küssen. »Wie geht's dir heute?«

»Ich weiß nicht recht, ich glaube aber besser, danke. Ich hatte gestern schreckliche Kopfschmerzen, aber die sind weg.«

»Das Gewitter hat die Luft gereinigt.« Er zog einen Stuhl heran und setzte sich neben sie. »Was hast du jetzt vor?«

»Ich weiß nicht recht. Wahrscheinlich werde ich heute nachmittag zurück nach London fahren und versuchen, wieder in ein normales Leben einzusteigen. Ich möchte nicht gern länger hierbleiben, denn ich weiß, daß ich über kurz oder lang mit Lisa schrecklich Streit bekommen würde. Du hast sicher gehört, was gestern geschehen ist?«

»Lisa hat es von allen Dächern geschrien.«

»Ist das nicht schrecklich? Es tut mir so leid, daß ihr kein Penny geblieben ist, wo ich doch so peinlich gut versorgt wurde. Aber Daddy hätte bestimmt sein Testament nicht ohne guten Grund in dieser Weise geändert.«

»Ich wette darauf, daß sie mit diesem Kerl, diesem Poole, herumgespielt hat.«

»Ich auch.« Nicole fiel plötzlich wieder die Szene im Sommerhaus ein, und sie fühlte Abscheu. »Obwohl ich mir nicht vorstellen kann, was sie an ihm findet. Er kommt mir so gewöhnlich vor.«

»Mir ist er nicht gewöhnlich vorgekommen«, sagte Evan. »Er hat wie ein außerordentlich geschickter Kerl mit leichtem Schwindlereinschlag gewirkt, und sobald ich wieder nach Colwyn Court zurückkomme, werde ich dafür sorgen, daß er und seine Freunde bei der ehesten Gelegenheit delogiert werden... Da wir von Colwyn sprechen, Nicki, warum nimmst du dir nicht die nächste Woche frei und kommst zu uns? Es würde dir sicher guttun, noch ein paar Tage fern vom Alltag zu sein. Und ich denke auch nicht gern daran, daß du allein nach London zurückfährst.«

»Es ist... sehr lieb von dir, Evan, aber ich kann mir wirklich nicht noch eine Woche freinehmen. Es macht meinem Chef Schwierigkeiten und übrigens... vielleicht kannst du das nicht verstehen, aber ich *möchte* wieder arbeiten. Für mich symbolisiert die Arbeit im Augenblick Sicherheit und Kontinuität, etwas Festes und Geregeltes... Ginge ich nach Colwyn, würde ich wahrscheinlich nur herumhocken und grüblerisch werden, kehre ich aber wieder zu meiner Arbeit zurück, so werde ich keine Zeit haben, an irgend etwas zu denken... Glaubst du, daß du bald nach London zurückkommst?«

»Ich weiß nicht recht, ich hab' daheim noch so manches in Ordnung zu bringen.« Plötzlich neigte er sich zu ihr: »Nicki, willst du dir nicht doch noch einmal meine Einladung nach Colwyn überlegen? Ich habe die ganze vorige Woche darüber nachgedacht, und ich bin zu dem Entschluß gekommen –«

Die Tür ging auf, und er wurde unterbrochen. Jane sah besorgt ins Zimmer.

»Oh«, sagte sie verlegen, »tut mir schrecklich leid! Ich suche Benedikt, ihr habt ihn nicht vielleicht gesehen?«

»Er ist mit meinem Vater irgendwo hingegangen«, sagte Evan. »Wie ich so die Hobbys meines Vaters kenne, denke ich, du solltest vielleicht in den Glashäusern nachsehen. Wie geht's Lisa, Jane? Ich habe sie heute morgen noch nicht gesehen.«

»Nun«, sagte Jane und machte eine verlegene Pause. »Sie ist immer noch sehr erregt; um die Wahrheit zu sagen –«, Jane holte tief Atem, »– ich habe darauf bestanden, daß sie zurückkommt und mit uns im Landhaus bleibt, bis sie sich besser fühlt. Nun, genauer gesagt, sie hat gebeten, ob sie kommen könne, und ich habe nicht das Herz gehabt, sie abzuweisen. Ich hoffe sehr, daß Benedikt das verstehen wird. Natürlich wird er es verstehen, aber –«

»Ich glaube schon, daß er das versteht, aber – hat das Haus nicht traurige Erinnerungen für sie?«

»Ja, aber Matt starb ja nicht im Haus...« Janes Stimme verklang unsicher. Sie errötete verwirrt. »Tut mir leid, Nicole.«

»Das stimmt schon«, sagte Nicole. »Ist schon gut, Jane.« Jane sah erleichtert drein. »Nun, jetzt muß ich Benedikt suchen... Entschuldigt mich...« Sie ging ungeschickt rücklings aus dem Zimmer und schloß die Tür. Eine Pause trat ein, ehe Nicole, während sie sich eine dritte Tasse Kaffee eingoß, sagte: »Jetzt ist's heraus. Ich denke nicht daran, nach Colwyn zu gehen, wenn Lisa dort ist.«

»Oh, Nicki, um Gottes willen!«

»Ich kann nichts dafür«, sagte Nicole. »Ich kann sie einfach nicht leiden. Ich kann da nicht heucheln. Tut mir leid, Evan.«

»Nicki, Lisa wird im Landhaus sein, du aber mit mir in Colwyn Court.«

»Ich glaube, auch davor habe ich Angst«, sagte Nicole.

»Hör mal«, sagte Evan, »wenn du dich an mir rächen willst, so verdien' ich das sicher, aber warum machst du auch gleichzeitig dir die Sache so schwer? Sei doch nicht so verdammt stolz!«

»Ich kann mir nicht helfen, ich bin eben stolz.«

»Aber Nicki, ich liebe dich doch! Sobald ich den Kram daheim in Ordnung habe –«

»Ach, ich warte immer darauf, daß du irgendwelchen Kram in Ordnung bringst«, sagte Nicole. »Du bist nach Afrika gegangen, um mit dir selber klarzukommen, jetzt gehst du nach Wales, um deine Familie in Ordnung zu bringen; irgend etwas muß immer in Ordnung gebracht werden, bevor du an mich denkst.«

»Aber ich versuch' doch, zu dir zu kommen, warum glaubst du, habe ich dich nach Colwyn eingeladen?«

»Weil du gerne deinen Willen durchsetzen möchtest«, sagte Nicole.

»O Gott!« rief Evan und stürzte wütend aus dem Zimmer.

Das Dienstmädchen, das gerade kam, um den Tisch abzuräumen, stieß mit ihm zusammen und blickte ihn vorwurfsvoll an, während er, ohne sie anzusehen, an ihr vorbeisauste. Als sie sich wieder gefaßt hatte, sagte sie zu Nicole: »Verzeihen Sie, gnädiges Fräulein, aber sind Sie schon fertig?«

»Ja«, sagte Nicole. »Tut mir leid, daß ich heute morgen so spät dran bin.« Sie stellte die Kaffeetasse nieder und ging in die Halle hinaus. Das Haus schien bedrückend groß. Instinktiv zog sie die Eingangstür auf und trat in den morgendlichen Sonnenschein hinaus. In diesem Augenblick sah sie, noch ehe sie die unangenehme Szene mit Evan noch einmal überdenken und bedauern konnte, den schwarzen Jaguar still die Einfahrt bis an die Treppe heranschnurren, auf der sie stand.

Lisas Liebhaber, dachte Nicole. Wie kann er es nur wagen, so zu meines Vaters Haus zurückzukommen! Zorn schnürte ihr die Kehle zu, aber sie überwand ihn und lief die Treppe hinunter, als er aus dem Wagen stieg.

»Guten Morgen, Miß Morrison«, sagte er nett und lächelte sie an.

Er sah verändert aus. Nicole zögerte, und während sie noch zögerte, vergaß sie, was sie hatte sagen wollen; sie starrte ihn plötzlich an. Er trug ein elegantes Sporthemd von rauchigem Rot, und der Stoff schmiegte sich so an seinen Körper, daß sie seine Brustmuskeln und seine starken Schultern genau sehen konnte. Seine Hose war schwarz und so sorgfältig gebügelt, wie sie geschnitten war. Seine Schuhe waren so schwarz wie die Hose. Nicole dachte, sie habe noch nie einen informell gekleideten Mann so elegant gesehen.

»Guten Morgen«, hörte sie sich wie von weit her sagen. Er streckte ihr höflich die Hand hin, und nach einem Augenblick reichte sie ihm ihre und fühlte, wie sich seine langen Finger um diese schlossen. Zum erstenmal nahm sie war, daß er dunkel war. Er hatte dunkle Augen, tiefliegend und leuchtend, und dunkles Haar, und seine Haut hatte von vielen Stunden in der Sonne der Gower-Halbinsel einen dunklen Bronzeton.

»Sie sehen so anders aus«, sagte sie plötzlich.

»Nein, Sie beobachten heute nur schärfer.«

Er hielt noch immer ihre Hand, und sie wurde sich plötzlich seiner langen Finger auf ihrem Fleisch sehr bewußt. Sie zog ihre Hand zurück und trat einen Schritt von ihm weg.

»Wollen Sie nicht hereinkommen?« sagte sie plötzlich und führte ihn in die Halle.

»Danke«, sagte er und folgte ihr aus dem Sonnenlicht in den Schatten des Hauses.

»Ich nehme an, Sie wollen Lisa sehen. Ich glaube, sie liegt noch. Aber wenn Sie wollen, dann gehe ich zu ihr und sage ihr, daß Sie da sind.«

»Nun, um die Wahrheit zu sagen«, hörte sie seine Stimme unmittelbar hinter sich. »Ich bin zu Ihnen gekommen und nicht zu Lisa.«

Sie drehte sich überrascht um. »Zu mir?« fragte sie erstaunt und fühlte sich wie ein Schulmädchen erröten. »Warum zu mir?«

»Gibt es ein Zimmer, in dem wir ungestört sprechen können?«

»Ja, natürlich... kommen Sie doch ins Wohnzimmer.«

Er öffnete ihr die Tür.

»Darf ich Ihnen Kaffee anbieten?« fragte Nicole verklemmt. Sie wußte immer noch nicht, wie sie auf seine Anwesenheit reagieren sollte.

»Nur, wenn es Filterkaffee ist«, sagte Poole, »und wenn er ohne diese schreckliche heiße Milch zubereitet ist, die die Engländer so gerne haben.«

Nicole lachte plötzlich. »Unsere Köchin bekäme einen Anfall. Die hat überhaupt nur Pulverkaffee in der Küche. Wollen Sie nicht vielleicht Tee?«

»Ich glaube eher nicht«, sagte Poole. »Glauben Sie nicht, daß ich Ihre Gastfreundschaft nicht zu schätzen weiß, Miß Morrison, aber in diesem Punkt kann man es mir nur schwer recht machen. Wollen wir uns setzen?«

»Oh ... ja, natürlich.« Sie setzte sich linkisch auf ein Ende des Sofas. Nachdem sie Platz genommen hatte, sank er in den Lehnstuhl vis-à-vis und verschränkte seine langen, geschmeidigen Finger.

»Ich muß mich bei Ihnen entschuldigen«, sagte er schließlich.

»Wieso?« fragte Nicole überrascht.

»Ja, ja, es ist mir sehr peinlich.«

»Wofür wollen Sie sich denn entschuldigen?«

»Dafür, daß ich mich bei einer sehr intimen Familienangelegenheit gestern aufgedrängt habe.«

»Oh!« Nicole war verwirrt.

»Es wundert mich, daß Sie heute so freundlich zu mir sind. Ich hatte das unangenehme Gefühl, als ich sah, wie Sie mein Kommen jetzt eben beobachteten, daß Sie alle Bediensteten des Hauses zusammenrufen würden, um mich im besten Stil des 19. Jahrhunderts hinauswerfen zu lassen. Hat man das nicht damals üblicherweise mit Vagabunden und unerwünschten Freiern getan?«

»Ja, ich denke schon«, sagte Nicole amüsiert. »Aber in welche Kategorie unerwünschter Besucher fallen denn Sie?«

»In alle, natürlich«, sagte Poole mit seinem offenen, charmanten Lächeln. »Haben Sie denn noch nicht von mir gehört? Nach allgemeiner Auffassung habe ich Walter Colwyn schwindelhaft um seinen Familienbesitz gebracht, in Colwyn Court ein Nudistenlager und noch Schlimmeres eröffnet und mich Ihrer Stiefmutter in unehrenhafter Weise genähert. Sie wissen doch bestimmt von meinem außerordentlich schlechten Ruf.«

Nicole lachte. »So wie Sie es sagen, klingt das ganze Geschwätz sehr dumm!«

»Geschwätz ist meistens dumm oder lächerlich. Niemand denkt daran zu überprüfen, ob Walter Colwyn mir einen Mietvertrag gegeben hat, niemand will glauben, daß das Wort ›natürlich‹ im Namen meiner Gesellschaft sich auf Ernährungsweise und nicht auf den Mangel an anständiger Bekleidung bezieht. Jeder glaubt immer gern das Schlimmste, weil das Schlimmste meist viel aufregender und interessanter ist als das

Beste. Ist's nicht so? Und das menschliche Geschlecht will aufgeregt und gekitzelt werden; gibt's keine Aufregung, so erfinden sie sich eine. Selbst dummer Tratsch ist unter diesen Umständen besser als gar kein Tratsch.«

Nach einem Augenblick sagte Nicole: »Und Lisa?«

»Für Lisa bin ich nicht verantwortlich. Sie war das Problem Ihres Vaters, nicht meines.«

»Ich fürchte, er hat geglaubt, daß Lisa ihm zum Schluß untreu war.«

»Hat er das geglaubt?« sagte Poole. »Ehemänner glauben immer, daß ihren Gattinnen niemand widerstehen kann. Das zu glauben würde ihren Egoismus beleidigen.«

»Mh«, sagte Nicole und versuchte, das stirnrunzelnd zu verstehen.

»Hören Sie mal«, sagte Poole und beugte sich plötzlich zu ihr vor. »Ich muß mich wirklich entschuldigen, Miß Morrison. Ich weiß, daß Sie denken, daß ich gestern kam, um Lisa zu sehen. Aber in Wahrheit war es Lisa, die mich sehen wollte. Sie klang der Hysterie so nahe, daß ich gegen mein besseres Wissen und Gewissen nachgab und nach der Beisetzung einige Zeit bei ihr verbrachte und versuchte, sie zu beruhigen.« Er hielt inne. »Ich habe etwas Erfahrung mit klinischer Psychologie, ich dachte, daß ich ihr helfen könne.«

»Ich verstehe«, sagte Nicole langsam.

»Ich wußte, als ich sie vor einigen Tagen kennenlernte, daß sie in Schwierigkeiten steckte, und machte impulsiv den Fehler, ihr helfen zu wollen. Sie wurde sehr rasch von mir abhängig – viel rascher, als ich erwartet hatte –, und bald verlor ich die Kontrolle über diese Situation. Als ich versuchte, mich zurückzuziehen, wurde sie hysterisch und ... nun, Sie können sich vorstellen, wie es war. Ich möchte nicht auf weitere Details eingehen. Es mag genügen, wenn ich sage, daß ich sie gestern dazu zu überreden versuchte, sich bezüglich ihrer emotionellen Schwierigkeiten an einen Londoner Spezialisten zu wenden. Ich hoffe, es ist mir gelungen, sie zu überzeugen.«

»Ich fürchte, nein«, sagte Nicole. »Sie hat beschlossen, nach

Colwyn Cottage zurückzukehren, um sich dort bei Jane und Benedikt zu erholen.«

Seine Augen wurden plötzlich so dunkel, daß sie beinahe schwarz aussahen. Sein sonst beweglicher Mund wurde zu einem verkniffenen Strich. »Oh!« sagte er schließlich. »Das ist sehr peinlich. Aber ich denke, ihr wird bald klarwerden, daß die Beziehung zwischen uns – wie eng sie auch gewesen sein mag – jetzt zu Ende ist. Ich kann ihr nicht mehr helfen.«

»Es freut mich, das zu hören«, sagte Nicole, bevor sie sich noch zurückhalten konnte.

Er lächelte sie an, seine Augen leuchteten, dunkle, kleine Fältchen zeigten sich in den Augenwinkeln. Er hatte erstaunlich ausdrucksvolle Augen. »Und wie steht's mit Ihnen?« fragte er. »Sie werden doch nicht allein hier in diesem riesigen Haus bleiben?«

»Nein, ich... ich muß am Montag zurück zur Arbeit. Ich wohne ohnedies nicht hier. Ich habe eine Wohnung in Hampstead.«

»Verzeihen Sie«, meinte Poole, »aber ich glaube, Sie sollten nicht so rasch wieder zur Arbeit gehen.«

»Aber ich möchte gerne«, sagte Nicole und wiederholte, was sie schon Evan gesagt hatte. »Wenn ich nicht arbeite, dann werde ich nachdenklich und launenhaft. Ich möchte so sehr beschäftigt sein, daß ich gar keine Zeit habe, über mich nachzudenken.«

»Ganz recht«, sagte Poole. »Aber manchmal kann diese Art der Sublimierung sehr unklug sein. Es ist viel besser, wenn Schock und Gram in Ihrer Psyche natürlich verarbeitet werden.«

»Oh!« sagte Nicole. Sie fühlte sich wieder verwirrt. Impulsiv sagte sie plötzlich: »Sind Sie wirklich Psychologe – oder nur ein Amateur?«

»Ich habe einen akademischen Grad in Psychologie. Ich habe klinische Erfahrung. Ich glaube nicht, daß man mich einen Amateur nennen kann.«

»An welcher Universität haben Sie studiert?«

»Ich war in einem College in Kalifornien.«

»Ach, das ist die Erklärung«, sagte sie darauf.

»Erklärung wofür?«

»Ihr Akzent. Manchmal stimmt er nicht ganz. Sind Sie Amerikaner?«

»Nein, ich bin britischer Untertan. Aber ich habe meine Bildungsjahre in den Vereinigten Staaten verbracht. Sie waren noch nicht in Kalifornien?«

»Nein, aber ich würde gern eines Tages hinfahren.«

»Das sollten Sie«, sagte Poole. »Es ist wirklich ein ganz wunderbares Land, sozusagen ein heutiger Garten Eden... natürlich nach dem Sündenfall!« Er lächelte sie an. »Aber lassen wir Kalifornien im Augenblick. Ich habe jetzt an nähere Orte gedacht, zum Beispiel Colwyn. Wenn ich Ihnen raten darf – was mir, wie ich weiß, freilich nicht zukommt –, dann würde ich Ihnen empfehlen, sich mindestens eine Woche freizunehmen und sich in Colwyn Court in frischer Seeluft zu erholen. Meine Gesellschaft hat wohl derzeit den östlichen und westlichen Flügel übernommen, aber es gibt im Haupttrakt immer noch ein kleines freies Gästezimmer, und es würde mich außerordentlich freuen, wenn Sie dort einige Tage verbringen wollten. Ich kann das mit Recht sagen, denn ich habe gestern nach der Beerdigung mit Walter Colwyn gesprochen und er hat mehr oder minder den gleichen Vorschlag gemacht.«

»Nun...«

»Wenn Sie sich Lisas wegen Sorgen machen – das ist unnötig. Es gibt keinen Grund, warum Sie sie auch nur sehen sollten.«

»Wieso wissen Sie –?«

»Liebe Miß Morrison, um Ihre Haltung Ihrer Stiefmutter gegenüber zu verstehen, vor allem nach deren Benehmen in letzter Zeit, braucht man kein Psychologe zu sein.«

»Ich –« Nicole fühlte sich völlig verwirrt.

»Ich werde mich um Sie kümmern, wenn Sie Colwyn besuchen. Wenn Sie sich vorm Grübeln fürchten oder einfach davor, sich zu fürchten, dann, glaube ich, kann ich Ihnen helfen.«

»Ach, ich komm' schon klar«, sagte Nicole sofort.

»Sie werden also kommen?«

»Nun, ich –«

»Sie kommen doch, nicht wahr?«

»Ich...«

»Sie werden kommen.«

»Nun, warum nicht?« sagte Nicole. »Es ist doch ein wenig komisch, wenn man sich vorm Grübeln fürchtet? Warum soll ich nicht ein paar Tage am Meer verbringen?«

»Gut, das ist eine viel vernünftigere Einstellung.« Er stand auf, ehe er noch beiläufig hinzufügte: »Vielleicht kann ich Sie nach Wales hinunterfahren. Ich fahre Montag morgen los, und es wäre für mich ein leichtes, Sie hier in Wickerfield abzuholen.«

»Aber ich werde doch auch in London sein. Ich will dorthin zurückkehren, nachdem alle morgen früh nach Wales aufgebrochen sind.«

»Noch besser! Geben Sie mir Ihre Adresse, und ich hole Sie von Ihrer Wohnung ab.«

Nicole fühlte sich ganz eigenartig freudig erregt. »Wollen Sie nicht zum Mittagessen bleiben?« bot sie ihm spontan an.

»Gern, aber leider muß ich jetzt in die Stadt zurück. Also, eh' ich's vergesse, wie lautet Ihre Adresse in Hampstead?«

Sie gab ihm ihre Adresse und Telefonnummer und fragte ihn, wo er wohne. »Im Salisbury Hotel in der Nähe des Britischen Museums. Ich hole Sie Montag um zehn Uhr in der Früh ab, oder ist Ihnen das zu früh?«

»Nein, das ist prächtig.«

Sie standen in der Halle. Niemand war in der Nähe.

»Wenn ich Sie wäre, würde ich Lisa von meinem Besuch nichts sagen«, warnte Poole und öffnete die Eingangstür. »Es ist besser, unnötige Komplikationen in dieser Hinsicht zu vermeiden. Sie verstehen das sicher!«

»Natürlich!« sagte Nicole.

Er streckte ihr wieder die Hand hin, und Nicole ergriff sie mechanisch.

»Bis Montag«, sagte Poole und ging. Im starken Sonnenlicht hatte sein dunkles Haar einen rötlichen Schein.

»Bis Montag«, sagte Nicole. Sie blieb stehen und beobachtete, wie er in seinen schwarzen Jaguar stieg und fortfuhr, fort aus dem Blick ihrer hypnotisierten Augen.

II.

»Was meinen Besuch in Colwyn anbelangt – ich habe mir die Sache überlegt«, sagte Nicole zu Evan, als sie einander vor dem Mittagessen zufällig trafen. »Ich werde am Montag hinunterfahren und die Woche über dort bleiben.«

»Wie willst du denn wissen, ob die Einladung dorthin überhaupt noch aufrecht ist?« sagte Evan. Er stand noch unter dem Einfluß des unguten Gespräches am Morgen. »Und warum hast du es dir überlegt? Hast du beschlossen, mir meinen Willen zu lassen?«

»Wie? Oh... Evan, mir tut das alles so schrecklich leid. Ich war eben sehr aufgeregt und wußte wirklich nicht recht, was ich sagte... Wäre es dir wirklich lieber, wenn ich nicht käme?«

»Ach, sei doch nicht so kindisch«, brachte er unbeholfen hervor und versuchte, sie zu küssen, aber sie wandte ihr Gesicht rasch ab.

»Ich glaube, ich habe mich wirklich ganz grundlos aufgeregt«, sagte sie unsicher. »Du hattest wirklich allen Anlaß, ärgerlich zu reagieren.«

»Am besten, wir sprechen jetzt nicht mehr davon, Nicki. Ich möchte dich am Montag nach Wales hinunterfahren. Benedikt und Jane können Vater wie geplant morgen heimbringen, und ich kann hierbleiben...«

»Nein, Evan, das mußt du wirklich nicht. Es ist lieb von dir, daß du diesen Vorschlag machst, aber ich habe schon andere Pläne.«

»Das heißt, du willst mit dem Zug fahren?«

»Nein, mit dem Auto. Es ist schon alles besprochen.«

»Aber sei doch nicht komisch. Es würde mir durchaus nichts ausmachen, dich...«

»Mr. Poole fährt Montag nach Colwyn zurück und hat sich erbötig gemacht, mich mitzunehmen.«

»Poole!« Evan starrte sie an. »Willst du mir im Ernst einreden, daß du dich für weiß Gott wie viele Stunden mit diesem ... diesem Menschen in ein Auto einsperren willst?!«

»Pst!« machte Nicole. »Willst du denn wirklich, daß alle hier davon wissen? Ich möchte unter keinen Umständen, daß Lisa davon erfährt, oder sie macht bestimmt wieder irgendeine peinliche Szene.«

»Wann, zum Kuckuck, hast du denn überhaupt mit Poole gesprochen?«

»Heute morgen. Er hat deinen Ratschlag bestätigt und gesagt, es wäre besser, die kommende Woche in Colwyn auszuruhen, anstatt gleich wieder zur Arbeit zurückzukehren. Ich wäre mir also richtig dumm vorgekommen, hätte ich den Rat zweier Ärzte in den Wind geschlagen –«

»Er ist doch kein Arzt!«

»Er ist immerhin Psychologe –«

»Ein Quacksalber ist er! Nicki, du darfst nicht einmal die Hälfte von dem glauben, was der Kerl sagt. Was heißt, du darfst ihm überhaupt nichts glauben.«

»Aber, lieber Evan, er hat mir doch genau das gleiche geraten wie du!«

»Aber –«

»Warum kannst du ihn so gar nicht ausstehen?«

»Er ist einfach ein Schwindler«, sagte Evan. »Ein Betrüger. Er hat sich in mein Heim eingeschlichen.«

»Er sagt, er habe einen Mietvertrag mit deinem Vater abgeschlossen.«

»Ich glaub's nicht!«

»Und er hat ein Diplom in Psychologie von einem College in Kalifornien –«

»Kalifornien!« schnaubte Evan verächtlich.

»Und er hat klinische Praxis –«.

»Hat er dir den Namen des Colleges genannt, das ihm sein Diplom verliehen hat?«

»Nein, aber –«

»Ich glaube von dem allem kein Wort«, sagte Evan. »Der Kerl ist einfach ein Betrüger.«

»Das ist er keineswegs«, sagte Nicole ärgerlich. »Ich glaube, du bist sehr voreingenommen und benimmst dich in dieser Sache schrecklich daneben.«

»Du bist es, die voreingenommen ist, wenn du all den Quatsch glaubst, den er dir da auftischt! Hör mal, Nicki, ruf jetzt diesen Poole an, sag ihm für Montag ab. Komm morgen gemeinsam mit uns allen nach Colwyn.«

»Das kann ich nicht«, sagte Nicole störrisch. »Ich muß erst noch zurück in meine Wohnung und dort ein paar Kleinigkeiten waschen, etwas bügeln und auch noch umpacken.«

»Dann erlaube mir, daß ich dich Montag hinführe. Nur wir zwei.«

»Das ist nicht nötig, Evan. Mr. Poole –«

»Zur Hölle mit deinem Mr. Poole!« schrie Evan.

»Ach, um Gottes willen, Evan, so reiß dich doch zusammen!« sagte Nicole ärgerlich. »Was ist denn nun eigentlich mit dir los?«

Und wieder trennten sie sich im Streit.

III.

»Vater«, sagte Evan, als er Walter allein dabei überraschte, wie er in Matts Glashaus eine besonders seltene Orchidee bewunderte. »Ich möchte etwas mit dir besprechen.«

»Ach«, machte Walter und versuchte dabei, nicht nervös zu klingen. Es ging ihm durch den Kopf, ob nun wohl die Auseinandersetzung kommen würde, die zu vermeiden er sich so lange bemüht hatte. »Tja, natürlich... übrigens, hast du diese Orchideen hier schon einmal gesehen? Die sind schon etwas Besonderes. Schau einmal: die Farben, diese Zartheit –«

»Vater«, sagte Evan streng, »ich möchte jetzt einmal ganz genau wissen, in welcher Beziehung wir zu Tristan Poole und seiner Gesellschaft stehen.«

»Tja«, sagte Walter. »Tja, natürlich. Ganz recht.«

»Ich schlage vor, daß wir jetzt einmal hinausgehen und uns auf die Bank dort drüben am anderen Ende des Rasens setzen. Hier drinnen ist es zu schwül, um ein vernünftiges Gespräch zu führen.«

»Ja, es ist hier drinnen wirklich sehr heiß. Für Orchideen ist das natürlich wunderbar.« Er machte ein paar Schritte und hielt dann bei der nächsten Orchideenart an.

»Vater –«

»Ach, mach dir darüber einfach keine Sorgen. Ich nehme das alles auf meine Kappe.«

»Das stimmt einfach nicht«, sagte Evan, »ich bin dafür verantwortlich, mich um dich zu kümmern.«

»Mein lieber Junge, ich bin sehr gut imstande, mich um mich selbst zu kümmern! Es freut mich natürlich, daß du dir um mich solche Sorgen machst – aber du sorgst dich ohne Grund.«

»Was höre ich da – du hast Poole einen Mietvertrag gegeben?«

»Ach, das ist nur ein Gentlemen's Agreement«, sagte Walter. Er wünschte, die Orchideen würden auf ihn zukommen und ihn verschlingen. »Ich habe den Ost- und Westflügel auf ein Jahr an Poole vermietet. Wir haben die Räume dort ohnedies nicht benützt, und ich dachte, ein kleines Nebeneinkommen könne sich ganz nützlich erweisen.«

»Wieviel zahlt er dir, Vater?«

»Tja«, machte Walter, der nun verzweifelt Zeit zu gewinnen suchte, »das ist wirklich eine gute Frage. Es war klug von dir, das aufs Tapet zu bringen. Weißt du –« Er hielt inne.

»Ja, Vater?« fragte Evan gnadenlos weiter.

»Ach, gehen wir doch hinaus und setzen uns dort drüben auf die Bank, wie du vorhin vorgeschlagen hast«, sagte jetzt Walter plötzlich und verschaffte sich dadurch weitere zwei Minuten Aufschub, um eine befriedigende Antwort auf die peinlichen Fragen seines Sohnes auszudenken. Aber als sie dann beide auf der Holzbank saßen und über den Rasen hinblickten, hinter dem der Rosengarten lag, mußte er zu seiner Bestürzung merken, daß er noch immer keine plausible Antwort gefunden hatte.

Sein Inquisitor fragte ohne Schonung wieder: »Ja also?«

»Nun, um die Wahrheit zu sagen: im Augenblick handelt es sich um eine bargeldlose Transaktion«, sagte Walter. »Der Gesellschaft wurde die Benützung der Räumlichkeiten überlassen. Dafür hat Miß Miller die Aufgaben der Haushälterin übernommen, und Mr. Poole kümmert sich um Gwyneth.«

Es trat eine betretene Pause ein. Walter saß mit vor Aufregung angespannten Sehnen da und wartete auf eine Explosion, die nicht kam.

»So etwa hatte ich mir die Geschichte vorgestellt«, sagte Evan schließlich. »Nun, vielleicht ist das gar nicht so schlecht. Wenn bei deinem sogenannten ›Mietvertrag‹ mit Poole kein Geld im Spiel ist, dann ist er vielleicht auch gar nicht gültig.«

»Nun, um genau zu sein –«

»Hat er dir am Ende doch Geld gegeben?«

»Nur fünf Pence, als nominelle Miete – symbolisch sozusagen –«

»Oh, du guter Gott!« seufzte Evan. »Vater, ich will dich nicht beleidigen, aber wie bist du nur an diesen Kerl geraten? Wo und wie hast du ihn kennengelernt?«

»Nun, du weißt doch, daß wir einmal im Monat Colwyn Court der Öffentlichkeit zugänglich machen müssen. Das ist die Bedingung dafür, daß das Bautenministerium die Ruinen der Burg und der Kapelle erhält. Poole kam im März. Er sagte, er sei ein Tourist, der sich für alte Gebäude interessiert, und Gwyneth, die sich an diesem Tag wohlfühlte, führte ihn durch die Gärten und auch hinauf zur Burg. Poole zeigte sich ungeheuer interessiert und stellte so kluge Fragen, daß ich ihn schließlich zum Mittagessen einlud. Er machte mir dann das Angebot, den ganzen Besitz auf ein Jahr zu mieten. Dem konnte ich natürlich nicht zustimmen, und so ging er. Am folgenden Tag war Gwyneth krank – sie hatte wieder einmal einen ihrer Anfälle –, und ich begann schon recht besorgt zu werden. Der Arzt zog in Erwägung, Gwyneth in ein Spital einzuweisen – da erschien plötzlich Poole und fragte, ob ich mir die Sache mit der Vermietung überlegt hätte. Als er hörte, Gwyneth sei krank, sagte er, er sei ein Naturheiler, und fragte, ob er etwas für sie verschreiben dürfe. Natürlich sagte ich ja. Meiner Meinung nach konnte es keinesfalls schaden, da der Doktor bis jetzt kaum etwas erreicht hatte. Überdies glaube ich selbst an die Heilkraft verschiedener Kräuter. Unsere Vorfahren haben sich immerhin –«

»Also hat Poole irgendein Tränklein zusammengemischt, und Gwyneth war sofort kuriert«, sagte Evan. »Das waren nicht die Kräuter, Vater, das war Suggestion.«

»Vielleicht«, gab Walter zu, der sich auf keinen weiteren Streit einlassen wollte. »Jedenfalls kannst du dir vorstellen, wie dankbar ich Poole war. Als er dann für die Vermietung einen Kompromißvorschlag machte – ich solle ihm anstatt des ganzen Hauses nur die beiden Flügel vermieten –, konnte ich nicht gut nein sagen –«

»Ja, ich versteh' schon.«

»Er machte so einen guten Eindruck auf mich«, sagte Walter, um sich zu verteidigen, »... und schließlich spare ich ja doch das Gehalt einer Haushälterin... Und die Gesellschaft besorgt all die Reinigungsarbeiten... Und Gwyneth geht es jetzt auch wirklich viel besser –«

»Und wer bezahlt die Rechnungen?«

»Rechnungen?« wiederholte Walter in der Hoffnung, die Frage seines Sohnes nicht recht verstanden zu haben.

»Ja: Rechnungen«, sagte Evan. »Wer trägt die Kosten für die Verpflegung und den Unterhalt von zusätzlich dreizehn Personen in Colwyn Court?«

»Tja, um bei der Wahrheit zu bleiben«, sagte Walter, »das habe alles ich bezahlt, aber Poole wird es mir nach dem 1. August zurückerstatten. Es scheint, als habe die Gesellschaft derzeit etwas mit finanziellen Schwierigkeiten zu kämpfen. Im August aber –«

»Jetzt verstehe ich«, sagte Evan mit ruhiger, verhaltener Stimme, die Walter weit mehr ängstigte als jeder Wutausbruch. »Und jetzt Vater, sag mir bitte, wie es derzeit um deine Finanzen bestellt ist? Wenn du ernsthaft erwogen hast, irgendeinen Teil von Colwyn Court zu vermieten, mußt du dich doch sicher in Schwierigkeiten befunden haben. Nach dem aber, was du mir da erzählt hast, hat dir diese Vermietung bisher nur Kosten verursacht. Hast du dein Konto bei der Bank überzogen? Mußtest du einen Teil deiner Aktien verkaufen?«

»Nun, ich habe da etwas Geld«, sagte Walter, »genaugenommen das Geld deiner Mutter – das für dich und Gwyneth sicher angelegt ist und das ihr nach meinem Tode erben werdet. Die Zinsen davon sichern mir ein kleines, aber ständiges Einkommen. Ein oder zwei Aktien und andere Papiere mußte ich verkaufen, aber –«

»Wie viele?«

»Nun... eigentlich eine ganze Menge, aber dann habe ich eine kleine Hypothek auf das Haus aufgenommen –«

»Ach so«, sagte Evan.

»Nun, gar so schlimm steht es nicht«, sagte Walter hoffnungsvoll.

»Vater, ich möchte dir nicht widersprechen, aber es will mir scheinen, als könnten die Dinge gar nicht schlimmer stehen. Eines aber ist jedenfalls völlig klar: du kannst dir finanziell nicht leisten, auf deine Kosten dreizehn Leute hier in Colwyn Court zu verköstigen. Die Gesellschaft muß weg.«

»Aber der Mietvertrag – Gwyneths Gesundheit – Ich habe Poole gesagt –«

»Es sollte mich überraschen, wenn sich der Mietvertrag als wirklich rechtskräftig erweist«, sagte Evan. »Aber selbst wenn er es ist, so kann ich ihn Poole vielleicht in bar ablösen. Auf lange Sicht wäre das wahrscheinlich sogar die billigere Lösung. Was Gwyneth anlangt, nun – eigentlich braucht sie nur einen wirklich guten Psychiater. Der Gedanke, daß meine Schwester einem Quacksalber und Kräuterheiler als Versuchskaninchen dient, ist mir zuwider. Wenn ich erst wieder in Colwyn Court bin, werde ich damit sehr rasch Schluß machen. Ich gebe zu, daß Gwyneth krank ist; aber sie bedarf ärztlicher Hilfe, nicht der Bemühungen eines Amateurheilkünstlers.«

»Gwyneth ist ein sehr gebrechliches Geschöpf«, sagte Walter schüchtern.

»Vater, wir leben im 20. Jahrhundert. Sie müßte es nicht sein.«

»Ich weiß, daß du nicht daran glaubst, daß Gwyneth wirklich krank ist, aber –«

»O doch, ich glaube an ihre Krankheit. Die Tatsache, daß jemand psychosomatisch krank ist, tut der Realität der physischen Symptome keinen Abbruch. Der Grund für die Erkrankung aber ist geistig, nicht körperlich.«

»Aber sie ist doch so intelligent«, meinte Walter zweifelnd. »Mit ihrem Geist ist alles in Ordnung.«

»Vater, all das hat mit Intelligenz überhaupt nichts zu tun.«

»Aber... Gwyneth wird wollen, daß Poole bleibt. Davon bin ich völlig überzeugt. Evan, wäre es nicht einfacher – ich meine reibungsloser –, wenn Poole in Colwyn Court bleiben könnte?«

»Vater, das kannst du dir nicht leisten. Und du kannst es dir auch nicht leisten, Gwyneth Poole dauernd quasi als Krücke verwenden zu lassen. Kurieren kann er sie nicht, und auf die Dauer wird sie schlimmer dran sein, als bevor sie ihn kennenlernte.«

»Ich weiß nicht, wie ich ihm klarmachen soll, daß er fort muß.« Walter brachte es nur mühsam heraus. »Ich weiß einfach nicht, was ich ihm sagen soll. Er war so ein angenehmer Mensch – so liebenswürdig – so aufmerksam –«

»Ich werde es ihm schon beibringen«, sagte Evan. »Vater, laß mich das für dich erledigen.«

»Nun, es ist mir gar nicht angenehm, meine Sorgen so auf dich abzuladen. Du wirst dir noch denken, du hättest gar nicht erst heimkommen sollen... und dann wirst du wieder von uns fort wollen –«

»Diesmal bestimmt nicht, Vater«, sagte Evan.

Eine Stille trat ein. Ich muß mich wohl verhört haben, dachte Walter, der seinen Ohren nicht zu trauen wagte. Evan muß wohl etwas anderes gesagt haben.

»Natürlich gibt es ganz ausgezeichnete Berufschancen für

Ärzte in den Vereinigten Staaten«, sagte er. »Das weiß ich sehr gut.«

»Im Leben gibt es verschiedene Arten von Chancen«, gab Evan zurück. »Und schließlich ist Geld nicht alles. Während ich in Afrika lebte, wurde mir allmählich klar, daß ich nicht willens bin, Wales – oder England – auf immer zu verlassen.«

Walter nahm nur stumm Evans Hand in die seine und preßte sie. Als er wieder Gewalt über seine Stimme hatte, sagte er dann: »Der Rosengarten ist jetzt wirklich eine Pracht. Es war ein ungewöhnlich gutes Rosenjahr.«

Sie saßen noch eine Weile da und blickten auf die Rosen jenseits des gepflegten Rasens. Schließlich stand Evan auf und fuhr sich mit der Hand zerstreut durchs Haar.

»Ich habe also dein Einverständnis, mit Poole die ganze Geschichte zu besprechen?«

»Tu, was du für richtig hältst«, sagte Walter. Erleichterung darüber, daß diese lang gefürchtete Aussprache nun vorbei war, überflutete ihn, gepaart mit der Freude darüber, daß ihm sein größter Wunsch in Erfüllung gegangen war. »Ich überlasse das völlig dir.«

»Ich werde mit ihm am Montag sprechen, sobald ich ihn zu Gesicht bekomme«, sagte Evan. Obwohl er wußte, daß ihn dies nutzlos aufregte, begann er sich vorzustellen, wie Poole Nicole nach Wales einlud, ganz so als wäre er, und nicht Walter, Herr in Colwyn Court.

IV.

Es war schon spät am Sonntagabend, als Evan und Walter in Colwyn Court ankamen, und auch Benedikt, Jane, Lisa und die Zwillinge nach Colwyn Cottage zurückkehrten. Evan war zu dem Schluß gekommen, er könne bis zu Pooles Rückkehr nichts gegen die Gesellschaft unternehmen. Dennoch nahm er am Montagmorgen all seine Geduld zusammen und ging seine Schwester besuchen. Als er einen Blick in ihr Zimmer warf, sah er, daß sie eben dabei war, mit bunten Filzstiften ein riesiges Poster zu entwerfen.

»Kann ich dich bitte auf einen Augenblick sprechen, Gwyneth?« fragte er höflich. Er mußte recht laut sprechen, um das donnernde Gebrüll des Plattenspielers zu übertönen. Jetzt blickte er noch einmal auf das Poster. Gwyneth hatte über einem schwarzen Pentagramm eine Reihe von Kreisen gezeichnet. Das Pentagramm stand auf der Spitze, und zwei gegenüberliegende Zacken wiesen wie Hörner nach oben.

»Was soll denn das sein?« fragte Evan, und versuchte sich zu erinnern, was er über Beschäftigungstherapie gelesen hatte.

»Meine Vorstellung von der fünften Dimension«, sagte Gwyneth und stellte den Plattenspieler ab.

»So, so«, machte Evan. Verschiedene Rorschach-Muster huschten vor seinem geistigen Auge vorüber. »Gwyneth, ich möchte mit dir über unseren Vater sprechen.«

»Wenn es sich um die Einleitung zu irgendeiner Scheußlichkeit über Tristan handelt«, sagte Gwyneth spitz, »dann such dir lieber einen anderen Gesprächspartner.«

»Im Augenblick mache ich mir vor allem Sorgen um Vater.« Er ließ sich neben ihr auf dem Teppich nieder, um dem Gespräch einen intimeren Anstrich zu geben. »Gwyneth, Vater geht es finanziell ganz miserabel. Es scheint, als lebe die Gesellschaft, zum mindesten im Augenblick, völlig auf seine Kosten. Das übersteigt fraglos den Rahmen dessen, was er sich leisten kann.«

»Ich bin fest davon überzeugt, daß Tristan ihm schließlich alles zurückzahlen wird«, sagte Gwyneth sorglos und zog um das ganze Pentagramm einen Kreis.

»Das ist durchaus möglich«, sagte Evan. »Inzwischen aber scheint mir, Vater sei nicht in der Lage, die Gesellschaft hier in Colwyn Court zu erhalten. Genaugenommen hat er kaum genug, um sich selbst zu erhalten, geschweige denn diese Gesellschaft.«

»Nun, was soll ich dagegen tun?« sagte Gwyneth aggressiv.

»Ihr werdet doch hoffentlich nicht von mir erwarten, daß ich eine Anstellung annehme?«

»Nein, ich weiß sehr gut, daß du im Augenblick dazu nicht in der Lage bist. Aber die Medizin ist heute schon derart fortgeschritten, daß ich glaube, ein erstklassiger Arzt aus Harley Street –«

»Ich werde nie gesund genug sein, mir meinen Lebensunterhalt selbst zu verdienen«, sagte Gwyneth.

»Möglicherweise nicht, aber möchtest du nicht wenigstens ohne die ständige Angst davor leben, der nächste Augenblick könne dir wieder einen deiner Anfälle bescheren?«

»Ich bin unheilbar«, sagte Gwyneth. »Daddy weiß das – auch wenn du es nicht verstehst.«

»Nehmen wir einmal an, ich würde dir sagen, daß Vater nur darauf wartet, daß du dich meinem Rat fügst und zu einem Spezialisten in Harley Street gehst. Der kann dann feststellen, ob man etwas für dich tun kann und – wenn ja – was.«

»Daddy macht alles, was du ihm einredest«, sagte Gwyneth. »Das würde also gar nichts bedeuten.«

»Aber –«

»Ach, warum gehst du denn nicht einfach nach Amerika und läßt uns in Ruhe!« platzte Gwyneth heraus. »Solange du noch in Afrika warst, war alles hier so friedlich... Daddy und ich fühlen uns hier sehr wohl, ohne daß du hier eindringst und Unruhe stiftest! Warum mischst du dich immer in alles ein und machst damit alles kaputt?«

Sätze aus einem runden Dutzend psychoanalytischer Lehrbücher gingen Evan durch den Sinn.

»Ich versuche nur zu helfen«, sagte er schließlich.

»Das ist nicht wahr«, sagte Gwyneth, »du versuchst zwischen mich und Daddy einen Keil zu treiben.«

Es trat eine kleine Pause ein.

»Und zwischen mich und Daddy und Tristan«, fügte Gwyneth dann noch hinzu.

»Gwyneth, sei doch vernünftig. Die Gesellschaft wird nicht

auf immer hier bleiben. Eines Tages wird Poole auf alle Fälle fort müssen.«

»Wenn er geht, werde ich wieder sehr krank sein«, sagte Gwyneth und malte einen weiteren Kreis, diesmal mit einem violetten Filzstift.

»Wenn du sehr krank bist, wirst du dir vielleicht überlegen, ob du nicht doch lieber einen Spezialisten in Harley Street aufsuchen solltest.«

»Wenn ich so krank bin, werde ich vielleicht sterben.«

»Das ist möglich«, sagte Evan, »aber ich bezweifle es.« Damit stand er auf und ging rasch aus dem Zimmer.

Sekunden später brüllte wieder der Plattenspieler.

Einer plötzlichen Eingebung folgend betrat Evan den Ostflügel, wo rund die Hälfte der Gesellschaft ihre Zimmer hatte. Der Reihe nach klopfte er an jede Tür, öffnete sie und tat einen Blick hinein. Alle Zimmer zeigten verstreut herumliegende Damengarderobe, Kosmetika und so weiter, aber keine der Bewohnerinnen meldete sich auf sein Klopfen. Die Zimmer waren leer. Nun ging Evan zum Westflügel hinüber, wo die andere Hälfte der Gesellschaft ihre Quartiere hatte. Rasch tat er dort das gleiche wie im Ostflügel.

Erst die letzte Tür fand er versperrt.

Evan überlegte nicht lang. Zwei Minuten später öffnete er die Tür des Schränkchens der Haushälterin in der Speisekammer, und als er das Gesuchte dort nicht fand, suchte er sofort Agnes Miller auf.

»Miß Miller, wo ist denn der zweite Schlüssel zu dem großen Schlafzimmer am Ende des Westflügels – Sie wissen doch: das Schlafzimmer mit anschließendem Umkleideraum?«

»Ein Duplikatschlüssel?« fragte Agnes, die sehr dicklich und gutmütig aussah.

»Ja, er scheint aus dem Schränkchen in der Speisekammer verschwunden zu sein, in dem wir all die Reserveschlüssel aufheben.«

»Ach«, machte Agnes. »Das ist, weil das Mr. Pooles Zimmer ist und er sowohl das Original als auch den Reserveschlüssel bei sich trägt. Mr. Poole hat sehr strenge Ansichten, was die Wahrung der Intimsphäre anlangt. Da er unter zwölf Frauen lebt, kann man ihm das auch nicht recht verdenken.«

Evan sagte: »Meiner Meinung nach sollte immer ein Zweitschlüssel greifbar sein – im Falle eines Brandes.«

»Ja, da haben Sie wirklich recht!« rief Agnes bewundernd aus. »Daran hatte ich nicht gedacht. Sobald Mr. Poole heute nachmittag zurückkommt, werde ich mit ihm sofort darüber sprechen. Sicherlich wird sich ein akzeptabler Kompromiß finden lassen.«

»Danke sehr«, sagte Evan etwas brüsk und wandte sich zum Gehen.

»Wollen Sie denn etwas aus Mr. Pooles Zimmer, Dr. Colwyn?«

»Ach, das ist nicht so wichtig. Ich glaubte mich daran zu erinnern, in dem großen Schrank im Ankleidezimmer einige Sachen aufgehoben zu haben. Um aber dorthin zu gelangen, muß man erst durchs Schlafzimmer.«

»Ja, das ist mir klar. Haben Sie schon in den Dachkammern nachgesehen? Ich weiß nämlich, daß alles, was sich derzeit in dem betreffenden Schrank befindet, Mr. Poole gehört. Wenn Sie also wirklich etwas dort verwahrt hatten, so ist es inzwischen wahrscheinlich in einen anderen Teil des Hauses gebracht worden.«

»In diesem Falle werde ich natürlich auf dem Dachboden nachsehen, Miß Miller.«

Er machte aber keineswegs den Versuch, nun die Dachkammern zu durchsuchen. Statt dessen nahm er den Wagen und verbrachte den Nachmittag damit, die so vertraute Landschaft der Gower-Halbinsel wieder in sich aufzunehmen. Dabei überdachte er aber auch die bevorstehende Aussprache mit Poole. Er fuhr zu der Kirche am Strand von Oxwich, und dann noch über Oxwich hinaus über kurvenreiche Landstraßen bis Port Eynon. Von Port Eynon nahm er Richtung auf Rhossili und saß dann dort eine Weile auf den Klippen. Die Schafe grasten friedlich in seiner Nähe, und die Wellen brachen sich an dem schier endlosen, menschenleeren Strand, der sich bis zu den Sanddünen von Llangenith hinzog. Als er schließlich nach Colwyn zurückkehrte, war es schon sechs vorbei, und Poole und Nicole waren immer noch nicht aus London eingelangt.

Jetzt mußte Evan sich wirklich sehr zusammenreißen. Er fühlte, wie die Wut in ihm aufstieg, und er wußte, er war nahe daran, die Selbstbeherrschung zu verlieren, ehe er Poole auch nur gesehen hatte. Warum nur hatte Nicole Pooles Einladung, sie herauszuführen, angenommen? Wie war es Poole gelungen, sie zu einem Besuch in Colwyn zu überreden, wenn es Evan selbst nicht geglückt war? Poole... Wer war denn überhaupt dieser Poole?

Plötzlich riß Evan die Geduld. Er wurde richtig wild. Er schlich sich in die Gärtnerhütte in der Nähe der Glashäuser. Dort fand er ein Stück starken Draht. Dazu steckte er noch einen Schraubenzieher ein. Er gab gut acht, daß niemand ihn sah, und kehrte zum Westflügel zurück. Erst versicherte er sich noch, daß wirklich niemand da war.

Tatsächlich waren alle Zimmer leer. Die Mitglieder der Gesellschaft halfen entweder bei der Bereitung des Abendbrotes oder aber waren in ihrem ebenerdigen Salon versammelt. Kurz entschlossen bog Evan den starken Dreht in eine geeignete Form und führte den entstandenen Haken vorsichtig in das Schlüsselloch von Pooles verschlossener Tür ein.

Das Schloß aber war so alt und so verrostet, daß es sich nicht ohne weiteres öffnen ließ. Nachdem Evan seine Versuche mit dem Drahthaken aufgegeben hatte, versuchte er es noch mit der Plastikhülle seines Führerscheins. Als auch dies zu nichts führte, entschloß er sich zu einer Radikalmethode und schraubte die Griffplatte ab.

Kostbare Sekunden verstrichen. Eine Reihe leiser Geräusche ließ ihn immer wieder über die eigene Schulter blicken, aber sie kamen alle aus dem ebenerdigen Salon, und der Korridor, in dem er stand, blieb leer. Die Vorderplatte des Schlosses ließ sich lösen. Nun sah er in den Federmechanismus. Mit Hilfe des Schraubenziehers schob Evan den Verschlußbolzen zur Seite, schob auch noch den Riegel zurück und trat ins Zimmer.

Das erste, was Evan an dem Raum auffiel, war extreme Ordnung und Sauberkeit. Alles hatte seinen festen Platz, keine Kleider oder Kinkerlitzchen lagen herum, keine gerahmten Fotografien... Überm Bett hing das einzige Bild im Zimmer: eine pastose, moderne Malerei eines Schwarzen Pentagramms vor flammendrotem Hintergrund. Das Pentagramm stand auf einer seiner fünf Zacken und reckte zwei weitere nach oben. Mit plötzlichem Schrecken erinnerte sich Evan an Gwyneths Poster. Vielleicht, ging es ihm durch den Kopf, hatte Poole sie in sein Zimmer gebracht. Vielleicht hatte er sogar...

Wieder mußte Evan darum kämpfen, seine Gefühle in die Gewalt zu bekommen. Nur mit größter Anstrengung gelang es ihm, kühles Blut zu bewahren. Vielleicht hatte Gwyneth das Bild gemalt und es dann Poole geschenkt, aus Dankbarkeit für die ›Heilung‹. In diesem Fall wäre es nur natürlich, daß Poole das Bild in seinem Zimmer aufgehängt hatte.

Das Schlafzimmer war groß, aber die Möbel waren so umgestellt worden, daß die Mitte des Raumes völlig leer war. Das schmale Bett war an die eine Wand gerückt; die Kommode stand an der gegenüberliegenden Wand. Tisch und Stuhl standen unter einem der Fenster. Ein grauer, schwarzgeflockter Teppich bedeckte den Boden. All das erinnerte Evan an ein Zimmer, das man ausgeräumt hatte, um darin zu tanzen. Etwas verwirrt ging er zur gegenüberliegenden Tür des Ankleidezimmers und öffnete dort die Tür des Einbauschrankes, der sich über die eine ganze Wand erstreckte. Alles, was er darin fand, waren zehn Anzüge, entweder schwarz oder grau, und mehrere Paar schwarzer Schuhe. Er schickte sich eben an, das Ankleidezimmer zu verlassen, da entdeckte er den dunklen Fleck auf dem Schlafzimmerboden an einer Stelle, an der der schwarzgeflockte Teppich nicht ganz bis an die Wand heranreichte.

Der Fleck sah nach Blut aus. Evan schlug den Teppich zurück und sah, daß man Kreidepentagramme auf die Holzdielen des Bodens gezeichnet hatte. Noch etwas weiter zur Mitte des Raumes hin sah er einen riesigen Kreisbogen. Als er dann den Teppich weiter zurückrollte, fiel ihm ein seltsamer Geruch auf – unangenehm und schwer einzuordnen. Rasch ließ er den Teppich zurückgleiten, richtete sich auf und ging zurück in das Ankleidezimmer, um nachzusehen, ob einer der Anzüge im Wandschrank Blutflecken aufwies. Aber alle Kleidungsstücke waren makellos. Er wollte sich schon vom Schrank abwenden, da erblickte er die Kiste.

Der Schrank war tief, und die Kiste stand ganz hinten. Es überraschte Evan also nicht, daß er sie nicht gleich entdeckt hatte. Er versuchte sie nach vorne ans Licht zu ziehen und wunderte sich über ihr ungewöhnliches Gewicht. Er langte nach dem Griff. Als er die Kiste auf die Seite legte, hörte er Geräusche. Der Inhalt fiel offenbar durcheinander. Seine Finger bemühten sich, die Verschlüsse zu lösen – ohne Erfolg. Die Kiste war versperrt, und Poole hatte offenbar den Schlüssel.

Evan trat einen Schritt zurück und betrachtete nachdenklich seinen Fund. Eine versperrte schwarze Holzkiste. Einige mit kindlichen Kreidezeichnungen verschmierte Dielen, von einem brandneuen Teppich verborgen. Ein Fleck, der von Blut herrühren konnte oder auch nicht und den jemand nachlässigerweise durch den erwähnten neuen Teppich nur teilweise verdeckt hatte. Seltsamer Geruch unbekannter Herkunft und ein bemerkenswertes Vorherrschen von Pentagrammen...

Mr. Poole, dachte Evan, hat einen recht ungewöhnlichen Geschmack hinsichtlich des Dekors seiner Räumlichkeiten.

Er war immer noch in Gedanken mit Pooles Geschmack und Neigungen versunken, als er plötzlich hörte, wie jemand hinter ihm leise hustete und sich dann räusperte.

»Kann ich Ihnen in irgendeiner Weise behilflich sein, Dr. Colwyn?« fragte Tristan Poole von der Tür her.

6. *Kapitel*

I.

Poole trug einen seiner unvermeidlichen dunklen Anzüge, ein weißes Hemd und eine konservative Krawatte. Er sah aus wie ein Manager, der es gewohnt war, täglich an wichtigen Sitzungen irgendeines großen Konzerns teilzunehmen. Außer einigen winzigen Fältchen in der Kniegegend seiner Hose gab es kein Anzeichen dafür, daß er eben erst mehrere Stunden hinter dem Lenkrad eines Autos verbrachte hatte.

»Kann ich Ihnen behilflich sein?« wiederholte er höflich. Seine dunklen Augen blickten aufmerksam, sein Gesicht blieb ausdruckslos. »Suchen Sie vielleicht etwas?«

»Ja, ich habe etwas gesucht«, sagte Evan kühl, mit beherrschter Stimme. »Ich hatte einige Papiere in diesem Schrank aufbewahrt und wollte sehen, was mit ihnen geschehen ist.«

»Sie sind oben auf dem Dachboden, in dem Zimmerchen, in dem das alte Piano steht. Die Schachteln mit Ihren Papieren stehen am Boden, gleich neben der kaputten Nähmaschine.«

»Vielen Dank«, sagte Evan.

»Gerne geschehen«, sagte Poole. »Es tut mir leid, daß Ihr Bedürfnis nach Ihren Papieren ein so dringendes war, daß Sie das Türschloß zerlegen und in mein Zimmer eindringen mußten.«

»Tja, ist das nicht wirklich ein Jammer?« sagte Evan obenhin. »Ich bringe nur rasch das Schloß wieder in Ordnung, bevor ich gehe.«

»Vielen Dank. – Übrigens, darf ich, als ein Freund von Miß Miller, erfahren, warum Sie sie für eine Lügnerin halten?«

»Wie bitte?« sagte Evan.

»Ich habe gehört, Miß Miller hätte Ihnen schon vor einigen Stunden gesagt, Ihre Papiere seien auf dem Dachboden.«

»Sie hat mir nicht gesagt wo auf dem Dachboden«, sagte Evan. »Ich konnte die Papiere oben nirgends finden und dachte, Miß Miller hätte sich geirrt. Verzeihen Sie also, bitte.« Und damit ging er an Poole vorbei durch das Schlafzimmer und machte sich daran, das Türschloß wieder zusammenzusetzen.

»Ich bin sicher, Sie wissen nichts davon«, hörte er Pooles Stimme hinter sich, »aber der Mietvertrag, den Ihr Vater mit mir abgeschlossen hat, gibt Ihnen kein Recht, den Ost- oder Westflügel des Hauses auch nur zu betreten. Beide sind derzeit Privateigentum der Gesellschaft.«

»Der Vermieter und Grundeigentümer hat gewöhnlich ein unausgesprochenes Recht, seinen Besitz zur Ausführung von Reparaturen zu betreten«, sagte Evan und zog die Schrauben weiter an.

»Aber nicht, Türen aufzubrechen und in die Intimsphäre seiner Mieter einzudringen.«

Evan gab keine Antwort, sondern fuhr mit seiner Arbeit fort.

»Vielleicht möchten Sie einmal einen Blick auf den Mietvertrag werfen«, sagte Poole.

»Mit Vergnügen«, sagte Evan und zog die letzte Schraube fest. »Das war sogar eines von den Dingen, die ich gerne mit Ihnen besprechen wollte.«

»Oh?« Poole öffnete die Lade des Tisches, der beim Fenster stand. Als er sich umdrehte, sah Evan, daß Poole ein Dokument in Händen hielt. »Nun, Sie können den Mietvertrag genau ansehen«, sagte er und reichte Evan das Dokument.

Evan richtete sich auf, versuchte das Türschloß, um sicher zu sein, daß der Riegel auch richtig funktionierte, und steckte den Schraubenzieher ein. Schließlich nahm er das Stück Papier entgegen und warf einen flüchtigen Blick darauf.

»Hat mein Vater eine Kopie davon?«

»Ich bin davon überzeugt, daß ihm sein Anwalt eine Kopie gegeben hat.«

»Sein Anwalt?«

»Sein Anwalt hat den Mietvertrag entworfen. Hat Ihnen denn das Ihr Vater nicht gesagt?«

»Ach so«, sagte Evan und starrte auf den Mietvertrag. Er konnte kein Wort von all dem Kleingedruckten vor sich lesen und versuchte verzweifelt, seine Maske gespielter Ruhe beizubehalten.

»Ich glaube, Sie sehen, daß die ganze Geschichte völlig legal ist«, sagte Poole ruhig und zufrieden.

»Ich danke Ihnen.« Evan reichte ihm den Mietvertrag zurück.

»Wollten Sie sonst noch etwas mit mir sprechen?«

»Ja. Ich glaube, Sie schulden meinem Vater eine Menge Geld.«

»Mit Haushaltsausgaben habe ich nichts zu tun«, sagte Poole. »Miß Miller nimmt mir all diesen lästigen Kleinkram ab – glücklicherweise. Dafür aber kann ich Ihnen versichern, daß alle diese Schulden im August beglichen werden. Wenn Sie wollen, kann ich Miß Miller bitten, eine Aufstellung aller Kosten anzufertigen, die Ihrem Vater in letzter Zeit in Zusammenhang mit der Gesellschaft erwachsen sind. Ich lasse Ihnen dann eine Kopie zukommen, damit Sie sehen können, wie gering der Betrag in Wirklichkeit ist. Ihr Ausdruck ›eine Menge Geld‹ erscheint mir, verzeihen Sie, gelinde gesagt, übertrieben. Falls Sie aber die Sache ernsthaft beunruhigt, so bin ich selbstverständlich bereit, Ihnen über den fraglichen Betrag einen Schuldschein auszustellen.«

»Ich übertreibe nicht«, sagte Evan. »In Anbetracht der gegenwärtigen finanziellen Lage meines Vaters muß ich dabei bleiben: Sie schulden ihm zu viel. Ich fürchte, es wird ihm wirtschaftlich einfach nicht möglich sein, Ihre Gesellschaft hier in Colwyn Court zu erhalten.«

»Es sind nicht einmal mehr vier Wochen bis August.«

»Ich fürchte, das bleibt sich gleich. Er kann es sich einfach nicht leisten, sein Haus gratis zu vermieten.«

»Er spart sich das Geld für eine Haushälterin.«

»Seine Auslagen sind in diesem Falle größer als seine Einsparung. Und weil wir schon einmal von der Haushälterin sprechen: mir schmeckt das Essen nicht, das Ihre Gesellschaft offenbar bevorzugt. Warum sollen wir nach Naturheilrezepten essen, wenn wir gar nicht wollen?«

»Ihre Mahlzeiten sind ganz normale Hausmannskost, die besonders für Sie zubereitet wird.«

»Wie dem auch sei, das Zeug schmeckt mir nicht. Verwendet Ihre Köchin denn überhaupt kein Salz? Alles ist fad, geschmacklos und kaum zu essen.«

»Zu viel Salz in den Speisen, Dr. Colwyn«, sagte Poole, »kann sich für Leute mit hohem Blutdruck äußerst ungünstig auswirken.«

»Und eine völlig salzlose Kost«, gab Evan zurück, »kann schmerzhafte lokale Muskelkrämpfe auslösen. Versuchen Sie vielleicht, mir Medizinunterricht zu geben, Mr. Poole?«

»Versuchen Sie etwa, mir anzudeuten, ich möge aus Colwyn Court verschwinden, Dr. Colwyn?«

»Es tut mir leid, aber – alles in allem genommen – täte die Gesellschaft besser daran, sich anderswo um ein geeignetes Quartier umzusehen. Sollte sich Ihr Mietvertrag als rechtskräftig erweisen, würde ich Ihnen selbstverständlich eine entsprechende Entschädigung anbieten –«

»Der Mietvertrag ist rechtsgültig«, sagte Poole, »und Ihr Angebot einer Entschädigung lehne ich hiermit ab.«

Es trat eine Pause ein. Sie standen einander gegenüber und maßen einander mit den Blicken, Evan groß und unordentlich, sein rotes Haar in zornigen Büscheln zu Berge stehend, Poole dagegen schlank und beherrscht, sein Äußeres untadelig, seine dunklen Augen gelassen, doch interessiert.

Der Teufel soll ihn holen, dachte Evan wütend, er ist mir über.

»Dr. Colwyn«, sagte Poole, »sprechen wir einmal vernünftig über die ganze Geschichte. Es ist völlig sinnlos, in Wut zu geraten. Ich kann recht gut verstehen, daß Sie sich wegen des Geldes, das wir Ihrem Vater schulden, Sorgen machen. Ich werde Miß Miller beauftragen, eine genaue Aufstellung unserer Schulden anzufertigen, und schreibe Ihnen dann einen Schuldschein oder Wechsel, den ich innerhalb von längstens zwei Monaten einlösen kann. Ich nehme zur Kenntnis, daß Sie mit der Küche nicht zufrieden sind. Ich werde Ihre Beschwerde an Miß Miller weiterleiten, und sie wird zweifellos dafür Sorge tragen, daß Ihre Mahlzeiten in Zukunft wunschgemäß zubereitet werden. Aber bitte erwarten Sie nicht von uns, daß wir Colwyn Court verlassen, ehe unser Mietvertrag abgelaufen ist. Wir befinden uns hier völlig zu Recht, und – so unangenehm Ihnen das auch erscheinen mag – wir sind fest entschlossen, hier zu bleiben.«

»Ich verstehe«, sagte Evan. »Nun, wenigstens haben Sie mich über Ihre Absichten nicht im Unklaren gelassen.«

»Es tut mir leid, daß Sie uns gegenüber eine so negative Haltung einnehmen. Wenn Sie sich mit unserer Anwesenheit abfinden könnten, sehe ich keinen Grund, warum wir nicht alle friedlich hier leben könnten.«

»Da wir nun schon einmal offen miteinander sprechen«, sagte Evan, »möchte ich Ihnen gleich sagen, daß ich entschlossen bin, mich hinsichtlich des Mietvertrages von einem Anwalt beraten zu lassen. Solange Sie sich aber noch in Colwyn Court befinden, wäre ich Ihnen verbunden, wenn Sie ab sofort jeden Kontakt mit meiner Schwester unterlassen wollten. Ich weiß, daß sie krank ist, aber ich meine, daß in ihrem gegenwärtigen Stadium jegliche Laienbehandlung mehr Schaden als Nutzen bringen kann.«

»Ich bin kein Laie«, sagte Poole.

»Man hat mir gesagt, Sie hätten in Amerika studiert. Sind Sie berechtigt, sich als Arzt zu bezeichnen?«

»Dr. Colwyn, verzeihen Sie, wenn ich das so geradeheraus sage, aber es will mir scheinen, als sei Ihr Urteil in diesem Punkt durch die bei Engländern häufig zu findenden Vorurteile gegen Amerika und alles, was von dort kommt, getrübt.«

»Da irren Sie sich aber gewaltig«, sagte Evan. »Sind Sie also nun Arzt oder nicht?«

»Nenne ich mich Doktor Poole?«

»Soll ich das als Antwort auffassen?«

»Es heißt, daß ich nichts von der konventionellen Verehrung von Titeln halte, die eine unwissende Gesellschaft verleiht.«

»Sie sind also kein qualifizierter Arzt. Danke. Würden Sie nun liebenswürdigerweise meine Schwester der Behandlung durch jene überlassen, die dazu qualifiziert sind?«

»Die Behandlung durch jene, die dazu qualifiziert sind«, sagte Poole, »hat Ihrer Schwester kaum geholfen, bevor ich kam.«

»Nichtsdestoweniger –«

»Ich habe einen akademischen Grad in Psychologie, Dr. Colwyn. Tatsächlich weiß ich eine Unmenge mehr über Gwyneths Störung als der unfähige Hausarzt, der sie behandelt hat, bevor ich herkam, oder auch, mit Respekt gesagt, Sie selbst mit Ihrem bewundernswerten – völlig unbrauchbaren – Hintergrund der Tropenmedizin.«

»Ich –«

»Schließlich leidet Gwyneth nicht an einer Tropenkrankheit.«

»Aber Sie –«

»Wollen Sie eine klinische Diagnose dessen, was Ihrer Schwester fehlt?«

»Ich habe kein Interesse an ein paar psychologischen Ausdrücken, hingeworfen von einem betrügerischen Quacksalber!« schrie Evan. »Lassen Sie meine Schwester in Ruhe, oder ich werde –«

»Mein lieber Dr. Colwyn, jeder würde denken, daß ich mit ihr schlafe, nach all dem Wirbel, den Sie um diese Beziehung machen!«

»Ich wäre nicht überrascht, wenn Sie es täten!« gab Evan rasch zurück, außer sich vor Wut. »Es würde mich nicht überraschen, wenn Sie mit allen zwölf Frauen schliefen, die Sie hier haben! Es würde mich nicht überraschen, wenn –«

»Was für eine Anerkennung meines sexuellen Leistungsvermögens«, sagte Poole. »Ich danke Ihnen sehr.«

»Und eine andere Sache, über die ich mit Ihnen sprechen möchte, ist Nicole Morrison!« platzte Evan heraus, der kaum hörte, was der andere sagte. »Lassen Sie sie in Ruhe, verstehen Sie? Lassen Sie Ihre Hände von meinem Mädchen! Wenn Sie denken, Sie könnten –«

»Ihr Mädchen?« sagte Poole. »Gratuliere! Ich wußte nicht, daß Sie verlobt sind.«

»Wir sind nicht verlobt«, knurrte Evan. »Aber wir werden uns verloben, also lassen Sie sie in Ruhe!«

»In Ordnung«, sagte Poole. »Aber an Ihrer Stelle hätte ich das zuerst mit Nicole besprochen. Auf der Fahrt hierher heute hatte ich nicht den Eindruck, daß sie sich für verlobt hielt – mit wem auch immer. Nun, wollen Sie mich bitte entschuldigen, ich muß wirklich ein Bad nehmen und mich vor dem Abendessen umziehen. Gute Nacht, Dr. Colwyn, und –«, er lächelte kurz, »haben Sie mehr Vertrauen zu sich selbst, dann werden Sie sich durch etwas Ungewohntes in Ihrer Umgebung nicht so bedroht fühlen.«

Und bevor Evan seine Faust erheben konnte, wurde die Schlafzimmertür vor seiner Nase zugeschlagen, und Poole drehte den Schlüssel geschickt im Schloß um.

II.

»Nicki?« fragte Evan und klopfte an die Tür des winzigen Gästezimmers im Haupttrakt des Gebäudes. »Nicki, kann ich eine Minute mit dir sprechen?«

»Warte.« Es folgte eine Pause, bevor sie die Tür einen Spalt öffnete. Sie trug einen weißen Bademantel, den sie wohl in aller Eile übergezogen hatte, und war barfuß. »Hallo!« sagte sie. »Ich bin gerade beim Umziehen. Hat es noch eine halbe Stunde Zeit?«

»Nein.« Er überlegte, ob sie unter dem Bademantel etwas anhatte. Ein Strom von wirren Gedanken begann in seinem Kopf zu toben und sickerte köstlich durch seinen Körper. »Darf ich hereinkommen?«

»Ich habe nichts dagegen«, sagte Nicole vorsichtig und zog ihren Bademantel fester um sich, als wäre er ein Sicherheitsgurt. »Was ist los?«

»Nicki –« Er trat in das Zimmer und schloß die Tür. »Nicki, ich bin ein absoluter Narr gewesen. Ich habe mir eingebildet, noch nicht genau zu wissen, was ich will, und ich habe jeden Gedanken an eine feste Bindung beiseite geschoben. Die ganze verdammte Zeit habe ich in meiner Unentschlossenheit geradezu geschwelgt. Nicki, all das Durcheinander in der Vergangenheit tut mir leid. Ich liebe dich, und ich möchte dich heiraten. Laß uns morgen früh als allererstes nach Swansea fahren und schauen, ob ich einen passenden Ring finde, den ich dir zur Verlobung schenken kann.«

Eine Pause entstand. Er atmete unregelmäßig, aber fühlte sich wie von einer riesigen Last befreit, und sein Blut begann in seinen Adern zu singen.

»Verlobung«, sagte Nicole verdutzt.

»Verlobung!« Er lächelte sie an und bewegte sich auf sie zu, um sie in seine Arme zu nehmen, aber sie wich vor ihm zurück, bevor er sie erreichen konnte.

Alles, was sie sagte, war: »Ist das nicht ziemlich plötzlich?«

»Plötzlich! Nach all den Monaten?« Er brach in Lachen aus. »Liebling, ich bin so langsam wie ein Caterpillar gewesen, und du weißt es! Wie kannst du das ›plötzlich‹ nennen?«

Ihr Bademantel verrutschte ein wenig; er fühlte, wie er sich wieder vorwärtsbewegte, bevor er sich stoppen konnte. »Wir können so bald wie möglich heiraten«, hörte er sich sagen. »Diesen Monat, nächsten Monat, jeden Monat, den du möchtest.« Währenddessen war sie beim Toilettentisch angelangt und konnte nicht weiter zurückweichen, so nahm er sie in seine Arme und begann sie zu küssen. Er war so freudig erregt, daß er eine volle Minute brauchte, um zu merken, daß sie seine Küsse nicht erwiderte.

Er hielt inne. »Nicki?«

Ihre grauen Augen waren dunkel und hatten einen Ausdruck, den er nicht verstand. Schließlich sagte sie: »Ich muß darüber nachdenken. Ich kann dir nicht sofort eine Antwort geben. Es tut mir leid, Evan, aber du mußt mir Zeit geben, darüber nachzudenken.«

Er hörte ihre Worte, aber sein Verstand weigerte sich, sie zu begreifen. »Aber du hast Monate gehabt, darüber nachzudenken!«

»Bitte«, war alles, was sie sagte. »Bitte, Evan.«

»Nun gut«, sagte er verblüfft, »wenn du es so haben möchtest, was soll es schon ausmachen. Jedes Mädchen ist berechtigt, die Zeit zu haben, einen Antrag zu überlegen, gleichgültig, wie klar das Ergebnis ist! Aber inzwischen... Nicki, ich möchte dich so sehr haben! Darf ich – laß mich –«

»Bitte, rühr mich nicht an!« sagte sie scharf.

Er hielt inne. Ein Frösteln begann langsam die Hitze seines Körpers zu durchdringen. Er schaute sie unsicher an.

»Ich möchte dich heiraten«, sagte er schließlich. »Ich werde dich heiraten. Sicher wirst du mir jetzt nicht sagen, daß du –«

»Ich möchte das nicht im Augenblick. Ich möchte nicht jetzt mit dir ins Bett gehen.«

»Ist das nicht ein wenig heuchlerisch? Es ist ja nicht so, als wäre nie etwas zwischen uns gewesen. Und da wir einander lieben und heiraten werden –«

»Werden wir?« sagte Nicole. »Ich bin nicht sicher. Ich muß darüber nachdenken. Lassen wir es jetzt dabei, Evan. Bitte.«

Jeder Muskel in seinem Körper straffte sich. Er konnte den Schmerz und die Wut fühlen, die seine Kehle zusammenschnürten, so daß er kaum atmen konnte.

»Ist es Poole?« fragte er plötzlich. »Es ist Poole, nicht wahr?«

»Mach dich nicht lächerlich«, sagte Nicole. »Ich kenne den Mann kaum. Bitte, Evan, laß mich allein. Ich möchte heute abend nicht mehr darüber sprechen.«

Er zögerte, dann ging er unbeholfen zur Tür. Sie sah seine Finger unsicher auf der Schnalle abrutschen, als er die Tür aufriß und auf den Gang stolperte.

Sie war allein.

Zehn lange, verwirrte Minuten saß sie auf der Kante des Bettes und versuchte, Sinn in ihre Gedanken zu bringen. Sie war sich bewußt, daß sie überhaupt nichts fühlte. Keine Erleichterung, keine Freude, keine Traurigkeit, keine Angst. Sie hatte das Gefühl, in der Vorhölle zu sein, wo alle Gefühle aufgehoben waren.

»Aber ich bin verrückt nach Evan«, sagte sie laut. »Verrückt nach ihm.«

Die Worte hallten dumpf im Zimmer wider. Sie stand auf, ging zum Fenster und stützte ihre Arme auf das Fensterbrett.

»Ich habe fünfzehn Monate in dem heißen Wunsch verbracht, ihn zu heiraten«, erinnerte sie sich selbst ungläubig. »Fünfzehn Monate des Weinens in unzähligen Augenblicken, gegen Depressionen ankämpfend und Rendezvous absagend, weil kein Mann jemals Evan gleichkam.«

Sie wartete. Nichts geschah. Sie war erstaunt, sonst nichts. Vielleicht war es gut, erstaunt zu sein. Etwas zu fühlen war besser, als überhaupt nichts zu fühlen.

»Vielleicht bin ich übergeschnappt«, sagte sie sich und setzte sich wieder auf die Bettkante, um die Idee mit Interesse zu überlegen. »Oder vielleicht bin ich betrunken. Oder vielleicht bin ich tot und weiß es nicht.«

Sie überlegte noch immer diese unfaßbare Möglichkeit, als es wieder an ihrer Tür klopfte.

»Herein!« rief Nicole, zu fasziniert von ihrer Gefühlsbetäubung, um darauf zu achten, wer es war.

Die Tür öffnete sich. Sie schaute auf.

Und plötzlich flammten alle ihre Gefühle auf. Es war, als ob sie Schalter auf einem riesigen Brett wären, die irgend jemand mit einer ungeheuren Handbewegung aufdrehte. Sie fühlte Lichter an sich herunterfließen, die Wärme von tausend Flammen, das Wirbeln von leuchtenden Farben, die ihr wie Kaskaden durch den Sinn stürzten.

»Tristan«, schrie sie. Sie sprang auf und lief zu ihm. »Tristan, ich fühle mich so eigenartig, ich kann es dir gar nicht erklären!«

Er lächelte sie an. Seine Kleidung war schwarz und weiß, aber alles, was sie sehen konnte, war Farbe, und Farbe war etwas, das sie berühren, schmecken und trinken konnte, bis die Quelle versiegte.

»Ich werde ohnmächtig«, sagte Nicole.

»Nein, das wirst du nicht.«

Die Zeit war außer Kraft gesetzt. Sie konnte sehen, wie er sie mit seinen Händen packte und zurückstellte. Einen Monat. Zwei Monate. Drei... vier... Und die Zeit war etwas, das man drehen und biegen konnte, eine Sklavin in den Händen der Ewigkeit. Ein Jahr. Zwei. Drei.

Und plötzlich fühlte sie sich zurückversetzt in die Zeit, da sie Evan Colwyn noch nicht gekannt hatte, und sie war frei und jung, und es war schön zu leben.

»Ich bin betäubt«, sagte Nicole.

»Nein, du siehst nur die Dinge, wie sie wirklich sind.«

»Ich werde verrückt.«

»Du bist zum erstenmal seit drei Jahren normal.«

»Oh, mein Gott«, flüsterte Nicole, »ich glaube wirklich, daß ich es bin.«

Er berührte sie, und alles schien sich zu beruhigen. Als sie sich instinktiv an ihn klammerte, sah das winzige Zimmer wieder aus wie vorher, und Pooles Anzug war schwarz, und sein Hemd war weiß, und seine dunklen Augen waren nahe den ihren.

Er küße sie. Zuerst war es wie irgendein Kuß, den ihr ein Mann gegeben haben mochte. Aber dann änderte sich das, und es war mit nichts zu vergleichen, das sie jemals vorher erfahren hatte. Empfindungen, von deren Existenz sie nicht einmal gewußt hatte, flammten auf, bis sie die Welt sich ausdehnen sah in eine unbekannte, mystische Dimension, die ohne Anfang war und ohne Ende in einer Wüste der Zeit.

Er hörte auf, sie zu küssen. Die Welt kippte zurück ins Normale, und das Zimmer drehte sich zu ihr zurück. Das Abendlicht floß durch das Fenster und fiel schräg auf die Füllung der verschlossenen Tür.

»Bring mich zurück«, sagte Nicole. »Wo wir vorher waren. Bring mich zurück.« Und sie reichte hinauf und zog sein Gesicht zu sich herunter, so daß sie seinen Mund wieder mit dem ihren berühren konnte.

Sie fühlte seine Finger über ihre Haut gleiten und bemerkte

zum erstenmal, daß ihr Bademantel auf dem Boden lag und sie nackt war. Aber dann legte sich sein Mund auf den ihren, und all die Förmlichkeiten einer kleinlichen, zerfallenden Welt gingen unter in der samtenen Dunkelheit von hundert Sonnensystemen, und die Hitze brannte auf sie herunter von einem ungeheuer großen und unsichtbaren Kraftwerk.

»O Gott«, sagte Nicole, »ich bin im Himmel.«

Er lachte. Sie öffnete ihre Augen und sah ihn über sich, sein Gesicht so nahe dem ihren, daß sie nur flüchtig die weit offene Wölbung seines Mundes und die Weiße seiner ungleichmäßigen Zähne sehen konnte.

»Warum lachst du?« flüsterte sie.

»Weil du gerade etwas gesagt hast, das mich amüsierte«, sagte er, und seine Stimme war die Stimme der Finsternis, die sie zu einer heftigen und feurigen Nacht empfing.

III.

Die Sonne war untergegangen, als Poole Nicoles Zimmer verließ und nach unten ging, um Agnes zu suchen. Er fand sie im Speisezimmer der Gesellschaft, wo noch immer ein Gedeck für ihn auf dem Tisch lag. Sowie er eintrat, sprang sie mit einem Ausruf der Erleichterung auf.

»Endlich«, sagte sie, als hätte sie alle Hoffnung aufgegeben, ihn an diesem Abend noch einmal zu sehen. »Ich wußte, daß ich dich nicht stören durfte, und so verbrachte ich die letzte halbe Stunde mit dem heftigen Wunsch, du mögest so bald wie möglich erscheinen! Höre, Tristan, Lisa ist hier. Sie hat im Salon gewartet und weigert sich absolut, zu gehen, ohne dich gesehen zu haben. Was werden wir nur mit ihr machen?«

»Agnes«, sagte Poole, »du machst dir zu viele unnötige Sorgen. Wo ist mein Abendessen?«

»Aber was ist mit –?«

»Ich bin verdammt hungrig, Agnes. Wenn noch Abendessen übrig ist, möchte ich es auf der Stelle haben, bitte.«

Agnes seufzte. »Ja, Tristan, nur einen Augenblick – ich werde es dir holen.«

»Danke.« Er sank in den hochlehnigen Stuhl am Ende des Tisches und zeichnete mit der Gabel ein Pentagramm auf das Tischtuch, während er an Nicole dachte.

Als Agnes mit einem Teller dampfenden Essens zurückkam, war alles, was sie sagte: »Zufriedenstellend?«

Poole nahm einen Bissen gefüllte Aubergine. »Köstlich.«

»Ich habe nicht das Essen gemeint«, sagte Agnes.

»Ich auch nicht«, sagte Poole.

Sie lächelten einander noch zu, als Agnes' Schwester ihren Kopf zur Tür des Speisezimmers hereinsteckte.

»Lisa ist wieder da, Agnes – sie stört uns in der Küche, meine ich. Sie sagt, sie weigere sich, noch länger im Salon zu warten, und besteht unbedingt darauf, Tristan ohne weitere Verzögerung zu sehen. Was soll ich tun?«

»Oh, diese verflixte Frau!« sagte Agnes irritiert. »Ich werde gehen und sie abweisen.«

»Verschwende deine Zeit nicht«, sagte Poole. »Bring sie herein, Harriet.«

»Oh, nur so nebenbei«, sagte Agnes, als ihre Schwester gehorsam verschwand, »bevor ich es vergesse – Evan sprach davon, daß er morgen wieder nach London fährt, und zwar um einen Arzt für Gwyneth zu finden und einige Privatdetektive zu konsultieren. Du hast dir hier einen Feind geschaffen, Tristan.«

»Agnes«, sagte Poole nachsichtig, »würdest du bitte aufhören, dich zu beunruhigen? Du wirst dir noch ein Magengeschwür einhandeln, und das ist wirklich ganz überflüssig.«

»In Ordnung«, sagte Agnes, »gut, ich werde dich mit deiner Freundin allein lassen und versuchen, an etwas anderes zu denken.«

»Du kannst eine genaue Liste aufstellen, wieviel wir Walter Colwyn schulden. Ich habe Evan einen Schuldschein versprochen.«

»Du Scheusal«, sagte Agnes. »Wenn ich mir von etwas Magengeschwüre hole, dann von diesen elenden Rechnungen. Trotzdem, ich werde mein Bestes tun. Viel Glück mit Lisa.«

»Viel Glück mit dem Addieren und Subtrahieren.« Er nahm neuerlich einen Bissen Aubergine und kaute noch nachdenklich, als Lisa ins Zimmer fegte. »Hallo«, sagte er. »Wie geht es dir?« Er nahm sich nicht die Mühe, aufzustehen, aber er forderte sie durch einen Wink auf, sich neben ihn an den Tisch zu setzen. »Nimm Platz.«

»Danke für diese überschwengliche Begrüßung«, sagte Lisa. »Wo, zur Hölle, bist du gewesen?«

»In London.«

»Du sagtest, du würdest am Samstag anrufen! Ich wartete den ganzen Tag –«

»Das tut mir leid«, sagte Poole.

»Gut...« Sie zögerte. Sie war nervös, wie er bemerkte, und in ihren Augen lag ein eigenwilliger Ausdruck. »Ich finde, du hättest dein Versprechen halten können«, sagte sie bockig.

»Es tut mir leid«, sagte Poole.

Es entstand eine Pause. Poole aß weiter.

»Was ist los?« fragte Lisa verwirrt. »Was gibt es?«

»Nichts.«

Wieder eine Pause. »Tristan, ich muß mit dir sprechen!«

»Fang an.«

»Gut, ich... ich bin in einer schrecklichen Klemme, und – nun gut, es ist nicht nur meine Schuld, oder? Ich meine, wenn Matt uns nicht zusammen am Strand gesehen hätte –«

»Meine Liebe, du kannst nicht mir die Schuld geben, nur weil dein Mann sein Testament in einem Zornesanfall änderte und in eine Mauer fuhr, bevor er sich genug beruhigt hatte, um die Änderung wieder rückgängig zu machen.«

»Natürlich kann ich«, brauste Lisa auf. »Wenn ich dich nicht getroffen hätte, würde Matt sein Testament nicht in dieser Art und Weise geändert haben!«

»Wenn es nicht ich gewesen wäre, wäre es irgend jemand anderer gewesen.«

»Wie kannst du es wagen!« Sie sprang wütend auf.

»Oh, laß uns ehrlich sein, Lisa. Du warst zu Tränen gelangweilt mit diesem deinem Ehemann und warst mehr als bereit, dich dem ersten Mann, der wollte, anzubieten!«

Sie versuchte ihn zu schlagen, aber er ließ sein Messer schnell genug fallen, um vorzustoßen und ihr Handgelenk zu fassen. Es entstand eine Stille. Lisa wollte sich zurückziehen, aber er verstärkte den Griff seiner Finger, so daß ihre Anstrengung zu entkommen nutzlos war. Sie wurde von Panik erfaßt.

»Tristan, es tut mir leid – ich – ich meinte es nicht so. Ich –«

»Lisa«, sagte Poole mit ruhiger, klarer Stimme, »du hast mich nicht geliebt. Du liebst mich nicht. Du wirst mich niemals lieben. Ich bitte um Verzeihung, wenn ich unnötig brutal erscheine, aber in diesem Stadium, glaube ich, ist es wichtig, daß wir beide dieser grundlegenden Wahrheit ins Auge sehen. Wir trafen einander, es gab unglückliche Auswirkungen, die einen ekelhaften Geschmack in meinem Mund zurückließen – und in deinem auch, zweifellos –, und ich glaube, es wäre jetzt für uns beide das Beste, wenn wir unsere eigenen Wege gingen. Ich sage das deinetwegen, genauso wie meinetwegen. Wenn bekannt wird, was wir vor dem Tod deines Mannes getan haben, wird sogar vielleicht ein mitfühlender Richter unfreundlich sein, wenn du das Testament anfichst.«

»Gut...«

Er wartete.

»Ja«, sagte Lisa schießlich, »ich nehme an, daß es so ist. Aber –«

»Ja?«

»Ich liebe dich wirklich, Tristan. Ich kann mir nicht helfen.«

»Du liebst mich nicht, Lisa.«

»Aber –«

»Du liebst mich nicht.«

Sie schwieg.

»Ich habe recht, du weißt es. Es ist viel besser, jetzt zu scheiden, bevor noch mehr Schaden angerichtet wird.«

»Ich... nehme an, daß –«

»Es ist so.«

»Ja.« Sie wandte sich ab, aber er hielt noch immer ihr Handgelenk.

»Lisa.«

»Ja?«

»Einen letzten Kuß zur Erinnerung?«

Sie lächelte zitternd und hob ihren Mund dem seinen entgegen, aber er küßte sie auf die Stirn. Seine Hände strichen sanft über ihr Haar und begannen, den Schal zu lösen, der ihr das Haar aus dem Gesicht zurückhielt.

»Gibst du mir ein Andenken?« sagte er weich. »Etwas, das mich an dich erinnert?«

Sie nickte, und ihre Geste lockerte ihr Haar, als er den Schal wegzog. Er bemerkte wieder – mit einem vagen Schmerz des Bedauerns – wie schön sie war.

»Alles Gute, Lisa. Es tut mir leid, aber ich weiß, so ist es am besten.«

»Ja.« Sie tastete nach der Tür. »Du hast recht. Aber es scheint verdammt hart.« Und dann war sie gegangen, ihre Schritte hallten dumpf im Korridor, und als er horchte, glaubte er sie weinen zu hören.

Dreißig Sekunden später schlüpfte Agnes ins Speisezimmer.

»Ich kann nichts dafür«, sagte sie, »ich konnte einfach nicht wiederstehen zu kommen, um herauszufinden, was geschah.«

Poole war zu seinem Essen zurückgekehrt. »Dieses Gericht ist sehr gut, Agnes. Ausgezeichnet.«

»Aber was ist mit Lisa? Ist alles in Ordnung?«

»Ich bin nicht sicher. Setz dich, Agnes.« Er wartete, bis sie sich in Lisas Sessel niedergelassen hatte, bevor er beiläufig hinzufügte: »Ich möchte, daß du etwas für mich tust. Glaubst du, daß du eine heraufbeschworene Verliebtheit rückgängig machen kannst?«

»Warum nicht?«, sagte Agnes auf Lisas Schal starrend, der schlaff auf dem Tisch lag. »Sind Haare von ihr auf dem Schal?«

»Möglich. Aber es ist ihr Schal. Das ist alles, was zählt.«

»Ich hätte eigentlich lieber die Haare von ihr. Die sind persönlicher.«

»Stimmt. Kennst du die erforderlichen Vorbereitungen genau?«

»Ich kann nachschauen«, sagte Agnes, »nur um sicher zu gehen.«

»Machst du das? Agnes, ich weiß die Art zu schätzen, in der du all diese unbedeutenden Angelegenheiten von meinen Schultern nimmst... Benütze gleich als erstes morgen früh mein Zimmer und wähle den nach deinem Gefühl am besten geeigneten Gehilfen aus. Ich würde es selber machen, aber ich möchte nicht den ganzen morgigen Vormittag damit verbringen, den Magier zu spielen, wenn Nicole von mir erwartet, daß ich eine ganz andere Rolle spiele... Ich bin sicher, du verstehst.«

»Natürlich«, sagte Agnes verständnisvoll. »Mach dir keine Sorgen wegen Lisa, ich werde mich für dich um sie kümmern. Aber kannst du sie nicht einfach hypnotisieren? Würde das nicht genauso wirkungsvoll sein?«

»Vielleicht. Vielleicht auch nicht. Hypnose ist in mancher Hinsicht ein ungewisses Hilfsmittel, und in Lisas Fall möchte ich mich nicht auf Hypnose verlassen, wenn ich sie auf zuverlässigere Weise behandeln kann. Ich verwende zur Zeit etwas Hypnose, aber ich würde es vorziehen, wenn du eine länger andauernde Kraft herbeiriefst, um das Problem für uns zu lösen.«

»Ja, Tristan.«

»Oh, und Agnes –«

»Ja, Tristan?«

»Versuche, sie nicht zu töten, bitte. Es würde unglückseliges Gerede aufkommen lassen, so bald nach dem Tod ihres Mannes.«

»Ja, Tristan«, sagte Agnes gehorsam und begann mit einem angenehmen Gefühl der Erwartung bei den Kräften zu verweilen, die sie herbeirufen würde, um Lisas unbeherrschte Leidenschaft zu unterdrücken.

IV.

Eine Woche ging vorüber.

In London hatte Evan, noch immer unter dem Mangel an Begeisterung leidend, mit dem sein verspäteter Heiratsantrag aufgenommen worden war, mit einem bekannten Psychiater über seine Schwester gesprochen, die Meinung eines Rechtsanwalts über den unglückseligen Mietvertrag eingeholt und eine Firma von Privatdetektiven engagiert, um Nachforschungen in Pooles Vergangenheit anzustellen. Nach vier Tagen des Brütens hatte der Rechtsanwalt berichtet, daß der Mietvertrag dem Gesetz entsprach; der Psychiater hatte Evan mitgeteilt, daß er Gwyneth gerne untersuchen würde, wenn sie überredet werden könnte, zur Behandlung nach London zu kommen; und die Detektive hatten gemeldet, wenn es irgend etwas Wichtiges über Mr. Tristan Poole gäbe, würde es ganz bestimmt durch ihre unermüdlichen Anstrengungen, die Einzelheiten seiner Vergangenheit auszugraben, enthüllt werden. Für den Augenblick hatte Evan alles Mögliche getan, und er beschloß, nach Colwyn Court zurückzukehren, um zu sehen, ob Nicole in einer vernünftigeren Gemütsverfassung wäre.

Er war sehr verärgert über Nicole. Mit jedem Tag, der vorüberging, war er mehr denn je davon überzeugt, daß sie ihn schlecht behandelte, und es fiel ihm schwer, sich zurückzuhalten, Colwyn Court anzurufen und mit ihr zu sprechen. Aber er rief nicht an. Er hatte sich entschlossen, ihr genau das zu geben, was sie wollte – Zeit, seinen Antrag zu überlegen –, so daß sie, wenn er sie wiedersehen würde, ihm nicht vorwerfen konnte, sie mit einer übereilten Entscheidung gequält zu haben.

In Colwyn Cottage kam in der Zwischenzeit Benedikt mit seiner wissenschaftlichen Arbeit gut voran und Jane genoß jede freie Minute mit den Zwillingen. Nach einer Weile stellte sie fest, daß sie mehr von den Zwillingen sah als Lisa. Lisa war ruhig und zurückhaltend und verbrachte die meiste Zeit in ihrem Zimmer. Jane war sehr besorgt wegen Lisa, kam aber schließlich zur Auffassung, daß Lisa noch immer unter Matts Tod litt, und entschloß sich noch mehr Mühe zu geben, ihr gegenüber freundlich und mitfühlend zu sein.

Lisa ihrerseits war gegen alles gleichgültig; sie hatte niemals vorher unter einer solchen Mattigkeit gelitten. Als daher Jane meinte, daß es die Nachwirkung des Schocks sei, akzeptierte Lisa diese Erklärung und hörte auf, sich darüber Sorgen zu machen. Sie hätte Poole gerne wiedergesehen, aber sie war zu müde, um nach Colwyn Court hinaufzugehen. Im Bett liegend dachte sie endlose Stunden lang an Poole, aber allmählich wurde die Erinnerung an ihn matt, und die starke Erregung, die seine Anwesenheit hervorgerufen hatte, wurde durch die verblüffende Gleichgültigkeit verdrängt, die Jane dem Schock zuschrieb. Aber nach einer Woche der Müdigkeit begann sie sich besser zu fühlen, und an dem Tag, an dem Evan London in Richtung Colwyn verließ, beschloß sie, nach dem Mittagessen aufzustehen und einen Bummel am Strand zu machen.

Es war ein schöner Nachmittag. Während Lisa sich langsam in ihrem Zimmer ankleidete, rührte Jane in der Küche den Teig für eine große Menge Teegebäck an, und die Zwillinge lagen der Länge nach ausgestreckt auf dem Rasen innerhalb der Mauern von Colwyn Castle. Die mysthische Erzählung über ihren längst verstorbenen Vater hatte ein entscheidendes und fesselndes Stadium erreicht.

»So, hier war er«, sagte Timothy, »Auge in Auge mit dem bengalischen Tiger.«

»Und der Stern von Indien funkelte böse in seiner Hüfttasche.«

»Funkeln Rubine?«

»Der Stern von Indien ist kein Rubin, Dummkopf! Es ist ein –« Lucy hielt inne.

»Ja?« sagte Timothy.

»Ich höre etwas.« Lucy horchte angestrengt. »Stimmen.«

»Genau wie Jeanne d'Arc!«

»Schhh! Hörst du sie nicht?«

Timothy hörte sie. »Verstecken wir uns.«

»Okay.«

Sie sprangen auf, stemmten sich gegen die Burgmauern und spähten durch einen der Schlitze, die als Fenster dienten.

»Es ist diese Miß Miller«, sagte Timothy.

»Es sind beide Miß Millers. Die andere ist ihre Schwester. Ich bin gespannt, ob sie in die Burg kommen.«

»Nein, sie gehen zur Kapelle.«

»Wenn sie drinnen sind, laß uns –«

»– an sie heranschleichen und schauen, was sie machen. Ja, das tun wir«, sagte Timothy verärgert, weil Lucy die Idee vor ihm gehabt hatte.

Agnes und ihre Schwester Harriet verschwanden langsam hinter den Mauern der Kapelle, und der Klang ihrer Stimmen verlor sich.

»Gehen wir«, sagte Timothy.

»Okay.«

Sie eilten gebückt über den Rasenplatz, der die Burg von der Kapelle trennte. Zwei der wilden Pferde, die in der Nähe grasten, hoben erstaunt ihre Köpfe, und weiter unten am Abhang hob eines aus der Herde der grasenden Schafe seinen Kopf und blökte mißbilligend gegen den Himmel.

»Lächerliches Schaf«, murmelte Lucy.

»Schhhh!«

Sie krochen zu einer Öffnung des verwitterten Mauerwerks und spähten in die Ruinen der Kapelle. Die Stimmen erreichten sie nun deutlich; sie konnten jedes Wort hören, das gesagt wurde.

»Welch ein schöner Platz«, sagte Agnes. »Tristan hatte so recht damit. Der Platz hat die wundervollsten Schattierungen.«

»Was für ein Genuß für Lammas! Ich werde so stolz sein, eine der Gastgeberinnen in einem solchen Rahmen zu sein.«

»Wir werden alle stolz sein«, sagte Agnes behaglich. Sie prüfte die steinerne Tafel, die alles war, was noch an einen Altar erinnerte.

»Ich nehme an, es gibt keinen Zweifel, daß die Kapelle nicht geweiht ist«, sagte Harriet.

»Keinen. Das war das erste, was Tristan sich von Walter Colwyn bestätigen ließ.«

»Herrlich«, sagte Harriet. Nach einer Weile fragte sie: »Hast du eine Ahnung davon, wie die Riten vor sich gehen werden?«

»Ich habe es noch nicht mit Tristan durchgesprochen, aber es wird eine Huldigungszeremonie geben wie gewöhnlich, natürlich gefolgt von der Messe –«

»Wie wird Tristan das Problem lösen, eine Jungfrau zu finden?«

»Er dachte an etwas anderes. Es wird eine Taufe geben. Die Jungfräulichkeit wird den Mächten in Form einer Taufe geopfert werden, anstatt in der Form der Messe.«

»Wie schön. Ich glaube nicht, daß ich jemals zuvor bei einer Taufe anwesend gewesen bin. Wird die Messe eine Hochzeitsmesse?«

»Ja, daher müssen wir uns das Hochzeitskleid überlegen. Schwarzer Satin, dachte ich, mit Unmengen von schwarzer Spitze... Vielleicht können wir nächste Woche nach Swansea fahren und ein Muster aussuchen.

»Zauberhaft!« sagte Harriet. Dann! »Was wird das Opfer sein?«

»Oh, natürlich ein Lamm. Das heroische Symbol der Anderen Kirchen.«

»Aber was ist mit dem heroischen Symbol *Unserer* Kirche? Wird es eine Ziege geben?«

»Meinst du für die Orgie nach der Messe und der Taufe? Ich glaube nicht. Schließlich wird ja Tristan persönlich anwesend sein. Warum sich mit einem Ersatz plagen unter diesen Umständen?«

»Warum wirklich?« stimmte Harriet zu, als sie die Kapelle verließen und gemächlich miteinander den Abhang hinunterschlenderten; ihre schwarzen Rücke flatterten im Wind.

Weiter unten krachte die Brandung gegen die Klippen und schleuderte die Gischt hoch in die Luft. Ein Schaf blökte wieder in der Ferne, und die Pferde grasten ruhig auf der Wiese.

Die Zwillinge schauten einander an.

»Hast du irgend etwas davon verstanden?« fragte Lucy schließlich freimütig. »Ich dachte, sie sprächen Englisch, aber nach einer Weile war ich nicht mehr so sicher.«

»Natürlich habe ich es verstanden«, sagte Timothy überlegen, indem er das Beste aus Lucys seltenen Bekenntnissen der Unzulänglichkeit machte, – »die Gesellschaft hat ihre ganz besondere Religion, die eine Art römisch-katholische Kirche ist, aber doch ein wenig anders, und es wird eine Hochzeit geben und eine Taufe.«

»Vielleicht *sind* sie Katholiken.«

»Das können sie nicht sein, denn die Kapelle ist nicht geweiht. Geweiht bedeutet heilig, und wenn die Kapelle nicht mehr heilig ist, können sie Katholiken nicht verwenden; Protestanten wahrscheinlich auch nicht.«

»Gut, wenn sie also keine Katholiken sind und auch keine Protestanten, was sind sie dann? Und was bedeutete all das mit einem Lamm und einer Ziege?«

»Das muß ein Teil der Religion sein. Wie die Römer. Die Römer haben immer Ziegen geopfert und Lämmer und andere Sachen.«

»Aber sie werden die Ziege nicht opfern«, sagte Lucy. »Die Ziege war für die Orgie. Was glaubst du, bedeutet das?«

»Es muß wie bei den Katholiken sein. Die kennen auch so etwas wie Ekstase.«

»Was ist das?«

»Ein Teil der Religion«, sagte Timothy, der keine Ahnung hatte.

»Gut, wenn du mich fragst«, sagte Lucy unzufrieden, »so ist das alles sehr merkwürdig.«

»Die Gesellschaft ist merkwürdig«, sagte Timothy mit einem Gähnen. »Das weiß jeder.«

»Erzählen wir es jemandem?«

»Na ja... wir könnten es Tante Jane erzählen. Sie ist die einzige Person, die mir einfällt, die daran interessiert sein könnte.«

»Das ist eine gute Idee«, sagte Lucy. »Laß es uns Tante Jane erzählen.«

»Okay.«

Sie sprangen den Hügel hinunter, und eine Viertelstunde später waren sie am Hintereingang des Hauses.

»Hallo, Zwillinge«, sagte Jane. »Ihr kommt gerade recht für Teegebäck frisch aus dem Ofen. Das war eine gute Zeiteinteilung.«

»Tante Jane«, sagte Lucy, »es wird eine Hochzeit in der Kapelle auf dem Felsen geben. Die Gesellschaft organisiert sie und –«

»Leute werden meilenweit aus der Umgebung kommen, um dabei zu sein, wie bei einer Party. Und eine Taufe wird es auch geben.«

»Aber sie werden keine Ziege haben«, sagte Lucy, die irgendwie fühlte, daß die Ziege von Bedeutung war, »nur ein Lamm.«

»Und sie werden das Lamm opfern«, fügte Timothy hinzu. »Genau wie die Römer.«

»Gut«, sagte Jane lachend. »Was werdet ihr beide euch als Nächstes ausdenken? Übrigens – hat euer Vater es geschafft, dem Sultan zu entkommen, mit dem Säbel aus dem Taj Mahal?«

»Ja, danke«, sagte Timothy höflich. »Kann ich bitte Marmelade zu meinem Teegebäck haben?«

»In Ordnung, aber geh und wasch dir zuerst deine Hände.«

In der Zurückgezogenheit des Badezimmers tauschten die Zwillinge lange Blicke aus.

»Tante Jane ist eine der nettesten Leute auf der Welt«, sagte Lucy endlich langsam, »aber manchmal enttäuschen einen selbst die nettesten Leute, wenn man etwas von ihnen erwartet. Es ist nicht ihr Fehler. Sie kann nicht anders.«

»Es spielt keine Rolle«, murmelte Timothy. »Ich hätte es wissen sollen, daß nicht einmal Tante Jane uns diesmal glauben wird. Vergessen wir das Ganze.«

»Okay«, sagte Lucy bereitwillig und griff nach der Seife, als wollte sie ihre Hände von dem Vorfall reinwaschen.

V.

Lisa verließ das Landhaus zehn Minuten, bevor die Zwillinge den hinteren Eingang erreichten, und ging flott an den Strand. Am bemerkenswertesten war, so dachte sie, wie ihre Lethargie verschwunden war. Ihre Gleichgültigkeit hatte sich in ein reges Interesse an ihrer Umgebung verwandelt; als sie über die Felsen zum Sandstrand hinunterkletterte, fühlte sie sich voll außergewöhnlicher Vitalität.

Sie sah sie fünf Minuten später. Sie sonnten sich am Fuß der Klippen auf einem Flecken Sand, eingeschlossen von einem Halbkreis von Felsen. Nicole lag mit dem Gesicht nach unten, ihr Bikinioberteil hatte sie abgelegt, damit ihr Rücken gleichmäßig bräunen konnte. Poole lag auf dem Rücken, seine Hände hinter seinem Kopf verschränkt, und seine langen Gliedmaßen waren gemächlich gegen das Meer ausgestreckt. Während Lisa sie beobachtete, drehte er sich auf die Seite und strich mit einem Finger über Nicoles nackte Wirbelsäule.

»Gut, gut«, sagte Lisa mit betonter Verachtung. »Welch intimes, nettes Bild!«

Poole warf sich herum. Sie sah jeden Ausdruck aus seinen dunklen Augen schwinden, und plötzlich öffneten sich die Schleusen ihrer Selbstbeherrschung, und die Wut brach hervor in einer heftigen, geräuschvollen Flut.

»Du Bastard«, schrie sie zitternd. »Du verkommener, treuloser, lügender, betrügerischer –«

Er war blitzartig auf den Beinen. »Lisa«, sagte er mit ruhiger, beschwichtigender Stimme. »Lisa, sei ruhig.«

»Nein, ich will nicht!« schrie Lisa leidenschaftlich. »Nicht, bevor ich dir gesagt habe, wie sehr ich dich hasse! Nicht bevor ich Nicole gesagt habe, was für eine Närrin sie ist, sich mit einem Mann wie dich einzulassen!«

»Nicki, Liebling«, sagte Poole zu Nicole, die noch immer verlegen mit dem Oberteil ihres Bikinis beschäftigt war. »Du mußt dir das wirklich nicht anhören. Warte auf mich oben beim Haus.«

»Gut, Tristan.« Sie bemühte sich, ihren Umhang umzuwerfen, und beugte sich nieder, um die Strohtasche aufzuheben, die ihre Sachen enthielt.

»Du wartest«, schrie Lisa ihr zu. »Du wirst Augen machen! Ich könnte dir Dinge über diesen Mann erzählen, die du nicht glauben würdest! Ich könnte dir erzählen –«

Nicole rannte quer über den Strand davon.

»Sei still, Lisa«, sagte Poole und packte sie mit seinen starken Fingern bei den Schultern. »Sei still, hörst du? Sei still.«

»Ich hasse dich!« schrie Lisa, unfähig, sich zu beherrschen, blind gegen alles, sogar gegen die Macht in Pooles Augen. Sie war rasend in ihrer Ekstase, einer so starken Leidenschaft Luft zu machen. »Ich hasse dich, ich hasse dich, ich hasse dich –«

Poole versuchte eine Beschwörung. Es war eine herkömmliche französische Methode, um eine Frau zu unterwerfen. »Lisa –«, er ergriff ihr Handgelenk, so daß seine Macht mit den Worten wirkungsvoller verschmelzen konnte. »Lisa. Bestarbeto cerrumpit viscera ejus mulieris.«

Nichts. Sie war jenseits der Macht einer einfachen Beschwörung. Er machte einen weiteren Versuch, mit seinem Geist auf den ihren einzuwirken und ihn zu unterwerfen, aber Lisa machte so viel Lärm, daß er sich nicht konzentrieren konnte. Zuletzt schlug er sie in Verzweiflung.

Sie schlug sofort zurück. »Mörder!« schrie sie ihm entgegen. »Glaubt du, ich bin so dumm, daß ich nicht merke, was geschehen ist? Du hast mich verführt, um an Matts Geld heranzukommen, und weil Matt all sein Geld Nicole hinterlassen hat –«

Poole nahm zu einer Anrufung Zuflucht. Es war demütigend, geringere Kräfte zu Hilfe rufen zu müssen, aber die Bösartigkeit in Lisa mußte sofort unter Kontrolle gebracht werden; die Umstände waren zu gefährlich für ihn, um sich den Luxus von Stolz zu leisten.

Im Namen von Baal, dachte er, seinen Willen vollständig der Bitte um Hilfe beugend, im Namen von Astaroth, im Namen von Luzifer, helft mir, diese Frau zu bändigen, und macht sie gehorsam gegenüber allem, was ich vorschlagen werde.

»– du hast mich fallenlassen und dich Nicole zugewendet, ohne auch nur zu zögern!« schluchzte Lisa und setzte sich jäh auf einen nahen Felsen.

»Lisa«, sagte Poole, seine Chance ergreifend, »du bist viel zu sehr durcheinander, um das gerade jetzt richtig zu besprechen. Warum treffen wir uns nicht hier morgen früh und sprechen über alles in einer vernünftigeren Weise?«

»Und wirst du mich töten, wie du Matt getötet hast?« spottete Lisa, nicht mehr so laut, aber noch immer keineswegs gelassen. »Nein, danke!«

»Meine liebe Lisa, als Matt getötet wurde, war ich in Colwyn Court unter den Mitgliedern der Gesellschaft! Rede keinen Unsinn. Wie dem auch sei, wenn du wirklich um deine Sicherheit fürchtest, dann werde ich dich an der Stelle treffen, wo der Strandweg den Felsabfall erreicht – dann bist du in voller Sicht des Hauses, und du kannst deiner Schwester sagen, sie soll dich vom Fenster aus beobachten. Zufrieden? Gut. Ich treffe dich dort morgen früh um acht Uhr.«

»Ich werde da sein«, sagte Lisa gefährlich. »Und denke nicht, daß es eine freundliche Unterredung wird, denn das wird es nicht.«

»Habe ich dein Wort darauf, daß du darüber mit niemandem sprichst, bis nach unserem Treffen morgen?«

»Ist gut, aber –«

»Danke. Acht Uhr morgen, Lisa«, sagte Poole und entschwand.

Er lief den ganzen Weg zurück zum Haus. Die Küchen waren leer, aber vier Mitglieder der Gesellschaft spielten in aller Ruhe Bridge auf der Terrasse vor dem Salon.

»Wo ist Agnes?« rief er ihnen zu.

»In ihrem Zimmer«, rief irgend jemand. »Sie ruht sich aus.« Sie starrten ihm alle mit offenem Mund nach.

Poole raste hinauf und platzte in Agnes' Zimmer, ohne anzuklopfen. Agnes, die gerade ihre Nägel lackierte und die Frauenstunde in ihrem Transistorradio hörte, erschrak so sehr, daß sie ihre Flasche mit Nagellack umwarf.

»Tristan! Was ist los?«

»Was, zum Teufel, geschah mit dem Zauber?«

»Zauber?« sagte Agnes sehr beunruhigt.

»Zauber! Ich weiß, daß ich dir gesagt habe, du sollst Lisa ihre Verliebtheit austreiben –«

»Aber, Lieber«, sagte Agnes verwirrt. »Du meinst, es hat nicht gewirkt? Ich war so sicher, daß ich erfolgreich gewesen bin –«

»Du warst tatsächlich erfolgreich! Du warst so verdammt erfolgreich, daß sie jetzt meine Eingeweide haßt! Agnes, hör mir zu, wir sind im tiefen Wasser, und wir müssen handeln, und zwar schnell...«

VI.

Nach einem frühen Aufbruch in London war Evan, zehn Minuten bevor Lisa ihre stürmische Szene am Strand begann, nach Colwyn Court zurückgekehrt, und als er hörte, daß Nicole und Poole sonnenbaden gegangen waren, verließ er das Haus und steuerte schnell den Weg zu der kleinen Bucht hinunter.

Er war schon am Strand, als er Nicole sah. Sie rannte auf ihn zu; ihr Umfang flatterte von ihren Schultern, ihr Bikini war zwei Streifen von blassem Gelb gegen die Bräune ihrer Haut.

»Nicki!«, rief er.

Vielleicht hatte Poole sie aus der Fassung gebracht. Sie sah verstört aus wegen irgend etwas. Sollte Poole irgend etwas getan haben, um sie zu verstören, dachte Evan grimmig, so würde er es bald bereuen.

»Nicki!« rief er wieder.

Es war, als ob sie ihn nicht sehen würde. Sie lief weiter auf ihn zu, bis sie nahe genug war, so daß er ihre geöffneten Lippen und ihr windzerzaustes Haar und den dunklen schwerverständlichen Blick in ihren Augen sehen konnte.

»Nicki«, sagte er und griff nach ihr, »was ist los?«

Aber Nicole war in der Landschaft ihres Traumes, einer stillen

Welt, in der sie quer über den Sand einer verlassenen Küste lief. Sie hörte ihn nicht. Während er sie beobachtete, kaum fähig, seinen Augen zu trauen, lief sie an ihm vorbei ohne ein Wort und kletterte die Felsen zum Weg hinauf, ohne zurückzusehen.

»Nicki«, schrie Evan durch einen Schleier von Wut und Bestürzung. »Nicki, wohin gehst du!«

Aber Nicole erfüllte Maris' Prophezeiung. In diesem Augenblick, soweit es sie betraf, hatte Evan aufgehört zu existieren.

VII.

Die Nacht ging vorüber. Nicole nahm ihr Abendessen im Speisezimmer der Gesellschaft ein, und Evan sah sie nicht; als er später an die Tür ihres Zimmers klopfte, kam keine Antwort, und als er an der Tür probierte, fand er sie versperrt. Evan ging zu Bett in einem Fieber von schmerzhafter Verwirrung und verletztem Stolz und warf sich die ganze Nacht schlaflos hin und her.

Poole verbrachte ebenfalls eine schlaflose Nacht. Agnes hatte ein schwaches Schlafmittel in Nicoles Kaffee getan, um sicher zu sein, daß Poole durch ihre Anwesenheit nicht behindert sein würde, und sobald Nicole im Bett eingeschlafen war, versperrte Poole die Tür ihres Schafzimmers und kehrte in den westlichen Flügel zurück, um mit seinen Vorbereitungen zu beginnen. Er befragte seine Bücher, meditierte und machte seine Pläne, aber kurz vor Tagesanbruch bereitete er sich selbst auf die Handlung vor. Er hatte kein Abendessen gegessen, um das Gebot des Fastens zu erfüllen, und nahm nun ein Bad, um der Forderung nach Reinheit zu entsprechen, bevor er die schwarze Leinenrobe anlegte, die ihm Agnes brachte. Der dritten Forderung, Enthaltsamkeit, konnte er nicht nachkommen, aber da es sinnlos war, die Zeit zu bedauern, die er mit Nicole verbracht hatte, zuckte er nur mit den Schultern und fragte Agnes, ob sonst alles fertig sei. Es war alles fertig. Sobald die Sonne aufgegangen war, gingen sie miteinander zur Burg hinauf, und Agnes machte mitten in den Ruinen der Burg Feuer in der kleinen Kohlenpfanne, um Lorbeersaft, Kampfer, weißes Harz, Schwefel und Salz zu verbrennen, damit die Gegend in Vorbereitung für den Kreis gereinigt werde. Poole zeichnete den Kreis, sobald die Reinigung beendet war. Er zeichnete ihn, sich gegen den Uhrzeiger bewegend, und benutzte dazu zinnoberrote Farbe, welche Quecksilber und Schwefel enthielt. Als er damit fertig war, zeichnete er einen zweiten Kreis mit zweieinhalb Meter Durchmesser, innerhalb des ersten, und wie beim ersten Kreis war er auch hier darauf bedacht, eine Öffnung in der Linie zu lassen, so daß er und Agnes beide Kreise frei betreten und verlassen konnten, bis alles fertig war. Dann, während Agnes die entsprechenden Namen und Symbole in den Raum zwischen den beiden Kreisen zeichnete, nahm er die frischgeschnittene Haselrute, die ihm als Zauberstab diente, und ging aus der Burg hinaus zu den in der Nähe grasenden wilden Pferden.

Poole war nicht unvertraut mit Pferden, aber es war einige Jahre her, seit er eines benützt hatte, und es fiel ihm schwer, einen Anflug von Unbehagen zu unterdrücken, als er sich dem großen schwarzen Hengst am Rand der Herde näherte. Er mußte innehalten, um die menschliche Schwäche auszuschließen, aber sobald er das geschafft hatte, erwies sich alles als geradezu lächerlich einfach. Er hob seinen Zauberstab; das Pferd spitzte die Ohren. Selbst als die anderen Pferde langsam wegrückten, stand der Hengst bewegungslos und wartete. Er berührte das Tier mit dem Stab, murmelte einige Wörter mit unterdrücktem Atem und zog die Schlinge eines Seiles über den Kopf des Pferdes. Als er zu den Burgruinen zurückkehrte, trottete das Pferd gefügig hinter ihm drein.

»Sind wir fertig, Agnes?«

»Ich denke, ja.«

»Gut.« Das Tier außerhalb des Kreises haltend, befestigte Poole das Seil an einem Vorsprung des eingestürzten Mauerwerks, für den Fall, daß das Pferd versuchen würde, die Freiheit zu gewinnen. Aber das Pferd machte keinerlei Anstalten und schaute ihn nur vertrauensvoll aus dunklen intelligenten Augen an.

»Zünde das Feuer wieder an, Agnes«, sagte Poole.

Agnes entzündete die Holzkohlen in der Kohlenpfanne. Nach einem Augenblick kam Poole zu ihr in die Mitte des inneren Kreises und stand da, sie beobachtend.

»Leg nach«, sagte er endlich.

Agnes gab Kampfer und Brandy in den tintigen Rauch.

»Es ist gut«, sagte Poole ruhig. »Schließe den Kreis.«

Agnes hob den Pinsel und die Dose mit der zinnoberroten Farbe auf und vervollständigte rasch den inneren und den äußeren Kreis.

»Sehr gut, Agnes. Nun zu den Gerüchen, die die Mächte der Finsternis lieben. Wenn ich den Namen des Krautes rufe, wirf es in die Flammen. Fertig?«

»Ja, Meister.«

»Koriander«, sagte Poole und hielt inne. Dann: »Schierling... Petersilie... schwarzen Mohnblumensaft... Fenchel... Sandelholz... Bilsenkraut.«

Agnes warf die letzte Zutat in die Flammen. Dann standen sie eine Weile und beobachteten das Feuer. Ein schwerer geheimnisvoller Geruch begann sie zu umhüllen. Poole bückte sich zu dem bedeckten Korb, den Agnes mit in den Kreis hereingenommen hatte, und zerrte den darin befindlichen schwarzen Hahn heraus.

»Meinen Kameraden«, rief Poole mit lauter Stimme, »meinen Untertanen, meinen Kohorten, meinen Legionen biete ich dieses Opfer an!«

Die Rauchschwaden aus der Kohlenpfanne wurden dichter; seine Stimme war heiser, und als Agnes ihm das Messer gab, war seine Hand unsicher.

Der Hahn starb eines blutigen Todes.

Agnes fiel auf ihre Knie, um sich vor der entfesselten Macht zu beugen, aber Poole stand wie angewurzelt und ließ die Macht von ihm Besitz ergreifen. Nach drei Sekunden starrer Bewegungslosigkeit schwankte seine Gestalt gewaltig; wie Agnes mit verehrenden Augen feststellte, streckte er seine blutbefleckten Hände gegen den dunklen Morgenhimmel und forderte seine Dämonen mit heiserer und bebender Stimme auf, ihn am Rand des Kreises zu treffen.

VIII.

Als um sieben Uhr an diesem Morgen der Wecker rasselte, schlief Lisa noch fest, erschöpft durch die Erregung ihres Hasses gegen Poole. Es fiel ihr sehr schwer, sich aus dem Bett zu schleppen, aber dann war der Gedanke an das Rendezvous mit ihm zu verlockend, um ihm widerstehen zu können, und sie war hellwach, als sie hinunterging. Jane war bereits in der Küche und braute Benedikts Morgentee. »Meine Güte«, sagte sie erstaunt, als sie ihre Schwester sah. »Du bist aber früh auf!«

»Ich treffe Tristan.«

»Oh, Lisa!«

»Nein, es ist nicht, was du glaubst. Das ist endgültig vorbei. Ich gehe nur, um ihm zu beweisen, wie sehr ich ihn verachte... Jane, beobachte bitte, was geschieht. Ich werde ihn oberhalb des Strandes treffen, und wenn er weiß, daß jemand zusieht, wird er es nicht wagen, mir etwas anzutun.«

»Lisa, wäre es nicht vernünftiger, zu –«

»Ich muß gehen«, sagte Lisa, »oder ich komme zu spät.« Und sie schlüpfte aus der Hintertür.

Jane bereitete den Tee, brachte ihn hinauf zu Benedikt und kehrte dann mit besorgt gerunzelter Stirn nach unten zurück zum Fenster des Wohnzimmers, welches auf das Meer ging.

Lisa wartete an der Stelle, an der der Weg die Felsen erreichte, ungefähr sechs Meter über dem Sandufer. Es war ein blasser klarer Morgen, und das Meer war ein ruhiges dunkles Blau hinter den Klippen. Auf dem Sessel beim Fenster kniend, schaute Jane auf ihre Uhr. Fünf Minuten nach acht. Lisa ging auf und ab in einem Fieber von Ungeduld. Zehn Minuten nach acht. Keine Spur von Poole.

Er wird nicht kommen, dachte Jane. Sie ging zur Eingangstür und öffnete sie.

»Lisa!« schrie sie mit erhobener Stimme. »Komm zurück! Bitte!«

Sie sah Lisa zur selben Zeit ihren Kopf wenden, als sie aus dem Augenwinkel das Pferd sah. Sie blickte rasch zur Burg hinauf. Das größte der schwarzen wilden Pferde schien ganz allein durchzugehen. Sie sah es vom Burgfelsen heruntergaloppieren, und die Schafherde in seinem Weg wurde von Schrecken ergriffen und floh vor dem Donner seiner fliegenden Hufe.

Jane starrte wie hypnotisiert. Die Schafe, zusammengedrängt in Angst, stürzten blindlings den Abhang herunter auf das Haus zu, aber während sie aufpaßte, sah sie das Pferd wenden und die Schafe dem Platz zutreiben, wo Lisa am Abfall der Klippen stand.

»Lisa«, schrie Jane voll Entsetzen. »Lisa, paß auf!«

Aber Lisa bewegte sich zu spät. Die Schafe stürmten über sie hinweg, bevor sie ihnen entkommen konnte, und im nächsten Augenblick wurde sie von ihren dicht gepferchten Körpern über die zerklüfteten Felsen gedrängt, um auf dem Strand darunter den Tod zu finden.

7. Kapitel

I.

»Ich heirate Tristan«, sagte Nicole zu Evan. »Wir werden am 2. August heiraten.«

Sie waren in Matts Haus in Surrey an dem Abend nach Lisas Begräbnis. Eine Woche war seit Lisas Tod vergangen, eine Woche angefüllt mit Zeitungsreportern, Polizei, einer neuerlichen gerichtlichen Untersuchung – und wieder eine Erkenntnis auf tödlichen Unfall. Alles war gestört worden. Benedikt dachte daran, das Landhaus zu verlassen und nach Cambridge zurückzukehren; Jane unterdrückte Hunderte Zweifel und tausend namenlose Ängste, indem sie sich den Zwillingen widmete; und die Zwillinge warteten mit mehr hündischer Geduld als je zuvor auf die Rückkehr ihres Vaters von seinen Reisen, damit er alles wieder in Ordnung brächte. Poole hatte Nicole nach Surrey zum Begräbnis gefahren, war aber beim Gottesdienst nicht anwesend gewesen. Nachher, als Poole noch immer abwesend war, hatte Evan nach mehreren Tagen die erste Gelegenheit, Nicole allein zu sprechen, und wollte wissen, wie es um ihre Gefühle für Poole stand.

»Ich liebe ihn«, sagte Nicole, ihre grauen Augen blickten herausfordernd. »Er hat mir den Antrag gemacht, und ich habe angenommen. Wir werden heiraten, sobald es nur irgend möglich ist.«

»Du bist verrückt«, sagte Evan. »Du mußt verrückt sein. Du bist von Sinnen!«

»Oh, um Gottes willen, laß mich allein und geh fort!« schrie Nicole und trachtete zu entkommen, aber er wollte sie nicht gehen lassen.

»Wie kann ich fortgehen, wenn du planst, nach Colwyn Court zurückzukehren?«

»Ich werde bei Tristan im Westflügel sein! Du kannst mich nicht davon abhalten, dort zu bleiben.«

Und Evan wußte, er konnte es nicht. Ihm war so von Herzen übel, daß er am liebsten mit dem nächsten Flugzeug nach Amerika geflogen wäre, aber auch das kam nicht in Frage. Nicht nur war es ihm unmöglich, seine Familie zu verlassen, sondern er fand es unmöglich, Nicole zu verlassen. Als die Stunden vergingen, war er mehr denn je davon überzeugt, daß sie irgendwie für ihre Handlungen nicht verantwortlich war.

»Nicoles Verlobung ist eine wundervolle Nachricht«, sagte Jane am Morgen nach Lisas Begräbnis zweifelnd zu ihm. »Aber ich hoffe, sie weiß, was sie tut. Sie kennt Tristan kaum und... oh, Evan, ich kann mir nicht helfen, ich habe das Gefühl, daß nichts stimmt. Es tut mir leid – vielleicht sollte ich das nicht sagen, aber –«

Eine Verbündete. Trotz seiner Verzweiflung hoben sich Evans Lebensgeister wieder ein wenig. Er begann zu sprechen und breitete alle seine Zweifel und Ängste vor ihr aus, und Jane ihrerseits bekannte ihr Unbehagen und ihre gefühlsmäßige Überzeugung, daß Poole die Ursache all der jüngsten Schwierigkeiten in Colwyn Court war.

Sie sprachen über eine Stunde miteinander.

»Haben deine Privatdetektive schon irgend etwas Lohnendes gefunden?« fragte Jane schließlich.

»Bis jetzt noch nicht. Ich fahre heute nachmittag nach London, um zu sehen, wie weit sie mit den Nachforschungen gekommen sind.«

»Ich bin sicher, daß sie nichts Belastendes finden werden«, sagte Jane. »Tristan ist viel zu gescheit – unmenschlich gescheit, Evan, du wirst über mich lachen, ich weiß, aber manchmal frage ich mich, ob Tristan überhaupt ein Mensch ist. Die Art, wie er Lisa fesselte – und jetzt Nicole... es ist, als ob er sie behexte. Ich weiß, daß es lächerlich klingt, heutzutage über Behexen und Schwarze Magie zu sprechen, aber –«

»Poole ist sicher ein Mensch«, sagte Evan. Sein Verstand glitt schnell zu der Erinnerung an das Seltsame von Pooles Zimmer, aber er ließ es sofort wieder als Überspanntheit fallen.

»Er ist einfach ein glatter Spekulant mit mittelmäßigem psychologischem Wissen und einer beträchtlichen Gabe für Hypnose. Ich stimme dir zu, daß Nicole behext ist, aber ich denke nicht daran, daß irgend jemand einen Zauber anwendet. Poole hat es einfach verstanden, ihren Willen dem seinen so vollständig unterzuordnen, daß sie ein anderer Mensch ist.«

»Das muß Hexerei sein«, sagte Jane.

»Nein«, sagte Evan, »nur eine Form von hypnotischer Lenkung, angefeuert von dem sehr menschlichen Wunsch, seine Hände auf eine halbe Million Pfund zu legen. Nein, er ist ein Mensch, und er ist unehrlich, und ich werde mein Möglichstes tun, um ihn zu entlarven, bevor er Nicole heiratet, ihr Leben ruiniert und mit ihrem Geld verschwindet... Jane, ich möchte dich um einen großen Gefallen bitten. Ich weiß, du möchtest nicht zurück ins Landhaus, nach all dem, was mit Lisa passiert ist, aber es wäre eine große Erleichterung für mich, wenn ich dich dort wüßte – wenn ich wüßte, da ist jemand zur Hand, der die Situation versteht und den ich um Hilfe bitten kann, wenn es notwendig ist. Du hast keine Ahnung, welche Hilfe es für mich gewesen ist, jemanden gefunden zu haben, der mit mir in all dem übereinstimmt.«

»Es ist auch für mich eine Hilfe gewesen«, bekannte Jane. »Ich war nahe daran, neurotisch zu werden wegen Tristan. Ich glaubte, ich sei die einzige, die ihn nicht mag.«

»Wirst du also nach Colwyn zurückkommen?«

»Nun... ich möchte nicht zurückgehen, aber andererseits könnte ich unmöglich jetzt nach Cambridge zurückkehren und Nicole – und dich – zurücklassen, ohne einen Finger zu rühren. Wenn ich dir mit meiner Anwesenheit in Colwyn helfen kann, und wenn du Nicole helfen kannst –«

»Ich werde Nicole von diesem Mann abbringen, und wenn es das letzte ist, was ich jemals tue!«

»Oh, Evan, sag nicht solche Sachen!« rief Jane aus und klopfte auf Holz in abergläubischer Angst. »Nicht nach all diesen plötzlichen Toden!«

»Das waren Unfälle.«

»Ich habe meine Bedenken«, sagte Jane.

»Du meinst doch nicht im Ernst –«

»Nein«, sagte Jane, »ich überlege nur... Evan, wenn du heute nach London fährst, um die Detektive zu sehen, würdest du dort etwas für mich tun?«

»Natürlich. Was denn?«

»Geh zu Foyles und kauf mir ein wirklich gutes Buch über Zauberei.«

II.

Als er am nächsten Morgen wieder zu Matts Haus kam, um Nicole abzuholen und sie nach Wales zu bringen, traf Poole die Zwillinge. Sie hatten sich gerade von ihrem Au-pair-Mädchen verabschiedet, das zurück nach Spanien fuhr, um dieser Atmosphäre von plötzlichen Todesfällen zu entkommen, die allem Anschein nach über der Familie schwebte, und sie genossen ihre neuerlangte Freiheit; obwohl sie Constanza gut hatten leiden können, waren sie es überdrüssig geworden, auf sie aufzupassen und ihr Englisch beizubringen. Als Poole in seinem schwarzen Jaguar beim Haus vorfuhr, fand er sie auf der Stufe der Eingangstür sitzend und seine Ankunft mit Interesse verfolgend.

»Guten Morgen«, sagte Lucy mit beeindruckender Förmlichkeit, als er aus dem Wagen stieg. »Wir freuen uns, Ihnen zu Ihrer Verlobung gratulieren zu können.«

»Danke.« Er lächelte ihr zu und schaute auf den Knaben, aber Timothy betrachtete seine Schuhspitzen.

»Wo wird die Hochzeit sein?« fragte Lucy strahlend, die Würde ihrer förmlichen Begrüßung ablegend. »In der Kapelle?«

Poole schaute sie an. Lucy fühlte einen freudigen Schauer ihren Rücken hinunterlaufen. Sie fühlte sich bedeutend und klug, wenn Poole sie so anschaute.

»Wir haben Agnes darüber sprechen gehört«, fügte sie erklärend hinzu. »Aber wir haben zu niemandem etwas gesagt, denn wir dachten, daß es ein Geheimnis sei.«

Poole lächelte sie an. »Es war ein Geheimnis«, sagte er. »Und es ist es eigentlich noch. Die Gesellschaft wird eine Party geben in der Kapelle, am Abend des 1. August, und wir werden ein Festspiel aufführen in der Kapelle, um eine Tradition der Gesellschaft zu pflegen. Da Nicole und ich heiraten werden, wird das Festspiel diesmal die Form einer Hochzeit haben, aber es wird keine wirkliche Hochzeit sein, denn die Kapelle ist nicht geweiht. Die legale Trauung wird am nächsten Morgen am Standesamt in Swansea stattfinden.«

»Können wir zu dem Festspiel kommen?« fragte Lucy sofort.

»Ich dachte, ihr geht beide nach Cambridge, um bei eurer Tante Jane zu bleiben.«

»Ach, Tante Jane hat ihre Meinung geändert«, sagte Lucy. »Wir gehen alle zurück ins Landhaus. Wir sind froh, nicht wahr, Timmy? Es ist schöner am Meer als mitten in einer großen Stadt.«

»Ich wünschte, wir würden nach Cambridge gehen«, sagte Timothy. »Ich würde dort nicht so viel an Mami denken.«

»Doch, du würdest«, sagte Lucy grob, und um sich und Timothy abzulenken, wandte sie sich Poole zu. »Können wir zu dem Festspiel kommen?«

Poole warf ihr wieder den bedeutsamen Blick zu. Sie sprang auf, rannte zu ihm hinüber und legte ihre Hand in seine. »Bitte!« bettelte sie, öffnete ihre blauen Augen weit und sah ihn mit flehendem Ausdruck an. »Bitte, Tristan! Kann ich dich Tristan nennen, da du ja nun mein Stiefschwager wirst?«

»Warum nicht?« sagte Poole und dachte wieder, was für ein außergewöhnlich hübsches Kind sie war. Ein vollkommenes Opfer... Er begann, sich die Taufkleider auszumalen. »Würdest du gerne eine Brautjungfer in dem Festspiel sein?« schlug er mit einem Lächeln vor.

»Ooooh!« kreischte Lucy. »Darf ich?«

»Aber natürlich darfst du, aber bewahre es als Geheimnis, ja, Lucy? Das Festspiel ist eine private Angelegenheit, die von der Gesellschaft für ihre Freunde veranstaltet wird, und wir wünschen keine Außenstehenden, die dabeistehen und uns angaffen.«

»Ich werde es keiner Seele sagen«, versprach Lucy glühend. »Kann Timmy ein Page sein?«

Das war unangenehm. Er schaute auf Timothy, auf sein strohblondes Haar, die niedergeschlagenen Augen und den feindseligen Mund, und entschied, daß der Knabe für seine Zwecke völlig ungeeignet war. »Du willst kein Page sein, nicht wahr, Tim?« sagte er leichthin. »Du bist zu alt für so etwas, nicht wahr? Ich weiß, wie Knaben in deinem Alter über so etwas denken.«

Timothy war von einem unwiderstehlichen Drang befallen, schwierig zu sein. Er mochte Poole nicht und dachte insgeheim, daß Lucy einen Narren aus sich machte. »Wenn Lucy eine Brautjungfer wird«, sagte er und starrte auf Pooles schwarze Schuhe, »dann möchte ich ein Page sein.«

Poole wußte, wann ihm eine Sache keine Bewegungsfreiheit mehr ließ. »In Ordnung«, sagte er und war sich wohl bewußt, daß er keinerlei Absicht hatte, Timothy zu den Riten zuzulassen. »Wir werden später darüber sprechen, wenn wir alle wieder in Colwyn sind, und nicht vergessen – kein Wort zu irgend jemandem in der Zwischenzeit. Okay?«

»Unsere Lippen sind versiegelt«, sagte Lucy großartig.

Timothy sagte nichts.

»Tim?« fragte Poole.

»Okay«, sagte Timothy, »wenn Sie es wünschen. Und mein Name ist Timothy, nicht Tim. Lucy ist der einzige Mensch, der mich nicht beim vollen Namen zu nennen braucht.«

»Ehrlich, Timmy«, schrie Lucy ärgerlich, als Poole ins Haus verschwunden war. »Wie konntest du so grob sein, wo er doch so nett zu dir war?«

»Ich mochte die Art nicht, in der du ihm an den Hals sprangst, als wärest du ein junger Hund, der auf einen Spaziergang mitgenommen werden möchte.«

»Ich bin niemals in meinem Leben so beleidigt worden!« sagte Lucy wütend und ging schmollend weg, Timothy weiterhin unglücklich auf der Schwelle zur Eingangstür sitzen lassend.

Streit war bei den Zwillingen selten; Timothy war sich bewußt, daß sein Mißtrauen Poole gegenüber sich in eine ausgesprochene Abneigung wandelte…

III.

Als Evan einen Tag später in Colwyn Court eintraf, verließ er das Haus bei der erstbesten Gelegenheit und eilte hinunter zum Haus oberhalb des Strandes. Er fand Jane allein in der Küche; die Zwillinge erforschten die Höhlen, und Benedikt war nach Swansea gefahren, um sich mit weiterem Schreibmaterial zu versorgen.

»Oh, gut«, sagte Jane, ließ die Creme, die sie eben schlug, stehen und ging voraus ins Wohnzimmer. »Ich habe gerade an dich gedacht. Gibt es etwas Neues?«

»Ja.« Evan sah besser aus. Seine Augen waren weniger rot unterlaufen, sein Gesicht hatte sein erschöpftes, müdes Aussehen verloren. »Nebenbei, hier dein Buch über Zauberei – es scheint lesbar und aufschlußreich; ich hoffe, das richtige ausgewählt zu haben.«

»Hast du es gelesen?«

»Ich habe die Abschnitte über Zauberei in Afrika gelesen, und die schienen mir glaubwürdig genug. Ich habe mich nicht mit all dem Hokuspokus über Hexen und schwarze Katzen und den Orgien am Abend vor Allerheiligen beschäftigt.« Er warf sich in einen Armsessel und nahm einige zusammengefaltete Papiere aus der Innentasche seines Rockes. »Jane, ich habe einige Daten über Poole erhalten, und die Detektive arbeiten an der Nachforschung weiter, also hoffe ich, daß sie noch mehr entdecken werden, als sie bereits entdeckt haben. Hör dir vorläufig das einmal an. Poole ist fünfunddreißig Jahre alt, geboren als Tristan Robert Poole in Cheltenham, Gloucestershire –«

»Wie anständig«, sagte Jane.

»– einziges Kind, Vater Ingenieur, besuchte den Kindergarten in Cheltenham und später die Vorbereitungsschule Wyndham Hall bei Salisbury –«

»Das wird ja immer besser.«

»– wanderte im Alter von zwölf Jahren nach Amerika aus und besuchte das Gymnasium in San Francisco, machte das Abitur und belegte Psychologie und Anthropologie in Berkeley –«

»Da muß irgendwo ein Haken sein«, sagte Jane. »Ich glaube das nicht.«

»– brach das Studium in Berkely nach einem Jahr ab und ging auf ein kleineres College nach Las Coridas, einer Stadt bei Sacramento, wo er Psychologie als Hauptfach wählte. Nachdem er sein Diplom gemacht hatte, setzte er seine Studien für den Doktor fort, und das Thema seiner Doktorarbeit war –« Evan holte tief Atem: »›Die Rolle der Psychologie in der modernen Anwendung des Okkulten.‹«

»Was habe ich dir gesagt!« rief Jane triumphierend aus.

»Warte! Hör weiter. In diesem Stadium wurde das ›Subjekt‹, wie der Bericht der Detektive ihn nennt, in verschiedene Gruppen hineingezogen, die man als exzentrische religiöse Sekten bezeichnen könnte. Das ›Subjekt‹ taucht in keinem Polizeibericht auf, aber er war bei einer Hexenzeremonie anwesend, die vor zwölf Jahren am 1. August in einem Orangenhain einige Kilometer nordwestlich von Los Angeles abgehalten wurde. Anscheinend ist der 1. August einer der vier großen Tage im Jahr für jene, die Hexerei betreiben – sie nennen ihn noch immer Lammas; so wurde von der frühen englischen Kirche das Erntefest genannt, welches an diesem Tag gefeiert wurde, und dieser Tag scheint den gleichen Rang zu haben wie der bekanntere Abend vor Allerheiligen. Bei dieser bestimmten Gelegenheit wurde die Zeremonie von der Polizei unterbrochen, die einige Verhaftungen wegen gesetzwidriger Führung, unzüchtigem Benehmen und so fort durchführte, aber Poole war nicht unter den Verhafteten. Er wurde bewußtlos aufgefunden und ins Spital gebracht. Zehn Tage blieb er bewußtlos, während die Ärzte herauszufinden versuchten, was ihm fehlte, aber schließlich erholte er sich wieder und lebte unauffällig und ohne mit dem Gesetz in Konflikt zu kommen. Er bereiste ganz Amerika und errichtete überall Niederlassungen dieser verdammten Gesellschaft. Sein Erfolg war so groß, daß er beschloß, seine Tätigkeit auch auf England auszudehnen, und während der letzten drei Jahre gründete er verschiedene andere Gruppen, von denen dieser Colwyn-Court-Haufen die letzte ist. Er scheint privates Einkommen zu haben, obwohl die Detektive sich noch immer bemühen herauszufinden, woher es kommt – ich nehme an, von einer Schweizer Bank. Die verschiedenen Niederlassungen der Gesellschaft scheinen durch ein Gemisch von Mitgliedsbeiträgen und Erbschaften finanziert zu werden, aber alles erscheint legal und über jeden Verdacht erhaben.« Evan schwieg. »Die Eltern des ›Subjekts‹ sind nun tot, es sind keine Verwandten bekannt, und er ist unverheiratet.« Er schaute zu ihr auf. »Was schließt du aus all dem?«

»Ich glaube nicht, daß er überhaupt der richtige Tristan Poole ist«, sagte Jane prompt. »Ich glaube, sie waren erfolgreich bei der Teufelsbeschwörung in diesem Orangenhain vor zwölf Jahren während der Lammas-Riten, und der Teufel ergriff Besitz von einem seiner vielversprechenden Anhänger.«

»Jane, im Ernst.«

»Mir *ist* ernst.«

»Gut...«, Evan gab ein verlegenes Lachen von sich. »Ich gebe zu, daß du recht hattest, als du Poole der Hexerei verdächtigtest. Ich glaube selbst, daß diese seine Gesellschaft ein Deckmantel für eine Art Religion ist – um sich mit dem Okkulten zu befassen –, und wenn das wahr ist, sollte es mir als eine Art Hebel gegen ihn dienen. Wenn sie ihre Hexerei ausüben, während sie ihre natürliche Nahrung ernten, werden sie versucht sein, Lammas zu feiern, und wenn diese Feier, die sie vorhaben, die ist, die ich sie verdächtige vorzuhaben, kann ich die Polizei rufen und sie alle fangen, mit roten Händen mitten in der Orgie. Sobald ich dich jetzt verlasse, werde ich Poole gegenübertreten, ihn warnen, daß ich weiß, welche Art von Spiel er spielt, und ihm den Rat geben, daß er besser daran täte, Nicole verdammt schnell aufzugeben, es sei denn, daß er Schwierigkeiten wünscht. Den Detektiven sei Dank, ich glaube, daß ich genügend Beweismittel habe, um ihn aus seiner Selbstgefälligkeit aufzurütteln und ihn von Colwyn Court zu entfernen – und von Nicole auch.«

»Oh, Evan, nimm dich in acht!«

»Poole ist derjenige, der sich wird in acht nehmen müssen! Sei unbesorgt, Jane, das ›Subjekt‹ hat Hintergedanken bei der Hochzeit mit Nicole und seinem Aufenthalt in Colwyn Court! Ich glaube, ich habe ihn genau dort, wo ich ihn haben möchte...«

IV.

Poole arbeitete einige Sternkonstallationen anhand seiner Karten aus und stellte genau fest, welche Mächte ihm am 1. August zur Verfügung stehen würden. Er war von seiner Arbeit so in Anspruch genommen, daß er, als Evan an die Tür klopfte, nicht einmal fragte, wer es sei.

»Herein!« rief er.

Die Tür öffnete sich. »Ich würde gerne mit Ihnen sprechen, Poole«, sagte Evans Stimme plötzlich hinter ihm.

Poole drehte sich um. Seine linke Hand bewegte sich automatisch, um sein Buch zu schließen, und als er aufstand, nahm sein Körper Evan die Sicht auf seine Berechnungen. »Wollen wir hinuntergehen?« schlug er leichthin vor.

»Nein, wir können ruhig hier sprechen. Ich wollte Ihnen nur sagen, daß das Spiel aus ist, soweit es Colwyn Court betrifft. Ich weiß ganz genau, was Ihre Gesellschaft in ihrer Freizeit tut, und wenn Sie alle nicht so bald wie möglich verschwinden, werden Sie es bereuen. Oh, und wenn Sie gehen, können Sie Nicole dalassen, denn sie wird Sie nicht heiraten. Ich werde dafür sorgen, daß die Polizei diesen Teil von Wales zu heiß für Sie macht, bevor ich zusehe, wie Sie sie zum nächsten Standesamt hypnotisieren. Ich bin sicher, ich habe mich ganz klar ausgedrückt.«

Eine Pause entstand. Poole steckte die Hände in die Taschen, so daß seine geballten Fäuste nicht zu sehen waren.

»Dr. Colwyn, ich glaube, da muß ein Irrtum vorliegen. Ich habe nichts Ungesetzliches getan. Ich bin nicht polizeibekannt. Das Benehmen der Gesellschaft war vorbildlich, was, wie ich sicher bin, allen voran die Polizei anerkennen muß. Und bitte, sprechen wir nicht über meine Braut, denn ich kann Ihnen nicht glauben und könnte daher nie ein gewinnbringendes Gespräch in der Angelegenheit mit Ihnen führen.«

»Gewinnbringend muß eines Ihrer Lieblingswörter sein«, sagte Evan. »Besonders im Zusammenhang mit Nicole.«

»Ich weigere mich, mit Ihnen über Nicole zu sprechen.«

»Wie wäre es mit einem Gespräch über das Okkulte?«

»Ein faszinierendes Thema«, sagte Poole, »aber keines, von dem ich gedacht hätte, daß es Sie reizen könnte.«

»Schauen Sie, Poole, Sie spazieren auf dünnem Eis. Ich muß Sie nur dabei schnappen, wie Sie Ihr Hobby als Entschuldigung für sexuelle Abweichungen benützen –«

Poole hatte sich entschlossen. »Dr. Colwyn, wie kommt es, daß Sie immer das Thema meiner Sexualität hervorzerren? Als Psychologe muß ich sagen, daß ich Ihre Zwangsvorstellung von meinen Beziehungen zu Frauen ungesund finde, gelinde gesagt. Sind Sie Ihrer eigenen Sexualität so unsicher, daß Sie ständig einen Mann verhöhnen müssen, der sexuell selbstsicher ist?«

Er erreichte genau, was er wollte.

»Warum Sie –«, stotterte Evan und schwang seine Faust wild in Pooles Richtung.

Dem erwarteten Schlag ausweichend, bewegte sich Poole so bedächtig, als ob er einen Zeitlupenfilm parodierte. Als Evan das Gleichgewicht verlor, gab ihm Poole einen Kinnhaken, schleuderte Evan gegen die Wand und beobachtete, wie dieser bewußtlos zu Boden sank.

»Agnes«, rief Poole scharf, aber Agnes ließ ihn nicht im Stich. Sie stand in der Türöffnung.

»Schere.«

»Hier.« Sie reichte sie ihm, als wäre sie eine Krankenschwester im Operationssaal.

Poole kniete nieder, schnitt eine Locke von Evans Haar ab und sagte ohne aufzuschauen: »Umschlag.«

Agnes hielt ihm den Umschlag geöffnet hin. Er steckte die roten Haare hinein und gab ihr die Schere zurück.

»Handeln wir gleich jetzt?« fragte Agnes.

»Nein, vor Lammas kann er gar nichts tun, außer er möchte unbedingt einen Narren aus sich machen.«

»Und am Lammas-Abend?«

»Agnes«, sagte Poole, »du scheinst dir gerne Sorgen zu machen!«

Sie lächelte ihn an. Auf dem Boden bewegte sich Evan und stöhnte.

»Er erwacht. Bring ein Glas Wasser.« Poole kniete sich neben Evan, als dieser seinen Kopf bewegte und sich behutsam auf einem Ellbogen aufrichtete. »Dr. Colwyn, sind Sie in Ordnung?«

»Lassen Sie mich allein, Sie Bastard«, knurrte Evan und versuchte erfolglos aufzustehen.

»Hier, Dr. Colwyn«, sagte Agnes, ihm ein Glas Wasser anbietend. »Trinken Sie.«

»Ich muß Sie warnen, Dr. Colwyn«, sagte Poole höflich. »Miß Miller hat den gesamten Vorfall miterlebt, und sollten Sie mich wegen tätlicher Beleidigung anzeigen wollen, würde sie nicht zögern, der Polizei zu sagen, daß Sie den ersten Schlag getan haben.«

Evan antwortete nicht. Er trank das Wasser, kam auf die Füße und wandte sich zur Tür. »Ich werde Sie am Ende doch bekommen«, sagte er durch die Zähne. »Sie werden sehen. Sie werden das bereuen.«

»Dr. Colwyn, Ihre Feindseligkeit macht Ihnen keine Ehre, verzeihen Sie mir, daß ich das sage. Tatsächlich kann sie mit unglücklichen Folgen auf jene zurückwirken, die Sie lieben. Wenn Sie versuchen, mir Schwierigkeiten zu machen, können Sie sicher sein, daß ich keinerlei Bedenken haben werde, Ihnen Schwierigkeiten zu machen.«

Evan drehte sich um. »Was meinen Sie?«

Poole war ganz ruhig. Agnes stand schweigend und ernst hinter ihm. »Dr. Colwyn«, sagte Poole schließlich, »Sie haben eine sehr zarte Schwester. Vielleicht haben Sie Ihre Kränklichkeit unterschätzt.«

Evan rang nach Worten. »Wollen Sie versuchen...?«

»Ich mache lediglich Feststellungen, Dr. Colwyn. Das ist alles. Nur Feststellungen.«

»Sie sind nicht qualifiziert, Feststellungen wie diese über meine Schwester zu machen«, sagte Evan.

Poole sagte nichts.

»Wenn Sie mir noch einmal drohen wie vorhin –«

»Ich habe Ihnen nicht gedroht, Dr. Colwyn, ich habe nur Feststellungen gemacht. Übrigens, als Sie in Afrika waren, haben Sie davon gehört, wie dort die Medizinmänner dafür bekannt waren, einen Mann nur durch Anwendung der Suggestion zu töten? Eine sehr makabre Errungenschaft, habe ich immer gedacht.« Er schwieg. »Manche Leute sind sehr empfänglich für die Macht der Suggestion, Dr. Colwyn.«

Evan schluckte. Die Worte verließen ihn. Zum erstenmal fühlte er sich bei einem Zusammentreffen mit Poole total zermürbt.

»Ich verlange nur eines«, sagte Poole endlich. »Lassen Sie uns in Ruhe. Machen Sie uns Schwierigkeiten, so werden wir Ihnen Schwierigkeiten bereiten, aber wenn Sie uns in Ruhe lassen, wird niemandem etwas geschehen. Verstehen Sie, was ich sage?«

Evan nickte. Wieder entstand Stille. Dann: »Sie können jetzt gehen«, sagte Poole.

Evan ging ohne ein Wort. Sein Kopf schmerzte. Seine Augen brannten von kindischen Tränen. Ihm war als ob eine unsichtbare Macht jeden Nerv in seinem Körper zerschmettert hätte, bis all seine Widerstandskraft gebrochen war. Automatisch, ohne mit dem Denken aufzuhören, verließ er das Haus und stolperte blindlings den Weg hinunter, der zum Landhaus und zu Jane führte.

V.

Bei Jane fühlte er sich im Nu besser. Es lag etwas Tröstendes in ihrer weichen, gelösten Fraulichkeit mit ihrer Sympathie, Wärme und Aufgeschlossenheit. Er erholte sich hinreichend, um auf Benedikt neidisch zu sein, der eine solche Frau hatte, die auf ihn schaute. Nach der Art, wie er zuerst von Nicole und dann von Poole behandelt worden war, stellte Evan fest, daß er ein Bedürfnis nach weiblicher Anteilnahme hatte, und daß Janes Gesellschaft in ihrer platonischen Weise viel dazu beitragen könnte, um sein erlahmendes Selbstbewußtsein wiederherzustellen.

»Ich bin überhaupt nicht überrascht, daß Tristan dir in dieser Weise gedroht hat«, sagte sie freimütig. »Es war sehr tapfer von dir, ihm gegenüberzutreten. Ich wäre sicherlich vor lauter Schreck augenblicklich in Ohnmacht gefallen.«

Es kam Evan gar nicht in den Sinn, daß er tapfer gehandelt hätte, aber es war nichtsdestoweniger sehr angenehm, daß eine Frau sein tollkühnes Benehmen mit solcher Bewunderung betrachtete. Er lächelte sie an. »Du sprichst, als ob er der leibhaftige Teufel wäre!«

»Ich glaube, er ist es«, sagte Jane ernst und griff nach ihrem Buch über Zauberei.

»Das glaubst du doch nicht wirklich, Jane!«

»O ja. Ehrlich. Hör zu: ›Hexen und Zauberer bilden Gruppen, Hexenbünde genannt, bestehend aus dreizehn Personen oder, einer Quelle zufolge, zwölf Personen und einer, die den Teufel darstellt oder sogar der Teufel selbst –‹«

»Oh, ich bezweifle nicht, daß sie sich mit der Hexerei befassen«, sagte Evan, »aber du kannst das doch nicht ernst nehmen, Jane!«

»Du hast es ernst genommen, als Tristan Gwyneth bedrohte, oder nicht? Hör dir das nur an: ›Es ist bekannt, daß eine Hexe oder ein Zauberer immer ein anhängliches Tier bei sich hat, einen dienenden Dämon, der in eine Katze, einen Hund, einen Maulwurf, einen Hasen, eine Kröte... schlüpft...‹« Jane ließ verschiedene Tierarten aus, bevor sie fortsetzte: »›Die schwarze Katze ist ein berühmtes Symbol der Zauberei, aber tatsächlich werden Katzen aller Art von Hexen als körperliche Bleibe für ihre dienenden Dämone benützt, und eine weiße Katze ist gar nicht so ungewöhnlich –‹«

»Sie haben überhaupt keine Katzen in Colwyn Court im Augenblick«, sagte Evan und fügte als faszinierenden Gedanken hinzu: »Aber sie halten einige Hasen in Kaninchenställen.«

»Die Hasen haben nichts zu sagen«, erklärte Jane, zu erregt, um ihn weiterreden zu lassen. »Was ist mit meiner armen Marble? Sie hat Gewicht verloren und scheint kaum noch zu wissen, wer ich bin, und jeden Morgen schleicht sie sich weg, hinauf nach Colwyn Court und bleibt dort den ganzen Tag –«

Evan fand, daß Jane in bezug auf ihre Katze etwas närrisch war, und daß es besser wäre, das Gespräch in andere Bahnen zu lenken... »Die Überlieferung des anhänglichen Tieres ist wahrscheinlich kaum mehr als ein Märchen«, sagte er kurz. »Ich würde mir an deiner Stelle keine Sorgen um Marble machen, Jane – bring sie zum Tierarzt, wenn sie weiterhin Gewicht verliert. Nun, was sagt das Buch über Lammas – oder bist du noch nicht so weit?«

»Lammas«, murmelte Jane, wandte ihren zerstreuten Blick wieder dem Buch zu und überblätterte einige Seiten. »O ja, hier haben wir es: ›Jeder Hexenbund veranstaltet das ganze Jahr hindurch in regelmäßigen Abständen einen Sabbat, aber an den vier großen Feiertagen des okkulten Kalenders – nämlich 2. Februar (Lichtmeß), der Abend des 1. Mai (Walpurgisnacht), 1. August (Lammas) und 31. Oktober, der Abend vor Allerheiligen – können sich mehrere Hexenbünde vereinigen, um die vollen Riten der Kirche des Teufels zu feiern –‹«

»Sie werden Lammas feiern«, sagte Evan. »Ich bin dessen sicher. Wenn ich mich nicht so gelähmt fühlte durch Pooles Drohungen in Richtung Gwyneth, würde ich jetzt sofort nach Swansea fahren und der Polizei einen Wink geben.«

»Die Kirche des Teufels ist in vieler Hinsicht eine Parallele zur Kirche Gottes –«, las Jane, ihm kaum zuhörend. »Aber alles in der Kirche des Teufels ist das genaue Gegenteil von allem in der Kirche Gottes. Folglich wird Tugend Sünde und Sünde wird Tugend –«

»Ich werde die Polizei irgendwie verständigen«, murmelte Evan. »Ich werde sie alle fangen, mit ihren roten Händen.«

»›Dem christlichen Akt der Kommunionfeier entspricht die schwarze Messe, die Taufe findet ihr Gegenstück im Verleihen des Teufelszeichens, um das Kind in die Teufelsgemeinde aufzunehmen, die Hochzeit, bei der die Braut weiß trägt, spiegelt sich in einer entsprechenden Feier wider, bei der die Braut schwarz trägt –‹ Evan, ich habe darüber heute den ganzen Vormittag nachgedacht, und ich bin sicher, daß ich recht habe – bevor Lisa starb, haben mir die Zwillinge erzählt, daß die Gesellschaft in den Ruinen der verfallenen Kapelle auf den Felsen eine Hochzeit feiern wird, und ich habe das nicht beachtet, denn ich dachte, sie haben das erfunden. Aber nun bin ich sicher, daß es nicht so ist. Ich glaube, sie haben etwas erlauscht, das Miß Miller oder sogar Tristan selbst sagte. Bevor Tristan Nicole am 2. August auf dem Standesamt in Swansea heiratet, werden sie – dessen bin ich sicher – nach den Riten der Kirche des Teufels heiraten, sobald die Lammas-Zeremonien am 1. August nach Sonnenuntergang beginnen.«

»Ich werde sie nicht lassen!« schrie Evan. »Mein Gott, wenn Poole irgend so etwas versucht –«

Aber Jane war wieder zu ihrem Buch zurückgekehrt. »›Der Ablauf der Hexensabbate variiert, und es scheint keine bestimmte Form zu geben –‹«, las sie. »›Wie dem auch sei, ein oder zwei Wesenszüge tauchen immer auf. Dazu gehört der Akt der Huldigung, in dem jedes Mitglied des Bundes dem Teufel oder seinem Vertreter persönlich durch den obszönen Kuß huldigt...‹ vielleicht sollte ich dieses Stück überblättern, bevor ich rot werde. – ›Nach den religiösen Vorschriften reiben sich die Hexen mit Eisenhut ein, einer Droge, die in alten Zeiten verwendet wurde, um die Illusion des Durch-die-Luft-Fliegens zu vermitteln – daher das von alters her bekannte Bild der Hexen, die auf dem phallischen Symbol des Bestenstiels fliegen –‹«

»Verdammte perverse Bande«, grollte Evan. »Jane, wir müssen uns einen Plan ausdenken. Wir müssen sie stoppen.«

»›– und dem folgen Tanz und Massenpaarung‹«, setzte Jane fort, jetzt unfähig, sich selbst zu stoppen. Sie schaute verdutzt drein. »Aber wie ist das möglich, wenn der Bund nur aus Frauen besteht?«

»Kein Zweifel, daß sie Vorsorge treffen«, sagte Evan trocken, »und einen Bund von Männern einladen, um an ihrer Feier teilzunehmen. Jane, sicher ist der beste Plan, die Gruppe mitten in der Orgie zu ergreifen und das ganze Pack der Ausschweifung zu überführen. Wir müssen irgendwie die Polizei informieren und eine Art von Falle errichten, ohne daß irgend jemand von der Gesellschaft davon etwas weiß.«

»Ich bin sicher, Tristan wird es wissen«, sagte Jane mit einem Schauder. »Er wird es herausbekommen. Ich weiß, er wird.«

»Ich könnte bis zum allerletzten Augenblick warten – bis zum Morgen des 1. August.«

»Aber was willst du denn tun? Wenn du nach Swansea eiltest und die Polizei auffordertest, sie soll irgendwelche okkulten Riten unterbrechen, werden sie dir einfach nicht glauben!«

»O ja, sie werden! Ich werde ihnen erzählen, daß eine Gruppe von Hippies plant, eine Orgie abzuhalten! Aber vielleicht habe ich eine bessere Idee. Mein Vater kennt den pensionierten Polizeidirektor dieses Bezierks. Ich bin sicher, ein Polizeidirektor, auch wenn er schon in Pension ist, hat Einfluß genug, um entsprechende Fäden zu ziehen. Ich werde am Morgen vor Lammas nach Milford Haven fahren und ihn besuchen. Ich werde ihn zwingen, die notwendigen Aktionen einzuleiten. Selbst wenn Poole mir folgen würde, könnte er nichts Verdächtiges daran finden, daß ich einem alten Freund meines Vaters einen Besuch abstatte.«

»Das klingt nach einer großartigen Idee. Ich – Marble! Marble, kratz nicht an der Farbe, ungezogene Katze!« Sie sprang auf. Die Katze stand vor der verschlossenen Eingangstür und scharrte ärgerlich am Holzwerk, während sie um Aufmerksamkeit miaute. »Ich wollte, Marble würde es bessergehen«, sagte

Jane besorgt, als sie sie hinausließ. »Ich habe sie nicht gern hier zurückgelassen, während wir in Surrey bei den Begräbnissen waren. Aber ich hatte Angst, daß sie in einer neuerlich fremden Umgebung weglaufen würde, und als Miß Miller anbot, sich um sie zu kümmern... oh, Evan, glaubst du, daß Miß Miller sie zu einem anhänglichen Tier gemacht hat, während wir fort waren? Marble war nachher so sonderbar, so müde und gar nicht sie selbst –«

»Meine liebe Jane«, sagte Evan freundlich, »ich bin sicher, daß das letzte, woran Marble leidet, ein dienender Dämon ist. Vielleicht hat sie eine leichte Erkältung oder einen verdorbenen Magen. Warum bringst du sie nicht morgen zum hiesigen Tierarzt und beruhigst dich?«

Außerhalb der Eingangstür stand Marble und lauschte. Dann erhielt sie eine Aufforderung aus einer bestimmten Richtung, raffte ihre schwindenden Kräfte zusammen und schlich langsam weg vom Haus, auf die Küchen von Colwyn Court zu.

VI.

Der Rest des Juli ging träge vorüber, die Tage tröpfelten in die Vergangenheit so mühelos wie Blätter, die auf einem gemächlichen Fluß abwärts treiben. Aber Zeit bedeutete Nicole jetzt nicht viel. Manchmal fühlte sie sich wie im Traum, und Poole schien ihr der einzige Kontakt zur Wirklichkeit zu sein. Er hatte ihr beim Schreiben der Briefe geholfen, in denen sie ihre Absicht mitteilte, ihren Beruf und ihre Wohnung aufzugeben; er war nach London gefahren, um ihre Sachen zu holen und um sich zu vergewissern, daß ihre Mitbewohnerin nicht durch Nicoles so kurzfristige Kündigung in finanzielle Schwierigkeiten kam. Auch hatte sie auf Pooles Vorschlag an verschiedene Freunde und Verwandte geschrieben, daß sie sehr bald in aller Stille heiraten wolle. Es machte ihr gar keinen Kummer, daß niemand von ihnen bei der Hochzeit sein würde.

»Ich finde, eine Hochzeit sollte in kleinem und privatem Rahmen stattfinden«, hatte Poole gesagt. »Sie sollte eine persönliche, intime Angelegenheit sein.«

»Aber was ist mit dem Festspiel?« hatte Nicole gefragt, nachdem sie ihm grundsätzlich zugestimmt hatte. »Sicherlich wird das kaum klein und privat sein.«

»Ich glaube, daß du von dem Fest angenehm überrascht sein wirst«, hatte Poole mit einem Lächeln gesagt. »Du wirst überrascht sein, wie persönlich und intim es sein wird.«

Nicole hatte eine Weile träumerisch über das Fest nachgegrübelt. Die Idee begeisterte sie, aber wie sich die Zeremonie abspielen sollte, war ihr völlig unklar.

»Tristan«, sagte sie am Morgen des 31. Juli, »erzähl mir etwas über das Fest. Je mehr ich darüber nachdenke, um so aufregender scheint es mir – es ist eine so romantische Idee, eine Hochzeit in der Kapelle bei Sonnenuntergang zu feiern. Daß dir so etwas eingefallen ist!«

»Bist du sicher, daß du es nicht geschmacklos findest?«

»Nein. Wie ich dir schon sagte, als du den Vorschlag zum erstenmal machtest, gefällt mir die Tradition der Trauungszeremonie. Da ich aber an nichts glaube, was mit Religion zu tun hat, ist es mir ganz gleichgültig, ob die Kapelle geweiht ist oder nicht. Schließlich werden wir am nächsten Tag am Standesamt ganz ordnungsgemäß heiraten, was spielt es also für eine Rolle, wenn die Zeremonie in dem Festspiel nicht wirklich gültig ist.« Sie lagen wieder am Strand in der Sonne. Poole schrieb geheimnisvolle Zeichen in den Sand, während sie sprach, und sie richtete sich auf dem Ellbogen auf, um ihn zu beobachten. »Ich hoffe, es regnet nicht«, sagte sie nachdenklich.

»Es wird nicht regnen.« Er schaute ernst zu ihr auf. »Du solltest wirklich an etwas glauben, weißt du.«

»Ich kann nichts dafür, daß ich nicht glauben kann«, sagte Nicole gleichgültig, »und ich bin nicht scheinheilig genug, um vorzugeben, ich sei religiös, wenn ich es nicht bin.« Sie drehte sich auf den Rücken und griff nach ihrer Sonnenbrille. »Erzähl mir mehr über die Zeremonienfolge für morgen – du hast mir noch immer nicht gesagt, was tatsächlich geschehen wird. Müssen wir nicht eine Probe oder so etwas haben?«

»Du brauchst dir darüber keine Sorgen zu machen.«

»Gut, sag mir nur eines«, sagte Nicole mit schläfriger Neugier. »Warum kann Timothy nicht Page sein? Lucy meint es ernst, weißt du, wenn sie sagt, sie wird nicht Brautjungfer sein, wenn nicht auch Timothy an dem Festspiel teilnimmt. Die Zwillinge sind einander sehr treu.«

»Lucy wird Brautjungfer sein«, sagte Poole. »Du brauchst dir auch darüber keine Sorgen zu machen... Nicki, Liebling, ich glaube, wir sollten wirklich über deine Weltanschauung sprechen. Ich glaube nicht, daß es mir recht ist, wenn meine Frau eine Atheistin ist.«

»Dafür ist es jetzt ein wenig spät«, murmelte Nicole amüsiert, in der Meinung, daß er einen Witz machte.

»Ich meinte es ernst, Nicki. Wie kannst du dir die Welt vorstellen, wenn nicht als einen ständigen Kampf zwischen den Mächten des Guten und des Bösen?«

»O Tristan!« gähnte sie träge. »Ist nicht diese Art von Gespräch reichlich altmodisch?«

»Du zweifelst an der Existenz des Bösen?«

»Ja, vielleicht in einem abstrakten Sinn –«

»Aber du zweifelst an der Existenz des Bösen als einer allmächtigen metaphysischen Kraft.«

»Ich glaube nicht an den Teufel, wenn es das ist, was du meinst«, sagte Nicole gelassen.

Das letzte, was sie ihn sagen hörte, bevor ihre Erinnerung sie verließ, war: »Ich möchte nichts von deiner bemitleidenswerten Unwissenheit in der morgigen Zeremonie haben, meine Liebe, und auch nichts von deinem erschütternden Zweifel. Gib mir deinen Unglauben und deinen Willen, nicht zu glauben, und deine Erinnerung an den Unglauben, und laß mich deine Seele reinigen von jedem Makel der Irrlehre...«

Und plötzlich war die Sonne erloschen, und die Sterne verblaßten, einer nach dem anderen, und sie begann ihre Reise in eine schwarze und nicht endenwollende Nacht.

VII.

Lammas dämmerte herauf.

Der wolkenlose Himmel wurde von dem glänzenden Blau des Meeres widergespiegelt. Die Erde glitzerte nach einer Regennacht, aber nun, da die Sonne aufging, badete die Welt in schimmerndem Licht.

»März-Hasen-und-Kaninchen«, sagte Lucy zu sich selbst, als sie aufwachte. Irgend jemand hatte ihr einmal gesagt, daß es Glück brachte, das beim Erwachen am ersten Tag eines neuen Monats zu sagen. Sie schaute auf die Uhr neben ihrem Bett. Erst sechs! Lucy war verärgert. Sie war so hellwach, daß an ein Wiedereinschlafen unmöglich zu denken war. Sie schlüpfte aus dem Bett, trottete zum Fenster und beguckte sich den neuen Tag.

Nicoles Hochzeitstag, dachte sie, der geheime Hochzeitstag. Ach, wenn ich nur dabei sein könnte! Sie rätselte wohl zum hundertstenmal, warum Timothy kein Page sein durfte. Niemand hatte gesagt, daß sie ihren sehnsüchtigen Wunsch, Brautjungfer zu sein, aufgeben sollte. Aber nach der Qual der Unentschlossenheit wußte sie, daß sie keine andere Wahl hatte. Es wäre nicht fair gewesen, Timothy alleine zu lassen, und Timothy ging vor.

»Verflixter Timmy«, sagte Lucy mit lauter Stimme, über das Fensterbrett gelehnt.

Da hörte sie die Katze.

Sie miaute außerhalb der Hintertür unter ihr und klang verlassen und verzweifelt.

»Nur einen Augenblick, Marble«, rief Lucy und wandte sich ins Zimmer zurück. Sie brauchte weniger als eine Minute, um die Shorts anzuziehen und einen Pullover über den Kopf zu ziehen; nachdem sie in ihre Turnschuhe geschlüpft war, verließ sie ihr Zimmer und huschte hinunter zur Hintertür.

Aber Marble wollte nicht hereinkommen. Sie miaute, schaute sie an, lief ein wenig den Weg hinunter, blieb stehen um zurückzuschauen, und miaute wieder.

»Dumme Katze«, sagte Lucy. »Was hast du vor? Komm her!«

Marble schlich weg.

Sie spielt ein Spiel, dachte Lucy interessiert. Sie will, daß ich ihr folge. Vielleicht will sie mir etwas zeigen.

»Hier, Marble«, sagte sie, folgte ihr und sah sie wieder aus ihrer Reichweite entkommen, als sie mit einem Satz den Weg hinuntersprang.

Kluge Katze, dachte Lucy erstaunt, und ging den Weg hinter ihr hinunter.

Die Katze hielt einen Sicherheitsabstand zu Lucy, während sie sie langsam den Hügel hinauf zur Burg führte. Als Lucy ihr weißes Fell inmitten der grauen Steine der Burgmauern verschwinden sah, war sie befriedigt. Nun würde sie sie fangen. Sie konnte sie in eine Ecke drängen und – Lucy blieb stehen.

Marble war nicht allein in der Burg. Sie kuschelte sich in die Arme desjenigen, der ihren Körper und ihre Seele besaß, und ihr Schnurren war so laut, daß Lucy, die vier Meter entfernt in der Öffnung der Burgmauer stand, es hören konnte. Später, als sie versuchte, sich zu vergegenwärtigen, was geschehen war, war das letzte, woran sie sich mit einiger Klarheit erinnerte, daß Tristan Poole ihr wieder diesen besonderen Blick zuwarf und mit dunkler, ruhiger Stimme sagte: »Hallo, Lucy! Ich möchte gerne wissen, ob du begreifst, was für ein bedeutender Tag das heute für dich werden wird.«

VIII.

Als Evan nach dem Frühstück zum Landhaus kam, fand er eine verstörte Jane vor, die Timothy aufforderte, den Strand abzusuchen.

»Hallo«, sagte er. »Was ist los?«

»Lucy ist verschwunden«, sagte Jane ängstlich. »Benedikt meint, daß sie vielleicht auf private Erkundungen ausgegangen ist und ich mich nicht beunruhigen soll, solange sie nicht das Mittagessen versäumt, aber ich sorge mich trotzdem ein wenig.

Sie ist nicht zum Frühstück aufgetaucht, und das sieht ihr so gar nicht ähnlich.«

»Sie kann nicht weit sein«, sagte Evan beruhigend. »Timothy findet sie wahrscheinlich am Strand.«

»Das sagte auch Benedikt... Wie stehen die Dinge in Colwyn Court?«

»Alles in bester Ordnung. Vater ist wohlauf und in guter Stimmung. Gwyneth spielt gerade eine neue Schallplatte, die mit der Morgenpost angekommen ist. Keine Probleme in dieser Hinsicht.«

»Wenigstens etwas! Bist du auf dem Weg zu deinem Polizeidirektor?«

»Ja, hier ist sein Name mit Adresse und Telefonnummer für den Fall, daß irgend etwas passiert. Wenn alles gutgeht – und ich sehe nicht ein, warum es nicht sollte –, werden wir die Kapelle von der Polizei umzingelt haben, sobald es heute abend dämmert und die Zeremonien beginnen.«

»Wundervoll«, sagte Jane erleichtert. »Evan, wenn du Gelegenheit hast, ruf mich bitte während des Tages an und sag mir, wie die Dinge laufen. Ich werde dir den Daumen halten.«

»Wird mich das vor bösem Zauber schützen?« fragte Evan mit einem Lachen, und wand sich plötzlich vor Schmerzen.

»Was ist los?« rief Jane beunruhigt.

Er griff sich mit einer Hand an den Kopf. »Es war mir, als ob mich jemand mit einem Hammer draufgeschlagen hätte.« Er schwankte auf unsicheren Beinen. »Mir ist... Gott, was für ein Kopfschmerz! Das kam so plötzlich! Mir ist, als ob... als ob...

»Evan«, schrie Jane entsetzt. »Evan!«

»... als ob ich bewußtlos würde«, sagte Evan mit ungläubiger Stimme, und Jane kam gerade zurecht, um seinen Sturz zu bremsen, als er ohnmächtig auf den Teppich fiel.

8. *Kapitel*

I.

In Colwyn Court war Agnes in einer Besprechung mit Poole im Ankleideraum neben seinem Schlafzimmer. Die Schranktür stand offen; Pooles schwarze Kiste war unversperrt und ihr Inhalt auf einem langen Tisch ausgebreitet.

»In Ordnung«, sagte Poole. »Laß uns nachprüfen. Gewänder?«

»Sie werden gebügelt.«

»Weihrauch?«

»Gartenraute, Myrthe, getrockneter Nachtschatten, Bilsenkraut und Stechapfel. Ja, sie sind alle da und zum Verbrennen hergerichtet.«

»Gut. Nun haben wir hier das Altartuch und das Kruzifix – wird der Kelch poliert?«

»Ja, Tristan, und ich habe die Kerzen bereitgestellt. Wir haben das Brot gebacken, und soweit es die Messe betrifft, glaube ich mit Sicherheit sagen zu können, daß alles vorbereitet ist.«

»Was ist mit Lucys Kleid?«

»Harriet macht es eben fertig. Nicoles Kleid ist schon fertig. Übrigens, Nicole und Lucy schlafen in meinem Zimmer – ich habe als Vorsichtsmaßnahme die Tür abgesperrt, aber sie werden mehrere Stunden lang nicht erwachen.«

»Ausgezeichnet. Was ist mit dem Essen und dem Wein für die Festlichkeiten nach der Messe?«

»Der Wein ist im Keller, und das Essen wird um zwei Uhr fertig sein. Wir werden es in der letzten Minute in zwei Packkörben zu den Felsen hinauftragen und es in den Burgruinen lassen. Den Wein planen wir auf zwei Golfkarren ungefähr um sieben hinaufzubringen. Das ist alles unter Kontrolle. Tristan, ist das Opfer vorbereitet? Hast du es geschafft, ein Lamm zu bekommen?«

»Ray bringt eines. Ich sprach mit ihm am Telefon.«

»Ray? Oh, der Farmer von Stockwood. Wie schön, diesen Hexenbund wiederzusehen! Zahlst du ihn mit Scheck für das Lamm, oder soll ich jemanden zur Bank schicken?«

»Ich werde ihm einen Scheck geben.« Er wandte sich zu dem Tisch und befühlte das Altartuch. »Wir werden am Nachmittag zur Kapelle hinaufgehen und den Altar richten. Ich werde auch ein kleines Podium brauchen, das wir für den Akt der Huldigung vor dem Altar aufstellen können; vielleicht können wir die schwarze Kiste hier verwenden – die hätte ungefähr die richtige Größe... oh, und erinnere mich daran, das Tonbandgerät zur Kapelle mitzunehmen, und schau, ob die Tonbänder in Ordnung sind und der Apparat ordentlich funktioniert. Hast du neue Batterien dafür gekauft?«

»Ja, Tristan. Ist sonst noch etwas?«

Poole betastete seine Bücher, seine Amulette und schließlich das scharfe Messer mit dem schimmernden Griff. Die Klinge funkelte, als er sie mit seinen Fingern berührte. »Bring ein oder zwei Handtücher. Es wird viel Blut geben.«

»Ja, Tristan.«

»Übrigens ist da noch immer ein Blutfleck auf den Bodenbrettern von damals, als Jackie und ich an der Morrison-Affäre arbeiteten. Ich möchte ihn entfernt haben.«

»Ja gut, Tristan. Ich werde dafür sorgen, daß er morgen zuallererst entfernt wird.«

Poole legte das Messer auf den Tisch zurück. »Hast du dich mit Evan Colwyn beschäftigt?«

»Ja. Sandra hat die Angelegenheit vor zehn Minuten beendet.«

»Wo ist es?«

»Wo ist – oh, ich verstehe. Ich nehme an, in ihrem Zimmer. Dort machte sie sich jedenfalls ans Werk.«

»Bring es her. Ich möchte die Tür von diesem Zimmer versperrt wissen. Es darf kein Risiko von zufälliger Einmischung geben. Was machst du mit Walter Colwyn und Gwyneth?«

»Walter ist in seinem Arbeitszimmer, und Gwyneth ist in ihrem Zimmer – beide von ihren jeweiligen Hobbys in Anspruch genommen. Harriet hat genaue Anweisungen, den Nachmittagstee mit Drogen zu versetzen.«

»Gut«, sagte Poole, »dann ist alles bereit.« Es entstand eine Pause.

»Tristan«, sagte Agnes schließlich vorsichtig, »ich weiß, du magst es nicht, wenn ich nach deinen Zukunftsplänen frage, aber –«

»Aha!« erwiderte Poole mit einem Lächeln. »Ich dachte mir schon, du würdest nicht widerstehen können, mich danach zu fragen!«

»Was geschieht nach der standesamtlichen Hochzeit morgen, wenn du auf Hochzeitsreise gehst?«

»Wir fahren für fünf Tage nach London, lange genug, um gegenseitige Testamente zugunsten des anderen zu machen, und lange genug für Nicole, mir einen Scheck über fünfhundert Pfund auszustellen, den ich sofort dir gutschreiben lassen werde, so daß du alle Schulden tilgen und die laufenden Ausgaben bezahlen kannst, bis ich zurückkehre.«

»Und danach?« fragte Agnes und bemühte sich, nicht zu aufgeregt zu klingen.

»Nicole wird mir ihr Geld vermachen und dann einen sehr tragischen Nervenzusammenbruch haben, der sie zwingen wird, eines dieser geschmackvollen Pflegeheime für reiche psychiatrische Fälle aufzusuchen. Sie wird dort gerade so lange bleiben, bis ich keine Erbschaftssteuer für das Geld mehr zahlen muß, das sie mir überschrieben hat, und dann wird sie einen plötzlichen Anfall haben und mich als trauernden Witwer zurücklassen. In der Zwischenzeit werde ich mich natürlich darum kümmern, daß du gut versorgt und hier in Colwyn Court fest etabliert bist.«

»Wunderbar«, seufzte Agnes und fügte mit Bewunderung hinzu: »Du bist mehr als gut zu uns gewesen, Tristan.«

»Ich trage immer gern für jene Sorge, die sich auf mich verlassen«, sagte Poole und fuhr mit seinem langen Zeigefinger leicht über die funkelnde Klinge des Schlachtmessers.

II.

»Benedikt«, sagte Jane verzweifelt, als die Ambulanz mit dem bewußtlosen Evan ins Krankenhaus nach Swansea losbrauste. »Benedikt, bitte! Du mußt mir glauben! Evan hat entdeckt, daß die Gesellschaft Hexerei betreibt, und daß sie heute abend eine Orgie abhalten werden, und Nicole wird dabei sein, und Evan wollte den pensionierten Polizeidirektor veranlassen, die Polizei zu verständigen, aber all das muß heimlich geschehen, denn Tristan würde Gwyneth womöglich ein Leid zufügen, und nun haben sie Evan ausgeschaltet, und wir *müssen* einfach etwas tun, Benedikt; du kannst nicht hier herumsitzen und dir überlegen, wie du Walter über Evans Bewußtlosigkeit informieren könntest, denn Walter wird dir nicht glauben, wenn du ihm erzählst, daß es Zauberei war –«

»Ich kann es ihm nicht übelnehmen, wenn er so etwas nicht glaubt«, sagte Benedikt bestimmt. »Meine Liebe, es ist das elende Buch, das Evan dir unlängst aus London gebracht hat. Seit du es hast, siehst du hinter jedem harmlosen Besenstiel im Küchenschrank eine Hexe.«

»Aber es muß Hexerei sein! Es gibt keine andere Erklärung dafür. Tristan muß eine Wachsabbildung von Evan gemacht haben und eine Nadel in seinen Kopf –«

»Absoluter Unsinn«, sagte Benedikt streng. »Hexerei ist von dummen und abergläubischen Menschen erfunden worden, um jede Abweichung von der Norm des anerkannten sozialen Benehmens zu erklären. Heutzutage nennen wir diese Abweichungen Gefühlsstörungen und schicken diese Leute zu den Psychiatern, anstatt sie auf dem Scheiterhaufen zu verbrennen.«

»Benedikt«, bettelte Jane und machte einen weiteren Versuch. »Du weißt, du hast immer gesagt, daß die Gesellschaft sonderbar ist. Ja, du hattest recht. Sie ist sonderbar. Sie ist so sonderbar, daß sie Zauberei als Entschuldigung für ihre Orgie heute abend vortäuschen, und sie praktizieren alle Arten von sexuellen – sexuellen –« Das Vokabular ging ihr aus.

»Persönlich bin ich nicht für Zensur«, sagte Benedikt. »Ich habe eine sehr freie Ansicht von diesen Dingen.«

»Aber... aber Nicole ist in die Sache verwickelt – sie ist hypnotisiert – sie ist... Benedikt, mir zuliebe, bitte – bitte –« Sie rang nach Worten und fühlte zu ihrem Mißfallen, daß sich ihre Augen mit Tränen füllten. »Benedikt, es ist nicht ein unschuldiges harmloses Herumtollen, bei dem niemandem etwas geschieht und jeder nachher lacht und sagt: ›Was für ein herrlicher Spaß!‹ Das ist etwas anderes. Das ist – das ist –«

»Aber, aber«, sagte Benedikt eilig. »Es gibt keinen Grund, die Fassung zu verlieren! Weine nicht. Ich hatte ja keine Ahnung, daß du das so ernst nimmst! Was willst du, das ich tun soll?«

»Oh!« rief Jane und brach in Tränen aus vor lauter Erleichterung. Nachdem er ihr geholfen hatte, sich seelisch wieder zu fangen, gelang es ihr zu sagen: »Bitte, fahr zu diesem pensionierten Polizeidirektor – hier ist sein Name und die Adresse, die Evan mir gegeben hat, bevor er ohnmächtig wurde – und sag ihm, daß eine Orgie auf den Felsen stattfindet, unmittelbar nach Sonnenuntergang. Bring ihn dazu, daß die Polizei die Kapelle umringt und jeden Rothändigen verhaftet.«

»Gut, gut«, sagte Benedikt, den die Situation zu interessieren begann. »Aber vielleicht sollte ich doch vorher zu Walter gehen wegen Evan.«

»Ich gehe zu Walter«, sagte Jane, die genau wußte, was sie tun würde, sobald Benedikt unterwegs war. »Geh nur, Benedikt. Du hast sechzig Kilometer zu fahren, darum, bitte Liebling, behalte die Benzinuhr im Auge, damit dir nicht auf freier Strecke das Benzin ausgeht.«

»Natürlich«, erwiderte Benedikt trocken. Als er die Eingangstür öffnete, blieb er plötzlich auf der Stelle stehen. »Wenn man vom Teufel spricht...«, murmelte er. »Schau, wer da kommt!«

»Oh, mein Gott«, sagte Jane.

»Meine Liebe, nur keine Panik. Mach dir keine Sorgen. Ich werde – Jane, was, um alles in der Welt, machst du? Was soll das?«

Jane nahm das goldene Kreuz herunter, das sie an einer Halskette trug und hing es Benedikt um den Hals. »Trage es«, war alles, was sie sagte, »und geh, rasch.«

»Aber –«

»Ein Kreuz schützt dich gegen – oh, sei nicht bös, Benedikt. Geh jetzt! Bitte! Geh!«

Benedikt gab es auf. Mit einem Achselzucken ging er zu seinem Austin, gerade als Poole den Weg herauf zum Haus kam.

»Guten Morgen, Professor Shaw«, rief er. »Fahren Sie weg?«

»Ja«, sagte Benedikt, plötzlich berauscht von der Verschwörerrolle, die ihm so unerwartet zugeteilt worden war. »Nur nach Milford Haven, um einen alten Freund von Walter zu besuchen, der früher Polizeidirektor dieses Bezirks war.« Das wird ihm Gottesfurcht beibringen, dachte er zufrieden, für den Fall, daß er wirklich irgendeine dumme Sache plant.

Jane fühlte die Farbe aus ihrem Geicht weichen, und zwar so schnell, daß sie meinte, in Ohnmacht zu fallen.

»Wie schön«, sagte Poole. »Gute Unterhaltung.« Er stand und beobachtete Benedikt dabei, wie er wegfuhr. Sobald der Wagen außer Sicht war, drehte er sich mit einem Lächeln zu Jane um. »Mrs. Shaw«, begann er freundlich, »ich frage mich, ob Sie Dr. Colwyn gesehen haben. Ich versuche ihn zu finden, aber bisher erfolglos.«

Er prüft nach, dachte Jane. Jeder Muskel in ihrem Körper begann vor Anstrengung zu schmerzen. Ihre Kehle war trocken. »Er wurde vor einer Viertelstunde ins Krankenhaus nach Swansea gebracht«, sagte sie mit Mühe. »Er hat hier im Haus das Bewußtsein verloren, und ich konnte ihm nicht helfen.«

»Verlor das Bewußtsein! Aber welch ein Schock für Sie, Mrs. Shaw! Weiß Mr. Colwyn bereits davon?«

»Nein, ich warte auf eine Nachricht vom Krankenhaus.«

»Das ist sicher die beste Idee. Wir sollten Mr. Colwyn nicht unnötig wegen seines Sohnes beunruhigen... Was wohl die Ursache ist? Ich hoffe, es ist nichts Ernstes.«

»Ich glaube nicht«, sagte Jane. Sie war über die Ruhe in ihrer Stimme erstaunt. »Evan hat in letzter Zeit nicht viel geschlafen und nicht genug gegessen und sich zu viel Sorgen gemacht um –

um bestimmte Dinge, und ich denke, heute morgen erreichte die Spannung ihren Höhepunkt und führte zum körperlichen Zusammenbruch. Zumindest war das die Meinung des Arztes, als er die Ambulanz kommen ließ.«

»Ah«, sagte Poole und blickte traurig drein. »Ja, ich weiß, er hat die Nachricht von Nicoles Verlobung tragisch genommen.« Er zögerte, bevor er hinzufügte: »Mrs. Shaw, darf ich Sie um ein Glas Wasser bemühen? Es ist ein heißer Tag, und ich bin sehr durstig.«

»Aber selbstverständlich«, sagte Jane und eilte in die Küche. »Kommen Sie herein.«

»Danke.« Er ging rasch ins Wohnzimmer, während Jane im hinteren Teil des Hauses verschwand. Benedikts Sportjacke lag auf einem Lehnstuhl. Beim schnellen Durchsuchen der Taschen fand Poole ein Taschentuch und versteckte es, als Jane das Zimmer mit seinem Glas Wasser betrat.

»Danke«, wiederholte Poole, nahm das Glas und machte einen langen Schluck. Dann: »Das tut gut. Nun, entschuldigen Sie mich bitte, Mrs. Shaw –«

»Natürlich«, sagte Jane dankbar und hielt den Atem an, als er den Weg vom Haus hinunterging. Sobald er fort war, griff sie nach ihrem Buch über Hexerei und ließ sich in den nächsten Stuhl fallen.

›Es wird ein wächsernes Ebenbild des Opfers gemacht‹, las sie in dem Teil über nachahmende Magie, ›meistens werden entweder Haare oder abgeschnittene Fingernägel des Opfers in das Wachs eingeschlossen. Das Ebenbild des Gesichtes soll so ähnlich wie möglich sein, und quer über die Brust des Abbilds soll der Name des Opfers geschrieben werden. Eine Nadel oder ein Holzsplitter wird dann in den Teil des Körpers gesteckt, in dem Schmerz gewünscht wird; wenn möglich soll eine schwarze Kerze angezündet werden, und derjenige, der den Zauber ausspricht, muß all seinen Haß auf das bestimmte Opfer konzentrieren. Die Wirkung des Einstechens der Nadel oder des Splitters kann vom plötzlichen Tod (ein klares Durchstoßen der Brust in der Gegend um das Herz) bis zum schwachen Kopfweh reichen (ein leichter Stich in den Schädel). Langsamer Tod kann durch Schmelzen des Wachsbildes über einer Flamme erreicht werden. Bei Aufhebung des Zaubers durch Herausnehmen des Splitters muß äußerste Vorsicht angewandt werden, oder der Zauber fällt auf den zurück, der ihn ausspricht, und trifft ihn in derselben Art wie das Opfer. Eine Quelle empfiehlt, daß der Magier dabei ein eisernes Kreuz tragen und die Sator-Formel absingen soll, während er den Splitter herauszieht...‹

Jane schloß das Buch und stand auf. Sie war nun sicher, daß irgendwo in Colwyn Court ein Ebenbild von Evan mit einem Splitter im Kopf war; und wenn Evan aus der Ohnmacht erwachen sollte, mußte irgend jemand vorher den Splitter herausziehen. Sie holte tief Atem, verließ das Haus und ging, so schnell sie konnte, den Weg entlang nach Colwyn Court.

III.

In Colwyn Dorf hielt Benedikt den Wagen an und nahm endlich das goldene Kreuz ab, das ihm Jane um den Hals gelegt hatte. Aberglaube mochte für einfältige Frauen gut sein, dachte er ärgerlich, aber er hatte nicht die Absicht, in Milford Haven wie ein Christbaum aufzutauchen.

Bevor er den Motor wieder startete, hielt er inne und überlegte. Da war irgend etwas, das Jane ihm aufgetragen hatte, bevor er zu seiner Fahrt aufgebrochen war, aber er konnte sich nicht erinnern, was es war. Er starrte ärgerlich auf das Armaturenbrett. Was war es nur? Er hatte das Gefühl, daß es irgend etwas Naheliegendes war, aber sein Gedächtnis streikte weiterhin. Als er den Startschlüssel umdrehte, schwankte die Nadel der Benzinuhr nahe dem ›L‹, um anzuzeigen, daß der Tank beinahe leer war, aber obwohl Benedikt das bemerkte, hielt irgendeine unsichtbare Macht dieses Wissen davon ab, jenen Teil des Gehirns zu erreichen, der es ihm ermöglicht hätte, aus dieser Tatsache einen Schluß zu ziehen und richtig zu handeln. Noch immer ärgerlich darüber, daß ihn sein Gedächtnis so im Stich gelassen hatte, legte er den Gang ein, nahm den Fuß von der Kupplung und fuhr los, die Landstraße hinunter gegen Westen.

IV.

Timothy suchte Lucy noch immer. Er war am Strand, auf der Burg und in der Kapelle gewesen, aber nirgends war eine Spur von ihr. Schließlich entschloß er sich, es in Colwyn Court zu versuchen. Vielleicht war Lucy doch nicht imstande gewesen, der Verlockung des Festspiels zu widerstehen, und versteckte sich im Haus, da sie sich zu schuldig fühlte, um ihm gegenüberzutreten.

Timothys Mundwinkel verzogen sich nach unten. Das war ein schlechter Sommer gewesen. Zuerst hatte Onkel Matt den Unfall, dann – Timothys Gedanken glitten über das Wort ›Mami‹ hinweg, bevor sich seine Augen mit Tränen füllen konnten –, und nun ließ ihn Lucy wegen Mr. Poole im Stich. Timothy wußte, daß Mr. Poole nichts wert war. Er war wie die Bösewichte in den altmodischen Western, die im Fernsehen gezeigt wurden. Man wußte gleich, daß sie Bösewichte waren, denn sie waren immer schwarz gekleidet. Schwarz bedeutete böse, und Timothy wußte, egal was Luca denken mochte, daß Mr. Poole genauso böse war wie irgendeiner der Bösewichte im Fernseh-Western.

»Ich wünschte, Daddy wäre hier«, sagte er laut vor sich hin, als er den Weg hinauf nach Colwyn Court trottete. »Bitte, lieber Gott, schick Daddy bald nach Hause. Auch wenn er vor einigen Jahren ertrunken ist, bitte laß ihn vom Tod auferstehen wie in der Bibel und schick ihn bald nach Hause. Lucy und ich vertrauen auf dich. Danke. Amen.« Er wartete und horchte, ob Gott eventuell antworten würde, aber die einzige Stimme, die er hörte, war eine Stimme aus dem dunkelsten Winkel seines Verstandes, auf die er nie hören wollte, die ihm sagte, er würde seinen Vater nie mehr wiedersehen.

Es war ein schlechter Sommer gewesen.

Als er Colwyn Court erreichte, schlüpfte er durch eine Seitentür ins Haus und schlich zu Gwyneths Zimmer, aber Gwyneth hatte Lucy auch nicht gesehen. »Versuch es bei der Gesellschaft«, schlug sie vor. »Vielleicht haben die sie gesehen.«

Aber Timothy traute der Gesellschaft nicht. Die Gesellschaft war der Feind, das Werkzeug des Bösewichts. Er verließ Gwyneth, schlich sich in den Westflügel und begann, verstohlen in jedes Schlafzimmer zu schauen, bis ihn eine versperrte Tür aufgeregt anhalten ließ.

»Lucy«, zischte er ins Schlüsselloch, aber es kam keine Antwort.

Sie haben sie entführt, dachte Timothy erregt. Er drehte den Schlüssel um, den Agnes im Schloß steckengelassen hatte, und stürzte in das Zimmer.

Sie war da. Sie lag auf der einen Seite eines Doppelbettes, und Nicole lag neben ihr. Sie schliefen beide so tief, daß keine von ihnen sich bewegte, als er in das Zimmer eilte.

»Lucy!« schrie Timothy und schüttelte ihre Schulter.

Aber Lucy atmete gleichmäßig und rührte sich nicht.

»Lucy, Lucy, wach auf, du dumme, alberne Gans!« Timothy war außer sich. Er schüttelte sie nochmals. »Lucy, was ist mit dir los?«

Eine Hand fiel auf seine Schulter. Starke Finger gruben sich in sein Fleisch und ließen ihn aufschreien, als er herumgedreht wurde, um seinem Bezwinger Auge in Auge gegenüberzustehen.

»Ich hatte das Gefühl, daß du Schwierigkeiten machen würdest, Tim, mein Freund«, sagte Poole gemächlich. »Ich sehe nun, daß wir beide ein kleines Gespräch miteinander führen müssen.«

V.

Jane war auch in Colwyn Court. Sie hielt sich im Salon im Haupttrakt des Hauses auf und versuchte zu überlegen, wo Poole ein Experiment in Schwarzer Magie durchführen könnte. In der Küche? Sicherlich zu leicht zugänglich. Vielleicht in einem der Schlafzimmer? Oder im Keller? Jane war unschlüssig. Der Keller wäre ein idealer Ort. Genügend Platz, Dunkelheit und Abgeschiedenheit...

Sie eilte zur Küche, und nachdem sie sich vergewissert hatte, daß niemand da war, hastete sie weiter, vorbei an den Abwäschen in der Spülküche, und öffnete die Kellertür. Ihre Hände tasteten nach dem Lichtschalter, aber ohne Erfolg; es gab kein elektrisches Licht in dem altmodischen Keller von Colwyn Court. Sie wandte sich zum Herd zurück, nahm eine Schachtel mit Streichhölzern und eilte auf Zehenspitzen die Kellerstufen hinunter; aber obwohl sie ein Streichholz entzündete, sobald sie ganz unten ankam, entdeckte sie nichts anderes als eine Reihe großer Flaschen auf dem Boden gestapelt, die selbstgemachten Wein enthielten. Während sie noch enttäuscht auf die Flaschen sah, fiel die Tür hinter ihr zu und der Luftzug blies ihr das Streichholz aus.

Jane fuhr entsetzt zusammen. Die Dunkelheit war plötzlich undurchdringlich. Sie zündete ein neues Streichholz an, lief die Stufen zur Tür hinauf und faßte nach der Klinke. Sie brauchte volle zehn Sekunden, um zu begreifen, was geschehen war. Die Tür hatte keine Klinke. Sie war gefangen.

VI.

»Agnes«, sagte Poole, »wenn du Mrs. Shaw gesehen hättest, wie sie ihrem Mann ein goldenes Kreuz an einer Kette reicht, was würdest du daraus schließen?«

»Das Schlechteste«, sagte Agnes. »Mrs. Shaw besitzt sehr viel weibliche Einfühlungsgabe.«

»Sie hat auch ein Buch über Zauberei in ihrem Wohnzimmer herumliegen. Agnes, ich glaube, wir müssen irgend etwas wegen Mrs. Shaw unternehmen. Um den Professor mache ich mir keine Sorgen. Er ist nicht der Typ Mann, der ein goldenes Kreuz tragen würde, wenn sie nicht mehr in der Nähe ist, und deshalb glaube ich kaum, daß er ein ernstes Problem darstellt. Aber Mrs. Shaw beunruhigt mich. Ich möchte wirklich gerne wissen, was sie als nächstes tun wird.«

»Und wie können wir deiner Meinung nach mit ihr fertig werden?«

Poole dachte einen Augenblick nach. »Nichts Spektakuläres jedenfalls«, sagte er schließlich. »Es hat schon zu viel Aufregung gegeben. Aber ich glaube, man sollte sie beobachten. Schick jemand hinunter ins Haus, der ein Auge auf sie werfen soll, bitte.«

»Ist in Ordnung, Tristan.«

Sie waren gerade in der Kapelle, als sie die Nachricht zwei Stunden später erreichte. Es war Nachmittag, und sie stellten soeben den langen, schmalen Tisch auf, der als Altar dienen sollte.

»Ich habe das Haus ewig lang beobachtet«, flüsterte der Bote, »aber als ich kein Lebenszeichen entdeckte, ging ich hinein – sie war jedenfalls nicht da. Keine Spur von ihr.«

»Das ist seltsam«, sagte Agnes. »Wo kann sie hingegangen sein?«

»Wahrscheinlich sucht sie die Zwillinge«, meinte Poole, der sich nicht den Kopf zerbrechen wollte über den Verbleib Janes, da es ja wichtigere Angelegenheiten zu erledigen gab. »Vergiß sie doch, sie ist im Grunde sowieso harmlos, und ich glaube nicht, daß sie uns Schwierigkeiten bereiten wird.«

»Du magst recht haben«, sagte Agnes, »aber ich würde es doch lieber sehen, wenn wir sie unter Beobachtung hätten... Übrigens, Tristan, was hast du mit dem Jungen gemacht? Hast du ihn hypnotisiert?«

»Nein. Er ist ein schlechtes Medium.« Poole zuckte mit den Schultern. »Man findet das manchmal bei Kindern. Ihre Feindschaft ist unbelastet von den Schuldgefühlen Erwachsener und errichtet eine mächtige Schranke gegen jeden Versuch, den Geist zu beherrschen... Aber du brauchst dir wegen des Jungen keine Sorgen zu machen. Ich werde mich später mit ihm beschäftigen. Im Augenblick ist er hinter Schloß und Riegel und nicht in der Lage, uns irgendwelche Schwierigkeiten zu machen.«

»Aber angenommen, Mrs. Shaw untersucht den Westflügel des Hauses. Wenn der Junge hellwach ist und auf seine Befreiung wartet, können sie leicht miteinander Kontakt aufnehmen, und dann wird es Schwierigkeiten geben. Kann ich nicht jemand in den Westflügel schicken, der Mrs. Shaw unter Beobachtung hält?«

»Tu, was du für das beste hältst«, sagte Poole schroff und widmete sich wieder der fesselnden Aufgabe, das umgekehrte Kreuz hinter dem schwarzen Altar aufzustellen.

VII.

An diesem Abend kamen sie um sieben Uhr in den Keller hinunter, um Wein zu holen.

Jane hatte sich hinter einer Kiste in einer Ecke des riesigen unterirdischen Raumes versteckt und wartete. Sie bemerkte, daß die zwei Frauen, die dazu ausersehen waren, den Wein zu holen, nach einem bestimmten System arbeiteten; sie trugen immer vier Flaschen gleichzeitig die Treppe hinauf und verschwanden für zwei Minuten, bevor sie wieder zurückkamen. Als sie das drittemal hinaufgegangen waren, stürmte Jane die Treppe empor, sauste durch die halboffene Kellertür und hatte gerade noch Zeit, sich hinter die Tür der Spülküche zu drücken, bevor die beiden Frauen zurückkehrten, um die letzten Flaschen zu holen. Als sie unten im Keller waren, schlüpfte Jane aus ihrem Versteck und flüchtete in einen nahen Holzschuppen. Sie fühlte sich schmutzig und verschwitzt und den Tränen nahe. Sie brauchte ein paar Minuten, um ihre Selbstbeherrschung wiederzufinden. Dann starrte sie auf ihre Uhr und überlegte, was sie als nächstes tun sollte. Es war bereits später Nachmittag. In weniger als zwei Stunden ging die Sonne unter, und Benedikt hatte vielleicht schon die Polizei verständigen können. Jane wollte zuerst instinktiv zum Haus eilen und nach den Zwillingen sehen, die sicher ungeduldig auf sie warteten. Aber dann dachte sie an Nicole. Angenommen, Benedikt hätte aus irgendeinem Grund nichts erreicht. Und Evan lag ohne Zweifel noch bewußtlos im Krankenhaus. Wenn also Benedikts Vorhaben schiefgegangen war, dann war niemand da außer Jane selbst, um Nicole zu helfen, sobald die Dunkelheit einbrach.

Sie starrte wieder auf ihre Uhr. Sie könnte zum Haus zurückeilen, um nach den Zwillingen zu sehen, aber die Zeit war knapp, und sie mußte einfach ein gutes Versteck in den Ruinen finden, bevor noch die Zeremonien begannen. Sie beruhigte sich mit dem Gedanken, daß die Zwillinge sicher vernünftig seien, wenn sie merkten, daß Jane und Benedikt nicht da waren, würden sie wohl zum Herrenhaus gehen, und dort würde Walter sich um sie kümmern. Sie stolperte aus dem Holzschuppen und eilte den Hügel hinauf zur Kapelle.

VIII.

Timothy sah aus dem Fenster von Pooles Schlafzimmer, in dem er eingesperrt war. Die Sonne ging langsam unter, und über die Party auf dem Rasen schien sich allmählich erwartungsvolle Stille zu senken, eine ungeheure Spannung, die für Timothy schwer zu begreifen war. Er hatte einen flüchtigen Eindruck von Partys, die seine Mutter und sein Stiefvater gegeben hatten, aber diese Partys waren für gewöhnlich lauter und nicht stiller geworden, je länger sie dauerten.

Das hier war eine seltsame Party, wie er schon am Verhalten der Gäste feststellen konnte. Sie waren alle schwarz gekleidet. Die jüngeren Frauen trugen Cocktailkleider, die älteren waren konventionell gekleidet, weniger raffiniert zurechtgemacht, und die Männer trugen dunkle Anzüge. Um sich die Zeit zu vertreiben, zählte Timothy die Anwesenden und stellte fest, daß es zweiundfünfzig Leute waren, zusätzlich zu den Mitgliedern der Gesellschaft, und daß die Mehrzahl der Gäste Frauen waren. Von seinem Beobachtungsposten aus sah er, daß sich die Mitglieder der Gesellschaft allmählich von ihren Freunden absonderten und einer nach dem anderen durch die Terrassentür im Haus verschwanden. Dabei stellte er fest, daß Poole nirgends zu sehen war. Timothy wunderte sich gerade, wo sein Erzfeind wohl geblieben sei, als Agnes wieder auf der Terrasse erschien, über den Rasen ging und zu den Anwesenden sprechen wollte.

Die Konversation brach augenblicklich ab.

Als Agnes sich wieder abwandte, begannen die Gäste, Gruppen zu dreizehn zu bilden; sie verharrten völlig ruhig, und ihre starren Blicke richteten sich begierig auf das Haus. Timothy reckte seinen Hals, weil er sehen wollte, wohin sie alle starrten, aber er konnte nichts entdecken. Er überlegte gerade ob er das Fenster öffnen und sich hinauslehnen sollte, um die Vorgänge besser überblicken zu können, als die Mitglieder der Gesellschaft wieder aus dem Haus traten, immer zwei und zwei und sich zu ihren Freunden auf dem Rasen gesellten.

Poole kam als letzter.

Er trug einen langen roten Umhang und eine rote Mitra auf dem Kopf und sah überhaupt nicht so aus, wie Timothy ihn in Erinnerung hatte, sondern wirkte eher wie eine Gestalt aus einem anderen Zeitalter, in dem die Menschen in täglicher Furcht vor Himmel und Hölle lebten und die Welt von Seuchen, Hungersnot und Kriegen heimgesucht wurde. An Pooles Seite schritt Nicole, in kerzengerader Haltung und wunderschön in einem wallenden schwarzen Kleid. Sie zeigte ein strahlendes Lächeln. Und hinter Nicole ging Lucy, ein Engel in Scharlachrot, ihr schönes Haar floß den Rücken hinunter, und ihre unschuldigen Augen waren weit geöffnet.

»Lucy«, schrie Timothy und trommelte mit den Fäusten gegen die Fensterscheibe. Niemand hörte ihn. Er nahm alle seine

Kraft zusammen, schwang sich auf das Fensterbrett und lehnte sich hinaus.

»Lucy«, schrie er mit gellender Stimme.

Aber niemand hörte ihn und am wenigsten Lucy. Er rief wieder und wieder, aber es war, als ob ihn eine schalldichte Mauer von der Gruppe auf dem Rasen trennte, denn niemand warf auch nur einen Blick in seine Richtung. Als sie schließlich alle hinter dem Rosengarten und aus seiner Sicht verschwunden waren, sprang er hilflos auf den Sitz beim Fenster zurück und überlegte, ob er aus dem Fenster hinunterspringen könnte.

Aber es war zu hoch. Er schaute hinunter, ließ den Mut sinken und gab den Gedanken auf. Aber er bemerkte, daß das Sims außerhalb des Fensters breit war, breit genug für ihn, um darauf zu sitzen, und außerdem sah er, daß das Fenster des versperrten Ankleideraums nebenan einen Spalt offen war.

Vielleicht gibt es durch diesen Raum eine Möglichkeit, hinauszugelangen, überlegte Timothy.

Zehn Sekunden später saß er auf dem Fenstersims, ließ die Beine hinunterbaumeln und versuchte zu verhindern, daß ihm übel wurde. Es war erstaunlich, wie schnell das breite Sims zu einer schmalen Brüstung zusammengeschrumpft war.

Timothy zitterte, hielt die Augen fest geschlossen und begann langsam seitwärts gegen den Ankleideraum zu rutschen. Dort angekommen, stand er vor dem Problem, das Fenster weit genug hochheben zu können, um in das Zimmer zu kriechen. Er brauchte lange, bis er sich in eine Stellung gebracht hatte, von der aus er sich am Fensterrahmen hochziehen konnte, ohne dabei das Gleichgewicht zu verlieren. Das Fenster ließ sich nicht hochschieben. Er überlegte gerade, ob er jemals imstande sein würde, es zu bewegen, als es in die Höhe schoß und er dankbar auf den sicheren Zimmerboden kletterte – allerdings nur, um mit verzagtem Herzen zu entdecken, daß der Raum keine Tür hatte, durch die er auf den Korridor flüchten konnte.

Timothy vergoß aus Enttäuschung heftige Tränen und gestattete sich sogar die kindliche Geste, mit dem Fuß aufzustampfen. Aber dann fühlte er sich beschämt über seine Mutlosigkeit, rieb seine Augen mit dem Handrücken und begann, seine neue Umgebung zu untersuchen.

Das erste, was er sah, war die Pappschachtel auf dem Tisch neben der versperrten Tür.

Darin fand er Plastilin, ein Material, mit dem er schon als kleines Kind stundenlang gespielt hatte. Er hatte Autos daraus geformt, erinnerte er sich, und Lucy Puppen. Gelegentlich hatte sie seine Autos zertreten, und er hatte sich revanchiert, indem er die Puppen umformte, bis sie wie Mißgeburten aussahen.

Komisch, dachte Timothy, daß Mr. Poole in seinem Alter mit Plastilin spielt.

Er kramte wieder in der Schachtel und nahm ein kleines, in Seidenpapier gewickeltes Päckchen heraus. Als er das Papier entfernt hatte, hielt er eine perfekt geformte Puppe von ungefähr 25 Zentimeter Länge in der Hand, eine Puppe mit rotem Haar und einem Lendentuch, das einmal Teil eines Herrentaschentuches gewesen sein mochte. Die Puppe hatte den Namen EVAN COLWYN quer über die Brust geschrieben, und im Kopf steckte ein dünner Holzsplitter.

Timothy starrte die Puppe ein. Alle möglichen Geschichten fielen ihm ein, die seit Menschengedenken von einer Generation von Schuljungen zur nächsten weitergegeben wurden. Auf solche Art konnte man einen Kampf gewinnen gegen einen streitlustigen Mitschüler, auch wenn er viel stärker war als man selbst. Man stahl eine Kerze aus der Schulvorratskammer, schmolz sie ein, formte sie nach dem Ebenbild des Gegners, stach ihm eine Nadel zwischen die Rippen, murmelte dreimal ›Ich hasse dich‹, betete um Sieg und begrub die Figur bei Nacht im Küchengarten. Der Gegner würde daraufhin seine ganze Kraft verlieren und sich vor dem Kampf drücken. Timothy hatte dieses Experiment nie selbst versucht, aber alle in der Schule waren überzeugt, daß es funktionierte. Sein bester Schulfreund hatte nie die geringsten Zweifel daran gehegt.

Timothy starrte auf die kleine rothaarige Puppe in seinen Händen, und dann entfernte er mit Daumen und Zeigefinger den Splitter, legte ihn auf den Tisch und wickelte die Puppe wieder sorgfältig in das Seidenpapier ein.

IX.

Jane versteckte sich in den Ruinen der Kapelle und beobachtete, wie sich die Gruppen für die Riten aufstellten. Als sie Lucy hinter Nicole stehen sah, fiel sie beinahe in Ohnmacht; alles um sie herum hatte sich zu drehen begonnen, und sie war nahe daran, laut aufzuschreien, aber sie wurde weder bewußtlos, noch schrie sie. Sie wußte nur zu gut, wenn sie die Anwesenden störte, bevor die Riten begonnen hatten, könnte es der Polizei mißglücken, die Teilnehmer während der obszönen Vorgänge festzunehmen, und Evans Pläne wären dadurch zunichte gemacht.

Jane brachte ihre Selbstbeherrschung wieder unter Kontrolle, kämpfte gegen ihre panische Angst an und begann um Hilfe zu beten, ohne daß ihr bewußt wurde, daß sie betete.

Und schon kurze Zeit später fühlte sie sich besser. Harriet Miller führte Nicole und Lucy zu den Burgruinen, wo die beiden bis zum eigentlichen Beginn der Zeremonie zu warten hatten; dadurch waren sie jetzt wenigstens vorübergehend in Sicherheit. Jane hörte auf zu beten, lugte durch die Öffnung in der Mauer und beobachtete, wie Poole zum Altar schritt und Agnes aufforderte, ihm einen Brocken Glut von der Kohlenpfanne zu bringen, die in der Mitte der Kapelle stand.

Die sechs schwarzen Kerzen, die den Altar umgaben, brannten; Jane hatte nun eine klare Sicht auf das umgekehrte Kreuz hinter dem Altar und auf den Teppich, der an der Wand hinter dem Kreuz aufgehängt worden war. Der Teppich war schwarz und scharlachrot und zeigte eine Ziege, die auf einem Kruzifix herumtrampelte. Gegenüber dem Altar stand eine viereckige, etwa 50 Zentimeter hohe schwarze Kiste, und während Jane sich alles genau ansah, trat Poole vor die Kiste und wandte sich den versammelten Männern und Frauen zu, die ihn erwartungsvoll anblickten.

»Innigstgeliebte Freunde«, hörte sie ihn mit seiner dunklen, ruhigen Stimme sagen. »Ihr seid heute in Unserer Gegenwart zusammengekommen, um das große Fest von Lammas zu feiern, um jene Mächte der Finsternis zu verehren, anzubeten und ihnen Folge zu leisten, die seit Anbeginn der Zeit existieren und die bis zum Ende aller Zeiten existieren werden, durch die Gnade von Beelzebub, Astaroth, Adramelek, Baal, Luzifer, Chamos, Melchom, Behemoth, Dagon, Asmodeus und allen anderen Gebietern der Finsternis im Reich der Hölle –«

Die Sonne war in einem undurchsichtigen Meer versunken. Der Himmel war tief dunkelblau, und weit enttfernt schlug die Brandung schaumgekrönt gegen die schwarzen Klippen. Es war unheimlich ruhig.

»– und schließlich«, sagte die Figur in den roten Gewändern mit ihrer maßvollen Stimme, »durch Meine Gnade, die Meinen Auserwählten immer gewährt werden wird, Welt ohne Ende...«

»Heil Satan!« sagten vierundsechzig Stimmen unisono. Auch der Ausdruck der Gesichter war ganz gleich. Die Gläubigen hatten einen angespannten, sehnsüchtigen Blick, ihre Lippen waren geöffnet, als ob sie auf einen Zaubertrank warteten, um einen unerträglichen Durst zu stillen.

»Meine Freunde«, sagte Poole, »ich komme zu euch als der Eine Gott, der Bewahrer der schweren Sünden und noch größerer Laster, die Stärke der Besiegten, der Souverän der Rache, der Schatzmeister des alten Hasses, der König der Enterbten –«

»Heil Satan!«

»– und ich biete jedem von euch nun die Gelegenheit, eure Treue durch die Teilnahme am Akt der Huldigung zu bezeugen... Meine Freunde, laßt uns unsere geheiligten Riten beginnen, zur Feier dieses geheiligten Tages.«

Die Versammlung gab ihre verzückte Unbeweglichkeit auf und begann, ihre Kleider abzuwerfen. Sie bewegten sich in ruhiger Eile, die Männer ließen ihre Kleider auf der einen

Seite der Kapelle zurück, die Frauen auf der anderen, und als sie nackt waren, vereinigten sie sich wieder und stellten sich vor dem Altar auf.

Jane, die nicht prüde war, wohl aber der Meinung, daß Menschen in Kleidern gewöhnlich besser aussehen als ohne, fühlte sich sogleich von entsetzter Faszination gefesselt. Aber bevor sie sich ungläubig fragen konnte, wie die Ältlichen, die Korpulenten und die Häßlichen sich in solcher Weise bedenkenlos entblößen konnten, wurde ihre Aufmerksamkeit von Poole in Anspruch genommen. Er riß sich die roten Gewänder vom Leib und schleuderte sie beiseite. Um seine Taille sah Jane einen dünnen Gürtel, von dem ein geflochtener Schwanz aus Tierhaaren zu Boden hing.

»Laßt die Zeremonie der Huldigung beginnen!« rief er, sprang auf die schwarze Kiste vor dem Altar und wandte seinen gebräunten Rücken der Versammlung zu.

Jane wurde wieder schwindelig. Das Erschreckendste von allem war, daß sie trotz ihrer heftigen Abneigung wider Willen von seinem starken geschmeidigen Körper erregt wurde.

Agnes war die erste, die ihre Huldigung darbrachte. Sätze aus dem Buch über Hexerei gingen Jane durch den Sinn, und sie fühlte die Farbe in ihr Gesicht steigen, als sie sich an ihre eigene Stimme erinnerte, die über den obszönen Kuß eines Jahrtausends von Hexensabbaten las.

»Meister«, sagte Agnes mit klarer leidenschaftlicher Stimme, »ich verspreche, dich zu lieben, zu verehren, zu achten und dir zu gehorchen, jetzt und für alle Zeit.«

Der Rest des Colwyn-Court-Bundes folgte ihr, eine nach der anderen. Danach kam die Reihe an jedes Mitglied der vier anderen Hexenbünde.

Die Zeremonie nahm einige Zeit in Anspruch.

Als schließlich der Schlußakt der Huldigung vorüber war, wandte sich Poole mit dem Gesicht zur Versammlung und erhob seine Hände zu den Sternen.

»Mein Segen sei auf euch allen!«

»Heil Satan!«

»Möge euch alles gelingen.«

»Heil Satan!«

»Möget ihr unermüdlich in Meinem Namen arbeiten.«

»Heil Satan!«

»Möge alle Macht auf euch ruhen, jetzt und für alle Zeit –«

»Heil Satan!«

Poole ließ langsam seine Hände sinken. »Meine Freunde, laßt uns uns vorbereiten auf einen unserer großartigsten Augenblicke geistiger Verbindung. Ich bitte meinen Hauptgehilfen der heutigen Nacht, eine kurze Einführung in die Zeremonie zu geben.«

Ein leichter Wind kam von der See und kühlte den Schweiß auf Janes Stirne. Sie zitterte von Kopf bis Fuß und sah Agnes Miller auf den Altar zugehen, um ihren Brüdern und Schwestern das Folgende zu erläutern.

»Geliebte Freunde«, hörte Jane sie mit erregt vibrierender Stimme sagen, »in Kürze wird die Braut zur Hochzeitsfeier in die Kapelle gebracht werden, und nach der Hochzeit wird den Mächten das traditionelle Opfer dargebracht, eine Jungfrau, die das Zeichen des Meisters erhalten wird, um in Unsere Kirche aufgenommen zu werden und um – wie wir vertrauensvoll glauben – zu einer der ergebensten Anhängerinnen unseres Meisters heranzuwachsen. Vielleicht wundert ihr euch, warum die Braut für diese Rolle ungeeignet ist. Da gibt es drei Gründe: Erstens ist sie keine Jungfrau mehr, zweitens ist ihr Verstand spirituell unfruchtbar, und drittens kann sie unserem Meister auf dieser Welt nicht von Nutzen sein, denn ihre Zeit ist zu kurz bemessen. Sie wurde für die bräutliche Zeremonie ihres Aussehens wegen ausgewählt – ich glaube, ihr werdet mir zustimmen, daß sie sehr schön ist – und wegen der Größe ihrer Mitgift... Nach der Hochzeit und der Zeichenverleihung folgen die Festlichkeiten.« Sie machte eine Pause. »Sind wir alle bereit?«

Es gab ein Gemurmel der Zustimmung. Aller Augen wandten sich wieder Poole zu.

»Meine Freunde«, sagte Poole, »bereitet euch für die schwarze Messe vor.«

Die Versammlung zog gierig den Atem ein. Auf ein Zeichen von Poole begannen zwei des Colwyn-Court-Bundes, Kräuterbüschel in die Kohlenpfanne zu werfen, und als der Rauch von den flackernden Flammen aufstieg, rief Poole: »Bringt die Braut zum Altar!«

Die ersten Rauchschwaden aus der Kohlenpfanne erreichten Jane. Sie konnte sich nicht klarwerden, ob es von den Rauchschwaden kam, daß sie sich so elend fühlte, oder ob die Gewißheit schuld war, daß sich im Umkreis von Kilometern um die Kapelle nicht ein einziger Polizist befand. Sie spürte Panik in sich aufsteigen, als sie überlegte, was sie tun sollte.

Nicole wurde von Harriet Miller in die Kapelle gebracht und langsam zum Altar geführt, wo Poole wartete. Jane bemerkte mit Erleichterung, daß Lucy noch immer außer Sicht war.

»Laßt das Opfer zu mir bringen!« rief Poole.

Einer der Männer schleppte ein kohlschwarzes Lamm nach vorne, und Agnes übergab Poole das Schlachtmesser.

Poole begann zu sprechen. Jane war so benommen von den durchdringenden Gerüchen der Rauchschwaden aus der Kohlenpfanne, Nicoles Anwesenheit beim Altar und der Aussicht auf ein blutiges Schlachten, daß sie einige Sekunden brauchte, um festzustellen, daß Poole in einer Sprache sprach, die sie nicht verstand.

Er war am Ende seines Zauberspruches angelangt und beugte sich vor, um den Strick des Lammes zu ergreifen. Das Messer funkelte böse im Kerzenlicht; das Tier gab ein würgendes Geräusch von sich und fiel zu Boden. Als Janes Übelkeit vorüber war, sah sie, daß Poole einen Kelch mit dem Blut des Lammes gefüllt hatte, während zwei Mitglieder von Agnes' Hexenbund auf zwei große Platten Stücke einer Substanz aufschichteten, die wie schwarzes Brot aussah.

Die Versammlung begann, angeregt durch die Gerüche aus der Kohlenpfanne, sich auf den Beinen zu wiegen; ihre Stimmen summten eintönig einen hypnotischen Gesang, der immer lauter wurde, als die Minuten vergingen und die Erregung wuchs.

Poole tat etwas nicht Wiederzugebendes mit dem Inhalt des Kelches und den Platten mit schwarzem Brot. Einige weibliche Angehörige der Versammlung kreischten in Ekstase.

Ich muß etwas tun, dachte Jane, ich muß das beenden.

Agnes half Nicole aus ihrem Hochzeitskleid und führte sie zu ihrem Platz auf dem Altar. Nicole hatte einen träumerischen Ausdruck auf ihrem Gesicht und sah vollkommen glücklich aus. Der Gesang der Versammlung wurde lauter, als sie Nicoles nackte Haut sich schimmernd vom schwarzen Altartuch abheben sahen.

Jane stand auf. Oder versuchte es zumindest. Zu ihrem Schrecken mußte sie feststellen, daß die Gerüche ihren Gleichgewichtssinn beeinträchtigt hattten und daß irgend etwas mit ihren Beinen nicht stimmte. Als sie zu gehen versuchte, fiel sie auf die Knie, und als sie vergebliche Versuche machte, wieder auf die Beine zu kommen, wurde ihr klar, was geschehen war. Sie hatte versagt. Benedikt hatte versagt. Evan hatte versagt.

Und niemand würde kommen, um Nicole zu helfen.

Poole sagte irgend etwas, stellte den Becher auf Nicoles Körper und ging zum anderen Ende des Altars.

Gott helfe uns, dachte Jane, Gott helfe uns allen. Gebete schwirrten ihr durch den Sinn, stumme Bitten an einen Gott, zu obsiegen, wo Menschen versagt hatten. Bitte, Gott, gebiete ihnen Einhalt. Vater unser, der du bist im Himmel...

Am Ende des Altars schaute Poole auf Nicole nieder und bückte sich dann, um mit seinen Händen über ihre Schenkel zu streichen.

Einige Frauen unter den Anwesenden kreischten wieder. Schwarzer Rauch aus der Kohlenpfanne machte das Licht düster, und die schwarzen Kerzen flackerten im Luftzug.

Geheiligt werde dein Name, betete Jane, dein Reich komme...

Poole hielt inne. »Meister«, wisperte Agnes nervös, als sie den Ausdruck in seinen Augen sah.

Er drehte sich zu ihr um. »Da ist ein Ketzer unter uns!« Er

wandte sich wieder der Versammlung zu und warf seine Arme in die Höhe, um Ruhe zu gebieten. »Hier gibt es Ketzerei!«

Das Singen erstarb sofort. Ein Meer von Gesichtern starrte ihn in erschrockenem Unglauben an.

Und dann drehte ihnen Poole den Rücken zu. Er drehte sich sehr langsam, bis er in die Richtung sah, wo Jane versteckt war.

»Dort ist sie«, war alles, was er sagte.

Die Versammlung heulte auf wie ein Rudel Wölfe und raste, um Jane aus ihrem Versteck zu zerren, aber Poole hielt sie in Schach.

»Laßt sie, ihrem eigenen freien Willen folgend, zu mir kommen.«

Jane war wieder imstande zu gehen. Sie ging zum Altar, zu Poole, denn sie hatte keine Macht, etwas anderes zu tun, und als sie ihn erreichte, fiel sie vor seinen Füßen auf die Knie.

»Agnes, bring diese Frau auf die andere Seite der Burg. Mrs. Shaw, schauen Sie mich an!«

Jane schaute ihn an.

»Gehen Sie, wohin Agnes Sie bringt. Bleiben Sie dort, bis Ihnen gesagt wird, daß Sie gehen können.«

Jane nickte.

»Sie werden sich an nichts erinnern, was Sie seit Sonnenuntergang gesehen haben.«

Jane nickte nochmals. Agnes führte sie weg.

Die Versammlung begann wieder zu singen und sich wieder auf den Beinen zu wiegen, um die Spannung erneut aufzubauen, während Poole bei Nicoles schlaffem Körper stand und auf Agnes' Rückkehr wartete.

Eine Minute später schlüpfte sie in die Kapelle zurück und trat neben Poole an den Altar.

»Alles in Ordnung, Meister.«

Poole lächelte. Agnes beobachtete, wie er an das Ende des Altars zurückging und sich über Nicoles Körper beugte.

»Im Namen von Satan und allen Gebietern der Finsternis –«

Eine Taschenlampe leuchtete vom Eingang der Kapelle her auf.

Als alle aufschrien und sich in Bewegung setzten, um die Reihen gegen den Eindringling zu schließen, ertönte Evans Stimme: »Im Namen Gottes, haltet ein!«, und im nächsten Augenblick blies ein eisiger Luftzug alle Kerzen aus, ein ungeheurer Donnerschlag zertrümmerte die Taschenlampe in Evans Hand, und schließlich, eine Sekunde später, roch es beißend nach Schwefel.

9. Kapitel

I.

Als Evan einige Zeit später sein Bewußtsein wiedererlangte, konnte er sich zuerst nicht erinnern, wo er war oder was geschehen war. Und dann fiel ihm alles plötzlich wieder ein: wie er vorher im Krankenhaus aufgewacht war, wie er es trotz des Protests des Personals verlassen hatte und fortgestürzt war, um eine Fahrgelegenheit von Swansea nach Colwyn zu finden; er erinnerte sich, wie er zu den Felsen hinaufgerast und in die Kapelle geplatzt war – die nackten Körper, beleuchtet von Kerzenlicht, der Schimmer des Kelches und Poole, der sich auf Nicole zubewegte, um ihren Körper auf dem schwarzen Altar zu besitzen...

»Im Namen Gottes, haltet ein!« schrie Evan, die Szene im Geist wiederholend, und setzte sich mit einem Ruck auf.

Er war allein. Es war stockdunkel, und ein sanfter Seewind jammerte durch die verfallenen Mauern der verlassenen Kapelle.

Nach einer Weile kam er schwankend auf die Beine und stolperte durch die Kapelle zum Altar. Sein Fuß stieß gegen einen kleinen klappernden Gegenstand. Sich bückend, fand er eine weggeworfene Streichholzschachtel, und nachdem er ein Streichholz angezündet hatte, konnte er sehen, daß das Altartuch, das entweihte Kreuz und der Teppich weg waren und daß die einzigen Zeichen für das, was an diesem Abend geschehen war, der Tisch, der als Altar gedient hatte, und die Lache von Lammblut am Boden waren. Aber der Kadaver des Lammes war weg und auch Nicoles schlaffer Körper. Evan blies das Streichholz aus, verließ die Kapelle und stolperte den Hügel hinunter nach Colwyn Court.

Agnes erwartete ihn. Als er die Hintertür öffnete, sah er sie beim Küchentisch sitzen, das Gesicht ausdruckslos, die Hände vor sich gefaltet wie im Gebet.

Sie war allein.

»Wo ist Nicole?« fragte Evan rauh, und seine Stimme war unsicher. »Wo ist sie?«

»In ihrem Zimmer, sie schläft. Sie brauchen sich keine Sorgen mehr um sie zu machen. Sie wird morgen aufwachen ohne Erinnerung an die letzten sechsunddreißig Stunden und mit einer unvollständigen Erinnerung an den letzten Monat. Ich glaube, Sie werden ihre Verfassung zufriedenstellend finden.« Agnes stand auf. »Dr. Colwyn, ich möchte mit Ihnen besprechen, was an diesem Abend geschehen ist, und ich wäre dankbar, wenn Sie ein paar Minuten Zeit fänden, um mit mir darüber zu reden.«

Evan starrte sie verblüfft an. »Da gibt es nichts zu besprechen, Miß Miller. Wo ist Poole?«

Es entstand eine Stille. Er bemerkte gerade, daß ihre Augen rotgeweint waren, als sie mit matter Stimme sagte: »Er ist tot.«

»Das glaube ich nicht«, sagte Evan. »Zeigen Sie mir seine Leiche.«

Agnes stand ohne ein Wort auf und ging den Weg voran hinauf zu Pooles Zimmer. »Sie werden ihn nicht wiedererkennen«, war alles, was sie sagte.

»Warum nicht?«

»Sie werden sehen.«

Poole war auf seinem Bett aufgebahrt, seine Leiche war mit einem Pyjama bekleidet. Evan ging zu ihm hin und schaute auf das Gesicht hinunter, das er so sehr gehaßt hatte.

Er sah einen freundlichen, angenehmen Mann, der Mund, eines fröhlichen Lachens fähig, und Gesichtszüge, die zu seinen Lebzeiten sympathisch und intelligent gewesen sein mochten. Die Augen waren geschlossen, so daß ihr Geheimnis für immer verborgen war, aber Evan glaubte ihnen trotzdem die Verwegenheit ansehen zu können, die den Mann zu den Lammas-Riten in dem kalifornischen Orangenhain getrieben hatte, wo er seinem Meister seinen Körper zum Gebrauch angeboten hatte.

»Sie haben recht«, sagte Evan zu Agnes. »Ich erkenne ihn nicht wieder.«

»Er wird auferstehen«, sagte Agnes, und er stellte mit einem Schock fest, daß sie nicht von Poole sprach, sondern von Ihrem Meister. »Er wird in jemand anderem wiedergeboren werden. Die Geschichte von Tristan Poole ist zu Ende. Aber die Geschichte eines anderen, unbekannten Mannes beginnt gerade.« Sie wandte sich Evan wieder zu. »Ich muß mit Ihnen sprechen, Dr. Colwyn.«

»Ich möchte zuerst Nicole sehen«, sagte Evan, der aus Routine Pooles Puls fühlte, bevor er das Zimmer verließ.

Nicole schlief tief in ihrem winzigen Schlafzimmer im Haupttrakt des Hauses. Er fühlte ihren Puls, ihre Stirn und hob ein Augenlid.

»Sie ist betäubt.«

»Sie wird morgen wieder in Ordnung sein«, sagte Agnes. »Das ist ein Versprechen, Dr. Colwyn. Es sei denn, Sie machen uns Schwierigkeiten mit der Polizei.«

Es entstand eine Pause.

»Gut«, sagte Evan jäh. »Sprechen wir miteinander.«

Sie kehrten in die Küche zurück und setzten sich einander gegenüber beim Tisch nieder. »Was sind Ihre Bedingungen?« fragte Evan schließlich.

»Wir werden den Mietvertrag zerreißen, Colwyn Court verlassen und Ihnen nie mehr in die Nähe kommen. Nicole wird vollständig von ihrer Verliebtheit für Tristan geheilt sein – seine Macht über sie hat mit seinem Tod ein Ende gefunden, und sie wird nur eine verschwommene Erinnerung an die Affäre haben. Ihr Vater und Ihre Schwester werden sich rasch genug von dem Schlaftrunk erholen, den sie vor einigen Stunden bekommen haben, um sie aus dem Weg zu haben, und Sie werden sehen, daß Tristans Einfluß auf Ihre Schwester auch eine Sache der Vergangenheit ist. Die Zwillinge und Mrs. Shaw schlafen im Landhaus. So sehr sie Ihnen auch wird helfen wollen, so werden Sie meiner Meinung nach sehen, daß Mrs. Shaw eine sehr unzulängliche Zeugin ist. Lucy wird sich ebensowenig an irgend etwas von der Zeremonie erinnern, aber Sie können sicher sein, daß ihr nichts passiert ist. Und Timothy –« Sie biß sich auf die Lippe. »Ich könnte dieses Kind sehr leicht umbringen«, sagte sie schließlich mit lebhafter Stimme, »aber zum Glück für jene, die sich auf mich verlassen, wird der Verstand die Oberhand behalten, und ich werde ihn in Ruhe lassen. Auch er wird für Sie als Zeuge ohne Nutzen sein. Er war in Colwyn Court eingesperrt während der Zeremonie.«

»Mit anderen Worten«, sagte Evan, »was Sie mir sagen, ist dies: Wir lassen Sie in Ruhe, alle unversehrt – wenn Sie uns in Ruhe lassen, indem Sie jegliche Fragen der Polizei abwehren. Sollten Sie aber so närrisch sein, sich bei der Polizei zu beklagen, werden Sie keine Zeugen finden und keinen Beweis, der nicht als Auswirkung irgendeiner wilden, aber nicht unbedingt kriminellen obszönen Party betrachtet werden kann! Habe ich recht?«

»Genau«, sagte Agnes. »Aber ich würde es vorziehen, wenn Sie sich nicht bei der Polizei beschwerten. Sie sind ein Arzt, ein Mann von Rang, und Ihr Wort hätte einiges Gewicht. Das ist der Grund, warum ich bereit bin, soviel zuzugestehen, um Schwierigkeiten zu vermeiden.«

»Wann werden Sie Colwyn Court verlassen?«

»Könnten Sie uns achtundvierzig Stunden geben? Ich glaube, das würde reichen.«

»Vorher würde ich Sie gar nicht gehen lassen. Ich möchte sicher sein, daß sich jeder tatsächlich erholt.«

»Das werden sie«, sagte Agnes.

Dann entstand eine Stille.

»Sehr gut«, sagte Evan schließlich. »Ich stimme Ihren Bedingungen zu. Ich werde nichts sagen, und Sie werden Ihre Versprechen erfüllen.«

»Danke, Dr. Colwyn«, sagte Agnes.

»Nun gut. Nun sagen Sie mir etwas. Sie wissen natürlich, daß ich heute morgen mein Bewußtsein verlor und ins Krankenhaus gebracht wurde. Ich nehme an, das geht auf Ihre Rechnung.«

»Selbstverständlich.«

»Geht auch mein großartiges Erwachen auf Ihre Rechnung?«

»Nein, dafür können Sie Timothy danken. Das elende Kind

hat den Zauber so rücksichtslos aufgehoben, daß er auf Sandra zurückfiel, die ihn veranlaßt hatte. In diesen Minuten bemühen sich zwei Mädchen sehr, sie wieder zum Bewußtsein zu bringen. Sie fiel während der Huldigungszeremonie in Ohnmacht.«

»Ich bin nicht sicher, daß ich das begriffen habe. Meinen Sie –«

»Oh, schauen Sie doch in Janes Zauberbuch nach«, sagte Agnes irritiert. »Warum soll ich Ihnen das erklären?«

Nach einem Augenblick sagte Evan langsam: »Gehen auch viele andere solcher Erfolge auf Ihre Rechnung?«

Agnes zuckte die Achseln. »Wir waren für Lisas Tod verantwortlich, natürlich, und für den von Matthew Morrison. Es ist bemerkenswert, was die Mächte für einen tun können, wenn man sich richtig an sie um Hilfe wendet. Aber mit dem Meister sind natürlich alle Dinge möglich.«

»Ausgenommen die Fähigkeit zu überleben, wenn jemand ruft ›Im Namen Gottes, haltet ein‹«, sagte Evan trocken.

»Mein lieber junger Mann«, sagte Agnes, »Sie werden doch nicht glauben, daß es das war, was Tristan tötete.«

»Aber was hat ihn dann getötet?«

»Gut, ich gebe zu, um wirklich genau zu sein, daß Ihre Anrufung mitgeholfen hat«, fügte Agnes widerwillig hinzu. »Sie zerstörten die unserer Versammlung innewohnenden Kräfte und schleuderten eine ungeheure Gegenmacht auf uns. Es war beides sehr erschreckend und überwältigend. Ich glaube, wir verloren alle das Bewußtsein für mindestens eine Minute.«

»Ich erinnere mich an einen lauten Knall –«

»Hat Sie das Geräusch überrascht? Ihre Geste hatte den gleichen Effekt, als ob jemand eine Kanonenkugel durch ein Glasfenster in einen Porzellanladen feuert. Kein Wunder, daß das Ergebnis vernehmbar war.«

»Aber was tötete Poole?«

»Es war nur der Körper, der getötet wurde«, sagte Agnes. »Nur seine zerbrechliche Vergänglichkeit wurde zerstört. Das ist alles.«

»Aber –«

»Dr. Colwyn, Sie sind keineswegs ein Gläubiger meiner Kirche, obgleich ich zugebe, daß Sie für einen Skeptiker eine ungewöhnliche Fähigkeit zeigen, das Unannehmbare anzunehmen. Stellen Sie nicht zu viele Fragen. Ich habe heute nacht einen schrecklichen Schock erlitten und einen schrecklichen Rückschlag all meiner Zukunftshoffnungen, und – ganz offen – ich möchte das nicht weiter mit Ihnen besprechen. Alles, was ich in Beantwortung Ihrer Frage sagen möchte, ist, daß Zauber mit Zauber bekämpft werden kann. Es ist gefährlich, das zu tun, und es kann tödliche Folgen haben. Wenn Sie mich jetzt bitte entschuldigen wollen... war das die Glocke vom Haupteingang?«

»Ja, das war sie. Wer auf der Welt kann das sein?«

»Oh, das müssen Professor Shaw und die Polizei sein«, sagte Agnes müde. »Tristan hat Professor Shaws Gedächtnis vermindert, aber sobald Tristan gestorben war, erholte sich Professor Shaw zweifellos wunderbar von seinem teilweisen Gedächtnisschwund... Könnten Sie sie in Empfang nehmen, bitte? Ich bin sehr müde, und ich möchte allein sein. Ich könnte es nicht aushalten, heute noch mehr Leute zu sehen.«

»Gut«, sagte Evan und dachte, wie seltsam es war, daß sie nun genau wie eine überarbeitete Hausfrau in mittleren Jahren aussah. Er fühlte geradezu einen Anflug von Mitleid für sie. »Ich werde mich mit ihnen befassen. Gute Nacht, Miß Miller.«

»Gute Nacht, Dr. Colwyn«, sagte Agnes und fügte, sein Mitleid wegwischend, mit kalter Verachtung hinzu: »Oh, Dr. Colwyn, Sie werden sich doch sicher an unsere Vereinbarung halten, nicht wahr? Denn wenn Sie es nicht tun, werde ich bestimmt Ihre Schwester töten. Auch ohne Tristan würde das durchaus in meiner Macht stehen.«

Weit weg läutete die Türglocke, Evan stand da und schaute sie an. Ihre grünen Augen waren so wenig menschlich wie die einer Katze. Ihre plump behäbige Gestalt war eine einzige Drohung, und ihr Mund war schmal und hart, während sie zurückstarrte.

»Die Vereinbarung gilt«, hörte sich Evan schließlich sagen. »Auf Wiedersehen, Miß Miller.« Und sich abrupt abwendend, ging er in die Halle, zum Haupteingang, der Polizei entgegen.

II.

»Das ist ja prächtig«, sagte Benedikt zu Jane am nächsten Morgen. »Ich habe mich in meinem ganzen Leben nicht so närrisch gefühlt. Da war Evan, in bester Verfassung, und sagte, daß auf den Felsen eine Party stattgefunden hätte, aber es war alles vorüber und jedem ging es gut. Die Polizei steckte ihre Nase überall hin und fand nichts als einige merkwürdige Zeichen auf dem Boden in der Burg, die ein Kind gemacht haben könnte. Als sie hörten, daß die Zwillinge gern dort spielen, nahmen sie an – Meine Liebe, was ist los? Du kannst mir sicher keine Vorwürfe machen, daß ich verärgert bin! All dieser Hokuspokus über Hexerei! Ich wußte, daß es ein falscher Alarm war.«

»Aber Benedikt, Liebling«, sagte Jane. »Was ist denn passiert? Wieso hast du so lange gebraucht, um die Polizei zu holen? Was ist auf dem Weg nach Milford Haven geschehen?«

»Nun, es war etwas sehr Außergewöhnliches«, sagte Benedikt, seine Brille polierend. »Mir ist das Benzin ausgegangen, auf offener Landstraße –«

»Benedikt, du hast mein goldenes Kreuz abgenommen, nicht wahr?«

»– und dann fühlte ich mich nicht wohl und beschloß, ein kleines Nickerchen zu machen. Danach brauchte ich Stunden, bis mich jemand zur nächsten Tankstelle mitnahm, und als ich endlich dort war, konnte ich mich nicht mehr erinnern, wo ich das Auto stehengelassen hatte –«

»Armer Liebling«, sagte Jane, ihm verzeihend. »Macht nichts. Alles hat einen guten Ausgang genommen. Ich habe gerade mit Evan gesprochen. Er sagt, daß die Gesellschaft morgen Colwyn Court verlassen wird, denn Mr. Poole ist vergangene Nacht plötzlich gestorben, also –«

»Guter Gott!« schrie Benedikt. »Ein so junger gesunder Bursche wie er? Woran ist er gestorben?«

»Evan hat den Arzt vom Ort gerufen, und sie stimmten überein, es war ein Herzschlag.«

»Also, ich soll verflucht sein«, sagte Benedikt bestürzt und war still. Dann: »Was geschah wirklich in der Kapelle – wenn überhaupt?« fragte er zynisch. »Was hast du eigentlich gemacht, während deine Orgie vor sich gehen sollte?«

»Du würdest nicht einmal beginnen, mir zu glauben«, sagte Jane und fügte bedauernd hinzu: »Übrigens erinnere ich mich an nicht sehr viel davon.«

»Wieso nicht?«

»Oh... ich glaube, daß mich in diesem Moment Gedächtnisschwund befallen hat. Jeder scheint darunter gelitten zu haben, außer Timothy und Evan...«

Außerhalb der Küchentür wurde Marble durch den Klang ihrer Stimmen wach und öffnete behutsam ein rosa Auge. Als sie sah, daß sie allein war in der Sonne, öffnete sie auch das andere Auge, spreizte die Krallen und streckte sich genüßlich. Es war lange her, seit sie die Energie zu einem solchen wohligen Strecken aufgebracht hatte. Denn lange hatte sie das Gefühl eines ungeheuren Gewichtes auf ihrem Rücken gehabt. Aber nun war das Gewicht verschwunden. Marble, deren Gehirn klein und deren Erinnerung noch kleiner war, fragte nicht nach dem Grund vergangenen Unbehagens oder brachte es gar in Zusammenhang mit schon halb vergessenen Personen. Sie setzte sich einfach auf, leckte sich die Pfoten und begann an ihren Magen zu denken. Sie fand, daß sie schrecklich hungrig war, sprang auf und lief in die Küche. Dort rieb sie sich mit verschmitzter Liebe an Janes Knöcheln und begann zu miauen, um ihre ungeteilte Aufmerksamkeit zu erlangen.

»Marble sieht heute besser aus«, kommentierte Benedikt. »Wirklich, sie sieht wieder aus wie früher.«

»Ja, weil Tristan tot ist.«

»Meine Liebe, was wird dir nur als nächstes einfallen?«

Jane lachte. »Ist gut, vergessen wir die letzte Nacht und die Gesellschaft und Tristan Poole für einen Augenblick. Es gibt da etwas, worüber ich mir seit langem Sorge mache und das ich liebend gerne mit dir besprechen möchte.«

»Aber ja«, sagte Benedikt dankbar, »laß uns das Fiasko der

letzten Nacht mit all seinen mysteriösen Nebenerscheinungen vergessen. Was beunruhigt dich denn?«

»Nun, Liebling, es sind die Zwillinge. Du weißt, Lisa hat kein Testament hinterlassen, und daher haben sie keinen offiziellen Vormund, und ich weiß, sie fühlen sich entsetzlich verlassen und allein, weil Lisa und Matt tot sind, und... Oh, ich mache mir solche Sorgen, was mit ihnen geschehen wird! Glaubst du... vielleicht... möglicherweise –«

»Natürlich«, sagte Benedikt, »eine großartige Idee.«

»Ich weiß, unser Haus in Cambridge wird zu klein sein, aber –«

»Nun, ich war seiner ohnehin schon überdrüssig. Es wird schön sein, ein größeres Haus zu haben, und ich glaube, wir können es uns leisten, ohne zu sehr knausern und sparen zu müssen. Weißt du, was wir machen? Sobald wir nach Hause kommen, kannst du auf Haussuche gehen, und ich werde mit unserem Rechtsanwalt sprechen, um herauszubekommen, wie wir es anstellen müssen, um einen gerichtlichen Beschluß für eine legale Vormundschaft zu erwirken – wenn die Zwillinge einstimmen. Bist du sicher, daß sie unsere Idee billigen werden?«

»Ich glaube, sie haben es längst als gegeben angenommen«, sagte Jane und lächelte ihn strahlend unter Tränen an.

III.

»Das Merkwürdigste von allem«, sagte Lucy am selben Morgen, als sic und Timothy am Strand saßen und die hereinkommende Flut beobachteten, »ist, daß ich mich nicht einmal genau erinnern kann, wie Tristan ausgesehen hat. Ich erinnere mich nur, daß ich dachte, er war wie Daddy.«

»Er war kein bißchen wie Daddy.«

»Seien wir doch ehrlich, Timmy«, sagte Lucy ärgerlich. »Wir können uns nicht einmal mehr erinnern, wie Daddy überhaupt ausgesehen hat. Wenn nicht Mamis Fotos wären, würden wir ihn nicht von Adam unterscheiden können. Wir werden niemals wirklich wissen, wie er war.«

»Vielleicht doch«, sagte Timothy. »Er kann noch immer nach Hause kommen.«

»Wir glauben das doch nicht wirklich«, sagte Lucy. »Nicht wirklich. Das war nur Einbildung.«

Timothy schluckte und war still.

»Nun, das ist natürlich alles sehr traurig«, sagte Lucy, »aber es könnte schlechter sein. Du weißt, was die Köchin zu Hause immer gesagt hat: ›Nehmt alles von der guten Seite, meine Lieben, und zählt nur die glücklichen Stunden.‹«

»Die Dinge könnten nicht schlechter sein«, sagte Timothy.

»Sei nicht so niedergeschlagen, Timmy. Angenommen, es gäbe keine Tante Jane?« gähnte Lucy und zeichnete mit ihrer großen Zehe ein Pentagramm in den Sand. »Weißt du, was das ist?« fragte sie und zeigte auf das Muster. »Es ist ein böses Zeichen. Es kann auch ein gutes Zeichen sein, aber wenn es nur auf einer Spitze steht und zwei Spitzen nach oben ragen, dann stellt es das Böse dar. Gwyneth hat es mir gesagt. Sie hörte es von Tristan.«

Timothy wischte das Pentagramm mit einer kreisförmigen Bewegung seiner Ferse weg. »Ich möchte all das Böse begraben und es vergessen. Laß uns das Begräbnis abhalten und mit dem ganzen Unheil aufhören.«

»Ist gut«, stimmte Lucy zu. »Schließlich sind wir deshalb zum Strand gekommen, oder nicht? Ich hatte es fast vergessen.«

»Hier ist dein Spaten«, sagte Timothy und fühlte sich schon besser. »Fangen wir an.«

Sie begannen, ein rechteckiges Loch in den Sand zu graben.

»Pfff!« keuchte Lucy zehn Minuten später. »Das ist doch tief genug, nicht wahr?«

»Ich glaube schon.« Timothy öffnete die Pappschachtel, die sie zum Strand heruntergebracht hatten, und nahm vorsichtig die Plastilinfigur eines Mannes heraus. Das Abbild trug die Buchstaben T. POOLE quer über die Brust geschrieben und war mit einem Stück Stoff bekleidet, das Timothy aus einem der Anzüge im Schrank von Pooles Ankleideraum geschnitten hatte. Der hölzerne Splitter, der im Kopf von Evans Ebenbild gesteckt hatte, war in der Herzgegend durch die linke Brust gestoßen.

»Ich weiß noch nicht, wie du darauf gekommen bist«, sagte Lucy bewundernd. »Wie hast du gewußt, was man tun muß?«

»Du armes Ding«, sagte Timothy mitleidig, »bringen sie euch denn gar nichts bei auf eurer blöden Mädchenschule?«

Lucy war gedemütigt. »Was hast du wirklich gemacht? War es schwierig, nachdem du die Plastilinfigur einmal fertig hattest?«

»Natürlich nicht«, sagte Timothy. »Ich nahm den Splitter und sagte: ›Bitte, Gott, richte es ein, daß Tristan Poole getötet wird, denn er ist sündhaft und böse, und ich glaube nicht, daß Du ihn leiden könntest, wenn Du ihn träfest.‹ Dann ließ ich Gott die Wahl, trotz allem – nur für den Fall, daß Er dachte, Mr. Poole sein in Ordnung, und daß Er ihn nicht töten wollte. Ich sagte: ›Aber wenn Du ihn retten willst, ist das okay für mich, denn ich weiß, Du wirst einen guten Grund dafür haben. Danke. Amen.‹ Und dann habe ich den Splitter durchs Herz gestoßen und alles weitere Gott überlassen. Es schien fair zu sein, es so zu machen.«

»Aber bedeutet das, Gott hat Tristan getötet? Ich habe nie geglaubt, daß Gott jemals jemanden ermordet.«

»Möglicherweise hat sich Gott einen bösen Geist aus der Hölle geborgt«, meinte Timothy. »Er muß für solche Fälle Abmachungen haben.«

»So tötete das Böse das Böse«, sagte Lucy zufrieden.»Das ist schön.« Sie starrte auf Pooles Ebenbild. »Sollen wir anfangen?«

»Okay.« Sie legten das Ebenbild vorsichtig in das tiefe Loch im Sand und schauten einen Moment darauf hinunter.

»Ruhe in Frieden«, sagte Timothy, nicht sicher, was man bei einem Begräbnis sagt.

»Jetzt und in Ewigkeit, Amen«, sagte Lucy diensteifrig. Sie schaute Timothy an. »Glaubst du, daß das genügt?«

»Ich nehme an.«

Sie schaufelten den Sand auf das Ebenbild und traten ihn fest.

»Gut, das hätten wir«, sagte Timothy zufrieden. »Was machen wir jetzt?«

»Gehen wir zurück zum Haus«, sagte Lucy. »Wollte Tante Jane nicht heute vormittag wieder Karamellen machen?«

»Tante Jane ist eine wunderbare Köchin!«

»Die beste«, sagte Lucy, und sie lächelten einander zufrieden an, als sie Hand in Hand über den Strand davongingen.

IV.

»Wie fühlst du dich?« sagte Evan zu Nicole; er saß auf der Kante ihres Bettes und griff zärtlich nach ihrem Puls.

»Sehr sonderbar«, sagte Nicole freimütig. »Bin ich verrückt geworden oder sonst etwas?«

»Oder sonst etwas«, sagte Evan. Ihr Puls schien normal zu sein. »Laß mich deine Temperatur messen.«

»Habe ich einen Nervenzusammenbruch gehabt?« fragte Nicole, bevor sie sich das Thermometer in den Mund schob.

»Nennen wir es eine nervöse Verdrängung der Wirklichkeit.«

Nicole nahm das Thermometer wieder aus dem Mund.

»Welches Datum haben wir heute?« fragte sie.

»Den 2. August.«

»Das kann nicht sein!«

»Reg dich nicht auf. Ich werde dir alles später erklären.«

»Bin ich in einer Nervenheilanstalt gewesen?«

»Nun, du bist hier als ziemlich entstelltes Bild deiner Selbst umhergegangen. Aber mach dir keine Sorgen, Nicki. Es war alles ganz natürlich unter diesen Umständen.«

»War ich unter Drogen? Diese Farben... Träume... Illusionen... waren es Illusionen? Mein Gott, vielleicht waren sie Wirklichkeit!«

»Du warst vermutlich einige Zeit unter Drogen.«

»Und die übrige Zeit?«

»Poole hatte dich hypnotisiert.«

»Evan –«

Nicole brach ab.

»Ja?«

»Habe ich das geträumt, oder habe ich wirklich –« Sie hörte wieder auf.

»Du hast«, sagte Evan, »und doch hast du in gewissem Sinne nicht. Du warst für deine Handlungen nicht verantwortlich.«

»Oh, Evan, wie konnte ich!« rief Nicole und brach in eine Flut von Tränen aus. Nachdem es ihm gelungen war, sie zu beruhigen, sagte sie gequält: »Was wirst du von mir denken! Warum bist du so nett zu mir? Wie kannst du es überhaupt ertragen, mit mir zu sprechen nach allem, was ich dir angetan habe?«

»Es geschah mir recht für das monatelange Herumspielen mit dir«, sagte Evan. »Du brauchst mich nicht allzusehr zu bedauern. Und was das betrifft, daß ich so handle, als ob nichts geschehen wäre, so wiederhole ich – du warst für deine Handlungen nicht verantwortlich... Nicki, was ist das letzte, woran du dich in voller Klarheit erinnerst?«

Nicole schluckte. »Du, als du mir den Heiratsantrag machtest. Und ich, als ich mir den Kopf darüber zerbrach, warum um Himmels willen ich mich nicht dazu bringen konnte, Ja zu sagen.«

»In Ordnung«, sagte Evan. »Fangen wir dort an, wo wir aufgehört haben. Nicki, willst du mich heiraten?«

Nicole schluckte wieder.»Evan, du mußt der wundervollste Mann auf der ganzen Welt sein, und ich habe es gar nicht verdient –«

»Erspare mir das quälende Selbstmitleid. Liebst du mich?«

»Mehr als irgend jemanden auf der Welt, aber –«

»Dann willst du mich heiraten?«

»Jetzt sofort, in diesem Moment, wenn ich könnte«, sagte Nicole ohne Zögern, und sah seinen angespannten Ausdruck sich in Erleichterung auflösen, als sie ihm strahend in die Augen lächelte.

Anruf bei Nacht

I.

Der Anruf aus Europa kam an einem jener gleißenden Nachmittage im Hochsommer, an denen sich die Boulevards in der Ferne in Dunst auflösen und die Hitze wie ein gefangenes Tier in den Straßen hockt. Als ich erschöpft vom Schaufensterbummel auf der Fifth Avenue heimkam, schaltete ich sogleich die Klimaanlage ein, blieb kurze Zeit dicht davor stehen und starrte zum Fenster hinaus. Achtzehn Stockwerke unter mir schleppten sich die Passanten dahin. Der Verkehr tobte an den Kreuzungen. Zwanzig Häuserblocks weiter im Nordwesten der Stadt durchfurchte ein Hubschrauber den Himmel und versuchte auf dem Dach des Pan-Am-Gebäudes zu landen. Er sah aus wie eine Fliege, die wählerisch ein Stück Kuchen umschwirrt.

Ich drehte mich um, ging vom Fenster weg und öffnete die Tür zu einem Kabinett, das von den Wohnungseigentümern als Küche bezeichnet wurde, was aber eindeutig übertrieben war. Im Kühlschrank fand ich eine Flasche Bitter Lemon; unter der Spüle stand die kleine Flasche Gin, die ich immer für unerwarteten Besuch bereithielt. Obwohl ich eigentlich nicht genau weiß, warum ich sie überhaupt aufbewahre, wo doch keine meiner Freundinnen gern Alkohol trinkt und ich alles andere als eine heimliche Trinkerin bin. Wie dem auch sei, ich hatte es mir eben angewöhnt, eine ungeöffnete Flasche Gin im Haus zu haben, seit jenem peinlichen Vorfall vor einigen Monaten, als ich einem meiner Verehrer nichts Stärkeres anzubieten hatte als Ginger Ale; und Gewohnheiten sind, ganz im Gegensatz zu Verehrern, schnell angenommen und nur schwer wieder abzulegen. Jetzt aber fühlte ich mich ermattet von der Hitze und richtig ausgelaugt und sah keinen Grund, warum ich mein Glas Bitter Lemon [illegible]t mit einem kleinen Tropfen Gin aufmöbeln sollte. Also [illegible] die Flasche und schenkte mir ein paar Tropfen ein. Ich lächelte über mein kleines Laster, allein und heimlich dann und wann einen Schluck zu nehmen, und dachte daran, wie schokkiert die Eltern gewesen wären, hätten sie mich jetzt sehen können. Beide waren überzeugte Antialkoholiker gewesen, die Stützen einer biederen New-England-Gemeinde in New Hampshire. Mein Vater hatte sich sogar geweigert, auf seinem kleinen Bauernhof Apfelbäume zu pflanzen, weil ihm Apfelwein so sehr verhaßt war.

Ich seufzte teils aus Unwillen, teils aus Bedauern über meine Erinnerungen. Dieses Kapitel meines Lebens hatte ich abgeschlossen. Wenn mir meine Eltern auch abgingen und mich manchmal ein ganz unbestimmtes Gefühl von Nostalgie für die Landschaft in New Hampshire überfiel, war ich doch froh, daß ich mich von jener strengen Atmosphäre New Englands gelöst hatte. Doch frage ich mich auch heute noch, ob ich mich wirklich von meinem Elternhaus emanzipiert habe. Denn selbst nach achtundzwanzig Jahren – und drei davon hatte ich in New York verlebt – hatte ich immer noch Schuldgefühle, wenn ich mir etwas zum Anziehen kaufte, das nicht unbedingt zweckmäßig, sondern einfach nur hübsch war. Und immer noch beunruhigte es mich maßlos, wenn mein Bankkonto überzogen war.

»Gott, wie vernünftig du bist, Liebes«, pflegte Gina, meine Schwester, bei solchen Gelegenheiten immer zu bemerken, »wenn ich dir doch nur ein bißchen ähnlicher wäre!«

Aber sie war es nicht im entferntesten. Gina war total anders, so anders, daß es mir wie ein Wunder schien, daß wir uns nach dem Tod unserer Eltern noch nicht auseinandergelebt hatten. Sie war fünf Jahre jünger als ich, also hatte sie auch um fünf Jahre weniger die Luft New Englands atmen müssen.

Eine Zeitlang hatte ich mich wirklich bemüht, ihr eine Stütze zu sein, als sie in New York arbeitete. Aber schon bald gab ich es auf, sie erziehen zu wollen. Es war zu anstrengend, und außerdem hatte ich nicht die geringste Lust, mich mit ihr über ihre Fehler zu streiten. Jeder ging seines Weges, und später, als sie nach Hollywood zog, zeigten meine pädagogischen Versuche eine eher zweifelhafte Wirkung – sie schrieb mir endlos lange

Briefe über ihre Arbeit und ihr ungeheuer verwickeltes Liebesleben. Anscheinend hatte meine Toleranz ihren Eskapaden gegenüber – meine Eltern hätten es wohl eher Feigheit vor einer moralischen Auseinandersetzung genannt – Gina ermutigt, mich zu ihrer Vertrauten zu machen. Mit unerschütterlicher Regelmäßigkeit kamen ihre Briefe aus Kalifornien. Anfangs hatte sie sogar versucht, mich auf meine Kosten anzurufen, aber darauf reagierte ich nicht gerade freundlich.

»Nur drei Minuten«, erklärte ich ihr. »Es tut mir leid, aber ich bin ziemlich pleite und kann mir so etwas nicht mehr leisten. Ich möchte nicht mittags *und* abends Joghurt essen müssen.«

»Aber meine Liebe, du willst doch nicht sagen, daß du kein Geld hast!« Ihre Stimme klang so betrübt und ernstlich besorgt, daß es mich fast rührte. »Ich denke, du mußt ungeheuer viel verdienen, wenn du diese schrecklichen Kinder unterrichtest –...«

»Wohl kaum so viel wie du für einen Dreißig-Sekunden-Seifen-Werbespot«, antwortete ich wahrheitsgemäß. Aber dann bekam ich sofort ein schlechtes Gewissen, daß sie mich für knausrig halten könnte, also ermutigte ich sie zu einem Zehnminutengespräch und verschob wieder einmal mein Vorhaben, mir das Plattenalbum ›Antonius und Kleopatra‹ zu kaufen.

Irgendwie aber schien sie meine Anspielung richtig gedeutet zu haben, denn von da an begann sie mich mit Briefen zu bombardieren. Das gab mir allmählich das Gefühl, ich hätte den falschen Beruf gewählt, und meine eigentliche Begabung war eher die einer Beraterin für junge Mädchen in Bedrängnis. ›Ich weiß wirklich nicht, was ich dazu sagen soll‹, schrieb ich verzweifelt in einem meiner frühen Briefe, ›ich kann mir nicht vorstellen, daß meine Kommentare in irgendeiner Hinsicht für Dich von Nutzen sind. Es ist mir unerklärlich, wieso Du glauben kannst, daß ich, nur weil ich fünf Jahre älter bin als Du, die große, weise Ratgeberin sein soll.‹

›Aber Du bist so vernünftig!‹ kam die Antwort aus Ginas Fe- [illegible] mit violetten Tintentropfen auf rosa Papier. ›So klug! Wenn [illegible]ßtest, welcher Trost es für mich ist in dieser verrückten, irren, wahnwitzigen, grausamen Stadt, irgendwo irgend jemanden zu haben, der vernünftig ist und sich normal benimmt...‹

Ich war wohl zu einem Elternersatz für sie geworden; zu einem wenn auch fehlerhaften Symbol für die geordnete Welt ihrer Kindheit, die nur noch in ihrer Erinnerung existierte; und wenn auch nichts sie hätte dazu bringen können, in die puritanische Atmosphäre New Englands zurückzukehren, so war es dennoch beruhigend für sie, an dieser Welt einen Halt zu haben, wann immer sie dessen bedurfte.

Nachdem uns diese eigentümliche Korrespondenz zur Gewohnheit geworden war, stellte ich fest, daß mir Gina viel vertrauter geworden war als in unserer gemeinsamen New Yorker Zeit. Entfernung verzaubert zwischenmenschliche Beziehungen. Als sie auf der Durchreise nach Paris, wo sie eine Karriere als Mannequin beginnen wollte, in New York abstieg, verbrachten wir einige wirklich nette Tage zusammen, aber ich müßte lügen, wenn ich behaupten wollte, daß mir der Abschied schwerfiel. Ich fühlte mich wie ein stilles, friedliches Häuschen in einer stillen Allee irgendwo in einem stillen Städtchen, das plötzlich von einem Tornado erfaßt, emporgerissen, dreimal durch die Luft gewirbelt und dann mit ungeheurer Wucht an seinen alten Platz zurückgeschleudert wird.

An jenem besagten Nachmittag Anfang Juli, als ich von meinem Einkaufsbummel auf der Fifth Avenue zurückkam, war es gerade sechs Monate her, daß Gina nach Paris gegangen war. Ich hatte mich mit einer alten Freundin aus der Collegezeit zum Mittagessen getroffen und war noch vor Einlangen der Post aus dem Haus gegangen. Samstags kam der Postbote nie vor zwölf Uhr. Als ich um vier Uhr erschöpft heimkam, vergaß ich fast, ins Postfach zu schauen, glücklicherweise tat ich es aber dann doch. Und da lag das vertraute Luftpostkuvert mit der vertrauten violetten Handschrift unter den vertrauten französischen Briefmarken. Nachdem ich mir meinen verruchten Bitter-Lemon-Drink gemixt hatte, ließ ich mich auf die Couch fallen, schleuderte die Schuhe von mir und machte es mir richtig bequem. Und dann, in einer Hand das Glas, in der anderen Ginas Brief, versetzte ich mich in die alte Rolle des Beraters, Philosophen und Freundes.

Der Brief fing an wie alle Episteln Ginas. Für sie war es ›nur eine kurze Zeile‹. Resigniert begann ich die Seiten zu zählen, die von wirbelnden violetten Schleifen und Schnörkeln nur so wimmelten, dann siegte doch die Neugierde, und ich fing noch einmal von vorne an.

›... wirklich nur ein paar Zeilen, Liebling, denn ich bin wahnsinnig in Eile, so daß ich fast verrückt werde, und eigentlich sollte ich an drei verschiedenen Orten zur gleichen Zeit sein, und – ach mein Gott! Was ist das Leben doch für eine komplizierte Angelegenheit, wenn man alles richtig machen will. Manchmal wünsche ich mir wirklich, so wie Du zu sein, mit Deinem netten Job, Deinem geregelten Einkommen und Deiner süßen kleinen Wohnung, winzig wie ein Fingerhut, und mit dieser herrlichen Aussicht auf Manhattan. Ehrlich, manchmal wünsche ich mir von ganzem Herzen, wieder in New York zu sein! Die Imbißstuben, die Pizzerias, die Bars und die Hitze, die einem vom Asphalt entgegenweht, all das geht mir richtig ab, wenn auch Paris elegant, aufregend und so schrecklich *chique* ist. Aber im Grunde regnet es hier ständig, und langsam werden mir die ach so tollen Franzosen etwas langweilig; ständig kneifen sie einem in der Metro in den Po. Apropos Männer! Unlängst habe ich den tollsten Mann meines Lebens kennengelernt, und – Du wirst es nicht glauben! – er ist weder Fotograf noch Modeschöpfer. Ja, er ist nicht einmal Franzose. Kurz gesagt, Liebling: ich sehne mich nach einem kleinen Nationalitätenwechsel in meinen Liebesbeziehungen, nachdem ich nun sechs Monate damit beschäftigt war, etwaige Liebhaber mit romanischem Blut abzuwehren beziehungsweise anzuheuern. Meine jüngste Eroberung ist Engländer. Aber nicht so einer mit Melone und Schirm. Er sieht auch nicht aus wie von der Carnaby Street. (Du wirst es nicht glauben, aber es gibt auch andere Engländer!) Er heißt Garth Cooper und scheint Junggeselle zu sein. Wobei es mir allerdings unverständlich ist, wie er es geschafft hat, so lange den Ehefesseln zu entgehen, wo er doch fast fünfunddreißig Jahre alt ist und in keiner Weise neurotisch, sondern das ganze Gegenteil! Mit einem Wort, ein Traummann. Das fiel mir sofort auf, als wir das erstemal gemeinsam durch Paris bummelten. Da fällt mir übrigens noch etwas ein, das Dich interessieren könnte: Gestern abend waren wir in einem Restaurant, und r-a-t-e, wen wir getroffen haben! Du wirst niemals draufkommen! Selbst wenn Du hundert Jahre nachdenkst. Warren Mayne! Und stell Dir vor, er kam einfach an unseren Tisch und küßte mich, so als ob wir noch immer verlobt wären. Manche Leute haben Nerven! Was sagst Du dazu? Ich habe mich zu Tode geschämt und gar nicht gewagt, Garth anzusehen. Aber Garth hat hinterher einfach so getan, als ob ihn das Ganze amüsierte. Er meinte, Warren habe wohl in Paris eine Arbeit angenommen, damit er mit mir wieder in Kontakt kommen könnte. Natürlich habe ich es abgestritten, aber mir dann doch irgendwie Gedanken darüber gemacht. Wäre es nicht einfach unglaublich, wenn das stimmte! Mir nach Paris nachzufahren! O Gott, wie wird das mein Leben hier komplizieren. Das ist gar nicht auszudenken! Wo doch ohnehin alles so verwirrend ist. Wirklich, manchmal wünsche ich mir, Du wärst hier bei mir und könntest alle meine Probleme aus der Welt schaffen. – Sag mal, ist bei euch nicht schon bald Schulschluß? Was hast Du denn in den Ferien vor? Wie wär's mit einem Trip nach Europa? Heb Dir doch ein paar Dollar von Deinem gigantischen Konto ab und komm nach Paris! Ich bin schrecklich in Eile, Liebling, also mache ich für heute Schluß. Paß gut auf Dich auf, alles Gute, liebe Grüße, GINA.‹

Ich stieß einen Seufzer aus, schlürfte meinen Gin und dachte darüber nach, wie unbegreiflich doch so eine Sache wie Sex-Appeal ist. Gina und ich sehen einander sehr ähnlich – oder zumindest war das der Fall bis zu dem Zeitpunkt, als Gina eine Vorliebe für falsche Wimpern und das Aussehen eines hohlwangigen Mannequins entwickelte –, offensichtlich jedoch besitzt sie das gewisse Etwas, das mir fehlt. Es ist mir unvorstellbar, daß das ganze Geheimnis nur in den falschen Wimpern liegen soll.

Wahrscheinlich rührt es daher, daß irgendwelche Erbanlagen unserer biederen Eltern eine außergewöhnliche Verbindung eingegangen sind. Was auch immer der Grund dafür sein mag, ich finde es vom Leben nicht sehr fair. Aber wer erwartet schon Fairneß vom Leben; es sei denn, man ist ein echtes Mauerblümchen. Ich habe mich mit dieser Tatsache abgefunden, daher ärgerte es mich immer, wenn ich mich dabei ertappte, daß ich mich wie ein Mauerblümchen benahm und Gina um ihr Glück beneidete.

Als ob ich je gerne Mannequin geworden wäre! Soll sie doch behalten, was sie besitzt: Paris, Männer und Pelzmäntel! Ich war völlig zufrieden mit meinen Shakespeare-Platten, meinen Freunden und dem sonntäglichen Besuch des Metropolitan Museum. Ich hatte einen Beruf, der mir Freude machte, eine eigene kleine Wohnung, und vielleicht, wenn ich tüchtig sparte und demnächst eine Gehaltserhöhung erhielt, vielleicht auch bald einen kleinen roten Volkswagen...

Nach diesen Tagträumereien, in denen ich mich schon lässig mein Auto besteigen sah, wobei mir der Schlag von einem Diener, dessen Blick mit unverhohlener Bewunderung auf mir ruhte, geöffnet wurde, erhob ich mich, holte mir Papier und Feder und setzte mich hin, um Ginas Brief zu beantworten. Es fiel mir immer leichter, Ginas Briefe zu beantworten, wenn der Eindruck ihrer Worte noch deutlich in meinem Gedächtnis war. Einen Brief voll philosophischer Ratschläge von der Warte des Beraters und Freundes aus erst nach mehreren Tagen zu schreiben, schien mir doch eine etwas gekünstelte Angelegenheit.

›Meine liebe Gina‹, begann ich und kritzelte eifrig dahin. ›Du schreibst ja wie ein Wasserfall. Aber ich muß gestehen, manchmal sind auch meine Briefe nicht viel weniger verworren. Ich will nun versuchen, auf Deine Probleme in chronologischer Reihenfolge einzugehen: 1. Du weißt doch genau, daß Du lieber im verregneten Paris sitzt als in New York mit fünfunddreißig Grad im Schatten und neunzig Prozent Luftfeuchtigkeit. Also verlange in diesem Punkt kein Mitgefühl von mir. 2. Wenn Dir die Metro tatsächlich eine derartige Gefahr für die empfindlicheren Teile Deiner Anatomie bedeutet, fahr mit dem Bus und setz Dich nieder. 3. Der fünfunddreißigjährige Engländer kommt mir verdächtig vor. Was veranlaßt ihn, Paris unsicher zu machen und sein Geld (offensichtlich) zum Fenster hinauszuwerfen? Außerdem verstehe ich nicht, was es heißen soll, daß er unverheiratet zu sein ‚scheint'. Das klingt eher danach, als ob Du in Wahrheit glaubst, er sei verheiratet. Wenn er es wirklich ist, so sag ihm ein schlichtes Lebewohl, solange noch Zeit dazu ist, dann muß ich nicht wieder in sechs Monaten meine Schulter anbieten, damit Du Dich an ihr telefonisch ausweinen kannst, wenn er aus heiterem Himmel den treuen Ehemann spielen will und sich entschließt, reumütig zu seiner Frau zurückzukehren. 4. Das mit Warren war Pech. Wenn Du ihn aber in Zukunft nicht mehr zu sehen wünschst, da gibt es ein einfaches Heilmittel: sag es ihm. 5. Ich würde Dich riesig gern in Paris besuchen. Aber ich spare auf meinen kleinen roten Wagen, von dem ich Dir ja schon während Deines Aufenthaltes im vergangenen Winter in New York vorgeschwärmt hatte. Vielleicht klappt es nächstes Jahr? Heuer habe ich für die Ferien nichts Aufregendes vor. Ich werde mit Sue und ihrem Mann eine Woche in Boston verbringen und dann noch eine Woche mit Nancy in ihrem Häuschen in Martha's Vineyard...‹

Ich hielt inne, um das Geschriebene noch einmal zu überlesen, bevor ich mit meinen Neuigkeiten fortfahren wollte, und trank den letzten Schluck Gin. Gerade wollte ich wieder zur Feder greifen, als das Telefon läutete.

Während ich den Hörer abnahm, lehnte ich mich zurück und stieß dabei mein leeres Glas um. »Ja?« sagte ich verwirrt und hob das Glas auf und mein Briefpapier, das mir von den Knien gerutscht war.

»Hallo?«

»Miß Claire Sullivan, bitte.«

»Am Apparat«, sagte ich gedankenverloren, erstaunt über die unbekannte männliche Stimme und den Summton des Ferngesprächs. »Miß Sullivan, London ist am Apparat. Nehmen Sie einen Anruf von Miß Gina Sullivan entgegen? Das Gespräch geht auf Ihre Kosten.«

Ich war so verblüfft, daß ich vergaß, mich über diesen erneuten Versuch Ginas zu ärgern, mich ihre Ferngespräche bezahlen zu lassen. »London?« fragte ich verwundert zurück. »London, England?«

»Ja, gnädige Frau. Soll ich...« Er wartete höflich. Die britische Höflichkeit war unverkennbar. Oder war es nur der britische Akzent?

»Ja«, sagte ich rasch. »Ja, ich nehme den Anruf entgegen. Danke schön.«

»Ich verbinde.«

»Gina?« fragte ich ungläubig. »Gina, was machst du denn in...«

Aber sie sprach bereits; hörte mir gar nicht zu, sondern keuchte mit schriller Stimme, voller Angst, in abgehackten Sätzen ins Telefon. Ihr Atem kam stoßweise und wurde von Schluchzen unterbrochen. Und während ich ihr gebannt lauschte, übertrug sich ihre panische Stimmung auf mich, bis auch mich ihre Angst erstarren ließ.

»Oh, Claire, Claire, bitte, komm«, flehte sie. »Bitte, bitte, komm, Claire. Oh, Claire, ich bin in einer furchtbaren Situation. Ich weiß nicht, was ich machen soll – Claire, du mußt unbedingt kommen, bitte – ich weiß nicht, was ich machen soll –«

»Gina, hör zu! Wo bist du, um Himmels willen? Was ist passiert? Was – Gina, hörst du mich? Gina, bist du noch da? Gina? –«

Aber es meldete sich niemand mehr. Die Leitung blieb stumm. Da war nur noch lastendes Schweigen. Und dann hörte ich über die Entfernung von sechstausend Kilometer hinweg das leise Klicken, als jemand den Hörer auflegte.

II.

Das Geräusch der unterbrochenen Leitung verwirrte mich so sehr, daß ich einfach nicht reagieren konnte. Ungläubig starrte ich den stummen Apparat an und lauschte wie gelähmt dem eintönigen Summen. Endlich raffte ich mich auf, rief die Vermittlung an und ließ mir das Fernamt geben.

»Ich habe soeben mit London gesprochen – ich wurde unterbrochen –«; es war mir nicht möglich, klar zu denken und ich bemerkte, daß ich die Fragen der Telefonistin stotternd beantwortete. »Nein, nein, die Nummer in London kenne ich nicht... ja, wenn Sie das doch bitte für mich herausfinden würden...«

Ich legte auf; wartete, mixte mir noch einen Drink. Endlich, als ich es vor Ungeduld kaum mehr aushielt, läutete das Telefon erneut. »Der Anruf kam von 16, Hereford Mansions, London W8«, sagte das Fräulein vom Amt im üblichen unpersönlichen Ton. »Die Nummer lautet: Kensington 21272; der Teilnehmer heißt Eric Jantzen, J-a-n-t-z-e-n«, buchstabierte sie. »Soll ich Sie verbinden?«

»Ja, bitte.« Ich notierte rasch die Information, die mir die Vermittlung gegeben hatte.

»Wen möchten Sie sprechen, bitte?«

»Gina Sullivan.« Ich buchstabierte den Namen.

»Einen Augenblick, bitte.«

Ich wartete gespannt. Kurz darauf hörte ich, wie die Nummer gewählt wurde. Das Läuten des Apparats klang von unendlich weit an mein Ohr.

»Bleiben Sie am Apparat. Ich versuche, Sie zu verbinden«, sagte die Vermittlung.

»Danke.«

Es läutete noch immer.

»Ich versuche es noch einmal«, schaltete sich die Telefonistin wieder ein.

Die Zeit schien stillzustehen.

»Es tut mir leid«, hörte ich wieder das Fräulein. »Es meldet sich niemand. Soll ich es später noch einmal versuchen?«

»Ich wußte nicht, was ich sagen sollte. Endlich raffte ich mich auf: »Nein, danke. Aber könnten Sie die Adresse und Nummer des Anrufs noch einmal überprüfen? Meine Schwester hat nie zuvor einen Eric Jantzen erwähnt, und ich möchte ganz sicher gehen, daß hier kein Versehen vorliegt.«

»Wir werden Sie zurückrufen«, vernahm ich die unpersönliche Stimme, die wie ein Automat klang. Dann legte ich auf.

Ich starrte in mein Glas. Was wäre, wenn ich die Nummer immer wieder versuchte und sich niemand meldete? Was sollte ich tun? Ich werde bis Mitternacht warten, entschied ich. Wenn ich bis dahin Gina noch immer nicht erreicht habe oder wenn sie bis dahin nicht noch einmal zurückgerufen hat, dann... Es lief mir kalt über den Rücken. Was sollte ich dann unternehmen? Es wäre völlig sinnlos, die hiesige Polizei anzurufen und sie in eine Sache einzuschalten, die in London passiert ist. Und was wäre, wenn ich die Londoner Polizei anriefe? Wenn ich mit Scotland Yard spräche... Ich versuchte, mir das Gespräch vorzustellen.

›Meine Schwester hat gerade aus London angerufen‹, würde ich sagen. ›Sie schien entsetzlich verängstigt und hysterisch. Dann wurden wir unterbrochen, und der Hörer wurde aufgelegt. Jetzt meldet sie sich nicht mehr. Können Sie die Wohnung eines gewissen Eric Jantzen überprüfen und nachsehen, ob mit meiner Schwester alles in Ordnung ist?‹

War es üblich, Scotland Yard anzurufen, wenn man sich um seine Verwandten ängstigte? Vor meinem geistigen Auge rollte ein noch dramatischerer Auftritt ab. ›Ich befürchte, meiner Schwester ist etwas ganz Schreckliches zugestoßen – wir wurden mitten im Gespräch unterbrochen, und es hörte sich so an, als ob sie von jemandem zum Schweigen gebracht wurde...‹

Aber so war es ja gar nicht gewesen. Gina hatte nichts davon gesagt, daß sie persönlich in Gefahr sei. Nur von einer ›furchtbaren Situation‹ war die Rede gewesen. Wenn sie von jemandem unterbrochen worden war, der sie zum Schweigen brachte und dann den Hörer auflegte, so hatte doch nichts darauf hingedeutet. Sie hatte nicht geweint, keinen Entsetzensschrei ausgestoßen. Sie schien nur hysterisch und wie gelähmt vor Schreck, und ich hatte ihr Verhalten vielleicht fälschlich als hysterische Angst ausgelegt. Nochmals vergegenwärtigte ich mir mein Gespräch mit Scotland Yard.

›Ich erhielt einen seltsamen Anruf aus London, aus der Wohnung eines gewissen Eric Jantzen‹, würde ich beginnen. ›Meine Schwester war hysterisch und schien furchtbar erschrocken. – Ich glaube, es ist unbedingt nötig, den Anruf zu überprüfen. Ich habe Angst um das Leben meiner Schwester. –‹

Und Scotland Yard würde mich unterbrechen: ›Was hat Ihre Schwester in London gemacht? Wie war ihr Verhältnis zu diesem Eric Jantzen?‹

›Das weiß ich nicht; aber sie war mit einem Engländer namens Garth Cooper befreundet.‹

›Sagten Sie, daß Ihre Schwester Mannequin ist?‹ würde Scotland Yard fragen. ›Jung, elegant – wahrscheinlich auch sehr attraktiv und bei Männern gefragt?‹

›Ja, aber...‹

›Wäre es nicht möglich, daß sie einen hysterischen Anfall hatte, weil ihre Beziehung zu einem dieser Männer, oder vielleicht auch zu beiden, problematisch wurde?‹

›Ja, vielleicht, aber...‹

›Hat sie wortwörtlich gesagt, sie hätte Angst oder sei in Gefahr?‹

›Nein, aber –‹

›Was hat sie denn nun eigentlich gesagt?‹

Ich krümmte mich. Den Kommentar Scotland Yards zu Ginas Worten konnte ich mir lebhaft vorstellen. Ich überlegte gerade, ob ich nicht doch Scotland Yard anrufen sollte, als das Telefon wieder läutete. Es war die Vermittlung, die mir Jantzens Namen und Adresse nochmals bestätigte. Ich gab der Telefonistin den Auftrag, die Nummer in ungefähr einer Stunde nochmals anzurufen. Dann legte ich auf und begann von neuem zu grübeln. Da kam mir plötzlich eine Idee. Ich ging zum Schreibtisch, holte meine Briefmappe und suchte Ginas Pariser Telefonnummer heraus. Gina lebte in Paris mit einer mir unbekannten Amerikanerin zusammen, die den ungewöhnlichen Namen Candy-Anna trug.

Der exzentrische Vorname war mir in Erinnerung geblieben, während ich ihren Nachnamen schon längst vergessen hatte. Kurz entschlossen meldete ich neuerlich ein Gespräch nach Europa an.

Diesmal war ich erfolgreicher. Eine Stimme, süß wie Sirup, antwortete und hauchte ein aufreizendes ›Hallo‹ ins Telefon.

»Ich verbinde«, sagte die Telefonistin.

»Candy-Anna?«

»Jaaa«, antwortete die Stimme mit deutlicher Abkühlung, als sie bemerkte, daß ich kein männlicher Anbeter war, der um ein Rendezvous bat. »Wer spricht denn?«

»Ginas Schwester, Claire, aus New York. Ich –«

»Hallo! Ist das aber eine Überraschung! Ich habe schon sooo viel von Ihnen gehört! Erst gestern hat Gina gesagt...«

»Ja, ich bin auf der Suche nach ihr«, fiel ich ihr nicht gerade höflich ins Wort. Aber sie schien es nicht zu bemerken. »Wissen Sie, wo Gina sich in London aufhält?«

»Nein, so etwas, Sie wissen, daß Gina in London ist? Sie hat sich doch erst gestern entschlossen –«

»Wissen Sie, wo sie in London zu finden ist?«

»Also ehrlich gesagt, nein; nein, eigentlich... Sie ist mit einem ihrer Freunde hingefahren, mit einem traumhaft tollen Mann, den Sie unbedingt kennenlernen sollten –«

»Garth Cooper?«

»Sie kennen ihn! Ist er nicht ein super...«

»Nein, ich kenne ihn nicht. Wissen Sie, wo er in London wohnt?«

»Mein Gott, nein – ist es wichtig? Gina wird Montag zurück sein – sie wollte nur übers Wochenende wegbleiben und hat gesagt –«

»Hat sie jemals von einem Eric Jantzen gesprochen?«

»Welcher Eric? Meine Liebe, ich kann mich einfach nicht erinnern. Wenn Sie wüßten, wie viele tolle Männer Gina buchstäblich die Tür einrennen –« ein Wermutstropfen fiel für kurze Zeit auf die honigsüße Stimme, verschwand aber sofort wieder. »Es tut mir leid, aber ich kann mich nicht erinnern – ehrlich. Also einen Eric hat sie mir gegenüber überhaupt noch nie erwähnt, aber vielleicht habe ich es auch nur vergessen. Ich bin ja so schrecklich vergeßlich. Mein Gedächtnis ist so grauenhaft schlecht, Sie können es sich gar nicht vorstellen... Aber was gibt's denn in New York Neues? Wie spät ist es dort gerade? Sie müssen mir unbedingt alles über New York erzählen!«

Nicht für drei Dollar in der Minute, meine Liebe, dachte ich für mich, dennoch erwiderte ich höflich, daß es in New York jetzt Nachmittag sei, daß wir schönes Wetter hätten und daß ich ihr für ihre Hilfe überaus dankbar sei und sie schrecklich gerne einmal kennenlernen würde.

Nur mit Mühe konnte ich mich einer längeren Konversation entziehen, legte auf und ging ruhelos zum Fenster hinüber.

Ich wußte einfach nicht, was tun. Flüchtig blickte ich auf die Uhr. Es war fünf Uhr dreißig, zehn Uhr dreißig in England. In einer halben Stunde würde die Telefonistin Jantzens Nummer noch einmal wählen. Mindestens bis sechs Uhr hatte ich also Zeit, mir die nächsten Schritte zu überlegen, wenn ich Gina nicht erreichen konnte.

Ich versuchte, die Situation völlig leidenschaftslos zu betrachten. Was war meiner Meinung nach wirklich passiert? Wenn ich mir gegenüber aufrichtig war, mußte ich gestehen, daß Gina wahrscheinlich mit Garth Cooper und Eric Jantzen irgendwelche amourösen Probleme hatte. Von ihren früheren Erlebnissen her wußte ich sehr gut, daß Gina immer wieder in die verwikkeltsten Liebesaffären hineinschlitterte. Vielleicht war sie mit Cooper nach London gefahren und hatte dort von Eric Jantzen – wer das auch sein mochte! – erfahren, daß Cooper verheiratet ist. Völlig durcheinander hatte sie in ihrer typischen Art die Situation grotesk dramatisiert und geglaubt, ihr Herz sei gebrochen und ihr Unglück ohne Maßen. Wohl aus diesem Gefühl heraus hatte sie ihrem Hang zum Tragischen nachgegeben und bei Claire, ihrer großen Schwester, angerufen, um in ihrem maßlosen Schmerz wieder einmal bei ihr Zuflucht zu suchen.

Warum hatte sie dann aber mitten im Gespräch aufgelegt?

Diese Frage bereitete mir arges Kopfzerbrechen, und ich grübelte, bis um sechs Uhr das Telefon erneut läutete.

»Es meldet sich niemand unter der Nummer in London«, sagte die Telefonistin. »Soll ich es um sieben Uhr nochmals versuchen?«

Spontan antwortete ich:

»Nein, aber können Sie mich bitte mit Scotland Yard verbinden?«

Ich hatte den Verdacht, daß nun sogar dieser Automat von einer Telefonistin nicht mehr an meiner geistigen Zerrüttung zweifelte.

»Scotland Yard, London?«

»Ja«, antwortete ich. »Die Polizei.«

»Möchten Sie einen bestimmten Herrn sprechen?«

»Nein, nein – irgend jemand von Scotland Yard. Ich möchte etwas melden.«

»Ich rufe Sie zurück«, versprach das Fräulein mit einer Stimme, die darauf schließen ließ, daß sie mich für verrückt hielt. Und dann war ich wieder allein mit dem stummen Telefon.

Noch einmal probte ich mein Gespräch mit Scotland Yard und versuchte, ein Gefühl äußerster Spannung und Angst zu unterdrücken. Als ich endlich einige Minuten später meine Geschichte tatsächlich erzählen sollte, hörte ich mich zu meinem Entsetzen die mühsam eingeübten Worte herumstottern und fühlte, wie mein Gesicht heiß wurde vor Verlegenheit.

Glücklicherweise hörte der Polizist am anderen Ende der Leitung, ein gewisser Inspektor Fowles, sehr höflich zu und ermutigte mich mit seinen Fragen, so daß mein verwirrtes Gestammel letztlich zu einer zusammenhängenden Geschichte wurde. Als ich am Ende völlig verzweifelt fragte, ob mir die Polizei helfen könne, antwortete er ruhig:

»Ja, natürlich, wir werden jemanden zur Wohnung des Herrn Jantzen schicken. Machen Sie sich vorläufig keine Sorgen mehr. Wir kümmern uns sofort um alles. Sollte wirklich etwas nicht in

Ordnung sein, dann können Sie sicher sein, daß wir es aufdekken und uns um Ihre Schwester kümmern werden.«

»Werden Sie mir auch sofort Bescheid geben, wenn Sie etwas erfahren? Es ist mir klar, daß diese Telefonate sehr teuer sind, aber es würde mich ungemein beruhigen, wenn –«

»Aber selbstverständlich, Miß Sullivan. Ich habe ja Ihre Nummer, nicht wahr? Sobald ich den Bericht erhalte und etwas Neues weiß, rufe ich Sie persönlich an.«

Ich dankte ihm erleichtert, legte den Hörer auf die Gabel und lehnte mich auf der Couch zurück. Vollkommen erschöpft schloß ich die Augen. Ein wenig später ging ich in die Küche und versuchte, mir etwas zu kochen, aber ich war unfähig, auch nur einen Bissen hinunterzubringen.

Unruhig ging ich im Zimmer auf und ab. Kurze Zeit blieb ich am Fenster stehen, um auf das Pan-Am-Gebäude und die anderen architektonischen Riesen zu starren. Wieder kam ein Hubschrauber, landete und flog dann weiter. Es war inzwischen sieben Uhr geworden. In der Dämmerung flackerten vereinzelte Lichter auf; das nächtliche New York erwachte zum Leben. Auf der Straße weit unter mir konnte ich die roten Rücklichter der Autos erkennen, die scharenweise auf die Restaurants zustrebten und sich dem nächtlichen Glanz des Broadway hingaben. Bald war es acht Uhr; dann neun. Zweimal griff ich in einem Anfall verzweifelter Ungeduld beinahe nach dem Hörer, aber dann gelang es mir doch, mich zu beherrschen. Inspektor Fowles hatte versprochen zurückzurufen. Es war sinnlos, ihn nochmals anzurufen, wo er doch wahrscheinlich noch gar keine Nachricht für mich haben konnte. Gerade als ich mir eine Tasse Kaffee machte – es war kurz vor elf Uhr dreißig –, läutete das Telefon. Ich erschrak so heftig, daß ich das siedende Wasser verschüttete.

»Hallo?« meldete ich mich aufgeregt, »hier spricht Claire Sullivan.«

Scotland Yard war am Apparat, Inspektor Fowles. Meine Knie gaben plötzlich nach. Ich mußte mich setzen.

»Miß Sullivan, es tut mir leid, aber wir haben über Ihre

Schwester noch keine wirklich befriedigende Nachricht, es scheint jedoch alles in Ordnung zu sein. Herr Jantzen hatte sie zu einem Drink zu sich eingeladen. Leider hatte er sich aber verspätet und konnte den Termin nicht einhalten. Er versuchte, sie zu erreichen und das Treffen zu verschieben, aber es gelang ihm nicht. Es war ihm völlig unbekannt, daß Ihre Schwester sich in seiner Wohnung aufgehalten haben soll.«

»Aber –«, warf ich verwirrt ein, »wie soll sie denn dann hineingekommen sein, wenn er gar nicht zu Hause war?«

»Er vermutete, daß sie mit ihrem Freund, einem gewissen Garth Cooper, gekommen ist. Anscheinend hat dieser Cooper einen Schlüssel zur Wohnung des Jantzen.«

Mir lief es plötzlich kalt über den Rücken. Ein unerklärliches Gefühl der Angst stieg in mir auf.

»Haben Sie bei Garth Cooper nachgefragt?« erkundigte ich mich beunruhigt.

»Bis jetzt konnten wir ihn leider noch nicht erreichen. An Ihrer Stelle würde ich mir jedoch keine allzu großen Sorgen machen, Miß Sullivan. Es scheint doch so, als ob Ihre Schwester mit Herrn Cooper von Paris nach London ...«

»Ja«, sagte ich, »das weiß ich.«

»Also nehme ich an, daß sie zusammen ausgegangen sind. – Wahrscheinlich amüsiert sich Ihre Schwester großartig und verbringt einen angenehmen Abend!« Inspektor Fowles wollte mich beruhigen und mir meine Sorgen nehmen. Seiner Stimme nach zu schließen, war er davon überzeugt, daß alles in Ordnung war. »Miß Sullivan, wissen Sie, was ich glaube? Ihre Schwester und Cooper sind wahrscheinlich zu ihrem Freund gegangen, um einen Drink zu nehmen, und sind dort in Streit geraten. Vielleicht hat er ihr erklärt, daß er genug von ihr hat. Sie kennen ja diese Mädchen – und jetzt gefällt sich Ihre Schwester in der Rolle der Sitzengelassenen. Also ruft sie Sie ganz theatralisch an, um sich an Ihrer Schulter auszuweinen. Und plötzlich, siehe da, der Held kehrt zurück, ergeht sich in Entschuldigungen, und sie gehen vereint und glücklich von dannen. Glauben Sie mir, schon morgen wird Ihre Schwester Sie anrufen, um Ihnen zu sagen, wie leid es ihr tut, daß sie Ihnen einen derartigen Schreck eingejagt hat.«

Ich brachte nichts hervor als: »Und wenn sie nicht anruft?«

»Nun ja, wenn sie nicht anruft...« Er schien diese unglaubwürdige Möglichkeit zu erwägen. »Warten Sie bis Montag, und dann erkundigen Sie sich, ob sie gesund nach Paris zurückgekehrt ist. Sollte das nicht der Fall sein und sollten Sie noch immer nichts von ihr gehört haben, dann rufen Sie mich noch einmal an.«

»Ja, gut«, sagte ich langsam. »Gut, das werde ich machen. Und vielen Dank auch für all die Mühe, die Sie sich meinetwegen gemacht haben.«

»Aber das ist ja selbstverständlich, Miß Sullivan.«

Beim Abschied klang seine Stimme herzlich und freundlich, meine dagegen gekünstelt und steif vor Angst und Unruhe.

Ich nahm meinen alten Platz auf der Couch wieder ein und blieb lange Zeit so sitzen, aber je mehr ich mir einredete, daß es unsinnig sei, mich aufzuregen, desto unruhiger wurde ich. Die Vorstellung, daß ich bis Montag hier herumsitzen müßte, ohne irgend etwas tun zu können, machte mich halb wahnsinnig. Noch völlig unentschlossen stand ich schließlich auf, holte mir meine Geldbörse und kontrollierte meine Barschaft. Dann überschlug ich im Kopf mein Sparkonto und überlegte lange Zeit hin und her. Der kleine rote Wagen fiel mir wieder ein, und wie ich gespart hatte, um ihn mir endlich kaufen zu können. Ich dachte an die Ausflüge, die ich geplant hatte; an die aufregenden Exkursionen über Land und im Sommer ans Meer ohne die mühsame Fahrt mit der U-Bahn. Und die sechswöchige Expedition in den Westen, die ich für die nächsten Sommerferien vorgehabt hatte. All das drängte sich vor mein inneres Auge. Lange Zeit saß ich da und dachte nach, bis ich endlich laut zu mir sagte:

»Okay, vielleicht wäre das alles ohnehin zu extravagant für mich gewesen. Und überhaupt, heutzutage sagt jeder, daß ein Auto in Manhattan eher eine Belastung als ein Vorteil ist. Auf diesen Luxus kann ich auch noch etwas länger warten. Und Europa wollte ich ja wirklich schon immer kennenlernen.«

Jetzt, da ich endlich zu einem Entschluß gekommen war, fühlte ich mich um vieles wohler. Ich ging zu Bett, schlief sogar ein paar Stunden und rief, sobald ich am Morgen erwachte, bei Pan-Am an, um mich nach dem nächsten Flug von New York nach London zu erkundigen.

Von nun an nahm das Schicksal seinen Lauf und spielte eine entscheidende Rolle in meinen weiteren Vorhaben. Ich stellte fest, daß wegen der Hochsaison alle Flüge nach London ausgebucht waren. Ich ließ mich für mehrere Flüge vormerken, und dann, als ich meine Frustrationsschwelle schon lange überschritten hatte und kurz vor dem Zusammenbruch war, hielt ich inne, um die Situation einmal ganz nüchtern zu beurteilen. Es war jetzt Sonntagmorgen. Selbst wenn ich für denselben Tag ein Ticket bekäme, könnte ich Gina doch nicht erreichen, bevor sie aus England nach Frankreich zurückkehrte. Vorausgesetzt natürlich, daß sie gesund und wohlbehalten war. Also wäre es doch vernünftiger, wenn ich nicht nach London, sondern nach Paris flöge. Wieder griff ich zum Apparat. Durch einen glücklichen Zufall bekam ich für Montag einen stornierten Flug mit der TWA nach Paris. Nachdem ich diesen Teil meines Vorhabens erfolgreich erledigt hatte, fiel der Druck der Unentschlossenheit von mir, und ich konnte endlich wieder Atem schöpfen. Viel Zeit blieb mir allerdings nicht, denn der Trip nach Europa verlangte einige Vorbereitungen. Zuerst einmal mußte ich den Scheck für das Flugticket einlösen. Ich ging zu Fuß zur 42. Straße. Während des Spazierganges begann ich wieder über Gina nachzudenken. Garth Cooper, der Traumengländer, fiel mir ein, und Candy-Anna, die mit ihrem langgezogenen, für Südstaatler typischen Akzent gesungen hatte: ›Ach, was für ein toller, aufregender Mann...‹

Erneut befiel mich ein Gefühl der Nervosität, und ich konnte nicht schnell genug zum TWA-Büro auf der 42. Straße kommen.

Eine halbe Stunde später war ich mit dem Ticket in meiner Tasche auf dem Weg nach Hause. Vergebens versuchte ich, mich auf die Reise in Ruhe vorzubereiten. Selbst für die einfachsten Handgriffe war ich zu nervös. Der Paß war in Ordnung, ebenso der Impfpaß; beide hatte ich mit meinem ausgeprägten Ordnungssinn stets kontrolliert und, wenn nötig, verlängert. Als ich endlich mit dem Packen fertig war, rief ich noch ein paar Freunde an, um mich von ihnen zu verabschieden und sie mit meiner plötzlichen Reise nach Europa zu überraschen. Dies gelang mir auch vortrefflich. Allmählich begann ich selbst, leise Zweifel an meinem Gemüts- und Geisteszustand zu hegen. Aber ich verdrängte sie sofort und telegrafierte nach Paris an Ginas Wohnung, um meine Ankunft mitzuteilen.

Vielleicht, so hoffte ich im stillen, würde Gina mich sogar vom Flughafen abholen.

Aber tief im Innersten ahnte ich, daß in Orly niemand auf mich warten würde. Ich begann aufs neue, mir um Gina Sorgen zu machen. Die ganze Nacht lag ich wach und ängstigte mich um sie, bis endlich der Montagmorgen anbrach und ich meine letzten Vorbereitungen treffen mußte. Ich raste zur Bank, um Reiseschecks zu holen. Dann nahm ich ein Taxi zum Kennedy-Flughafen. Alles klappte vorzüglich. Es gab keine Verspätungen, keine großen Aufregungen in letzter Minute, und achtundvierzig Stunden nach Ginas Anruf aus London befand ich mich auf dem Weg nach Europa, um sie zu suchen.

Der Flug schien ewig zu dauern. Stundenlang schwebten wir auf blauen Wolken im Nichts, bis endlich ein überwältigend schöner Sonnenuntergang und eine frühe Zwielichtstimmung den Zeitunterschied zwischen Europa und Amerika anzeigten. Es war Nacht, als wir in Paris ankamen, obwohl meine Uhr zeigte, daß es in New York erst Nachmittag war. Ich dachte an die langen Boulevards im Dunst der Hitze, an die glühenden Gehsteige, an das Surren der Tausenden Klimaanlagen, und plötzlich war das alles weit, weit weg, am anderen Ende der Welt. Das Flugzeug setzte zur Landung an, und wir näherten uns französischem Boden.

Ich schüttelte die Müdigkeit ab, die mich während des eintönigen Fluges überfallen hatte, und legte mein Buch beiseite. Ich vergaß meine Nervosität. Unter mir flimmerten Tausende Lichter, europäische Lichter, die in der dunklen Sommernacht erglühten. Sekundenlang war ich gefangen von dem Neuen, das mich erwartete, und darüber vergaß ich fast Gina und meine Angst. Immer tiefer sank das Flugzeug; das Lichtermeer unter uns schien unendlich. Kurz darauf sah ich die Scheinwerfer am Flughafen, und während das Flugzeug sich der Rollbahn näherte, fiel mir ein, daß ich mich anschnallen mußte. Nach einer Viertelstunde verließ ich das Flugzeug und betrat ein neues, fremdes Land.

Meine Erregung steigerte sich ins Unendliche, dann verebbte sie wieder langsam. Ein Gefühl der Einsamkeit ergriff von mir Besitz und stimmte mich traurig. Ich war eine Fremde hier. Zwar konnte ich ein paar Brocken Französisch, wodurch ich mich nicht ganz so verloren fühlte, aber mit meinem Schulfranzösisch konnte ich dem raschen Fluß der Konversation um mich herum und dem Stimmengewirr nicht folgen. Ich war hilflos und verzagt, als man mich durch den Zoll schleuste. Zweisprachige Tafeln wiesen mir den Weg zum Busbahnhof. Immer noch hoffte ich vage, von Gina abgeholt zu werden, aber nirgends sah ich ein vertrautes Gesicht. Ich war eine Fremde unter Fremden auf einem Flugplatz, der abweisend und unpersönlich blieb.

Nach einer kurzen Verzögerung gelang es mir, einen Reisescheck einzulösen, denn ich mußte ja meine Busfahrt bezahlen. Der zweite Teil meiner Reise begann. Der Bus ratterte durch die Pariser Vororte, holperte über Kopfsteinpflaster vorbei an Straßencafés und schäbigen Häusern. Dann bekam die Stadt plötzlich ein anderes Gesicht. Breite Boulevards, erleuchtete Plätze, Gebäude im Scheinwerferlicht. Wir fuhren mitten durch die Stadt. Bald steigerte sich meine Erregung so sehr, daß ich meine Einsamkeit vergaß und nur noch dachte: das ist Paris, und ich, Claire Sullivan, erlebe es mit eigenen Augen.

Der Bus hielt beim Airterminal. Ich holte mein Gepäck und bestieg ein Taxi.

»Numéro vingt-deux, Rue Saint-Thomasine, s'il vous plaît.«

Der Fahrer nickte und setzte eine Miene auf, die ich typisch für Paris und für sehr ›ennui‹ hielt. Wir schossen los, rasten über Pflastersteine, blieben mit kreischenden Bremsen an einer Kreuzung stehen. Als wir wieder losschnellten, gewöhnte ich mich allmählich an diese ruckartige Fahrweise und begann erneut an Gina zu denken und an die Möglichkeit, daß vielleicht mein Telegramm in Ginas Wohnung gar nicht angekommen war.

Aber es war angekommen. Nachdem ich das Taxi bezahlt hatte, stieg ich aus, betrat das Wohnhaus und zwängte mich mit meinem Gepäck in den modernen Lift. Gina wohnte im dritten Stock. Als ich aus dem Lift stieg, konnte ich den Lichtschalter nicht gleich finden. Ich zündete ein Streichholz an und fand bald darauf die richtige Wohnungstür. Da war das Türschild mit Ginas und darunter Candy-Annas Namen. Völlig erschöpft und zugleich erleichtert läutete ich. Ich wartete einen Augenblick; dann wurde die Tür geöffnet. Vor mir stand ein gertenschlankes Mädchen mit honigblondem Haar und hellen blauen Augen.

»Fein, daß Sie da sind!« rief Candy-Anna aufrichtig erfreut. »Willkommen in Europa! Ich freue mich riesig, Sie kennenzulernen, und hoffe nur, Sie werden nicht zu sehr enttäuscht sein. Gina hat sich wohl entschlossen, etwas länger in London zu bleiben – sie ist letzte Nacht nicht zurückgekommen, und ich habe nicht die leiseste Ahnung, wo sie ist...«

III.

»Wer ist dieser Garth Cooper?« fragte ich sie. »Kennen Sie ihn?« Eine halbe Stunde war nun seit meiner Ankunft vergangen. Wir saßen in ihrem geräumigen, unordentlichen Wohnzimmer und tranken Kaffee. Candy-Anna hatte mich nach dem Grund für meinen unerwarteten Besuch gefragt und sich gewundert, warum ich mir um Gina solche Sorgen machte. Aber da ich von Natur aus Fremden gegenüber zurückhaltend bin, hatte ich ihr meine Geschichte nur zum Teil anvertraut und das Wesentlichste ausgelassen.

»Gina hat mir schon die ganze Zeit in den Ohren gelegen, daß ich nach Europa kommen soll, also entschloß ich mich kurzerhand dazu«, erzählte ich ihr. »Sie hat mich Samstagabend aus London angerufen; irgendwie wirkte sie beunruhigt – um es milde auszudrücken. Als ich sie dann zurückrief, meldete sich niemand. Daraufhin habe ich Sie angerufen und gebeten, mir über Ginas Aufenthalt und Begleiter Auskunft zu geben.«

»Tja, Garth Cooper hat sie begleitet«, hatte Candy-Anna geantwortet. »Aber es war keineswegs ein verrückter, wilder Wochenendausflug, nein, das dürfen Sie nicht denken!« Ihre wäßrig-blauen Augen nahmen einen sorgsam kultivierten Ausdruck der Unschuld an. »Garth fuhr nach London zurück, nachdem er in Paris seine Geschäfte beendet hatte. Gina entschloß sich mitzufahren. Sie wollte nur übers Wochenende hin, um mal einen Eindruck von England zu bekommen. Ich nehme an, daß das Wochenende ein so toller Erfolg war, daß sie sich entschloß, länger zu bleiben. Was war denn an ihrem Anruf so ungewöhnlich? Es wird ihr doch nichts zugestoßen sein?«

»Sie schien einfach nicht wie sonst zu sein.« Ich hatte meinen Kaffee ausgetrunken und fragte sie nun, was sie von Garth Cooper hielt. »Wenn ich mich recht erinnere, sagten Sie am Telefon, daß Sie ihn kennen«, fügte ich hinzu. »Was ist er Ihrer Meinung nach für ein Mann?«

Aber Candy-Anna war einfach nicht fähig, auf eine derartige Frage eine klare Antwort zu geben.

»Garth? Also Garth ist einfach fantastisch! Gina und ich sind sterblich verliebt in ihn...«

»Ja«, fragte ich weiter und bemühte mich, meine Ungeduld zu unterdrücken, »aber was macht er denn so? Warum war er in Paris? Lebt er in London?«

»Also das weiß ich wirklich nicht! Wahrscheinlich lebt er wohl in London. Aber ich glaube, er hat auch in Paris eine kleine Wohnung – irgendwie kommt es mir vor, als habe er einmal davon gesprochen, daß er immer zwischen Paris und London hin und her reist... Ist das nicht himmlisch?« Sie seufzte. »Wenn man sich vorstellt, in Paris *und* London zu leben und zu wohnen, klingt das nicht...«

»Ja«, sagte ich und preßte meine Hände aneinander, bis es schmerzte. »Aber was macht er beruflich?«

Candy-Anna runzelte die Stirn. Die ungewöhnliche Tätigkeit des Denkens bereitete ihr sichtlich einige Mühe. »Tja, also«, sagte sie endlich mit einem erstaunten Augenaufschlag, »ob Sie es glauben oder nicht, das habe ich mich überhaupt noch nicht gefragt. Ist das nicht höchst seltsam?«

»Glauben Sie, daß er reich ist?«

»Das auf jeden Fall! Er fuhr stets nur mit dem Taxi und nahm nie die Metro. Und er führte Gina in die tollsten Restaurants. Und überhaupt, er hatte die himmlischsten Ideen! Er lud Gina sogar ins Theater und in die Oper ein. Es war einfach traumhaft für Gina! Ich freute mich aufrichtig für sie.«

Das bezweifelte ich zwar sehr, sagte ihr aber nichts davon. »Wie lange kennt Gina ihn schon?«

»Oh, ... ungefähr sechs Wochen, glaube ich. Aber er war nicht die ganze Zeit über in Paris, sondern nur die ganze letzte Woche, und da trafen sie einander fast jeden Abend. Am Freitag abend flogen sie dann zusammen nach London.«

»Wissen Sie zufällig, wann er wieder nach Paris zurückkehren wird?«

»Tja, nun, das weiß ich leider nicht. Vielleicht bleibt er einige Tage in London, ich habe keine Ahnung.«

Ich überlegte, was ich tun sollte. Es sah nun fast so aus, als sollte ich so rasch wie möglich nach London fliegen, um diesen Garth Cooper zu suchen und ihn kurzerhand und ganz direkt nach Ginas Verbleib zu fragen. Aber dann ... ich seufzte. Zweifellos benahm ich mich wieder unvernünftig. Aller Wahrscheinlichkeit nach war Gina inzwischen unsterblich in Garth Cooper verliebt und hatte nicht die geringste Absicht, nach Paris zurückzukehren, solange sie in London glücklich war. Wenn ich mich in ihre Angelegenheit mischte, wäre sie bestimmt nicht erfreut. Langsam kam mir mein Verhalten doch sehr töricht vor. Entgegen dem Ratschlag von Inspektor Fowles hatte mich Ginas Anruf hysterisch gemacht, und nun war ich im Begriff, ihre Abwesenheit von zu Hause als böses Vorzeichen anzusehen.

Gerade als ich mir die bittersten Vorwürfe wegen meiner übereilten Reise machte und es zutiefst bereute, wie eine Verrückte nach Paris gerast zu sein, läutete das Telefon.

Wir sprangen beide auf.

»Das ist Gina«, sagte ich sofort, »sie muß es sein. Sie ist zurück.« Candy-Anna riß den Hörer an sich.

»Hallo?«

Ich lehnte mich über die Sofalehne und beobachtete gespannt, wie Candy-Anna ihre Augen vor Überraschung aufriß. »Hallo, Warren! Wie geht's dir denn? Was? Nein, sie ist zur Zeit nicht zu Hause. Sie ist noch nicht zurück. Ja, das stimmt... Nein, ich habe nichts von ihr gehört –«

Ich unterbrach sie scharf. »Spricht dort Warren Mayne, Ginas früherer Verlobter?« Mir fiel Ginas letzter Brief ein, den ich unmittelbar vor ihrem Anruf erhalten hatte.

»Einen Augenblick, mein Lieber«, sprach Candy-Anna in den Apparat und wandte sich dann zu mir: »Ja, es ist Warren – kennen Sie ihn?«

»Kann ich ihn bitte sprechen?«

»Natürlich«, sagte sie erstaunt und wandte ihre Aufmerksamkeit wiederum dem Telefon zu. »Liebster, rate mal, wer mit dir plaudern möchte! Jemand aus deiner Vergangenheit!« Dann, nachdem sie ihren Auftrag erfüllt und genügend geheimnisvolle Andeutungen gemacht hatte, reichte sie mir den Hörer mit einem bezaubernden Lächeln, während sie wieder nach einer Zigarette griff.

»Warren?« fragte ich rasch. »Hier spricht Claire Sullivan, Ginas –« – »Claire!« Er war verwirrt. Ich sah ihn plötzlich vor mir, jung, gepflegt, aber mit zu kurzem Haar; sein attraktiv-häßliches Gesicht zu ernst und seine treuen blauen Hundeaugen leuchtend vor Zuneigung. Gina hatte ihm die Hölle heiß gemacht letztes Jahr in New York. Er hatte mir furchtbar leid getan.

»Ja!« Ich lächelte trotz meiner Sorgen. »Ja, ich bin es wirklich! Wie geht's dir, Warren? Gina hat mir erst kürzlich geschrieben, daß du in Paris bist.«

»Sie hat von mir gesprochen?« fragte er gerührt vor Freude und Eitelkeit. »Ja, ich arbeite bei einer amerikanischen Firma. Es ist –« Er stockte, als ob er jetzt erst bemerkte, daß ich in Paris war und nicht in New York, wo ich doch eigentlich hingehörte. »Nein, so etwas! Das ist aber eine Überraschung!« rief er aus. »Gina hat nie davon gesprochen, daß du deinen Urlaub in Europa verbringen willst! Ich wußte gar nicht, daß du in Paris bist!«

»Gina weiß auch nichts davon. Es ist eine ziemlich komplizierte Geschichte. Es sieht fast so aus, als ob ich einen großen Unsinn gemacht habe. Ich habe gerade erfahren, daß Gina in London ist, mit einem gewissen Garth Cooper.«

Candy-Anna hielt die Hand vor den Mund und schüttelte heftig den Kopf. Aber es war zu spät. Ich hörte, wie Warren am anderen Ende der Leitung nach Luft schnappte, und als ich vor Verlegenheit knallrot wurde, schrie er: »Was! Mit Cooper? Mit Cooper ist Gina nach London gefahren? Das kann nicht stimmen, mir hat sie doch gesagt, sie würde...«

Ich fluchte innerlich über meinen Mangel an Schlagfertigkeit und Einfühlungsvermögen. »Eigentlich waren sie nicht zusammen«, sagte ich hilflos und verschlimmerte die Situation noch mehr. »Sie haben nur dasselbe Flugzeug genommen.«

»Ja, aber wo ist sie jetzt, um Himmels willen? Warum ist sie noch nicht zurück? Mein Gott, wenn ich gewußt hätte, daß sie mit Cooper zusammen ist...«

»Warren, du mußt mir verzeihen, aber ich kenne mich überhaupt nicht mehr aus. Ich bin soeben erst angekommen und weiß gar nicht, was mit Gina los ist, wo sie ist und was sie treibt. Könnten wir einander nicht morgen treffen und über alles sprechen? Ich bin ein wenig durcheinander.«

»Aber ich nicht.« Augenscheinlich war er noch immer außer sich vor Wut. »Mir ist jetzt alles klar. Dieser verdammte Engländer! Zuerst wirft er mit seinem Geld herum, und dann lädt er sie auf ein Wochenende nach London ein! Und spielt den Cicerone! Mein Gott, wenn mir der noch einmal unter die Augen kommt –«

»Wenn wir vielleicht doch morgen über alles reden könnten, Warren. Ich –«

»Zum Frühstück oder zu Mittag?« fragte er rasch.

»Wie wär's mit einem gemeinsamen Mittagessen?« schlug ich vor, wobei ich heimlich hoffte, Gina würde sich bis dahin melden.

»Okay. Ich hole dich mittags zu Hause ab«, schrie er wütend und warf den Hörer auf die Gabel.

»Ach du meine Güte«, sagte ich resigniert. »Warum in Gottes Namen mußte mir dieser dumme Fehler passieren? Jetzt habe ich die Situation für Gina noch mehr verfahren, als sie ohnehin schon war.«

Zum Glück tröstete mich Candy-Anna. Das gab mir wieder Selbstvertrauen.

»Gina macht sich ja doch nichts aus Warren. Sie wäre heilfroh über eine Ausrede, um mit ihm endgültig brechen zu können.«

In ihren Augen lag ein bedeutungsvolles Glitzern. Ich nahm an, daß auch sie froh wäre über eine derartige Lösung; aber sicher nicht aus demselben Grund.

»Ich muß ins Bett«, sagte ich erschöpft. »Ich bin halb tot. Bitte verzeihen Sie, Candy-Anna, daß ich Sie einfach so überfallen und Ihnen all die Unannehmlichkeiten bereitet habe...«

Sie beteuerte mir noch einmal, wie sehr sie mein Besuch freue und daß ich mich absolut nicht entschuldigen müsse.

Dann ging ich zu Bett. Ich schlief in Ginas Bett inmitten ihrer Sachen, die mir vertraut waren und mich an sie erinnerten. Candy-Annas Atem kam leise und regelmäßig von der anderen Seite des Zimmers zu mir herüber. Mein Schlaf war jedoch nicht sehr tief. Immer wieder schreckte ich auf und hatte Angst, das Telefon würde läuten, und man würde mir irgendwelche Nachrichten aus London mitteilen. Ich wußte eigentlich gar nicht, ob ich mit guten oder schlechten Neuigkeiten rechnete. Ich war nur unruhig. Aber nichts rührte sich. Das Telefon blieb stumm. Und als ich endlich die Augen aufschlug, war es acht Uhr. Die Sonne blinzelte strahlend durch die schrägen Jalousien.

Warren war pünktlich. Candy-Anna war schon früh aus dem Haus gegangen. Sie hatte eine geschäftliche Verabredung. (›Eine Reklame für schwere Fahrzeuge, Liebste. Stellen Sie sich vor, ich muß mit einem jungen Elefanten vor einem riesigen Lastwagen Modell stehen.‹) So kam es, daß ich allein zu Hause war, als es läutete. Ich ging zur Tür, um zu öffnen.

Warren sah genauso aus wie bei unserem letzten Treffen. Er war, glaube ich, eher in meinem als in Ginas Alter, dennoch wirkte er mindestens fünf Jahre jünger als ich. Gina war nach dem Tod unserer Eltern nach New York gegangen und hatte kurze Zeit in Manhattan Kunstgeschichte studiert. Dort hatte sie Warren kennengelernt, der damals genau wie sie in jenem Stadium steckte, wo sich alles in Greenwich Village abspielte und man nur ›in‹ war, wenn man langes, verwildertes Haar trug. Gina hatte allerdings, sehr zum Leidwesen Warrens, dieses Stadium schneller überwunden als er, und nach ihren ersten größeren Erfolgen als Mannequin in New York war sie nach Hollywood gegangen. Ihre nächste Station war Paris gewesen. Die ganze Zeit über hatte es wilde Szenen zwischen den beiden gegeben. Der Verlobungsring war ständig hin- und hergeschickt worden, und schließlich wurde das Verhältnis gelöst. Warren tat mir leid, denn er war auf seine Weise kein schlechter Bursche, und es gab bestimmt viele Mädchen, die sich um ihn gerissen hätten. Er stammte aus einem sehr guten Haus; sein Vater war Diplomat in Washington. Er war zwar nicht besonders kultiviert oder mit intellektuellen Gaben gesegnet, aber das war Gina ja auch nicht. Ich hatte es immer für eine gute Verbindung gehalten, aber Gina war da anderer Meinung. Sie zog es vor, neue Kreise zu ergründen und dem nachzujagen, was sie für aufregender und spektakulärer hielt.

»Es ist nett, dich wiederzusehen«, sagte er mit seinem offenen, naiven Lächeln und seinem festen Händedruck. »Verzeih, daß ich gestern abend am Telefon so unhöflich war, aber ich war verärgert –«

»Nett von dir, mich abzuholen«, antwortete ich höflich.

»Ich hoffe, daß du mir vielleicht Aufklärung über alle diese Vorfälle geben kannst.«

»Und ich habe gehofft, du könntest mir einiges berichten«, warf Warren mit einem flüchtigen Blick auf seine Armbanduhr ein. »Paß auf, nicht weit von hier am Ende der Straße ist ein kleines Restaurant – wie wär's, wenn wir uns dort ein gutes Mittagessen gönnten? Wie ich Gina kenne, ist im Kühlschrank nichts zu finden außer Joghurt. Mannequins essen ja prinzipiell nichts.«

Mir wäre nie im Traum eingefallen, ihn hier zum Essen einzuladen, daher war ich etwas verblüfft über die Vermutung, daß ich ihm etwas kochen würde. Rasch erklärte ich ihm, daß ich schrecklich gerne mal in ein französisches Restaurant ginge. Also verließen wir die Wohnung und gingen hinaus auf die erfrischend kühle Straße.

Es verschlug mir den Atem. Nicht weit von uns erblickte ich die Seine, und dahinter glitzerte der Eiffelturm in seiner ganzen Pracht. Der Himmel war strahlend blau, die Sonne warm und mild und die Luft ganz trocken. New York schien tausend Lichtjahre entfernt.

»Wie wunderschön ist doch Paris!« rief ich spontan aus. »Ich begreife einfach nicht, daß ich nicht schon früher gekommen bin.«

Warren lächelte überlegen. »Ja, anfangs kommt es einem aufregend vor«, sagte er im Tonfall eines Vaters, der verständnisvoll zu seinem Kind spricht. »Mir ist es ähnlich ergangen, als ich ankam.«

Ich hätte ihn erdolchen können.

Mein Ärger ließ jedoch nach, als wir das kleine Restaurant erreichten und uns unter einem gestreiften Sonnenschirm auf der Straße niedersetzten. Wir bestellten Steaks und Wein, und dann lehnten wir uns gemächlich in unseren Stühlen zurück.

»Es wird Stunden dauern«, sagte Warren. »Französische Kellner sind entsetzlich langsam.«

»Ich finde, das macht überhaupt nichts«, erklärte ich, dann wechselte ich das Thema: »Was Gina betrifft –«

»Genau«, unterbrach mich Warren lebhaft. »Also was ist eigentlich los? Woher weißt du denn, daß sie in London ist, und zwar mit Cooper? Was hat sie dir gesagt? Hat sie dir versprochen, nach Paris zurückzukommen, um dich zu treffen? Warum ist sie nicht hier? Wo ist sie?«

Ich begann alles zu erklären. Ich sagte ihm alles, teils weil ich ihn gut kannte, teils weil er offensichtlich ebenso besorgt war um Gina wie ich, und teils weil ich einfach mit jemandem über die ganze Sache reden mußte. Anfangs hörte er mir aufmerksam zu, aber mit der Zeit merkte ich, daß er mir kaum noch folgte, weil er immer eifersüchtiger wurde.

»So ist das also«, beendete ich meine Geschichte, ohne den schmollenden Zug um seinen Mund und seinen verinnerlichten Blick zur Kenntnis zu nehmen. »Ich weiß nicht, wo sie ist, was mit ihr los ist – und ich mache mir vielleicht völlig unbegründet Sorgen.« Kurz zögerte ich, dann fragte ich ihn dasselbe wie Candy-Anna vergangenen Abend: »Was ist denn dieser Garth Cooper für ein Mann?«

Der Kellner kam mit unserem Essen, und wir unterbrachen unser Gespräch. Aber ich mußte meine Frage nicht wiederholen. Sobald der Kellner gegangen war, sagte Warren verärgert: »Er ist Engländer. Das genügt fürs erste. Ich traue den Engländern nicht. Der größte Irrtum auf Erden ist es, zu glauben, sie wären wie wir, nur weil sie unsere Sprache sprechen – sie sind grundverschieden.«

Ich versuchte von diesem Thema wegzukommen und eine Diskussion über Rassenvorurteile zu vermeiden. »Du meinst, du traust Cooper nicht?«

»Ich traue den Engländern nicht«, sagte Warren störrisch. »Man weiß nie, woran man mit ihnen ist. Sie sind stets höflich, kühl und so verdammt charmant, und plötzlich stellt man fest, daß sie im Begriff sind, einen von hinten herum anzugreifen. Cooper wollte mir vormachen, daß er sich eigentlich nicht ernstlich für Gina interessiere und daß er ganz auf meiner Seite stünde – und was geschieht? Er verschleppt sie auf einen Wochenendausflug nach London! Also wenn das nicht ein gemeines Doppelspiel ist, dann weiß ich nicht, was es ist –«

»Aber soweit ich informiert bin, haben sie doch nur die Reise gemeinsam unternommen –«

»Du wirst doch nicht ernstlich annehmen, daß sie sich voneinander verabschiedeten, sobald sie in London ankamen, um dann getrennt voneinander durch London zu bummeln. Warum, glaubst du, ist Gina denn dann nach London gefahren?«

»London ist eine interessante Stadt«, erwiderte ich und ärgerte mich darüber, mit welchem Eifer er eine Situation, die völlig unschuldig sein könnte, böswillig interpretierte. »Warum sollte sie nicht einfach Lust gehabt haben, die Stadt kennenzulernen, mit oder ohne Garth Cooper?«

»Weil Gina ganz verrückt ist nach diesem verdammten Cooper. Er ist reich, hat beruflich Erfolg, ist ungefähr fünfunddreißig und – ist Junggeselle. Er ist kultiviert, gebildet und hat ein sicheres, weltmännisches Auftreten. Er kennt sich aus in Paris und ganz sicher auch in London. Er ist der Typ Mann, um den sich die Frauen reißen, sobald er einen Raum betritt, während sich jeder Mann fragt, was an ihm dran sein soll. Gina ist in diese Sache blindlings hineingeschlittert – nicht einen Augenblick hat sie sich darüber Gedanken gemacht, ob er vielleicht verheiratet ist oder woher er denn überhaupt kommt –«

»Du findest, er ist ein Playboy?«

»Ich finde, er ist ein Weiberheld. Er weiß, daß ich nach Paris kam, um in Ginas Nähe zu sein, aber das hat ihn nicht daran gehindert, sie ständig auszuführen und sein Geld herumzuschleudern –«

Langsam ging mir Coopers Geld auf die Nerven. »Aber Warren«, warf ich ein und versuchte, das Gespräch wieder in vernünftige Bahnen zu lenken. »Gina wollte mit ihm ausgehen, nicht wahr? Du bist ja nicht mehr mit ihr verlobt, wenn ich das einmal so kraß sagen darf. Wenn sie ihn zu ihrem Begleiter erwählte, dann hast du eben Pech gehabt, aber von

Coopers Warte aus gehört sie nicht mehr zu dir, genausowenig wie sie zu ihm gehört.«

»Sie ist völlig verblendet«, beharrte Warren auf seinem Standpunkt. »Im Grunde liebt sie nur mich.«

Ich schwieg. Ich konnte ihm einfach nicht sagen, daß das ziemlich unwahrscheinlich war.

»Wenn ich ihr nur diesen Cooper ausreden könnte – wenn ich sie nur dazu bringen könnte, sich wieder mir zuzuwenden...« Er schenkte sich noch ein Glas Wein ein; er trank viel zu rasch, »...dann käme sie zu mir zurück«, überlegte er. »Ich weiß es genau. Das ist auch der Grund für meine Reise nach Paris. Auf meine ständigen Bitten hin hat mein Vater seinen Einfluß geltend gemacht und mir den Job hier verschafft. Nur für ein Jahr. Ich bekomme nicht besonders viel Geld, aber ich bin in Ginas Nähe. Wenn nur Cooper in England bliebe und mich mit ihr allein ließe, dann würde alles gut werden, ich weiß es ganz genau.«

Fast hätte ich gesagt: »Wenn es nicht Cooper wäre, dann halt irgendein anderer Mann«, aber ich beherrschte mich. Ich hatte schon vor langer Zeit eingesehen, daß es völlig sinnlos war, mit einem Verliebten zu argumentieren. »Was macht Cooper eigentlich beruflich?« fragte ich nach einem Augenblick. »Weißt du, was er von Beruf ist?«

»Klar. Er handelt mit Porzellan und Glaswaren, einiges ist antik, einiges modern, aber es sind alles sehr wertvolle Sachen. Er ist im Import und Export von bestimmten Porzellan- und Glaswaren zwischen England und Frankreich beschäftigt.«

»Ich nehme an, sein Hauptbüro ist in London?«

»Ja, aber er hat eine Niederlassung hier in Paris. Er sagte mir, er hätte ein kleines Lokal, in dem er sowohl wohnen als auch arbeiten würde, wenn er in Paris ist. Es ist keine große Firma – er ist sein eigener Boß.«

»Hat er keinen Geschäftspartner?«

Warren sah mich erstaunt an. »Ach, du weißt es nicht? Du hast doch selbst den Namen erwähnt, als du mir von Ginas

Anruf berichtet hast. Willst du damit sagen, daß du die ganze Zeit nicht gewußt hast, wer Coopers Partner ist?«

»Doch nicht etwa Eric Jantzen?«

»Nein«, sagte Warren, »seine Frau. Coopers Partner ist die Frau von Eric Jantzen, Lilian.«

Ich erfuhr, daß Warren die beiden Jantzens nicht kannte und nur von ihrer Existenz wußte, weil Cooper bei ihrem letzten Treffen – es war der Vorfall gewesen, von dem Gina mir geschrieben hatte – davon gesprochen hatte.

»Ich bin vor einem Monat hier in Paris angekommen«, erzählte er mir. »Es dauerte geraume Zeit, bis ich Gina ausfindig gemacht hatte. Gerade als ich endlich ihre Adresse hatte, traf ich sie rein zufällig in einem kleinen Restaurant auf den Champs-Elysées. Das war vergangenen Dienstag. Sie war mit Cooper zusammen, aber ich ging dennoch zu ihrem Tisch, so als ob nichts wäre. Cooper war sehr freundlich und lud mich auf einen Drink ein. Ich nahm an und blieb ungefähr zwanzig Minuten bei ihnen sitzen. Wir unterhielten uns sehr gut. Zumindest Cooper und ich; Gina hat nicht viel gesprochen. Cooper wollte unbedingt den Eindruck erwecken, als wäre seine Beziehung zu Gina nur oberflächlich; aber ich bin ja kein Narr. Ich habe mich durch sein Verhalten nicht täuschen lassen. Als ich dann später Gina anrief –« er schüttelte den Kopf. »Wir haben uns am Telefon angebrüllt und furchtbar gestritten. Und ich bemerkte bald, daß Cooper nicht die Wahrheit gesagt hatte und Gina bis über beide Ohren in ihn verknallt war. Am Donnerstag fragte ich sie, ob ich sie zum Wochenende treffen könnte, und da erklärte sie mir, sie wolle mit Candy-Anna in die Bretagne fahren. Also rief ich sie Montag abend an, um sie zu fragen, ob es nett gewesen wäre, und da sagst du mir, sie sei nach London gefahren, mit Cooper.«

Ich schwieg und dachte an Gina. Zum hundertsten Mal fragte ich mich, was ich tun sollte. Wir hatten unsere Mahlzeit beendet und tranken ein Glas Wein.

»Vielleicht sollte ich nach London fahren«, schlug ich unsicher vor. »Ich mache mir Sorgen um Gina.«

»Wegen des Anrufs?«

»Ja – ja, wahrscheinlich wegen des Anrufs. Wenn ich wüßte, daß sie nur mit Cooper herumzieht und alles in Ordnung ist, würde ich mich nicht in ihre Angelegenheiten mischen. Aber ich kann einfach nicht glauben, daß der Anlaß für diesen Anruf völlig harmlos war. Er geht mir nicht aus dem Sinn.«

»Wenn du nach London fährst«, meinte Warren, »komme ich mit. Wenn Gina wirklich Probleme hat, dann möchte ich ihr unbedingt helfen.«

»Hmmm...« Ich zögerte. Der Gedanke, ihn ständig in meiner Nähe zu haben, war nicht sehr verlockend, aber andererseits wollte ich auch nicht sehr gerne in einem fremden Land ganz allein herumirren. »Ich muß mir das alles noch genau überlegen. Kann ich dich gegen Abend anrufen?«

»Aber sicher.« Er kramte einen Bleistift und ein Stück Papier hervor und schrieb mir die Telefonnummer seiner Wohnung und seines Büros auf. »Ich komme um sechs Uhr vom Büro nach Hause«, fügte er hinzu. Dann blickte er rasch auf seine Uhr: »Apropos Büro; ich glaube ich muß ins Büro zurück. Meine Mittagspause dauert sonst nicht so lange.« Da er keine Anstalten machte, mich zum Essen einzuladen, teilten wir uns die Rechnung. Dann schüttelten wir einander die Hände und nahmen mit einem Anflug von gekünstelter Kameradschaft voneinander Abschied. »Ruf mich an, sobald du weißt, was du tun wirst!« rief er mir nach, als ich schon im Weggehen war. »Ich werde bereit sein für London, falls es nötig ist.«

Nun war ich soweit, daß ich überhaupt nicht mehr wußte, was ich tun sollte. Ich konnte mich nicht dazu entschließen, nach London zu fliegen; und ob ich überhaupt mit Warren reisen sollte. Ich war überzeugt, daß er mir nach kurzer Zeit entsetzlich auf die Nerven fallen würde. Aber es gibt im Leben Augenblicke, wo es besser ist, irgend jemand an seiner Seite zu haben, als völlig allein zu sein. Es könnte ja sein, daß es diesmal so war. Als ich zu Hause ankam, machte ich mir eine Tasse Kaffee und setzte mich ans Fenster, um den Pariser Nachmittag auf mich einwirken zu lassen.

Nachdem ich ganz konzentriert nachgedacht hatte, kam ich zu dem Schluß, daß die Situation keineswegs so kompliziert war, wie es meine Angst scheinen ließ. Ich würde also doch nach London fahren. Wenn es sich herausstellte, daß Gina lediglich eine Affäre mit Cooper hatte, würde ich zwar etwas töricht dastehen, aber das war auch das Ärgste, das mir passieren konnte. Zumindest könnte ich in ihrer Nähe sein und ihr helfen, wenn sie meiner Hilfe bedurfte. Wenn ich aber in Paris bliebe... Ich zuckte die Achseln. Da hätte ich ja gleich in New York bleiben können. Es wäre sicher das Klügste, nach London zu fahren, und wenn Warren mir behilflich sein wollte, so würde ich sein Angebot nicht ausschlagen. Vielleicht bedurfte ich seiner Hilfe sehr dringend. Wenn er mir zu sehr auf die Nerven ging, könnte ich mich ja jederzeit von ihm trennen.

Ich schnitt eine Grimasse. Armer Warren! Ich mochte ihn im Grunde recht gern. Ich trank meinen Kaffee aus und holte mir meine Handtasche, um den Zettel mit Warrens Telefonnummer herauszusuchen. Und plötzlich kam mir ein Einfall. Ich sah mich im Wohnzimmer um und fand auch bald das Telefonbuch. Damit hockte ich mich auf den Boden und begann unter dem Buchstaben C nachzusehen. Ich überflog alle Coopers. Sollte er wirklich ein Büro in Paris haben, das ihm zugleich als Wohnung diente, dann müßte er doch im Telefonbuch stehen.

Ich fand ihn: Cooper, Garth, und die Adresse in der Rue Piedmont. Spontan griff ich nach dem Telefon und begann die Nummer zu wählen. Natürlich erwartete ich die Stimme einer Sekretärin am anderen Ende der Leitung zu hören. Sie würde mir zumindest sagen können, für wann sie ihn zurückerwartete, und vielleicht würde sie mir auch seine Anschrift in London geben können.

Ich hörte es läuten. Als ich mich gerade in panischem Schrekken fragte, ob die Sekretärin oder der Telefondienst wohl auf englisch antworten würden, wurde der Hörer abgenommen.

Eine männliche Stimme sagte beiläufig: »Âllo?«

Verzweifelt kramte ich in meinem kleinen Schatz an Schulfranzösisch, aber mir fiel, wie üblich in solchen Situationen, nichts ein. »Monsieur Cooper, s'il vous plaît«, fragte ich stokkend, und dann fügte ich mit einem amerikanischen Akzent, den selbst ich hören konnte, hinzu: Est-il là?«

Ein kurzes Zögern, dann:

»Ja, am Apparat«, antwortete der Fremde im schönsten britischen Englisch. »Sie sprechen mit ihm. Darf ich fragen, mit wem ich spreche, bitte?«

IV.

Starr vor Verlegenheit und Überraschung konnte ich kein Wort hervorbringen. Ich war völlig sprachlos. Meine Finger umklammerten den Hörer. Meine Hände begannen zu schwitzen. Ich brachte keinen Ton hervor. Meine Zunge war wie gelähmt.

»Hallo?« fragte Garth Cooper scharf. »Hallo? Sind Sie noch am Apparat?«

Ganz langsam sagte ich: »Ja. Entschuldigen Sie. Ich wußte nicht, daß Sie in Paris sind, Mister Cooper. Bitte verzeihen Sie mein seltsames Verhalten, aber ich bin so überrascht.« Dann fiel mir ein, daß er ja gar nicht wußte, wer ich bin. »Hier spricht Ginas Schwester, Claire Sullivan«, fügte ich hinzu.

Nun war es an ihm, vor Erstaunen sprachlos zu sein. Ich versuchte, mir sein Gesicht vorzustellen, aber es gelang mir nicht.

»Ich bin erst vor kurzem aus New York gekommen, um hier Urlaub zu machen«, sagte ich, »aber Gina ist nicht hier. Ich nehme an, Sie können mir auch nicht helfen. Wissen Sie zufällig, wo Gina ist?«

Es trat erneut Stille ein. Dann sagte er völlig unerwartet: »Sie wußte nichts von Ihrer Ankunft, nicht wahr? Sie hat mir nämlich nichts davon erzählt.«

»Nein, ich habe mich ganz spontan dazu entschlossen.« Plötzlich fühlte ich mich ganz schwach und war den Tränen nahe. Alle meine Hoffnungen, etwas über Ginas Verbleib zu erfahren, hatten sich auf Garth Cooper konzentriert. Ich war sicher, daß sie mit ihm beisammen war. Die Tatsache, daß er nach

Paris zurückgekommen war, während sie sich augenscheinlich noch in London aufhielt, war ein arger Schock für mich. »Mister Cooper, wenn Sie wissen, wo Gina ist…« Ich brach ab. Ich wußte nicht, wie ich mich ausdrücken sollte.

»Zuletzt sah ich sie in London«, sagte er. »Wir sind gemeinsam hinübergeflogen am vergangenen Freitag abend. Am Samstag machte ich sie mit Leuten bekannt, die sie unbedingt kennenlernen wollte. Es war irgendwer vom Showbusiness. Sie wissen ja sicher, daß Gina unbedingt zum Film will.«

»Das letztemal haben Sie sie also am…«

»– Samstag zum Mittagessen getroffen. Ich bin seit Sonntag nacht wieder in Paris. Aber morgen früh fahre ich nach London zurück. Vielleicht kann ich mich erkundigen und ein paar Nachforschungen anstellen.«

Ich wußte nicht weiter. Meine große Angst war also bestätigt worden. Es blieb nichts mehr, worauf ich meine Hoffnungen aufbauen konnte. Ich war völlig durcheinander.

»Vielleicht sollten wir uns etwas ausführlicher unterhalten«, schlug Garth Cooper vor. Und nach kurzem Zögern fragte er: »Haben Sie schon etwas vor für heute abend?«

»Nein«, antwortete ich benommen.

»Darf ich Sie zum Abendessen einladen?«

»Ich weiß nicht. Haben Sie nicht sehr viel zu tun?…«

»Keineswegs«, sagte er kurz. »Sind Sie in Ginas Wohnung?«

»Ja.«

»Darf ich Sie dann so gegen acht Uhr dreißig abholen?«

»Ja, gern. Vielen Dank, Mister Cooper.«

»Aber keineswegs, Miß Sullivan«, war seine Antwort. »Ich freue mich, Sie kennenzulernen.«

Und die Leitung klickte mit einem Hauch von Endgültigkeit, als er den Hörer auflegte.

Ich hatte noch genügend Zeit, wußte aber nicht, wie ich sie verbringen sollte. Eigentlich hätte ich durch die Stadt bummeln sollen. Hätte den Louvre oder Notre-Dame oder Sacré Cœur besichtigen sollen. Aber ich fühlte mich nicht danach, Touristin zu spielen. Ich hatte zu viele Sorgen. Kurz überlegte ich sogar, das

Treffen mit Garth Cooper abzusagen und statt dessen sofort nach London zu fliegen, aber als ich die Fluglinien anrief, stellte ich fest, daß es keine Tickets mehr gab für einen Nachtflug über den Kanal. Spontan reservierte ich einen Platz für den Morgenflug mit der Air France. Dann war ich unschlüssig, ob ich nicht meinen Freund bei Scotland Yard anrufen sollte, um mich zu beruhigen. Aber ich hatte keinen Erfolg. Inspektor Fowles war nicht im Büro. Ich hinterließ meinen Namen und die Telefonnummer. Vielleicht sollte ich mit einem anderen Beamten sprechen? Aber ich unterließ es, da ich ja ohnehin morgen in London sein würde. Es würde nur Zeit und Nerven kosten, einem Fremden erneut die Zusammenhänge zu erklären. Es wäre zu mühsam. Nachdem ich dieses Problem gelöst hatte, machte ich mir Vorwürfe, ob ich nicht zu vertrauensselig gewesen war, als ich zuvor mit Garth Cooper telefonierte. Es war keineswegs ausgeschlossen, daß er mich belogen und doch etwas mit Ginas Verschwinden zu tun hatte. Ich nahm mir vor, ihm gegenüber auf der Hut zu sein am Abend. Zuletzt entschloß ich mich doch, ein wenig spazierenzugehen. Ich fühlte mich beengt in Ginas vier Wänden und konnte das Warten nicht länger ertragen. Langsam wanderte ich zur Seine hinunter. Aber es fing zu regnen an, und ich mußte in die Rue St.-Thomasine zurückkehren. Die Zeit verging; Candy-Anna kam von ihrer Arbeit heim, rannte aber gleich wieder weg, um bei ihrem Rendezvous um sechs Uhr dreißig pünktlich zu sein. Und wieder war ich allein. Ich nahm ein Bad, zog mich langsam um und nahm um Viertel acht meinen alten Platz am Fenster wieder ein. Voller Erwartung beobachtete ich die Straße. Ich malte mir aus, wie er wohl aussah. Wie sahen denn Engländer so im allgemeinen aus? Man hatte eine stereotype Vorstellung von Spaniern, Italienern und Franzosen: dunkel, schlank und temperamentvoll. Schweden, Dänen und Norweger stellte man sich groß, blond und höflich vor. Deutsche waren blond und lustig und neigten zu Übergewicht; Slawen wirkten traurig und hatten eine Vorliebe für melodramatische Auftritte. Wie aber waren Engländer? Würde er helles oder dunkles Haar haben? Dick oder schlank sein? Zurückhaltend oder leichtlebig? Vielleicht – ich nahm zu einem mir vertrauten Bild Zuflucht – würde er einem typischen Neu-Engländer ähnlich sein; vielleicht würde er mich an die Landschaft meiner Kindheit erinnern. Die Vernunft und nicht mein Instinkt sagte mir, daß das eher unwahrscheinlich war. Dieser Mann würde Europäer und nicht Amerikaner sein. Er würde wie ein Europäer denken, handeln und sprechen.

Damals war ich noch zu unerfahren, um zu wissen, daß ein Engländer sich ebensowenig als Europäer fühlt wie als Amerikaner.

Auf der Straße unter meinem Fenster blieb ein Taxi stehen, und mein Herz klopfte erwartungsvoll; aber es stiegen zwei Männer aus, die eindeutig französisch wirkten. Meine Nervosität ebbte ab. Ich blickte die Straße auf und ab. Eine Frau, zwei kleine Kinder... und dahinter ein schmächtiger Mann – alle sahen wie Mitteleuropäer aus – kamen die Straße herunter. In der anderen Richtung sah ich zwei Männer, die vom Fluß heraufspazierten. Ihre Nationalität war ihnen nicht anzusehen. Gerade als ich mich fragte, ob vielleicht einer von ihnen Garth Cooper sei, erblickte ich ihn.

Bis zum heutigen Tag ist es mir unerklärlich, warum ich ihn sofort erkannte, denn er wirkte ganz und gar nicht wie ein Fremder auf französischem Boden. Aber ich wußte sofort: Das ist er. Vielleicht war es sein unbeschwerter Gang, der seine Nationalität verriet. Franzosen sind entweder in Eile oder sie stehen müßig herum. Auch seine Kleidung war unbeschwert, ohne formlos zu sein. Im Gegenteil, sein Anzug war maßgeschneidert und saß hervorragend. Sein Auftreten fehlerlos. Aber er trug seinen Anzug mit einem Hauch von Sorglosigkeit, als ob er wüßte, daß er sich nicht anstrengen mußte, um gut auszusehen. Er trug keinen Hut. Auch der Schirm fehlte. Und er schien das leichte Nieseln gar nicht zu bemerken. Da gab es jemanden, der anscheinend damit rechnete, daß es täglich leicht regnete, und der erstaunt gewesen wäre, wenn der Regen einmal ausblieb. Er hatte die Hände in den Taschen vergraben. Während ich ihn beobachtete, strich er sich mit der rechten

Hand gedankenverloren das Haar aus der Stirn. Dann blickte er kurz nach links und nach rechts und überquerte die Straße. Im nächsten Augenblick war er im Haus verschwunden.

Ich war schrecklich nervös. Dann befiel mich sekundenlang panische Angst. Ich war immer furchtbar aufgeregt, wenn ich fremden Menschen zum erstenmal gegenüberstand. Abrupt stand ich auf, strich mir mit ungeschickten Bewegungen das Kleid glatt und richtete den Kragen. Dann prüfte ich mein Aussehen im Spiegel. Als ich wünschte, hundert Kilometer weit weg zu sein, läutete es.

Langsam ging ich durchs Zimmer. Ich öffnete die Tür.

Er lächelte höflich, charmant und ohne jede Befangenheit. »Miß Sullivan?«

»Mister Cooper?« sagte ich ein wenig zu rasch und machte die Tür weiter auf. »Bitte kommen Sie doch herein.«

»Danke schön.« Ganz selbstverständlich kam er herein. Sein Haar, das von weitem dunkel ausgesehen hatte, war hellbraun. Wieder machte er dieselbe Handbewegung, die ich schon vorher bei ihm gesehen hatte, und strich sich das Haar aus der Stirn. Er war durchschnittlich groß und eher feingliedrig, aber nicht schmächtig. Er erweckte den Eindruck, auch mit schwierigen Situationen fertig zu werden. Seine Nase war gerade, sein Mund verriet Humor; seine Augen waren sehr hell und unergründlich.

»Darf ich Ihnen etwas zum Trinken anbieten?« fragte ich ihn unsicher. »Nein, danke«, antwortete er. »Irgendwo im Schlafzimmer liegt eine Flasche Whisky versteckt, aber er ist ungenießbar. Da sie ihn aber jedesmal voller Stolz anbieten, habe ich bisher noch nicht den Mut gehabt, es ihnen zu sagen. Gehen wir lieber gleich essen. Ich muß mich übrigens entschuldigen, daß ich acht Uhr dreißig vorgeschlagen habe und nicht sieben Uhr dreißig. Ich dachte nicht daran, daß Amerikaner früh zu Abend essen.«

»Nur wenn sie in Rom sind«, murmelte ich. Mir fiel nichts anderes ein. »Sollen wir es den Römern gleichtun?« fragte er. »Oder Ihrer Schwester, und so tun, als wären wir in einem kleinen altmodischen Winkel in Manhattan?« Ich wußte nicht, ob er amüsiert war oder nicht. »Das ist nur eine Art Schutz«, erklärte ich ihm. »Man kommt sich hier so fremd und einsam vor.«

»Es ist deprimierend, nicht wahr?« meinte er im gleichen Tonfall.

Er verwirrte mich. »Die Franzosen blicken auf jeden herab, der nicht in Frankreich geboren ist. Aber das soll Sie nicht kränken. Es gibt eine Rasse, die ihnen noch verhaßter ist als die Amerikaner, und das sind die Engländer. Sie haben den Schock von Waterloo noch immer nicht überwunden.« Er schlenderte zur Tür und hielt sie mir mit einem Lächeln auf. »Ich freue mich wirklich, zur Abwechslung einmal mit einer Leidensgefährtin zu Abend zu essen.«

Da er die ganze Woche mit Gina aus gewesen war, konnte ich nicht recht verstehen, worin die Abwechslung liegen sollte, aber ich machte keinen Versuch, mit ihm darüber zu diskutieren. Ich sah in meiner Handtasche nach, ob ich die Schlüssel hatte, und warf noch einen flüchtigen Blick in die Wohnung zurück, ob auch alles in Ordnung war. Das Licht vom Flur beleuchtete sein Gesicht, und als ich an ihm vorbeiging, blickte ich ihn unwillkürlich an und fand, daß er mich mit einem verschlossenen, teilnahmslosen Ausdruck in den Augen beobachtete, der nicht zu ergründen war. Ich ging weiter. Mein Gesicht brannte, als ich ihn hinter mir spürte, während wir den Flur entlang zum Lift gingen. Eine eigenartige, unangenehme Stille trat ein. Krampfhaft bemühte ich mich, irgendein Gesprächsthema zu finden, um dieser Stille zu entgehen, als er leichthin bemerkte: »So also würde Gina aussehen, wenn sie nicht Untergewicht hätte und zu viel Make-up!«

Es war bestimmt als Kompliment gedacht, aber ich fand die Bemerkung ungerecht und unfair gegenüber Gina.

»Gina ist sehr attraktiv«, erwiderte ich, ohne nachzudenken.

»Ich habe keineswegs das Gegenteil behauptet«, war seine Antwort, während er die Lifttür öffnete.

Es war mir unmöglich, dieses Thema mit einer derart zweifelhaften Bemerkung fallenzulassen, also sagte ich, während wir den Lift betraten und er die Tür hinter uns schloß: »Ich wäre froh, wenn ich so schlank wäre wie Gina und mich so gut zurechtmachen könnte.«

Er drückte den Knopf, und der Lift fuhr hinunter. »Ich an Ihrer Stelle würde mir deshalb nicht zu große Sorgen machen«, sagte er. »Das haben Sie wirklich nicht nötig.«

Ich hatte ihn zu ernst genommen. Mein Gesicht begann erneut zu glühen, und ich wandte mich ab, um meine Verlegenheit zu verbergen. Es war gut, daß wir unsere Konversation nicht fortsetzen mußten, denn der Lift kam unten an, und wir traten auf die nasse Straße. Er winkte ein Taxi heran; und während ich mich hineinzwängte, hörte ich ihn in perfektem Französisch zum Fahrer sagen: »Le Cicéro, s'il vous plaît.«

»Sind Sie das erste Mal in Paris?« fragte er beiläufig, als das Taxi über die Straße dahinschoß.

»Ja, das ist mein erster Aufenthalt in Europa.« Mir fiel etwas ein.

»Waren Sie schon einmal in Amerika?«

»Ich war in New York«, sagte er. »Aber man sagt, das sei genausowenig Amerika, wie London England ist.«

»Hat es Ihnen gefallen?«

»O ja«, antwortete er aufrichtig. »Es hat mir wirklich sehr gut gefallen. Ich weiß, daß man entsetzt sein und sagen müßte, daß es grauenhaft sei, aber es hat mich beeindruckt. Besonders das Pan-Am-Gebäude fand ich fantastisch.«

»Ich lebe ganz in der Nähe!« rief ich aus und erzählte ihm, daß ich es von meinem Fenster aus sehen konnte.

»Wohnen Sie in einem dieser hypermodernen Wohnblocks mit allem erdenklichen Komfort?« rief er aus.

»Man kann es eigentlich nicht modern nennen«, erklärte ich ihm, »denn es ist schon mindestens zehn Jahre alt. Aber für jemanden, der zuvor in einer Zelle gelebt hat, mag es schon riesig wirken. Die Annehmlichkeiten sind hier beachtlich, die Aussicht ist wunderschön, und es paßt zu mir, und es gehört mir. Es ist mein Heim, also sollte ich mich wirklich nicht beklagen.«

Er lachte. »Es hört sich so an wie meine Pariser Wohnung!«

»Aber Sie haben eine größere Wohnung in London?«

»Sie ist etwas größer. Aber ich lebe nicht gern in Wohnungen. Mein Lieblingsplatz ist ein kleines Haus auf dem Land in einem Dorf namens Holmbury St. Mary in Surrey.«

»In England gibt es tatsächlich Dörfer namens Holmbury St. Mary!« Mein Erstaunen amüsierte ihn. »Das ist noch ein sehr bescheidenes Beispiel für einen typisch englischen Dorfnamen! Es gibt noch weitaus exotischere als diese. Mein Lieblingsname gehört zu einem Dorf im Westen des Landes. Er lautet – Sie werden es nicht glauben – Compton Pauncefoot... Hallo! Dieser Fahrer wählt eine ganz unattraktive Route! Es gibt viel schönere Strecken.« Er beugte sich nach vorn und begann, in Französisch Anweisungen zu geben. Ich fing Namen auf wie »Champs-Elysées«, »Place de la Concorde« und »La Madeleine«. Der Fahrer nickte zustimmend und bog in eine Seitenstraße. »Da es Ihr erster Abend in Paris ist«, sagte Garth Cooper, »sollten Sie wenigstens einige Sehenswürdigkeiten im Vorbeifahren kennenlernen.«

Während er sprach, bog das Auto in die Avenue Victor Hugo. Am Ende eines breiten Boulevards konnte ich L'Étoile und den Arc de Triomphe im Scheinwerferlicht erstrahlen sehen. Um uns dröhnte der Verkehr. Jeder schien wie verrückt zu rasen. »Ist der Verkehr immer so wahnsinnig in Paris?« fragte ich zweifelnd, wobei ich an das gesetzte Tempo auf den Straßen New Yorks dachte, mit den zahllosen Verkehrsampeln und Kreuzungen.

»Immer«, kam die lakonische Antwort.

Wir erreichten den Arc de Triomphe, umkreisten ihn einige Male und schwenkten dann in die Champs-Elysées hinein. Unter den Bäumen leuchteten Lichter, auf den Straßen spazierten Tausende Menschen, und am Ende des scheinbar endlosen Boulevards erstrahlten noch mehr Lichter und verzauberten alles.

Ich seufzte.

»Es ist recht hübsch, nicht wahr?« sagte der Mann neben mir. »Ich könnte es stundenlang bewundern.«

»Hübsch!« rief ich vorwurfsvoll und konnte nicht genug bekommen vom Zauber dieses Lichtermeeres. »Was für eine Untertreibung!«

»In meinem Land ist alles eine Untertreibung«, sagte er. »Es gefällt mir, einmal jemanden zu erleben, der den Mut hat, seine Begeisterung offen zu zeigen.«

Wir überquerten einen kleineren Teil von L'Étoile und fuhren die Champs-Elysées hinunter. Auf beiden Seiten der Straße erhoben sich Gebäude, schlenderten Menschenmassen dahin und luden Restaurants und Cafés auf der Straße zum Platznehmen ein.

»Paris erwacht nachts zum Leben. Wenn wir später zurückfahren, werden wir immer noch Tausende von Menschen antreffen.«

»Gibt es das auch in London?«

»Nein, in London amüsiert man sich heimlich hinter verschlossenen Türen daheim und in Clubs. Oder man zwängt sich in ein verrauchtes, stickiges kleines Pub und schaut, wieviel Bier man vor der Sperrstunde hinunterbekommt.«

»Sind die Engländer wirklich *so* eigenartig?«

»Irgend etwas müssen wir doch tun, um die Illusion aufrechtzuerhalten, daß wir eine Rasse für uns sind.«

Wir kamen zur Place de la Concorde. Ich war überwältigt von ihrer Größe. Mit einer Geschicklichkeit, die nur dem ungeheuer großen Selbstvertrauen des Fahrers zuzuschreiben sein konnte, überholten wir flink alle Autos, die uns rechts und links zu umgarnen schienen. Wir bogen nach Norden ab nach La Madeleine und dann nach Osten entlang der Rue St-Honoré. Dann fuhren wir die Rue de Rivoli entlang am Louvre vorbei.

»Ich würde gern hineingehen und mich ein wenig umsehen«, sagte ich wehmütig und dachte daran, daß ich morgen nach London fliegen würde. Aber ich nahm mir vor, zurückzukommen. Sobald ich geklärt habe, was mit Gina los ist, würde ich sofort zurückkehren.

»Sie interessieren sich wohl für Kunst?«

»Nur als Amateur.«

»Für Musik?«

»Ja, aber auch hier nur als Amateur.«

»Das kann nur heißen, daß Sie auf irgendeinem anderen Gebiet ein Experte sind!«

Ich lachte. »Ich bin Englischlehrerin. Ich unterrichte englische Literatur. Man könnte vielleicht sagen, daß ich auf diesem Gebiet Experte bin!«

»Das ist ja höchst interessant. Was halten die Amerikaner übrigens von Shakespeare?«

»Ich glaube, die meisten wissen, daß er in Stratford-on-Avon geboren ist und nicht in Stratford in Connecticut.«

»Das überrascht mich. Wenn man im August in Stratford-on-Avon ist, glaubt man eher, in Stratford in Connecticut zu sein. Überall hört man Amerikanisch, und daher nahm ich natürlich an, er wäre so etwas wie ein amerikanischer Nationalheld.«

Ich lächelte. »Leute, die es sich leisten können, in Stratford-on-Avon Urlaub zu machen, haben meist schon in der Schule etwas von ihm gehört.«

»Mögen Sie Shakespeare?«

»Ja – sehr.«

Ich erwartete, daß er nun auf seinen eigenen Geschmack zu sprechen kommen würde, aber ich täuschte mich. Statt desen beugte er sich zum Fahrer vor und gab ihm Anweisungen. Dabei fiel das Licht einer Straßenlaterne sekundenlang auf sein Gesicht und zeichnete die feine Linie seiner Nase und seines Kinns nach.

Irgendwo im entferntesten Winkel meines Körpers verspürte ich einen Stich. Mein Herz schlug heftig. Dann war es wieder ganz ruhig. Alles war wie vorher.

Er wandte sich mir wieder mit seinem charmanten Lächeln zu. »Wir sind gleich da. Ich hoffe, der kleine Umweg vor dem Abendessen hat Sie nicht gestört.«

»Ganz im Gegenteil. Es hat mir sehr gut gefallen«, sagte ich. Mein Mund war trocken. Meine Hände verkrampften sich, und ich mußte bewußt jeden einzelnen Finger entspannen.

Zwischen durch:

Sicher, jeder hat sein Fachgebiet, auf dem er sich besonders gut auskennt. Sei es nun Kunst, Musik oder eine fremde Sprache. Wenn es allerdings um die Zubereitung einer kleinen warmen Mahlzeit zwischendurch geht, kann selbst der Amateur in Minutenschnelle zum Experten werden…

»Vielen Dank.« Eine lautlose Stimme sagte in meinem dumpfen Kopf: nur das nicht. Bitte, nur das nicht.

Seit ich alt genug war, um den Unterschied zwischen Mann und Frau zu kennen, schien ich mich immer wieder in Männer zu verlieben, die nicht nur absolut nicht zu mir paßten, sondern sich auch überhaupt nicht für mich interessierten. Ständig war ich unglücklich verliebt. Seit geraumer Zeit hatte ich gehofft, diesem Alter entwachsen zu ein, jetzt aber kamen mir Zweifel. Anscheinend hatte diese Schwäche nur in mir geschlummert, um nun neuerlich Unruhe in mein Leben zu bringen.

Wieder krampften sich meine Hände zusammen. Ich starrte zum Fenster hinaus, ohne etwas zu sehen, bis das Auto schließlich hielt.

Ich stieg aus und sah, daß wir uns in einem engen kleinen Gäßchen befanden, das in einen weiten Boulevard einmündete. Dann betraten wir ein kleines intimes Restaurant. Kellner in ihrer schwarz-weißen Tracht schwirrten wie Motten umher, und ein imposanter Maître d'hôtel segelte über den dicken Plüschteppich auf uns zu, um uns zu begrüßen.

»Bonsoir, Monsieur Cooper, bonsoir, mademoiselle...«

Anmutig verbeugte er sich, mit einer eleganten Handbewegung winkte er einem Jüngling, der uns in eine abgelegene Nische geleitete. Meine Ängstlichkeit war verflogen. Ich fühlte mich ungeheuer bedeutend und gestattete dem Kellner großzügig, mir den Stuhl zurechtzurücken und mir beim Platznehmen behilflich zu sein. Man behandelte mich wie eine zerbrechliche Porzellanfigur. Eine Speisekarte wurde mir gereicht; ich starrte verwirrt auf die vielen französischen Namen und wußte nicht, wo anfangen.

»Möchten Sie zuerst einmal französische Schnecken versuchen?«

»Ich glaube, dazu fehlt mir der Mut«, erwiderte ich zaghaft. »Schließlich ist das doch mein erster Abend in Paris. Gibt es vielleicht etwas, das auch französisch ist, aber nicht so furchtbar exotisch?«

»Wie wär's mit französischem Mineralwasser?«

»Ja, das klingt herrlich.«

Wir studierten kurze Zeit die Speisekarte, dann wählten wir unsere Gerichte. Der Kellner nahm unsere Bestellungen entgegen. Garth wählte den Wein aus. Als wir schließlich nichts mehr zu tun hatten, als auf das Essen zu warten, lehnten wir uns gemütlich zurück und entspannten uns. Zumindest Garth. Ich war zu aufgeregt, zu begierig, das Thema auf Gina zu lenken, daß ich nicht wußte, wie ich beginnen sollte. Schließlich machte Garth den Anfang.

»Ich möchte nicht zu unhöflich sein«, begann er beiläufig, »aber es ist mir noch immer nicht ganz klar, warum Sie sich so plötzlich entschlossen, nach Paris zu kommen, ohne Gina davon zu unterrichten. Sie machen keinen so zerstreuten Eindruck wie etwa Candy-Anna; daher finde ich Ihr Verhalten sonderbar, weil es so gar nicht Ihrem Charakter entspricht. Was hat Sie veranlaßt, hierherzukommen?«

Ich zögerte einen Augenblick und spielte mit meiner schneeweißen Serviette. Sorgfältig legte ich sie mir in den Schoß, strich sie langsam glatt und begann dann: »Hat Ihnen Ihr Partner nichts erzählt?«

»Mein Partner?« fragte er erstaunt. »Lilian Jantzen? Was hat Lilian denn damit zu tun, daß Sie nach Paris gekommen sind?«

»Gina rief mich Samstag abend von der Wohnung der Jantzens an und bat mich inständig, sofort zu ihr zu kommen.« Ich entschied mich, ihm nicht die ganze Wahrheit zu sagen. »Sie war so begeistert von Europa und schwärmte mir vor, wie herrlich alles sei. Ihre Begeisterung riß mich mit, und so entschloß ich mich ganz spontan zu dieser verrückten Reise. Ich wußte, daß Gina am Montag morgen nach Paris zurückkommen würde, also dachte ich, es wäre doch nett, sie bei ihrer Ankunft am Montag zu überraschen. Aber ich habe natürlich schon ein Telegramm geschickt, um sie durch meinen Besuch nicht zu sehr zu erschrecken. Als ich jedoch hier ankam, mußte ich feststellen, daß Gina noch gar nicht aus England zurück war. Candy-Anna hat auch keine Ahnung, wo Gina sein könnte. Aus diesem Grund habe ich Sie heute nachmittag angerufen. Ich hoffte, von Ihnen zu erfahren, wie und wo ich Gina erreichen kann, denn Sie waren ja mit ihr in London zusammen gewesen.«

»Ich fürchte, da kann ich Ihnen nicht helfen. Ich weiß kaum mehr als Sie.« Seine Augen trafen meine. Leicht amüsiert und interessiert blickte er mich an. Es war völlig unmöglich, seine Gedanken zu erraten oder zu erkennen, ob er so aufrichtig war, wie er zu sein schien. »Wie ich Ihnen schon heute nachmittag am Telefon sagte«, fuhr er fort, »war Gina besessen von dem Gedanken, zum Film zu gehen. Das will ja, glaube ich, jedes erfolgreiche Mannequin. Zufällig fiel mir ein, daß der Mann meines Geschäftspartners, Eric Jantzen, Beziehungen zu diesen Kreisen hat. Er ist selbst ein anerkannter Künstler in London, daher dachte ich mir, daß vielleicht er Gina behilflich sein könnte in dieser Hinsicht. Wir hatten schon bei einer anderen Gelegenheit darüber gesprochen, und er wollte sie sehr gern kennenlernen. Als wir nun letzten Samstag gemeinsam in London waren, habe ich sie miteinander bekannt gemacht. Ich glaube, er hat sie an jenem Abend zu sich auf einen Drink eingeladen. Das erklärt auch Ginas Anwesenheit in seiner Wohnung, wenn es uns auch in bezug auf alles übrige im unklaren läßt. Warum sie von der Wohnung eines Mannes, der ihr mehr oder weniger fremd war, nach Amerika telefonierte, ist mir völlig unbegreiflich. Was sagte sie denn?«

Der Kellner brachte unser Essen, und so hatte ich Zeit, meine Antwort zu bedenken. »Sie hat mich schon seit längerer Zeit zu überreden versucht, meinen Urlaub in Europa zu verbringen«, sagte ich vorsichtig, nachdem sich der Kellner zurückgezogen hatte. »Ich glaube, ihr Anruf war eher impulsiv, ohne Hintergedanken, weiter nichts. Eine lustige, exzentrische Geste, wenn Sie verstehen, was ich damit sagen möchte. Ich weiß, es hört sich komisch an, aber Sie kennen Gina ja, nicht wahr?« Ich nippte an meinem Mineralwasser und war froh, ihn beim Reden nicht ansehen zu müssen. »Gina gehört zu jenen Menschen, denen es ohne weiteres zuzutrauen ist, daß sie von der Wohnung eines Fremden aus ein R-Gespräch von London nach New York anmelden, nur um zu sagen: ›Warum um Himmels willen kommst du nicht her und leistest mir Gesellschaft?‹ Das ist doch genau ihre Art.«

Er lächelte. Aus irgendeinem Grund machte mich sein Lächeln befangen. Aber ich wußte nicht, woran es lag. Es war ein freundliches, offenes, natürliches Lächeln, ohne jeden Falsch. Und dennoch fühlte ich mich nicht wohl. »Eigentlich kenne ich Gina nicht besonders gut«, meinte er nach einer kleinen Pause. »Ich habe sie zwar vor ungefähr sechs Wochen kennengelernt, aber bis zu meiner Rückkehr nach Paris vor etwa zwei Wochen habe ich sie nur selten getroffen. Und selbst dann habe ich sie nur ein paarmal ausgeführt. Sie war in großen Schwierigkeiten mit einem problematischen Verlobten oder Exverlobten.«

»Ja, davon hat sie mir erzählt. Sie hat mir geschrieben, daß sie Warren in Paris wiedergesehen habe.«

»Sie kennen ihn? Ich halte ihn für einen netten jungen Kerl; ein bißchen unbeholfen. Wenn er nur einen Funken Verstand hätte, würde er einsehen, daß es absolut unsinnig war, wie ein wütender Terrier hinter Gina herzujagen, um sie auf diese Weise zurückzugewinnen. Er traf Gina zufällig. Ich hatte sie zum Abendessen eingeladen. Zuerst war alles ganz harmlos und angenehm. Er nahm einen Drink mit uns und schien sich recht wohl zu fühlen. Doch dann endete alles mit einer ungeheuren Szene.«

»Das muß sehr peinlich für Sie gewesen sein.«

»Ach, im Grunde taten mir die beiden leid, er, weil er den guten Eindruck, den er anfänglich auf Gina gemacht hatte, allmählich wieder auslöschte, und sie, weil mir einfach jeder leid tut, der Schwierigkeiten mit seinem Exverlobten hat. Ihr war das Ganze viel peinlicher als mir. Denn ich war mehr oder weniger nur distanzierter Zuschauer. Um von der ganzen Sache emotionell betroffen zu sein, dafür kannte ich sie zu wenig.«

Leichthin warf ich ein: »Candy-Anna hat so getan, als ob Sie für Gina die große Liebe wären!«

»Candy-Anna liest zu viele Liebesromane«, erwiderte er ebenso unbeschwert. Sein klarer Blick zeigte, daß er völlig unbekümmert war. »Für ein derartiges Melodrama war die Zeit wirklich zu kurz.«

Nun war ich sicher, daß er ein wenig von der Wahrheit abschweifte. »Wahrscheinlich überschätzt sie die Tatsache, daß Sie und Gina gemeinsam nach London fuhren«, fuhr ich gelassen fort. »Candy-Anna ist eines jener Mädchen, denen so etwas riesig viel bedeuten würde, deshalb überschätzt sie es auch maßlos.«

Er nippte an seinem Glas und wirkte gelassen und nonchalant. »Wahrscheinlich.«

Ich errötete und wußte nicht, warum. Ich fühlte nur ganz vage, daß seine trockene Bemerkung eine Zurückweisung war. Umständlich betupfte ich meinen Mund mit der Serviette und suchte verzweifelt nach einer Möglichkeit, das Thema zu wechseln.

»Haben die Jantzens Ihnen gegenüber denn gar nicht erwähnt, daß Gina von ihrer Wohnung aus nach New York telefoniert hat?« fiel mir endlich ein. Denn ich erinnerte mich daran, daß mein Freund von Scotland Yard mit den Jantzens gesprochen hatte, als er die Nummer routinemäßig überprüfte. »Haben sie überhaupt nichts davon erwähnt?«

»Ich habe keinen von ihnen seit Samstag früh getroffen. Wir haben alle zusammen zu Mittag gegessen, Gina, ich und die Jantzens. Danach hatte ich für den Rest des Wochenendes persönliche Angelegenheiten zu erledigen. Und Sonntag abend bin ich nach Paris zurückgekehrt.«

»Ja aber haben Sie seither nicht mehr mit ihnen – ich meine mit Ihrem Partner – telefoniert?«

»Ja«, antwortete er, »ich habe heute morgen mit Lilian gesprochen. Aber wir besprechen niemals persönliche Dinge am Telefon, sondern nur rein Geschäftliches. Das käme zu teuer.« Er lächelte. »Uns Europäern ist diese amerikanische Leidenschaft für Ferngespräche fremd.«

»Es ist auch keine meiner Leidenschaften«, erwiderte ich trocken und dachte an die verheerenden Telefonrechnungen, die regelmäßig in den dezenten gelben Kuverts angeflattert kamen.

»Ach ja«, sagte er, »ich habe nicht daran gedacht, daß Sie weitaus interessantere Leidenschaften besitzen. Wann haben Sie sich zum erstenmal für Shakespeare interessiert?«

Im Verlauf des Abends mußte ich feststellen, daß er überaus geschickt die Konversation so lenkte, daß seine Interessen stets berücksichtigt wurden. Die ganze lange Zeit über, während wir unser köstliches Mahl genossen, sprach ich weit mehr, als ich es normalerweise Fremden gegenüber tue. Ich erzählte von New England und New York, von einem neuen Leben und einer neuen Welt, von meinen Eltern, meiner Arbeit und meinen Interessen. Wir sprachen über Theater, Filme, über alle möglichen kulturellen Fragen, und zu meinem Erstaunen mußte ich feststellen, daß ich über Dinge klare Urteile abgab, über die ich sonst aus Scheu geschwiegen oder nur ganz vage Ansichten geäußert hätte. Als wir schließlich bei schwarzem Kaffee und Grand Marnier einander gegenübersaßen, kam mir zum Bewußtsein, daß er nun eine Menge von mir wußte, während er absolut nichts von sich erzählt hatte.

»An welcher Universität haben Sie studiert?« Ich wußte zwar, daß der Unterschied zwischen dem englischen und dem amerikanischen Bildungssystem riesengroß war, aber ich nahm an, daß er irgendeine Form von höherer Bildung genossen haben mußte. »Bei Ihnen sagt man doch Universität und nicht College?«

»Ich habe keine Universität besucht«, antwortete er ruhig. »Mein Vater hatte beruflich Pech. Er ging in Konkurs, und ich mußte schon früh die Härten des Lebens erfahren, so wie David Copperfield.«

»Oh«, sagte ich verlegen und wußte nicht recht, wie ich fortfahren sollte. »Aber Sie haben doch eine höhere Schule besucht? Sie haben doch bestimmt die Schule mit dem Reifezeugnis abgeschlossen?«

»Da mein Vater in kluger Voraussicht nicht vor meinem siebzehnten Lebensjahr in Konkurs ging, war es mir aufgrund glücklicher Umstände möglich, die Schule abzuschließen. Aber es hätte rein gar nichts ausgemacht, wenn ich schon früher von der Schule abgegangen wäre. Es war nämlich eine von jenen Schulen, die einem durch bloße Anwesenheit sämtliche Tore im späteren Leben öffnet. Ungeachtet der akademischen Leistungen. Aber die Zeiten ändern sich, und derartige Schulen werden immer seltener. Heute muß man in der Schule auch etwas lernen – ist das nicht eine geradezu revolutionäre Idee! Mein Vater wäre schockiert gewesen über derart moderne Ansichten.«

»Lebt Ihr Vater nicht mehr?«

»Nein; für ihn ist es vielleicht besser so. Die Welt, der er angehörte, fand mit dem Zweiten Weltkrieg ihr Ende. Die großen Veränderungen, die in den vierziger und frühen fünfziger Jahren stattfanden, wären für ihn zuviel gewesen.« Seine Stimme klang einfach, voller Mitgefühl, aber ohne Bedauern. »Meine Mutter starb bald nach Vaters Tod. Ich habe eine Schwester, die in Neuseeland lebt, und drei unverheiratete Tanten in Norfolk. Aber von diesen abgesehen, bin ich ebenso allein wie Sie ... Ich kann bis jetzt noch nicht sagen, ob das ein bedauernswerter oder ein wünschenswerter Zustand ist. Ich glaube, man ist ohne Verwandte weniger abhängig, aber –«

»– dafür einsamer«, vollendete ich seinen Satz. Ich wollte nun wissen, wie er zu seinem Geld gekommen war, da er doch von seinem Vater keinen Groschen geerbt haben konnte. »Wann haben Sie Ihren Geschäftspartner kennengelernt? Kennen Sie Lilian Jantzen schon lange?«

»Ja, ich lernte Lilian vor zehn Jahren kennen, als ich noch in der Porzellan- und Glaswarenabteilung in einem Londoner Warenhaus arbeitete. Ich war im Verkauf tätig. Lilian war eine meiner besten Kunden. Eines Tages, es war ungefähr sechs Monate nach unserem ersten Zusammentreffen, fragte sie mich, ob ich nicht lieber für sie als für meine Firma arbeiten würde. Sie wollte die Möglichkeit prüfen, Porzellan und Glaswaren aus Frankreich zu importieren und in London zu verkaufen. Sie hatte gute Beziehungen in der Branche. Außerdem hatte sie Berufserfahrung. Sie wollte unbedingt einen Markt für ganz bestimmte Glaswaren schaffen, die seit Kriegsausbruch nicht mehr eingeführt worden waren ... Der langen Rede kurzer Sinn: sie hatte das Geld, das Auftreten und sie wußte, was sie wollte. Meine Aufgabe bestand lediglich darin, marktfähige Produkte zu verkaufen. Über kurz oder lang waren wir Geschäftspartner in einem kleinen, aber blühenden Export-Import-Handel zwischen England und Frankreich.«

»Ich verstehe.« Es schien mir nur etwas unglaublich, daß er je ein einfacher Verkäufer gewesen sein sollte. Er entsprach so ganz und gar nicht meinen herkömmlichen Vorstellungen von einem Verkäufer.

»Aber macht es Ihnen – hat es Ihnen Spaß gemacht, als Verkäufer zu arbeiten?«

»Es macht mir Spaß, mich mit Porzellan und Glas zu beschäftigen. Besonders für Glas habe ich eine Vorliebe. Glas kann so wunderschön, so exquisit sein. Verkaufen hat für mich immer nur bedeutet, den Leuten, die es sich leisten können, zu zeigen, daß sie ihr Geld auch auf ästhetische Weise anlegen können. Wissen Sie Bescheid über Glas?«

»Nicht im geringsten.«

Er fing an, mir davon zu erzählen, und unterbrach sich nur ein einziges Mal, um erneut Kaffee und Cognac zu bestellen. Die Zeit verging wie im Flug, alles um mich herum versank.

»Selbstverständlich versteht Lilian mehr davon als ich«, unterbrach er sich, nachdem er lange Zeit mit der Autorität und der Begeisterung eines Experten gesprochen hatte. »Sie hat mir alles, was ich weiß, beigebracht.« Der letzte Satz klang irgendwie falsch. Er machte eine amüsierte, ungeduldige Geste mit der Hand, als wollte er jeden Mißton und jede Doppeldeutigkeit wegfegen, und fügte offen hinzu: »Sie ist eine bemerkenswerte Frau.«

»Ja«, sagte ich, »das muß sie wirklich sein. Aber was sagt ihr Mann dazu? Hat er überhaupt keine Beteiligung am Geschäft?«

»Um Himmels willen! Das wäre das letzte, was Lilian wünschen würde! Eric ist Künstler, er hat seine eigenen Interessen und führt sein eigenes Leben. Es wäre für ihn unvorstellbar, sich einer Geschäftsroutine unterordnen zu müssen.«

»Ich verstehe.«

»Natürlich hat es anfangs Probleme gegeben. Eric war etwas eifersüchtig auf Lilians Welt, aber er hatte überhaupt keinen Grund dazu. Ich interessiere mich nicht für eine Frau, die um zehn Jahre älter ist als ich, zumindest nicht vom romantischen Standpunkt aus. Und Lilian interessiert sich nicht für Romantik. Sie liebt ihr Porzellan und ihr Glas.«

Ich fragte mich, warum er es für nötig hielt, mich darauf aufmerksam zu machen. Es hatte den Anschein, als ginge er automatisch in die Defensive bei einem Thema, das ihm in der Vergangenheit immense Schwierigkeiten bereitet hatte. Meine Gedanken kehrten zu Gina zurück, und ich sagte impulsiv: »Glauben Sie, Eric oder Lilian Jantzen haben eine Ahnung, wo Gina sein kann? Ich mache mir große Sorgen um sie.«

Er sah mich überrascht an. »Tatsächlich? Ja, warum denn? Es ist doch ohne weiteres denkbar, daß ihr London so gut gefallen hat, daß sie sich entschloß, länger zu bleiben. Schließlich ist sie beruflich nicht gebunden, sondern nur freiberuflich als Mannequin tätig und kann also tun, was ihr Spaß macht. Und wenn Eric ihr das Angebot machte, sie mit Leuten vom Showgeschäft zusammenzubringen, dann ist es doch nur selbstverständlich, daß sie sich diese Gelegenheit nicht entgehen lassen will.«

Ich nickte. Da ich das Ferngespräch mit Gina eher als harmlos dargestellt hatte, war es nur zu logisch, daß er meine Angst nicht verstehen konnte.

»Haben Sie bei der Agentur, für die Gina arbeitet, nachgefragt? Vielleicht weiß man dort etwas über ihren Aufenthalt.«

»Candy-Anna sprach mit den Leuten, aber Gina hat sich auch dort nicht gemeldet. Man war deshalb sogar sehr ungehalten darüber, denn man hatte einen besonderen Auftrag für sie reserviert.«

»Hmm.« Er schwieg. »Ich werde morgen die Jantzens fragen, ob sie irgend etwas wissen.«

Ich wollte ihm schon beinahe erzählen, daß ich mich entschlossen hätte, selbst nach London zu fahren, aber im letzten Augenblick unterließ ich es dann doch. Es wäre sicher nicht richtig, ihm zu sehr zu vertrauen. Ich wußte von Cooper nur, daß er Gina seit Samstag nachmittag nicht mehr gesehen hatte. Außerdem hatte ich den leisen Verdacht, daß er seine Beziehung zu Gina bewußt verharmloste. Plötzlich fühlte ich mich deprimiert und müde. Der Wein hatte seine anregende Wirkung verloren, und der Abend schien auf einmal trüb und leer. Und dann spürte ich plötzlich seine Hand auf der meinen. Die Geste kam völlig unerwartet. Und mit teilnahmsvoller und dennoch beiläufiger Stimme sagte er still: »Sie sollten sich wirklich nicht so große Sorgen machen. Ich bin ganz sicher, daß Gina wohlauf ist.« Tränen verschleierten meinen Blick und schnürten mir den Hals zu, als ich seine mitfühlende Stimme hörte.

»Möchten Sie vielleicht noch etwas Kaffee?«

»Nein danke«, sagte ich und bemühte mich, meine Verlegenheit zu überwinden. »Nein danke. Ich bin wirklich satt! Das Essen war hervorragend und hat mir vorzüglich geschmeckt.«

»Vielleicht haben Sie Lust, noch anderswo ein Glas Wein zu trinken?«

»Nein, nein wirklich nicht. Vielen herzlichen Dank.« Die Angst um Gina erdrückte mich, und ich fürchtete mich, vor ihm in Tränen auszubrechen und ihm von meiner Vorahnung mehr anzuvertrauen als unbedingt nötig.

Er blickte auf die Uhr. »Die Nacht ist noch jung«, sagte er leichthin. »Es ist noch nicht einmal Mitternacht. Möchten Sie gern zum Montmartre fahren und vom Sacré-Cœur aus auf die nächtlich erleuchtete Stadt blicken? Oder sollen wir lieber ein Stück die Champs-Elysées hinunterspazieren? Oder sind Sie zu müde dafür und wollen lieber nach Hause?«

Fast wollte ich schon sagen: »Ja, wenn Sie so nett wären, mich nach Hause zu bringen...«, aber dann sagte ich es doch nicht. Ich sah ihn an, und plötzlich vergaß ich meine Ängste und die Furcht, meine Beherrschung zu verlieren. Es war nicht mehr wichtig. Nichts war mehr von Bedeutung. Ich war bei ihm, und wir waren in Paris. Ich wollte den Abend so lange wie möglich, bis an mein Lebensende, in Erinnerung bewahren. Er sollte nicht ein abruptes Ende finden.

Spontan sagte ich: »Oh, ich möchte am liebsten in einem der

kleinen Cafés auf den Champs-Elysées sitzen und die Welt beobachten!«

»Warum nicht?« lachte er. »Das ist ein fantastischer Vorschlag!« Er legte das Geld auf die Rechnung, ohne auf das Wechselgeld zu warten. Von den Verbeugungen der Kellner und den höflichen Grüßen des Maître d'hôtel begleitet, verließen wir das Restaurant. Draußen war es warm. Der Sternenhimmel erglühte in Tausenden Lichtern. Meine Füße tanzten über die Pflastersteine.

Die folgenden dreiviertel Stunden erscheinen mir heute wie hinter einem Nebelschleier. Nicht weil ich zu müde war, um sie voll zu erleben, sondern weil sie wie im Flug verstrichen, so daß ich nachher nur noch einige ganz spezielle Erinnerungen hatte. Noch heute sehe ich Garth vor mir, wie er eine Zigarette raucht, wie der Rauch durch die Nachtluft aufsteigt. Wir sitzen in einem kleinen Straßencafé auf den Champs-Elysées. Die Flamme des Zündholzes wirft Lichter auf Garths Gesicht. Seine hellen Augen leuchten für Sekunden auf. Seine Hände liegen ruhig auf dem Tisch. Ich erinnere mich, wie der Verkehr bis zu uns herüberdröhnte. Die Fußgänger schlenderten dahin. Ihr Stimmengewirr drang bis an mein Ohr, überall hörte ich den Klang der fremden Sprache. Wenn ich mich aber daran erinnern möchte, worüber Garth und ich uns unterhalten haben, dann höre ich nichts. – Später nahmen wir uns ein Taxi und fuhren zum Montmartre. Wir tanzten ein wenig, tranken noch etwas, aber ich kann mich nicht erinnern, müde gewesen zu sein. Wir wanderten durch die Stadt, aber ich weiß nicht mehr, wo wir überall waren. Gegen Morgen saßen wir dann auf den Stufen von Sacre-Cœur. Ganz Paris erstrahlte unter einem Sommermond.

»Oh!« sagte ich nur, und diese bedeutungslose Silbe drückte alle meine Gefühle aus. Freude über den unglaublich schönen Abend; Trauer über sein rasches Ende und daß er wahrscheinlich ohne Wiederholung bleiben würde; Schuldgefühle, weil ich Gina völlig vergessen hatte, obwohl sie doch vorher mein ganzes Sinnen und Trachten erfüllt hatte. Als ich aufseufzte vor Freude und Wehmut über Paris und die Sommernacht, hörte ich Garth dicht neben mir:

»Wie lange werden Sie in Paris bleiben?«

Der Zauber der Stimmung war gebrochen. Ich wußte nicht, ob er die Frage nur stellte, weil er mich wiedersehen wollte, oder ob er nur wissen wollte, was ich wegen Gina unternehmen würde. Ich rückte etwas von ihm ab. »Ich habe noch keine genauen Pläne.«

Nach einem Augenblick fragte er: »Was ist denn los?«

»Nichts!« fuhr ich erstaunt auf. »Warum?«

»Sie wirkten plötzlich so deprimiert.«

»Nein. Ich habe mir nur gewünscht, in meinem Leben noch mehr so schöne Abende wie diesen zu erleben.«

»Ich glaube, dieser Wunsch ist leicht zu erfüllen.«

Ich antwortete nicht.

»Leider kann ich meine Reise nach London nicht verschieben. Ich würde es sofort tun. Ich werde mindestens fünf Tage in London bleiben, vielleicht auch eine ganze Woche. Wenn Sie vorhaben, nach London zu fahren, um England...«

»Ich habe noch keinen genauen Plan«, sagte ich abrupt und wich gegen die gespenstig weißen Mauern der Kirche zurück. »Morgen früh werde ich über alles nachdenken.«

»Könnten Sie nicht jetzt schon ein wenig darüber nachdenken?« Ich hörte seine Schritte hinter mir. »Ich würde Sie sehr gern wiedersehen, und es scheint unvernünftig, daß wir die nächste Woche getrennt voneinander in verschiedenen Städten verbringen sollen.«

»Nun«, sagte ich und versuchte leichtfertig zu klingen, aber es gelang mir nicht. Vielmehr stieß ich hart und unnatürlich hervor: »Zweifellos werden wir es beide überleben.«

Ich erwartete, daß er irgendeine spontane, kluge Bemerkung machen würde, aber er schwieg. Überrascht von dieser unerwarteten Reaktion, drehte ich mich um und sah ihn an. Sein Gesicht war ruhig, seine hellen Augen waren unergründlich wie immer.

»Es tut mir leid«, sagte ich unglücklich. Ich wußte, daß er verletzt war, obwohl er es in keiner Weise zeigte. »Es war dumm von mir, das zu sagen. Bitte verzeihen Sie mir.«

Sofort lächelte er. »Ich habe es verdient«, erwiderte er gutmütig. »Es geht mich im Grunde gar nichts an, wie Sie Ihren Urlaub verbringen. Ich bin es, der sich entschuldigen muß.«

»Nein, ich –«

»Ach, zum Teufel mit den Entschuldigungen und dem ganzen Unsinn!« rief er in einem plötzlichen Anfall von Ungeduld aus, der gar nicht zu ihm paßte. Im nächsten Augenblick – es kam völlig unerwartet – spürte ich seine Arme und seinen Mund. Kühl und hart fühlte ich seinen Kuß. »Auch dafür muß ich mich entschuldigen«, sagte er und ließ mich abrupt los, »wenn du meinst, daß ich mich dafür entschuldigen sollte. Da wir gerade von Entschuldigungen reden, scheint es angebracht, daß ich alle auf einmal vorbringe... Ist dir kalt?«

»Ein bißchen«, sagte ich, um eine Erklärung dafür zu haben, daß ich schneeweiß geworden war und am ganzen Körper zitterte, »aber nicht zu sehr.«

»Komm, gehen wir zurück. Vielleicht finden wir ein Taxi.«

Zwanzig Minuten später blieb das Taxi vor Ginas Wohnung stehen. Garth bat den Fahrer zu warten. Dann brachte er mich zur Haustür, aber als ich mich für den Abend bedanken wollte, zog er seine Brieftasche und reichte mir seine Visitenkarte.

»Es hat mir ebenfalls sehr gut gefallen. Darf ich dir meine Adresse und Telefonnummer geben – solltest du deinen Entschluß wegen London ändern, ruf mich an, sobald du da bist. Wenn du aber in Paris bleibst, dann rufe ich dich an, sowie ich von London zurückkomme.«

Kühl und glatt fühlte ich die Karte in meinen heißen Händen. Verwirrt starrte ich auf die Adresse und die Telefonnummer. Ich versuchte noch einmal, mich zu bedanken, aber ich brachte kein Wort heraus.

»Gute Nacht, Claire.«

»Gute Nacht, Garth.«

Er küßte mich rasch. Dann war er weg. Ich ging ins Haus hinein, schloß die Tür hinter mir und lehnte mich an die Wand. Ich hörte, wie der Lift herunterkam, wie sich die Türen öffneten und schlossen. Oben angekommen, stand ich bewegungslos in der dunklen Wohnung und rief mir alles, was wir einander zu sagen vergessen hatten, in Erinnerung. Lange stand ich so da, dann suchte ich den Schalter und machte Licht.

Die Nachricht fiel mir sofort ins Auge. Sie war in großen Buchstaben auf einen Zettel geschrieben, der beim Telefon lag. Es war Candy-Annas Schrift: RUF WARREN MAYNE AN. DRINGEND!

Ich hatte Warren total vergessen. Rasch suchte ich in meiner Tasche nach seiner Telefonnummer und begann mit unsicheren, zitternden Händen seine Nummer zu wählen.

»Um Himmels willen, Claire!« klagte Warren. »Es ist fast drei Uhr morgens! Was fällt dir denn ein, mich um diese Zeit anzurufen? Ich bin doch kein Nachtvogel.«

Sofort regten sich in mir Schuldgefühle über meine Gedankenlosigkeit. Ich hatte das Zeitgefühl völlig verloren und nicht im entferntesten daran gedacht, auf die Uhr zu sehen. »Es tut mir schrecklich leid«, sagte ich schuldbewußt. »Aber ich bin soeben erst nach Hause gekommen und habe Candy-Annas Nachricht gefunden, daß ich dich sofort anrufen solle, da du eine wichtige Mitteilung zu machen hättest –«

»Herr im Himmel, kann denn dieser Wirrkopf nichts richtig machen? Es war doch ganz anders. Ich hatte dich angerufen, um zu fragen, ob du nun morgen nach London fliegst oder nicht. Wenn du dich erinnerst«, er hielt vorwurfsvoll inne, »hast du doch gesagt, daß du mich am Nachmittag im Büro anrufen würdest, um mir Bescheid zu geben über deine Pläne.«

»Ach du liebe Güte, das hab' ich total vergessen!« Erneut regte sich mein Gewissen.

»Ja«, sagte Warren höflich. »Heißt das, daß du dich entschlossen hast, nicht zu fahren?«

»Eigentlich nicht«, antwortete ich verwirrt. »Ich habe mich entschieden, doch zu fahren. Ich habe einen Platz in der Air France für morgen früh bestellt. Ich – ach, es tut mir leid, Warren, ich hätte es dir sagen sollen –«

Er seufzte auf. »Morgen früh werde ich sofort bei der Air France anrufen. Vielleicht haben sie noch einen Platz für mich. Wie lautet deine Flugnummer? Nein, wenn ich es mir genau überlege, so kann ich unmöglich morgen früh fahren. Ich kann auf keinen Fall so kurzfristig vom Büro Urlaub bekommen. Weißt du, was ich machen werde – ich werde versuchen, mit einer Abendmaschine nachzukommen. In welchem Hotel wirst du absteigen?«

»Ich habe nicht die leiseste Ahnung«, erwiderte ich unglücklich und erkannte, daß Warren der letzte Mensch war, dessen Anwesenheit ich mir wünschte. Aber mir fiel nichts ein, um ihn von seinem Vorhaben abzubringen.

»Geh zum Regent Palace. Oder zum Strand Palace. Das ist ein sehr gutes Hotel, liegt zentral, ist billig, und dort wohnen viele Amerikaner, also wirst du dich wie zu Hause fühlen.« Bevor ich ihm überhaupt erklären konnte, daß mir ein englisches Hotel und englische Gesellschaft weitaus lieber wären, fügte er hinzu: »Ich werde zuerst zum Regent Palace gehen, und wenn ich dich dort nicht finde, versuche ich das Strand Palace Hotel. Wenn du in keinem von beiden bist, treffen wir einander in der Halle des Regent Palace Donnerstag um neun Uhr früh, ja?«

»Ja«, stimmte ich ihm leise zu. Ich war zu müde, um zu streiten.

»Wo warst du übrigens den ganzen Abend? Ich habe andauernd angerufen und wie wahnsinnig versucht, dich zu erreichen, bis ich endlich um Mitternacht Candy-Anna an den Apparat bekam. Ich habe fast schon befürchtet, daß du auch verschwunden bist, und war in großer Sorge.«

Seine aufrichtige Anteilnahme und Sorge um mich rührte mich irgendwie.

»Ich habe mir Paris angesehen.«

»Aber doch nicht allein!« rief er schockiert aus.

»Natürlich nicht«, antwortete ich trocken. »Also, Warren, es tut mir leid, daß ich dich nicht wie ausgemacht zurückgerufen habe –«

»Aber –« unterbrach er mich; dann besann er sich auf seine

gute Kinderstube. Ich konnte seine Neugierde förmlich durch die Leitung fühlen, aber er besaß weder den Mut noch die Frechheit, mich geradeheraus nach meinem Begleiter zu fragen.

»Ja?« sagte ich nur.

»Nichts. Bis morgen abend, also. Okay?«

»Ja – vielen Dank, Warren.«

»Nichts zu danken«, sagte er heldenhaft. »Bis dann, Claire.«

»Bis dann.«

Ich legte den Hörer auf. Nun fühlte ich mich erleichtert und ging so schnell wie möglich zu Bett. Mein letzter Gedanke, bevor ich mich in meinem Traumland verlor, galt Warren, und was er wohl gesagt haben würde, hätte er gewußt, daß ich den Abend mit Garth Cooper verbracht hatte.

Mein Flug war für zehn Uhr angesetzt, aber ich sah ihn sofort, als ich die Abflughalle betrat. Er stand am Fenster und las den ›Figaro‹. Die Morgensonne lag auf seinem Gesicht und zeichnete die feinen Linien seiner Nase nach. Sein Ausdruck war ruhig und verhalten, konzentriert blickte er in die Zeitung. Ich blieb wie angewurzelt stehen. Gerade als ich mich fragte, warum es mir eigentlich nie in den Sinn gekommen war, daß er dasselbe Flugzeug nehmen könnte, blickte er von seiner Zeitung auf, so als hätte er gefühlt, daß ihn jemand beobachtete. Unsere Augen trafen sich. Ich sah, wie er die Augenbrauen erstaunt hochzog, und errötete verwirrt. Er aber lächelte charmant und liebenswürdig, warf seine Zeitung zur Seite, als hätte sie nun für ihn keinen Wert mehr, und kam wie selbstverständlich auf mich zu.

V.

»Du hast dich also doch entschlossen, nach London zu fliegen?« Die letzten Anzeichen seines Erstaunens hatten einem Ausdruck vollster Befriedigung Platz gemacht. »Ich habe gehofft, daß du kommen würdest. Wann hast du dich dazu entschlossen?«

»Oh... ganz plötzlich«, antwortete ich unsicher und fühlte, wie mir die Röte ins Gesicht stieg über diese vage Antwort.

»Hast du keine Schwierigkeiten gehabt, ein Ticket zu bekommen?«

»Nein.«

Zum Glück wurde in diesem Augenblick unser Flug ausgerufen, und Garths Aufmerksamkeit wandte sich von mir ab. Wir verließen den Wartesaal, und fünf Minuten später saßen wir im Flugzeug und warteten auf den Augenblick, wo sich das Flugzeug auf die Rollbahn zubewegen würde, um zu starten.

»Du bist ziemlich unberechenbar, nicht wahr?« murmelte Garth lächelnd. »Ich war der Meinung, du hättest dich entschlossen, in Paris zu bleiben.«

Ich war verlegen.

»Ich habe es mir anders überlegt.«

»Wirklich? Oder hast du immer schon vorgehabt, nach London zu fliegen?«

»Wie kommst du auf diese Idee?«

»Das ist unwichtig«, lächelte er mich an. »Wichtig ist nur, daß du da bist. Fliegst du gern?«

»Manchmal ja, manchmal nein, es kommt ganz darauf an.«

»Wir werden sicher einen guten Flug haben – das Wetter ist herrlich.« Vergebens versuchte ich, seine Begeisterung zu teilen.

Er lachte. »Du wirst schon sehen!«

Er hatte tatsächlich recht. Der Flug war wunderbar; so wunderbar, daß ich keine Sekunde daran dachte, daß zwischen mir und der Erde Tausende Meter Leere waren. Den Start merkte ich kaum, dann stiegen wir mühelos auf und ließen Paris unter uns. Die Sonne strahlte hell.

Die Stewardeß kam auf Garth zu: »Darf ich Ihnen etwas zum Trinken bringen, Monsieur?«

»Ja«, antwortete Garth und wandte sich mir zu: »Wir müssen deinen ersten Flug nach England feiern. Wie wär's mit einem Glas Champagner?«

»Oh!« rief ich entsetzt über den Vorschlag, schon am Vormittag Champagner zu trinken. Was hätten meine Eltern dazu gesagt!

»Das wäre bestimmt nett«, sagte ich schuldbewußt, weil ich meine Eltern vor mir sah. Und dann: »Ja, das ist eine großartige Idee!«

Garth bat die Stewardeß: »Zwei Glas Champagner, bitte.«

Das Flugzeug stieg immer höher. Plötzlich konnte ich durchs Fenster auf die Landschaft unter mir blicken. Ich sah die Küste und konnte sogar erkennen, wie sich die Wellen an den zerklüfteten Felsen brachen und weiße Gischt aufschäumte. Es war ein herrliches Bild. Ich war gerade dabei, meiner Bewunderung laut Ausdruck zu verleihen, als der Champagner serviert wurde.

»Trink aus«, sagte Garth. »Wir sind gleich da.«

»Aber wir haben doch noch gar nicht den Kanal überquert!«

»Das dauert nicht länger als fünf Minuten.«

Es schien sogar noch kürzer zu dauern. Kaum hatten wir die französische Küste hinter uns gelassen, als auch schon die Küste von England auftauchte.

»Wo sind die weißen Felsen von Dover?«

»Ich glaube, wir sind zu weit nördlich.«

Bald war der Kanal überflogen. Dann sahen wir einen Fluß unter uns, mit einer gigantischen Mündung. Die Städte, über die wir hinwegflogen, waren von kleinen quadratischen Feldern umgeben. Dann wurde die Besiedlung immer dichter. Wir näherten uns London. »Siehst du den Fluß dort drüben?«

Ich nickte. »Ist das die –«

»Themse. Es sieht so aus, als würden wir direkt über London fliegen.« Und dann kam der schönste Teil der Reise. Das Flugzeug machte eine Wende nach Westen und flog parallel zum Fluß vorbei an der Tower Bridge, dem Tower von London, der St.-Pauls-Kathedrale, vorbei an Hunderten Kirchtürmen, dem Parlament, der Westminster-Abtei...

»Wie auf den Ansichtskarten! Genauso!« rief ich erstaunt, als hätte ich insgeheim geglaubt, die Fotografien würden lügen. Der Fluß schien von einer Unzahl von Brücken überspannt zu sein, manche massiv und nüchtern gebaut, andere wieder mit

Kandelabern und Figuren. Ich betrachtete sie alle fasziniert und merkte kaum, daß wir an Höhe verloren, das Stadtzentrum hinter uns ließen und über die westlichen Vororte hinweg uns dem Flughafen näherten. Als zehn Minuten später die Räder den Boden berührten, wurde mir bewußt, daß ich zum ersten Mal in meinem Leben traurig war über das Ende eines Fluges.

»War das nicht traumhaft schön!« sagte ich begeistert zu Garth, als wir unsere Sicherheitsgurte öffneten. »Wenn alle Flüge so wären, würde ich öfter fliegen. Vielen Dank für den herrlichen Champagner.«

Dann kamen die üblichen ermüdenden Zoll- und Immigrationsformalitäten. Da Garth britischer Staatsbürger war, wurde er allerdings schneller durch die bürokratische Maschinerie geschleust als ich.

»Wie komme ich zum Terminal?« fragte ich, verwirrt durch das Gewoge am Flughafen, und suchte mit den Augen eine Informationstafel. »Das ist überhaupt kein Problem«, sagte Garth. »Wir nehmen ein Taxi. Wo wirst du übrigens wohnen? Hast du dir schon darüber Gedanken gemacht?«

»Warren Mayne schlug das Regent Palace vor. Oder das Strand Palace. Kennst du diese Hotels?«

»Ja«, sagte er ohne irgendeinen Nebenton in der Stimme. »Beide liegen sehr zentral. Das Regent Palace ist ganz in der Nähe vom Piccadilly Circus.«

»Das hört sich gut an.«

Wir fanden ein Taxi und fuhren in die Stadt zurück. Die Straße war breit und modern. Die Landschaft in der Nähe des Flughafens schien mir sehr grün und üppig. Bald jedoch hörten die Grünflächen auf. Wir fuhren durch die Vororte. Als wir uns dem Zentrum näherten, fielen mir die vielen modernen Hochhäuser auf und eine riesige Straße auf Pfeilern, die mich an die Pulaski Skyway außerhalb von New York City erinnerte.

»So habe ich mir London eigentlich gar nicht vorgestellt«, sagte ich zögernd. »Alles sieht so modern aus.«

»Hast du erwartet, daß man noch mit Pferdefuhrwerken fährt?«

Ich lachte. Der Verkehr in den Straßen erweckte meine Aufmerksamkeit. »So viele kleine Autos«, sagte ich, »und alle fahren auf der falschen Straßenseite. Man sieht fast keine großen Autos.«

»Sie hätten keinen Platz.«

Wir kamen immer mehr in die Stadt und fuhren durch die Cromwell Road, eine breite Hauptstraße, die von Bäumen und stattlichen Häusern begrenzt war.

»Sind das alte Häuser?«

»Nein, sie sind ziemlich neu. Ich glaube, keines von ihnen ist älter als hundert Jahre.«

London zog an uns vorbei. Garth erklärte mir die Gegend. Viele der Namen waren mir vertraut, und dennoch klangen sie fremd.

»Das ist Kensington... Knightsbridge... der Park zu deiner Rechten ist der Hyde Park... das ist Hyde Park Corner... Piccadilly... Green Park ist rechts davon...«

»So viele Parkanlagen«, sagte ich verwundert. »Und was für geschmackvolle Häuser.«

Wir kamen zum Piccadilly Circus. Gleich dahinter sah ich das Regent Palace Hotel. Garth war dem Fahrer bei meinem Gepäck behilflich.

»Wie wär's mit einem gemeinsamen Abendessen? Ich kann dich um ungefähr sechs Uhr dreißig abholen, und dann gehen wir auf einen Drink irgendwohin... und ich werde mit Eric und Lilian wegen Gina reden. Bist du einverstanden?«

»Ja... vielen Dank...« Ich war verwirrt. Die vielen neuen Eindrücke überwältigten mich.

»Du hast ja meine Büronummer, wenn du mich brauchen solltest, nicht wahr? Bis heute abend dann.« Er berührte leicht meine Schulter. Aber er küßte mich nicht. »Au revoir.«

»Auf Wiedersehen – und danke für alles.«

Er stieg ins Taxi. Ich hörte, wie er abrupt zum Fahrer sagte: »Zweiundsechzig, Half Moon Street«, dann drehte er sich um und winkte mir flüchtig zu, während das Auto losfuhr.

Ich sah dem Wagen nach, wie er zum Piccadilly Circus einbog. Dann verließ ich die Straße und ging langsam auf das Hotel zu. Ich fühlte mich wie benommen.

Glücklicherweise hatten sie ein Zimmer für mich. Es lag im fünften Stock. Nachdem ich ausgepackt hatte, erfrischte ich mich und erneuerte mein Make-up. Dann setzte ich mich auf den Bettrand, nahm das Telefon und ließ mich mit Ginas Wohnung in Paris verbinden. Ich hatte den heimlichen Verdacht, daß Gina kurz nach meiner Abreise aus Paris vielleicht zurückgekehrt war. Mein Verdacht erwies sich jedoch als unbegründet. Niemand nahm den Hörer ab. Candy-Anna war offensichtlich in ihrer Agentur, und sonst meldete sich niemand. Gina war also noch immer verschwunden. Ich überlegte, ob ich nicht Scotland Yard noch einmal anrufen sollte. Mir fiel ein, daß ich ja von Paris aus angerufen und gebeten hatte, daß mich Inspektor Fowles zurückrufen möge. Wahrscheinlich hatte er mich zu erreichen versucht, als ich mit Garth zu Abend essen war. Ich zögerte. Vielleicht sollte ich warten, bis Garth mit den Jantzens gesprochen hatte? Im Grunde konnte ich Scotland Yard nicht viel Neues berichten. Gegenwärtig wußte ich nur, daß sie nicht mit Garth beisammen gewesen war, als sie mich Samstag angerufen hatte.

Aber von wem wußte ich das? Doch nur von Garth. Wenn ich nun Scotland Yard anriefe, würden sie Garth auszufragen beginnen. Sie würden ganz genau wissen wollen, wo er sich wann und mit wem aufgehalten habe...

Ich warte lieber, nahm ich mir vor. Bis er mit den Jantzens gesprochen hat, werde ich warten. Instinktiv scheute ich davor zurück, etwas zu unternehmen, was ihn in große Unannehmlichkeiten stürzen und mir entfremden könnte. Übrigens war ich davon überzeugt, daß er die Wahrheit sprach. Ich glaubte ihm.

Tat ich das wirklich? Unruhig wanderte ich im Zimmer auf und ab; stellte mich ans Fenster und blickte auf Soho hinab. Ich war in Gedanken noch immer bei Garth, als wenige Minuten später das Telefon läutete. Ich ging zum Bett zurück und hob ab.

»Miß Claire Sullivan?« Das war die Hotelvermittlung. »Einen Augenblick, bitte. Paris ist am Apparat.«

Sekundenlang atmete ich erleichtert auf, aber im nächsten Augenblick hörte ich leider nicht Gina, sondern Warren Mayne.

»Claire? Grüß' dich, ich habe gedacht, ich ruf' dich schnell an, um zu sehen, ob du gut angekommen bist und ob alles in Ordnung ist. Wie war der Flug?«

»Der Flug war herrlich, danke.« Es war sehr nett von ihm, sich um mich zu kümmern. Ich versuchte erfreut zu klingen. »Es war wirklich schön.«

»Fein. Hör zu; ich konnte für die Abendmaschine um sechs Uhr noch ein Ticket bekommen, also werde ich so gegen acht Uhr dreißig bei dir sein.«

»Ich –«

»Ich habe mich schon bei der Rezeption in deinem Hotel erkundigt. Sie haben ein Zimmer für mich. Sobald ich da bin, rufe ich dich an.«

»Ja, aber –«

»Du, übrigens, ich muß dir etwas Eigenartiges erzählen. Heute morgen habe ich in Garth Coopers Büro angerufen und wollte wissen, für wann er zurückerwartet wird, und stell dir vor, man hat mir gesagt, er wäre heute früh nach London abgeflogen! Also war er gestern und wahrscheinlich auch den ganzen Vortag in Paris.«

»Ja.«

»Hast du es denn gewußt?«

»Wir haben dasselbe Flugzeug genommen.«

»Was?« Seine Stimme überschlug sich vor Erstaunen.

»Ja, wir haben die Reise gemeinsam gemacht. Er –«

»Aber woher hast du gewußt, daß er es ist?«

»Wie?«

»Woran hast du ihn erkannt? Wie seid ihr ins Gespräch gekommen?«

»Oh... Ich habe ihn gestern abend kennengelernt. Habe ich dir das denn nicht erzählt? Ich habe ihn angerufen, um mich nach Gina zu erkundigen, und da ist er dann einen Sprung zu mir heraufgekommen.«

»Er war bei dir oben?« Warrens Verwunderung war ohne Grenzen. »Warum, um Himmels willen, hast du mir nichts davon gesagt?«

»Als ich das letzte Mal mit dir sprach, war es drei Uhr früh, und du warst für lange Geschichten alles andere als aufnahmefähig. Außerdem gab es nichts zu erzählen. Garth sagte, er hätte Gina seit Samstag mittag nicht mehr gesehen.«

Warren hatte einen wütenden Fluch auf den Lippen, aber glücklicherweise ließ er ihn unausgesprochen.

»Vielleicht ist es die Wahrheit«, sagte ich leidenschaftslos. »Ich bin mit ihm für heute abend zum Essen verabredet, und ich hoffe, dann Genaueres von ihm zu hören.«

»Du bist mit ihm zum Abendessen verabredet?« sagte Warren entgeistert. »Mit ihm? Heute abend?«

»Ja, also werde ich auch nicht zu Hause sein, wenn du heute abend ankommst. Wenn ich irgend etwas erfahre, rufe ich dich, sobald ich heimkomme, in deinem Zimmer an.«

»Aber –« Er war sprachlos. Dann brachte er hervor: »Hältst du das für richtig? Verdammt, ich möchte nicht, daß auch du noch verschwindest. Kannst du nicht bloß auf einen Drink mit ihm gehen? So um neun Uhr? Dann kann ich dabeisein und auf dich aufpassen –« Warren war im falschen Jahrhundert geboren. Er hätte im Mittelalter auf die Welt kommen müssen, um als Ritter Armen, Kranken, Waisen und Schutzlosen beizustehen.

»Bitte, mach dir doch um mich keine Sorgen«, sagte ich höflich. »Ich kann sehr gut auf mich aufpassen, und ich glaube wirklich nicht, daß Garth Cooper Mädchenhändler ist. Am Abend rufe ich dich an. Warren – hoffentlich hast du einen guten Flug. Danke für den Anruf.« Es gelang mir, ihn loszuwerden, ohne unhöflich zu sein. Aber es war mir klar, daß sein Glaube an meine geistige Ausgeglichenheit schwer erschüttert worden war. Einen Augenblick blieb ich untätig auf dem Bett sitzen. Mein Selbstvertrauen war angeschlagen. War es möglich, daß mich mein Verstand vorübergehend im Stich gelassen und ich einen fatalen Fehler begangen hatte, als ich Garth Vertrauen schenkte? Mir lief es plötzlich eiskalt über den Rücken. Ich wühlte in meiner Tasche und zog seine Visitenkarte heraus. Dann nahm ich den Hörer und bat die Telefonistin, mich mit Garth Coopers Nummer zu verbinden.

Ich konnte das Läuten am anderen Ende der Leitung hören. Dann meldete sich eine weibliche Stimme: »Cooper – Jantzen, guten Tag. Was kann ich für Sie tun?«

»Guten Tag«, sagte ich. »Können Sie mir über Ihre Firma ein paar Auskünfte geben? Ich arbeite für ein Marktforschungsinstitut und wäre Ihnen sehr verbunden, wenn Sie mir bei meiner Untersuchung behilflich wären.«

»Wir handeln mit Porzellan und Glaswaren; Export – Import zwischen Frankreich und England.«

»Aha. Vielen Dank.«

»Möchten Sie gern Mrs. Jantzen sprechen?«

»Nein, danke. Ist Mister Cooper im Büro?«

»Nein, Mister Cooper ist leider verreist.«

»Oh... ich verstehe. Vielen Dank. Auf Wiedersehen.« Langsam legte ich den Hörer auf. Garth hatte mir am Vorabend gesagt, daß er wegen dringender Geschäfte nach London zurück müsse, aber offensichtlich waren die Geschäfte nicht dringend genug gewesen, daß er sein Büro verständigt hätte. Verärgert bedauerte ich nun, das Fräulein nicht gefragt zu haben, für wann sie ihn zurückerwartet. Dann aber fragte ich mich, ob es vielleicht einen Grund haben könnte, daß er seinen Geschäftspartner nicht von seiner Rückkehr verständigte. Vielleicht war er doch nicht so aufrichtig, wie ich geglaubt hatte.

Ein Gefühl der Unsicherheit stieg in mir auf, wenn auch schwach und nebelhaft. Ich verdrängte es. Ich war entschlossen, mich von meiner Fantasie nicht treiben zu lassen. Kurzentschlossen nahm ich meine Handtasche, verließ mein Zimmer und machte mich auf den Weg, Piccadilly zu erforschen.

Ich kam nicht sehr weit. Die Anstrengungen der letzten Tage schienen plötzlich so überwältigend, daß ich bald ermüdete. Ich ging zum Hotel zurück und verbrachte die restlichen Stunden auf meinem Zimmer. Um fünf Uhr stand ich auf, nahm ein Bad und zog mich um. Um sechs Uhr dreißig war ich gerade dabei, meinem Äußeren den letzten Schliff zu geben, als das Haustelefon läutete. Es war Garth; er wartete in der Halle. Mein Herz begann schneller zu schlagen. Meine Hände begannen leicht zu zittern. Mein Mund schien ganz trocken. Ich verließ rasch das Zimmer und ging hinunter.

»Du siehst wunderbar aus!« sagte er, als er auf mich zukam. »Und ganz und gar nicht müde. Keiner käme auf die Idee, daß du schon am Morgen Tausende Meter über dem Englischen Kanal Champagner getrunken hast. Wie hast du den Nachmittag verbracht? Hast du dir London angesehen?«

»Nein, ich habe mich vom Champagner über dem Kanal erholt! Und wie geht es dir? Warst du im Büro?«

»Ich muß gestehen, daß ich Lilian erst um fünf Uhr von meiner Anwesenheit in London benachrichtigte. Es ging mir wie dir. Ich mußte mich unbedingt ein paar Stunden ausruhen, also ging ich direkt nach Hause. Weil wir gerade von Lilian sprechen – ich habe angenommen, du würdest die Jantzens gerne kennenlernen, also habe ich sie auf einen Drink in meinen Club eingeladen, bevor wir zu Abend essen. Ich hoffe, das ist in deinem Sinn?«

»Ja, ja natürlich. Ich freue mich, sie kennenzulernen. Hast du Mrs. Jantzen wegen Gina gefragt, als du mit ihr sprachst?«

»Ja.« Er öffnete mir die Tür, und wir traten auf die Straße. Dann erst antwortete er: »Warum hast du mir nicht gesagt, daß du Scotland Yard verständigt hast, und gebeten, Ginas Anruf zu überprüfen?«

Mein Atem stocke. Meine Wangen wurden heiß bei dem Gedanken, daß ich diesen dummen Fehler gemacht hatte. Ich hätte es doch ahnen müssen, daß man es ihm sofort sagen würde.

»Lilian sagte mir, daß ein Polizist von Scotland Yard bei ihnen nachgefragt hätte, was es mit Ginas Anruf auf sich haben könnte. Ich nehme an, Scotland Yard kam auf deine Bitte.«

»Ja«, antwortete ich widerwillig, ohne ihn anzusehen. Verlegen wiederholte ich: »Ja, ich habe Scotland Yard angerufen.«

Garth winkte, und ein Taxi hielt vor uns. Wir stiegen ein, und er gab dem Fahrer den Namen seines Clubs.

»Wie bist du denn auf die Idee gekommen, Scotland Yard anzurufen?« fragte Garth wohlwollend, während das Taxi sich in den Kreisverkehr des Piccadilly Circus hineinschob und mit den anderen Autos die Eros-Statue umkreiste. »Warum hast du angenommen, das ist eine Sache für Scotland Yard?«

Nach ein paar Minuten sagte ich: »Ich habe mir Sorgen gemacht.«

»Das kann ich mir vorstellen«, antwortete Garth mit amüsiert ironischer Stimme, »wenn du sogar von New York aus Scotland Yard angerufen hast.«

Ich brachte keine Silbe hervor.

»Was hat Gina denn wirklich gesagt, als sie dich anrief?« fragte er kurz darauf. »Es muß wohl an dem Gespräch mehr dran gewesen sein, als du zugegeben hast.«

»Es war nur, weil wir unterbrochen wurden«, brachte ich überstürzt hervor. »Und als ich dann den Anruf überprüfen ließ, um die Nummer zu erfahren, rief ich sie zurück, aber es meldete sich niemand mehr. Wahrscheinlich geriet ich dadurch in Panik.«

Er sah mit eigenartig an, als hätte er immer noch den Verdacht, daß ich ihm nicht die ganze Wahrheit gesagt hätte, äußerte sich aber nicht weiter dazu.

»Was haben die Jantzens gesagt?« fragte ich ungeschickt und stotterte sogar ein wenig. »Wissen sie irgend etwas, das die Situation aufklären könnte?«

»Eigentlich nicht. Lilian hatte Gina in die Wohnung gelassen, aber dann war sie weggegangen, um Freunde zu treffen. Sie war nur ein paar Minuten mit ihr zusammen. Eric, mit dem Gina über Filmkontakte sprechen wollte, verspätete sich. Als er heimkam, war Gina nicht mehr da. Er nahm an, sie habe nicht länger warten wollen. Deshalb machte er sich auch gar keine Gedanken, wo sie sein könnte. Erst als die Polizei bei ihm nachfragte, wurde er stutzig. Er hatte schon vor der Ankunft von Scotland Yard im Hotel angerufen, um sich bei Gina für seine

Verspätung zu entschuldigen. Aber man sagte ihm, Gina habe am selben Abend das Hotel verlassen.«

»Bevor oder nachdem sie in Erics Wohnung gewesen war?« fragte ich rasch.

»Darüber, glaube ich, hat er sich überhaupt keine Gedanken gemacht. Er rief im Hotel an, bevor die Polizei kam – bevor er noch wußte, daß irgend etwas nicht in Ordnung war. Zu dem Zeitpunkt wußte er ja noch gar nicht, daß Gina von Lilian eingelassen worden war. Als die Polizei ihm erklärte, daß Gina in der Wohnung gewesen sein müsse, sagte er ihnen, daß vielleicht ich sie hereingelassen hätte. Wenn ich mir auch nicht erklären kann, warum er dachte, ich sei bei ihr gewesen. *Ich* hatte doch kein Interesse daran, von seinen Kontakten zum Film zu hören.«

»Aber du hast einen Schlüssel zur Wohnung der Jantzens?«

»Ja, ich habe früher einmal kurze Zeit bei ihnen gewohnt. Damals ließ ich mir einen Schlüssel anfertigen. Ich brauche ihn auch heute noch hin und wieder, um Gäste unserer Firma zu empfangen. Wir machen das immer in Lilians Wohnung, weil meine dazu viel zu klein ist. Aus demselben Grund hat Lilian auch einen Schlüssel für mein Landhaus in Surrey. Manchmal laden wir unsere Kunden auch übers Wochenende dorthin ein.« Aber ich dachte schon wieder an Gina. »In welchem Hotel war sie denn abgestiegen?«

»Im Westbury Hotel, in der Nähe der Bond Street.«

»Wenn wir also nachweisen können, daß sie das Hotel erst verließ, nachdem sie mich in New York angerufen hat, könnten wir zumindest beweisen, daß sie Erics Wohnung lebend verlassen hat! Und daß sie bis zu diesem Zeitpunkt gesund und munter war!«

»Ich bin davon überzeugt, daß sie auch jetzt gesund und munter ist«, sagte Garth offen. »Ehrlich gesagt bin ich der Meinung, daß sie hinter einem der Filmmänner herjagt, die Eric Samstag während des Essens erwähnt hatte. Als er Samstag abend seine Verabredung nicht einhielt, verlor sie die Geduld und entschloß sich einfach, nicht länger herumzusitzen. Es wäre doch typisch für Gina, sich spontan aufzumachen, um die Welt des Films allein zu erobern.«

»Ich habe gedacht, du kennst Gina nicht sehr gut.«

Er lächelte flüchtig. »Du hast kein Vertrauen zu mir, nicht wahr?« Er blickte zum Fenster hinaus. »Das ist Pall Mall«, sagte er gedankenverloren. »Am anderen Ende ist St. James' Palace. Dann fahren wir die St. James' Street hinauf und sind wieder am Piccadilly Circus.«

Mit blinden Augen starrte ich zum Fenster hinaus.

»Du glaubst, daß ihr in der Wohnung der Jantzens etwas zugestoßen ist, nicht?« fragte er ganz plötzlich.

Ich nickte, ohne ihn anzusehen.

»Wirkte sie verängstigt?«

»Ja.«

»Schrie sie? Stöhnte sie? Hat sie um Hilfe gerufen?«

»Nein... nein, sie hat lediglich mitten im Gespräch aufgehängt, ohne sichtbare Notwendigkeit.«

»Das ist eigenartig... Wenn zum Beispiel ein Einbrecher die Wohnung betreten und sie bedrängt hätte, würde sie doch, meiner Meinung nach, aufgeschrien haben, sobald sie seiner ansichtig wurde. Daß sie aber ohne äußeren Anlaß aufgelegt haben soll, macht die Einbrecherversion unwahrscheinlich.«

»Ja«, sagte ich unsicher, »das glaube ich auch.«

»Ich kann mir nicht vorstellen, daß ihr irgend etwas passiert sein soll. Warum sollten die Jantzens ihr etwas antun wollen? Sie kannten sich ja kaum. Es gibt keinen Grund, warum sie sich vor ihnen gefürchtet haben soll.«

»Nein...«

»Es ist anzunehmen, daß die Polizei bereits festgestellt hat, wann Gina das Hotel verlassen hat. Wir können heute abend noch bei Scotland Yard anrufen und, wenn es dir recht ist, alle Einzelheiten erfragen. Wir werden ihnen auch melden, daß Gina noch immer verschwunden ist.«

»Und wenn sie mich angerufen hat, bevor sie das Hotel verließ und nicht danach –«

»Man wird uns sagen, daß ihr in Erics Wohnung nichts passiert ist.« Er zögerte kurz. »Bist du sicher«, fuhr er dann fort, »bist du ganz sicher, daß sie nicht vielleicht betrunken war? Es ist mir unangenehm, eine derartige Frage zu stellen, aber das wäre die einzig mögliche Erklärung, die mir einfällt.«

»Ich bin absolut sicher, daß sie nichts getrunken hatte«, erwiderte ich sofort. »Und wenn das das einzige Problem gewesen wäre, müßte sie jetzt in Paris sein.«

»Das stimmt.«

Wir verließen Picadilly Circus und bogen in ein ganzes Netz von kleinen Seitenstraßen.

»Das ist Mayfair«, klärte mich Garth auf, während wir an einer Reihe von eleganten Häusern und exklusiven Geschäften vorbeifuhren. »Gleich sind wir bei meinem Club.«

Das Taxi bog nach rechts und hielt vor einem stattlichen Haus. Weiße Marmorsäulen führten zum Portal hinauf.

»Da sind wir.« Er stieg zuerst aus und half mir aus dem Wagen, bevor er den Fahrer entlohnte. Das Taxi fuhr weg. Wir gingen auf das Haus zu. Nachdem wir durch eine Reihe von vornehmen Empfangsräumen gegangen waren, vorbei an einem prachtvollen Treppenaufgang mit schmiedeeisernem Geländer, kamen wir endlich in eine kleine, intime Bar, die in einen herrlichen Garten führte.

»Sie scheinen noch nicht da zu sein«, sagte Garth, während er die Anwesenden kurz betrachtete. »Sollen wir uns in den Garten setzen, oder ist es dir dafür zu kalt?«

»Nein, ich sitze lieber draußen.«

Er geleitete mich an einen Tisch mit einem bunten Sonnenschirm. Während wir uns setzten, kam ein Kellner, um unsere Bestellungen aufzunehmen.

»Einen Tom Collins?« sagte ich unschlüssig.

Der Kellner lächelte überlegen.

»Nimm lieber einen Gin mit Tonic«, riet mir Garth, und als ich dankbar zustimmte, fügte er zum Kellner gewandt hinzu: »Und einen trockenen Martini, bitte.«

Während der Kellner in der Bar verschwand, kamen ein Mann und eine Frau an ihm vorbei in den Garten heraus. Garth sah sie, kurz nachdem ich sie erblickt hatte, und hob die Hand, um sie zu begrüßen. »Wir haben euch nicht gesehen!« rief die Frau aus. »Was macht ihr denn unter diesem komischen Schirm?«

»Habt ihr denn nicht in der Zeitung gelesen, daß wir heute den heißesten Tag seit dreißig Jahren haben?«

Sie lachten, und während sie auf unseren Tisch zukamen, durchfuhr mich ein Gefühl der Überraschung. Sie waren ganz anders, als ich sie mir vorgestellt hatte. Ich glaube, ich hatte ein kultiviertes, äußerst gebildetes Ehepaar erwartet, intellektuelle Künstler. Die Frau aufregend tüchtig, der Ehemann aufregend künstlerisch. Aber sie waren alles andere als aufregend. Lilian Jantzen war mollig und blond. Sie war einfach und keineswegs auffallend gut angezogen. Sie trug ein marineblaues Leinenkostüm, mit konventionellen, einfallslosen weißen Accessoires. Sie wirkte wie eine Hausfrau, die unerwartet eine Einladung erhalten hat und in Eile ein Kleid aus ihrer Garderobe fischt und es sich schleunigst überwirft, während sie in Gedanken den Speiseplan für den kommenden Tag erstellt. Das Resultat war nicht übel, aber auch nicht eindrucksvoll. Eric Jantzen war ebenso mollig und blond. Er lächelte jovial, was mich augenblicklich an den typisch amerikanischen Geschäftsmann erinnerte. Amüsiert spielte ich mit dem Gedanken, daß Garth, der wenigstens so aussah, als könnte er eine künstlerische Ader haben, der Geschäftsmann war, wogegen Jantzen, der wie ein Geschäftsmann aussah, in Wirklichkeit der Künstler war. Garth machte uns miteinander bekannt. Man lächelte, schüttelte einander die Hände und setzte sich schließlich wieder hin. Der Kellner kam mit unseren Getränken und nahm die Bestellung der Jantzens entgegen. Ich stellte fest, daß es Lilian war, und nicht Eric, die die Bestellung aufgab. Und sie tat es, ohne Eric nach seinen Wünschen zu fragen.

»Wie nett«, sagte Lilian abwesend und überflog mit ihren Blicken den kleinen Garten. »Es sieht jetzt besser aus als früher, Garth.« Sie fing an, ihre Handschuhe auszuziehen.

»Willkommen in England, Miß Sullivan! Es tut mir leid, daß Sie all die Sorgen wegen Ihrer Schwester hatten.«

»Uns beiden tut es leid«, ergänzte ihr Mann. Es klang wie eine Korrektur, so wie er es sagte. »Uns beiden. Wir können uns nicht erklären, was geschehen sein kann. Wir dachten –«

»Haben Sie wieder mit Scotland Yard gesprochen?« wandte sich Lilian an mich, ohne zu warten, bis ihr Mann ausgesprochen hatte. »Weiß man etwas Neues?«

»Nein«, sagte ich. »Ich werde etwas später anrufen.«

»Ich bin überzeugt davon, daß ihr nichts Ernstliches zugestoßen sein kann«, meinte sie beruhigend. »Sie kam mir wie ein Mädchen vor, das sehr wohl weiß, was es will und tut.«

»Ja«, erwiderte ich und war nicht sicher, ob diese Beschreibung auf Gina paßte. »Das heißt, finden Sie?«

»Aber natürlich!« Sie wirkte vertrauensvoll und beruhigend. Ihr Blick drückte Wärme aus, und ihre Augen verloren ihren vagen, leeren Ausdruck, als ob sie ständig an etwas anderes dachte, das für sie wichtiger war. Ich konnte mir vorstellen, daß sie früher einmal, vor zwanzig Jahren, eine hübsche Frau gewesen sein mußte.

»Gina ist selbstsicher – intelligent – ehrgeizig. Wie brachte sie es sonst fertig, ein erfolgreiches Mannequin zu sein? Ich persönlich glaube, sie ist nach Rom geflogen, um Dino die Lasci, den Filmproduzenten, den Eric kennt, zu treffen. Eric erwähnte den Namen ihr gegenüber, als wir vergangenen Samstag zusammen zu Mittag essen waren. Gina setzte es sich wahrscheinlich in den Kopf, so schnell wie möglich nach Rom zu fliegen.«

»Warum war sie dann überhaupt in Ihrer Wohnung am Samstag abend?« fragte ich zögernd. »Das hätte dann doch keinen Sinn gehabt –«

»Eric hatte ihr versprochen, alles genau mit ihr durchzusprechen. Unglücklicherweise wurde er aufgehalten. Da hat sie wahrscheinlich die Geduld verloren und ist weggegangen. Es war immer noch genug Zeit, um den Nachtflug nach Rom zu erreichen. Das scheint mir plausibel.« Garth spielte verträumt mit seinem Glas und sagte: »Aber was ist mit dem Ferngespräch, Lilian? Warum rief sie in Amerika an?«

Eric Jantzen zuckte die Achseln. »Sie ist jung und voller Ideen – warum nicht?« Zum erstenmal fiel mir auf, daß er einen leichten fremdländischen Akzent hatte, den ich aber nicht identifizieren konnte. »Sie wollte wohl, daß ihre Schwester auch nach Europa kommt, um an ihrer Freude und ihrem Leben teilzunehmen.«

»Mein lieber Eric«, antwortete Garth, »Claire hat doch nicht Scotland Yard angerufen, weil Gina vor Lebensfreude überschäumte.«

Jantzen gelang es, erstaunt dreinzuschauen. Auf seinem runden, eher komischen Gesicht erschienen zwei Stirnfalten. »Vielleicht versuchte ein Einbrecher, in die Wohnung einzudringen – sie bekam Angst –«

»Ein Einbrecher?« unterbrach Garth. »Meinst du nicht vielleicht einen Kidnapper? Es hat doch den Anschein, als wäre Gina der einzige Gegenstand, der seit dem Anruf verschwunden ist.«

»Du bist destruktiv, Garth«, warf Lilian nebenhin ein, aber ihr Ton zeigte keine Spur von Ärger. Sie sah ihn mit ihren sanften blauen Augen an und lächelte ihr sanftes, warmes Lächeln, aber er sah sie nicht an. Er spielte immer noch mit seinem Glas und sah zu, wie die Flüssigkeit dem Rand näher kam.

»Darf ich Ihnen eine Zigarette anbieten?« fragte mich Eric Jantzen plötzlich.

»Nein danke, ich rauche nicht.«

»Lilian?«

»Nein danke, Liebster.« Sie lächelte, aber ihre Stimme klang noch abwesender, als zürnte sie ihm, daß er es wagte, sie zu unterbrechen. Ihr Blick kehrte zu Garth zurück: »Hast du vielleicht auch irgendwelche konstruktiven Vorschläge oder nur destruktive Kritik?«

»Keine, die mir glaubwürdig erscheinen.« Er nahm von Eric eine Zigarette und kramte in seinen Taschen nach Streichhölzern.

»Ich hab's!« rief Jantzen und lachte jovial, als hätte Garth eine witzige Bemerkung gemacht. »Man greift zum Übersinnlichen – Besucher aus dem Weltall, vielleicht. Oder Gespenster. Oder –«

»Ich bitte dich, Liebster.« Lilians Stimme klang so außergewöhnlich sanft, daß ich sie ansehen mußte, um herauszufinden, wie verärgert sie war. »Es handelt sich keinesfalls um einen Scherz.«

Jantzen sah aus wie ein geprügelter Hund.

In diesem Augenblick kam der Kellner mit den Getränken, wir tranken mechanisch auf Ginas Wohl und nippten an unseren Gläsern.

»Sie hat dir gegenüber keine Andeutung gemacht über ihre Pläne, Garth?« fragte Jantzen bald drauf, als wollte er beweisen, daß er die Situation auch mit entsprechendem Ernst diskutieren könne. »Sie hat sich dir nicht etwa anvertraut?«

Lilian war nicht beeindruckt. Sie wandte sich gerade an mich und wollte eine Bemerkung machen, als Garth das Wort ergriff: »Hätte sie das tun sollen?«

»Ich dachte, du und sie wären –«, Eric hielt inne, blickte sonnig in die Runde und nahm einen irritierten Gesichtsausdruck an, als er merkte, daß es peinlich wäre, den Satz zu vollenden. »Sie schien dich zu – bewundern«, ergänzte er vorsichtig. »Habt ihr einander nicht öfter getroffen in Paris? Ich war der Meinung –«

»Also wirklich, Liebster«, sagte Lilian, »es ist absolut nicht nötig, daß du wie ein Bohemien sprichst, um uns daran zu erinnern, daß du Künstler bist.« Sie unterdrückte ein Gähnen. »Es war doch offensichtlich, daß Gina in ihre Karriere verliebt war und nicht in Garth.«

Jantzens Schweigen drückte mehr, als alle Worte es vermocht hätten, seine gegenteilige Ansicht aus. Keiner sprach ein Wort. dann warf Garth wie nebenbei ein: »Ich bin eher deiner Ansicht, Lilian. Aber ich muß gestehen, daß wir uns gut verstanden haben, sooft wir einander trafen. Sie war auf ihre Art lustig, unterhaltsam und sehr amüsant.« Seine Augen trafen meine. Sein Zwinkern war so kurz, daß ich hinterher fast daran zweifelte, daß es mir gegolten habe. »Aber ich ziehe eine andere Art der Unterhaltung vor.«

Der gedämpfte Lautsprecher, der vom Club verwendet wurde, um Gäste auszurufen, flüsterte Garths Namen, und wir fuhren alle unwillkürlich zusammen.

»Mister Garth Cooper zum Telefon, bitte... Mister Garth Cooper... Telefon.«

Lilian war plötzlich hellwach, ihre Geistesabwesenheit von früher war spurlos verschwunden. »Ein geschäftlicher Anruf? Was meinst du? Aber es weiß doch niemand, daß du zurück bist!«

»Ich rief Briggs and Douglas wegen des Rémy-Vertrages heute nachmittag von meiner Wohnung aus an. Entschuldigt mich, bitte.«

Er erhob sich und ging rasch hinein. Mir fiel ein, daß er mir vor ganz kurzer Zeit gesagt hatte, er hätte am Nachmittag geschlafen und nicht einmal Lilian von seiner Rückkehr verständigt. Erst um fünf Uhr hätte er sie angerufen.

Die Jantzens sahen einander an. Bald darauf vermutete Eric Jantzen: »Vielleicht ist es Thérèse?«

»Wahrscheinlich.«

Sie schwiegen. Fünf Sekunden verstrichen, lösten sich wie der Rauch von Erics Zigarette gemächlich in nichts auf. Dann fragte ich langsam: »Wer ist Thérèse?«

»Thérèse?« Lilians Gesicht zeigte vage Überraschung. »Hat er Ihnen nicht von ihr erzählt? Sie ist – war – seine Verlobte. Eine entsetzlich langweilige Person. Ich war ungemein erleichtert, als er vor einem Monat die Verlobung löste.«

VI.

Für Sekunden vergaß ich meine Umgebung; vergaß den hübschen Garten mit dem lustigen Schirm; vergaß die Jantzens, die angenehm entspannt wirkten, und dennoch entsetzlich nervös und gereizt miteinander umzugehen schienen. Ich war wieder in Paris und unterhielt mich mit Garth über Warren und Gina, und Garth sagte gerade:

»Mir tut einfach jeder leid, der Schwierigkeiten mit einem Exverlobten hat.« Mögliche und wirkliche Antworten gingen mir durch den Kopf; ich war verwirrt. Wenn Gina vielleicht durch Zufall mit Thérèse zusammengekommen war; wenn Thérèse vielleicht eine Szene gemacht hatte; vielleicht hatte sie sogar Gina gedroht. Dann wäre es unter Umständen denkbar, daß Gina die Nerven verloren hatte und weggerannt war. Ohne die Gedanken zu Ende zu denken, fragte ich überstürzt: »Wenn sie nicht mehr verlobt sind, warum ruft Thérèse dann an? Sind sie noch miteinander befreundet?«

»Meine Liebe«, sagte Lilian, und in ihrer Stimme schwang ein Unterton, »befreundet ist wohl nicht das richtige Wort, um Thérèses sonderbare Beziehung zu Garth zu bezeichnen. Sie hat sich noch immer nicht mit dem Gedanken abgefunden, daß die Verlobung gelöst sein soll. Sie weigert sich strikt, vernünftig zu sein – oder sich der Situation entsprechend zu verhalten. Sie scheint anzunehmen, daß sie mit ihren leidenschaftlichen Szenen und ihrer fanatischen Eifersucht Garth dazu bringen kann, nachzugeben und in eine Heirat einzuwilligen.« Sie machte eine eigenwillige Geste des Abscheus. »Wie überflüssig! Aber was kann man schon von einer Französin erwarten? Ihnen fehlt jedes Gefühl der Zurückhaltung. Nichts kann bei ihnen alltäglich und normal ablaufen; alles ist La Grande Passion.«

»Lebt sie in Paris?«

»Nein, sie lebt in London und arbeitet für die französische Botschaft. Ich muß offen sagen, ihr Benehmen enttäuscht mich – selbst von einer Französin könnte man erwarten, daß sie wegen einer unglücklichen Liebe nicht so ein Theater macht! Meine Güte, das kommt doch jeden Tag vor!«

Eric Jantzen sagte zu seinem Scotch on the Rocks: »Sie *liebte* diesen Mann.«

»Mein Gott, Liebster, ich will doch annehmen, daß *Liebe* nicht eine Entschuldigung dafür sein kann, sich derart unzivilisiert aufzuführen!« Ihre Stimme klang ungläubig und distanziert, als wäre Liebe eine Art harmlose Krankheit, der man mit zwei Aspirin und einem kurzen Nickerchen abhelfen könnte. »Nein, wirklich, ich war enttäuscht von Thérèse. Sie ist eine reife, attraktive Frau – sehr soignée. In gewisser Hinsicht hätte sie auch gut zu Garth gepaßt, obwohl ich von Anfang an den Verdacht hatte, daß sie zu besitzergreifend ist, um seine kleinen oberflächlichen Flirts, auf die er sich von Zeit zu Zeit einläßt, zu tolerieren –«

In der Luft lag plötzlich ein eisiger Hauch. Mir war kalt. Ich fühlte mich einsam.

»Wenn man verlobt ist«, unterbrach Eric Jantzen, »dann hat man wohl nur mit seiner Verlobten und nicht mit anderen Frauen zu flirten.«

»Guter Gott, Liebster, du redest ja, als wäre Garth ein regelrechter Casanova! Du weißt so gut wie ich, daß Garth zu jeder Frau, der er begegnet, gleich charmant ist – ich bin sicher, Miß Sullivan wird mir in diesem Punkt zustimmen! –, aber nur selten hat er tatsächlich vor, zu flirten. Die Frauen sind es, die seine Aufmerksamkeit als Flirt interpretieren! Und da Thérèse krankhaft eifersüchtig ist, kann sie gar nicht anders, als jede kleine Aufmerksamkeit als Zeichen dafür zu halten, daß er im Begriff war oder versuchte, eine heimliche Affäre zu haben.«

»Ich glaube nicht, daß Thérèse eifersüchtiger war als jede andere Frau in ähnlichen Umständen.«

»Ich bin nicht deiner Meinung«, erklärte Lilian kurz. »Sie war ganz unvernünftig. Es war gut, daß sie die Verlobung lösten. Wenn sie geheiratet hätten, würde Garth bestimmt nach kurzer Zeit das Zusammenleben unerträglich gefunden haben.«

Wieder schwieg Eric Jantzen auf beredte Weise. Von dem Zwang getrieben, dieses Schweigen zu brechen, sagte ich eilig: »Lernte Gina Thérèse kennen?«

Die Frage schien sie zu überraschen; beide blickten scharf auf mich, bevor sie einander ansahen.

»Sie hat nichts davon gesagt«, meinte Lilian zögernd. »Ich glaube, das ist eher unwahrscheinlich. Nein, es ist nicht möglich. Wenn Thérèse Garth mit ihr gesehen hätte, würde sie gewiß eine fürchterliche Szene gemacht haben. Außerdem hätte Garth es erwähnt. Aber er hat uns nichts davon erzählt.«

»Ich – ich dachte gerade daran, daß – wenn irgendeine Szene stattgefunden hätte – in Ihrer Wohnung – wenn Thérèse Garth dort mit Gina überrascht hätte –«

»Aber was sollte Thérèse in unserer Wohnung tun?« meldete sich Eric Jantzen zu Wort. Auf seiner Stirn erschien wieder die komische, kleine Falte. »Das scheint doch völlig absurd.«

»Sie könnte Garth gefolgt sein«, schlug Lilian vor. »Garth könnte doch, nachdem ich Gina allein gelassen hatte, in die Wohnung gekommen sein.«

»Aber Garth sagte, er ist nicht in der Wohnung gewesen!«

»Vielleicht gab es doch eine Szene, und er verschwieg sie.« Gedankenverloren blickte sie auf ihr Sherryglas. »Vielleicht gab es eine unangenehme Szene, so unangenehm, daß er Thérèse wegbringen mußte. Dann rief Gina, völlig aufgelöst und schockiert, in New York an. Und legte den Hörer auf, als Garth zurückkam.« Sie blickte über den Tisch auf mich, ohne ihren Mann zu beachten. »Finden Sie, das klingt plausibel?«

»Es klingt plausibler als jede andere Theorie, die ich bis jetzt gehört habe«, antwortete ich zögernd. »Aber warum erzählte uns Garth nichts davon? Und warum rief Gina nicht mehr an, um mir alles zu erklären? Und wo ist Gina jetzt?«

Lilian zuckte die Achseln. »Vielleicht stimmt unsere Theorie nicht.« Sie blickte auf das französische Fenster, das von der Bar in den Garten führte. »Da kommt er... Garth, lernte Gina letztes Wochenende Thérèse kennen?«

Garth blieb so abrupt stehen, als hätte ihn eine unsichtbare Hand festgehalten. Sein Gesicht verschloß sich, wurde ausdruckslos und unergründlich.

»Müssen wir jetzt von Thérèse reden, Lilian?« Zum ersten Mal erlebte ich ihn verärgert. »Ist das wirklich nötig?«

»Nein, Liebster«, sagte Lilian so vage, wie sie ihrem Mann gegenüber war. »Nicht unbedingt. Ich war bloß unhöflich und neugierig. Wer war am Apparat? Douglas wegen des Rémy-Vertrages? Was sagte er?«

»Nein, es war nicht Douglas. Es war ein persönlicher Anruf; von einem Freund.« Er setzte sich rasch an den Tisch und nahm einige Schluck von seinem Martini, bevor er auf die Uhr blickte. »Wir müssen aufbrechen, Claire. Es ist später, als ich dachte.«

»O Garth!« rief Lilian. Ihre Stimme klang teils vorwurfsvoll, teils gekränkt. »Nach einem einzigen Drink? Ich habe noch nicht einmal Gelegenheit gehabt, mit Miß Sullivan über ihr Leben zu plaudern!« lächelte sie und blickte mich ermutigend an. »Sie möchten doch noch einen Drink, nicht wahr, Miß Sullivan?«

»Also ehrlich gesagt...« Ich suchte nach einer Entschuldigung, entschloß mich dann aber für die Wahrheit. »Ich habe heute wirklich schon zu viel getrunken, und eigentlich bin ich Alkohol gar nicht gewohnt. Ich glaube, ich werde für heute bei dem einen Drink bleiben. Aber, bitte, ich will Sie nicht abhalten. Bestellen Sie sich doch bitte –«

»Vielleicht ein anderes Mal, Lilian«, sagte Garth. »Vielleicht können wir einmal alle vier gemeinsam zu Abend essen, bevor Claire wegfährt. Für heute abend, fürchte ich, müssen wir uns verabschieden.«

Lilian gab seufzend nach. Ihre molligen, vorzüglich manikürten Hände zeichneten eine Geste der Enttäuschung in die Luft. »Wie ihr wollt.«

Wir tranken unsere Gläser aus, gingen hinein und durch das Haus bis in die Halle.

»Es freut mich, Sie kennengelernt zu haben, Miß Sullivan«, sagte Eric Jantzen beim Abschied mit wohlwollender Stimme. »Schade, daß wir nicht länger Zeit hatten. Sie müssen unbedingt bei uns vorbeikommen, bevor Sie von London abreisen.«

»Danke, ja, das werde ich bestimmt tun«, antwortete ich.

Lilian fragte: »Wie lange werden Sie bleiben?«

»Ich – ich weiß es noch nicht. Ein paar Tage vielleicht.«

»Also hoffentlich haben Sie bald gute Nachricht von Gina.« Sie nahm meine Hand und drückte sie voll Sympathie und Mitgefühl. »Du vergißt nicht, uns zu benachrichtigen, Garth, nicht wahr, solltet ihr etwas erfahren? Ich mache mir aufrichtige Sorgen; besonders weil sie ausgerechnet aus unserer Wohnung verschwunden ist. Ich bin jedoch ganz sicher, daß nichts Ernstliches passiert sein kann. Vielleicht hat Eric doch recht, und sie ist nach Rom geflogen, um di Lasci zu treffen.« Aber sie sprach, als wäre sie nicht sehr überzeugt von ihren Worten, als hätte Eric so selten recht, daß diese Möglichkeit eher unwahrscheinlich war.

Der Portier winkte zwei Taxis heran; Garth und ich nahmen das erste; und als ich über die Schulter blickte, sah ich, wie die Jantzens im zweiten Platz nahmen. Eric Jantzen hielt kurz inne, um in unsere Richtung zu blicken. Er winkte flüchtig.

»Er ist nicht unsympathisch«, sagte ich, während ich ihm zurückwinkte. »Aber macht ihm Lilian nicht das Leben schwer?«

»Es ist immer dasselbe mit ihnen. Ich habe sie nie anders gekannt«, meinte Garth. »Ich glaube, sie haben sich mittlerweile beide daran gewöhnt.« Er drehte sich um und sah mich an, und seine Nähe schien plötzlich überwältigend. »Es tut mir leid«, sagte er, »daß ich dich so zum Aufbruch gedrängt habe. Es war einfach, weil –«

Er brach ab. Stille trat ein.

»Ja?« fragte ich nervös.

Seine hellen Augen wurden hart und verärgert. »Ich wollte mit dir allein sein!« sagte er abrupt. »Ich wollte, daß du über Thérèse von mir erfährst und nicht von den Jantzens.«

Nach einem Augenblick sprach ich: »Lilian wollte nicht indiskret sein. Sie hat nur wissen wollen, ob –«

»Ob Gina und Thérèse einander kennengelernt haben. Ich habe ihre Frage nicht beantwortet, nicht wahr? Gut, ich werde sie jetzt beantworten. Ja, sie haben einander kennengelernt. Sie trafen einander letztes Wochenende, als Gina nach London kam, und es gab die entsetzlichste und geschmackloseste Szene, die du dir vorstellen kannst.«

»Gina und ich flogen vergangenen Freitag abend gemeinsam von Paris nach London, wie du weißt«, fuhr er fort, während das Taxi in den Berkeley Square einbog. »Lilian wußte, wann wir ankommen würden, und – ich nehme an, sie erzählte es ganz zufällig Eric. Und er sagte es Thérèse. Warum, kann ich beim besten Willen nicht sagen. Sie rief ihn an, um meine Ankunft am Flughafen zu erfahren. Thérèse kam zum Flughafen, um mich abzuholen, und dort traf sie mich mit Gina. Wie üblich nahm sie das Schlimmste an. Sie wollte unbedingt glauben, daß eine andere Frau im Spiel war. Das hätte ihr eine konkrete Erklärung dafür gegeben, daß unsere Verlobung in die Brüche gegangen ist. Sie konnte einfach nicht glauben, daß die Schuld bei ihr – und nicht bei mir – gelegen hatte. Oder vielleicht ist es besser, zu sagen, es war unsere Schuld – wir paßten nicht zueinander. Wenn sie annehmen könnte, daß eine andere Frau dahintersteckte, hätte sie mir an allem die Schuld geben und sich somit reinwaschen können. Also, du verstehst, warum sie von Gina das Schlimmste annahm. Ich brauche dich nicht mit den schmutzigen Details der Szene am Flughafen zu langweilen. Es genügt, wenn ich dir erzähle, daß ich, um dem Ganzen ein Ende zu machen, Gina in ein Taxi setzte und sie in ihr Hotel schickte. Ich nahm ein anderes und fuhr in meine Wohnung. Fast rechnete ich damit, daß Thérèse mir folgen würde, um den Streit fortzusetzen. Aber so weit ging sie nicht. Statt dessen rief sie mich an. Ich erzählte ihr die Wahrheit – daß zwischen Gina und mir nichts sei, und selbst wenn etwas zwischen uns wäre, so wäre das doch kaum ihre Angelegenheit. Ich ließ sie gar nicht mehr zu Wort kommen, sondern hängte einfach auf.«

Wir überquerten die Bond Street und rasten nach Osten, auf Mayfair zu.

»Und hast du dich mit Thérèse Samstag getroffen?« fragte ich schließlich zaghaft. »War Gina wieder dabei?«

»Nein«, antwortete er. »Gina traf Thérèse nicht am Samstag, und ich habe seither nichts mehr von Thérèse gehört. Sie hat auch nicht angerufen. Vielleicht nimmt sie endlich Vernunft an.« Er holte sein Zigarettenetui hervor, dann überlegte er es sich und steckte es in die Tasche zurück. Wir kamen zur Regent Street und überquerten sie in Richtung Soho. »Samstag«, fuhr er fort, »bevor ich mit Gina und den Jantzens zum Essen ging, entschuldigte ich mich für die Szene, aber Gina war nicht im entferntesten böse, sondern schlug vor, das Ganze zu vergessen. Dann trafen wir die Jantzens zum Mittagessen. Anschließend trennten wir uns. Jeder ging seines Weges.«

»So war das also.«

Er verzog den Mund und fügte hinzu: »Jetzt kannst du auch verstehen, warum ich mich in Ginas Lage versetzen konnte, damals in Paris, als ihr Exverlobter auf so ungeschickte Weise versuchte, sie zurückzuerobern.«

»Ja – ja natürlich.«

»Thérèse und ich waren drei Monate verlobt gewesen, aber ich erkannte bald, daß wir einen Fehler gemacht hatten. Wir paßten einfach nicht zueinander. Es war alles furchtbar peinlich und unangenehm.«

Ich wußte nicht, was ich sagen sollte. Zuletzt schwieg ich einfach. Als das Schweigen andauerte, fragte er: »Erwähnte Lilian, wie alles gekommen war?«

»Mit Thérèse? Ja, sie sagte, Thérèse sei ziemlich unvernünftig – und ein wenig eifersüchtig.«

»Also hat sie dir doch davon erzählt.« Er schien mehr irritiert als böse zu sein; seine Augen verdunkelten sich und wurden ausdruckslos. »Ja, Thérèse war plötzlich davon überzeugt, daß zwischen mir und Lilian etwas sein müsse. Das war natürlich völlig absurd, denn Lilian und ich sind weiter nichts als Geschäftsfreunde. Das ist seit unserem ersten Treffen so gewesen. Aber Thérèse war da anderer Ansicht. Durch Zufall ergab es sich einmal, es muß kurz nach der Verlobung gewesen sein, daß Lilian und ich zu einer Ausstellung und Konferenz zusammen nach Paris mußten. Es wäre mir nie eingefallen, daß Thérèse auf Lilian eifersüchtig sein könnte – ausgerechnet auf Lilian –, aber sie steigerte sich derart in ihre Eifersucht hinein, daß sie uns nach Paris nachflog. Dort stellte sie fest, daß wir zusammen in meiner kleinen Wohnung abgestiegen waren. Ich glaube, das war nicht sehr klug von uns, da eine derartige Situation leicht fälschlich interpretiert werden kann, aber wir waren immer gemeinsam in meiner Wohnung abgestiegen, daß ich mir einfach nichts dabei dachte. Ich stellte im Büro ein Bett auf, und Lilian schlief im Wohnzimmer auf der Couch. Es war sparsam und bequem, besonders zu Beginn, als noch jeder Groschen zählte. Für Thérèse konnte die Situation nur eines bedeuten. Hundertmal erklärte ich ihr, daß Lilian eine Karrierefrau sei, die sich nur für ihre Arbeit interessiere, aber ich glaube nicht, daß mir Thérèse glaubte. Nach diesem Vorfall verschlimmerte sich unser Verhältnis zusehends, bis es letztlich unerträglich wurde; es gab keinen anderen Ausweg für mich, als alles abzublasen. Erst dann entdeckte ich, daß Thérèse ihre Eifersucht offensichtlich derartigen Spaß machte, daß sie den Gedanken, die Verlobung zu lösen, nicht ertragen konnte. Es war alles ein wenig problematisch.«

Dieses Understatement hätte mich in einer anderen Situation bestimmt zum Lachen gereizt, aber unter den gegebenen Umständen waren meine Schuldgefühle zu groß. Ich überlegte, ob ich ihm sagen sollte, daß er mich mißverstanden hätte und daß die Jantzens nichts davon erwähnt hätten, daß Thérèse auf Lilian eifersüchtig gewesen wäre. Bevor ich einen Entschluß fassen konnte, erreichten wir unser Restaurant, und die Chance zu reden war verpaßt.

Das Restaurant war groß und elegant und trotz der vielen Gäste auffallend ruhig. Nachdem wir bestellt hatten, sagte ich impulsiv: »Es ist sehr nett von dir, mich immer wieder in so hübsche Restaurants auszuführen, besonders wo du doch zur Zeit wirklich große Probleme hast.«

Er blickte mich überrascht an. »Findest du, daß ich große Probleme habe?«

»Nun ja, Thérèse –«

»Für die Jantzens ist sie vielleicht ein großes Problem, aber ganz sicher nicht für mich.« Er lächelte. »Du bist es, die wirklich Sorgen hat, nicht ich, obwohl ich gestehen muß, daß ich allmählich anfange, deinen Kummer wegen Gina zu teilen.«

»Es überrascht mich, daß du nicht viel mehr um sie besorgt bist, als du zu sein scheinst«, konnte ich nicht umhin zu sagen. »Ich hätte gedacht –«

»Hör zu«, unterbrach er mich, »ich weiß nicht, was dir Gina in ihren Briefen geschrieben hat, aber was mich betrifft, so war sie für mich eine entzückende Abwechslung nach Thérèse mit ihren ewigen Szenen, ein angenehmes Zwischenspiel, um die Bitterkeit, die Thérèse hinterlassen hatte, zu nehmen. Ich war an Gina nicht ernsthaft interessiert. Und es würde mich überraschen, wenn ihr Interesse größer wäre.«

»Warum machst du dir so große Mühe, mich davon zu überzeugen?«

»Weil ich Skepsis schon von weitem riechen kann.« Unsere Blicke trafen sich. Den Bruchteil einer Sekunde sahen wir einander gespannt an. Dann lachte er sorglos, nahm seine Serviette und entfaltete sie. »Und außerdem«, lächelte er amüsiert, »möchte ich dir schrecklich gern beweisen, daß ich kein Schwerenöter bin, dem gegenüber man äußerste Vorsicht walten lassen muß.«

Meine Wangen brannten. »Habe ich den Eindruck erweckt, als wäre das meine Meinung von dir?«

Aber er weigerte sich, ernst zu sein. »Tu nicht so, als hättest du nun ein schlechtes Gewissen!« Er wandte sich ab, um dem Getränkekellner zu winken. Dann schenkte er mir wieder seine Aufmerksamkeit: »Möchtest du zu deinem Roastbeef ein Glas Wein trinken?«

»Nein danke.«

»Nein? Bist du sicher? Nicht einmal ein einziges Glas?«

Aber ich blieb eisern. Wir widmeten uns dem Essen, aber die Atmosphäre war gespannter als am Vorabend. Nach dem Essen gab es Kaffee, aber wir blieben nicht wie am Abend zuvor verträumt sitzen.

»Vielleicht sollten wir zu Scotland Yard gehen«, schlug Garth plötzlich vor. »Ich sehe doch, daß du den Abend nicht genießen kannst, weil du dich zu sehr um Gina sorgst. Komm, besuchen wir deinen Freund – wie heißt er gleich? –, und melden wir ihm, daß Gina noch immer nicht aufgetaucht ist. Dabei können wir auch nachfragen, wann sie Samstag das Hotel verließ.«

Ich fühlte mich erleichtert; dankbar blickte ich ihn über den Tisch hinweg an. Sein Verständnis freute mich aufrichtig. »Bist du mir auch nicht böse? Es tut mir leid, daß ich heute abend kein angenehmer Gesellschafter bin, aber –«

»Unsinn! Und bitte, hör auf, dich zu entschuldigen – ich war einfach zu gedankenlos. Wir werden uns ein Taxi nehmen und sofort zu Scotland Yard fahren. Bist du fertig?«

Ich war fertig; wir verließen das Restaurant und gingen hinaus in den lauen Sommerabend, während es langsam zu dämmern begann. Bald darauf saßen wir im Taxi und fuhren am Embankment den Fluß entlang, bis zu Big Ben, Westminster und Scotland Yard.

Danach fühlte ich mich wohler, obwohl Inspektor Fowles uns in keiner Weise hatte helfen können. Er war nur noch einmal auf jedes Detail eingegangen und hatte uns versprochen, weitere Nachforschungen über Ginas Verschwinden anzustellen. Wir erfuhren auch, daß Gina das Hotel verlassen hatte, nachdem sie in New York angerufen hatte. Und daß sie das Hotel allein, ohne Begleitung und scheinbar aus eigenem Antrieb und ohne Zwang verlassen hatte.

»Also war sie wohlauf, als sie die Wohnung der Jantzens verließ«, atmete ich erleichtert auf. »Aber warum nur rief sie mich an? Und warum legte sie auf, als wäre sie unterbrochen worden?«

Aber auf diese Fragen gab es keine Antwort; nur Theorien und Vermutungen. Wir bedankten uns bei Inspektor Fowles und verließen Scotland Yard. Im Taxi fuhren wir Whitehall hinunter und zu meinem Hotel zurück.

»Ich kann das alles nicht verstehen«, sagte ich zu Garth. »Ich kann es einfach nicht verstehen. Ist es wirklich möglich, daß sie nach Rom flog, wie die Jantzens meinen, um diesen italienischen Filmproduzenten zu besuchen? Warum hat sie mich nicht zurückgerufen, um mir zu sagen, daß alles in Ordnung ist? Ich kann mir nur vorstellen, daß sie eine Gedächtnislücke hatte, ansonsten ist es mir absolut unbegreiflich, daß sie so tun würde, als wäre nichts geschehen.«

»Die Polizei wird sich um alles kümmern«, beruhigte mich Garth. »Wenn *sie* Gina nicht finden, dann gelingt es niemandem. Aber sie werden sie finden.«

Er fragte mich, ob ich gern eine Tasse Kaffee hätte, bevor ich ins Hotel zurückkehrte, und ich stimmte zu, teils weil ich vor dem Moment Angst hatte, wo ich allein und ohne ihn sein würde, teils weil ich mein Verhalten bei Tisch wiedergutmachten wollte. Wir gingen ins Hilton-Hotel auf der Park Lane und tranken Kaffee im zweiten Stock in der großen, geräumigen Halle. Der Kaffee wurde im amerikanischen Stil serviert. Er schmeckte hervorragend, und er stärkte meine Lebensgeister. Ich erholte mich zusehends.

»Ich kann dir gar nicht sagen, wie dankbar ich dir bin, daß du heute abend mit zu Scotland Yard gegangen bist«, sagte ich zu Garth. »Ich hatte schreckliche Angst vor diesem Besuch, aber es ist alles gutgegangen. Ich fühle mich jetzt viel wohler.«

Er lächelte und zuckte mit den Achseln, als wäre seine Hilfe selbstverständlich. Wir unterhielten uns über andere Dinge, und wieder verrann die Zeit wie an unserem ersten Abend. Unversehens war es Mitternacht. Ich glaube, er sah früher als ich, wie müde ich war. Wir verließen das Hilton, nahmen ein Taxi und fuhren um den Hyde Park Corner herum zum Piccadilly. Meine Augenlider wurden schwer, und mein Kopf begann von Erschöpfung und Sorgen zu schmerzen.

Aber ich war glücklich.

Er lächelte mir in der Dunkelheit zu. »Eines Tages«, sagte er, »wenn diese lästige Gina aufgehört hat, zu erscheinen und zu verschwinden wie ein Phantom, dann werden du und ich noch einmal groß ausgehen in London. Dann werden wir einen Abend verleben wie letzte Nacht in Paris.«

Alles verschwamm, verlor seine Konturen und löste sich in Dunkelheit auf, als ich meine Augen schloß. Ich spürte seinen Körper unter dem Stoff seiner Jacke, als er seine Arme um mich legte und mich fest an sich zog. Seine Wange streifte mein Gesicht, sein Mund war hart, der Kuß fast schmerzhaft in seiner Intensität. Ich stieß ihn wie betäubt von mir. Gefühle kämpften in mir, deren ich kaum Herr werden konnte, aber da ließ er mich bereits los und zog sich von mir zurück. Wir schwiegen. Es gab nichts zu sagen. Es war keiner von den zärtlich verspielten Küssen gewesen, die wir im Mondschein auf den Stufen von Sacre-Cœur getauscht hatten. Wir waren nicht mehr verspielt. Ich fühlte mich gebunden, zu tief in Gefühle verstrickt. Die Schutzmechanismen von früher hatten ihre Kraft verloren, waren in sich zusammengebrochen, und ich konnte nicht länger Schutz suchen hinter ihnen. Es gab keine Barrieren mehr, und dennoch lag etwas zwischen uns, waren wir getrennt, er allein mit seinen Gedanken und ich mit den meinen. Und meine Gedanken flüsterten mir zu: Ist er auch aufrichtig? Sagt er wirklich die Wahrheit? Und mein Instinkt, unbehindert von der Logik der Schutzbarrieren, sagte mir immer wieder trotz allem beharrlich, daß er nicht ehrlich ist.

Ich blickte ihn an. Sein Gesicht lag im Schatten, ruhig, weit weg von mir.

»Woran denkst du gerade?« fragte ich spontan und griff impulsiv nach seiner Hand, als ob ich meinen Argwohn durch die Beührung seiner Hand vertreiben könnte. Seine schlanken, kräftigen Finger verschränkten sich mit meinen. Sein Mund deutete ein Lächeln an, aber seine Augen blieben abwartend und unergründlich.

»Ich dachte daran, wie seltsam es doch ist, daß wir einander erst seit achtundvierzig Stunden kennen. Mir ist so, als wärst du mir schon seit langer Zeit vertraut.«

Das Taxi hielt vor meinem Hotel. Garth stieg mit mir aus, um mich in die Halle zu begleiten. »Ich werde dich morgen anrufen«, sagte er. »Mittags habe ich zwar keine Zeit, aber vielleicht können wir einander später treffen.«

Nach einem Abschiedskuß trennten wir uns. Als ich mich umdrehte, sah ich, daß auch er mir nachblickte. Und plötzlich vergaß ich alle meine Sorgen und Zweifel und hatte nur den einen Gedanken, daß ich ihn schon bald wiedersehen würde.

Um acht Uhr morgens wurde ich durch das schrille Läuten des Telefons auf meinem Nachttisch geweckt. Im Halbschlaf nahm ich den Hörer ab und zog ihn auf das Kissen neben mir.

»Claire?« sagte Warren Mayne mit unverschämt munterer

und heller Stimme. »Hallo, ich bin's. Was gibt es Neues? Ich versuchte, dich gestern abend zu erreichen, aber ich hatte kein Glück.«

Mit ungeheurer Anstrengung schlug ich vor: »Vielleicht könnten wir über alles beim Frühstück reden? Ich kann im Augenblick nicht klar denken.«

»Beim Frühstück? Klar. Ich erwarte dich um neun unten in der Halle.« Als wir einander eine Stunde später trafen, sah er immer noch so munter und frisch aus und so offensichtlich voller Energie, daß mich bei seinem bloßen Anblick ungeheure Müdigkeit befiel. »Also was war los?« verlangte er zu wissen und begann mich mit Fragen zu bombardieren, während wir uns zum Frühstück setzten und ich auf die Speisekarte starrte. »Hast du irgend etwas von Cooper erfahren? Gibt es etwas Neues?«

Bei Orangensaft, Cornflakes, Toast und Orangenmarmelade erzählte ich ihm von den Jantzens, von meinem Besuch bei Scotland Yard mit Garth und von der Nachricht, daß Gina, nachdem sie letzten Samstag die Wohnung der Jantzens verlassen hatte, wohlauf und munter gewesen war. Ich erwähnte auch die Vermutung der Jantzens, daß sie vielleicht nach Rom geflogen war, um einen italienischen Filmproduzenten kennenzulernen.

»Also das kann ja leicht nachgeprüft werden«, sagte Warren sofort. »Wie soll dieser Filmproduzent heißen?«

»Dino di Lasci.«

»Wir rufen ihn einfach an und fragen ihn, ob Gina ihn besucht hat.«

Seine Energie muß wohl auch mich angesteckt haben; als wir den Speisesaal verließen, hatte ich mich so weit erholt, daß ich bereit war, mich seinem Entschluß zu beugen, um jede mögliche Spur zu verfolgen. Die nächste Stunde verbrachten wir in seinem Zimmer, wo er ein Gespräch nach Italien anmeldete. Endlich hatte er Erfolg und erreichte die Sekretärin von di Lasci. Sie erklärte ihm, sie hätte noch nie etwas von einer Gina Sullivan, einem amerikanischen Mannequin aus Paris, gehört.

»Könnten Sie nicht auch Ihren Chef fragen?«

Anscheinend gab sie eine Antwort, die Warren nicht befriedigte. »Es ist wichtig«, klärte Warren sie daraufhin auf. »Hier spricht der CIA. Wir befürchten ernstlich, daß Miß Sullivan ermordet wurde.« Diese wüste Übertreibung entsetzte mich, aber Warren zuckte nicht einmal mit der Wimper. »Sie wird sofort di Lasci fragen«, flüsterte er mir voll Freude zu. »Ich *dachte*, das würde Eindruck machen.«

Aber es war alles umsonst. Di Lasci kam an den Apparat und erklärte uns, er habe weder von Gina gehört noch sie je gesehen und er könne uns leider in keiner Weise behilflich sein.

Danach rief Warren am Flughafen an und ging alle Fluglisten durch; er überprüfte alle Flüge nach Rom, aber es gab keinen Hinweis, daß Gina letzten Samstag für irgendeinen Flug Tickets bestellt hätte. »Das hätte ich zuerst tun sollen«, sagte er erbost, »anstatt Geld für den Anruf nach Rom zu verschwenden. Aber ich glaube, es schadet nichts, wenn wir ganz gründlich vorgehen. Wen sollen wir nun anrufen? Mit wem sollen wir jetzt sprechen? Ich würde gern mit den Jantzens reden, aber wahrscheinlich würde ich von ihnen nicht mehr erfahren als du gestern abend.«

Er überlegte einen Augenblick. Dann rief er plötzlich: »Weißt du, mit wem ich gern sprechen würde? Mit Coopers Exverlobter, Thérèse. Ich habe den festen Verdacht, daß sie unsere einzige Chance ist, um Ginas seltsames Verhalten zu erklären. Wenn Thérèse in die Wohnung der Jantzens ging und eine Szene vom Zaun brach –«

Wir stritten darüber kurze Zeit. Ich war ganz abgeneigt, mich in Thérèses Angelegenheiten zu mischen, aber ich mußte zugeben, daß Warrens Vorschlag nicht unvernünftig war.

»Ich verstehe nicht, warum wir nicht mit ihr sprechen sollten«, beharrte Warren. »Sie müßte doch froh sein, mich kennenzulernen und zu erfahren, daß ich Gina ebenso gern von Cooper trennen möchte wie sie. Du brauchst ja nicht unbedingt mitzukommen, wenn du nicht willst, aber –«

»Oh, ich komme natürlich mit!« sagte ich rasch. »Aber wo wohnt sie denn? Ich weiß nicht einmal, wie sie mit Nachnamen heißt.«

»Ruf einfach Eric Jantzen an; der war doch ziemlich nett, nicht wahr? Ruf ihn an und frag ihn nach Thérèses Nachnamen. Dann können wir ihre Adresse im Telefonbuch nachschlagen.«

»Aber was soll ich ihm für einen Grund angeben?«

»Sag ihm einfach die Wahrheit – sag ihm, du möchtest Thérèse fragen, ob sie Gina vor ihrem Verschwinden getroffen hat.«

Nervös und voller Unbehagen wählte ich die Nummer der Jantzens. Eric war zu Hause. Bereitwillig half er mir. Meine Gründe schienen ihm absolut einzuleuchten. Thérèses Nachname, so sagte er mir, sei Mariôt. Übereifrig in seiner Hilfsbereitschaft gab er mir auch gleich ihre Adresse und Telefonnummer.

»Großartig«, sagte Warren, als ich den Hörer auflegte. »Komm, gehen wir.«

»Ohne sie vorher anzurufen?«

»Womöglich schüttelt sie uns mit irgendwelchen Entschuldigungen ab. Komm, nehmen wir uns ein Taxi und sprechen wir persönlich mit ihr.«

Nur ungern folgte ich ihm.

Es war inzwischen elf Uhr geworden. Der Tag war grau und bewölkt, aber es regnete nicht, und es war angenehm warm. Piccadilly Circus wirkte traurig im Morgenlicht, der bunte Lichterglanz vom Vorabend war verschwunden. Viele Touristen saßen zwischen den üblichen armen Vagabunden der Großstadt auf den Stufen unter der Statue. Wir fanden ein Taxi, und Warren zeigte dem Fahrer den Zettel, auf den er Thérèses Adresse geschrieben hatte, als wäre der Londoner Cockney-Dialekt eine Fremdsprache.

Wieder fuhren wir gegen Westen. Unser Taxi schob sich durch den starken Verkehr. Zwanzig Minuten später waren wir in Knightsbridge. Bei der U-Bahn-Station South Kensington bog das Taxi in die Old Brompton Road und blieb dann auf einem reizenden Platz zur Linken stehen; große weiße Häuser umschlossen den Platz.

»Siebenunddreißig«, brüllte der Fahrer durch die Glastrennwand und brachte den Wagen abrupt zum Stehen.

Wir stiegen aus; Warren bezahlte den Fahrer bedächtig, so als übersetzte er jedesmal, wenn er eine Münze aus der Tasche zog, Shilling und Pence in Dollar.

»Also komm«, sagte Warren, als sich das Taxi wieder entfernte. »Schauen wir einmal, ob sie zu Hause ist.« Er stieg die Treppen zur Haustür hinauf und untersuchte die drei Glocken neben der Eingangstür. Thérèses Namen stand auf dem obersten Schild. Warren drückte auf die Klingel, läutete eine Sekunde lang und wartete dann. Niemand antwortete.

»Wir hätten vorher anrufen sollen«, sagte ich.

Warren antwortete nicht. Er war damit beschäftigt, an der Türklinke zu rütteln, aber ohne Erfolg. Gerade war ich im Begriff, vorzuschlagen, daß wir lieber weggehen sollten, bevor wir gewaltsam ins Haus drangen, als eine Stimme hinter uns fragte: »Kann ich euch helfen, Kinder?«

Schuldbewußt zuckten wir zusammen und drehten uns um. Eine ungewöhnlich dicke Frau mit einem auffallend falschen Gebiß stand vor uns. Sie lächelte uns wohlwollend an und zeigte ihre falschen Zähne. »Zu wem möchten Sie denn? Wenn Sie zu der Französin wollen, die ist weg. Hab' sie die ganze Woche nicht gesehen.« Wir waren zu erstaunt, um sie nach ihrem Namen zu fragen. Sie sah nicht so aus, als gehörte sie zu den Leuten, die in diesem Haus wohnten, aber sie schien offensichtlich genau Bescheid zu wissen über die Hausbewohner.

»Tatsächlich?« fragte Warren einfallslos und fügte ungeschickt hinzu: »Sind Sie vielleicht das Dienstmädchen?«

»Dienstmädchen!« Sie blickte ihn an, als käme er aus einem anderen Jahrhundert. »Gott bewahre, nein, mein Lieber. Ich komme und räume für Mrs. Cheese von Wohnung B, dreimal wöchentlich räume ich ihr auf, und jeden zweiten Samstag komme ich und koche ihr das Abendessen.« Sie wies auf die Türglocken. »Mrs. Cheese wohnt unter der Französin.«

Hier war der Sprachunterschied mit unsichtbaren Fingern am Werk, um uns zu verwirren. Warren hatte die Rolle der Frau richtig eingeschätzt, hatte sie aber mit dem falschen Namen bezeichnet; sie war eine der berühmten Londoner Putzfrauen, nicht ein amerikanisches Dienstmädchen.

»Sie haben völlig recht, wir wollen tatsächlich zu Miß Mariôt«, lächelte ich sie an. »Wissen Sie zufällig, wie lange sie wegbleiben wird?«

»Könnte ich wirklich nicht sagen, meine Liebe, könnte ich wirklich nicht. Hören Sie, sind Sie Amerikanerin? Habe ich mir gleich gedacht. Ich weiß alles über Amerika. Wir schauen fern und kennen alles vom Kino. Wolkenkratzer, riesige Autos und Männer mit Pistolen. Mein Alter sagt immer, über kurz oder lang wird's überall so sein.«

Warren war augenscheinlich in einem Zwiespalt und wußte nicht, ob er ihre falsche Vorstellung von Amerika korrigieren oder mehr über Thérèse herauskriegen sollte. In sein Zögern hinein fragte ich: »Wann sahen Sie Thérèse das letzte Mal? Ich meine, ist es lange her, daß sie...«

»Nein, letzten Samstag.« Sie lehnte ihre üppige Figur gegen das Geländer und machte es sich richtig bequem. »Es war einer meiner Samstage bei Mrs. Cheese, und da war ich gerade dabei, das Abendessen zu kochen, frisch und froh sang ich vor mich hin, und die Sonne schien, endlich einmal; also mach' ich das Fenster auf und lehne mich raus und schaue zum Fenster hinaus, weil es endlich einmal schönes Wetter gibt.« Bedeutungsvoll hielt sie inne. Wir hatten das Gefühl, als wartete sie auf unsere Zustimmung, also nickten wir. »Und plötzlich, mein Gott, da steht sie da und schreit und brüllt die entsetzlichsten Sachen –«

»Miß Mariôt?« fragte Warren.

»Natürlich war sie es! Oder glauben Sie, ich meine – meine Mrs. Cheese? Mrs. Cheese führt sich nicht so auf. Wie die sich aufgeführt hat, ich habe gedacht, ich hör' nicht recht. Also, sie stand da und schrie und brüllte und machte einen Aufstand, einen Wirbel machte die! Und sie schreit: ›Ich werde euch beide ruinieren!‹ schreit sie ganz böse, ›dich und Lily, euch beide.‹ Nein, was red' ich denn da. Lily hat sie nicht gesagt. Es war irgend etwas Ähnliches wie Lily.«

»Lilian.«

»Genau! Kennen Sie sie? Lilian. Ist ja auch egal; die Dingsda, die Französin, hört nicht auf, wegen dieser Lilian zu toben und zu brüllen, und dann sagt ihr Verlobter, ein sehr netter Herr, er heißt Cooper, der sagt dann –«

»Mister Cooper war bei ihr?«

»Ja, sicher war er bei ihr, der Mister Cooper. Ich kenne doch den Mister Cooper. Der arme Mann, er hat mir so leid getan, weil er mit dieser Ausländerin so viel Ärger hatte. Ich habe ihn hin und wieder auf der Treppe getroffen, und zweimal hat er mich sogar in seinem Auto mitgenommen bis zur U-Bahn. Ein sehr netter Herr, dieser Mister Cooper... also, wo war ich gerade? Ach ja. Aus war es mit dem schönen Wetter, wenn Sie verstehen, was ich meine, und über mir dieser furchtbare Lärm und Krach. Und Mister Cooper sagt: ›Sei doch kein Narr, Therääs‹, sagt er, so mit einem schönen, langen ›ä‹, ganz höflich war er, und sie schreit noch etwas, und dann schlägt sie die Tür zu, und ich höre, wie sie Treppe runterläuft, vorbei bei der Wohnung von meiner Mrs. Cheese, und dann hör' ich, wie sie die Haustür zuschlägt, und dann ist sie weg. Und seither hab' ich sie nicht mehr gesehen. Und die Mrs. Cheese hat sie auch nicht mehr gesehen. Gerade gestern hat die Mrs. Cheese zu mir gesagt, daß sie froh wäre, wenn die Miß Dingsda ihre französische Zeitung abbestellen würde, solange sie weg wäre, weil sie dauernd geliefert werde, und der Postbote immer so viel Lärm macht, wenn er sie raufbringt. Aber man kann sich ja vorstellen, was passiert ist. Sie hat mit ihrem Verlobten wegen dieser Lilian, wer das nun schon wieder ist, Schluß gemacht – und wenn Sie mich fragen, dann muß ich Ihnen sagen, der Mister Cooper hat völlig recht gehabt, daß er sich eine andere gesucht hat –, und dann ist sie weggefahren, um sich zu erholen von dem

Schrecken. Von denen denkt keiner daran, daß er die Zeitung abbestellen sollte. Ich hab's meiner Mrs. Cheese erzählt, und Mrs. Cheese hat das auch gesagt.«

Wir nickten und stimmten der Mrs. Cheese hypnotisiert zu. Ich versuchte, mich zu erinnern, ob Garth gesagt hatte, er hätte Thérèse seit Freitag abend auf dem Flughafen nicht mehr gesehen. Aber soweit ich mich erinnern konnte, hatte er nur gesagt, daß Gina Thérèse seither nicht mehr gesehen hätte. Von sich hatte er nicht gesprochen. »Wann war das?« fragte ich unsicher. »Samstag?«

»Samstag war es. Genau; so um sechs Uhr am Abend. Ich war gerade dabei, die Kartoffeln zu schälen.«

Und Gina hatte mich um neun Uhr dreißig, nach Londoner Zeit, am selben Abend angerufen.

»Also vielen Dank, Mrs. ...«, sagte Warren höflich. »Sie haben uns sehr geholfen. Wir sind Ihnen sehr dankbar. Ich glaube, wir müssen ein anderes Mal versuchen, Miß Mariôt zu erreichen.«

»Viel Glück dabei, viel Glück«, erwiderte unsere Berichterstatterin wohlwollend und schob sich schwerfällig zur Haustür hinauf. »Ich muß weitermachen, damit ich zu Mrs. Cheese komme. Ich hoffe, Sie haben einen schönen Urlaub in England.«

Wir dankten ihr im Chor und setzten uns in Bewegung auf die Old Brompton Road zu.

»Hätte ich ihr ein Trinkgeld geben sollen?« fragte Warren besorgt.

»Auf keinen Fall.«

»Bist du sicher? Vielleicht hast du recht. Ich hätte ohnehin nicht gewußt, wieviel ich ihr geben sollte.« Er seufzte und fuhr sich mit der Hand durchs Haar. »Nein, so ein Glück. Sind wir nicht die reinsten Glückspilze, diese Frau zu treffen? Was hältst du von dem Ganzen? Es sieht so aus, als wäre Gina nicht die einzige, die an jenem Abend verschwand, nicht wahr? Ich bin davon überzeugt, daß Cooper seine Finger im Spiel hat – verdammt, er hatte zu beiden Frauen Beziehungen und – wenn wir dem Dienstmädchen glauben können – auch zu seinem Geschäftspartner. Sieht ganz so aus, als hätte er mit allen gleichzeitig ein Verhältnis.«

Ich sagte abschwächend: »Ich bin ziemlich sicher, daß er mit Lilian keine Affäre hat.«

»Warum?«

»Nun, erstens, weil er mit Eric auf gutem Fuß steht.«

»Vielleicht hat Eric keine Ahnung.«

»Nach zehn Jahren?«

Wir gingen weiter. Nach ein paar Minuten meinte ich: »Wie mir Garth erzählte, versuchte er, sich mit keiner der drei Frauen auf etwas einzulassen, wollte er mit keiner von ihnen ein Verhältnis.« Meine Stimme klang betont gleichgültig. »Er hat seine Verlobung mit Thérèse gelöst. Er schien von der Idee Ginas, nach Rom zu fliegen, um einen Filmproduzenten zu treffen, in keiner Weise betroffen. Und es gibt keinerlei Beweis dafür, daß er mit Lilian mehr als nur geschäftliche Beziehungen hatte. Er versuchte, von Gina und Thérèse loszukommen und nicht ihnen näherzukommen.«

»Und wenn wir es genau betrachten«, meinte Warren ironisch, »dann ist es ihm auch gelungen. Er ist von beiden so gut losgekommen, daß nun keine von beiden zu finden ist.«

Ich antwortete nicht. Mich fröstelte. Eiskalte Furcht ließ mich erstarren.

Kurze Zeit später sagte Warren: »Sag mir bloß nicht, du bist auch auf ihn reingefallen.«

Ich antwortete noch immer nicht.

»Uff!« schnaufte Warren. »Er muß wirklich mit Frauen umzugehen wissen! Das nächste Mal, wenn ich ihn treffe, muß ich seine Technik studieren.«

»Ach, sei doch endlich still, Warren!«

Wir kamen zur Old Brompton Road. »Okay«, sagte Warren nicht unfreundlich. »Du bist der Meinung, daß Cooper unschuldig ist, ich glaube, er ist schuldig. Was werden wir als nächstes tun? Gehen wir zum Hotel zurück und schauen wir, ob von Scotland Yard Nachricht da ist.«

Im Hotel angelangt, fand ich keine Nachricht von Scotland Yard, wohl aber eine von Eric Jantzen, der mich bat, ihn in seiner Wohnung anzurufen, da er mich telefonisch nicht habe erreichen können.

Ich wollte nicht anrufen, während Warren ständig um mich herumtanzte, deshalb ging ich auf mein Zimmer und erklärte ihm, ich würde ihm das Gespräch mit Eric ganz genau erzählen. Dann setzte ich mich auf mein Bett, wählte die Nummer der Jantzens und wartete auf die Verbindung.

Eric schien erfreut darüber, daß ich seinen Anruf so prompt beantwortete. »Haben Sie Nachricht von Gina?« fragte er. »Waren Sie wieder bei der Polizei?«

Ich erzählte ihm von meinem Besuch bei Scotland Yard, den ich gestern abend gemeinsam mit Garth unternommen hatte, und er hörte voll Interesse zu. Dann schlug er vor: »Haben Sie schon für Mittag etwas vor? Unsere Wohnung ist von Ihrem Hotel mit dem Bus leicht zu erreichen, könnte ich nicht bei Ihnen vorbeikommen und Sie abholen?«

Mit Mühe verbarg ich meine Überraschung. »Vielen Dank«, sagte ich, »das wäre sehr nett.«

»Gut! Ich bin in ungefähr zwanzig Minuten bei Ihnen.«

Ich hängte ein. Dann rief ich Warren an und erzählte ihm von dem Gespräch. Er war genauso erstaunt wie ich, aber ebenfalls der Ansicht, daß wir unter Umständen etwas Neues erfahren könnten. Wir vereinbarten, daß ich ihn nach meiner Rückkehr anrufen sollte. Dann blieben mir noch ein paar Minuten, um mich zu entspannen, bevor ich mich in der Halle mit Eric Jantzen traf.

Er wartete bereits auf mich. »Ich kenne ein gutes, hübsches Restaurant nicht weit vom Haymarket«, sagte er. »Es ist auch von hier nicht weit. Es lohnt sich nicht, ein Taxi zu nehmen. Würde es Ihnen etwas ausmachen, wenn wir zu Fuß gingen, oder –«

Ich war einverstanden, also machten wir uns auf den Weg. Er redete zwar sehr viel, während wir Piccadilly Circus überquerten und zum Haymarket einbogen, aber ich hatte den Eindruck, als bedeutete es ihm eine Anstrengung. Nachdem wir genug über das Wetter und die Verkehrsprobleme in der Großstadt gesprochen hatten, erreichten wir das Restaurant. Es war klein und sauber und sah nicht besonders teuer aus. Ich hatte den Eindruck, daß er nur ungern Geld ausgab. Im stillen fragte ich mich, wie wohl seine finanzielle Lage aussah. Künstler waren ja ständig in Geldnot. Ich dachte an seine reiche, kluge Frau und daran, warum er ihre schlecht verhüllte Abneigung ihm gegenüber tolerierte.

»Wie haben Sie Ihre Frau kennengelernt?« fragte ich, während wir unsere Minestrone aßen. »Hier in England?«

»Ach, Sie haben also bemerkt, daß ich kein Engländer bin! Es hat den Anschein, als könnte ich meinen Akzent nie ablegen. Nein, Lilian und ich lernten einander in der Schweiz kennen. Ich bin aus Altdorf, einem kleinen Dorf in der Nähe des Luzerner Sees. Unser Nationalheld, Wilhelm Tell, stammt übrigens aus demselben Dorf. Ich war ein junger, strebsamer Künstler, der seinen Lebensunterhalt dadurch verdiente, daß er hübsche, nichtssagende, kommerziell verwertbare Bilder von unserer schönen Landschaft herstellte. Lilian war eine mitfühlende Touristin.«

Lilian schien den Drang in sich zu fühlen, Männern zu helfen, die weniger erfolgreich waren als sie. »Ich verstehe«, erwiderte ich zögernd, obwohl ich noch nichts verstand.

»Wir verliebten uns unsterblich ineinander. Zwei Wochen später heirateten wir in Genf.« Er lächelte und zuckte die Achseln. »Lilians Familie war dagegen, aber wir kümmerten uns nicht darum.« Sein großes, trauriges Gesicht leuchtete plötzlich kurz auf. »Wir waren jung – wir liebten einander. Das war eine schöne, glückliche Zeit. London gefiel mir; ich gewöhnte mich hier rasch ein. Bald malte ich, wie ich es mir immer erträumt hatte: nicht mehr für Leute, deren Geschmack nicht der meine war. Lilian war –« er zögerte und suchte nach dem richtigen Wort, »sie hat mich stets inspiriert.«

Und schon damals war sie reich, dachte ich. Sie muß sie beide von Anfang an unterstützt haben.

»Lilian«, fuhr Eric Jantzen fort, »ist eine wunderbare, überaus begabte Frau. Sie glaubte an mich. Sie hatte Vertrauen. Am Ende, als sich der Erfolg allmählich einstellte, betonte ich immer wieder, daß ich es nur ihr verdankte, da sie mir zu einer Zeit, da ich dessen am dringendsten bedurft hatte, Hilfe geboten und mich stets ermutigt hatte.«

Ich versuchte, mir Lilian in der Rolle der ergebenen, aufopfernden Ehefrau vorzustellen, die ganz in der Arbeit ihres Mannes aufging. Die Vorstellung ging über meine Kräfte. Es gelang mir nicht, Lilian in irgendeiner Arbeit, die nicht die ihre war, aufgehen zu sehen. »Sie muß ungeheuer viel verstehen von Porzellan und Glaswaren«, sagte ich kurz darauf.

»Ja, sie versteht viel mehr davon als Garth. Garth ist reiner Geschäftsmann.« Sorgsam betupfte er seinen Mund mit der Serviette und griff nach seinem Glas Wasser. »Aber er tut so, als wäre er Experte für Glaswaren.«

»Eric, können Sie mir sagen«, bat ich ihn mit einem Gesichtsausdruck, von dem ich hoffte, daß er flehentlich und aufrichtig war. »Was ist *Ihre* Meinung von Garth Cooper? Sie wissen wahrscheinlich, daß ich ihn nur flüchtig kenne, aber meine Schwester hielt offensichtlich sehr viel von ihm, deshalb bin ich besonders begierig, zu erfahren, was er wirklich für ein Mensch ist. Ich wage fast nicht, diese Frage an Sie zu richten, aber Sie kennen ihn geraume Zeit, und ich halte Sie für einen ausgezeichneten Menschenkenner. Ich weiß, ich kann mich auf Ihr reifes Urteil verlassen.«

Wie erwartet war er geschmeichelt, wenn er sich auch bemühte, seine Freude zu verbergen. Seine Stirn legte sich in Falten, als er sich anschickte, sein reifes Urteil abzugeben. »Natürlich«, fing er endlich an, »ist er immer mehr ein Freund Lilians gewesen und nicht so sehr meiner.«

Ich wartete. Bald darauf fügte er in humorvollem Ton hinzu, als wäre alles nur ein Scherz: »Er ist eben ein Verkäufer! Und ein guter Verkäufer: Ein hervorragender, erfolgreicher Verkäufer! Er hat ein gut verkäufliches Produkt, und er verkauft es auf die geschickteste Weise.«

»Porzellan und Glas?«

»Das nur nebenbei!« Er amüsierte sich weiterhin und sprach leichtfertig, um den Ernst hinter seinen Worten zu verbergen. »Garths Geschicklichkeit liegt darin, daß er sich selbst verkauft – natürlich nur in übertragenem Sinn! Aber er weiß, wie man mit Leuten umgeht, wie man sie bezaubert, wie man sie dazu bringt, einen zu mögen. Er hat die Gabe, sich bei jedermann als ›netter Kerl‹ zu verkaufen. Aber hinter der Fassade des netten Kerls steckt der harte, zähe, tüchtige Geschäftsmann. Mich kann er nicht täuschen. Vielleicht kann er andere täuschen, aber mich nicht.«

»Das klingt nicht, als wäre er *der* Mann für Gina«, sagte ich mit besorgtem Gesicht. »Ich hoffe, sie hat sich nicht in ihn verliebt.«

»Sie fühlte sich sehr zu ihm hingezogen«, meinte Eric. »Das kann man nicht leugnen. Aber sie war zu jung für Garth. Ich kenne den Typ von Frau, den er mag.« Er spielte mit dem Suppenlöffel, als wäre er unwiderstehlich fasziniert von diesem Gegenstand. »Er mag reife, kluge Frauen, nicht hohlköpfige, junge Mädchen, die fast noch Teenager sind.« Schuldbewußt blickte er auf. »Es tut mir leid, ich wollte Ihre Schwester nicht beleidigen. Sie war charmant, aber –«

»Ich verstehe Sie schon.« Ich brach ein Stück von meinem Brötchen ab und bestrich es mit Butter. »Sie meinen, Garth bevorzugte Frauen wie Thérèse.«

»Genau.« Er fing wieder zu essen an. »Ich mag Thérèse«, sagte er dann ganz unerwartet. »Lilian mochte sie nicht leiden, aber das habe ich von ihr auch gar nicht erwartet. Thérèse war intelligent, herzlich und interessant – eine leidenschaftliche, lebenslustige, aufregende Frau. Wenn ich Porträtmaler wäre –« Er unterbrach sich mit einem Lächeln. »Aber ich bin es nicht! Wenn ich es jedoch wäre, hätte ich gern ein Bild von Thérèse gemalt.«

Meine Eifersucht, so lächerlich sie auch war, machte mich unfähig, seinen Lobeshymnen über Thérèse zuzuhören. Um das Thema zu wechseln, fragte ich ihn mit Interesse in der

Stimme: »Was für Bilder malen Sie, Eric? Entschuldigen Sie, daß ich Ihre Arbeiten nicht kenne – Sie sind doch sehr berühmt in London?«

»Berühmt ist übertrieben!« sagte er geschmeichelt, und seine Miene hellte sich auf. Er begann, zuerst noch zurückhaltend, dann immer eifriger über sich selbst zu reden. Aus einem unerklärlichen Grund rührte er mich plötzlich. Es stellte sich heraus, daß er abstrakte Bilder malte und sich kurze Zeit auch mit Surrealismus beschäftigt hatte. Ich erzählte ihm, daß ich im Huntington Hartford Museum in New York eine Ausstellung von Salvador Dali gesehen hatte. Wir unterhielten uns eine Zeitlang über Kunst, und allmählich legte er seine affektierte Freundlichkeit ab, so daß ich einen vagen Eindruck von der Person bekam, die er früher einmal gewesen sein muß, damals vor vielen Jahren, als er Lilian zum ersten Mal traf – ein sensibler, verletzlicher junger Künstler, der nur für seine Arbeit lebte. Es war mir unerklärlich und unvorstellbar, daß die prosaische, geschäftstüchtige Lilian ihn je verstanden haben sollte.

Vielleicht hat sie ihn auch nie verstanden.

»Sie werden uns benachrichtigen, wenn Sie von Gina hören, nicht wahr?« wiederholte er, als wir uns etwas später in der Halle meines Hotels voneinander verabschiedeten. »Lilian und ich müssen unbedingt wissen, wo sie ist und wie es ihr geht. Sie werden uns doch anrufen, nicht wahr?«

»Selbstverständlich«, versicherte ich ihm. Bevor ich auf mein Zimmer ging, dankte ich ihm herzlich für die Einladung. Eigentlich sollte ich jetzt Warren anrufen, um ihm von meinem Mittagessen zu berichten, aber ich war der Ansicht, mein Pensum Warren gegenüber heute morgen erfüllt zu haben. Im Zimmer angekommen, legte ich mich aufs Bett und verschob den Anruf.

Innerhalb von zehn Sekunden waren meine Gedanken bei Garth Cooper. Er hatte am vergangenen Abend davon gesprochen, daß Thérèses Eifersucht wegen Lilian vor drei Monaten ihren Höhepunkt erreicht hätte, gleich zu Beginn ihrer Verlobung. Mühsam versuchte ich mich an den genauen Wortlaut zu erinnern, aber es gelang mir nicht. Ich wußte nur noch, daß er es angedeutet hatte. Mir fiel auf, daß Garth sehr geschickt mit seinen Andeutungen manipulierte, ohne irgend etwas direkt auszusprechen. Im nachhinein war ich davon überzeugt, daß er den Eindruck erwecken wollte, Thérèses Eifersucht auf Lilian gehöre der Vergangenheit an. Die Putzfrau dagegen hatte uns eine Geschichte erzählt, die erst unlängst stattgefunden hatte.

Da stimmt doch etwas nicht, dachte ich. Letzten Samstag hätte Thérèse doch wegen Gina mit ihm streiten sollen und nicht wegen Lilian. Zum damaligen Zeitpunkt war doch eindeutig Gina im Mittelpunkt seines Interesses.

Die möglichen Interpretationen der Situation und daß Garth vielleicht nicht ganz aufrichtig war, deprimierten mich. Dazu kam, daß ich mir wegen Gina große Sorgen machte, und zwar nicht nur, weil sie verschwunden war, sondern auch ihre Beziehung zu Garth beunruhigte mich. Ruhelos ging ich im Zimmer auf und ab, blieb am Fenster stehen, starrte hinaus und ging wieder zur Tür zurück. Schließlich nahm ich meine Handtasche und ging auf die Straße hinunter; ich konnte einfach nicht länger untätig herumsitzen. Anstatt hilflos über Garths eigenartiges Verhalten nachzugrübeln, könnte ich ihn doch direkt um Aufklärung ersuchen.

Sein Büro lag in Knightsbridge. Es war mir in meiner augenblicklichen Verfassung unmöglich, mich in eine U-Bahn oder einen Bus zu zwängen, also nahm ich mir wieder ein Taxi. Ich lehnte mich in die glänzende Lederpolsterung zurück und blickte durchs Fenster auf London. Dabei träumte ich vor mich hin und stellte mir eine Freundin und Beraterin vor, die die Rolle spielte, die ich so lange für Gina gespielt hatte. ›Liebe Claire‹, schrieb mein imaginärer Freund mit nüchterner Strenge, ›ich fürchte, Dein Dir angeborener Hausverstand läßt Dich völlig im Stich. Sei so nett und beachte die folgenden Regeln: 1. Laufe niemals einem Mann nach – warte immer, bis er Dir nachläuft. 2. Störe niemals einen Mann in seinem Büro; es könnte sein, daß er dringende Geschäfte zu erledigen hat. 3. Laß ab von diesem Garth Cooper, dem man aller Wahrscheinlichkeit nach nicht trauen kann. Warum versucht er

Dinge zu verschleiern oder weshalb lügt er offen? Tatsache ist, daß er Dir gegenüber nicht aufrichtig ist und daß er vielleicht auch in bezug auf Dinge, von denen Du nichts weißt, nicht die Wahrheit sagt. 4. Warum solltest Du, die Du doch daheim auch sehr selten Herrenbekanntschaften machst, nur einen Augenblick annehmen, Garth Cooper sei so betört von Dir, wie Du es (offensichtlich) von ihm bist? Es ist doch eindeutig, daß er sich nur für Dich interessiert, um Dich von weiteren Nachforschungen wegen Ginas Verschwinden abzuhalten. 5. Solltest Du den Wunsch hegen, von diesem Mister Cooper abzulassen, aber es nicht wirklich fertigbringen, so gibt es eine simple Antwort: Triff ihn nicht mehr. 6. Nimm Dich zusammen und hör auf, Dich wie eine Närrin aufzuführen. Deine bitter enttäuschte...‹

Das Taxi verschwand in der Unterführung zum Hyde Park und tauchte einen Augenblick später in Knightsbridge auf.

Was soll ich tun, dachte ich, ich liebe ihn. Ich kann nicht anders. Das Taxi blieb hinter Harrod's stehen. Der Fahrer wies auf die andere Straßenseite. »Das ist das Haus, Miß. Es tut mir leid, daß ich Sie auf der falschen Straßenseite aussteigen lassen muß, aber man darf hier nicht wenden.«

»Danke schön«, sagte ich, stieg aus, bezahlte ihn und überquerte die Straße. Über einer Reihe exklusiver Geschäftslokale befanden sich Büroräume; in fast allen Auslagen sah man Antiquitäten. Im Gebäude gab es einen altmodischen Aufzug. Auf einer Tafel daneben las ich, daß Garth und Lilian ihr Büro im ersten Stock hatten. Obwohl in England der erste Stock eigentlich der zweite ist, ging ich zu Fuß die Treppen hinauf. Schließlich stand ich vor der Tür mit dem Schild ›Cooper-Jantzen GmbH, Import-Export, Porzellan und Glas‹. Und plötzlich wünschte ich, nicht gekommen zu sein. Doch bevor mich mein Mut verlassen konnte, ging ich auf die Tür zu und öffnete sie.

Ich stand in einem hellen, luftigen Büro mit erstaunlich moderner Ausstattung, einem dicken, grünen Teppichboden und freundlichen Wänden. Vor mir befanden sich zwei Türen, die wahrscheinlich in die Privatzimmer der Geschäftspartner führten. Links vor mir sah ich einen Raum mit Ordnern, offenbar das Archiv, rechts von mir saß eine sehr tüchtig wirkende Sekretärin an einem wunderschönen Schreibtisch vor einer elektrischen Schreibmaschine. Sie hatte üppiges pechschwarzes Haar, blutrote Fingernägel und schwarze Augen, die kühl blickten.

»Guten Tag«, sagte ich verlegen. »Kann ich Mister Cooper sprechen?«

»Mister Cooper ist im Moment nicht im Büro.« Mit spitzen Fingern strich sie sich elegant eine Haarsträhne zurück. »Sind Sie mit ihm verabredet?«

»Nein – nein, das bin ich eigentlich nicht.«

»Ich könnte Ihnen einen Termin geben.« Sie öffnete einen rotledernen Terminkalender. »Darf ich Ihren Namen wissen?«

»Claire Sullivan, aber es handelt sich nicht um etwas Geschäftliches. Könnte ich auf ihn warten, oder kommt er erst spät zurück?«

»Nein, ich erwarte ihn jeden Augenblick.« Sie blickte auf ihre Uhr, als wollte sie ihre Worte dadurch bekräftigen. Dann stand sie auf und ging an mir vorbei in das Archiv.

»Würden Sie mir bitte folgen?«

Hinter dem Archiv befand sich ein winziges Zimmer, von dem aus man auf Knightsbridge hinunterblicken konnte.

»Wenn Sie hier vielleicht warten wollen...«

»Vielen Dank«, sagte ich.

Anmutig entschwebte sie. Ich setzte mich und griff nach einer der Zeitschriften auf dem Tisch und blätterte darin. Zehn Minuten verstrichen. Zweimal läutete das Telefon, und ich konnte die Stimme des Mädchens hören, als es die Gespräche entgegennahm. Die elektrische Schreibmaschine klapperte unaufhörlich, doch nach einiger Zeit kam die Sekretärin durch den Archivraum in mein Zimmer.

»Hätten Sie gern eine Tasse Kaffee?« fragte sie von der Tür her.

»Wenn Sie eine Tasse für mich haben, wäre ich Ihnen dankbar.«

»Ich mache immer um drei Uhr Kaffee.« Es schien sie zu

langweilen. »Mister Cooper und Mrs. Jantzen trinken gern starken, schwarzen Kaffee nach einem langen Arbeitsessen.«

Aus dem Archiv nahm sie eine Kaffeemaschine mit und ging wieder in den Vorraum. Dann hörte ich ein Klingeln an der Eingangstür, hörte, wie die Tür geöffnet wurde und sich dann langsam wieder schloß.

Ich war allein.

In einem Anfall von Ratlosigkeit stand ich auf und ging in das Archiv hinaus. Ich untersuchte die kleine Kopiermaschine und durchschnüffelte die Ordner. In einer Ecke stand ein Schrank, die Tür war offen. Ich sah einen Männerregenmantel hängen. Gerade wollte ich mich umdrehen, als mir etwas auffiel. Aus einer der Manteltaschen lugte ein Briefumschlag hervor. Ich hätte mich nicht darum gekümmert, wenn nicht das einzige mir sichtbare Wort der Adresse in violetter Tinte geschrieben gewesen wäre.

Ich dachte an die Briefe, an die Berichte aus Hollywood, an die Romane aus Paris. Alle waren in Ginas Lieblingsviolett geschrieben. Ohne weiter darüber nachzudenken, zog ich den Briefumschlag heraus. Er war leer. Offensichtlich war der Brief vernichtet oder an einen sicheren Ort gebracht worden. Der Briefumschlag aber blieb im Regenmantel. Ich untersuchte die Briefmarke. Der Brief war in Dorking, Surrey, am Montag nachmittag um drei Uhr aufgegeben worden. Zwei Tage nach dem Anruf aus der Wohnung der Jantzens. Und es gab nicht den geringsten Zweifel, daß die violette Handschrift auf dem Umschlag Gina gehörte.

VII.

Wie gebannt starrte ich auf den leeren Umschlag in dem stillen, verlassenen Büro. Von irgendwoher, tief unter den Fenstern des kleinen Zimmers, drang das gedämpfte Dröhnen des Verkehrs von der Straße herauf. Alles um mich war totenstill. Plötzlich hörte ich im Korridor vor dem Büro Schritte rasch näher kommen. Ich hatte gerade noch Zeit, den Briefumschlag in die Manteltasche zurückzustopfen, als die Tür zum Vorraum aufging und Garth und Lilian hereinkamen.

»Catherine? Verdammt, wo ist sie denn? Wir haben sie angestellt, damit sie das Telefon bedient, und nicht, um die ganze Zeit im Ankleideraum zu stecken und sich zu schminken.«

Sie konnten mich nicht sehen. Sie standen immer noch im Vorraum nebenan, und die halb offene Tür des Archivs verdeckte mich.

»Du hast nicht den geringsten Grund, über sie zu schimpfen – sie ist eine hervorragende Sekretärin, und sie macht sich letztlich doch nur für dich hübsch.«

»Mein Gott, es wird nicht lange dauern, und Thérèse wird anrufen, um mir vorzuwerfen, ich hätte ein Verhältnis mit meiner Sekretärin!«

Ich war gerade im Begriff gewesen, zu den beiden zu gehen und mich bemerkbar zu machen, aber der Name von Thérèse ließ mich erstarren.

»Ich muß schon sagen, Garth, du bist heute nachmittag nicht gerade bei bester Laune! Ich verstehe nicht, warum du dich wegen Thérèse so aufregst, wo du sie doch seit Tagen nicht mehr gesehen hast – ich bin es, die sich aufregen sollte. Eric scheint sich darauf zu versteifen, daß mein Benehmen dir gegenüber verdächtig sei –«

»Mein Gott!«

»Wußtest du, daß Eric sich mit Thérèse letzten Freitag, nachdem du aus Paris zurückgekommen bist, getroffen hat? Er erzählte mir gestern abend, es hätte irgendeine Szene auf dem Flughafen mit Gina gegeben.«

»Szene! Das ist wohl nicht das passende Wort, um eine derart schmutzige, peinliche Episode zu beschreiben –«

»Warum hast du mir nichts davon gesagt?« fragte Lilian sanft.

»Warum sollte ich? Warum sollte ich dich mit den unerfreulichen Vorfällen meines Privatlebens langweilen?«

»Offensichtlich erzählte Thérèse Eric am Freitag, nach der

Szene am Flughafen, daß dein Interesse an Gina ein bloßes Manöver sei, um dein Interesse an mir zu verdecken.«

»Hör zu, es ist mir verdammt egal, was Thérèse Eric erzählt hat oder was Eric meint –« Garths Stimme klang heiser vor Wut.

»Aber mir nicht! Ich muß schließlich mit ihm leben!«

»Ich verstehe nicht, warum das ein Problem für dich sein soll! Es ist doch glasklar, daß du nur Verachtung für ihn empfindest. Also begreife ich nicht, warum du ihn nicht verläßt.«

»Ich möchte dich mit den Einzelheiten meines Privatlebens ebensowenig langweilen wie du mich«, schoß Lilian zurück. »Außerdem würde es Eric das Herz brechen, wenn ich ihn verließe.«

»Und du bist plötzlich so großmütig und denkst an seine Gefühle? Das ist doch sonst nicht deine Art, Lilian!«

»Hör zu, Garth.« Lilians Stimme hatte den Tonfall eines Erwachsenen angenommen, der geduldig einem kleinen Kind beibringt, wie man die Uhr liest. »Wichtig ist, daß es mir im Moment gefällt, Eric nicht zu verlassen. Frag bitte nicht, warum. Es ist nicht deine Angelegenheit. Glaub mir einfach, daß ich bei ihm bleiben will und daß ich äußerst verärgert war, als ich herausfand, daß Thérèse allem Anschein nach mit Eric zusammenkommt und versucht, ihn genauso eifersüchtig zu machen, wie sie es selbst ist.«

»Um Himmels willen, Lilian, was kann ich denn dafür? Ich bin nicht verantwortlich für Thérèse! Wenn Eric eifersüchtig ist, laß ihn doch. Kümmere dich nicht um seine Eifersucht! Er kann dir nichts nachweisen, weil es nichts nachzuweisen gibt.«

»Es ist sehr einfach, gute Ratschläge zu erteilen. Aber sie auszuführen, ist eine andere Sache. Ich möchte nicht, daß Eric sich aufregt. Im übrigen, da fällt mir gerade ein, was für ein Spiel spielst du denn mit dieser Gina? Wo ist sie, und warum versteckst du sie?«

»Meine liebe Lilian«, sagte Garth, und seine Stimme klang ehrlich erstaunt. »Wovon, um Himmels willen, sprichst du denn? Ich habe nicht die geringste Ahnung, wo sie ist, und ich verstecke sie auch nicht. Warum sollte ich? Ich habe sie weder gesehen noch von ihr gehört, seit wir alle Samstag gemeinsam zu Mittag gegessen haben.«

Ich errötete für ihn, als ich seine Lügen hörte. Tränen stiegen in mir auf, ungewollte und unerklärliche.

Lilian fuhr skeptisch fort: »Hattest du nicht ein Verhältnis mit ihr?«

»Guter Gott, nein! Gina ist etwas für Männer von Fünfundzwanzig und Fünfundvierzig, nicht für Männer um die Dreißig.«

»Mir kam vor, als wäre Gina etwas für Männer aller Altersstufen. Hat sie dir nicht wenigstens gesagt, was sie vorhatte, nachdem wir uns Samstag mittag trennten?«

»Nein, ich verabschiedete mich von ihr und fuhr heim in die Half Moon Street. Ich versprach ihr, sie später anzurufen, aber ich vergaß es dann irgendwie. Ich hatte genug andere Dinge zu erledigen.«

»Thérèse?«

»Nein, ich habe Thérèse seit dem Vorfall am Flughafen Freitag abend nicht mehr gesehen.«

Noch eine Lüge. Ich dachte an die Putzfrau von Mrs. Cheese und an die Geschichte, die sie uns auf den Stufen des weißen Hauses auf dem Platz erzählt hatte. Samstag abend um sechs Uhr hatte Garth mit Thérèse in deren Wohnung gestritten.

»Ich war todmüde«, hörte ich Garth sagen. »Ich hatte eine anstrengende Woche in Paris hinter mir – wo ich kaum zum Schlafen gekommen bin. Ich schlief bis ungefähr sieben Uhr, ging dann aus und aß in einem kleinen Restaurant in Shepherd's Market zu Abend. Ich war nahe daran, Gina in ihrem Hotel anzurufen, aber ich überlegte es mir. Ich wollte allein sein; mir war nicht nach Geselligkeit zumute.«

»Also... diese ganze Angelegenheit mit Ginas Verschwinden ist höchst seltsam, mehr kann ich nicht sagen. Ich nehme an, du hast auch Sonntag nichts von ihr gehört?«

»Nein, den ganzen Sonntag verbrachte ich im Büro.«

»Im Büro? Hier? Am Sonntag? Meine Güte, du wirst doch nicht genau wie ich zum Sklaven deiner Arbeit werden! Und ich dachte, du bist derjenige, der mir immer geraten hat, nur ja sonntags nicht zu arbeiten?«

»Ich machte mir Gedanken wegen des Rémy-Vertrages – vom vergangenen Jahr, nicht von diesem Jahr. Es ging mir nicht in den Kopf, warum wir soviel Steuern zahlen mußten.«

»Oh, das kann ich dir alles erklären – es ist im Grunde ganz einfach. Warum hast du übrigens den Rémy-Vertrag dieses Jahr selbst übernommen? Ich kann mich nicht erinnern, warum wir uns dazu entschlossen haben. Es wäre doch vernünftiger gewesen, ich hätte ihn, genau wie im letzten Jahr, selbst erledigt. Und überhaupt, warum interessierst du dich für die Steuern des vergangenen Jahres? Das ist doch alles längst abgeschlossen.«

»Ich habe irgendwo gehört, man würde kleinen Betrieben wie dem unsrigen steuerliche Belastungen aufbürden. Für den Fall, daß wir kontrolliert werden, dachte ich mir, es wäre günstig, alles selbst genauestens zu überprüfen.«

»Aber natürlich ist alles in Ordnung! Du weißt selbst am besten, wie sorgfältig ich auf diesem Gebiet immer bin –«

»Warte, ich glaube, Catherine kommt gerade zurück. Gehen wir in dein Büro.«

Sie öffneten eine der Türen, die aus dem Vorraum führten, und gingen rasch in den dahinterliegenden Raum. Ich verließ das Archiv und kehrte in das angrenzende Zimmer zurück, während die Sekretärin bereits die Tür zum Vorraum öffnete und sie hinter sich zufallen ließ. Die kleine Glocke an der Tür schlug kurz an und schwieg dann wieder.

»Catherine?« rief Lilian mit der gleichen sanften Stimme, die ich am Vorabend an ihr kennengelernt hatte. »Gibt es Kaffee?«

»Ich bin gerade dabei, einen zu machen, Mrs. Jantzen. Mister Cooper, eine Miß Claire Sullivan wartet auf Sie im Konferenzzimmer.«

Sekundenlang war es totenstill. Ich schloß in einem Anfall von Verlegenheit die Augen und wäre am liebsten im Boden versunken.

»Soll ich –« Die Sekretärin zögerte.

»Es ist in Ordnung, Catherine. Danke.« Er muß, als er das

sagte, bereits im Vorraum gewesen sein, denn ich konnte seine Stimme deutlich hören. Im nächsten Augenblick betrat er das Archiv und ging auf das kleine Zimmer zu.

»Guten Tag«, sagte er förmlich, und bevor ich noch seinen Gruß erwidern konnte, hatte er die Tür hinter sich geschlossen. Wir waren allein, nur er und ich und Tausende Zweifel in dem kleinen, stillen Zimmer über Knightsbridge.

»Das ist eine angenehme Überraschung«, sagte er höflich, während ich, unfähig, auch nur ein Wort herauszubringen, dastand, »aber es tut mir leid, daß du einen so ungünstigen Zeitpunkt für deinen Besuch gewählt hast. Ich nehme an, du warst gezwungen, Lilian und mir zuzuhören bei unseren unerfreulichen Streitereien über Lilians angebliche Untreue bis zu den unerfreulichen Machenschaften des Finanzamtes. Entschuldige, daß wir dich unbewußt belästigt haben; aber ich kann mich wenigstens nicht erinnern, etwas gesagt zu haben, das du nicht hättest hören dürfen.«

Ich wandte mich ab, noch immer unfähig zu antworten und ihm in die Augen zu sehen. Ich starrte über die Dächer von London.

Er kam näher, bis ich spürte, daß er hinter mir, dicht an meiner Schulter, stand.

»Was ist passiert?« fragte er abrupt. »Was ist los?«

Meine Augen waren blind vor Tränen. »Nichts«, antwortete ich. Ich getraute mich nicht, mehr zu sagen.

»Du hast schlechte Nachricht von Gina?«

Ich schüttelte den Kopf. Als er seine Hand auf meinen Arm legte, wandte ich mich erneut ab und suchte tastend nach der Tür.

»Nur einen Augenblick«, sagte er scharf. Aber in seiner Stimme lag ein Ton von Unsicherheit. »Dein Besuch bei mir muß doch einen Grund haben. Was hast du mir eigentlich sagen wollen?«

Verschwommen erinnerte ich mich daran, daß ich vor langer Zeit, bevor ich entdeckt hatte, daß er von Ginas Aufenthalt wissen mußte, den Wunsch hatte, mit ihm über Thérèse und den bewußten Streit am Samstag abend zu reden. Nun kannte ich die Antwort; was ihn betraf, war der Streit ein Geheimnis, das aus privaten Gründen nicht verraten werden durfte. Es gab für mich nichts mehr zu sagen noch zu tun. Mein Hausverstand hatte recht gehabt, ich hätte ihn nie in seinem Büro besuchen sollen. Ich hatte dumm und unüberlegt gehandelt.

»Es tut mir leid«, brachte ich mühsam heraus. »Es war falsch von mir, hierherzukommen und dich zu belästigen. Es war auch nicht besonders wichtig. Bitte, entschuldige.«

Nach ein paar Sekunden sagte er: »Ich begreife dich nicht.«

Wieder war ich unfähig, zu antworten. Ich versuchte hilflos, die Tür zu öffnen, aber seine Hand legte sich auf meine und hielt mich davon ab zu gehen.

»Bitte«, sagte er ruhig. »Bitte, Claire. Du mußt mir sagen, was das alles zu bedeuten hat. Hat es etwas zu tun mit meinem Gespräch mit Lilian von vorhin?«

Ich dachte an den leeren Briefumschlag in der Tasche seines Regenmantels.

»Nein«, sagte ich und blickte ihm in die Augen. Er sah gleichzeitig verwirrt und besorgt aus. Ich spürte das unbändige Verlangen, ihm zu vertrauen, aber ich wußte, daß es falsch war. Er hatte gelogen, nicht einmal, sondern oft. Daher war es mir nicht länger möglich, ihm zu glauben. Mit ungeheurer Anstrengung, die mir fast alle Kraft zu rauben schien, sagte ich: »Ich fürchte, dieser ganze Kummer mit Gina deprimiert mich mehr, als ich dachte. Ich kam nur her, um mit dir zu reden. Erst als ich hier war, erkannte ich, wie unüberlegt es von mir ist, dich in deinem Büro bei der Arbeit zu stören. Aber ehe ich noch weggehen konnte, kamst du mit Lilian herein.«

Er sah mich aufmerksam an. Seine Augen waren sehr hell.

»Ich bin froh, daß du gekommen bist«, sagte er dann. »Und ich bin froh, daß ich es war, an den du dich mit deinen Sorgen gewandt hast. Komm, warum setzen wir uns nicht einen Augenblick hin und reden über alles? Vergiß, daß wir im Büro sind. Die Arbeit kann schließlich warten. Wenn du hergekommen bist, um mich zu sehen, warum sollst du dann, sobald ich auftauche, weglaufen?«

Hilflos schüttelte ich den Kopf. »Nein – wirklich, Garth – ich möchte lieber nicht über all das reden –« Ich brach ab und wollte nach der Türklinke greifen.

»Aber, Claire – Liebling –«

»Ich kann es nicht erklären, aber – ich mag einfach nicht reden –«

»Verdammt noch mal. Ich möchte es aber. Egal, was du auch über mich denken magst, ich möchte dir sagen, seit dem Augenblick, da wir einander trafen –«

»Ich muß gehen. Bitte –« Ich versuchte abermals, die Tür zu öffnen.

»– habe ich nicht aufhören können, an dich zu denken –«

»Oh, bitte nicht, nicht –« Ich verlor immer mehr die Fassung.

»Aber Claire, Liebes –«

Ich brach in Tränen aus.

»Oh, Gott, es tut mir leid . . . ich weiß nicht, was mit mir los ist. Immer wenn ich mit dir zusammen bin, bin ich so ungeschickt und mache alles verkehrt – wenn nicht diese lästige Sache mit Gina wäre –«

»Dann hätten wir einander nie kennengelernt.« Zitternd suchte ich in meiner Handtasche nach einem Taschentuch.

»Hier, nimm meines.« Er drückte mir ein großes weißes Taschentuch in die Hand. Ich putzte mir die Nase, wischte mir ungeschickt über das Gesicht und versuchte, meinen letzten Rest an Selbstbeherrschung aufzubieten.

»Es tut mir leid«, sagte ich schließlich zurückhaltend. »Ich bin völlig außer mir. Bitte, entschuldige, ich muß jetzt gehen.«

»Darf ich dir nicht einen Drink anbieten –«

»Nein, ich möchte zwei Aspirin nehmen und mich hinlegen. Ich habe schreckliche Kopfschmerzen.«

»Ich begleite dich hinunter und ruf' dir ein Taxi.«

»Nein –«

»Ich bestehe darauf.«

Ich war zu erschöpft, um wieder zu streiten. Wir gingen in

den Vorraum hinaus. Die Sekretärin musterte uns mit ihren undurchdringlichen schwarzen Augen, hinter ihrer vorhangartigen pechschwarzen Mähne. Draußen auf der Straße winkte Garth ein Taxi heran, gab dem Fahrer den Namen meines Hotels und eine Zehnshillingnote.

»Ich rufe dich heute abend an«, sagte er zu mir. »Vielleicht fühlst du dich dann wohler, und wir können irgendwo ruhig miteinander zu Abend essen.«

»Ich – weiß nicht –«

»Ich rufe dich gegen sechs Uhr an. Paß bitte auf dich auf.«

Er küßte mich; seine Lippen berührten zart meine Stirn, während seine Finger fast schmerzvoll meinen Arm umspannten. Die Tränen stiegen erneut in mir auf. »Wiedersehen.«

Meine Lippen bewegten sich, aber ich brachte keinen Ton hervor.

Er schloß die Tür. Das Taxi fuhr los und mischte sich in den starken Verkehr. Ich war allein. Ich lehnte mich in die Lederpolsterung zurück. Hundert widerstreitende Gefühle kämpften in mir. Ich starrte zum Fenster hinaus und fühlte erneut, daß meine Augen brannten von bitteren, ungeweinten Tränen.

Als ich ins Hotel zurückkam, fand ich drei Botschaften von Warren, der mich bat, ihn sofort nach meiner Ankunft im Hotel anzurufen. Ich zerriß sie. Endlich allein in meinen eigenen vier Wänden, zog ich die Vorhänge zu und warf mich aufs Bett. Aber ich konnte es nur fünf Minuten aushalten. Dann stand ich auf, ging zum Spiegel und erneuerte mein Make-up. Ich fühlte mich besser. Es schien mir unwahrscheinlich, daß ich während der nächsten Stunden wieder weinen würde. Mein Kopf schmerzte, meine Augen taten weh, aber sonst fühlte ich mich, abgesehen von einem dumpfen Gefühl der Apathie, nicht eigentlich krank, aber als Verlierer. Das ist typisch für mich, dachte ich mit einiger Ungläubigkeit, daß ausgerechnet der Mann, für den ich wirklich etwas empfinde, ein Lügner und Doppelspieler ist. Ich war nun davon überzeugt, daß er mit Gina ein Verhältnis hatte und auch wußte, wo sie sich aufhielt. Aus Gründen, die nur ihn persönlich betrafen, hielt er ihr Versteck geheim und gab andererseits glaubhaft vor, mir helfen zu wollen. Der Heuchler!

Es gab keinen Zweifel darüber, daß er ein doppeltes Spiel trieb. Und weil ich das wußte, hatte ich den Vorfall in seinem Büro als besonders demütigend und beschämend empfunden. So wie er mich eingeschätzt hatte, war es das Klügste für ihn, so zu tun, als wäre er in mich verliebt. Er hatte seine Rolle geschickt gespielt. Ich war geschmeichelt, betrogen, war Wachs in seinen Händen. Er mußte mich tatsächlich für einen naiven Unschuldsengel gehalten haben.

Gerade als mir wieder die Tränen kamen und ich um mein neues Make-up fürchten mußte, läutete das Telefon. Ich war nahe daran, nicht abzuheben, aber dann war ich froh über die Gelegenheit, auf andere Gedanken zu kommen. »Hallo?« fragte ich vorsichtig.

»Gerade wollte ich Scotland Yard anrufen, um dein Verschwinden zu melden«, sagte Warren beleidigt. »Wo um Himmels willen hast du gesteckt? Du hast mir doch versprochen, mich nach deinem Mittagessen mit Eric Jantzen anzurufen. Und jetzt ist es – fast vier Uhr. Mir war schon ganz übel vor Angst um dich.«

»Es tut mir leid«, sagte ich. »Aber ich habe mich verspätet. Möchtest du zu mir aufs Zimmer kommen? Ich habe einen Tip, wo Gina sein könnte. Ich würde gern mit dir darüber reden.«

»Du weißt etwas?« Er war Feuer und Flamme. »Ich bin sofort bei dir. Warte.«

Die Leitung war stumm. Ich saß auf dem Bettrand und wartete; eine Minute später klopfte es an meine Tür. Ich machte auf.

»Was hast du herausgefunden?« wollte er aufgeregt wissen. »Erzähl, was ist passiert? Wo ist sie?«

Ich schlug ihm vor, sich erst einmal zu setzen und eine Zigarette zu rauchen.

»Ich war heute nachmittag bei Garth Cooper im Büro«, sagte ich, als wäre es das Selbstverständlichste von der Welt. »Er schien mir verdächtig. Er war nicht im Büro, als ich hinkam, aber sein Regenmantel war da. In der Manteltasche steckte ein leerer Briefumschlag mit einem Poststempel von Montag, also von vor drei Tagen. Der Brief war an Garth adressiert. Die Handschrift stammte von Gina, und laut Stempel wurde der Brief in Dorking, Surrey, aufgegeben.«

Warren war so überwältigt, daß er seine Zigarette fallen ließ. Umständlich hob er sie wieder auf und zertrat die Glut auf dem Teppich. Dann meinte er: »Also hat dieser Cooper die ganze Zeit über gelogen! Wenn sie ihm Montag geschrieben hat –«

»Muß er den Brief Dienstag oder gestern, Mittwoch, bekommen haben. Er muß wissen, wo sie sich aufhält.«

»Von wo, sagtest du, war der Poststempel?«

»Dorking, Surrey.«

»Surrey liegt im Süden von London, nicht wahr? Dorking kann nicht allzu weit entfernt sein von hier. Hör zu, ich habe eine Straßenkarte von England in meinem Zimmer. Ich gehe schnell hinüber und hole sie. Wir können nachsehen, wo dieser Ort liegt.«

Es stellte sich heraus, daß er ungefähr fünfundzwanzig oder dreißig Meilen südlich von London lag.

»Sieht so aus, als ob es eine ziemlich große Stadt ist«, sagte Warren, während er seine Karte studierte. »Wie wär's, wenn wir heute abend mit dem Zug hinfahren und ein paar Nachforschungen anstellen? Es muß doch eine Zugverbindung nach Dorking geben.«

Ich zögerte. Ich wußte nicht, was ich tun sollte. Meine Entschlußfreudigkeit war durch meinen apathischen Zustand völlig abgestumpft. Warren war immer noch über die Karte gebeugt.

»Dorking... da müßte Guildford die nächste größere Stadt sein. Du, hör dir einmal diese Namen an! Abinger Hammer, Shere, Gomshall, Holmbury St. Mary –«

Die Erinnerung war so schmerzhaft, daß ich mich in die Lippen biß.

Er blickte auf. »Stimmt irgend etwas nicht?«

»Garth sagte mir, er habe ein kleines Landhaus in Holmbury St. Mary. Zum Wochenende fährt er immer hin.«

»Dann ist alles klar!« schrie Warren. »Dort steckt sie also! Sie ist in Coopers Landhaus in Surrey!« Er knallte den Reiseführer zu und stand auf. »Okay, laß uns gehen!«

»Warte einen Augenblick«, sagte ich. »Wenn Gina heimlich in Garths Landhaus ist, wird sie uns vielleicht nicht gerade dankbar sein, wenn wir uns in ihre Angelegenheiten mischen. Wenn sie in der Lage ist, einen Brief zu schreiben und ihn zur Post zu tragen, dann scheint sie doch völlig freiwillig dort zu sein. Allem Anschein nach ist sie in Ordnung, und es fehlt ihr nicht das geringste.«

Er starrte mich an. »Was willst du damit sagen?«

»Ich glaube, du weißt schon, was ich damit sagen will – du bist ja kein Narr. Hör zu, ich glaube, ich weiß, was geschehen ist...« Ich holte tief Luft, nahm meine ganze Kraft zusammen und versuchte, mit kühler, distanzierter Stimme zu sprechen. »Gina reiste nach London, um das Wochenende mit Garth zu verbringen, aber sie wurden von der tobenden Thérèse auf dem Flughafen abgeholt. Anscheinend gab es eine Szene, worauf Gina und Garth getrennt voneinander nach London fuhren. Danach fürchtete Garth offensichtlich, Thérèse könnte ähnliche Auftritte wiederholen. Also schlug er Gina vor, sich heimlich in sein Landhaus in Surrey zurückzuziehen.«

»Das glaube ich nicht«, war Warrens spontane Antwort. »Er war die ganze Woche in London. Was sollte der Zweck sein, daß Gina auf dem Land sitzt, sie ist doch nur seinetwegen nach London gekommen? Und warum hat sie nicht Candy-Anna angerufen, um ihr zu sagen, daß sie ein paar Tage in London bleibt? Und überhaupt, du hast mir noch keine Erklärung dafür gegeben, daß sie von der Wohnung der Jantzens aus in New York anrief an jenem Samstag abend.«

»Gut, dann finde du eine Erklärung dafür, daß sie wahrscheinlich unverletzt und freiwillig in seinem Landhaus in Surrey ist!«

Störrisch blickte er um sich, als suchte er hier im Zimmer nach einem Hinweis. Seine Augen blieben am Telefon hängen. »Rufen wir doch die Auskunft an, und lassen wir uns die Nummer von Coopers Landhaus in Surrey geben.«

»Dort gibt es bestimmt kein Telefon.«

»Woher willst du das wissen?«

»Warum sollte Gina ihm dann geschrieben haben, wenn sie ihn ebensogut hätte anrufen können?«

Er schwieg. »Versuchen wir es trotzdem«, meinte er, »kann nichts schaden.«

»Gut«, stimmte ich unschlüssig zu. Nachdem er ungefähr zehn Minuten mit den verschiedensten Telefonistinnen in London und Surrey gesprochen hatte, erfuhr er, daß das Haus mit dem Namen Coneyhurst Cottage, das einem gewissen Garth Cooper gehörte und in Holmbury St. Mary stand, unter der Nummer Holmbury 626 registriert war.

»Könnten Sie für mich anrufen, bitte?« bat Warren sofort.

Wir warteten einige Minuten. Dann sagte Warren enttäuscht: »Keine Antwort? Vielen Dank. Ich werde es später noch einmal versuchen.«

»Ich glaube, das ist weiter nicht erstaunlich«, sagte ich und versuchte ihm Mut zu machen, als er den Hörer auflegte. »Wenn sich Gina heimlich im Haus befindet, wird sie auch nicht ans Telefon gehen.«

»Stimmt.« Seine Miene hellte sich auf. »Immerhin hatte ich recht mit meiner Vermutung, daß es im Haus ein Telefon gibt. Was schlägst du nun vor, Claire? Wie wär's, wenn wir heute abend mit dem Zug nach Dorking fahren, in einem Hotel übernachten, morgen früh ein Auto mieten und zu Coopers Landhaus hinausfahren?«

Ich dachte daran, daß Garth gegen Abend anrufen würde, um mich zum Abendessen einzuladen. Wenn ich mit ihm reden müßte, so überlegte ich, würde ich bestimmt schwach werden und seine Einladung annehmen. Und wenn ich mit ihm ausginge, dann wäre alles noch schwerer, als es ohnehin schon für mich war. Das Beste, was ich überhaupt tun könnte, wäre, London für ein oder zwei Tage zu verlassen.

Warren wollte gerade sein Erstaunen über mein Zögern ausdrücken, als ich abrupt zustimmte: »Ja. Fahren wir sofort los. Wie kommen wir dorthin?«

»Ich werde in der Rezeption nachfragen, wie wir nach Dorking kommen. Sobald ich alles Nähere weiß, können wir unsere Koffer packen und das Hotel verlassen.«

»Gut.«

Nachdem er gegangen und ich allein war, öffnete ich meine Koffer und begann wieder einmal, meine Sachen zu packen. Ich war erleichtert, eine Beschäftigung zu haben, wenn sie auch noch so langweilig war. Kurz bevor ich fertig war, läutete das Telefon. Es war Warren, der mir mitteilte, daß kurz nach sieben Uhr ein Zug von Waterloo Station abfahren würde.

»Wir könnten um halb fünf noch eine Kleinigkeit hier essen«, schlug er vor, »und dann mit einem Taxi zur Waterloo Station fahren. Das dauert ungefähr fünfundvierzig Minuten. Man gab mir auch den Namen einer Leihwagenfirma in der Stadt und den Namen des Hotels, wir können also beruhigt fahren.«

Nach dem Abendessen bezahlten wir unsere Hotelrechnung an der Rezeption, wo man mir eine Nachricht überreichte. Garth hatte angerufen. Ich zerriß den Zettel und warf ihn weg. Zehn Minuten später war unser Gepäck sicher im Taxi verstaut, und wir verließen den Piccadilly Circus in Richtung Waterloo Station.

Kurz vor acht kamen wir in Dorking an. Wir fuhren im Taxi zu dem Gasthof, der Warren von unserem Hotel in London empfohlen worden war. Ich glaube, wir waren beide überrascht von Dorking. Selbst Warren, der, wie ich glaubte, niemals auf seine Umgebung achtete, verstummte, als er die breite Hauptstraße mit ihren alten Geschäften und engen Seitengassen, in denen es von kleinen Pubs und Antiquitätengeschäften nur so wimmelte, sah. Der Fahrer erzählte uns, daß unser Hotel in früheren Zeiten eine Postkutschenstation gewesen wäre.

Plötzlich erinnerte ich mich an eine Szene in Dickens' Roman ›Die Pickwickier‹ und wußte sogleich, warum mir der Name Dorking so vertraut geklungen hatte.

»Kannst du es fassen?« wunderte sich Warren, als das Taxi von der Hauptstraße abbog und durch einen alten Torbogen in den Hof einfuhr, um den der Gasthof gebaut war. »Hier *leben* Leute. Es wurde nicht von Walt Disney errichtet. Hier *leben* tatsächlich Leute.«

Und endlich hatte ich zum ersten Mal das Gefühl, in England zu sein. London mit seinen riesigen modernen Bauten und seiner kosmopolitischen Atmosphäre hatte mich etwas enttäuscht, besonders nach meinem kurzen Besuch in Paris, aber hier in Dorking war ich nicht enttäuscht. Als ich mein Zimmer betrat und aus dem Fenster blickte, hinüber zu dem großen grünen Hügel, der sich im Nordosten der Stadt erhob, erlebte ich einen jener seltsamen, unerklärlichen Augenblicke, in denen man das unbestimmte Gefühl hat, schon einmal dagewesen zu sein. Aber das war Unsinn. Keine Stadt, die ich in New England gesehen hatte, ähnelte diesem alten Marktflecken in Surrey. Keiner meiner Ahnen war von England gekommen; die Familie meiner Mutter kam aus Schottland; mein Vater war Ire – er stammte aus einer protestantischen Familie Nordirlands. Diese Gegend war mir völlig fremd. Dennoch fühlte ich mich hier wie zu Hause.

Wir kamen gerade rechtzeitig zum Abendessen. Ich hatte mich noch nicht an die strengen Eßgewohnheiten der Engländer und ihre fixen Zeiten gewöhnt. Wir aßen ein riesiges englisches Abendessen, das für meine transatlantischen Vorstellungen sehr wenig kostete. Danach waren wir so satt, daß wir eine Stunde lang beim Kaffee saßen, bevor wir uns aus unseren Stühlen erheben konnten. Endlich schickte sich Warren an, noch einmal im Landhaus anzurufen, aber er hatte keinen Erfolg. Wir entschlossen uns daher, früh zu Bett zu gehen und morgen zeitig nach Holmbury hinauszufahren.

Ich schlief sehr schlecht. Angenommen, überlegte ich mir, Gina ist tatsächlich im Landhaus, was sehr wahrscheinlich der Fall war, dann müßte man alles sehr geschickt angehen. Je mehr ich darüber nachdachte, um so weniger gefiel es mir, daß Warren mir dabei helfen sollte. Warren würde ins Landhaus stürzen wie der Elefant in den Porzellanladen. Er würde Gina mit Fragen, Forderungen und Anklagen bestürmen. Angenommen, Gina entschloß sich, nicht mit uns wegzugehen, sondern im Landhaus zu bleiben? Warren, der länger als ich wie auf heißen Kohlen gesessen hatte, könnte eventuell den Kopf verlieren und eine Dummheit begehen. Ich konnte ihn förmlich vor mir sehen, wie er Gina gewaltsam davontrug; und alles mit der aufrichtigen Überzeugung, nur ihr Bestes zu wollen. Diese Vorstellung erschreckte mich. Ich mußte unbedingt versuchen, vor ihm im Landhaus anzukommen.

Als wir am nächsten Morgen beim Frühstück saßen, stellte sich heraus, daß er bereits ein Auto bestellt hatte, das uns gleich nach dem Frühstück abholen sollte.

»Es ist mir furchtbar unangenehm«, fing ich zerknirscht an, »aber ich fühle mich nicht sehr wohl. Könnten wir nicht mit unserem Ausflug bis zum Nachmittag warten? Ich habe entsetzliche Kopfschmerzen.«

Besorgt blickte er mich an. »Hast du ein Aspirin bei dir? Geh lieber auf dein Zimmer und leg dich ins Bett. Soll ich einen Arzt rufen?«

»Nein, nein«, sagte ich rasch, bevor noch seine Rücksicht mit ihm durchgehen konnte. »Ich werde zwei Aspirin schlucken und mich hinlegen. Bis Mittag bin ich wieder in Ordnung. Es tut mir leid, daß wir die Fahrt verschieben müssen, aber –«

»Ist schon gut, ich verstehe. Mach dir keine Sorgen – es tut mir leid, daß du dich nicht wohl fühlst.« Er überlegte kurze Zeit. »Vielleicht fahre ich alleine hinaus und sehe nach, ob Gina dort ist.«

»Bitte«, sagte ich mit äußerster Beherrschung, »warten wir doch bis heute nachmittag! Ich bin mehr als dreitausend Meilen gereist, um Gina zu suchen, und wenn wir sie endlich finden, möchte ich dabeisein und nicht langgestreckt auf einem Hotelbett liegen.«

Ergeben sagte er: »Natürlich, ich verstehe das. Es tut mir leid.«

Ein Seufzer der Erleichterung entfuhr mir. Warren entschloß

sich, durch die Stadt zu bummeln und seinen Freunden Postkarten zu schicken. Nachdem er das Auto aus der Garage geholt hatte, verließ er zu Fuß das Hotel.

»Du kannst die Schlüssel dalassen«, schlug ich vor. »Ich möchte nicht, daß du sie unterwegs verlierst.«

»Das ist eine gute Idee«, sagte er ganz ernsthaft, obwohl ich mehr im Scherz gesprochen hatte. »Ich verliere ständig irgend etwas.« Unterwürfig reichte er mir die Schlüssel und machte sich auf den Weg.

Sobald er weg war, schlich ich mich zum Wagen hinunter, steckte den Schlüssel in das Zündschloß und untersuchte den Wagen. Zu Hause hatte ich täglich einen Wagen gesteuert, seit ich alt genug gewesen war, um den Führerschein zu machen. Meine Reaktionen waren automatisch und ohne bewußte Anstrengung; aber inzwischen waren immerhin drei Jahre vergangen. Doch auch in New York hatte ich gelegentlich ein Auto gesteuert und festgestellt, daß ich genauso automatisch Auto fuhr, wie ich auch schwamm. In England Auto zu fahren würde zwar etwas anders sein, aber auch nicht viel schwieriger. Nachdem ich mir alles angesehen hatte, startete ich, legte den Gang ein und löste die Bremse. Das Auto holperte über die Pflastersteine des Hofes. Ich fuhr langsam und vorsichtig durch den schmalen Torbogen und bog in die Hauptstraße ein. Vage kam mir zum Bewußtsein, daß ich nervöser war, als ich erwartet hatte. Langsam schlich ich hinter einem grünen Doppeldecker-Bus her, bog hinter ihm am Ende der Hauptstraße nach rechts ab und fuhr aus der Stadt hinaus in die ruhigeren Wohnviertel der Vororte. Bei der ersten Tankstelle hielt ich und fragte, wie ich nach Holmbury St. Mary käme. Zu meiner Überraschung sagte man mir, daß ich auf der richtigen Straße sei.

»Fahren Sie geradeaus«, unterrichtete mich der Tankwart eifrig. »Durch Westcott, vorbei am Wotton Hatch Hotel. Immer weiter die Hauptstraße entlang, bis Sie fast in Abinger Hammer sind. Sobald Sie links ein paar Beete mit Brunnenkresse sehen, passen Sie auf, daß Sie die Abzweigung nicht verfehlen. Direkt vor der Uhr in Abinger kommen Sie zu einer weißen Hinweistafel, auf der Holmbury St. Mary steht. Da fahren Sie links ab. Nach ein paar Meilen sind Sie direkt im Dorf.« Ich dankte ihm und fuhr weiter. Nach einem kleinen Dorf, das wahrscheinlich Westcott war, befand ich mich mitten auf dem Land. Die Straße wurde holpriger und war stellenweise nicht asphaltiert. Das üppige Grün der Vegetation fiel mir auf; im Norden, hinter den Feldern, sah ich einige Hügel. Der Verkehr war jedoch wesentlich stärker, als ich angenommen hatte, und so war es mir unmöglich, die Landschaft genauer zu betrachten. Ich hätte es gern getan.

Endlich kam ich zu den Beeten mit Brunnenkresse und zu der Abzweigung. Ich bog in die Seitenstraße nach Holmbury St. Mary ein. Die Landstraße war schmal und kurvenreich; der Verkehr hatte nachgelassen, und ich konnte meine Umgebung genauer studieren. Nachdem ich durch ein kleines Dörfchen gefahren war, in dem die Häuser so alt und hübsch waren, daß ich fast vom Weg abkam, weil ich sie anstarrte, fuhr ich durch ein größeres Dorf mit einem Marktplatz, einer Kirche auf einem Hügel und ein paar ausgesucht hübschen Häusern und Geschäften.

Ich hielt beim nächsten Fußgänger an und fragte ihn nach dem Weg zum Coneyhurst Cottage. Doch er hatte nie davon gehört. Enttäuscht fuhr ich weiter und blieb vor einem Pub stehen. Es war geschlossen, aber der Besitzer war gerade damit beschäftigt, die Bar auszufegen.

»Entschuldigen Sie«, rief ich durchs offene Fenster. »Können Sie mir sagen, wo das Coneyhurst Cottage ist?« Er war ein großer, kräftiger Mann mit Schnurrbart. »Coneyhurst?« Gedankenverloren spielte er mit dem Schnurrbart. »Hört sich so an, als wäre es oben am Holmbury Hill. Wie heißt der Besitzer?«

»Garth Cooper.«

»Ah!« rief er erfreut. »Ja, ich kenne Mister Cooper. Er kommt oft am Wochenende hierher. Das Haus ist fast schon ganz oben auf dem Hügel, ein einsames Fleckchen mit einer herrlichen Aussicht. Nehmen Sie die Straße nach Peaslake, fahren Sie den Hügel hinauf – Sie kommen an mehreren großen Häusern vorbei, unter anderem auch am Holmbury-Haus selbst. Folgen Sie dem Wegweiser nach Peaslake, und knapp bevor Sie oben auf dem Hügel ankommen, sehen Sie zu Ihrer Rechten das Haus.«

Ich dankte ihm und ging zum Wagen zurück. Als ich aus dem Dorf hinaus- und die Straße zum Hügel hinauffuhr, kam die Sonne durch. Das Licht fiel schräg durch die hohen Bäume mit dem grünen Laub und hinterließ auf der schmalen, winkeligen Landstraße Tausende Muster. Bald hörten die Bäume auf, und die Hänge des Berges erhoben sich steil zu meiner Rechten. Der Ausblick nach links war einladend, aber ich war zu nahe am Ziel meiner Reise, um die Fahrt zu unterbrechen. Ich fuhr an einigen Häusern vorbei und sah an einem der Tore die Aufschrift ›Holmbury House‹, dann wurde die Straße zum Hügel hinauf noch steiler. Ich kam zu einer Weggabelung; nahm den Weg nach Peaslake, wie es mir der Mann geraten hatte, und gab den ersten Gang hinein. Ich war froh, daß Warren einen kleinen Austin gemietet hatte. Die Straße war nun so eng, daß ich mit jedem größeren Wagen sicherlich Schwierigkeiten gehabt hätte.

Ich dachte gerade, daß ich doch bald den Hügel geschafft haben müßte, als ich bereits das Haus erblickte. Ich hatte erwartet, daß es alt und eigentümlich sein würde, vielleicht sogar mit einem Strohdach, aber ich war enttäuscht. Es war ein kleines Haus, wahrscheinlich nicht älter als dreißig Jahre. Es stand am steilen Abhang des Hügels, und man hatte über das Tal hinweg einen herrlichen Rundblick.

Ich parkte den Wagen am Straßenrand zwischen den Bäumen, stieg aus und ging langsam auf das Haus zu. Alle Fenster waren geschlossen. Nichts rührte sich. Nach kurzem Zögern läutete ich, aber niemand antwortete. Ich ging um das Haus herum und versuchte es an der Hintertür. Sie war versperrt. Ich stand da und überlegte, was ich tun sollte. Ein paar Meter vom Haus entfernt befand sich ein kleiner Schuppen. Aus purer Neugierde ging ich hinüber und öffnete die Tür. Aber er war leer – bis auf ein paar Gartenwerkzeuge und einen Schubkarren. Als ich mich abwandte, verschwand die Sonne hinter einer Wolke, und plötzlich kam ein eisiger Wind vom Tal herauf.

Mich fröstelte.

Die leeren, toten Fenster des Hauses starrten mich an. Und plötzlich, ohne zu wissen, warum, bekam ich Angst. Ich ging zurück. Rasch schritt ich den kleinen Terrassengarten hinunter. Auf der letzten Terrasse nahe bei der Hecke, die das Grundstück umgrenzte, bemerkte ich ein von Unkraut überwuchertes Blumenbeet. Aber ein Teil davon war frisch umgegraben. Die feuchte Erde glänzte im hellen Morgenlicht.

Ich starrte das Beet an. Ich weigerte mich, die Bedeutung meiner Entdeckung zu erfassen. Die umgegrabene Stelle war ungefähr zwei Meter lang und eineinhalb Meter breit. Plötzlich, ich merkte gar nicht, daß ich mich von der Stelle rührte, war ich wieder beim Schuppen. Ich nahm den Spaten, der an der Wand lehnte, und ging zum Ende des Gartens, zum Blumenbeet zurück.

Weich grub sich der Spaten in die feuchte Erde. Dann stieß er auf etwas Hartes.

Mir war schrecklich kalt. Augenblicklich fing ich zu zittern an. Dann – wie von dem Zwang besessen, alle meine schrecklichsten Alpträume zu grauenhaftem Leben zu erwecken – bückte ich mich und wühlte in der Erde, bis ich endlich einen gräßlich entstellten, dicken Gegenstand ans Tageslicht zerrte. Er war nahezu unkenntlich: es war eine menschliche Hand.

VIII.

Übelkeit befiel mich, und ich mußte mich übergeben. Dann nahm ich meine ganze Kraft zusammen und ging zum Grab zurück. Es gab da etwas, das ich herausfinden mußte, etwas, das ich wissen mußte. Als ich mich endlich so weit gefaßt hatte, daß ich beinahe mechanisch und gleichmütig die nächsten Schritte überlegen konnte, kniete ich mich auf den Boden und beugte mich über die Hand.

Ich preßte mir ein Taschentuch gegen Nase und Mund. Auf dem Ringfinger steckte ein Verlobungsring, ein herrlicher Brillantring, der wie zum Hohn im Sonnenlicht funkelte. Ich schloß fest die Augen, dann öffnete ich sie wieder. Er war noch immer da. Ein paar gräßliche Sekunden lang überlegte ich, ob ich den Ring nach einer Gravierung untersuchen sollte, aber ich tat es nicht, sondern entfernte mich vom Grab. Der Verlobungsring bewies genug: Thérèse hatte die Verlobung nicht lösen wollen. Es war absolut möglich, daß sie den Ring weiterhin angesteckt ließ, selbst nachdem Garth die Verbindung hatte abbrechen wollen.

Die volle Bedeutung meiner Entdeckung kam mir plötzlich auf grauenhafte Weise zum Bewußtsein. Es war wie ein schwerer Schock. Garths Exverlobte lag im Garten von Garths Wochenendhaus begraben. Und Garth war einer der letzten Menschen gewesen, der sie lebend gesehen hatte. Nach jenem wüsten Streit in ihrer Wohnung war sie davongestürmt, und ihre Nachbarn hatten sie seither nicht mehr gesehen.

Wenn die Polizei davon erfährt, überlegte ich, kann sie nicht umhin, Garth für den Mörder zu halten. Thérèse hatte ihm Schwierigkeiten gemacht, er hatte mit ihr gestritten, er war der letzte gewesen, der sie lebend gesehen hatte...

Auf meiner Stirn standen eiskalte Schweißtropfen. Als ich wieder zum Schuppen kam, fand ich eine Wasserleitung. Ich drehte den Hahn auf. Eiskalt rann mir das Wasser über die Hände. Ich wusch mich mit fanatischer Gründlichkeit und trocknete meine Hände an meinem Kleid ab. Dann ging ich wieder in den kühlen Morgen hinaus, stieg ins Auto und plötzlich begann ich am ganzen Körper zu zittern.

Ich versuchte, mich mit dem Gedanken abzufinden, daß Garth ein Mörder war. Aber mein Verstand wehrte sich mit aller Kraft dagegen. Ich war bereit, anzunehmen, daß Garth ein Spiel mit mir getrieben hatte, aber ich konnte nicht glauben, daß das Spiel einen Mord beinhaltete. Ich versuchte, einen klaren Kopf zu bekommen. Wohin war Thérèse gegangen, nachdem sie letzten Samstag mit Garth in ihrer Wohnung gestritten hatte? Wenn er sie getötet hatte, wann hatte er es getan, und wo? Und warum sollte er den Körper im Garten seines eigenen Hauses verscharren, wo er doch überall in der Umgebung einen besseren Platz hätte finden können?

Ich konnte einfach nicht glauben, daß er sie getötet hatte. Egal, wie absurd und irrsinnig auch meine Argumente sein mochten, ich konnte nicht glauben, daß er ein Mörder war.

Meine Gedanken liefen wirr durcheinander. Ich überlegte mir, ob Gina irgendwie in den Mord verwickelt sein könnte. Ob Garth Gina deckte – nein, Gina würde Thérèse nie ermordet haben. Zum hundertsten Mal fragte ich mich, wo Gina sein konnte. Von ganzem Herzen wünschte ich mir, sie irgendwie zu erreichen. Und während ich an Gina dachte, fiel mir voller Schrecken wieder Warren ein.

Ich hielt den Atem an. Wenn Warren hierherkäme und das Grab fände, würde er ohne Zögern die Polizei verständigen. Irgendwie mußte es mir gelingen, Warren davon abzubringen, am Nachmittag das Landhaus zu besuchen.

Das Problem, wie ich Warren erfolgreich von seinem offensichtlich unvermeidbaren Vorsatz abbringen konnte, beschäftigte mich den ganzen Weg zurück nach Dorking. Aber als ich in unserem Gasthof ankam, war ich einer Lösung nicht näher, als ich es bei meiner Abfahrt von Holmbury St. Mary gewesen war. Ich blickte auf die Uhr. Es war elf Uhr dreißig. Flehentlich hoffte ich, Warren nicht auf der Treppe oder in einer der Dielen zu begegnen. Heimlich schlich ich mich ins Hotel und eilte auf mein Zimmer.

Sorgfältig schloß ich die Tür hinter mir und versperrte sie; dann setzte ich mich aufs Bett, griff nach dem Telefon und ersuchte die Vermittlung, mich mit Garths Büro in London zu verbinden.

Irgendwo hatte ich einmal gelesen, daß ein verliebter Mensch während der Dauer dieser Krankheit vorübergehend geistesgestört ist. Hätte mir zum Beispiel jemand, noch vor einem Monat, gesagt, daß ich eine Leiche, die ich gefunden hatte, nicht sofort der Polizei melden, sondern statt dessen den mutmaßlichen Mörder anrufen und ihn vor der Gefahr, in der er sich befand, warnen würde, ich hätte ohne mit der Wimper zu zucken verärgert geantwortet, daß ich niemals so offenkundig verrückt handeln würde.

Aber nun tat ich es. Und was noch schlimmer war, ich war davon überzeugt, daß es das einzig Richtige war. Ich hatte mich gegen besseres Wissen dazu überredet, Garth für unschuldig zu halten. Angespannt wartete ich in meinem stillen Zimmer auf die Verbindung, bis ich plötzlich Garths Sekretärin, Catherine, mit ihrer kühlen, betont höflichen Stimme sagen hörte: »Cooper-Jantzen GmbH – guten Morgen, was kann ich für Sie tun?«

»Ja«, antwortete ich überstürzt. »Kann ich Herrn Cooper sprechen, bitte? Hier ist Claire Sullivan.«

»Es tut mir leid, Frau Jantzen und Herr Cooper sind heute nicht im Büro. Kann ich Ihnen sonst irgendwie behilflich sein?«

»Wissen Sie, wo sie sind?«

»Sie haben ein Wochenende in Garth Coopers Wochenendhaus arrangiert, wo sie französische Gäste empfangen wollen. Frau Jantzen ist schon gestern abend nach Surrey gefahren, um alles vorzubereiten, und Herr Cooper sollte heute nachmittag die Gäste vom Flughafen abholen. Es ist möglich, wenn Sie es in seiner Wohnung versuchen, daß Sie ihn noch erreichen, bevor er zum Flughafen fährt. Haben Sie seine Nummer?«

»Nein – ich habe nur die Nummer vom Büro. Könnten Sie sie mir geben, bitte? Es ist sehr dringend.«

»Einen Augenblick.« Ich hörte, wie sie ein automatisches Adreßbuch aufklappte. »Ja, sie lautet Mayfair – das ist MAY-75432.«

»Vielen Dank.« Ich legte den Hörer auf, um ihn gleich darauf erneut abzunehmen und der Vermittlung die neue Nummer durchzugeben. Ich wartete während des Wählens und hörte endlos lang das Läuten am anderen Ende der Leitung.

»Leider«, sagte die Telefonistin. »Es antwortet niemand.«

»Danke schön.« Aber ich konnte es nicht fassen, daß ich ihn nicht erreichen sollte. Ich sprang auf, verließ übereilt das Zimmer und ging hinunter zum öffentlichen Telefon, das ich früher in einer der Hallen gesehen hatte.

Wie durch ein Wunder hatte ich die richtigen Münzen. Nachdem ich die Anweisungen flüchtig gelesen hatte, die mir unnötig kompliziert erschienen, wählte ich die Nummer und wartete. Es fing an zu läuten, und ich dachte in panischer Angst: habe ich auch die richtige Nummer gewählt? Ich war so nervös, daß ich innerhalb von drei Sekunden fest davon überzeugt war, die falsche Nummer gewählt zu haben. Ich hängte auf, erhielt mein Geld zurück und begann noch einmal von vorne.

»Hallo?«

Ich hatte schon meinen Mund geöffnet und zum Reden angesetzt, aber bevor ich ein Wort hervorbringen konnte, erstarrte ich zur Salzsäule.

Denn nicht Garth hatte den Hörer abgenommen. Es war Gina...

»Garth?« fragte Gina plötzlich ängstlich, weil niemand antwortete.

Vage fiel mir auf, daß ich durch Zufall ein Signal erwischt haben mußte, das sie sich wohl ausgemacht hatten, um ganz sicherzugehen, daß niemand sonst am Apparat sein konnte. »Garth, was ist los? Was ist denn passiert?«

»Was passiert ist«, sagte ich mit zittriger Stimme, »ist, daß deine Schwester dich endlich gefunden hat. Wo um Himmels willen hast du gesteckt?« Mir liefen vor Erleichterung heiße Tränen die Wangen hinunter. Die Telefonzelle verschwand in einem dunstigen Nebel der Dankbarkeit.

»Claire! O Gott, wo bist du? Was machst du? Es tut mir so leid, Claire, daß ich dich –«

»Das soll es dir auch! Ich habe mich deinetwegen zu Tode geängstigt. Seit deinem Anruf habe ich mich in die unmöglichsten Situationen verstrickt.«

»Ich habe versucht, dich am Montag von Garths Wohnung hier zurückzurufen, aber du hattest New York bereits verlassen – du bist so schnell abgereist, Claire! Ich hätte nie, nie im Leben angenommen, daß du dich innerhalb von zwei Tagen aufmachen würdest, um nach Paris zu kommen –«

»Was hast du denn gedacht, was ich, um Gottes willen, tun

würde? In New York herumlungern, während ich mir ständig Gedanken mache, ob du vielleicht ermordet, gekidnappt oder vergewaltigt worden bist? Oder wie die Freiheitsstatue am Boden angewurzelt in meiner Wohnung warten, bis du vielleicht daran denkst, mich zurückzurufen?«

»Ich habe dich nicht vergessen, Claire, ich habe tatsächlich noch Samstagabend zurückgerufen, aber deine Leitung war ständig besetzt. Und danach hatte ich keine Gelegenheit mehr, dich vor Montag anzurufen, und dann –«

»Warum hast du mich von den Jantzens aus angerufen?«

»Ich – schau, ich kann das am Telefon nicht sagen. Garth wäre wütend, wenn er wüßte, daß ich mit dir auch nur gesprochen habe. Er sagte, absolut niemand, nicht einmal du, dürfe bis Samstag wissen, wo ich bin –«

»Aber Gina, Gina, paß auf – du mußt mir unbedingt Genaueres sagen! Garth geht es an den Kragen. Seine Exverlobte –«

»Ich weiß.«

»Aber –«

»Bitte, Claire, Liebling, bitte – nicht am Telefon. Paß auf, wo bist du? Im Regent Palace?«

»In Dorking.«

»Dorking! Dort darfst du nicht bleiben! Du – du bist in Gefahr – schnell, komm nach London zurück. Komm sofort zurück. Nimm den nächsten Zug nach Waterloo. Frag nicht, Liebling, sondern komm so schnell wie möglich. Verstehst du mich? Fahr sofort ab und komm zu mir.«

»Ja, einen Augenblick nur! Wo ist Garth? Ich muß mit ihm reden. Es gibt so viel, das ich ihm sagen –«

»Er ist mit dem Wagen unterwegs nach Holmbury St. Mary; zu seinem Wochenendhaus. Aber Claire, du mußt sofort nach London kommen. Bitte! Du mußt kommen!«

»Ja«, versprach ich ihr, nur um sie zu besänftigen. »Ja, ich werde den nächsten Zug nehmen. Mach dir keine Sorgen.«

»Ich werde auf dich warten«, sagte sie erleichtert. »Und beeil dich!«

»Was glaubst du denn, was ich seit deinem unglückseligen

Anruf an jenem Samstagabend gemacht habe? Gut, ich werde mich beeilen – mach dir keine Sorgen, und paß gut auf dich auf.«

»Du auch, Liebling. Bis später.«

»Bis später.« Ich hängte ein, lehnte mich geschwächt an die Wand und tastete nach einem Taschentuch. Ich fand das große, weiße, das mir Garth am vergangenen Nachmittag in seinem Büro gegeben hatte. Nüchtern stellte ich fest, daß ich in den letzten zwei Tagen mehr geweint hatte als in den vergangenen zwei Jahren.

Als ich mich erholt hatte, ging ich in mein Zimmer hinauf und fing an zu überlegen, was ich als nächstes tun sollte. Ich hatte große Lust, Gina so rasch wie möglich zu sehen, aber zuerst mußte ich Warren davon abhalten, zum Wochenendhaus hinauszufahren; und dann mußte ich versuchen, zwischen Garth und mir ein für allemal reinen Tisch zu machen. Aber zuerst war Warren an der Reihe. Augenblicklich ging ich zu seinem Zimmer und klopfte an. Aber niemand meldete sich, also nahm ich an, er sei immer noch in der Stadt. Anscheinend wollte er Dorking bis in die letzten Winkel durchstöbern.

Nach einer Viertelstunde versuchte ich es noch einmal. Diesmal war ich erfolgreicher.

»Wie fühlst du dich?« fragte er mich, als er mir die Tür öffnete. »Du siehst nicht besonders gut aus.«

Besser hätte er mich nicht begrüßen können. »Nun ja, ich fühle mich auch nicht besonders wohl«, antwortete ich teilnahmslos. »Es ist zu dumm… Aber ich habe eine wunderbare Nachricht für dich – ich habe schon die ganze Zeit versucht, dich zu erreichen. Was glaubst du, ist während deiner Abwesenheit passiert? Ich rief im Büro von Garth an, um zu fragen, ob er irgend etwas Neues von Gina wüßte, und ob du es glaubst oder nicht, Gina selbst war am Apparat! Ich war so verwundert, daß ich es fast nicht glauben konnte! Sie weigerte sich, mir telefonisch alles zu erzählen, aber wir haben uns für fünf Uhr in der Halle des Regent Palace verabredet.«

»Das ist nicht möglich!« staunte Warren. »Sie war am Apparat? Aber was hat sie denn in Garths Büro gemacht? Wo hat sie denn die ganze Zeit gesteckt?«

»Ich habe dir doch gesagt, daß sie sich weigerte, mir das am Telefon zu erzählen! Na, sind das nicht wunderbare Neuigkeiten? Ich werde mich noch ein paar Stunden hinlegen, um meine Kopfschmerzen loszuwerden, und dann können wir einen Zug nach London nehmen, um sie um fünf Uhr zu treffen.«

»Das ist ja herrlich!« rief er aus. »Großartig! Ich rufe sofort am Bahnhof an, um die Züge nach London festzustellen –«

»Wenn du Lust hast, kannst du auch sofort nach London fahren. Aber ich muß mich unbedingt kurze Zeit hinlegen –«

»Selbstverständlich, ich verstehe schon. Ich werde aber dennoch auf dich warten, und wir können gemeinsam zurückfahren.« Er ging zum Telefon hinüber. »Ich rufe nur vorher an, um nach den Zügen zu fragen.«

Aus Furcht, seinen Argwohn zu erregen, hielt ich es für besser, vorläufig nicht mehr davon zu reden. Wenn er sich entschloß, auf mich zu warten, könnte ich ihn immer noch irgendwie abhängen, so wie am Morgen, als ich allein im Wagen davonfuhr. Ich atmete erleichtert auf. Während er telefonierte, ging ich ganz zufällig zur Kommode hin; gedankenverloren nahm ich diesen und jenen Gegenstand in die Hand, den er auf der polierten Oberfläche ausgebreitet hatte. Verstreut lagen ein paar Ansichtskarten von Surrey herum.

Ich fing an, jede einzelne zu betrachten.

»Viertel vor fünf? Ich verstehe... und geht vorher noch einer?«

Sein Paß lag neben den Ansichtskarten. Ich sah mir sein Foto an und stellte erstaunt fest, daß es im Gegensatz zu den meisten Paßbildern sehr schmeichelhaft war. Jung, gescheit und hübsch blickte er verächtlich in die Kamera. Ich blätterte weiter zu den Visaeintragungen, um zu sehen, wo er schon überall gewesen war. Da war ein Stempel von Brasilien mit dem Datum des Vorjahres. Dann seine Ankunft in Paris und sein Flug nach London.

»Okay... gut. Und wann kommt dieser Zug in London an? Ist es ein Expreßzug?«

Ich erstarrte. Die Flüge nach London und Paris waren zweimal eingetragen.

»Eine Station nur, sagten Sie?«

Mein Erstaunen wurde größer. Augenblicklich erkannte ich, daß der erste Stempel von der britischen Einreisebehörde vom vergangenen Samstag stammte und der zweite von der französischen Behörde von Sonntag darauf. Warren war an jenem Abend, an dem Gina von der Wohnung der Jantzens aus nach New York angerufen hatte, in London gewesen. Er war an jenem Abend, an dem Thérèse verschwunden war, in London gewesen. Warren war Samstag in London gewesen und still und heimlich am Sonntag darauf nach Paris zurückgeflogen. Und mir gegenüber hatte er nichts davon erwähnt...

»Vielen Dank«, hörte ich ihn plötzlich hinter mir sagen. »Auf Wiederhören.«

Er legte den Hörer auf, und ich legte den Paß zurück; das Geräusch des einen übertönte das Geräusch des anderen. Unfaßbares Staunen erfüllte mich. Mit einem leeren Gesichtsausdruck drehte ich mich zu ihm um. »Ist alles in Ordnung?« fragte ich harmlos. »Welchen Zug werden wir nehmen?«

»Einer geht um drei. Ich schlage vor, wir fahren mit dem. Wie wär's, wenn ich dich um halb drei abholte?«

»Gut. Danke, Warren«, sagte ich automatisch und verließ sein Zimmer, starr vor Staunen. Ich ging in den stillen Korridor hinaus. Als ich mein Zimmer erreichte, konnte ich noch immer nicht begreifen, was meine Entdeckung bedeuten sollte. Aber allmählich, während ich am Fenster stand und über Dorking blickte, ließ der stärkste Schock nach. Warum war Warren in London gewesen? Und warum hätte er seinen Besuch verheimlichen sollen, wenn es da nicht etwas zu verbergen gab? Wäre es möglich, daß er irgend etwas mit der Ermordung von Thérèse zu tun hatte? Eine Zeitlang stand ich da und dachte an Warren. Es fiel mir ein, daß ich ihn immer als einen naiven, arglosen, etwas zurückgebliebenen Burschen eingeschätzt hatte. Offensichtlich hatte ich ihn schwer unterschätzt. Es hatte den Anschein, als wäre er nicht halb so naiv und offenherzig, wie er zu sein schien.

Noch etwas anderes fiel mir ein. Wäre es nicht ebenso möglich, daß ich mich in Warrens zielstrebiger Entschlossenheit, Gina zu finden, irrte? Seine Ergebenheit Gina gegenüber, die ihn veranlaßt hatte, eine Woche Urlaub zu nehmen, um sie in London zu suchen, hatte mich schon die ganze Zeit leicht amüsiert und gerührt. Angenommen aber, hinter seiner Entschlossenheit steckte ein weitaus dunkleres Motiv? Ich dachte erneut an Thérèse, und plötzlich sagte ich mir: angenommen, Warren hätte Thérèse ermordet und Gina hätte ihn dabei ertappt. Er würde sie unter allen Umständen finden wollen, sobald er entdeckte, daß sie hinter sein Verbrechen gekommen war. Und vielleicht hatte er gar nicht gewußt, daß sie Augenzeuge seiner Tat gewesen war, bevor ich in Paris ankam und von Ginas erregtem Anruf in New York Samstag abend berichtete...

Meine Gedanken schienen mit mir durchzugehen. Ich versuchte, ihnen Einhalt zu gebieten. Es gab doch, so redete ich mir ein, keinen Grund, warum Warren Thérèse hätte töten sollen. Warum hätte er sie wirklich töten sollen? Soweit ich wußte, hatten sie einander ja nicht einmal gekannt.

Rastlos ging ich im Zimmer auf und ab. Unentschlossen nahm ich meine Handtasche auf, legte sie wieder zurück und ging erneut ans Fenster. Vielleicht war ich wieder einmal zu theatralisch in meiner Annahme, Warren wolle Gina nur finden, um sie zum Schweigen zu bringen. Vielleicht hatte Thérèse Gina bedroht, und Warren hatte sie getötet, unabsichtlich oder um Gina zu schützen. Nach meiner Ankunft in Paris hatte er durch mich erfahren, daß Gina, ohne daß er davon gewußt hatte, das Verbrechen gesehen hatte, und so hatte er augenblicklich versucht, sie zu finden, um ihr die Situation zu erklären. Wenn diese Theorie richtig wäre, wäre es auch erklärlich, warum Gina nicht zur Polizei gegangen war. Denn wenn Warren Thérèse ihretwegen getötet hatte, würde Gina wohl kaum die Polizei rufen wollen.

Ich nahm mich zusammen. Ich könnte auf meinem Zimmer

bleiben und mir alle möglichen Theorien ausdenken, aber das wäre wohl kaum sehr vernünftig. Am klügsten wäre es doch, zu Garth zu gehen und ihn zu zwingen, die ganze Wahrheit, ohne Halbwahrheiten und Ausreden, zu sagen. Da er es war, der Gina in seiner Londoner Wohnung versteckt hielt, nachdem er sie in seinem Wochenendhaus in Holmbury St. Mary verborgen gehalten hatte, mußte er voraussichtlich auch wissen, warum und vor wem sich Gina verstecken wollte.

Mein Entschluß war gefaßt. Rasch nahm ich meine Handtasche, öffnete vorsichtig die Tür und schlich mich zum Wagen hinunter, der im Hof stand. Im nächsten Augenblick saß ich hinter dem Steuer und manövrierte den Wagen auf die Hauptstraße hinaus, um ein zweites Mal nach Holmbury St. Mary zu fahren.

Ich war so nervös, daß ich zuerst die falsche Ausfahrt aus Dorking nahm und wertvolle Minuten damit verschwendete, durch kleine Seitenstraßen zu kriechen, während ich versuchte, meine Haltung zurückzugewinnen. Endlich befand ich mich, mehr durch Zufall als durch Absicht, wieder auf der Straße nach Westcott und Abinger Hammer; und kurze Zeit später passierte ich erneut das Hotel in Wotton Hatch, das mir schon früher aufgefallen war. Es fing zu regnen an. Als ich die Abzweigung nach Holmbury St. Mary erreichte, mußte ich die Scheibenwischer anstellen. Aber der Regenschauer ging vorüber, und als ich endlich die Straße zum Holmbury Hill hinauf zu Garths Wochenendhaus fuhr, schien die Sonne wieder bleich vom Himmel, und der Regen war zu einer schwarzen Wolke geworden, die die Straße hinter mir in Dunkel hüllte.

Ich fuhr zu rasch. Ich mußte mich zwingen, langsamer zu fahren. Unter normalen Umständen hätte mir die enge, kurvenreiche Straße genügt, um nur im Schrittempo zu fahren. Aber ich war so begierig, Garth zu sehen und die ganze Wahrheit zu hören, daß ich selbst die einfachsten Grundregeln der Sicherheit im Straßenverkehr vergaß.

Glücklicherweise begegnete mir den ganzen Weg hinauf kein einziges Auto, und so kam ich ohne Zwischenfall beim Haus an.

Aber bevor ich noch den Wagen parken konnte, sah ich, daß ich dieses Mal nicht allein sein würde. Ein rassiger, cremefarbener Jaguar hatte mir meinen Parkplatz gestohlen. Die Speichen der Räder glänzten im Sonnenlicht; die Motorhaube war von Gebüsch umgeben, das bis zu den Stoßstangen reichte. Jemand war vor mir angekommen. Ich stellte mir gerade vor, daß es Garth sein müsse, als mir einfiel, daß ich seinen Wagen gar nicht kannte. In London hatten wir überallhin ein Taxi genommen. Vielleicht gehörte das Auto jemand anderem? Ich zögerte. Mir fiel die tote Hand im seichten Grab wieder ein, und ich begann heftig zu zittern. Dann riß ich mich zusammen. Ich ließ den Wagen ein paar Meter zurückrollen und parkte ihn dann abseits der Straße unterhalb des Jaguars. Es mußte Garth sein, der im Haus war. Schließlich hatte mir Gina doch gesagt, daß er unterwegs hierher sei. Ich fing an, hysterisch bereits überall Gefahren zu wittern, obwohl weit und breit nichts sein konnte.

Ich stieg aus und schlug die Tür zu. Um mich herum war es totenstill. Zu meiner Rechten lagen bewaldete Hänge, schweigsam und ohne Bewegung. Kein Windhauch strich durch die Äste der Bäume. Ein Vogel sang kurz auf und flüchtete ins Gebüsch. Ich war allein, ein Teil der schweigsamen Landschaft, und lauschte ihrer Stille. Als ich mich vorwärts bewegte, spürte ich die feuchten Zweige unter meinen Schuhen. Mein Atem ging rascher.

Alle Fenster des Hauses waren nach wie vor geschlossen; kein Lebenszeichen war zu sehen. Einen schier endlos langen Augenblick zögerte ich am Straßenrand, dann nahm ich allen Mut zusammen und schritt rasch den Pfad zur Eingangstür hinauf. Ich drückte auf die Glocke; wartete. Die Glocke schien weit weg zu läuten, ein kleiner, schwacher Ton, der sich in die tödliche Stille bohrte. Ich wartete. Gerade als ich erneut läuten wollte, öffnete er die Tür.

Sein Gesicht war ohne jeden Ausdruck. Er starrte mich an, als hätte er mich nie zuvor gesehen.

»Es tut mir leid«, stammelte ich, »aber ich muß unbedingt mit dir sprechen, Garth.«

Er sagte kein Wort. Er schien sehr ruhig, eine Hand lag auf der Klinke, die andere war zur Faust geballt. Wie so oft in Zeiten äußerster Anspannung nahm ich von den trivialsten Einzelheiten Notiz. Ich bemerkte, daß er legere Kleidung trug, dunkle Hosen, ein blaues Hemd und, seltsamerweise, Tennisschuhe. Sein Haar war unordentlich.

Und während ich so dastand und ihn ansah, strich er sich das Haar mit derselben Bewegung aus der Stirn, die ich an ihm gesehen hatte, als ich ihn in Paris zum ersten Mal traf.

»Ich kann jetzt nicht reden«, sagte er kurz. »Vielleicht später.«

»Aber –«

»Fahr nach London zurück, und ich werde mich dort bei dir melden.«

Stumm schüttelte ich den Kopf.

»Hör zu, Claire, es tut mir leid, aber ich kann jetzt nicht reden. Jede Minute werden meine Gäste kommen, und ich bin noch nicht mit den Vorbereitungen fertig. Es ist besser, wenn du nach London zurückfährst.«

Seine höfliche Ungeduld, sein kaum verborgener Ärger erbitterten mich. »Nach London?« sagte ich rasch. »Und wo soll ich in London warten? Im Hotel? Oder mit Gina in deiner Wohnung?«

Er starrte mich an. Es war unmöglich, seine Gedanken zu erraten. Dann erwiderte er ausdruckslos: »Wie es dir beliebt«, und ebenso ausdruckslos fuhr er fort, indem er sich anschickte, die Tür zu schließen: »Wenn du mich jetzt bitte entschuldigst – es tut mir leid, daß ich so kurz angebunden bin, aber –«

»Mach dir keine Mühe, dich zu entschuldigen«, sagte ich wütend, weil er sich nicht einmal mehr bemühte, Interesse für mich vorzutäuschen. »Denn ich bleibe hier.« Die Enttäuschung trieb mir die Tränen in die Augen, aber meine Wut war stärker als Elend und Kummer. Ich wußte nun, daß sein Interesse für mich von Anfang an geheuchelt gewesen war, um meine Suche nach Gina zu erschweren. Ein unsinniger Anflug von Stolz trieb mich dazu, ihm zu zeigen, daß er mir genauso wenig bedeutet hatte wie ich ihm.

»Claire –«

»Nein«, sagte ich. Meine Augen brannten vor unvergossenen Tränen. »Nein, du wirst mir zuhören, ob du willst oder nicht! Warum hast du mir all die Lügen erzählt? Warum hast du mir gesagt, du hättest Gina seit Samstag nicht mehr gesehen, wenn du die ganze Zeit genau gewußt hast, wo sie steckt? Und warum hast du mir gesagt, du hättest Thérèse seit Freitag auf dem Flughafen nicht gesehen, wenn du mit ihr am Samstag abend in ihrer Wohnung einen Streit hattest? Du hast mir Lügen erzählt, nichts als Lügen –«

»Hör zu«, sagte er mit bleichen Lippen, »hör zu, Claire. Thérèse ist tot –«

»Ja!« schrie ich. »Ermordet! Und in *deinem* Garten dort drüben begraben!«

Er öffnete die Tür ein Stückchen weiter, und ich dachte, er würde mich einlassen, um mit mir zu reden, aber er kam nur zu mir auf die Schwelle heraus.

»Ich habe sie nicht ermordet«, sagte er langsam. »Du mußt mir glauben. Ich habe sie nicht ermordet.«

»Wie sollte ich dir glauben!« schrie ich ihn an. »Du hast mich von Anfang bis Ende nur belogen –«

»Das ist nicht wahr.«

»Es *ist* wahr!«

»Oh, um Gottes willen!« stieß er hervor, so als ob ich ihn an seiner wunden Stelle getroffen hätte. »Hör auf, mich mit Beschuldigungen zu überhäufen, als hätte ich eine Todsünde begangen! Der einzige Grund, warum ich gelogen habe –«

»– war, um mich zu hintergehen«, ergänzte ich. »Ich habe geglaubt, du wärst aufrichtig, statt dessen –«

»Ich habe verschiedene Sachen weggelassen – genau wie du, als du mich kennenlerntest. Erst viel später sagtest du mir, was wirklich mit Gina los war, als sie dich damals an jenem Samstag in New York anrief! Wenn das Weglassen bestimmter Fakten mich zum Lügner stempeln sollte, dann bist auch du eine Lügnerin!«

»Ich –«

»Bitte«, sagte er. »Fahr nach London zurück. Geh in meine Wohnung. Geh zu Gina und sprich mit ihr. Ich kann jetzt nicht mit dir reden.«

»Ich habe mich so schrecklich gesorgt um Gina!« Die lang unterdrückten Tränen liefen mir die Wangen hinunter. Ich versuchte, sie zurückzudrängen, aber es gelang mir nicht. »Ich hab' mich so um sie gesorgt... und nur ein Wort von dir – *ein Wort*, und ich hätte mir keine Sorgen mehr machen müssen.«

»Es stand noch mehr auf dem Spiel, als du ahnst«, sagte er hart. »Eine Frau wurde ermordet. Es ging um Leben und Tod. Alles, was ich wollte, war, dich aus dem Ganzen herauszuhalten –«

»Als ob dir das nicht egal wäre!« Die bitteren Worte schienen die Luft zwischen uns zu verpesten. Ich ließ den Kopf hängen, drehte mich weg, um die demütigenden Tränen zu verbergen. »Als ob dir das etwas bedeutet hätte! Es ist nicht nötig, mich weiterhin zu beleidigen, indem du vorgibst –«

Hart und böse unterbrach er mich: »Ich habe nichts vorgegeben. Und ich habe dich nicht beleidigt. Und es hat mir mehr als alles andere in der Welt bedeutet.«

Ich hielt mir die Ohren zu und schüttelte den Kopf, als könnte ich seine Worte abschütteln. Meine Augen waren blind vor Tränen und Schmerz. Ich sah nicht, wie er sich bewegte, ich spürte nur plötzlich seine Arme und seinen Atem, der meine heißen Wangen kühlte.

»Claire –«

»Laß mich los!« Ich machte mich aus seiner Umarmung frei. Der Schmerz war so heftig, daß ich nicht mehr denken konnte. Ich bewegte mich instinktiv. Ich rannte weg von ihm, stolperte den Pfad hinunter auf die Straße. Hätte er meinen Namen gerufen, wäre ich augenblicklich umgekehrt. Aber er rief mich nicht zurück. Und ich wußte, daß er froh war, mich nicht mehr zu sehen.

Ich war so durcheinander, daß ich das Auto vergaß. Blind vor Tränen sah ich es nicht, als ich daran vorbeistolperte. Ich rannte den Hügel hinunter, ohne zu wissen, wohin ich lief. Es kümmerte mich auch nicht. Ich sah nur das strahlende Grün der Birken über mir und die tanzenden Sonnenstrahlen auf dem Weg, die schräg durch die Bäume auf den Boden fielen.

Nach einer Weile hörte ich zu laufen auf und verlangsamte meinen Schritt. Mein Atem kam stoßweise, und ich hatte Seitenstechen. Ich blieb stehen und krümmte mich zusammen, um den Schmerz loszuwerden. Und dann, weil es einfacher war, sich niederzusetzen als sich wieder aufzurichten und weiterzugehen, ließ ich mich auf eine Bank am Straßenrand fallen. Lange Zeit saß ich so da. Keiner kam des Weges. Nichts passierte. Gelegentlich sang ein Vogel, und einmal hörte ich in der Ferne das schwache Geräusch eines Flugzeuges.

Zuletzt dachte ich: wie absurd von dir, dich wegen eines Mannes, den du erst eine Woche kennst, so aufzuregen! Wie unnötig! Ich hatte mich wie ein zorniges junges Mädchen benommen, mich in einen Liebestaumel hineingesteigert. Die Reise in ein fremdes Land hatte mich zu sehr erregt; dazu kam noch die Aufregung über Ginas Verschwinden. Alles zusammen hatte mich vorübergehend der Realität entfremdet. Ich hatte den Kontakt zur Wirklichkeit verloren. Nun aber konnte ich anfangen, mich wieder wie ein vernünftiger, rational denkender, erwachsener Mensch zu benehmen. Ich könnte wieder kritisch, kühl, leidenschaftslos und praktisch handeln. Liebe auf den ersten Blick war etwas für Illustrierte oder für Leute wie Gina, deren Persönlichkeit auf das andere Geschlecht anscheinend wie ein Magnet wirkte. Romanzen wie im Märchen waren für Leute, die im Wolkenkuckucksnest leben. Ich für meinen Teil stand mit den Füßen fest auf dem Boden. Märchen hatten keinen Reiz für mich.

Ich erhob mich. Meine Beine waren noch schwach und unsicher, aber ich machte mich wieder auf den Weg. Ich ging beim Holmbury-Haus vorbei und war bald an einer kargen Stelle des Hügellandes, das mit Farnen und Heidekraut bedeckt war. Vor mir sah ich am Horizont weite Felder und Baumgruppen sich im Dunst erstrecken, in der Ferne erblickte ich die schwachen Konturen von Hügeln. Die Sonne schien. Die Landschaft war schön. Und weil alles um mich so schön war, fühlte ich die Schwere meiner Trauer doppelt stark. Wieder kamen mir die Tränen, und bevor ich sie zurückhalten konnte, liefen sie mir schon heiß übers Gesicht. Unglücklich kramte ich nach meinem Taschentuch. Ich setzte mich auf die Wiese am Straßenrand.

Vielleicht wäre es besser, sich einzugestehen, daß es Liebe war, und aufzuhören, sich einzureden, man führe sich wie ein dummes junges Mädchen auf. Ich fand mein Taschentuch, putzte mir die Nase und preßte meine Hand gegen die schmerzende Stirn. Später würde ich vielleicht die ganze Episode als eine wichtige Erfahrung betrachten können, im Augenblick aber war es mir unmöglich, Distanz zu gewinnen. Der Schmerz des Verlustes war fast unerträglich.

Ich dachte an meine kleine, einsame Wohnung hoch über Manhattan, an die stillen Abende, an die Tage, die ich damit verbrachte, Mädchen mühselig von Dingen zu erzählen, an denen sie gar kein Interesse hatten. Mein sicheres, friedliches, sorgloses Leben! Nie zuvor war mir aufgefallen, wie eintönig und leer es war.

Verzweifelt stand ich auf, als die Gegenwart mit gierigen Fingern nach der Vergangenheit und der Zukunft griff, um sie zu beschmutzen. Es war, als hätte ich keine Zukunft, keine Vergangenheit, als wäre meine Gegenwart im Fließen und dennoch so gräßlich wie ein Alptraum, vor dem es kein Entrinnen gab. Wild blickte ich mich um. Ich flehte um einen Menschen, mit dem ich sprechen könnte, der mir meinen Halt und das Gefühl für die Realität wiedergeben und dem Zerrinnen meiner Welt Einhalt gebieten könnte.

Und während ich über das offene Hügelland auf die Straße unter mir blickte, sah ich ein grünes Kabriolett am Horizont auftauchen und die Straße zum Hügel heraufkommen.

Ich wartete.

Das Auto kam näher. Als es auf mich zukam, verringerte es die Geschwindigkeit, und im nächsten Augenblick blieb es bei mir stehen. Der Fahrer kurbelte das Fenster herunter.

»Claire!« rief Eric Jantzen erstaunt. »Also das ist aber eine Überraschung! Was machen Sie denn hier in Surrey?«

Da ich vergessen hattc, daß Garth und Lilian dieses Wochenende französische Gäste in Garths Haus beherbergen wollten, war ich fast so verblüfft wie er, als ich ihn erkannte.

Als ich gerade krampfhaft nach einer Ausrede suchte, sagte er besorgt: »Ist irgend etwas nicht in Ordnung?«

»Nein«, antwortete ich schnell, da mir nichts anderes einfiel.

»Sie haben noch immer keine Nachricht von Gina?«

»Ich habe sie noch immer nicht gesehen.« Das war zumindest wahr. Mitfühlend schüttelte er den Kopf. »Sie sehen müde aus«, sagte er dann freundlich. »Es muß alles furchtbar aufregend für Sie sein im Augenblick. Hätten Sie gern eine Tasse Kaffee? Oder vielleicht etwas Tee? Ich bin gerade unterwegs zu Garths Wochenendhaus, das ganz in der Nähe liegt. Ich bin sicher, er hätte nichts dagegen, wenn Sie kurz reinschauen. Meine Frau und Garth haben übers Wochenende Gäste aus Frankreich da, und zu solchen Anlässen verbringe ich gewöhnlich auch das Wochenende hier. Aber sie werden noch nicht da sein – sie mußten heute morgen zum Flughafen, um sie abzuholen. Sie werden alle gemeinsam nach dem Essen herkommen.«

Ich starrte ihn verwirrt an. Ich muß wie eine Geistesgestörte ausgesehen haben. »Oh«, sagte ich zuletzt.

Das war kaum eine originelle Antwort, aber sie schien ihn zu ermutigen, seine Einladung zu wiederholen.

»Ich mache Ihnen eine Tasse Kaffee! Bitte – Sie sehen so müde aus! Das Haus ist ganz in der Nähe, kaum zwei Kilometer –«

In panischer Angst dachte ich: ich kann unmöglich Garth noch einmal unter die Augen treten. Ich könnte ihn nicht noch einmal sehen. Und dann verwirrten mich meine Gedanken: Garths Sekretärin hatte mir gesagt, Lilian sei letzte Nacht ins Wochenendhaus gefahren, um alle Vorbereitungen für das Wochenende zu treffen. Garth mußte an ihrer Stelle gekommen sein, und Lilian mußte zum Flughafen gefahren sein, um die Gäste abzuholen. Aber warum wußte Eric nichts davon? Warum glaubte er, beide seien zum Flughafen gefahren?

»Vielen Dank«, hörte ich mich stottern, »aber mir ist eigentlich im Moment gar nicht nach Kaffee zumute.« Ich hatte plötzlich das unbändige Verlangen zu flüchten. Kaum aber hatte ich diesen Gedanken gefaßt, erinnerte ich mich, daß ich zu Garths Haus mit dem Wagen gekommen war und daß es keine Möglichkeit zur Flucht gab, wenn ich nicht zurückging, um ihn zu holen.

»Ich, ich frage mich, ob Sie mich nicht bis zum Haus mitnehmen könnten?« stammelte ich. »Es sieht so aus – ich meine, ich glaube, ich habe meinen Wagen dort stehenlassen.«

Er sah mich erstaunt an, dann schien er scharf zu überlegen. Ich spürte, daß er wissen wollte, warum ich beim Haus gewesen war und was mich in einen derartigen Zustand versetzen konnte, daß ich nur noch eine Reihe von seltsamen Bemerkungen hervorbringen konnte.

»Aber natürlich!« sagte er zurückhaltend. Er sah mich lauernd an. »Steigen Sie ein.«

Er beugte sich herüber und öffnete mir die Tür zum Beifahrersitz. Während das Auto den Hügel hinauffuhr, wandte er sich mir zu und versuchte seine frühere joviale Haltung zurückzugewinnen.

»Sie sollten mir wirklich sagen, was passiert ist. Sie sind ja ganz außer sich. Was ist denn los in Garths Haus?«

»Nichts«, sagte ich. »Ich dachte, Gina wäre da, aber ich habe mich geirrt. Ich spazierte die Straße hinunter, weg von meinem Wagen, und überlegte, was ich tun sollte. Meine Angst um sie wird von Stunde zu Stunde größer.«

»Ja, natürlich«, murmelte er, während er die Straße beobachtete. »Ja, das kann ich verstehen. Es muß wirklich furchtbar sein.«

Der Wagen schnaufte den Hügel hinauf. Wir passierten die Häuser, das Schild, das nach Peaslake wies, und näherten uns dem Wochenendhaus.

»Haben Sie einen Schlüssel?« fragte ich plötzlich.

»Ja, gewiß«, sagte er. »Wir haben alle einen Schlüssel. Gelegentlich, wenn Garth im Ausland ist, leiht er uns übers Wochenende das Haus. Lilian und er haben auch geschäftlich sehr viel hier zu tun. Sie laden oft Klienten ein. Das Haus leistet ihnen da gute Dienste.«

Ich war gerade im Begriff, ihm zu sagen, daß Garth gar nicht am Flughafen sei, als wir um die letzte Kurve bogen und das Haus in Sicht kam.

Ich schnappte nach Luft. Die Worte erstarben auf meinen Lippen.

»Was ist denn passiert?« fragte Eric rasch. »Was ist denn?«

»Ich dachte – ich hätte eine Reifenpanne«, antwortete ich schwach. »Aber es muß der Lichteinfall gewesen sein. Es ist alles in Ordnung.« Aber ich log. Nicht wegen meines Autos war ich so erschrocken. Das stand immer noch unter den Bäumen. Aber der cremefarbene Jaguar war verschwunden.

Garth war weg.

»Sind Sie sicher, daß Sie keinen Kaffee haben wollen?« fragte Eric nochmals, während er seinen Wagen dort parkte, wo noch vor kurzem Garths Jaguar gestanden hatte. »Es würde mir nicht die geringste Mühe machen.«

Ich war zu verwirrt, um weiter zu diskutieren. Der Vorschlag, eine Tasse Kaffee zu mir zu nehmen, war sehr verlockend. Und nun, da Garth nicht mehr hier war, gab es auch keinen Grund mehr, das Haus nicht zu betreten. »Nun, vielleicht ist die Idee gar nicht so übel«, sagte ich. »Vielen Dank für die Einladung.«

Ich überlegte, wo Garth hingegangen sein könnte. Wenn er nach Holmbury zurückgekehrt wäre, hätte er mich unterwegs treffen müssen. Ich nahm an, daß er aus irgendeinem Grund weiter nach Peaslake gefahren war – vielleicht um noch etwas zu besorgen. Als wir auf die Haustür zugingen, fing ich doch wieder an, nervös zu werden.

Es könnte doch sein, daß Garth von Peaslake zurückkäme, bevor ich meinen Kaffee ausgetrunken und das Haus verlassen hätte.

»Kommen Sie herein«, sagte Eric und öffnete die Tür. Er trat zurück, um mich vorbeizulassen. Es gab keine Diele.

Die Tür führte in einen langen, hellen Wohnraum. Breite Fenster blickten auf das Tal hinunter. Zur Rechten befand sich ein Treppenaufgang und zur Linken sah ich zwei Türen, die wahrscheinlich in die Küche und in das Speisezimmer gingen.

»Hübsch, nicht wahr?« sagte Eric angeregt hinter mir. Er sprach mit der Genugtuung des Besitzers, nicht bloß eines Gastes. »Es ist sehr erholsam hier nach London.«

Der Raum war mit Antiquitäten gefüllt. Ich bemerkte die Stühle und eine Couch im Regencestil, die lange, geschnitzte Eichentruhe an der einen Wand, die alte Standuhr bei der Treppe.

»Es ist wirklich hübsch«, bemerkte ich abwesend. »Schade, daß das Haus modern und nicht altmodisch ist. Das würde besser zu den Möbeln passen.«

»Das sagen Sie, weil Sie Amerikanerin sind«, antwortete er. »Wir Europäer hegen keine falschen Illusionen von kleinen, altmodischen Landhäuschen mit feuchten Wänden, Holzwürmern im Dachstuhl und zugigen, schlecht schließenden Fenstern im Winter.« Mit einer Handbewegung wies er auf die Couch. »Setzen Sie sich – fühlen Sie sich wie zu Hause. Ich mache uns Kaffee.«

Ich setzte mich, während er in der Küche verschwand. Aber bald stand ich wieder auf und ging zur Tür neben der Küche. Wie ich vermutet hatte, führte sie ins Speisezimmer. Drinnen stand ein Schrank voll mit edlem englischem Porzellan; gegenüber sah ich eine Vitrine mit den elegantesten Glasgegenständen, die ich je gesehen hatte. Ich war unfähig, der Versuchung zu widerstehen, und öffnete die Tür, um ein Glas herauszunehmen. Der Stiel war so schlank, daß ich ihn zu zerbrechen fürchtete. Der Rand des Glases war dünn wie Papier. Um den Rand war ein zartes Muster eingraviert. Hastig stellte ich das Glas zurück; ich fürchtete, es könnte in meinen Händen in tausend Stücke brechen. Ich schloß die Vitrine und ging ins Wohnzimmer zurück.

»Eric, gibt es in diesem Stockwerk auch ein Badezimmer?«

»Nein«, rief er. »Es ist oben. Zweite Tür links.«

Langsam ging ich die Treppe hinauf. Ich war in Gedanken wieder bei Garth und fragte mich, was er wohl gerade tue, wann er zurück sein würde. Automatisch beschleunigte ich meinen Schritt. Ich darf nicht länger als zehn Minuten in diesem Haus bleiben. Dann muß ich gehen, mit dem Wagen wegfahren, niemals mehr zurückkommen...

Ich erreichte den Treppenabsatz und stellte fest, daß ich vergessen hatte, welche Tür mir Eric genannt hatte. Alle Türen waren geschlossen. Ich starrte sie kurze Zeit geistesabwesend an.

Die zweite Tür rechts? Nein, links hatte er gesagt. Die zweite Tür? Die dritte Tür links? Ich ging den schmalen Gang hinunter, öffnete die Tür und war in einem Kabinett, in dem ein Bündel alter Kleider lag. Ich unterdrückte einen Ausruf des Ärgers und wollte mich wieder abwenden, als ich entdeckte, daß das Bündel alter Kleider auf dem Boden einen seltsamen Eindruck machte.

Ich blieb stehen, blickte noch einmal hin... Ich bekam eine Gänsehaut. Grausen ließ meinen Atem stocken.

Einen langen Augenblick stand ich stocksteif da und starrte auf das schreckliche Bündel auf dem Boden. Dann, ich wußte kaum, was ich tat, bückte ich mich blitzschnell, zog die alte Decke weg und stand dicht vor dem Gesicht einer Frau – entstellt durch einen gewaltsamen Tod. Zuerst erkannte ich sie nicht, und dann...

Es war Lilian Jantzen.

IX.

Mir schien, als hätte ich eine Ewigkeit so dagestanden, bewegungslos, wie gelähmt vor Angst. Dann ging ich langsam zur Tür, schloß sie ganz mechanisch und lehnte mich an die Wand. Ich wollte mich bewegen, aber wie in den grauenhaftesten Alpträumen lähmte der Schock alle meine Glieder. Nach einem Zeitraum, der wahrscheinlich nicht länger als dreißig Sekunden dauerte, aber mir wie dreißig Minuten vorkam, gelang es mir, den Korridor zu überqueren und in den gegenüberliegenden Raum zu stolpern. Ich befand mich im Schlafzimmer, direkt vor einem riesigen Fenster, ähnlich dem im Wohnzimmer darunter. Es hatte zu regnen begonnen. Wassermassen prasselten gegen die Fensterscheiben und rannen aufs Fensterbrett hinunter. Es war sehr still.

Ich dachte: wer auch immer Lilian ermordet hat, hat auch Thérèse ermordet, und wer sonst als Garth oder Eric könnte sie getötet haben? Warren könnte wohl Thérèse getötet haben, aber niemals Lilian. Lilian muß entweder gestern abend ermordet worden sein, wenn sie tatsächlich hierhergekommen war, um für das Wochenende alles vorzubereiten, oder heute morgen; und Warren war seit gestern abend mit mir zusammen gewesen... oder hatte er gestern abend, nachdem ich zu Bett gegangen war, noch heimlich das Hotel verlassen? Aber nein, das war ja noch bevor wir den Wagen gemietet hatten, und ohne Fahrzeug hätte er doch nicht hier herauskommen können. Also blieben nur Eric und Garth. Garth oder Eric hatte Lilian ermordet. Und Garth oder Eric hatte Thérèse ermordet.

Die Ungeheuerlichkeit dieser Erkenntnis betäubte mich derart, daß ich für einen Augenblick unfähig war, einen Gedanken zu fassen. Immer wieder sagte ich mir: entweder Garth oder Eric ermordete Lilian; entweder Garth oder Eric ermordete Thérèse; die einfache Frage jedoch: wer war es? konnte ich nicht beantworten. Plötzlich fiel mir etwas ein. Wenn Gina in Garths Wohnung war, konnte sie ihm für den Vorabend ein Alibi geben.

Er konnte Lilian nicht heute morgen getötet haben, da das Haus bei meinem ersten Besuch leer gewesen war; und der Körper war zu steif, als daß er sie erst bei seiner Ankunft vor weniger als zwei Stunden ermordet haben konnte... Ich mußte mit Gina sprechen. Wenn sie mir sagen konnte, daß Garth den vergangenen Abend mit ihr verbracht hatte, dann wüßte ich sicher, daß er unschuldig war.

Neben dem Bett befand sich ein Telefonanschluß. Nachdem ich verwirrt in meiner Handtasche nach der Nummer gekramt hatte, nahm ich mit zitternden Händen den Hörer auf und wählte die Nummer der Vermittlung.

Dreimal summte die Leitung. Dann hörte ich die freundliche Stimme der Telefonistin:

»Vermittlung.«

»Ich habe eine große Bitte«, sagte ich rasch und leise. »Ich versuche, eine Nummer in London zu erreichen – Mayfair 75432. Können Sie es für mich versuchen. Bitte?«

»Mayfair 75432? Einen Augenblick.« Es klickte in der Leitung.

Ich wartete. Und wartete.

»Ich versuche, Sie zu verbinden«, sagte die Stimme.

Ich wartete weiter. Mein Herz klopfte schmerzhaft gegen meine Lungen. Meine Handflächen waren so feucht, daß mir der Hörer beinahe aus der Hand gerutscht wäre.

»Ich versuche, Sie zu verbinden«, hörte ich wieder die Stimme. Erst dann fiel mir ein, daß Gina und Garth ein besonderes Signal für ihre Anrufe hatten.

»Es tut mir leid«, sagte die Telefonistin freundlich, »aber es meldet sich niemand.«

»Warten Sie«, sagte ich verwirrt. »Bitte läuten Sie zweimal, dann hängen Sie auf, dann läuten Sie noch einmal. Bitte.«

In Großbritannien ist man wahrscheinlich mehr gewohnt an Extravaganzen als in Amerika. Ich konnte mir die freche Antwort vorstellen, die ich von einem Telefonfräulein in New York erhalten hätte, wenn ich sie um etwas Derartiges gebeten hätte.

»Einen Augenblick, bitte«, sagte die Stimme sanft. Dann hörte ich sie noch einmal wählen.

Vielleicht hatte mein Anruf etwas Abwechslung in ihre Routine gebracht. Ich hörte, wie das Läuten am anderen Ende der Leitung zweimal ertönte. Dann trat Stille ein. Zuletzt begann es wieder zu läuten, aber Gina wartete gar nicht, bis es zum zweiten Mal läuten würde. Ich hörte das Geräusch, als sie den Hörer abnahm.

»Hallo?«

»Die Verbindung ist hergestellt –«

»Gina, ich bin es. Hör zu, ich kann jetzt nicht reden. Sag mir nur eines: Wo war Garth gestern abend?«

»Garth?« fragte Gina verblüfft. »Gestern abend? Warum, er war zu Hause! Er hat etwas eingekauft, und ich habe ihm ein Abendessen gekocht. Er war müde und ist früh zu Bett gegangen. Warum?«

»Mach schnell«, sagte ich hastig. »Ruf die Polizei. Lilian Jantzen ist ermordet worden, und ihre Leiche ist in Garths Wochenendhaus versteckt. Ruf sofort die Polizei.«

Ich hörte sie nach Luft schnappen. »Ich rufe sofort an«, sagte sie und hängte auf. Ich lauschte noch ein paar Sekunden in die stumme Leitung. Mein Wissen lähmte mich derart, daß ich unfähig war, den Hörer auf die Gabel zu legen. Garth war unschuldig. Und unten, allein mit mir im Haus –

Von irgendwo, weit weg in der toten Leitung, hörte ich ein leises Klicken

Ich erstarrte.

Eric Jantzen hatte vom zweiten Apparat unten im Wohnzimmer aus alles mitgehört.

Der Hörer entglitt meiner Hand und fiel krachend auf den Tisch. Ich konnte weder atmen noch sprechen, noch mich bewegen. Und dann, als ich starr vor Schreck dastand, hörte ich ihn auf leisen Sohlen langsam die Treppe heraufkommen. Er kam immer näher.

Ich brachte es fertig, mich von der Stelle zu rühren. Leise ging ich durchs Zimmer; meine Schritte versanken geräuschlos im flauschigen Teppich. Dann öffnete ich die Tür. Er hatte die letzte Stufe erreicht. Wir sahen einander an.

Ich dachte: wenn ich das Badezimmer erreiche, könnte ich mich einsperren...

Aber er kam auf mich zu, und ich wich ins Zimmer zurück.

»Ziemlich unbesonnen von Ihnen, nicht wahr?« sagte er.

Er bemühte sich immer noch, jovial zu klingen. Seine kleinen Augen, wie Schlitze über den fleischigen Wangen, waren ausdruckslos. Sicher und präzise, wie ein Roboter, bewegte er sich auf mich zu. Ich wich zurück, bis ich mit dem Rücken gegen das Fenster stieß und nicht mehr weiter ausweichen konnte.

Er blieb stehen. »Die Polizei wird Garth verhaften«, sagte er. »Das ist Ihnen doch klar. Alle Indizien sprechen gegen Garth.«

»Ja«, sagte ich. Garth mußte bald von seiner Fahrt nach Peaslake zurückkehren. Ich hatte den einen Vorteil, daß ich wußte, daß Garth in der Nähe war. Eric dagegen dachte, er sei immer noch in London. Wenn es mir gelänge, Eric in ein Gespräch zu verwickeln, bis Garth käme...

»Aber Sie glauben nicht, daß Garth Lilian getötet hat, nicht wahr?« sagte er. »Deshalb haben Sie auch Ihre Schwester angerufen. Sie konnte ihm ein Alibi geben.«

Um Zeit zu schinden, sagte ich: »Das Alibi war für gestern abend. Er könnte sie auch heute morgen getötet haben.«

»Und die Polizei wird herausfinden, daß sie nicht heute morgen ermordet wurde«, sagte er. »Ich habe sie gestern abend umgebracht, hier in diesem Haus.«

Wir schwiegen beide. Nach einer Weile brachte ich hervor: »Ich verstehe das nicht.«

»Mein Mord ist gerechtfertigt«, sagte er, als wäre damit alles erklärt. »Sie hat es nicht anders verdient. Sie war eine Mörderin.«

Ich starrte ihn an. Er suchte nach einem Taschentuch, wischte sich das Gesicht ab, und zum erstenmal konnte ich feststellen, daß er zutiefst erschüttert war.

»Sie hat Thérèse ermordet«, sagte er. »Meine Frau tötete eine andere Frau. Meine Frau, Lilian. Sie war eine Betrügerin und eine Schwindlerin – und auch eine Mörderin.«

Er weinte nun, ohne auch nur den Versuch zu machen, seine Tränen zu verbergen. Während ich ihn mit einem Gemisch von Grauen und Mitleid betrachtete, wand er verzweifelt das Taschentuch um seine Finger. Sobald er sich wieder gefaßt hatte, begann er von neuem: »Lilian sagte zwar, es wäre ein Unfall gewesen, daß Thérèse ums Leben gekommen ist, aber ich glaube es nicht. Ich glaube, sie wollte sie töten. Thérèse wußte wichtige – entsetzliche Dinge –«

»Über Lilian?«

»Ja, über Lilian. Lilian hat Garth um zehntausend Pfund betrogen. Sie hat vorgegeben, sie hätte letztes Jahr mehr Steuern zahlen müssen, aber es stimmte in Wirklichkeit nicht. Lilian kümmerte sich immer um die Buchhaltung, sie machte auch den Antrag für den Steuerausgleich. Vor zwei Jahren machte sie schwere Schulden, als sie das Geschäft erweitern wollte. Sie schloß Verträge ab, die für sie einfach gar nicht einzuhalten waren. Sie verlor viel Geld, und im selben Jahr gingen die Gewinne zurück. Sie hatte aber größere Gewinne erwartet und im voraus schon ihren Anteil ausgegeben ... sie brauchte Geld. Mit der Zeit wurden ihre Schulden immer größer. Also begann sie, Garth zu betrügen. Sie nahm Geld, das eigentlich zwischen ihr und ihm aufgeteilt werden mußte. Sie wäre in der Lage gewesen, einen Kredit aufzunehmen, sich Geld zu leihen, irgend etwas hätte ihr einfallen müssen. Aber nein, sie mußte betrügen. ›Wenn ich mir Geld leihe, müßte ich so viel Geld für Zinsen verschwenden‹, sagte sie, ›Geld, das aber in die Firma investiert werden könnte.‹ Wenn es ums Geschäft ging, war Lilian rücksichtslos. Sie wollte nicht vernünftig sein. ›Garth wird nie davon erfahren‹, sagte sie. ›Er überläßt die Buchhaltung immer mir. Er kann es einfach nicht herausfinden.‹ Also nahm sie das Geld, betrog ihn und ging dabei das Risiko ein, sich von ihm erpressen zu lassen.«

Nach ein paar Minuten sagte ich: »Aber wie konnte Thérèse wissen, daß Lilian Garth hintergangen hat?«

»Ich habe es ihr erzählt«, sagte er einfach.

Stille trat ein. Kein Laut war zu hören.

»Es war einfach so«, fuhr er plötzlich fort: »Thérèse war eine Verbündete, eine Freundin. Sie wollte ebenso wie ich jede Beziehung zwischen Garth und Lilian unterbinden. Sie war davon überzeugt, daß sie ein Verhältnis miteinander hatten. Vor drei Monaten folgte sie ihnen nach Paris, wo sie eine Konferenz hatten. Beide stiegen in Garths Pied-à-terre ab ... ich glaube, wir können uns die Details ersparen. Thérèse kam nachher zu mir und erwartete, daß ich Lilian eine Szene machen würde. Sie wußte nicht, daß das Lilian völlig gleichgültig gewesen wäre. Lilian wollte sich von mir trennen. Seit einiger Zeit schon hatte sie keine Verwendung mehr für mich.«

Die Tränen liefen ihm wieder übers Gesicht, und der Regen weinte mit ihm und klatschte gegen die Fensterscheiben.

»Aber ich liebte sie doch«, sagte er. »Ich war bereit, alles zu tun, um sie nicht zu verlieren. Als Thérèse mich fragte, warum ich mit Lilian nicht wegen des Vorfalls in Paris streiten wollte, erzählte ich ihr die Wahrheit – nämlich daß Lilian froh gewesen wäre über diese Gelegenheit, mich loszuwerden, und daß es völlig sinnlos wäre, ihr eine Szene zu machen. Ich sagte Thérèse, daß ich Lilian nur deshalb zwingen konnte, mich nicht zu verlassen, weil ich allein wußte, daß sie Garth betrogen hatte. Ich drohte ihr auch, es ihm zu sagen, falls sie mich verlassen würde.«

»Und was sagte Thérèse dazu?«

»Damals gar nichts. Oh, wahrscheinlich hat sie mit Garth gestritten, aber an Lilian trat sie nie heran. Das kam erst später.«

Er hielt inne. »Letzten Samstag«, fuhr er fort. »Vor weniger als einer Woche. Letzten Samstag also kam Thérèse in unsere Wohnung gestürmt. Ich war nicht zu Hause. Lilian war allein. Sie drohte Lilian, sie würde ihr Schwierigkeiten machen, wenn sie Garth nicht in Ruhe ließe. Sie sagte, sie hätte schon vorher Krach mit Garth gehabt. Sie erzählte Lilian, daß Garth angeblich an einer Amerikanerin interessiert sei, mit der er am Vorabend von Paris angekommen wäre, aber sie ließe sich nicht täuschen. Garths Interesse an Gina wäre nichts weiter als ein Vorwand, sein Interesse an Lilian zu verdecken. Thérèse hatte mir dasselbe erzählt, als ich sie am Vorabend getroffen hatte. Nach dem Vorfall auf dem Flughafen bat sie mich am Telefon, zu ihr zu kommen. Als wir einander trafen, sagte sie mir alles, was sie bedrückte. Und ich war ihrer Meinung. Gina war nicht Garths Typ. Auch ich war davon überzeugt, daß sie nur dazu diente, sein wahres Interesse zu verbergen.

Ich traf Thérèse Freitag abend. Samstag abend hatte sie dann einen wüsten Streit mit Garth in ihrer Wohnung. Das genügte ihr aber noch nicht. Sie kam zu uns und traf Lilian. Erst dann erzählte sie Lilian, daß sie sowohl Garth als auch der Polizei von ihrem Betrug berichten würde, wenn sie, Lilian, nicht von

Garth abließe. Das war das Schlimmste, was sie tun konnte. Lilian lebte für ihr Geschäft – es war für sie Ehemann, Kind, Geliebter, alles. Sie hatte es aufgebaut und zum Erfolg gebracht. Sobald es sich um ihre Firma drehte, wurde sie fanatisch – irrational. Sie würde alles tun, um sie zu schützen. Das war mir klar. Und da kommt Thérèse daher, redet von der Polizei, von kriminellen Vergehen, daß sie den Ruf der Firma unwiederbringlich zerstören würde...

Ich weiß nicht, was dann passierte. Lilian sagte mir, sie hätte mit Thérèse heftig zu streiten begonnen; Thérèse wäre aus Versehen ausgerutscht, hätte sich den Kopf angeschlagen und sich dabei tödlich verletzt. Aber ich glaube nicht, daß das alles nur aus Versehen geschah. Ich glaube, Lilian tötete sie mit voller Absicht... Aber da lag nun Thérèse – tot – ermordet, ob durch Zufall oder Absicht – und das in unserer Wohnung! Als ich eine halbe Stunde später nach Hause kam, hatte Lilian den leblosen Körper ins Gästezimmer geschleppt und die Tür versperrt. Sie war völlig aufgelöst. Ich hatte sie nie zuvor in einem ähnlichen Zustand gesehen. Sie erzählte mir alles, und sie bat mich, ihr zu helfen. Da erkannte ich plötzlich meine Chance. Ich versprach, ihr zu helfen und die Leiche zu entfernen, wenn sie damit einverstanden wäre, mit mir noch einmal von vorne zu beginnen. Sie dürfte Garth nur noch geschäftlich sehen. Und ich müßte sie auf all ihren Geschäftsreisen begleiten dürfen.

Sie war einverstanden. Sie versprach, alles zu tun, was ich von ihr verlangte. Also ging ich wieder aus dem Haus. Ich fuhr zu einem Geschäft unten am Fluß in Pimlico, wo man alte Koffer kaufen kann. Lilian sagte, sie müßte sich ein Alibi besorgen. Sie rief eine Freundin an und schlug einen gemeinsamen Kinobesuch vor. Ich verließ sie, während sie noch telefonierte... Ich hatte vollkommen vergessen, daß ich vor ein paar Stunden Gina auf einen Drink in unsere Wohnung eingeladen hatte. Ich dachte keine Sekunde an Gina.

Ich konnte um diese Stunde keinen Koffer auftreiben, denn alle Geschäfte waren zu, sogar das eine in Pimlico. Daher entschloß ich mich, statt dessen einen von Lilians großen Koffern zu nehmen. Ich ging in die Wohnung zurück. Ich dachte nicht daran, daß sie ins Kino gegangen war, und rief laut, ich hätte keine Kiste für Thérèse finden können und daß wir statt dessen einen ihrer großen Koffer nehmen müßten. Ich machte mich sofort an die Arbeit, fand einen Koffer und brachte es fertig, Thérèse zu verstauen und den Deckel zu schließen. Nachdem ich alles erledigt hatte, schleppte ich den Koffer zum Auto und fuhr nach Holmbury St. Mary. Ich dachte, wenn ich die Leiche im Garten des Wochenendhauses begraben würde, fände sie keiner. Und sollte man das Grab entdecken, dann würde man Garth und nicht uns verdächtigen. Garth kümmerte sich nicht im geringsten um den Garten, wenn er auch manchmal davon sprach, einen Gärtner engagieren zu wollen – ich dachte, er würde wohl kaum je bis zum unteren Ende des Gartens kommen, bevor das Unkraut das Grab überwuchert hätte. Als ich alles im Wochenendhaus erledigt hatte, fuhr ich nach London zurück. Ich fuhr direkt heim. Lilian war vom Kino zurückgekommen und wartete bereits auf mich. Sie sagte: ›Was hast du denn mit Gina gemacht, wie bist du sie losgeworden, als du von Pimlico zurückkamst?‹ Ich wußte nicht, wovon sie sprach. Und dann fiel mir ein, daß ich Gina auf einen Drink eingeladen hatte. ›Ich habe sie hereingelassen‹, sagte Lilian. ›Hat sie nicht auf dich gewartet?‹ Und mir kam zum Bewußtsein, daß Gina vielleicht dagewesen sein könnte, als ich Lilian zurief, daß ich keine Kiste für Thérèse bekommen hatte. Womöglich hatte sie sich in der Nähe verborgen, während ich mit der Leiche beschäftigt gewesen war. Lilian und ich erwogen sofort alle Möglichkeiten. Es war denkbar, daß Gina nicht auf mich gewartet hatte und die Wohnung schon vor meiner Rückkehr verlassen hatte. Aber wir mußten ganz sicher gehen. Wir versuchten daher, sie zu erreichen, aber es gelang uns nicht. Sie war verschwunden. Weg. Einfach unauffindbar.«

»Garth hielt sie versteckt«, sagte ich zitternd. »Ich habe es heute entdeckt.«

»Garth ist ein gerissener Schauspieler. Er hatte uns beide davon überzeugt, daß er seit letztem Samstag keine Spur von Gina gesehen hatte. Mich zumindest hatte er davon überzeugt. Lilian...« Er brach ab und starrte ins Leere. Er vergaß mich und die übrige Umgebung vollkommen.

Ich wagte kaum zu atmen, aus Angst, er könnte meine Existenz bemerken und ich würde ihn in seinen Gedanken unterbrechen. Ich wollte ihn fragen, warum er Lilian ermordet hatte, aber ich konnte das Schweigen nicht unterbrechen, das im Raum lag, während der Regen über die Hügel vom Tal herauffegte.

»Später kam die Polizei«, nahm er nach einer Weile den Faden wieder auf. »Erst dann hörten wir von Ginas hysterischem Anruf nach New York. Die Polizei fand nichts in der Wohnung, aber wir wußten, daß wir Gina irgendwie finden mußten. Sie bedeutete eine Gefahr für uns. Wir fragten uns, ob sie vielleicht zur Polizei gehen würde, aber Lilian war nicht dieser Meinung. Die Polizei könnte vermuten, Gina und Thérèse hätten wegen Garth Streit gehabt, und Gina würde für die Polizei eine Hauptverdächtige sein.«

Ich wartete. Mein Körper schmerzte förmlich vor Anspannung. Während ich ihn beobachtete, hob er langsam die Augen und sah mich an. Ich sagte hastig das erstbeste, das mir einfiel: »Ich verstehe nicht, warum Lilian sterben mußte.«

»Weil sie ihr Versprechen gebrochen hat«, antwortete er. »Nach allem, was ich für sie getan hatte – nachdem ich die Leiche versteckt hatte und es mir gelungen war, ihr Verbrechen zu vertuschen – nach alldem brach sie ihr Versprechen. Sie hatte doch versprochen, Garth aufzugeben und unserer Ehe eine neue Chance zu geben, aber das hat sie nur so gesagt. Dieses sogenannte ›Geschäftswochenende‹ hier im Haus war erfunden – es gab keine französischen Gäste, die Freitag mit dem Frühflug erwartet wurden. Ich ahnte, daß sie mich belog. Also rief ich Rémy International in Frankreich an, um zu prüfen, ob die beiden Männer dieses Wochenende nach London fliegen würden. Man sagte mir, daß das nicht der Fall sei. Sowie ich das gestern abend herausfand, fuhr ich aufs Land heraus – Lilian war kurz vor mir angekommen, wahrscheinlich um alles für den Besuch vorzubereiten. Als ich ankam, täuschte sie Erstaunen vor – sie leugnete alles –, sagte, ich wäre verrückt...« Er brach ab. Dann wiederholte er, als erstaunten ihn seine eigenen Worte: »Verrückt. Sie sagte tatsächlich, ich wäre verrückt... Ich erwiderte, daß ich sehr wohl wüßte, daß sie nur ein Wochenende mit Garth geplant hätte, aber sie weigerte sich stur, das zuzugeben. Sie log und log und log...

Und dann plötzlich gab es keine Lügen mehr, nur Stille. Es war furchtbar still. Ich war so verwirrt, daß ich in Panik geriet und nach London floh – ich blieb nur noch so lange, um den Körper im Schrank zu verstecken. Dann fuhr ich wie ein Verrückter all die schmalen Landstraßen entlang. Ich fuhr und fuhr... Es war so dunkel und still – totenstill.

Heute morgen gelang es mir, mich einigermaßen zusammenzunehmen. Ich wußte, daß ich wieder herauskommen mußte, um den Leichnam zu begraben. Ich mußte so tun, als wäre alles in Ordnung, mich so benehmen, als wäre nichts geschehen. Das war der Grund dafür, daß ich Sie, als ich mit dem Wagen bei Ihnen anhielt, zum Kaffee hierher einlud – ich mußte doch unbedingt vortäuschen, ich wäre völlig normal, alles wäre in Ordnung. Aber warum sind *Sie* hergekommen? Warum waren Sie ganz durcheinander? Ich habe vermutet, Sie könnten einen Verdacht haben. Als Sie dann baten, das Badezimmer benützen zu dürfen, dachte ich: Was ist, wenn sie das nur vorgibt, um das Haus zu durchsuchen? Und sie blieben so lange oben... Dann hörte ich das schwache Läuten des Telefons, das man immer hört, wenn der Anschluß im Schlafzimmer benützt wird, und da wußte ich, daß etwas passiert sein mußte.«

»Ich wollte meine Schwester fragen, wo Garth letzte Nacht gewesen ist.«

»Aber warum hätte sie es wissen sollen? Wo hat Garth sie denn übrigens versteckt gehalten?«

»In seiner Wohnung«, sagte ich.

Er starrte mich an. »Sie war die ganze Zeit mit ihm in seiner Wohnung? Die ganze Woche?«

Im selben Augenblick erkannte ich, wie ich ihn überrumpeln konnte.

»Warum, glauben Sie, kam Gina mit ihm nach London?« fragte ich ihn. »Gina war ganz verrückt nach ihm. Sie hatten unrecht, als Sie Ihre Frau verdächtigten. Es war Gina, nicht Lilian, die vernarrt in ihn war.«

Immer noch starrte er mich entgeistert an. »Aber dieses Geschäftswochenende, das gar keines war –«

»Rémy International muß Sie falsch informiert haben. Garths Sekretärin bestätigte die Verabredung, als ich heute früh mit ihr sprach.«

Nach langem Schweigen flüsterte er: »Das glaube ich nicht.«

»Nun, Sie glaubten Lilian nicht«, sagte ich, »also gibt es auch keinen Grund, warum Sie mir glauben sollten. Aber ich glaube, Lilian hat die Wahrheit gesagt. Übrigens bin ich nicht davon überzeugt, daß Garth an einem heimlichen Wochenende mit ihr Interesse gehabt hätte. Er hatte andere Eisen im Feuer.«

»Das glaube ich nicht. Das glaube ich nicht«, wiederholte er. Er war kreidebleich. Ich bemerkte, daß er zu zittern begann, als er sich von mir abwandte. Dann, als er die Bedeutung meiner Worte vollends erfaßte, wurde er starr vor Entsetzen... er begriff, daß er seine Frau wegen einer Treulosigkeit getötet hatte, die nur in seiner Fantasie begangen worden war.

Ich bewegte mich, stürzte durch das Zimmer, versuchte mich an ihm vorbeizudrängen, um auf den Korridor zu gelangen, aber er fing mich am Handgelenk und zwang mich ins Zimmer zurück. Ich wehrte mich wie besessen, aber er war viel zu stark für mich. Ich schrie laut um Hilfe, aber es kam niemand.

Ich war machtlos und zugleich rasend vor Angst. Ich versuchte noch einmal zu schreien; in einem letzten verzweifelten Anfall von Energie öffnete ich noch einmal den Mund, aber seine Finger legten sich um meinen Hals. Der Schrei erstarb auf meinen Lippen. Der Raum wankte, drehte sich vor meinen Augen. Das Blut sang in meinen Ohren, und ich wußte schemenhaft, daß alles vergebens war und es nichts mehr für mich zu tun gab.

X.

Der Druck ließ ganz plötzlich nach. In meinen Ohren dröhnte es, aber allmählich hörte auch das Dröhnen auf. Ich konnte wieder sehen. Ich lag auf dem Boden, der Teppich berührte meine Knöchel. Als ich mich verzweifelt aufrichtete, sah ich Eric ein paar Meter von mir entfernt dastehen und auf die Tür starren.

Langsam bewegte ich meinen Kopf. Der Schmerz hämmerte in meinen Schläfen. Der Schock verwirrte meine Gedanken. Gelähmt und wie betäubt drehte ich mich um und blickte in die Mündung einer schwarzen, häßlichen Automatikpistole. Die Waffe lag in einer sicheren, festen Hand und sah so aus, als fühlte sie sich dort wie zu Hause.

»Bist du in Ordnung, Claire?« Es war Garths Stimme.

Es war zu schmerzhaft, den Kopf zu bewegen, und meine Stimme hatte ich allem Anschein nach verloren. Ich richtete mich mühsam auf, sank aber sofort auf den Bettrand.

»Hat er dich verletzt?«

»Natürlich hat er mich verletzt!« Der Schock machte mich maßlos wütend. »Wo zum Teufel warst du? Warum bist du weggefahren? Er hätte mich fast umgebracht!«

»Wessen Einfall war es denn, daß du hierher zurückkommen solltest?« fragte er. »Doch nicht meiner! Guter Gott, er hätte dich ja wirklich fast ermordet!« Er drehte sich abrupt um und fuhr Eric an: »Wir gehen hinunter. Du gehst voran. Verschränke deine Hände im Nacken. Ich möchte nicht, daß unterwegs ein Unfall passiert.« Eric stolperte in den Korridor.

»Komm, Claire.«

»Mach mir keine Vorschriften!« fuhr ich ihn an. Und dann stammelte ich hilflos: »Ich – es tut mir leid – ich bin ganz außer mir –«

»Ich verstehe dich schon.« An der Tür blieb er stehen, um auf mich zu warten. Seine Augen verfolgten den Mann auf der Treppe, aber als ich zu ihm kam, nahm er meine Hand und hielt sie einen Augenblick in der seinen. »Es wird alles gut...«

Dann sah ich, daß die Tür zum Nebenzimmer offenstand. Direkt hinter der Schwelle stand ein kleines Tonbandgerät, das leise surrte.

»Würdest du das bitte abschalten, Claire? Zieh einfach den Stecker aus der Wand, aber komm bitte nicht an den Apparat ran.«

Mechanisch tat ich, was er mir sagte. Mein Verstand weigerte sich, das Vergangene zu rekonstruieren, aber vage dachte ich daran, daß Garth es irgendwie geschafft haben mußte, das meiste aufzunehmen, wenn auch vielleicht nicht unser ganzes Gespräch im Schlafzimmer. Wir gingen hinunter.

»Bleib da stehen, Eric, und beweg dich nicht. Du kannst die Arme herunternehmen. Claire, ich würde dir raten, einen Brandy zu trinken. Dort unterm Buffet findest du eine Flasche, im Speisezimmer sind Gläser.«

Er ging zum Telefon, die Pistole hielt er in der rechten Hand, mit der linken nahm er den Hörer ab, legte ihn auf den Tisch und begann mit der linken Hand zu wählen.

Er wählte neun-neun-neun.

»Die Polizei, bitte.« Er blickte auf mich. Ich stand immer noch bewegungslos an der Tür zum Speisezimmer. »Bitte, Claire – hol dir den Brandy und setz dich hin! Du siehst – Hallo? Polizei? Mein Name ist Cooper, ich spreche vom Coneyhurst Cottage auf dem Holmbury Hill – es ist das letzte Haus vor Peaslake auf der Straße von Holmbury nach Peaslake. Könnten Sie bitte sofort herkommen? Eine Frau ist ermordet worden.«

Wie im Nebel ging ich ins Speisezimmer und suchte nach einem Glas, bei dem ich keine Angst haben müßte, es zu zerbrechen, aber alle Gläser waren wertvoll und äußerst zart. Ich hatte sie schon früher gesehen. Meine Finger waren immer noch so zittrig, daß ich sicher war, jedes Glas, das ich in die Hand nahm, fallen zu lassen. Also ging ich in die Küche und holte mir eine Tasse aus dem Küchenschrank.

Als ich wieder ins Wohnzimmer zurückkam, in meinen Händen die Tasse, hängte Garth gerade auf. »Um Himmels willen, du kannst Courvoisier unmöglich aus einer Teetasse trinken!«

»Es ist doch ein Behälter, nicht wahr?« sagte ich störrisch.

»Was kann mich daran hindern, daraus zu trinken, wenn ich es möchte?«

Es war sicher dem Ausmaß des Schocks zuzuschreiben, daß wir in unserer Situation über solche Kleinigkeiten stritten.

Eric sagte, daß er sich setzen wolle.

»Gut. Setz dich in den Stuhl da drüben.«

»Ich hätte auch gern einen Drink«, fügte er hinzu.

Garth deutete mir an, ihm einen Schluck einzuschenken. Dann sagte er rauh: »Wie bringst du es fertig, so ruhig zu sein, Eric? Wenn ich nicht im Haus gewesen wäre, hättest du Claire auch getötet.«

»Nein... nein, es war nur, weil ich – weil ich plötzlich sah – erkannte –«

»Daß ich niemals daran interessiert war, mit deiner kalten, klugen, verlogenen Frau eine Affäre zu haben? Daß du sie wegen nichts und wieder nichts getötet hast?«

Stotternd brachte Eric hervor: »Es war so ein Schock... es überwältigte mich... ich wollte sie töten, weil sie mir die Wahrheit gesagt hat, weil sie mir alles erzählt hat...«

»Wenn du nur einen Funken Verstand gehabt hättest, würdest du niemals auf Thérèse gehört haben. Mein Gott, du hättest deine Frau haben können, von ganzem Herzen! Ist es dir nie in den Sinn gekommen, daß ich es kaum erwarten konnte, genug Kapital zusammenzukriegen, um mich selbständig zu machen? Hast du wirklich im Ernst angenommen, ich wäre der Typ von Mann, der von einer Frau abhängig ist und sich gern von ihr die ganze Zeit Anweisungen geben läßt? Lilian war immer noch der Boß, das weißt du, auch wenn wir offiziell Partner waren. Sie ist es gewesen, die mich aus den unbekannten Reihen der Verkäufer in London herausgefischt hat, um mich für sich arbeiten zu lassen – und bei Gott, sie hat es mich immer spüren lassen! Ich war ihr dankbar für die Möglichkeiten, die sie mir bot, aber ich fand es verdammt anstrengend, Tag für Tag, Jahr für Jahr die zweite Geige zu spielen –«

»Warum bist du dann bei ihr geblieben?«

»Fast hätte ich es nicht getan! Wir haben viel gestritten, und es gab einiges, worin wir nicht übereinstimmten. Aber ich wußte, ich konnte nirgends sonst so schnell so viel Geld machen. Und ich wollte mehr als alles andere in der Welt Kapital ansammeln, um endlich unabhängig zu werden. Denn im Gegensatz zu dir wäre es mir unerträglich, mich von einer Frau aushalten zu lassen, während ich mich unnützen Spekulationen hingebe. Wenn ich heirate, werden wir von meinem Geld und nicht von dem meiner Frau leben.«

»Lilian verstand –«

»Lilian verstand von nichts etwas außer vom Geschäft! Und sie kümmerte sich um nichts anderes! Alles drehte sich bei ihr um die Firma! Das weißt du ebenso wie ich. Bloß weil du in der unglücklichen Lage warst, sie zu lieben, brauchst du nicht anzunehmen, auch sie hätte etwas von Liebe verstanden. Vielleicht wußte sie früher einmal, was Liebe ist, vor langer Zeit, als du sie kennenlerntest. Ich habe niemals auch nur einen Funken von Verständnis an ihr entdeckt. Sie hatte gar kein Interesse an Liebe! Es war ihr jeder gleichgültig – du, die ganze Welt! Sie war engstirnig, kalt und berechnend; völlig ichbezogen. Wenn du nicht so verrückt gewesen wärst, vor ein paar Minuten zu versuchen, Claire zu ermorden, würde ich sagen, dein Mord an Lilian wäre verständlich. Ich würde nicht die Pistole auf dich gerichtet halten.«

»Ich wollte Claire nichts tun – ich war außer mir – verwirrt –«

»Du wolltest Claire sehr wohl etwas tun. Du legtest in voller Absicht deine Hände um ihren Hals, und ebenso absichtlich versuchtest du, sie zu erwürgen.«

»Ich wußte nicht, was ich tat –«

»Das kannst du der Polizei erzählen, nicht mir. Es könnte sonst sein, daß auch ich ›außer mir und verwirrt‹ bin und den unwiderstehlichen Zwang verspüre, abzudrücken.«

Bedrückendes Schweigen erfüllte den Raum. Zuletzt wandte er sich an mich: »Wie geht es dir jetzt?«

»Besser.« Fest umschloß ich die Tasse, aber meine Finger hörten nicht auf zu zittern. »Wohin bist du gegangen, nachdem ich von hier weggelaufen war?«

»Nirgendwohin. Ich fuhr den Hügel hinauf und versteckte den Wagen in den Sträuchern. Dann wanderte ich zurück und bereitete alles vor, das Tonbandgerät und das Mikrofon. Als ich von London ankam, fand ich Lilian oben, da ich aber mit dem Besuch Erics rechnete, ließ ich sie liegen und beendete meine Vorbereitungen für die Bandaufnahme von Erics Geständnis. Unglücklicherweise stellte ich den Apparat im Wohnzimmer auf, was völlig nutzlos war, weil ihr beide nach oben ins Schlafzimmer gegangen seid. Ich war gezwungen, mein Versteck im Schrank unter der Treppe zu verlassen und euch nach oben zu folgen, mit dem Tonband und allem Drum und Dran. Zum Glück war alles leicht zu transportieren. Ich hatte mich die ganze Woche darauf vorbereitet. Eric hatte recht mit der Vermutung, daß das Geschäftswochenende erfunden war, aber die Annahme, daß Lilian davon wußte, war falsch. Sie wußte nichts. Ich hatte eine Konfrontation mit beiden Jantzens geplant, da ich überzeugt war, beide hätten mit der Ermordung von Thérèse zu tun. Also erfand ich den Besuch der Herren von Rémy International und leitete alles in die Wege, die Jantzens hierherzulocken, wo Thérèse begraben lag. Ich stellte mir vor, es wäre leichter, sie hier draußen zu einem Gständnis zu bringen, hier in dieser entlegenen Gegend, am Grab von Thérèse, das sich nur wenige Schritte von hier am unteren Ende des Gartens befindet.«

»Kein Wunder, daß du mich heute morgen so schnell wie möglich loswerden wolltest!«

»Ja, ich hatte gerade Lilians Leiche gefunden und versuchte, meine Pläne dementsprechend zu ändern. Ich wußte nur, Eric würde jede Minute kommen – es tut mir leid, daß ich so kurz angebunden war, aber ich hatte Angst, alles könnte im letzten Moment schiefgehen. Ich hatte ein gewagtes Spiel gespielt, als ich mich entschloß, nicht gleich zur Polizei zu gehen. Als ich erfuhr, daß Thérèse tot war und daß Eric den Leichnam aus der Wohnung gebracht hatte, wußte ich sofort, daß ich der Hauptverdächtige wäre, wenn man ihn fand. Und wenn die Polizei glaubte, Gina und ich hätten ein Verhältnis, wäre Gina die zweite Verdächtige gewesen. Thérèse war eifersüchtig, sie war der Typ für fatale Szenen; würde sie ermordet, so wären es nicht die Jantzens, sondern Gina und ich, die sofort verdächtigt würden. Die Jantzens hatten kein so offensichtliches Motiv, sie zu töten. Ich hatte einen Schlüssel zur Wohnung der Jantzens und kein Alibi für Samstag abend – für die Polizei hätte ich Motiv, Mittel und Gelegenheit für das Verbrechen gehabt. Dasselbe galt für Gina – sie war ja am Schauplatz des Mordes, und ihre Anwesenheit konnte durch ihren Anruf nach New York und deine Meldung davon bei Scotland Yard nachgewiesen werden.«

»Was hat Gina getan, nachdem sie mich an jenem Abend angerufen hatte? Und warum hat sie so plötzlich aufgelegt?«

»Sie dachte, sie hätte die Wohnungstür gehört, aber es war falscher Alarm – das Geräusch kam aus der Wohnung darunter. Als sie es merkte, hatte sie bereits den Hörer aufgelegt und die Leitung unterbrochen. Sie riß sich zusammen und sah ein, daß sie augenblicklich die Wohnung verlassen mußte – sie sagte mir, sie wäre in Panik geraten, als Eric mit dem Koffer und der Leiche das Haus verließ, und rief dich an, ohne vorher nachzudenken.«

»Ja«, sagte ich bebend. »Das sieht Gina ähnlich.«

»Wahrscheinlich; aber nachdem sie den Hörer aufgelegt hatte, rannte sie aus der Wohnung, suchte eine öffentliche Telefonzelle und rief mich an. Ich war der einzige Mensch, den sie in London kannte. Ich sagte ihr, sie solle sofort zu mir kommen, und das tat sie dann auch. Wir waren der Meinung, die Jantzens würden glauben, sie hätte zuviel gesehen, deshalb trug ich ihr auf, sich zu verstecken und mit keinem Menschen ein Wort zu wechseln. Am nächsten Morgen brachte ich sie ganz früh hierher, da ich wußte, daß die Jantzens vorhatten, die ganze Woche in der Stadt zu bleiben.«

Unerwartet mischte sich Eric ins Gespräch: »Aber wir haben das Wochenendhaus durchsucht, am Montag fuhren wir hierher –«

»Glücklicherweise war Gina da schon weg. Am Sonntag entdeckte sie gegen Abend die Leiche von Thérèse, genau wie Claire heute morgen. Das gab ihr einen derartigen Schock, daß sie augenblicklich ein Taxi rief, um sich nach Dorking fahren zu lassen. Dort stieg sie in einem Hotel ab. Sie versuchte, mich zu erreichen, aber zu der Zeit saß ich schon im Flugzeug nach Paris – ich mußte wegen dringender Geschäfte hin. Außerdem wollte ich keinen Verdacht erwecken, sondern mich wie immer verhalten, so als wäre nichts geschehen. Fast hätte mir Gina nach Paris geschrieben, aber ihr fiel noch rechtzeitig ein, daß ich Mittwoch morgen bereits wieder nach London zurückkommen würde. Der Brief hätte mich vielleicht nicht erreicht. Deshalb schrieb sie an meine Adresse in London, damit ich bei meiner Ankunft sofort wüßte, wo sie wäre und sie erreichen könnte. Als ich erfuhr, was passiert war, sagte ich ihr, sie solle sofort zu mir nach London kommen. Ich glaubte, da wäre sie am besten aufgehoben. Nach meiner Rückkehr bereitete ich alles für die Konfrontation hier draußen vor. Ich wußte bereits, wo der Leichnam von Thérèse war, und dachte, ich könnte so unsere Unschuld und die Schuld der Jantzens beweisen.«

»Wie bist du auf Lilians Leiche gestoßen heute morgen?« fragte ich.

»Ich war erstaunt, sie nicht anzutreffen – wir hatten ja vereinbart, daß sie gestern abend herkommen sollte, um alles vorzubereiten. Bei meiner Ankunft hätte ich ihr gesagt, daß Rémy International in letzter Minute den Besuch absagen mußte. Dann hätte ich vorgeschlagen, daß sie und Eric zum Mittagessen bleiben, bevor sie nach London zurückkehren. Sobald Eric eingetroffen wäre, hätte ich mit meiner Anklage begonnen, um alles auf Tonband aufzunehmen. Nachdem ich alles so genau geplant hatte, war es natürlich ein Schock für mich, als ich bei meiner Ankunft entdecken mußte, daß Lilian gar nicht da war. Ein plötzlicher Einfall brachte mich dazu, das Haus zu durchsuchen. Wenige Minuten später öffnete ich die Tür zum Kabinett im ersten Stock und fand sie.«

Im Lehnstuhl beim Kamin machte Eric eine Bewegung. Ich richtete mich nervös auf, aber es gab keinen Grund zur Beunruhigung. Er hatte sich lediglich vorgebeugt und das Gesicht in den Händen vergraben, als genügte es, Lilians Namen und ihre Todesart zu erwähnen, um ihn vergessen zu lassen, wo er sich befand. Zwischen ihm und uns war eine Kluft. Da saß er, ein Mensch, der durch Schmerz und Verzweiflung von der Umwelt abgeschlossen und isoliert war.

Ich fragte mich, wie lange es dauern würde, bis die Polizei käme. Sie mußten doch gewiß schon unterwegs sein! Meine Finger hörten nicht auf, nervös mit der Tasse zu spielen. Als ich Eric erneut ansah, fuhr er auf und fragte abrupt:

»Was ist das für ein Geräusch?«

Garth rührte sich nicht. »Was für ein Geräusch?«

»Ich dachte, ich hätte ein Geräusch in der Küche gehört –«

»Bleib, wo du bist!« Garth richtete die Waffe auf ihn. Er stand mit dem Rücken gegen die Küchentür. »Du brauchst nicht zu glauben, du könntest mich mit diesem Trick hereinlegen.«

Meine Nervosität steigerte sich ins Unermeßliche, jeder Muskel in meinem Körper schmerzte vor Anspannung. Ich drehte mich um, um die Küchentür beobachten zu können. Meine klammen Hände konnten kaum die Tasse halten, und zu meinem Entsetzen sah ich, wie sich die Türklinke bewegte.

Ich schrie auf.

Garth fuhr herum, aber er war nicht schnell genug. Die Tür war bereits offen.

»In Ordnung, Cooper«, sagte eine kühle, harte Stimme, die ich fast nicht wiedererkannte. »Nimm die Pistole weg.«

Ungläubig starrte ich auf die Tür. Ich konnte es nicht fassen. Die kühle, harte Stimme gehörte zu Warren Mayne, ich fand mich Auge in Auge mit ihm.

Alles passierte dann so rasch, daß ich nun, wenn ich zurückblicke, unfähig bin, die Szene in allen Einzelheiten vor mir zu sehen. Ich erinnere mich nur, daß ich Warren irgend etwas zuschrie; ich erinnere mich daran, daß Garth für einen Augenblick vor Erstaunen die Pistole senkte – dann sah ich plötzlich Eric. Er stürzte sich auf Garth. Beide kämpften verzweifelt um die Waffe.

Warren schrie irgend etwas, aber keiner von den beiden hörte auf ihn.

»Hilf ihm – trenn sie –« Ich wußte kaum, was ich rief. Ich stürzte nach vorne, aber bevor ich Garth erreichen konnte, sagte Warren scharf: »Claire, komm zurück. Cooper, wirf die Pistole weg, oder ich werde –«

»Nein – nein –« Meine Stimme überschlug sich und klang schrill vor Entsetzen.

Garth rutschte auf dem Teppich aus. Er fiel seitlich gegen den Tisch. Die Pistole fiel ihm aus der Hand, flog durch die Luft und landete auf dem Teppich, ein paar Zentimeter entfernt von Erics rechter Hand.

Zum letzten Mal hörte ich mich an jenem Tag aufschreien.

»So ist es gut«, sagte Warren eifrig und ging auf Eric zu, der nach der Pistole griff. »Und nun –«

Die Explosion dröhnte in meinen Ohren, als Eric abdrückte. Ich roch den beißenden Rauch, sah das Entsetzen in Warrens Augen, und bevor ich das Bewußtsein verlor, sah ich, wie Eric die Pistole auf den Boden fallen ließ. Blut kam aus seinem Mund, als er zu Boden stürzte.

XI.

Als ich wieder zu mir kam, war das Zimmer voll von Polizisten. Erics Körper war mit einem Leintuch bedeckt, so daß ich sein Gesicht nicht mehr sehen konnte. Weiß und entsetzt sagte Warren vor sich hin: »Aber ich verstehe das nicht. Ich dachte...« Aber er war nicht einmal in der Lage, zu sagen, was er gedacht hatte. Mein Kopf dröhnte, mein Mund war trocken. Jemand hielt mich in den Armen, als wäre ich ein zerbrechliches Stück Porzellan. Ich bewegte mich, drehte mich umständlich zu ihm. Ich lag auf der Regencecouch, mein Kopf lag an seiner Brust.

»Hier«, sagte er. »Trink das.«

Wieder brannte der Cognac in meinem Mund. Mein Gehirn fing wieder zu arbeiten an, und es war mir wieder möglich, mich zu bewegen. Ein Polizeiinspektor sah, daß ich das Bewußtsein wiedererlangt hatte, und kam zu mir herüber, um sich nach meinem Befinden zu erkundigen.

»Danke, es geht mir schon etwas besser«, brachte ich mühsam hervor.

»Gut. Wir werden Sie verhören, sowie es Ihnen möglich ist. Danach kann Sie irgend jemand nach Hause fahren. Also, wem gehört die Waffe des Selbstmörders? Gehörte sie Ihnen, Mister Cooper?«

»Ja.«

»Darf ich Ihren Waffenschein sehen, bitte? Nur um den Formalitäten zu genügen. Sie verstehen.«

»Ja.«

Er erhob sich, legte zärtlich ein paar Kissen unter meinen Kopf und beugte sich zu mir herab, um zu sehen, daß ich auch bequem lag. Unsere Augen trafen sich. Ich lächelte schwach und fühlte mich wohler.

»Nun, junger Mann«, wandte sich der Inspektor väterlich an Warren. »Ich sehe, daß auch Sie eine Waffe bei sich haben. Haben Sie einen Waffenschein?«

»Nun ... nein«, sagte Warren verwirrt. »Es ist keine englische Waffe. Ich habe sie in Paris gekauft. Ich bin amerikanischer Staatsbürger.«

»Mein Gott«, sagte der Inspektor sanft. »Das ist ja eine internationale Geschichte. Danke schön, Mister Cooper«, fügte er hinzu, nachdem er einen Blick auf Garths Lizenz geworfen und sie ihm zurückgegeben hatte. »Ich glaube, wir sollten jetzt mit dem Verhör beginnen. Wie wär's, wenn wir bei Ihnen anfingen, Miß Sullivan – vorausgesetzt, daß Sie sich besser fühlen und dazu in der Lage sind, selbstverständlich.«

Ich sagte, ich fühlte mich besser. Wir gingen ins Speisezimmer hinüber und setzten uns, der Inspektor und ich, an den Tisch, während sich der Sergeant mit Bleistift und Notizbuch auf einem Stuhl in der Ecke niederließ. Auf die Fragen des Inspektors eingehend, erzählte ich meine Geschichte von Anfang bis zum Ende. Ich begann mit Ginas Anruf von vergangenem

Samstag. Der Inspektor nickte und hörte mir mitfühlend zu, als wäre er ein Hausarzt, der mit einem alten Freund, von dem er um Rat gebeten wurde, plauderte. Der Bleistift des Sergeanten fuhr gleichmäßig über die Seiten seines Notizbuches.

Als ich geendet hatte und es nichts mehr gab, das ich hätte erzählen können, dankte mir der Inspektor. Er schlug vor, mich mit einem seiner Leute nach Dorking in mein Hotel fahren zu lassen.

»Ich – würde lieber auf Mister Cooper warten«, sagte ich verlegen. »Kann ich solange hierbleiben?«

»Mister Cooper wird nicht so schnell fertig sein, daher würde ich Ihnen schon empfehlen, vorauszufahren. Ich an Ihrer Stelle würde ins Hotel zurückfahren und mich ein wenig erholen. Vielleicht ist es Ihnen lieber, wenn Mister Mayne Sie zurückfährt? Ich glaube nicht, daß wir ihn lange brauchen werden.«

Ich war zu schwach, um mich auf eine Diskussion einzulassen, also fügte ich mich in mein Schicksal.

»Und Sie werden mit uns in Kontakt bleiben, bitte, wenn Sie so freundlich sind«, sagte der Inspektor. »Sie müssen das Protokoll lesen und unterschreiben, wenn es getippt ist.«

»Ja«, antwortete ich. »Selbstverständlich.«

Im Wohnzimmer war jemand dabei, Aufnahmen von der Leiche zu machen. Mir schien, als wären inzwischen noch mehr Polizisten gekommen. Das Haus wimmelte nur so von blauen Uniformen. Der Inspektor ersuchte Warren, mit ihm ins Eßzimmer zu gehen, und während dieser ängstlich gehorchte, suchte ich nach Garth, aber ich konnte ihn nirgends entdecken. Ich ging in die Küche und blickte zum Fenster hinaus. Am Ende des Gartens stand Garth mit drei Polizisten und wies auf das Grab von Thérèse.

Ich setzte mich noch einmal auf die Couch, um zu warten. Nach ungefähr zehn Minuten kam Garth ins Wohnzimmer zurück. Rasch durchquerte er das Zimmer und kam auf mich zu.

»Ist alles in Ordnung? Wird dich irgend jemand nach Dorking fahren?« Angewidert blickte er auf den Körper, der noch immer auf den Krankenwagen wartete, und sein Blick schien zu sagen, es sei unerhört, daß ich mit einem derart makabren Objekt in einem Raum sein mußte. »Ich würde dich selbst nach Dorking bringen, aber ich kann nicht weg, bevor ich nicht meine Aussage vor der Polizei gemacht habe.«

»Ich glaube, Warren wird mich zurückbringen. Der Inspektor bot mir einen seiner Leute als Chauffeur an, aber ich sagte, ich würde warten.« Weil ich mit dir reden möchte, hätte ich noch hinzufügen wollen, aber es blieb keine Zeit dazu, denn im selben Augenblick verließ Warren das Eßzimmer. Er sah älter, ernster und abgehärmter aus, als er meiner Meinung nach je ausgesehen hatte.

»Ich möchte mich entschuldigen«, sagte er und ging direkt auf Garth zu. Er stellte sich vor ihn auf den Teppich. »Ich weiß nicht, was ich sagen soll. Wenn Jantzen nicht die Pistole gegen sich selbst gerichtet hätte –«

»Ja«, sagte Garth, dem es peinlich war, daß jemand seine Gefühle so offen zur Schau trug, obwohl es offensichtlich aus ganzem Herzen kam. »Aber er hat es getan – vergessen Sie es! Jetzt ist ja alles vorbei.«

»Ja, aber wenn ich nicht so ein Narr gewesen wäre und alles durcheinandergebracht hätte –«

»Könnten Sie bitte Claire nach Dorking zurückbringen? Sie hat einen anstrengenden Tag hinter sich, und ich glaube, sie sollte keinen Augenblick länger hierbleiben.« Er wandte sich mir zu. In seinen Augen lag ein Ausdruck, der mir das Herz umdrehte. »Ich werde mich dann bei dir melden.«

»Ja – gut, Garth.«

»Und daß du mir nicht mit dem Nachtflug nach Amerika verschwindest.«

»Nein, Garth.«

»Wenn du es trotzdem tust, komme ich mit dem nächsten Flugzeug nach.«

Ich konnte nicht sprechen, aber ein Lächeln gelang mir. In meinen Augen brannten die Tränen. Alles schien zu glänzen und zu leuchten im künstlichen Licht, das von der Decke fiel.

»Mister Cooper?« hörte ich die höfliche Stimme des Inspektors hinter uns. »Vielleicht können wir nun Ihre Aussage zu Protokoll nehmen?«

»Ja«, sagte Garth. »Ja, natürlich.«

»Komm, Claire.« Ich spürte Warrens Hand auf meinem Arm. »Gehen wir.«

Langsam folgte ich ihm zur Tür. Es war Nachmittag geworden. Immer noch goß es in Strömen, und der Himmel sah schwarz aus. Kühl und frisch fiel der Regen auf mein Gesicht.

Warren führte mich zu einem kleinen blauen Auto, das ich nie zuvor gesehen hatte.

»Aber das ist nicht der Wagen, in dem ich gekommen bin«, sagte ich einfältig.

»Nein, wir werden deinen Wagen später von der Leihwagenfirma abholen lassen. Das ist das Auto, das ich gemietet habe, um dir nachzufahren.« Er half mir hinein, schloß die Tür und ging auf die andere Seite, zum Fahrersitz.

»Aber ich sagte dir doch, daß ich mit Gina in Garths Büro gesprochen hätte«, erinnerte ich mich plötzlich. »Du wolltest doch nach London fahren. Warum bist du nicht gefahren?«

»Ich hatte den Verdacht, daß du mir etwas verheimlichst.« Er stellte den Motor an. »Du hast dich so seltsam benommen und völlig verstört gewirkt. Nachdem du mein Zimmer verlassen hattest, um dich hinzulegen, rief ich bei Garth im Büro an, um Ginas Anwesenheit zu überprüfen. Die Sekretärin hielt mich für verrückt. Dann ging ich zu dir, aber du machtest mir nicht auf. Da wußte ich, daß du mir nicht die Wahrheit gesagt hattest. Als ich in den Hof ging und feststellte, daß der Wagen weg war, war mir natürlich sofort klar, daß du weggefahren warst, und wohin solltest du wohl gefahren sein, wenn nicht ins Wochenendhaus? Nach einigen Schwierigkeiten gelang es mir, noch einen Wagen zu mieten. Dann folgte ich dir. Ich konnte mir nicht vorstellen, was du vorhattest, aber ich dachte mir, es könnte auf keinen Fall schaden, das herauszufinden.«

»Ich hätte dir vertrauen sollen«, sagte ich beschämt. »Aber alles sprach gegen Garth, und ich wollte mir unbedingt beweisen, daß er unschuldig war. Erst dann wollte ich dir alles berichten.«

Ich fing an, ihm meine Geschichte bis ins Kleinste zu erzählen. Wie ich den Leichnam von Thérèse im seichten Gartengrab entdeckt hatte und vollkommen verzweifelt nach Dorking zurückgekehrt war. Wie ich versucht hatte, Garth anzurufen, und statt dessen mit Gina verbunden wurde. »Sie bat mich, sofort nach London zu kommen«, sagte ich. »Aber ich war zu dumm, um ihrem Rat zu folgen. Ich glaubte einfach, Garth unbedingt im Wochenendhaus treffen zu müssen, um endlich alles von ihm zu erfahren.«

»Ich verstehe nicht, warum du von Garths Unschuld so überzeugt gewesen bist«, wunderte sich Warren. »Würdest du es weibliche Intuition nennen?«

»Ja«, sagte ich verlegen. »So könnte man es wohl bezeichnen.« Langsam fuhren wir die kurvenreiche Landstraße hinunter. Wir kamen zu der Stelle, wo ich Eric getroffen hatte. Flüchtig blickte ich über das schöne Land, aber der Regen verschleierte die Wiesen und Hügel, und es war nicht mehr viel zu sehen.

»Ich glaube, er mag dich«, wagte Warren taktvoll zu sagen.

»Ja«, stimmte ich ihm zu.

»Ich glaube, er hätte das wegen Amerika nicht gesagt, wenn er an Gina interessiert wäre.«

»Ich glaube nicht.« Also das war sein Problem!

»Vielleicht war nie etwas Besonderes zwischen ihm und Gina. Vielleicht habe ich ihre ganze Beziehung einfach überschätzt. Vielleicht ist im Grunde alles nur ganz oberflächlich.«

»Vielleicht.«

Das schien ihn zu freuen. Sein neues, reiferes und zugleich engagiertes Gehaben hielt an, bis wir zu der Kreuzung kurz vor Abinger Hammer kamen, dann begann er leise zu summen. Er sang vor sich hin, bis wir Dorking erreichten.

Der Nebel und das frühe Zwielicht verliehen der Stadt ein geheimnisvolles, fast gespenstisches Aussehen. Alles wirkte sehr alt. Nicht einmal der moderne, hektische Verkehr konnte dem mittelalterlichen Stadtbild etwas anhaben. Die Häuser, das kleine Pub, die gepflasterten Straßen, alles wirkte wie aus alten

Zeiten. Wir kamen auf die Hauptstraße, fuhren an den modernen Geschäften vorbei, und als wir durch den Torbogen in den alten Gastgarten einfuhren, waren wir wieder in einem anderen Jahrhundert.

»Vielleicht können wir etwas zu essen bekommen«, sagte Warren. »Es ist noch zu früh fürs Abendessen, aber vielleicht können wir noch Tee haben.«

»Ich hätte gern eine Tasse Kaffee.« Wir betraten das Hotel und gingen durch die Halle auf die Rezeption zu. Jemand fragte gerade nach einem Zimmer. Sie war groß und schlank und hatte blondes Haar, das unter einem lächerlichen Hut hervorlugte. Sie trug einen unsagbar häßlichen Mantel, entsetzliche Strümpfe und flache Schuhe, und dennoch sah sie wunderschön aus. Alles an ihr kam mir bekannt vor.

Pariser Parfum umwehte sie und erfüllte die ganze Halle.

Warren und ich öffneten gleichzeitig den Mund, aber bevor wir noch etwas sagen konnten, drehte sie sich um. Als sie uns erblickte, schenkte sie uns ihr strahlendes, betörendes Lächeln.

»Meine Lieben!« stieß sie zitternd hervor. »Wie absolut himmlisch, euch beide wiederzusehen! Es tut mir so schrecklich leid, daß ihr meinetwegen alle diese Schwierigkeiten hattet...«

»Du wirst es nicht glauben«, sagte Gina. »Aber das wäre alles nicht passiert, wenn ich nicht so schrecklich neugierig wäre. Du erinnerst dich doch an Miß Stick, unsere alte Lehrerin zu Hause? Immer wieder hat sie zu Mutter gesagt, daß mich meine Neugierde noch ins Grab bringen würde, und wie recht sie hatte. Fast hätte sie mich ins Grab gebracht.«

Eine Stunde war vergangen, seit unserem verwirrenden, verrückten Wiedersehen in der Halle des Hotels. Gina hatte mir erzählt, daß Garth sie angerufen hatte, während ich vom Inspektor verhört worden war, und ihr gesagt hatte, sie könnte nun ohne weiteres aus ihrem Versteck hervorkommen. Wir hatten uns in einer Ecke der Halle niedergelassen und ausführlich geplaudert. Dann entschuldigte ich mich, um auf mein Zimmer zu gehen. Zehn Minuten später kam mir Gina nach. Nun saß sie da und lehnte sich anmutig gegen das Bettende, während ich, gestützt in die Kissen, in die alte Rolle des Führers, Philosophen und Freundes schlüpfte.

»Du behauptest also«, sagte ich ungerührt, »daß der einzige Grund für deinen sogenannten Untergang deine Neugierde gewesen sein soll?«

»Der einzige«, meinte Gina voller Überzeugung. »Ehrlich. Schau her, ich war ganz allein in der Wohnung der Jantzens, letzten Samstag abend war das, und wartete auf Eric, der mich auf einen Drink eingeladen hatte. Und er wollte mir alles über Dino di Lasci und den italienischen Film und das Ganze erzählen. Und da stand ich nun und wartete auf ihn. Lilian war gerade verschwunden, ich weiß nicht wohin, ich war ganz allein und hatte nichts zu tun, außer mir über Garths Verhältnis zu Lilian Gedanken zu machen, und du mußt gestehen, Liebling, es ist doch wirklich etwas *eigenartig*, wenn man sich vorstellt, daß ein Mann wie Garth mit einer Frau zusammenarbeitet, und das auf einer rein geschäftlichen Ebene, noch dazu mit einer Frau wie Lilian, die ja auf ihre Art nicht unattraktiv war, du weißt schon, so auf die mütterliche, Heimchen-am-Herd-Tour und –« Sie verlor den Faden dieses labyrinthartigen Satzes, holte tief Luft und fing von vorne an. »Also dachte ich mir, wirf doch einmal einen kleinen Blick ins Nebenzimmer. Natürlich nicht, um es durchzuschnüffeln oder so etwas, nur einen kleinen Blick –«

»Wonach wolltest du suchen?« fragte ich interessiert. »Hast du erwartet, verbrannte Liebesbriefe im Kaminfeuer zu finden? Oder kompromittierende Fotos?«

»Nein, das eigentlich nicht – ich weiß eigentlich gar nicht, wonach ich wirklich suchte, aber ich dachte mir einfach, vielleicht ist es interessant, und ich hatte doch nichts anderes zu tun –«

»Also gingst du einfach und durchsuchtest die Wohnung. Und während du in einem der Zimmer warst, kam Eric und rief, er habe keinen Koffer für den Leichnam finden können.«

»Du weißt schon alles«, sagte Gina enttäuscht. »Nun ja, du mußt es mittlerweile ja erfahren haben. Aber Liebling, kannst du dir vorstellen, was ich durchzustehen hatte? Ich stand im Schlafzimmer, und nachdem er das gesagt hatte, konnte ich mich nicht mehr von der Stelle bewegen, geschweige denn etwas sagen. Und dann dachte ich, er würde ins Schlafzimmer kommen! Ich versteckte mich hinter der Tür und beobachtete alles durch den Türspalt; er öffnete die Tür gegenüber, es muß wohl so etwas Ähnliches wie ein Gästezimmer gewesen sein, und dann sah ich ihn – den Leichnam natürlich –, und selbstverständlich erkannte ich sie sofort, weil doch Thérèse am Flughafen gewesen war. Als Garth und ich am Vorabend angekommen waren, hatte sie uns erwartet und eine furchtbare Szene gemacht. Also, ich war starr vor Schreck. Ich konnte nichts tun, außer das Ganze zu beobachten. Er holte einen Koffer aus dem Schrank und – nein, ich kann es gar nicht erzählen. Es war so grauenhaft. Schließlich, es müssen Stunden vergangen sein – ich glaube, es waren in Wirklichkeit nur Minuten –, ging er mit dem Koffer weg, und ich war wieder allein. Dann drehte ich irgendwie durch. Ich wollte schreien, aber ich konnte nicht. Fast wäre ich aus der Wohnung gerannt. Und dann dachte ich, er könnte vielleicht zurückkommen, weil er etwas vergessen hatte, und wir könnten einander im Lift begegnen. Also zwang ich mich, einige Minuten in der Wohnung zu warten. Aber ich war so entsetzt, ich mußte einfach mit irgend jemandem reden – egal mit wem – aber lieber –«

»Mit mir«, sagte ich.

»Aber, Claire, du bist immer so beeindruckend ruhig und vernünftig, so ausgeglichen –«

»So ausgeglichen, daß ich die Augen schloß und blindlings hineinsprang, um den ganzen Spaß mitzuerleben.«

»Nun, ehrlich, ich war entsetzt, als ich dich später zurückrufen wollte und nicht durchkommen konnte. Wie ich dir schon am Telefon gesagt habe, habe ich Samstag abend noch zweimal versucht, dich zu erreichen, von Garths Wohnung aus, aber die Leitung war immer besetzt –«

»Ich rief gerade Scotland Yard an, um deinen Anruf überprüfen und die Telefonnummer feststellen zu lassen.«

»Ich wollte dich Sonntag noch einmal anrufen, aber Garth brachte mich in sein Haus auf dem Land, und ich fand das Grab im Garten – mein Gott! Ich war dermaßen verstört, daß ich einfach nicht in der Lage war, zum Telefon zu gehen. Zuletzt versuchte ich es noch einmal am Montag – niemand antwortete –«

»Da war ich unterwegs nach Paris.«

»Dann sagte mir Garth, er hätte dich in Paris gefunden! Ehrlich, Claire, ich hätte weinen können. Wenn ich an all das Geld denke, das du ausgegeben haben mußt – für diese verrückte Jagd! Und alles nur, weil ich so egoistisch war und dich in alles hineingezogen habe, ohne auch nur nachzudenken –«

»Ende gut, alles gut«, sagte ich gottergeben. »Zumindest habe ich auf diese Weise Europa kennengelernt.«

»Ich glaube nicht, daß alles in Ordnung ist«, widersprach Gina. »Du kannst dir nun nicht den kleinen roten Wagen kaufen –«

Vage erinnerte ich mich, daß mir früher irgendwann einmal der Gedanke an ein Auto wichtig erschienen war.

»– ich habe ein paar wichtige Termine bei meiner Agentur versäumt. Warren hat wahrscheinlich seinen Job verloren, weil er ohne richtige Erlaubnis weggefahren ist, um mich zu suchen... Ach ja, übrigens, findest du es nicht reizend, daß er sich so große Mühe gegeben hat? Warren hat irgend etwas schrecklich Beruhigendes an sich. Wenn er sagt, daß er Gott und die Welt aufrühren will, dann tut er es auch – weißt du, er sagt das nicht nur, um andere zu beeindrucken. Als ich ihn mit dir in der Halle sah, bekam ich Herzklopfen. Es ist doch schön, wenn man weiß, daß es jemanden gibt, der sich so um einen kümmert.«

»Hm«, sagte ich.

»Und weißt du was, Claire, wenn ich ganz ehrlich und wirklich aufrichtig sein soll –«

»Bitte, sprich dich aus.«

»Garth hat mich etwas enttäuscht. In Paris war er so aufregend! Aber als ich gezwungen war, seine Wohnung mit ihm zu teilen, mußte ich feststellen, daß er mich langweilte. Ist das nicht schrecklich? Aber so war es. Ich hatte erwartet, daß es furchtbar romantisch sein würde, heimlich bei ihm zu wohnen und auf so engem Raum mit ihm ein paar Tage zusammen sein zu müssen, aber es war ganz eigentümlich, er schien jedes Interesse an Romantik verloren zu haben. Ich wußte natürlich, daß er große Sorgen hatte, aber... nun ja, es macht ja nichts. Aber selbst wenn er zu Hause war und nichts zu tun hatte, wollte er immer nur lesen und Beethoven hören oder so etwas Ähnliches. Nicht einmal einen Fernsehapparat hat er. Ich habe mich wirklich bemüht, ihm keine Belastung zu sein – ich habe für ihn gekocht, jedes Zimmer aufgeräumt, bis alles picobello aussah, aber... also, es ist einfach nichts passiert. Ich bin sicher, wenn es Warren gewesen wäre –«

»Ja«, sagte ich. »Warren paßt viel besser zu dir.«

»Du hast schon immer gesagt, ich sollte ihn heiraten, nicht wahr?«

»Ich glaube, ich habe hin und wieder etwas Derartiges gesagt –«

»Ich glaube, ich werde ihn heiraten. Nach alldem, was ich jetzt so durchgemacht habe, möchte ich eigentlich meine Ruhe haben und eine ganz gewöhnliche Hausfrau werden, mit sechs Kindern.«

»Warte, bis dieses Gefühl vorbei ist«, mußte ich besorgt einwerfen, »und dann schau, ob du ihn immer noch heiraten willst. Schließlich –«

Es klopfte. Gina eilte zur Tür, um zu öffnen.

»Warren!«

»Gina!«

Mit glänzenden Augen blickten sie einander an. Ich erhob mich vom Bett und ging zum Fenster. Draußen war es dunkel. Es regnete noch immer, und die Lichter der Stadt blinkten matt durch die Nacht.

»Übrigens, Warren«, sagte ich plötzlich, ohne ihn anzusehen. »Warum hast du mir nichts von deinem Ausflug nach London am vergangenen Samstag gesagt?«

»Vergangenen Samstag?« wiederholte Gina erstaunt. »Nach London? Warst du vergangenen Samstag in London, Warren?«

Ich drehte mich um. Er stand da wie ein begossener Pudel. »Wie hast du denn das herausgefunden?«

»Ich habe den Stempel in deinem Paß gesehen. Warum hast du es mir nicht gesagt?«

»Ich«, er errötete, »ich glaube, ich habe mich wie ein Idiot aufgeführt. Ich machte mir um Gina Sorgen... und ich hatte kein Vertrauen zu Garth. Ich folgte ihnen nach London und versuchte, über ihn ein paar Nachforschungen anzustellen. Als ich herausfand, daß er verlobt war und daß keiner zu wissen schien, ob die Verlobung nun aufgelöst war oder nicht, rief ich Thérèse an und verabredete mich mit ihr für Samstag abend. Sie kam nicht – denn zu dem Zeitpunkt war sie schon tot –, und dann dachte ich, daß mein Verhalten wirklich dumm wäre und daß es das klügste wäre, wenn ich nach Paris zurückkehren würde. Ich bekam regelrecht kalte Füße, glaube ich. Ich sagte dir nichts davon, weil – nun ja, ich hatte mich dumm aufgeführt, und –«

»Ich finde überhaupt nicht, daß du dich dumm aufgeführt hast!« sagte Gina. »Ich finde, es war einfach himmlisch von dir, daß du dir meinetwegen solche Sorgen gemacht hast! Wenn ich mir vorstelle, welche Mühe du auf dich genommen hast.«

Mit verklärten Augen sahen sie einander an, als könnte keiner von ihnen an das märchenhafte Glück glauben. Ich fühlte mich eindeutig überflüssig.

»Nun«, setzte ich an. »Jetzt, da wir alles aufgeklärt haben –«

In diesem Augenblick läutete das Telefon. Gina, die direkt neben dem Apparat stand, hob den Hörer ab. »Hallo? Oh, hallo! Ist alles – ja, danke. Ja. Wer? *Claire?* Ja, sie ist da. Einen Augenblick.« Erstaunt sah sie mich an. »Garth ist am Apparat«, sagte sie und fügte geheimnisvoll hinzu: »Er sagt, er möchte dich sprechen. Glaubst du, er weiß irgend etwas Neues?«

»Nein«, sagte ich. »Dieses Neue ist nun schon ein paar Tage alt. Es fing vor ungefähr vier Tagen an.« Und ich ging durchs Zimmer, um ihr den Hörer aus der Hand zu nehmen.

»Ich hätte dich mit Gina sprechen lassen sollen, als du in London ankamst«, sagte Garth zu mir. »Du hattest recht, mir böse zu sein und mir Unaufrichtigkeit vorzuwerfen, denn ich wußte ja, wo sie steckte. Aber die Situation war so außergewöhnlich und gefährlich, daß ich dich einfach nicht hineinziehen wollte. Ich dachte, es wäre besser, je weniger du davon wüßtest. Wenn du von nichts eine Ahnung hattest, dann, so stellte ich mir vor, könntest du weder dich noch uns in Gefahr bringen. Aber ich hatte unrecht.«

Es war Samstagabend, genau eine Woche war vergangen, seit ich mich in meiner kleinen Wohnung in Manhattan bemüht hatte, Ginas Anruf aus Europa zu klären und ihre Nummer herauszufinden. Garth hatte mich zum Abendessen eingeladen, und wir saßen in einem Restaurant hoch über London, tief unter uns erstreckte sich das Panorama der Stadt ins Unendliche, glitzerten unzählige Lichter, die komplexen Adern einer gigantischen Stadt, die mit der Kraft eines zweitausendjährigen Lebens pulsierte.

»Bist du mir noch böse, daß ich dir gegenüber nicht ganz aufrichtig gewesen bin?«

»Soweit es sich um wichtige Dinge handelte, warst du ja aufrichtig. Das ist für mich das wichtigste.« Ich war zu bewegt, um mehr zu sagen.

»Aber du hast mir nicht geglaubt! Warum warst du felsenfest davon überzeugt, daß ich Gina dir vorziehen könnte?«

»War ich das?« Wie sollte ich ihm erklären, daß ich immer annahm, jeder interessante Mann müßte Gina mir vorziehen?

»Ja, das warst du! Nun bist du es, die nicht ganz aufrichtig ist! Die ganze Zeit über hast du angenommen, meine Gefühle dir gegenüber wären geheuchelt und könnten unmöglich ehrlich sein –«

»Nun, es passierte alles zu plötzlich! Und du warst doch schließlich ein paarmal mit Gina ausgegangen.«

»Ein paar oberflächliche Abende in Paris, um Thérèse zu vergessen –«

»Und du bist mit ihr nach London geflogen!« Sobald ich in Fahrt kam, konnte mich nichts mehr bremsen – meine alte Schulmeisterei mußte wahrscheinlich daran schuld sein.

»Aber doch nur, weil sie mich dazu überredet hat.«

»Und zum Schluß wohnte sie sogar mit dir zusammen, kochte dir das Essen –«

»Sagen wir, sie versuchte, mir das Essen zu kochen. Ich hoffe, Warren versteht etwas vom Kochen, sonst müssen beide verhungern. Übrigens, wie steht es mit deinen Kochkünsten?«

Tief unter uns funkelten Tausende Lichter und erhellten die nächtliche Stadt. Ein Kellner kam an unseren Tisch und schenkte uns Champagner ein.

»Nun«, sagte ich, »ich kann ein sehr, sehr klassisches weiches Ei kochen.«

»In der Tat? Genau, wie ich es mir zum Frühstück wünsche.« Er hob sein Glas. Ein Lächeln huschte über sein Gesicht, und seine hellen Augen waren nicht mehr unergründlich. »Auf deine klassischen weichgekochten Eier!« sagte er amüsiert. »Und auf die erste Gelegenheit, bei der ich sie probieren kann!«

Drei Monate später waren wir verheiratet.

Dunkle Küste

Prolog

Unter den vielen Millionen Menschen von London fühlte Jon sich allein.

Draußen summte und pulsierte das nächtliche Leben der Großstadt, doch in seinem unpersönlichen Hotelzimmer herrschte Stille.

Er ging über den dicken Teppich zum Fenster. Sechs Stockwerke tiefer kroch ein Bus wie ein rotes Rieseninsekt die Berkeley Street entlang, und ganze Rudel von Taxis fuhren unmittelbar am Hoteleingang vorüber, ehe sie in südlicher Richtung zum Piccadilly einschwenkten.

Die Abgeschlossenheit des Raumes isolierte ihn.

Die Politur der Möbel schimmerte sanft im Lampenlicht. Die weißen Kissenbezüge des Bettes waren makellos glatt. Seine Koffer standen sauber ausgerichtet an der Wand.

Jon war allein in dieser riesigen, unpersönlichen Stadt, ein Fremder, der in ein Land zurückgekehrt war, das er fast vergessen hatte.

Die Hoffnung, durch seine Rückkehr in die Stadt, in der er geboren war, die Verbindung mit der Vergangenheit wiederaufzunehmen, kam ihm plötzlich wahnwitzig vor.

Er packte nur die notwendigsten Dinge aus und zündete sich dann eine Zigarette an. Auf dem Bett lag die Abendzeitung. Im Innenteil, auf der Klatschspalte, lächelte ihm sein Foto entgegen.

Als er das Blatt angewidert aufhob, kam es ihm einen Augenblick lang vor, als wäre das Foto das Bild eines Fremden. Der Text darunter schien einen Mann zu betreffen, den er nicht kannte.

In dem Artikel hieß es, er sei ein kanadischer Millionär. Seine Mutter wurde erwähnt und ihre Beziehungen zur Londoner High Society, die allerdings schon lange zurücklagen. Weiter wurde berichtet, daß er in Kürze zum zweitenmal heiraten werde. Seine Verlobte sei Engländerin. Mit diesen vagen Angaben glaubte der Kolumnist offenbar dem Informationsbedürfnis der Londoner Gesellschaft Genüge getan zu haben.

Jon zerriß die Zeitung und zerknüllte die Fetzen. Seine Mutter hatte den Bericht bestimmt schon vor einer Stunde gelesen, als das Blatt in das große Haus in der Halkin Street geliefert wurde.

Also wußte sie, daß er in London war.

Ob sie überhaupt daran interessiert war, ihn nach diesen zehn Jahren wiederzusehen?

Wahrscheinlich nicht, denn er hatte ihr in dieser Zeit niemals geschrieben.

Sarah hatte es wie ein Schock getroffen, als er ihr erzählte, daß er seiner Mutter keine Briefe schrieb. Dabei war die Erklärung doch so einfach. Sarah konnte es nur nicht verstehen, denn sie war in einer glücklichen Familie aufgewachsen. Jede noch so kleine Abweichung von ihrem Lebensstil zeigte, wie verletzlich sie war, wenn man sie aus jener kleinen, heilen Welt herausnahm, die ihre Eltern für sie geschaffen hatten.

Aber gerade ihre Unverdorbenheit hatte Jon als besonderen Vorzug empfunden. Hauptsächlich aus diesem Grund wollte er sie auch heiraten.

Er konnte sich schon alles ganz genau vorstellen. Tagsüber würde er in seiner Welt aus Mietwohnungen und Bilanzen leben, aber abends würde Sarah auf ihn warten...

Sarah würde von Dingen sprechen, die er liebte. Nach dem Abendessen würde er sich ans Klavier setzen, und der Abend würde ihnen Ruhe und Frieden bringen. Mit seiner Liebe konnte er ihr zeigen, wie dankbar er ihr für diesen Frieden war. Er würde sie vor den Härten des Lebens schützen, und Sarah würde ihn dafür lieben. Sie brauchte ihn noch nötiger als er sie.

Alles würde jedenfalls ganz anders sein als in der Vergangenheit.

Plötzlich zuckte die Erinnerung an Sophia wie ein Blitz durch sein Gehirn.

Nein!

An Sophia wollte er nicht denken. Er ertrug die Erinnerung an sie nicht.

Aber die Gedanken ließen sich nicht wegschieben.

Da er nun in London war, würde er auch Justin treffen, und sobald er Justin sah, würde er unwillkürlich an Sophia denken.

Unsinn!

Justin war neunzehn Jahre alt. Sein Interesse würde sich auf schnelle Sportwagen und flotte Partys, hübsche Mädchen und Kricket im Sommer beschränken. Quälende Erinnerungen an die Vergangenheit würde es also kaum geben.

Das Telefon läutete.

In der Stille des Zimmers klang das Läuten aufdringlich laut.

Jon beeilte sich, den Hörer abzunehmen. Er ließ sich aufs Bett fallen und lehnte sich zurück.

»Ein Gespräch für Sie, Mr. Towers«, meldete die Zentrale.

Es knackte in der Leitung, dann folgte Schweigen.

»Hallo?« fragte Jon.

Plötzlich war jeder Nerv in ihm gespannt. Am anderen Ende der Leitung hörte er jemanden atmen.

»Hallo?« rief er nochmals. »Wer ist dort?«

Auf seiner Stirn und im Nacken spürte er kalten Schweiß. Er wußte nicht, weshalb er auf einmal Angst hatte und wovor.

Und dann flüsterte eine weiche Stimme in den Hörer: »Willkommen zu Hause, Mr. Towers. Weiß Ihre Verlobte, daß Sie vor zehn Jahren Ihre Frau umgebracht haben?«

Erster Teil

1

Um ein Haar hätte Justin Towers sich keine Abendzeitung gekauft. Seine Augen brannten, als er um halb sechs das Büro verließ, wo er Stunde um Stunde über Zahlen gebrütet hatte.

Die Heimfahrt in der U-Bahn war ihm ein Greuel. Er haßte den abendlichen Berufsverkehr, haßte es, in überfüllte Waggons gepfercht zu sein, haßte auch den endlosen Strom gesichtsloser Menschen, die sich an ihm vorbeiquetschten.

Die U-Bahn war sein täglicher Alptraum.

Voll schmerzlicher Sehnsucht dachte er an die Tage seiner Kindheit mit dem blauen Himmel über der wogenden See, an die gelben Mauern und weißen Fensterläden von Clougy.

Die Vision ging rasch vorüber. Unentschlossen stand er an einem der zahllosen Eingänge zur U-Bahn. Er glaubte in den Dieselabgasen ersticken zu müssen, und das Röhren der Züge in den Tunnels dröhnte schmerzhaft in seinen Ohren.

Da sah er einen Bus, der zum Ludgate Circus fuhr. Als die Ampel für ihn auf grünes Licht schaltete, war er mit ein paar Sprüngen an der Haltestelle und stieg ein.

Am Green Park hatte er es endgültig satt, diesem Moloch Verkehr wehrlos ausgeliefert zu sein. Er verließ den Bus und ging zur U-Bahn-Station.

Er war entsetzlich müde.

Aus Langeweile kaufte er dann doch an einem Zeitungskiosk die Abendzeitung.

Auf dem Bahnsteig überflog er die Börsenberichte und legte die Zeitung wieder zusammen, als der Zug einfuhr.

In einem Wagen fand er eine ruhige Ecke und begann, die Titelseite zu lesen.

Aber schon wieder störte ihn die Menge, und dann vergaß er plötzlich die Zeitung und sah Clougy vor sich, wie es an jenen strahlenden Sommertagen vor langer Zeit ausgesehen hatte.

Die Landschaft stand klar und deutlich vor seinem geistigen Auge. Flip lag auf dem Rücken und spielte mit Fliegen und Schmetterlingen. Der Rasen war tiefgrün, weich und glatt. Aus den offenen Fenstern des Hauses klang leises Klavierspiel.

Eine Frau lehnte im weißlackierten Schaukelsofa. Neben ihr stand auf einem schmiedeeisernen Tischchen eine Schüssel mit Kirschen.

Wenn er zu der Frau lief und um ein paar Kirschen bat, lachte sie und sagte: »Justin, du wirst zu fett.«

Dann zog sie ihn an sich und küßte ihn. Danach konnte er Kirschen haben, soviel er wollte.

An den Hunger jener Tage erinnerte er sich sehr deutlich. Er aß zuviel Kuchen und Leckereien, denn er hatte immer Hunger.

Einmal meinte der Mann, der im Haus immer so wundervoll Klavier spielte, sie müßten allmählich ein wenig Sport treiben, bevor Justin zu fett würde und sich überhaupt nicht mehr bewegen könnte.

Damals begannen sie mit ihren täglichen Spaziergängen zum Strand, den gewundenen Pfad entlang, zu der kleinen, ruhigen Bucht. Über hohe Felsstufen mußte ihn der Mann hinwegheben. Am Strand gab es große Geröllbrocken und kleine Granitsteine, an denen die Wellen leckten.

Sie lagen in der Sonne und sahen der ewig gleichen Bewegung des Meeres zu.

Manchmal sprach der Mann auch, und das liebte Justin besonders. Der Mann malte mit seinen Worten bunte Bilder für ihn, wodurch die Welt plötzlich reich und erregend und voll strahlender Farben wurde.

Ab und zu schwieg der Mann auch. Das war dann enttäuschend, wenn auch nur bis zu einem gewissen Grad, denn schon die Gegenwart des Mannes war erregend, und der Spaziergang zum Strand und zu den Flat Rocks war immer ein Abenteuer, ein durch Gefahr erhöhtes Glück.

Auch dem Mann schienen die Spaziergänge Freude zu machen. Selbst wenn sie in Clougy Gäste hatten, fand er immer Zeit und Gelegenheit, mit Justin als einzigem Begleiter sich ein paar Stunden der Einsamkeit zu gönnen.

Darauf war Justin grenzenlos stolz gewesen.

Hätte der Mann es gewünscht, dann wäre Justin ihm bis ans Ende der Welt gefolgt.

Doch dann war jenes Wochenende gekommen. Und plötzlich war die Welt grau und voll Schmerz und Schrecken und Trauer gewesen.

Später konnte er sich dann nur noch an seine Großmutter erinnern, die in dem hellblauen Kostüm sehr elegant und sehr selbstbewußt ausgesehen hatte.

»Du kommst jetzt mit zu mir und bleibst bei mir, Liebling«, hatte sie gesagt. »Freust du dich? In London zu wohnen ist viel interessanter, als in einem so gottverlassenen Nest zu leben.«

Und als er ein trauriges Gesicht machte, sagte sie: »Was? Hat es dir dein Vater denn nicht erklärt? Natürlich kannst du jetzt nicht mit ihm ins Ausland gehen. Er will, daß du in England aufwächst und eine gute Erziehung bekommst. Und auf keinen Fall kann er dort, wo er hingeht, ein neunjähriges Kind brauchen. Das verstehst du doch gewiß, nicht wahr?«

Sehr viel später erklärte sie ihm auf seine Fragen: »Warum er nicht geschrieben hat? Nun, weißt du, Liebling, er schreibt niemals Briefe.

Du lieber Himmel! Wer sollte das sonst wissen, wenn nicht ich? Aber zu Weihnachten und zu deinem Geburtstag wird er dir wohl sicher etwas schicken – falls er es nicht vergißt. Natürlich ist es ziemlich wahrscheinlich, daß er nicht daran denkt. Meinen Geburtstag hat er auch immer vergessen. Aber das lag vielleicht daran, daß er im Internat war.«

Der Vater hatte ihn tatsächlich vergessen. Das war entsetzlich. Noch entsetzlicher war, daß Justin niemals mehr von ihm gehört hatte.

Der U-Bahn-Zug donnerte durch den Tunnel, und plötzlich war Justin wieder in der Gegenwart.

Der Hemdkragen klebte ihm am Hals.

Es hatte keinen Sinn, an die Vergangenheit zu denken. Sie war vorbei, abgeschlossen und vergessen. Er würde seinen Vater niemals wiedersehen. Und Justin hatte auch kein Verlangen mehr danach. Es gab keine Verbindung mehr zwischen ihnen.

Am Hyde Park stiegen etliche Fahrgäste aus. Erst jetzt fand Justin eine Möglichkeit, die Zeitung in der Mitte zu falten und eine Seitenhälfte nach der anderen zu lesen.

Und dann fiel sein Blick auf das Foto, dessen Bildlegende mit den Worten begann: *Jon Towers, kanadischer Grundstücksmillionär...*

Es traf ihn wie ein Schock.

Ihm wurde fast übel, als er an der Station Knightsbridge ausstieg. Er mußte sich für kurze Zeit auf eine der Bänke setzen, ehe er die Treppe nach oben schaffte.

Jemand bot ihm Hilfe an, so kalkweiß sah er aus.

Oben schien ihm das Straßenpflaster in Wellen entgegenzukommen. Er warf die Zeitung in einen Abfallkorb und machte sich auf zum Haus seiner Großmutter in den Consett Mews.

2

Camilla öffnete die oberste Schublade ihres Toilettentisches und schüttete aus einem Fläschchen zwei Tabletten in ihre Hand. Sie sollte eigentlich nur eine nehmen, aber gelegentlich konnte eine weitere sicher nicht schaden. Nach ihrer Auffassung waren die Ärzte eher zu vorsichtig als zu großzügig.

Nachdem sie die Tabletten mit etwas Wasser geschluckt hatte, besserte sie sorgfältig ihr Make-up aus. Die Fältchen um Augen und Mund waren besonders wichtig, aber als sie ihr Gesicht im Spiegel prüfte, stellte sie fest, daß sich die Spuren des Schocks trotz der Schminke noch immer auf ihrem Gesicht abzeichneten.

Sie mußte wieder an Jon denken. Wenn es nur möglich wäre, ihn von Justin fernzuhalten.

Jon schien nur wegen seiner Verlobten in England zu sein,

vielleicht aber auch aus geschäftlichen Gründen. Vielleicht hatte er gar nicht die Absicht, jemanden aus seiner Familie zu sehen. Justin würde andererseits entsetzlich darunter leiden, wenn er wüßte, daß sein Vater in London war und keinen Versuch machte, sich mit ihm zu treffen.

Der Zorn schnürte ihr plötzlich die Kehle zu und brannte schmerzhaft hinter ihren Augäpfeln.

Nur ein Ungeheuer wie Jon, überlegte sie, brachte es fertig, nach zehn Jahren nach England zu kommen, ohne seine eigene Mutter wissen zu lassen, daß er im Land war.

»Es ist ja durchaus nicht so, daß ich ihn sehen wollte«, sagte sie laut, »und mir ist es verdammt egal, ob er mich besucht oder nicht. Es geht mir nur um das Prinzip...«

Tränen rollten über ihre Wangen. Das neue Make-up war hoffnungslos verdorben.

Sie stand auf und tappte tränenblind zum Fenster.

Angenommen, Justin erfuhr, daß sein Vater in London war. Angenommen, er versuchte, Jon zu treffen und würde unwiderstehlich von ihm angezogen. Justin war zwar erwachsen, ein vernünftiger junger Mann von neunzehn Jahren, der sich nicht allzuleicht beeinflussen ließ, schon gar nicht von einem Vater, der sich nicht um ihn gekümmert hatte. Aber Jon war daran gewöhnt, alles unter seinen Einfluß zu bekommen, was sich in seiner Reichweite befand. Doch wenn er wirklich versuchen sollte, ihr Justin wegzunehmen – nein, das würde er wohl nicht tun.

Was hatte Jon je für Justin getan?

Sie, Justins Großmutter, hatte ihn aufgezogen. Justin gehörte ihr, nicht Jon, und Jon mußte das einsehen.

Die Erinnerung war ein brennender Schmerz. So war es immer gewesen, von Anfang an, dachte sie. All diese Kindermädchen, und keines konnte etwas mit ihm anfangen. Auf mich hat er ohnehin nie gehört. Immer mußte er versuchen, allen anderen seinen Willen aufzuzwingen, damit sie genau das taten, was er wollte und wie er es wollte.

Sie hatte ihn ein Jahr zu früh ins Internat geschickt, weil sie nie mit ihm fertig wurde.

Verbittert dachte sie daran, daß sie ihm nie gefehlt hatte. Ja, er hatte seine Unabhängigkeit geradezu genossen. Im Internat hatte er neue Gebiete erforschen können, neue Jungen, die man beherrschen und unterdrücken konnte, Lehrer, die man beeindrucken oder verspotten mußte, ganz wie es ihm gerade paßte. Und dann hatte er das Klavier entdeckt.

»Mein Gott!« sagte sie laut in die Stille hinein. »Dieses schreckliche Klavier!«

Er hatte als Fünfjähriger einmal eines gesehen und zu spielen versucht, doch dabei war natürlich nichts herausgekommen. Von da an hatte er jedoch nicht mehr geruht, bis er das Instrument beherrschte.

Sie erinnerte sich seiner ununterbrochenen Übungen und des Krachs, der ihre Nerven so ruiniert hatte.

Nach dem Klavier waren dann die Mädchen drangewesen. Jedes Mädchen war eine Herausforderung für ihn gewesen. Es mußte erobert werden. Und sie hatte sich ständig Sorgen gemacht, wenn er sich wieder einmal an ein ganz unmögliches Ding gehängt hatte. Wie weh hatte es getan, wenn er sie für diese Sorgen auch noch auslachte und verspottete. Auch die Drohung, er müßte sich an seinen Vater um Hilfe wenden, wenn er einmal in Schwierigkeiten käme, hatte nichts genützt.

Noch jetzt hörte sie sein Lachen.

Neunzehn Jahre alt war er schließlich gewesen, als er diese Affäre mit der kleinen griechischen Hure gehabt hatte, die in einer miesen Kneipe in Soho bediente.

Diese Wahnsinnsheirat!

Damit hatte er sich seine sämtlichen Chancen in der City verbaut.

Sie wußte heute nicht mehr genau, wer sich damals mehr geärgert hatte, sie oder ihr erster Mann. Aber Jon war das ohnehin gleichgültig gewesen. Er hatte nur gelacht, seinen Eltern den Rücken gedreht und sie einfach stehengelassen.

Von da an hatten sie ihn kaum mehr gesehen.

Die Gedanken und Erinnerungen huschten in ununterbrochener Folge durch ihr Gehirn: Ihre Weigerung, seine Frau zu akzeptieren; Jons Gegenschlag, der darin bestand, daß er sich ans andere Ende Englands zurückzog; Verbindung mit seiner Mutter hatte er dann nur noch aufgenommen, wenn es ihm gepaßt hatte, zum Beispiel, als Sophia tot war.

»Ich gehe ins Ausland«, hatte er gesagt. »Du wirst dich doch um Justin kümmern, ja?«

Das war alles gewesen.

»Du wirst dich doch um Justin kümmern« – als sei sie ein bezahlter Dienstbote.

Warum hatte sie eigentlich – ganz gegen ihre Absicht – zugesagt? Sie hätte ihm am liebsten die unfreundliche Antwort an den Kopf geworfen, er solle sich jemand anderen suchen, der für ihn die dreckige Arbeit machte, aber sie hatte sich dann doch bereit erklärt, das zu tun, was er wünschte.

Von jener Zeit an war Justin bei ihr, und Jon befand sich in Kanada.

Sie hätte es nie für möglich gehalten, daß Jon sie so völlig aus seinem Leben verbannen könnte. Sie hatte zwar niemals mit regelmäßigen Briefen gerechnet, aber doch wenigstens mit einer gelegentlichen Nachricht, da sie sich ja schließlich um seinen Sohn angenommen hatte. Aber nicht ein einziger Brief war für sie gekommen. Unglaublich! Immer hatte sie auf die nächste Post, die nächste Woche gewartet, aber immer vergebens.

Die Tränen liefen ihr über die Wangen und lösten ihr Makeup vollends auf. Sie mußte neues auftragen. Sie wollte nicht schwach erscheinen und war daher zornig.

»Er macht mich wütend«, sagte sie laut.

Tatsächlich, es machte sie wütend, daß er nach alldem, was sie für ihn getan, nicht ein Wort des Dankes gefunden hatte.

Sie sah auf die Uhr. Justin würde bald nach Hause kommen. Mit ungeduldigen, ungeschickten Bewegungen wischte sie mit Kosmetikpapier die Tränen ab und griff nach der Puderdose. Sie mußte sich beeilen. Justin durfte sie nicht so sehen.

Zum drittenmal konzentrierte sie sich auf ihr Make-up.

Ob wohl irgend jemand von Jon gehört hatte, seit er nach Kanada gegangen war?

Vielleicht hatte er Marijohn gechrieben.

Aber auch von Marijohn hatte sie seit ihrer Scheidung von Michael nichts mehr gehört. Michael hatte sie zufällig bei einer Weihnachtsfeier getroffen. Sie hatte ihn immer sehr gern gehabt. Jon hatte niemals etwas an ihm gelegen, denn ihm war ein anderer schrecklicher Kerl immer lieber gewesen.

Wie hatte er doch geheißen?

Den Namen las man so häufig in der Klatschspalte gewisser Boulevardblätter.

Ach, ja, Alexander; Max Alexander hatte er geheißen.

Ein Schlüssel drehte sich in der Haustür. Jemand betrat die Halle.

Er war zu Hause.

Ein letzter Tupfer mit der Puderquaste, ein letzter Blick in den Spiegel, dann ging sie auf den Balkon hinaus.

»Justin?«

»Hallo!« antwortete er aus dem Wohnzimmer.

Es klang ruhig und unbekümmert.

»Wo steckst du denn?«

»Ich komme schon.«

Er weiß es nicht, dachte sie. Er hat die Zeitung noch nicht gelesen. Es wird alles gut werden.

Sie betrat das Wohnzimmer. An den hohen Fenstern bauschten sich im Luftzug die Vorhänge.

»Ah, da bist du ja!« sagte Justin.

»Wie geht es denn, mein Liebling? Schöner Tag gewesen?«

»Hm. Leidlich.«

Sie gab ihm einen Kuß und sah ihn prüfend an.

»Sehr zufrieden klingt das nicht«, stellte sie fest.

Er sah weg, ging zum Kamin, nahm eine Zigarettenschachtel in die Hand, legte sie wieder zurück und ging zum Fenster.

»Deine Pflanzen gedeihen doch sehr schön, nicht wahr?« fragte er geistesabwesend und sah in den Patio hinunter.

Doch plötzlich drehte er sich um. Es traf sie unvorbereitet. Jede Linie ihres Gesichtes spiegelte die Anspannung wider.

»Justin...«

»Ja«, antwortete er ruhig. »Ich habe die Zeitung gelesen.«

Er ging zum Sofa, setzte sich und schlug die *Times* auf.

»Das Foto ist nicht sehr ähnlich, oder? Warum ist er eigentlich in London?«

Seine Großmutter antwortete nicht. Er überflog die Gesellschaftsnachrichten, dann die anderen Spalten. Nichts war zu hören als das Rascheln der Zeitung.

»Was gibt es denn zu essen, Gran?« fragte er nach einer Weile. »Steak?«

»Justin...«

Camilla kam zum Sofa, und ihre Hände flatterten.

»Ich weiß«, sagte sie mühsam mit hoher Stimme, »ich weiß, wie du dich fühlen mußt...«

»Das glaube ich nicht ganz, Gran, denn um ehrlich zu sein – ich fühle nichts. Er bedeutet mir nichts.«

Sie sah ihn an.

Er erwiderte ruhig ihren Blick und beschäftigte sich erneut mit der *Times*.

»Ah, ich verstehe!« sagte Camilla und wandte sich ab. »Du wirst dich natürlich nicht mit ihm in Verbindung setzen?«

»Natürlich nicht. Und du?«

Er legte die Zeitung zusammen und stand auf.

»Ich gehe nach dem Essen aus, Gran. Gegen elf bin ich zurück. Ich versuche, leise zu sein.«

»Ja«, antwortete sie langsam. »Ja. Ist in Ordnung, Justin.«

Die Tür schnappte hinter ihm ins Schloß.

Sie war allein im Zimmer. Es erleichterte sie, zu wissen, daß er so vernünftig dachte. Trotzdem blieb eine gewisse Eifersucht. Von ihren Sorgen verwirrt, verglich sie die Selbstgenügsamkeit ihres Enkels mit Jons unablässiger Betonung seiner Unabhängigkeit.

3

Eve kaufte nie eine Abendzeitung, da sie gewöhnlich keine Zeit hatte, sie zu lesen. Die Fahrt von ihrem Büro am Piccadilly zu ihrer Wohnung in der Davies Street war zu kurz, und zu Hause mußte sie sich immer beeilen, ihr Bad zu nehmen und sich anzuziehen, um auszugehen. Blieb sie einmal zu Hause, hatte sie für eine Dinnerparty zu kochen. Zeitungen spielten somit in ihrem Leben eine recht unbedeutende Rolle.

An jenem Abend hatte sie sich gerade angezogen und gab sich nun der komplizierten Beschäftigung hin, ihr Make-up aufzutragen, als ein unerwarteter Besucher ihre ganze Zeitrechnung über den Haufen warf.

»Ich wollte nur mal schnell bei dir vorbeisehen. Hoffentlich störe ich dich nicht. Du sagst es mir doch, wenn ich im Weg bin?«

Mindestens zehn Minuten hatte sie gebraucht, um ihn loszuwerden, und dann ließ er auch noch einen Wust von Abendzeitungsblättern zurück, als wollte er dem Raum seinen Stempel aufdrücken, wo er doch schon ihre kostbare Zeit über Gebühr in Anspruch genommen hatte. Eve schob die Zeitung unter ein Kissen, stellte in der Küche die leeren Gläser in eine versteckte Ecke und gab sich dann Mühe, endlich ihrer Erscheinung den letzten Glanz zu verleihen.

Doch schließlich hatte sie sich ganz umsonst abgehetzt, denn der Mann verspätete sich.

Um die Wartezeit totzuschlagen, holte sie die Zeitung unter dem Kissen heraus. Sie war nützlich, um darin den Schinken einzuwickeln, der seit dem letzten Wochenende an Frische eingebüßt hatte. Auf dem Küchentisch schlug sie die Zeitung auf. Sie wollte sich gerade zum Kühlschrank umdrehen – eine Sekunde später war der Schinken jedoch vergessen.

Jon Towers, kanadischer Grundstücksmillionär ...

Towers!

Nein, das war doch nicht möglich!

Sie nahm das Blatt auf, und dabei glitt der Rest der Zeitung zu Boden.

Jon! Jon Towers! Das war doch dieser Mann –

Kanadischer Grundstücksmillionär...

Nein, es mußte doch ein anderer sein. Aber Jon war nach jenem grauenhaften Wochenende in Clougy nach Übersee gegangen.

Clougy!

Wie komisch, daß ihr der Name wieder eingefallen war.

Sie sah dieses gelbe Haus mit den weißen Fensterläden noch genau vor sich, den tiefgrünen Rasen, den Hügel, der zu beiden Seiten des Hauses zur Bucht abfiel. Wo Füchse und Hasen sich gute Nacht sagen, hatte sie damals gedacht. Vier Meilen zur nächsten Stadt, zwei Meilen zur Landstraße, ganz am Ende eines Fahrweges. Aber sie hatte ja niemals mehr dorthin gehen müssen. Dieses eine Mal reichte sowieso für ein ganzes Leben.

Bleibt in London – englische Verlobte...

Wahrscheinlich wohnte er in einem der bekannten eleganten Hotels. Es wäre doch bestimmt ziemlich einfach, ihn zu finden, falls – man ihn finden wollte. Aber das wollte sie ja gar nicht.

Oder vielleicht doch?

Jon Towers! Diese Augen!

Sie starrte das ein wenig unklare Foto an. Man sah in diese Augen und vergaß, daß man Rückenschmerzen hatte, daß es zog, vergaß die vielen ermüdenden Dinge, die einen peinigen können. Man konnte das Klavier hassen und die Musik als sinnlosen Krach empfinden, aber man mußte ihm zuhören, sobald er die Hände auf die Tasten legte. Er lachte oder machte irgendeine belanglose Handbewegung, und man konnte keinen Blick von ihm wenden.

Ein Weiberheld, hatte sie gedacht, als sie ihn kennenlernte, aber am Abend hatte Max dann zu ihr gesagt: »Jon? Du lieber Gott! Hast du's denn nicht bemerkt? Er ist in seine Frau verknallt. Komisch, was?«

Ja, seine Frau.

Eve legte die Zeitung weg und hob die verstreuten Seiten auf. Ihre Beine waren schwer und steif. Sie fröstelte. Sie stopfte die Zeitung in den Abfallkübel und ging zurück in das stille Wohnzimmer.

Jon Towers war also wieder in London. Der hatte Nerven!

Aber vielleicht wäre es recht amüsant, Jon wieder zu begegnen? Schade, daß er sie wahrscheinlich völlig vergessen hatte, daß er jetzt ein ganz fremdes Mädchen heiraten wollte, das sie wahrscheinlich nicht kannte. Aber es wäre trotzdem interessant, diese Augen und den kraftvollen Körper wieder einmal zu sehen. Ob sie nach diesen zehn Jahren noch immer jene Erregung in ihr hervorrufen konnten wie damals? Oder könnte sie ihm jetzt mit unbeteiligter Kühle gegenübertreten? Vielleicht war es damals nur eine sexuelle Anziehung gewesen, die jetzt ihre Wirkung verloren hatte. Vielleicht war da aber noch etwas anderes gewesen? Sie hatte es damals Max zu erklären versucht, wußte aber heute noch nicht genau, was sie hätte erklären wollen.

»Nein, es ist nicht nur Sex, Max«, hatte sie damals gesagt. »Es ist noch etwas anderes. Nicht nur Sex.«

Max hatte seine blasierte, zynische Miene aufgesetzt.

»Nein? Weißt du das ganz bestimmt?«

Max Alexander!

Sie ging zum Telefon und schlug das dicke Londoner Telefonbuch auf.

4

Max Alexander lag im Bett. Es gab nur einen einzigen Platz, der ihm noch lieber war als das Bett: der Steuersitz eines Rennwagens. Sein Arzt hatte ihm geraten, in dieser Saison auf Rennen zu verzichten, und so blieb ihm mehr Zeit für das Bett.

An jenem Abend erwachte er eben von einem kurzen Schlummer und griff nach einer Zigarette, als das Telefon klingelte. Nur aus Neugier hob er den Hörer ab.

»Hallo, Max!« sagte eine ihm unbekannte Frauenstimme am anderen Ende. »Wie geht es dir?«

Er zögerte, denn er ärgerte sich. Immer diese Weiber mit ihrem geheimnisvollen Getue!

»Hier ist Flaxman 9811«, antwortete er trocken. »Sie müssen die falsche Nummer gewählt haben.«

»Du hast aber ein kurzes Gedächtnis, Max«, sagte die Stimme am anderen Ende. »Seit Clougy ist doch nicht so schrecklich viel Zeit vergangen, oder?«

Es dauerte eine ganze Zeit, ehe er höflich sagen konnte: »Seit wann, sagten Sie?«

Er war sichtlich verdutzt.

»Clougy, Max. Clougy! Du hast doch deinen Freund Jon Towers nicht vergessen?«

Lächerlich, daß ihm ihr Name nicht einfiel!

Vage erinnerte er sich eines biblischen Namens.

Ruth? Esther?

Zum Teufel! In der Bibel gab es wahrscheinlich jede Menge weiblicher Namen, aber ihm fiel außer diesen beiden keiner ein. Wenn man auch ein Vierteljahrhundert lang keine Bibel mehr aufschlägt –

»Oh, du bist es!« sagte er aufs Geratewohl. »Und ist die Welt derzeit freundlich zu dir?«

Weshalb, zum Teufel, rief sie überhaupt an?

Nach dieser Sache in Clougy hatte er sie nicht mehr gesehen. Jeder war seine eigenen Wege gegangen. Und zehn Jahre war es überdies her. Zehn Jahre sind eine sehr lange Zeit.

»Seit zwei Jahren wohne ich in der Davies Street«, hörte er sie sagen. »Ich arbeite jetzt bei einer Firma am Piccadilly. Diamantenhändler. Chefsekretärin, weißt du.«

Als ob ihn das interessierte!

»Natürlich hast du die Zeitungsnotiz über Jon gelesen«, fuhr sie fort, ehe er noch etwas sagen konnte. »In der Abendzeitung.«

»Jon? Wieso?«

»Ah, du hast die Zeitung noch nicht gesehen? Er ist in London.«

Plötzlich bestand die Welt nur noch aus einem elfenbeinfarbenen Telefonhörer und einem Stich unter dem Herzen.

»Er bleibt einige Tage. Ich denke, er ist geschäftlich hier. Ich überlegte mir nur eben, ob du schon davon gehört hast. Hat er dir geschrieben, daß er kommt?«

»Die Verbindung riß ab, als er ins Ausland ging«, antwortete Alexander brüsk und legte den Hörer auf, ohne ihre Antwort abzuwarten.

Erstaunt stellte er fest, daß er schwitzte. Sein Herz arbeitete so angestrengt, daß die Ärzte den Kopf geschüttelt hätten. Er legte sich in die Kissen zurück und versuchte, bewußt und langsam zu atmen. Es war furchtbar mit diesen Frauen! Immer mußten sie einen mit so unerwarteten Nachrichten überfallen. Sicher machte ihnen so etwas teuflischen Spaß und war die Würze ihres Lebens. Und diese Frau hatte sich in ihrer Rolle als Klatschtante besonders gut gefallen.

»Jon Towers«, sagte er laut.

Das half ihm, die Vergangenheit Stück für Stück zurückzuholen. Allmählich gelang es ihm auch, die Lage ruhig, leidenschaftslos und desinteressiert zu betrachten.

An Jon hatte er sehr lange nicht mehr gedacht. Wie mochte es ihm in Kanada ergangen sein? Und warum war er nach all diesen Jahren wieder zurückgekommen?

Er hatte immer den Eindruck gehabt, Jon würde nach dem plötzlichen Tod seiner Frau nie mehr zurückkehren.

Alexander erstarrte, als er an Sophias Tod dachte. Noch jetzt konnte er sich genau der amtlichen Leichenschau, der Ärzte, der Vernehmungen bei der Polizei erinnern, als wäre es erst gestern gewesen. Die Jury war zu dem Ergebnis gekommen, daß der Tod ein Unglücksfall gewesen war, obwohl die Möglichkeit eines Selbstmordes nicht ganz ausgeschlossen wurde. Jon hatte damals sein Geschäft in Penzance verkauft und war zwei Monate später nach Kanada geflogen.

Alexander zündete sich eine Zigarette an und rauchte bedächtig vor sich hin. Seine Erinnerungen wurden zunehmend klarer.

Er war mit Jon zur Schule gegangen. Obwohl sie nicht viel gemeinsam hatten, interessierten sich beide für Autorennen, und sie besuchten einander in den Ferien. Jons Mutter war eine ziemlich snobistische Dame und gesellschaftlich sehr in Anspruch genommen. Jon hatte oft mit ihr gestritten. Seine Eltern hatten sich scheiden lassen, als er sieben war. Sein Vater mußte ziemlich reich und exzentrisch gewesen sein. Er hatte seine Zeit auf botanischen Expeditionen verbracht, so daß Jon ihn kaum jemals sah. Mütterlicherseits hatte Jon wohl noch einige Verwandte gehabt, aber er hatte nur eine einzige gesehen, ein Mädchen namens Marijohn, die ein Jahr jünger als Jon war.

Er war jetzt weit weg in einer anderen Welt. Eine strahlende Sonne und ein tiefblauer Himmel spiegelten sich im Wasser.

Marijohn!

Niemand hatte je ihren Namen abgekürzt.

Marijohn Towers. Sie hatte blendend ausgesehen. Ein paarmal war er sogar mit ihr ausgegangen, hatte aber nichts erreicht. Es hatte zu viele andere Männer mit demselben Ehrgeiz gegeben, und sie schien viel ältere Männer zu bevorzugen. Verstanden hatte er sie außerdem auch niemals. Ein wenig Geheimnis um eine Frau war sicher reizvoll, aber undurchdringlich durfte es nicht werden.

Schließlich hatte Marijohn dann einen Rechtsanwalt geheiratet. Niemand hatte gewußt, weshalb sie gerade ihn gewählt hatte, denn er war ein ziemlich durchschnittlicher Knabe gewesen, ein wenig langweilig und schrecklich konventionell. Michael hatte er geheißen, Michael Sowieso. Sie waren inzwischen geschieden. Alexander wußte nicht, wie es den beiden ging.

Jon und Sophia hatten noch vor Marijohn und Michael geheiratet.

Die Zigarette schmeckte ihm nicht, und plötzlich wollte er auch nicht mehr an die Vergangenheit denken.

Sophia war in einem Café in Soho Kellnerin gewesen. Jon war damals neunzehn, als er sie kennenlernte und kurze Zeit später heiratete. Seine Mutter hatte die Nase gerümpft, und sein Vater hatte sofort eine Expedition abgebrochen und war nach England zurückgeflogen. Es hatte schrecklichen Streit gegeben, und das Ende davon war, daß der Vater Jon aus seinem Testament gestrichen hatte und zu seiner Expedition zurückgekehrt war.

Jon hatte das nichts ausgemacht. Er hatte sich von seiner Mutter ein paar tausend Pfund geliehen und damit in Penzance, Cornwall, einen Grundstückshandel angefangen. Das Geld hatte er bald zurückbezahlt. Er kaufte Landhäuser in günstig gelegenen Teilen von Cornwall, renovierte sie und verkaufte sie mit gutem Nutzen. Damals war Cornwall gerade aktuell, und für einen jungen, tüchtigen Mann mit Geld lag das Geschäft auf der Straße. Jon war aber an großen Verdiensten gar nicht interessiert gewesen. Er hatte keinen anderen Wunsch gehabt, als mit seiner Frau und seinem Flügel in einem schönen Haus zu wohnen. Natürlich hatte sich dieser Wunsch erfüllt. Jon hatte immer bekommen, was er sich wünschte.

Ja. Wenn er eine Frau haben wollte, brauchte er nur den Finger krumm zu machen, und sie kam. Wollte er Geld, dann floß es wie von selbst auf sein Bankkonto. Wollte er einen Freund, dann war der richtige Mann zur Stelle.

Als Jon einige Zeit weg war, kam es Max Alexander so vor, als wäre ein Bann von ihm genommen, und er hatte darüber nachgedacht, ob Jon wirklich einmal sein Freund gewesen war.

Jon und Sophia hatten nur ein Kind gehabt. Der Junge war ziemlich fett gewesen und hatte keinem Elternteil ähnlich gesehen.

Und dann fielen Alexander die Wochenendpartys in Clougy ein.

Den ganzen Sommer hindurch fuhren Jons Freunde am Freitag nach Clougy. Es war eine ziemlich weite Fahrt, und mancher übernachtete unterwegs. Aber man fuhr gern nach Clougy, denn Jon und Sophia waren gute Gastgeber, und ihr Haus war ein friedliches Fleckchen für ein langes Wochenende.

Für Sophia, die immer in Großstädten gelebt hatte, mochte es dort vielleicht ein wenig zu still gewesen sein. Es gab keinen Zweifel darüber, daß jenes schöne, abgelegene Haus an der See sie bald gelangweilt hatte, obwohl es Jon über alles liebte.

Sophia war üppig und träge gewesen, hatte langsame Bewegungen gehabt und unter einer nur mühsam verborgenen Langeweile gelitten.

Arme Sophia! Es wäre vielleicht besser gewesen, sie wäre in ihrem Café geblieben und hätte nicht das hektische Leben von Soho zugunsten jenes stillen Hauses am Meer aufgegeben.

Die Felsen in der Bucht, von denen sie gestürzt war, waren gefährlich gewesen, obwohl man Stufen in den Fels gehauen hatte, denn sie waren sehr glatt, wenn es geregnet hatte, und wenn die Klippe auch nicht sehr steil war, so war sie doch zerklüftet. Erst am Strand lief sie in sanften Terrassen aus.

Ja, dort an den Klippen war es unbeschreiblich schön gewesen. Jon war oft mit dem Jungen dort spazierengegangen.

Er erinnerte sich ganz klar. Er war mit Eve zu einer der fröhlichen Partys gekommen, die Sophia so sehr geliebt hatte. Außer ihnen, Jon, Sophia und dem Kind waren noch Michael und Marijohn dagewesen. Ein weiteres Paar hatte in letzter Minute abgesagt.

Das Haus war ein altes Farmhaus gewesen, das Jon umgebaut hatte. Es hatte gelbe Mauern und weiße Fensterläden gehabt. Ein wunderschönes Fleckchen Erde, und so nahe am Meer!

Nach dem Unglück hatte er sich überlegt, ob Jon wohl das Haus verkaufen würde. Doch das tat Jon nicht; nur sein Geschäft in Penzance verkaufte er.

Das Haus schenkte er Marijohn.

5

Kaum war Michael Rivers an jenem Abend zu Hause, als er auch schon den Wagen aus der Garage holte und sich auf die Reise nach Surrey machte. In Guildford nahm er in einem Gasthaus einen kleinen Imbiß und fuhr dann sofort weiter.

Es war kurz nach sieben, als er in Anselm's Cross ankam. Die Julisonne stand noch flammend über den grünen Fichtenwäldern auf den Hügeln ringsum.

Man empfing ihn überrascht, fast ablehnend. Der Dienstag war sonst kein Besuchstag; darin war die Mutter Oberin sehr eigen. Handelte es sich allerdings um eine dringende Sache, so konnte man schon eine Ausnahme machen.

»Sie werden natürlich erwartet?« fragte man ihn.

»Nein«, antwortete Rivers, »aber ich glaube, sie wird mich sehen wollen.«

»Einen Augenblick, bitte«, sagte die Frau und verließ in einem Wirbel von schwarzen Röcken und Schleiern den Raum.

Nach einer Viertelstunde kehrte die Frau zurück.

»Bitte, folgen Sie mir«, forderte sie den Mann auf.

Das Schweigen erstickte ihn fast. Er stellte sich vor, wie es wohl sein mochte, wenn man endlose Stunden mit seinen eigenen Gedanken in diesem von der Welt abgeschlossenen Haus allein war. Schweiß des Entsetzens stand auf seiner Stirn. Er zwang seine Gedanken in eine andere Richtung, dachte an das Leben, an die mit Büroarbeit vollgestopften Tage, an die Abende im Klub, an die Wochenenden beim Golfspiel und in der freien Natur. Da hatte er keine Zeit zum Sinnieren, und das war gut so. Früher einmal hatte er gelegentlich ein wenig Einsamkeit geschätzt, aber jetzt wollte und konnte er sich nur noch mit anderer Leute Angelegenheiten beschäftigen, und Einsamkeit gab es für ihn nicht mehr.

Die Nonne öffnete die Tür. Sie schloß sich hinter ihm, als er die Schwelle überschritten hatte, und die Schritte entfernten sich.

»Michael!« rief Marijohn und lächelte ihn an. »Welch eine reizende Überraschung.«

Sie stand auf und kam ihm entgegen. Ein Streifen Sonne fiel durchs Fenster und auf ihr schönes Haar.

Die Kehle war ihm plötzlich wie zugeschnürt. Hilflos stand er vor ihr, unfähig zu reden, unfähig, sich zu bewegen, fast unfähig, sie anzusehen.

»Lieber Michael«, sagte sie freundlich, »komm und setz dich! Was hat dich hierhergeführt? Schlechte Nachrichten? Sonst wärst du doch kaum nach einem langen Arbeitstag so weit gefahren.«

Sie hatte seine Bedrückung gespürt.

Es gelang ihm, ihr gegenüber am Tisch Platz zu nehmen. Dann suchte er nervös nach seinen Zigaretten.

»Macht es dir etwas aus, wenn ich rauche?« murmelte er.

»Absolut nicht. Hast du auch eine für mich?«

Erstaunt sah er sie an. Sie lächelte.

»Ich bin doch keine Nonne«, erinnerte sie ihn. »Ich habe mich nur hierher zurückgezogen.«

»Natürlich«, erwiderte er ungeschickt. »Das vergesse ich immer wieder.«

Er bemerkte, daß sie immer noch den Ehering trug. Ihre Finger waren lang und schlank, genauso wie früher.

»Dein Haar ist grauer, Michael«, bemerkte sie. »Du arbeitest anscheinend noch immer zuviel.«

Sie inhalierte den Rauch der Zigarette. »Wie eigenartig das schmeckt! Komisch! Wie ein seltenes Gift, das einen langsam umbringt. Wann warst du das letztemal da, Michael? Vor sechs Monaten, ja?«

»Sieben. Es war zu Weihnachten.«

»Ja, natürlich. Hast du noch die alte Wohnung? Westminster, nicht wahr? Komisch, in Westminster kann ich mir dich nicht vorstellen. Du solltest wieder heiraten, Michael, und in eine hübsche Vorstadt ziehen. Wie geht es denn deinen Freunden? Hast du Camilla gesehen? Ich erinnere mich, du solltest sie doch auf einer Weihnachtsfeier treffen?«

Endlich gewann er seine Sicherheit zurück.

Er war ihr dankbar, daß sie so ununterbrochen redete, bis er sich wieder gefangen hatte. Es war fast so, als hätte sie gewußt – Nein, das war unmöglich!

»Nein, ich habe Camilla nicht mehr gesehen«, erwiderte er.

»Oder Justin?«

Sie wußte es sicher. Seine Kopfhaut prickelte.

»Nein, auch Justin hast du nicht gesehen«, antwortete sie für ihn.

Sie sprach nun langsamer und hielt den Blick auf irgendeinen fernen Gegenstand gerichtet.

»Ich glaube, ich verstehe. Du bist gekommen, um mit mir über Jon zu sprechen.«

Die Stille war wie eine riesige Flutwelle, die sie von allen Seiten her einschloß. Er versuchte sich einzureden, sie sei nur eine Klientin, mit der er Geschäfte zu besprechen hatte, aber ihm fehlten die richtigen Worte.

»Er ist zurückgekommen«, sagte er.

Sie sah ihn zum erstenmal voll an.

»Ja?«

Wieder dieses düstere Schweigen. Sie sah auf ihre Hände, und ihre langen Wimpern warfen richtige Schatten auf die Wangen. Diese Wimpern bewirkten jenen verschleierten Blick, den er einst so gefürchtet hatte.

»Wo ist er denn?«

»In London.«

»Bei Camilla?«

»Nein. Im *Mayfair*.«

Es war wie bei einer Besprechung mit Klienten. Plötzlich fiel ihm das Reden leichter.

»Es stand in der Abendzeitung. Man nennt ihn darin einen kanadischen Grundstücksmillionär, was mir ja ziemlich unglaubhaft vorkommt, aber er war zweifellos der Mann auf dem Foto. Auch Camilla war erwähnt. Der Name des Hotels war nicht angegeben, aber ich habe die größten Häuser angerufen. Ich nahm nicht an, daß er bei Camilla wohnen würde, denn als ich sie zuletzt sah, sagte sie, sie würde nicht einmal seine kanadische Adresse kennen und hätte keine Verbindung mit ihm.«

»Ah, ich verstehe. Stand sonst noch etwas in der Zeitung?«

»Ja. Es hieß, er sei mit einer Engländerin verlobt und wolle demnächst heiraten.«

Sie sah zum Fenster hinaus und in den klaren, blauen Himmel. Dann lächelte sie.

»Ich freue mich«, sagte sie, und ihr Lächeln galt auch ihm. »Das ist eine wundervolle Nachricht. Ich hoffe, er wird sehr glücklich.«

Er mußte wegsehen.

Und plötzlich hatte er es eilig, dieser bedrückenden Stille zu entrinnen, um in den grellen Lärm Londons zurückzukehren.

»Willst du, daß ich...?«

Sie unterbrach ihn.

»Nein. Es ist nicht nötig, daß du ihn meinetwegen triffst. Es war nett von dir, den weiten Weg hierherzufahren. Du kannst jetzt nichts mehr tun.«

»Falls du irgendwie Hilfe brauchen solltest...«

»Ich weiß, Michael. Und ich bin dir sehr dankbar.«

Wenig später brach er auf. Ihre ausgestreckte Hand übersah er, denn der Abschied erschien ihm so viel zu formell. Eine Minute später steckte er den Zündschlüssel ein und knipste das Autoradio an. Er ließ es aufbrüllen, ehe er sich auf die Rückfahrt nach London machte.

6

Nachdem er gegangen war, blieb Marijohn noch lange an dem Holztisch sitzen und sah zu, wie die Nacht hereinbrach. Dann kniete sie nieder und betete.

Um elf Uhr ging sie zu Bett, aber eine Stunde später war sie noch immer wach.

Der Mond schien durch das Fenster und warf lange schlanke Schatten an die nackten Wände.

Sie setzte sich auf und lauschte. Ihr Geist öffnete sich.

Dann ging sie zum Fenster und machte es auf, als könnte die frische Nachtluft ihr helfen, zu verstehen.

Im geschlossenen Hof draußen war es sehr still, noch ruhiger als in ihrem eigenen Zimmer, aber der Friede wirkte jetzt nicht besänftigend auf sie. Ihr Kopf schien sich auszudehnen, der Atem blieb ihr in der Kehle stecken. Sie war versucht, zu schreien.

Keuchend lief sie zur Tür und riß sie auf. Der Schweiß brach ihr aus sämtlichen Poren. Doch jenseits der Tür war nur der verlassene Korridor, der sie fast erstickte mit seinem Frieden.

Sie begann zu rennen. Ihre Füße machten kaum ein Geräusch auf dem Steinboden. Und plötzlich rannte sie die Klippen entlang an der blauen, glitzernden See, und sie rannte zu jenem Haus mit den weißen Fensterläden, und Luft war um sie, frische Luft.

Sie war frei.

Die Szene verschwamm vor ihrem Geist. Sie stand im Garten des alten Hauses in Surrey, und eine Rose wuchs neben ihr. Sie pflückte sie und riß die Blütenblätter ab. Und plötzlich war ihr Geist wieder weit offen, und sie hatte Angst. Niemand, dachte sie, der diese Begabung nicht hat, kennt diese Schrecken. Und niemand kann sich vorstellen, welch ein Schmerz das ist, diese dunklen Kämpfe nicht zu verstehen, zu wissen, daß der eigene Geist einem nicht allein gehört.

Sie kniete nieder und versuchte zu beten. Doch ihr Gebet verlor sich im Sturm, und sie konnte nichts tun, als ihrem Geist zu lauschen.

Dann kam die Dämmerung. Sie ging zur Mutter Oberin und sagte ihr, sie wolle noch am gleichen Tag das Haus verlassen, und sie wüßte nicht, ob sie je zurückkehren würde.

7

Den Leuten am Empfang gelang es nicht, den anonymen Anrufer zu finden.

»Sie müssen«, erklärte Jon. »Es ist sehr wichtig.«

Es sei unmöglich, sagte der höfliche Mann. Ein Ortsgespräch aus einer Telefonzelle ließe sich zwar als Tatsache feststellen, aber darüber hinaus sei jede weitere Information unmöglich.

»War es ein Mann oder eine Frau?«

»Ich fürchte, das kann ich nicht sagen. Sehen Sie, Sir...«

»Was sagte er denn? War es eine hohe oder eine tiefe Stimme? Hatte er einen Akzent? Sie müssen das doch wissen. Es war schließlich erst vor ein paar Minuten.«

»Nein, Sir. Ich weiß es nicht. Es ist sehr schwierig zu sagen, Sir, denn es war kaum mehr als ein Flüsterton. Er fragte nach Ihnen, Sir.

›Mr. Towers, bitte‹, sagte er.

Ich antwortete: ›Einen Augenblick, bitte.‹

Und dann verband ich ihn mit Ihnen, Sir.«

Jon hob die Schultern, drehte sich um und ging zur Bar.

Der Mann am Empfang wischte sich die Stirn trocken, murmelte seinem Kollegen etwas zu und ließ sich auf den nächsten Stuhl fallen.

Jon bestellte einen doppelten Scotch on the rocks und zog sich mit seinem Drink in eine ruhige Ecke zurück. Nach kurzer Zeit fiel ihm etwas ein. Er trank sein Glas leer, drückte seine Zigarette aus und kehrte in sein Zimmer zurück, um ein Telefongespräch zu führen.

Aber es meldete sich eine fremde Stimme.

Hatte sie wieder geheiratet oder war sie ausgezogen?

Er überlegte einen Augenblick.

Lawrence, der Familienanwalt, würde sicher wissen, wo sie zu finden war, denn ein Lawrence zieht nicht mehr um. Er mußte jetzt so gegen fünfundsiebzig sein. Und sicher war er mit seinem georgianischen Haus in Richmond und seiner stets mürrischen Haushälterin, die gestärkte Kragen und Manschetten trug, noch mehr verwachsen als vor zehn Jahren.

Wenige Minuten später meldete sich eine tiefe, angenehme Stimme, die jede einzelne Silbe mit nachdrücklicher Bedachtsamkeit aussprach.

»Lawrence, ich möchte mich mit meiner Mutter in Verbindung setzen«, sagte Jon. »Sie können mir doch sicher ihre Adresse geben? In der Halkin Street scheint sie nicht mehr zu wohnen. Und vielleicht können Sie mir in kurzen Zügen erzählen, was alles geschehen ist, während ich in Übersee war.«

Lawrence sprach eine Weile, und Jon faßte, weil ihm die Ausdrucksweise des alten Herrn zu umständlich war, dessen Mitteilungen kurz zusammen in der Frage: »Ihr zweiter Mann starb also, und sie zog vor fünf Jahren um nach Consett Mews Nummer fünf, sagten Sie?«

»Ja, genau. Und tatsächlich...«

»Ah, ich verstehe. Noch etwas, Lawrence. Ich muß unbedingt mit meiner Kusine Marijohn Verbindung aufnehmen. Eigentlich wollte ich meine Mutter anrufen und nach Marijohns Adresse fragen, aber wenn ich jetzt schon mit Ihnen spreche, können Sie mir vielleicht auch sagen, wo sie ist?«

Der alte Mann überlegte.

»Das heißt also, daß Sie es auch nicht wissen«, stellte Jon nach zehn Sekunden fest.

»Wenn ich ehrlich sein soll – nein, ich weiß es nicht. Natürlich könnte Rivers es Ihnen sagen. Netter Kerl, der junge Rivers. Schade, daß die Ehe nicht hielt. Sie wissen doch von der Scheidung, ja?« Einige Sekunden lang herrschte gespanntes Schweigen. »Die Scheidung war – Moment – vor sechs Jahren. Nein, vor fünf. Wissen Sie, mein Gedächtnis ist auch nicht mehr das, was es war. Rivers hat die Sache schrecklich mitgenommen. Ich traf ihn zufällig einmal im Juristenklub, als der Prozeß gerade lief. Die Scheidung war einfach. Sie hat ihn ja verlassen und es nicht bestritten. Der Richter war hochanständig. In zehn Minuten war alles vorüber. Sie brauchte nicht einmal zum Termin zu kommen. Sind Sie noch da, Jon?«

»Ja«, antwortete Jon. »Ja, ich bin noch da.«

Marijohn, Marijohn, Marijohn, ging es ihm durch den Kopf, und plötzlich war der ganze Raum voll Trauer.

Lawrence erzählte noch einiges mit der Gründlichkeit und Weitschweifigkeit des hohen Alters und lud Jon schließlich zum Wochenende in sein Haus zu einem Dinner ein.

»Ich fürchte, Lawrence, im Moment geht es nicht«, lehnte Jon höflich ab. »Wenn ich darf, rufe ich Sie wieder an. Vielleicht können wir dann etwas vereinbaren.«

Er ließ sich auf das Bett und in die Kissen zurückfallen. Das weiße Leinenzeug schmiegte sich kühl an seine Wange. Frische Bettwäsche hatte er immer über alles geliebt. Und nun fielen ihm auch das Doppelbett im Schlafzimmer von Clougy ein, die weißen, einladenden Laken, Sophias dunkles Haar, das über die Kissen fiel, ihr nackter, voller, warmer Körper.

Er stand auf, ging ins Badezimmer, kehrte ins Schlafzimmer zurück und lief dann rastlos zwischen Fenster und Türen auf und ab.

Du mußt Marijohn finden, sagte er zu sich selbst. Zu Michael Rivers kannst du nicht gehen, also mußt du deine Mutter fragen. Ruf sie in den Consett Mews an. Vielleicht siehst du dann auch gleich Justin. Auch mit Justin mußt du unbedingt reden. Justin!

Aber dieser Anruf! Wer kann das nur gewesen sein?

In erster Linie muß ich Marijohn finden.

Er ging aus und fuhr mit dem Taxi zu den Consett Mews. Es war eine sehr kurze Fahrt.

Es war dunkel in den Mews. Das einzige Licht kam von einer altmodischen Laterne in einer Ecke. Über der Tür Nummer 5 brannte kein Licht.

Langsam ging er über das holprige Kopfsteinpflaster und drückte kräftig auf die Klingel.

Vielleicht kommt Justin an die Tür, dachte er. Wie er wohl jetzt aussehen mochte? Damals war er klein, dick und kurzbeinig, und seine kleine Hand lag vertrauensvoll in der großen seines Vaters, wenn sie in Clougy über den Klippenpfad gingen.

Die Tür ging auf. Das Gesicht der Frau in Hausgehilfinnenuniform kannte er nicht.

»Guten Abend«, sagte Jon. »Ist Mrs. Rivington zu Hause?«

Die Hausgehilfin zögerte.

»Wer ist es denn?« rief eine Stimme von drinnen, und im selben Moment, als Jon die Schwelle überschritt, kam Camilla in die Halle heraus.

Schmerzliche Liebe beengte ihm die Brust und schnürte ihm die Kehle zu, aber die Vergangenheit schob sich wie ein Nebelschleier zwischen ihn und sie.

Er hatte ihr nie etwas bedeutet. Immer war sie zu sehr damit beschäftigt gewesen, neue Liebhaber und neue Ehemänner zu finden, darauf bedacht, keine dieser ermüdenden Cocktailpartys auszulassen und jede gesellschaftliche Gelegenheit wahrzunehmen. Es gab ja Kindermädchen, die ihr die Arbeit abnehmen konnten, und wenn einem ein Kind im Weg war, dann schickte man es eben ein Jahr zu früh ins Internat.

Er hatte ihre Haltung akzeptiert und sich ihr so gut wie möglich angepaßt. Nach zehn Jahren der Trennung gab es keinen Schmerz mehr darüber.

»Hallo!« sagte er und hoffte, sie würde nicht weinen und auch keine melodramatische Szene aufführen, um eine Liebe zu demonstrieren, die es ja doch nicht gab. »Ich dachte, es sei am besten, dich gleich zu besuchen. Du wirst ja in der Zeitung gelesen haben, daß ich hier bin.«

»Jon!«

Sie legte ihre Arme um ihn, und als er ihre Wange küßte, bemerkte er, daß sie weinte.

Diese rührende Familienszene ließ sich also doch nicht vermeiden. Er war sieben, als sie ihn ins Internat schickte, aber sie hatte geweint, als er gehen mußte. Das hatte er ihr nie verziehen, weil sie die Trauer nicht gefühlt hatte, die sie zu fühlen vorgab. Und jetzt schien alles wieder von vorn anzufangen.

Er trat einen Schritt zurück und lächelte sie an.

»Ich glaube, du hast dich überhaupt nicht verändert. Wo ist Justin? Ist er hier?«

Ihre Miene änderte sich fast unmerklich. Sie ging ihm voran in das Wohnzimmer.

»Nein, er ist nicht hier. Er ging nach dem Abendessen aus und sagte, gegen elf Uhr sei er wieder zurück. Warum hast du nicht angerufen, um zu sagen, daß du uns besuchen willst? Daß du schreibst, habe ich sowieso nicht erwartet, aber anrufen hättest du doch können.«

»Ich wußte nicht, ob ich heute Zeit haben würde zu kommen.«

Sie waren nun im Wohnzimmer, und er erkannte die alten Bilder, den Eichenschrank, das blaßfarbene Weidenmusterporzellan.

»Wie lange wirst du bleiben?« fragte sie. »Bist du geschäftlich hier?«

»Ja, auch«, erwiderte Jon. »Aber ich werde vor allem hier heiraten. Meine Verlobte kommt in zehn Tagen von Toronto herüber, und dann werden wir so bald wie möglich eine ganz ruhige Hochzeit arrangieren.«

»Oh«, sagte sie, und er hörte die Schärfe in ihrer Stimme. »Bin ich zur Hochzeit eingeladen? Oder soll sie so ruhig sein, daß nicht einmal die Mutter des Bräutigams erwartet wird?«

»Du kannst natürlich kommen, wenn du willst.«

Er nahm eine Zigarette aus dem Behälter auf dem Tisch und zündete sie mit dem eigenen Feuerzeug an. »Aber wir wollen wirklich nur eine ganz ruhige Hochzeit. Sarahs Eltern wollten in Kanada eine gesellschaftliche Affäre daraus machen, aber das kann ich nicht ertragen, und auch Sarah wollte es nicht. Deshalb beschlossen wir, in London zu heiraten. Ihre Eltern werden von Kanada herüberfliegen, und ein paar ihrer Freundinnen kommen, sonst aber niemand.«

»Ach, ich verstehe«, sagte seine Mutter. »Wie interessant! Und hast du ihr von deiner Ehe mit Sophia erzählt?«

Er warf ihr einen scharfen Blick zu. Es befriedigte ihn, sie tief erröten zu lassen. Unvermittelt fragte er: »Hast du heute abend im *Mayfair* angerufen?«

»Ich?«

Er sah, wie verwirrt sie war.

»Nein. Ich wußte ja gar nicht, daß du im *Mayfair* wohnst. Warum fragst du?«

»Ah, nichts.«

Er inhalierte den Rauch seiner Zigarette und musterte eine neue Porzellanfigur auf der Kredenz.

»Wie geht es Michael und Marijohn?« fragte er dann beiläufig.

»Sie sind geschieden.«

»Wirklich?« Es klang überrascht. »Und warum?«

»Sie wollte nicht mehr mit ihm zusammenleben. Zweifellos gab es auch einige Affären. Er ließ sich scheiden, weil sie ihn verlassen hatte.«

Statt sich dazu zu äußern, zuckte er nur mit den Schultern. Er wußte genau, daß ihr eine Bosheit auf der Zunge lag.

»Und wo ist Marijohn jetzt?« erkundigte er sich, ehe sie etwas sagen konnte.

»Warum?« fragte sie nach einer Pause.

Er sah sie fest an. »Warum? Ich will sie sehen.«

»Ah, so. Deshalb bist du wohl auch nach England gekommen und hast dich heute hier sehen lassen. Sonst hättest du dir diese Mühe wohl nicht gemacht.«

Oh, schon wieder eine hysterische Szene! dachte Jon bedrückt.

»Nun, dann hast du allerdings deine Zeit verschwendet. Ich habe keine Ahnung, wo sie steckt, und mir ist es auch verdammt egal. Michael ist der einzige Mensch, der mit ihr noch in Verbindung steht.«

»Wo wohnt er denn jetzt?«

»In Westminster«, erwiderte Camilla mit harter Stimme. »Grays Court, Nummer 16. Aber du gehst doch nicht wirklich zu Michael?«

Jon klopfte die Zigarettenasche ab und stand auf.

»Du willst doch nicht gehen? Du lieber Himmel, du bist doch eben erst gekommen!«

»Ich besuche dich ein andermal. Im Augenblick ist meine Zeit sehr knapp.«

Er war bereits in der Halle, ehe sie ihm folgen konnte, doch aus einem unbestimmten Gefühl heraus blieb er mit einer Hand auf der Haustürklinke stehen, drehte sich nochmals zu ihr um und lächelte sie an.

»Jon!« sagte sie, »Jon, mein Liebling...«

Alle Schärfe war aus ihrer Stimme geschwunden.

»Sag Justin, er soll mich anrufen, sobald er nach Hause kommt, ja?« Er drückte sie einen Augenblick an sich und küßte sie. »Nicht vergessen! Ich muß heute noch mit ihm sprechen.«

Sie trat einen Schritt zurück. Er öffnete die Tür.

»Du willst ihn aber doch heute nicht mehr sehen, oder?« fragte sie sarkastisch. »Ich denke, so groß ist dein Interesse an ihm sicher nicht.«

Er drehte sich abrupt um und trat auf die Straße hinaus. »Natürlich will ich ihn sehen«, sagte er über die Schulter. »Kannst du dir das nicht vorstellen? Justin war der Hauptgrund für meine Rückkehr.«

8

Michael Rivers war nicht zu Hause. Irgendwie war Jon darüber erleichtert. Er hatte kein Bedürfnis nach einem Wiedersehen mit Michael Rivers gehabt.

Langsam ging er die Treppe hinunter. Da schwang die Haustür auf, und ein Mann kam herein und drückte die Tür hinter sich ins Schloß.

Es war dunkel im Treppenhaus. Jon stand bewegungslos im Schatten und hielt den Atem an. Er wußte, daß dieser Mann Michael Rivers war.

»Wer ist da?« fragte der andere scharf.

»Jon Towers.«

Auf der Fahrt nach Westminster war er zu dem Entschluß gekommen, keine Zeit mit höflicher Konversation zu verschwenden, denn die zehn Jahre hatten nichts an seinem Verhältnis zu dem anderen Mann geändert.

»Entschuldige, daß ich dich so überfalle«, sagte er und trat aus dem Schatten in das Zwielicht der Abenddämmerung. »Ich muß sofort wissen, wo Marijohn sich aufhält, und niemand außer dir scheint ihren Aufenthaltsort zu kennen.«

Er stand nun näher bei Rivers, sah ihn aber noch immer nicht genau. Im Zwielicht konnte Jon vor allem nicht den Augenausdruck des anderen erkennen. Er fühlte sich deutlich unbehaglich. Einem schmerzenden Schlag ähnlich traf ihn die Erinnerung und dann eine ihm selbst unerklärliche Woge des Mitleids.

»Es tut mir leid, daß es schiefgegangen ist«, sagte er. »Es muß schlimm gewesen sein.«

Langsam drehte sich Rivers zum Tisch um und sah die Post durch, die für die Mieter des Hauses dort bereitgelegt wurde.

»Ich fürchte, ich kann dir nicht sagen, wo sie ist«, sagte er betont deutlich.

»Du mußt es doch wissen – und mußt es mir sagen«, drängte Jon. »Ich muß sie sehen.«

Der Rücken des Mannes bewegte sich nicht.

»Bitte!«

Jon liebte es nicht, jemanden um etwas zu bitten.

»Es ist sehr wichtig. Bitte, sag es mir!«

Der Mann hob einen Umschlag auf und öffnete ihn.

»Ist sie in London?«

Rivers warf einen Blick auf die Rechnung und schob sie in den Umschlag zurück.

»Schau, Michael...«

»Geh zum Teufel!«

»Wo ist sie?«

»Schau, daß du verschwin...«

»Du mußt es mir sagen. Sei doch nicht so entsetzlich stur! Es handelt sich um eine dringende Sache. Du *mußt* es mir sagen.«

Der Mann wandte sich der Treppe zu. Jon folgte ihm. Der andere drehte sich um, und da sah Jon zum erstenmal seine Augen.

»Du hast in meinem Leben zu viel Unruhe gestiftet, Jon Towers, und auch Marijohn hast du, weiß Gott, zu viel angetan.

Wenn du glaubst, ich sei ein solcher Narr, dir ihre Adresse zu sagen, dann bist du verrückt. Du wärst zufällig der letzte Mensch auf der ganzen Erde, dem ich sagen würde, wo sie ist. Zum Glück für Marijohn weiß es außer mir niemand. Und jetzt verschwinde von hier, ehe ich mich vergesse und die Polizei rufe.«

Die Worte waren kaum mehr als ein Flüstern gewesen. Jon trat einen Schritt zurück.

»Dann warst es also du, der mich heute im Hotel angerufen hat?«

Rivers starrte ihn an. »Ich hätte dich angerufen?«

»Ja. Anonym natürlich. Dieser Willkommensgruß war nicht gerade herzlich.«

Rivers musterte ihn scharf und drehte sich dann angewidert um. »Ich weiß nicht, wovon du sprichst«, hörte Jon ihn sagen.

Rivers ging weiter die Treppe hinauf.

»Ich bin ein Anwalt und kein Irrer, der anonyme Telefonanrufe macht.«

Die Treppe knarrte noch einmal, und dann stand Jon allein mit seinen Gedanken in der dämmerigen Halle.

Er verließ das Haus. Mit eiligen Schritten lief er am Big Ben vorbei zum Embankment. Der Verkehr röhrte, die Lichter blendeten ihn, die Auspuffgase beengten seine Lungen. Und plötzlich wußte er, daß auch eine körperliche Anstrengung den Aufruhr in seinem Innern nicht zu besänftigen vermochte.

Erschöpft blieb er stehen, lehnte sich ans Geländer und sah hinunter in die Fluten der Themse.

Marijohn, Marijohn! dachte sein Gehirn ununterbrochen, besorgt und voll Trauer. Marijohn!

Wenn er nur wüßte, wer dieser Anrufer war!

Seine Mutter konnte es nicht gewesen sein. Jener Anrufer mußte dieses schreckliche Wochenende in Clougy miterlebt haben. Und seine Mutter konnte auf keinen Fall – Nein – nicht in Worte fassen. Worte sind so unwiderruflich, so schrecklich in ihrer Endgültigkeit.

Aber Michael Rivers konnte es auch nicht gewesen sein. Und natürlich auch nicht Marijohn.

Blieben also nur noch Max und das Mädchen, das Max damals mitgebracht hatte, diese große, überhebliche Blondine, die er Eve genannt hatte.

Armer Max! Er war der Überzeugung, er wüßte alles über Frauen und blieb doch immer nur ein zweitklassiger Don Juan, der sich selbst an der Nase herumführte. Klar, einen Autorennfahrer fanden die Frauen interessant, um so mehr, als er genug Geld hatte, um diese Rennen als Liebhaberei zu betreiben.

Jon ging zur U-Bahn-Station Charing Cross hinunter und betrat die nächste Telefonzelle.

Sicher war es Eve gewesen. Anonyme Anrufe sehen Frauen ziemlich ähnlich. Aber was wußte sie eigentlich? Vielleicht war es nur ihre Art schwarzen Humors, und sie wußte absolut gar nichts. Oder aber es war der erste Schritt zu einer Erpressung. In diesem Fall –

Er fand die Nummer und wählte sie.

Gegen Mitternacht wollte er Sarah anrufen. Es war dann sechs Uhr in Toronto, und Sarah saß wahrscheinlich am Klavier.

Endlich wurde der Hörer abgenommen, und Sarahs Bild verschwand.

»Max?«

Die Stimme bestätigte es.

»Hier ist Jon, Max. Vielen Dank, daß du mich angerufen hast. Wie wußtest du, wo ich zu finden war?«

Das Schweigen war lang und bedrückend.

»Tut mir leid«, sagte Max Alexander endlich, »aber ich habe keine Ahnung, wer...«

»Towers.«

»Jon Towers! Du lieber Gott, welch eine Sensation! Aber was soll das mit diesem Telefonanruf sein?«

»Hast du mich denn nicht im Hotel angerufen und mich ziemlich – herzlich willkommen geheißen?«

»Mein lieber Freund, ich wußte gar nicht, daß du in London bist, ehe mich jemand anrief und mir sagte, es stünde in den Abendzeitungen.«

»Wer hat dich denn angerufen?«

»Das Mädchen, das ich an jenem Wochenende mit nach Clougy gebracht hatte, als...«

»Eve?«

»Ja, natürlich! Eve Robertson. Ich hatte ihren Namen glatt vergessen. Ja, es war Eve.«

»Wo wohnt sie jetzt?«

»Ich glaube, sie hat etwas von Davies Street gesagt. Sie arbeitet am Piccadilly für einen Diamantenhändler. Wieso willst du das wissen? Seit diesem Wochenende in Clougy hatte ich jede Verbindung mit ihr verloren.«

»Warum hat sie dich dann angerufen?«

»Gott weiß, warum. Jon! Was soll das alles eigentlich?«

»Ah, nichts, Max. Spielt keine Rolle. Können wir uns in den nächsten Tagen einmal treffen? Lange her, seit wir uns zuletzt gesehen haben. Kannst du morgen abend um neun im *Hawaii* sein? Dann kannst du mir alles erzählen. Bist du verheiratet oder verteidigst du noch immer erfolgreich deine Unabhängigkeit?«

»Nein«, antwortete Max. »Ich habe niemals geheiratet.«

»Gut, dann also wir beide zum Dinner morgen im *Hawaii*. Keine Frauen. Meine Tage als Witwer sind gezählt. Bald werde ich mich wohl wieder nach richtigen Männergesprächen sehnen. Hast du in der Zeitung von meiner Verlobung gelesen? Ich habe im vergangenen Jahr in Toronto eine Engländerin kennengelernt und beschlossen, mich von bezahlten und unbezahlten Haushälterinnen zu trennen. Und Amerikanerinnen und Kanadierinnen habe ich bis obenhin satt. Du mußt Sarah unbedingt kennenlernen.«

»Ja«, antwortete Alexander, »es würde mich freuen. Hat sie Ähnlichkeit mit Sophia?«

»Ja«, sagte Jon fast wütend. »Ja, körperlich gesehen. Falls du morgen nicht kommen könntest, dann ruf mich, bitte, im Hotel an.«

Er legte den Hörer auf und lehnte sich an die Tür. Er fühlte sich erschöpft, nicht geistig, sondern gefühlsmäßig.

Wie sollte er Marijohn finden?

Eve schien diesen anonymen Anruf gemacht zu haben. Wenigstens kannte er ihren Namen und wußte, wo sie wohnte. Er nahm den Hörer ab und wählte die Auskunft.

9

Eve war wütend. Sie war es nicht gewöhnt, daß man sie versetzte, und auch der Anruf bei Max, von dem sie sich einiges versprochen hatte, war ein Mißerfolg gewesen. Zum Teufel mit Max! Zum Teufel mit sämtlichen Männern, mit allen und allem!

Aus Langeweile und Zorn schüttete sie den dritten Drink in sich hinein. Da läutete das Telefon.

»Eve?« Die Männerstimme klang hart.

Sie setzte sich aufrechter.

»Ja?« Sie war sofort hellwach. »Wer spricht dort?«

»Eve, hier ist Jon Towers«, sagte die Stimme an der anderen Seite.

Vor Überraschung warf sie ihr Glas um, und die Flüssigkeit wurde zu einem dunklen Flecken auf dem Teppich.

»Oh, hallo, Jon!« rief sie.

Ihre Stimme klang merkwürdig kühl.

»Ich las in der Zeitung, daß du wieder in London bist. Wie hast du erfahren, wo ich wohne?«

»Ich habe eben mit Max Alexander gesprochen.«

Sie wartete darauf, daß er wieder zu sprechen begann, und während sie wartete, fiel ihr wieder ein, wie ungemein anziehend der Mann gewesen war. Die Stimme frischte ihr Gedächtnis deutlich auf.

»Hast du jetzt zu tun, oder kann ich dich sehen?« fragte er.

»Das wäre nett«, sagte sie erfreut. »Vielen Dank, ja. Warum?«

»Könntest du mich in einer Viertelstunde im *Mayfair* besuchen?«.

»Sicher. Das Hotel ist direkt um die Ecke.«

»Ich warte in der Halle«, sagte er. »Du brauchst nicht erst beim Empfang nach mir zu fragen.«

Und dann war nur noch das Summen der Leitung in ihrem Ohr.

10

Während er zum Piccadilly ging, dachte Jon über Sarah nach. Sollte er sie bitten, ihre Reise noch ein paar Tage zu verschieben, bis er die Sache mit Eve geklärt hatte? Von den Vorfällen in Clougy durfte Sarah nie etwas erfahren. Ihr naives Vertrauen zu den Menschen war etwas Wunderbares. Das, was damals geschehen war, würde sie nie verstehen und daran zugrunde gehen. Denn war ihrem Leben erst einmal der sichere Grundstein entzogen, dann konnte nichts mehr ihren Zusammenbruch verhindern.

Trotz des starken Verkehrs fühlte er sich einsam, denn Sorgen quälten ihn. In Kanada hätte er gearbeitet oder sich an den Flügel gesetzt, bis diese trübe Stimmung wieder verflogen war, aber hier hatte er nichts zur Ablenkung als die Zerstreuungen einer fremden Stadt. Er wollte sich weder betrinken, noch wollte er Zuflucht bei einer Frau suchen, denn anschließend hätte er sich geschämt, weil Sarah traurig gewesen wäre. Und alles war erträglicher als der Schmerz in ihren Augen. Nein, Sarah konnte er nicht weh tun.

Wenn er nur Marijohn finden könnte! Irgend jemand mußte doch wissen, wo sie war.

Die Gedanken kreisten in seinem Kopf, ungerufene, bedrükkende Gedanken, doch das Gefühl der Trauer und Unrast war zu vage, um seinen Ursprung erkennen zu lassen.

Als er das Hotel betrat und zum Empfang ging, um seinen Schlüssel zu holen, spürte er, daß er beobachtet wurde. Er drehte sich um, und im selben Augenblick sah er die große, hochmütige Blondine, die eben ihre Zigarette ausdrückte und ihm dann mit einem kühlen Lächeln entgegensah.

Er erkannte sie sofort. Gesichter vergaß er nie. Ihm fiel sogar ein, was Sophia damals in Clougy gesagt hatte.

»Ich bin neugierig, mit wem Max diesmal aufkreuzt«, hatte sie gesagt.

Eine Stunde später war Max dann in einem feuerroten Bentley mit dieser eleganten, verwöhnten Blondine vorgefahren.

Jon schob den Zimmerschlüssel in die Tasche und ging auf sie zu.

»Ja, ja«, meinte sie mit einem schiefen Lächeln, als er nahe genug war. »Es ist lange her.«

»Sehr lange.« Er spielte angelegentlich mit dem Zimmerschlüssel in seiner Tasche. »Nachdem ich mit Max gesprochen hatte, dachte ich mir, ich sollte mich mit Ihnen in Verbindung setzen.«

Sie hob kaum merkbar die Brauen, als verstünde sie ihn nicht ganz. Oh, das ist aber gekonnt, stellte Jon fest.

»Nur deshalb, weil ich Max anrief und ihm sagte, daß du in der Stadt bist?« fragte sie.

Die Halle wimmelte von Menschen.

»Wenn wir uns unterhalten wollen, kommst du am besten mit nach oben«, schlug er vor. »Hier sind wir nicht ungestört.«

Ihre anfängliche Verwirrung wich einer Befriedigung, als wäre ihr diese angedeutete Entwicklung nur angenehm.

»Fein«, sagte sie eine Spur weniger kühl als vorher. »Dann geh du voran, bitte!«

Das Mädchen bewegte sich mit einer leichten Grazie. Ihre schmalen Lippen waren blaß geschminkt, und die langen, dichten Wimpern über ihren schönen Augen konnten nicht ganz echt sein. Ihr blondes Haar umrahmte weich ihr Gesicht und war dann einfach zu einem Knoten geschlungen.

Als sie im Lift nach oben fuhren, spürte sie seinen prüfenden Blick, aber sie wich ihm nicht aus.

Im Zimmer schlüpfte Eve aus dem Mantel. Jon bot ihr eine Zigarette an. Dabei beobachtete er sie genau und versuchte ihren Gesichtsausdruck zu enträtseln, doch das war sehr schwierig. Neugier, eine Spur Ironie und die Andeutung einer Spannung, die ihre Haltung nicht ganz natürlich erscheinen ließ. Rein gefühlsmäßig irritierte ihn etwas. Deshalb ließ er sich Zeit und machte, um unauffällig sondieren zu können, Konversation.

»Du scheinst dich seit jenem Wochenende in Clougy nicht verändert zu haben«, sagte er.

»Nein? Ich hoffe doch. Damals war ich sehr jung und sehr dumm.«

»Ich sehe nichts Dummes darin, daß du Max heiraten wolltest. Die meisten Frauen würden gern reiche Männer heiraten, und ein Rennfahrer wirkt immer besonders aufregend.«

»Jung und dumm war ich deshalb, weil ich nicht einsah, daß Max – wie viele andere Männer auch – nicht zum Heiraten gemacht ist.«

»Warum heiraten, wenn man das, was man will, auch mit einer Lüge beim Hotelempfang haben kann?« fragte Jon und setzte sich ihr gegenüber auf einen Stuhl. »Manche Frauen haben auf die Dauer gesehen wenig zu bieten.«

»Und die meisten Männer sind daher an einer Dauer nicht interessiert.«

Er lächelte, sprang auf und ging zum Fenster.

»Die Ehe beruht so lange auf Dauerhaftigkeit«, antwortete er, »bis die Partner sich zur Scheidung entschließen.«

Er setzte sich wieder und bemerkte, wie fasziniert sie ihn anstarrte. Er wunderte sich wieder einmal darüber, daß die Frauen ihn anscheinend so überwältigend attraktiv fanden.

»Ich würde gern deine Verlobte kennenlernen«, sagte sie unvermittelt. »Nur so, aus Interesse.«

»Du würdest sie nicht mögen.«

»Warum? Hat sie Ähnlichkeit mit Sophia?«

»Nein, absolut nicht.« Er strich mit den Fingern über die Armlehne seines Sessels. »Du mußt Sophia gehaßt haben, nicht wahr? Wäre ich nicht so sehr mit meinen eigenen Sorgen beschäftigt gewesen, hätte ich vielleicht die Zeit gefunden, dich zu bedauern. Max hatte dir keinen Gefallen getan, als er dich mit nach Clougy brachte.«

Sie hob die Schultern. »Das ist doch längst vorüber.«

»Wirklich? Als du mich heute anriefst, hatte ich den Eindruck, du würdest gern wieder an die Vergangenheit anknüpfen.«

Sie starrte ihn verständnislos an.

»Hast du mich denn heute abend nicht angerufen?« Er drückte seine Zigarette aus, trat neben sie, nahm ihr ihre aus der Hand und zerdrückte sie ebenfalls. »Und jetzt wirst du mir sagen, was, zum Teufel, du zu spielen vorhast.«

Sie lächelte – das heißt, es war eigentlich nur die Andeutung eines Lächelns – und schob eine Haarsträhne aus dem Gesicht, als überlegte sie, was sie sagen wollte, als fände sie nicht die richtigen Worte.

Er wurde ungeduldig, schließlich zornig. Es fiel ihm schwer, seinem Zorn nicht die Zügel schießen zu lassen. Sie schien seine Gereiztheit zu spüren, denn sie sah zu ihm auf. Am liebsten hätte er sie bei den Schultern gepackt und durchgeschüttelt.

»Verdammt!« sagte er leise. »Verdammt...« In diesem Moment klingelte das Telefon. Er griff an ihr vorbei nach dem Hörer.

»Jon«, sagte er und zu ihr gewandt: »Es ist mein Sohn.«

»Ein Anruf für Sie, Mr. Towers. Von Toronto. Eine Miß Sarah...«, erklärte die Zentrale.

»Einen Augenblick, bitte!« Er legte den Hörer zwischen die Kissen. »Geh ins Badezimmer!« sagte er zu der Frau. »Es ist ein privater Anruf für mich. Warte dort, bis ich fertig bin.«

»Aber...«

»Raus!«

Ohne ein weiteres Wort ging sie.

»Danke«, sagte er, als die Tür ins Schloß gefallen war, »verbinden Sie mich jetzt, bitte!«

Und dann war Sarahs sanfte Stimme da.

»Jon?« fragte sie, als könnte sie es nicht fassen, daß sie quer über den Atlantik mit ihm sprechen konnte.

»Sarah!«

In seiner Kehle steckte ein Knäuel, und seine Augen brannten. »Sarah, ich wollte dich anrufen...«

»Ja, ich weiß«, sagte sie glücklich, »aber ich konnte es einfach nicht mehr erwarten, und da dachte ich mir, ich könnte dich zuerst anrufen. Jonny, Tante Mildred ist eine Woche früher nach London gekommen, und nun habe ich schon früher als erwartet eine vollwertige Anstandsdame. Ist es dir recht, wenn ich übermorgen nach London fliege?«

11

Ein paar Augenblicke lang blieb Jon bewegungslos auf dem Bettrand sitzen, nachdem er den Hörer zurückgelegt hatte. Dann kam Eve aus dem Badezimmer und blieb unter der Tür stehen.

»Du gehst besser«, sagte er. »Tut mir leid.«

Sie zögerte erst, schlüpfte dann aber, ohne ein Wort zu sagen, in ihren Mantel. Trotzdem fragte sie: »Wie lange bleibst du in London?«

»Ich weiß es noch nicht.«

Sie spielte mit dem Verschluß ihrer Handtasche, als wüßte sie selbst nicht genau, was sie wollte.

»Vielleicht können wir uns noch mal treffen, wenn du Zeit hast«, schlug sie schließlich vor. »Du hast doch meine Telefonnummer?«

Er stand auf und sah ihr in die Augen. Sie wußte sofort, daß sie etwas Falsches gesagt hatte. Ihre Wangen brannten. Und plötzlich war sie wütend. Auf ihn, auf seine beiläufige Einladung in sein Hotel, auf die Art, wie er sie praktisch hinauswarf, wütend besonders deshalb, weil seine lässige Art ihr rätselhaft erschien, und das war etwas, das sie faszinierte und gleichzeitig ihren Zorn herausforderte.

»Nun, dann eine recht schöne Hochzeit«, flötete sie mit ihrer sanftesten, süßesten Stimme und setzte dazu ihre eisigste Miene auf, als sie zur Tür schwebte. »Ich hoffe, daß deine Verlobte weiß, wen sie heiratet.«

Sie hatte noch die Befriedigung, ihn blaß werden zu sehen.

Dann knallte die Tür hinter ihr zu, und Jon war mit seinen Gedanken wieder allein.

12

Nach einer ganzen Weile erst sah er auf die Uhr. Es war schon Mitternacht vorüber. Justin hätte vor mindestens einer Stunde anrufen sollen. Vielleicht hatte Camilla vergessen, es ihm zu bestellen? Oder vielleicht hatte sie es ihm absichtlich nicht gesagt, rein aus Bosheit? Vielleicht wußte sie sogar, wo Marijohn war? Aber nein! Rivers hatte selbst erwähnt, er sei der einzige, mit dem Marijohn in Kontakt ist. Michael Rivers –

Er nahm den Hörer ab und bat die Zentrale um ein Gespräch mit den Consett Mews Nummer fünf. Es dauerte ein paar Minuten, bis die Zentrale sich wieder meldete.

»Ihre Nummer, bitte, Mr. Towers!«

Er hörte die Telefonklingel läuten, aber niemand meldete sich. Zehnmal, elfmal, zwölfmal. Endlich!

»Knightsbride 5-7-8-1.«

Er kannte die Stimme nicht. Sie klang ruhig, vornehm und beherrscht.

»Ich möchte gern mit Justin Towers sprechen«, sagte Jon.

»Am Apparat.«

Allmächtiger Gott! dachte Jon, und zu seinem Erstaunen stellte er fest, daß seine rechte Hand geballt war.

Sein Herz raste. Er mußte tief Atem holen, ehe er weitersprechen konnte.

»Justin«, flüsterte er.

»Ja, ich bin noch am Apparat.«

»Hat deine Großmutter dir gesagt, daß ich heute in den Mews war?«

»Ja, das hat sie.«

»Warum hast du mich dann nicht angerufen, als du zurückkamst? Sagte sie dir nicht, du solltest mich anrufen?«

»Doch, sie sagte es mir.«

Diese ruhige Stimme war eine einzige Ablehnung. Aber vielleicht war der Junge auch nur schüchtern.

»Schau mal, Justin, ich würde dich sehr gern sehen. Ich habe viel mit dir zu besprechen. Kannst du nicht morgen früh zu mir ins Hotel kommen? Wann wäre es dir möglich?«

»Ich fürchte, morgen kann ich nicht«, erwiderte die Stimme ruhig. »Ich bin morgen nicht in London.«

Jon war, als hätte ihm jemand einen eiskalten Schwamm ins Gesicht geworfen. Seine Finger umschlossen den Hörer fester.

»Justin, weißt du, weshalb ich nach Europa gekommen bin?«

»Meine Großmutter sagte, du wolltest hier heiraten.«

»Das hätte ich auch in Toronto tun können. Ich kam hauptsächlich deswegen nach England, weil ich dich sehen wollte.«

Justin antwortete nicht. Vielleicht war dieser Alptraum Wirklichkeit, vielleicht war er ganz einfach nicht an seinem Vater interessiert.

»Ich möchte dir einen geschäftlichen Vorschlag machen.« Verzweifelt versuchte er, zu dieser unpersönlichen Stimme Kontakt zu finden. »Ich müßte ganz dringend und so schnell wie möglich mit dir sprechen. Kannst du nicht deine Verabredung für morgen absagen?«

»Gut«, antwortete die Stimme nach einer Pause. »Es wird gehen.«

»Kannst du mit mir frühstücken?«

»Ich fürchte, am Samstagvormittag stehe ich nicht früh genug auf.«

»Und Mittagessen?«

»Ich – weiß es nicht bestimmt.«

»Gut. Komm nach dem Frühstück und so früh wie möglich. Wir können uns dann eine Weile unterhalten. Und vielleicht kannst du mit mir etwas später auch zu Mittag essen.«

Justin sagte zu.

»Fein! Und vergiß nicht, zu kommen, Justin. Also, bis morgen!«

Er brauchte eine ganze Weile, bis er aufstehen und ins Badezimmer gehen konnte. Dort bemerkte er die Schweißperlen auf seiner Stirn. Seine Hände zitterten.

Das hat meine Mutter getan, dachte er. Sie hat den Jungen gegen mich aufgehetzt, wie sie es mit mir und meinem Vater gemacht hat. Wenn ich morgen Justin sehe, dann begegne ich einem Fremden, und sie ist schuld daran.

Er fühlte sich untröstlich, so als habe er alle seine Ersparnisse von der Bank abgehoben, damit ein anderer sie ihm stehlen konnte. Mit dem Gefühl der Untröstlichkeit ging er zu Bett.

Doch er konnte nicht schlafen. Die Gedanken wirbelten und kreisten in seinem Kopf, formten sich zu Worten und Sätzen und wurden schließlich zu Spannung und Schmerz.

Aber es waren ja nur noch zwei Tage, dann würde Sarah nach London kommen.

Hoffentlich machte Eve ihm keine Schwierigkeiten.

Und Marijohn mußte er finden. Zum Teufel mit diesem Michael Rivers! Wie konnte man ihn zum Reden bringen? Mit Geld? Mit Drängen oder Drohen? Nein, sicher nicht. Doch irgendwie mußte auch ein Rivers zu packen sein. Vielleicht war Marijohn im Ausland? Camilla hatte gesagt, es hätte Affären gegeben. Nein, keine Affären. Keine wirklichen, richtigen Affären. Justin konnte vielleicht wissen, wo sie steckte. Justin –

Besser nicht an Justin denken.

Und dann war plötzlich Clougy in seinen Gedanken, die Sehnsucht nach der sanften Brise, nach den weißen Fensterläden auf der gelben Mauer und dem sicheren Bewußtsein des Friedens. Aber all das war mit Sophia gestorben.

Er vergrub sein Gesicht in den Kissen. Erst jetzt wußte er, wie sehr er sein Haus in Cornwall geliebt hatte.

Er stand auf und ging zum Fenster.

Ich möchte über Clougy sprechen, über Sophia, warum unsere Ehe zerbrach, obgleich ich sie so unendlich geliebt habe. Ich möchte über meine Freundschaft mit Max sprechen, warum wir uns erleichtert trennten und ohne ein Gefühl des Bedauerns unsere eigenen Wege gingen, ohne je einen Blick zurückzuwerfen.

Und über Michael, der mich nie mochte, weil ich mich nie in praktische Formen pressen ließ, und über Justin, den ich so liebte, weil er immer fröhlich und so gemütlich war in seiner Plumpheit, weil er das Leben liebte und es so erregend fand wie ich. Und ich möchte mit Marijohn sprechen. Denn nur mit ihr kann ich über Clougy sprechen, nur mit ihr.

Krank vor Sehnsucht ging er wieder zu Bett und wälzte sich noch stundenlang auf dem Laken. Erst kurz vor Tagesanbruch konnte er einschlafen.

13

Nach dem Frühstück setzte er sich mit einer Zeitung in die Halle und wartete auf Justin. Es wurde zehn Uhr, halb elf.

Vielleicht kommt er gar nicht? Aber dann hätte er doch sicher angerufen? Nein, er mußte kommen. Er hatte es doch versprochen.

Neue Gäste kamen an, alte reisten ab. Ein paar Schweden standen am Empfangstisch. Ein anderer Ausländer kam dazu. Italiener vielleicht? Oder Spanier?

Der Fremde fragte nach Mr. Jon Towers.

»Ich denke, Sir«, antwortete der Mann am Empfang, »Mr. Towers sitzt links hinter Ihnen.«

Der junge Mann drehte sich um.

Seine dunklen Augen blickten ernst und wachsam, sein Gesicht strahlte heitere Ausgeglichenheit aus. Es war nicht besonders hübsch, doch etwas ungewöhnlich im Schnitt. Jon erkannte jetzt die kleine Stupsnase, die hohen Wangenknochen, nicht aber den weitgeschwungenen, ernsten Mund und die magere Kieferpartie.

Sehr ruhig und ohne jede Eile kam ihm der junge Mann entgegen. Jon stand auf.

»Hallo!« sagte Justin und streckte höflich die Hand aus. »Wie geht es dir?«

Jon nahm die Hand, ließ sie aber sofort wieder fallen. Vor

zehn Jahren, überlegte er, hatte es keine Fremdheit zwischen uns gegeben, keine leeren Höflichkeitsphrasen, keine bedeutungslosen Gesten. Ein wenig unsicher lächelte er den jungen Mann an.

»Aber du bist ja so mager, Justin!« Etwas Besseres fiel ihm nicht ein. »So schlank! Geradezu stromlinienförmig.«

Der junge Mann lächelte und hob die Schultern. Das erinnerte ihn schmerzhaft an Sophia.

Sie setzten sich. Jon zündete sich eine Zigarette an.

»Was tust du?« fragte er. »Arbeitest du?«

»Ja. Im Versicherungsgeschäft.«

»Macht es dir Spaß?«

»Ja.«

»Wie ging es dir in der Schule? Wo warst du zum Schluß? Hat es dir dort gefallen?«

Justin beantwortete seine Fragen. Es gab so wenig zu sagen. Jon fühlte sich fast krank vor Enttäuschung und Trauer.

»Ich glaube, es ist dir lieber, wenn ich gleich zur Sache komme«, sagte er daher unvermittelt. »Ich kam hierher, um dich zu fragen, ob du nicht Lust hättest, in Kanada zu arbeiten, um dann später eine Filiale meines Geschäftes in London zu übernehmen. Diese Filiale besteht im Augenblick noch nicht, aber ich werde sie in den nächsten drei Jahren gründen. Wenn du dich gut einarbeitest, werde ich dir, wenn ich mich zurückziehe, natürlich das gesamte Geschäft übergeben. Ich handle mit Grundstücken. Es ist ein Geschäft im Wert von einigen Millionen Dollar.«

»Ich glaube«, antwortete Justin, »ich würde nicht gern in Kanada arbeiten.«

Ein Mann und eine Frau neben ihnen lachten. Das störte Jon.

»Hast du dafür einen ganz bestimmten Grund?« fragte er.

»Nun« – Justin hob wieder die Schultern –, »in England gefällt es mir eigentlich recht gut. Meine Großmutter ist sehr lieb zu mir, ich habe viele Freunde und so weiter. Außerdem arbeite ich gern in London, und ich habe auch erfreuliche Aussichten in der City.« Während er sprach, wurde er rot und sah auf den Boden hinunter. »Und dann ist da noch ein Grund.« Er schien gespürt zu haben, daß das, was er vorher gesagt hatte, nicht reichte. »Ein Mädchen. Ich möchte nicht weggehen und dieses Mädchen hier zurücklassen.«

»Dann heirate doch, und bring deine Frau mit nach Kanada.«

Verblüfft sah Justin auf. Da wußte Jon, daß sein Sohn gelogen hatte.

»Aber ich – kann nicht...«, stammelte Justin.

»Oh, ich war neunzehn, als ich heiratete. Du bist alt genug und solltest wissen, was du willst.«

»Wir – sind ja noch nicht einmal verlobt.«

»Dann kann sie nicht so wichtig sein, daß du dir die Möglichkeit eines Millionengeschäftes in Kanada entgehen lassen dürftest. Freunde findest du in Kanada neue. Und deine Großmutter war freundlich zu dir, sagtest du. Na, und? Willst du dein Leben lang an ihren Rockschößen hängen? Und die guten Aussichten in der City – die haben andere junge Männer auch. Ich biete dir weit bessere, einmalige, erregende, dynamische. Willst du niemals dein eigener Herr sein? Hast du keine Lust, dich dieser Herausforderung zu stellen, um zu gewinnen? Was erhoffst du dir vom Leben? Die Stagnation, die Langeweile von neun bis fünf? Oder willst du die Erregung der Millionengeschäfte rund um die Uhr? Du liebst London. Ich biete dir die Möglichkeit, in drei Jahren wieder hierher zurückzukehren, aber zwanzigmal reicher zu sein als irgendeiner deiner Freunde. Ist das nichts? Ich hätte nicht gedacht, daß du eine solche Möglichkeit ausschlagen würdest.«

Die dunklen Augen blickten ausdruckslos, Justins Gesicht zeigte keine Bewegung.

»Ich glaube, für den Grundstückshandel habe ich kein Talent«, sagte er schließlich.

»Weißt du denn etwas davon? Schau mal, Justin...«

»Ich will nicht«, antwortete Justin rasch. »Du wirst einen anderen finden. Warum muß es gerade ich sein?«

»Du lieber Himmel!« Jon war fast außer sich vor Zorn und Enttäuschung. »Was ist denn mit dir los, Justin? Verstehst du denn nicht, was ich dir mit alldem sagen will? Ich war zehn Jahre von dir getrennt, doch jetzt will ich alles ändern und dir geben, was ich dir geben kann. Ich will dich in mein Geschäft hereinnehmen, damit wir uns nie mehr trennen müssen, damit ich dich immer um mich haben kann, um dich für die verlorenen Jahre zu entschädigen. Verstehst du das denn nicht?«

»Ja«, antwortete Justin hölzern. »Aber ich fürchte, ich kann dir nicht helfen.«

»Hat deine Großmutter mit dir gesprochen? Hat sie dich gegen mich beeinflußt? Was hat sie gesagt?«

»Sie hat nie von dir gesprochen.«

»Das ist ausgeschlossen.«

Justin schüttelte den Kopf und sah auf die Uhr.

»Nein!« bestimmte Jon. »Du gehst jetzt nicht. Erst will ich wissen, was hier gespielt wurde.« Er drückte Justin wieder auf seinen Stuhl. »Ich habe das Recht, Fragen zu stellen, ob es dir nun paßt oder nicht. Und du gehst hier nicht weg, ehe ich eine klärende Antwort habe.«

Der Junge sagte noch immer nichts, aber der Trotz in seinen Augen war einer Angst und einem Mißtrauen gewichen, die Jon nicht verstand.

»Warum hast du mir eigentlich niemals auf meine Briefe geantwortet?« fragte Jon unvermittelt.

»Briefe?«

»Du erinnerst dich doch noch daran, wie ich dich in Clougy abholte und wir uns verabschiedeten?«

Das Mißtrauen schwand aus Justins Augen, nur die Angst blieb.

»Ja«, sagte er.

»Ich habe dir damals erklärt, ich könnte dich nicht mitnehmen, da ich kein Heim für uns hätte und keine Hilfe, die dich versorgt. Und ich wollte, daß du in eine englische Schule gehst. Ich versprach dir zu schreiben, und du versprachst mir, meine Briefe zu beantworten und mir zu erzählen, was du tust.«

Justin nickte nur.

»Sechs Briefe schrieb ich dir anfangs, schickte dir auch ein Geburtstagsgeschenk, aber du hast nie geantwortet. Warum nicht, Justin? Warst du gekränkt, weil ich dich nicht mitnehmen konnte? Es geschah zu deinem Besten, mein Junge. Leider fraß mich dann das Geschäft mit Haut und Haaren auf, so daß ich nicht einmal mehr für ein kurzes Wochenende Zeit fand. Sonst wäre ich nämlich längst einmal gekommen. Und da ich kein Wort von dir zu hören bekam, dachte ich auch, es wäre besser, nicht weiter zu schreiben, denn meine Briefe könnten dir weh tun, fürchtete ich. Ich schickte dir also zu Weihnachten und zum Geburtstag immer nur Geld auf das Bankkonto deiner Großmutter. Was ist eigentlich los, Justin? Hängt es mit Clougy zusammen?«

»Ich muß gehen«, sagte Justin verstört. »Bitte, ich muß gehen.« Er stand auf und taumelte auf die Schwingtür zu. Er schien nichts zu sehen und nicht zu wissen, wohin er ging.

Dann war Jon wieder allein. Der Mißerfolg beengte sein Herz.

14

Es war elf Uhr, als Justin in den Consett Mews ankam. Seine Großmutter schrieb Briefe und sah erstaunt auf, als er das Wohnzimmer betrat.

»Justin!«

Er bemerkte, wie sich ihre Miene fast unmerklich veränderte, als sie ihn ansah. »Liebling, was ist denn geschehen? Was hat er gesagt? Hat er...?«

»Was geschah mit den Briefen, die mir mein Vater vor zehn Jahren aus Kanada schrieb?« fragte er mühsam.

Sie errötete, und er sah die häßlichen Flecken unter ihrem Make-up. Es stimmt, dachte er. Er hat mir geschrieben. Sie hat mich immer angelogen.

»Briefe?« fragte sie. »Aus Kanada?«

»Sechs Briefe. Und er schickte auch ein Geburtstagsgeschenk.«

»Hat er das gesagt?«

Es war nur eine matte Verteidigung. Sie hob ihm beschwörend die Hände entgegen.

»Ich habe es doch nur zu deinem Besten getan, mein Junge. Du hättest dich nur aufgeregt, wenn du seine Briefe gelesen hättest. Er hat dich doch allein gelassen, ist ohne dich nach Kanada gegangen...«

»Hast du die Briefe gelesen?«

»Nein. Nein, ich...«

»Sechs Briefe schrieb mir mein Vater, und du hast sie vernichtet, damit ich glauben sollte, er hat mich ganz vergessen.«

»Justin, du verstehst nicht...«

»Weil du nie einen Brief von ihm bekamst, durfte ich auch keinen bekommen. Du hast mich angelogen und mich betrogen. Tag für Tag, Jahr für Jahr.«

»Justin, es war doch alles nur zu deinem Besten!«

Sie ließ sich erschöpft auf einen Stuhl fallen. Plötzlich war sie alt, eine Frau mit tiefen Falten, gebeugten Schultern und zitternden Händen.

»Dein Vater hat nur für sich Interesse«, flüsterte sie. »Er benützt die Menschen nur. Wenn du ihn liebst, so verschwendest du deine Liebe, weil du ihm nichts bedeutest. Ich war ihm manchmal von Nutzen, denn ich bot ihm, als er jung war, ein Heim, und später habe ich mich um dich gekümmert. Aber all das hat ihm nichts bedeutet. Du kannst ihm von Nutzen sein, wenn du ihm bei seinem Geschäft hilfst. Oh, du brauchst mir nicht zu erzählen, weshalb er dich sehen wollte! Du bist ihm gleichgültig. Nur Nutzen...«

»Du hast nicht recht«, erklärte ihr Justin. »Ich bin ihm nicht gleichgültig. Aber das verstehst du nicht. Und ich glaube nicht, daß du ihn jemals besser verstanden hast als mich.«

»Justin!«

»Ich gehe mit ihm nach Kanada.«

»Nein, das kannst du nicht! Bitte, Justin, sei vernünftig! Du zerstörst alles, was du dir hier aufgebaut hast, nur weil du zehn Minuten lang mit einem Mann gesprochen hast, den du kaum kennst. Bitte, sprich nicht so!«

»Ich habe meinen Entschluß bereits gefaßt.«

Camilla sah ihn an. Die Jahre flossen ineinander, und plötzlich war der Junge vor ihr Jon, der mit ruhiger, trotziger Stimme zu ihr gesagt hatte: »Ich habe mich entschlossen. Ich werde heiraten.«

»Du bist ein Narr, Justin!« fuhr sie ihn an. »Du weißt ja nicht, was du tust. Du kennst deinen Vater ja gar nicht.«

Er wandte sich ab und ging zur Tür. »Ich will nichts dergleichen mehr von dir hören.«

»Natürlich!« rief Camilla. »Du warst ja auch noch zu klein, um dich an Clougy zu erinnern und an das, was dort passierte.«

»Halt den Mund!« schrie er und wirbelte herum. »Halt endlich deinen Mund!«

»Ich war nicht dabei, aber ich kann mir genau vorstellen, was passierte. Er hat deine Mutter in den Tod getrieben, weißt du das? Die Jury sagte, es wäre ein Unfall gewesen, aber ich weiß, es war Selbstmord. Die Ehe war zerbrochen, und ihr war nichts mehr geblieben. Ich habe ja von Anfang an gewußt, daß diese Ehe nichts taugt. Nach ein paar Ehejahren hört auch die stärkste sexuelle Anziehungskraft auf, und da war es ganz natürlich, daß sie ihn langweilte. An ihr selbst war ihm nie etwas gelegen, nur im Bett hatte sie ihm etwas bedeutet. Deshalb hielt er auch nach einer anderen Frau Ausschau. Sie mußte ganz anders sein, unerreichbar, damit ihre Eroberung aufregender wurde. Und eine solche Frau war an jenem Wochenende, als deine Mutter starb, in Clougy. Natürlich wußtest du nicht, daß er und Marijohn ...«

Justin preßte die Hände auf die Ohren, stolperte in die Halle hinaus und versetzte der Tür einen Fußtritt, daß sie zuknallte. Er rannte die Treppe hinauf in sein Zimmer und packte sofort seine Koffer.

15

Mittag.

Jon saß in seinem Hotelzimmer und arbeitete an einem Inserat für die Spalte *Persönliches* in der *Time*.

Ob er sich noch mal mit Rivers in Verbindung setzen sollte?

Vor ihm lag der Zettel mit Eves Telefonnummer. Er mußte sie noch mal sehen, um endlich die Sache mit dem anonymen Anruf zu klären.

Wenn er nur Marijohn finden könnte. Alles andere wäre dann einfacher. Er knüllte den Zettel mit der Telefonnummer zusammen und warf ihn über den Tisch, als das Telefon läutete.

»Eine Dame ist hier, die Sie sehen möchte, Mr. Towers.«

»Hat sie ihren Namen genannt?«

»Nein, Sir.«

Das konnte Eve sein. Vielleicht war sie jetzt bereit, die Karten offen auf den Tisch zu legen.

»Gut, ich komme hinunter«, sagte Jon.

Er sah das Geld in seiner Brieftasche nach und ging zum Lift. Unten in der Halle ging er zu der Gruppe von Ledersesseln, die zwischen dem Empfang und dem Eingang zur Bar stand.

Er spürte ihre Nähe, ehe seine Augen sie sahen. Erleichterung mischte sich mit strahlender Freude, als er ihr entgegenging und sie ihn anlächelte.

Marijohn! Marijohn!

Zweiter Teil

1

Den Atlantikflug verbrachte Sarah mit einem Gedichtband und einem Krimibestseller, verstand jedoch weder von dem einen noch von dem anderen auch nur ein Wort, so daß sie beide Bücher weglegte. Als sie dann unter den Tragflächen der Maschine das unendliche Lichtermeer von London erblickte, zog sich ihr Herz vor schmerzlicher Sehnsucht nach Jon und Vorfreude auf das Wiedersehen zusammen.

Sie liebte Jon und hatte keinen anderen Wunsch, als ihn zu heiraten. Manchmal war er ihr allerdings ein Rätsel. Sie verstand ihn, wenn er fröhlich, erregt, nervös, traurig oder nur schlechter Laune war, nicht aber dann, wenn er – wie sie es bezeichnete – seine *Abstandslaune* hatte. Dann wußte sie nicht, wie sie sich verhalten, was sie tun sollte. Diese Abstandslaune erzeugte in ihr immer das Gefühl, versagt zu haben. Sie hoffte, in England würde es anders sein, da er nicht von seinen Geschäften bedrängt wurde. Am liebsten hätte sie ihn nach der Ursache dieser Stimmung gefragt, da sie es nicht ertragen konnte, wenn er so weit weg und für sie und die Welt unerreichbar, ihr gegenüber gleichgültig war.

Auch als sie ihn in London angerufen hatte, war er in jener Abstandslaune gewesen. Sie hatte sich zwar um Fröhlichkeit bemüht – und vielleicht hatte sie sogar Jon getäuscht –, aber sie hatte geweint, als sie den Hörer zurücklegte. Ihren Eltern war ihre Traurigkeit selbstverständlich nicht entgangen.

»Sarah, Liebling, wenn du auch nur den geringsten Zweifel hast... Lieber weine jetzt, als wenn du erst verheiratet bist... Natürlich ist es ein großes Glück für dich, Jon zu heiraten. Und du weißt, wir haben ihn gern. Aber er ist so viel älter als du, und es ist immer schwierig, außerhalb der eigenen Generation...«

Es war natürlich ungeschickt von Sarah, daß sie angesichts

dieser Plattheiten die Geduld verlor und sich zu einer schlaflosen Nacht in ihrem Zimmer einsperrte. Am nächsten Tag hatte sie dann für die Reise nach London gepackt. Abends hatte sie auf seinen Anruf gewartet, aber der war nicht gekommen.

Ihre Mutter war schließlich der Meinung gewesen, Sarahs Traurigkeit hätte ihre Ursache in einer gewissen vorhochzeitlichen Nervosität, und so verbrachte sie überraschenderweise fünf Minuten mit einem Gespräch über die Intimseite der Ehe, das von zahlreichen bedeutungsschweren Pausen unterbrochen wurde. Von diesem Gespräch hatte sich Sarah in einem Kino zu erholen versucht, aber der Breitwandfilm war so weitschweifig gewesen, daß sie gelangweilt und mit Kopfschmerzen vorzeitig das Kino verlassen hatte.

Es war also fast eine Erleichterung gewesen, als Sarah endlich das Flugzeug nach London besteigen konnte.

Und nun schwebten die Lichter immer näher. Ein winziger Aufprall, und sie standen fest auf englischem Boden.

Die Luft war feucht und kühl, und die Zollprozeduren machten sie erneut nervös. Doch dann stand sie endlich in der großen Halle und hielt nach Jon Ausschau.

Er war nicht da.

Etwas mußte schiefgegangen sein. Wollte er die Verlobung lösen? Oder hatte er einen Unfall gehabt, war verletzt, lag im Sterben, war tot?

»Du lieber Himmel!« rief Jon hinter ihr. »Ich hielt dich erst für ein weißes Laken. Was hat dich denn so erschreckt, Liebes?«

Sie wurde ganz schwach vor Erleichterung, und Tränen standen in ihren Augen.

»O Jon, Jon!« flüsterte sie.

Er war jetzt nicht in Abstandslaune. Er strahlte, und seine Arme waren stark, und seine Küsse vertrieben alle Sorgen und Hirngespinste.

»Oh, du siehst geradezu erschreckend verrucht aus mit diesen grünen Lidschatten, Liebling. Und sicher bin ich jetzt über und über mit dem teuersten Lippenstift Kanadas bedeckt, ja?«

Das war richtig. Sie küßte ihn noch mal, nahm dann ein Taschentuch aus der Tasche und rieb die Lippenstiftspuren von seinem Gesicht.

»So, und jetzt gehen wir«, bestimmte er. »Im *Hilton* wartet das Dinner auf uns. Wir haben noch unendlich viel zu besprechen, ehe ich dich bei Tante Mildred abliefern muß. Ist das alles Gepäck? Oder hat meine Kleopatra für die zahllosen Koffer eine eigene Maschine gechartert?«

Die Fahrt durch London wärmte Sarah das Herz. Ihre Hand lag in der Jons. Sie genoß die Fahrt durch ihre Lieblingsstadt mit den breiten, hellerleuchteten Straßen, durch die sie dem Glanz einer üppigen Welt entgegenfuhr.

»Und wie fühlt sich meine Kleopatra jetzt?« fragte er zärtlich.

»Sicher besser als sie, denn du bist mir lieber als Marc Anton, und London ist viel schöner und interessanter als Alexandria je gewesen sein kann.«

Er lachte und war glücklich. An der Schwelle zum *Hilton* zögerte sie einen Moment, denn dieser raffinierte Luxus war ihr noch fremd. Im Speisesaal gab sie sich jedoch alle Mühe, diesen Luxus alltäglich zu finden.

Jon bestellte das Essen und die Weine und legte dann die Karten weg.

»Sarah«, sagte er, »ich habe viel mit dir zu besprechen.«

Das war auch ganz natürlich. Schließlich standen die Hochzeit, die Flitterwochen vor der Tür. Sie erwartete erregende, atemberaubende Pläne.

»Zuerst muß ich mich noch entschuldigen, weil ich dich gestern nicht angerufen habe. Es gab einige Schwierigkeiten, und meine Familie hat mich ganz mit Beschlag belegt.«

Er sah sie an, und sie lächelte.

»Und dann... Weißt du, vorgestern am Telefon war ich, glaube ich, nicht besonders nett. Ich hatte so viele andere Dinge im Kopf, und dein Anruf kam so überraschend. Dabei habe ich mich riesig gefreut, daß du früher als erwartet nach London kommen konntest.«

»Ja, du kamst mir ein wenig – merkwürdig vor.«

»Ich weiß. Siehst du, als ich ankam, entdeckte ich, daß meine

Mutter umgezogen war. Es kostete mich einige Zeit, ihre neue Anschrift herauszufinden – und sie dann zu besuchen. Ich sprach auch mit Justin...«

»Oh?« Sie kannte Jons Plan, ihn nach Kanada einzuladen. »Geht es ihm gut? Und was hat er gesagt?«

»Er kommt nach Kanada. Erst hat er ein wenig gezögert, aber jetzt ist, Gott sei Dank, alles abgemacht. Ja, und dann mußte ich noch weitere Leute treffen – Max Alexander zum Beispiel, einen alten Freund, und verschiedene alte Bekannte. Seit meiner Ankunft hatte ich kaum eine freie Minute.«

»Das kann ich mir denken, Jonny. Und wie steht es mit der Hochzeit und den Flitterwochen? Hast du schon bestimmte Pläne gemacht?«

»Darüber möchte ich eben mit dir sprechen.«

Der erste Gang wurde aufgetragen, der erste Wein kredenzt. Er nahm einen Happen von seinem Hors d'œuvre, und sie wartete gespannt auf das, was er zu sagen hatte.

»Weißt du«, erklärte er und sah sie voll an, »ich möchte dich sofort heiraten. Ich kann eine Sonderlizenz beantragen, dann geht es sehr schnell. Anschließend machen wir Flitterwochen in Spanien, Italien, Paris – wohin du eben willst. Danach bleiben wir noch ein paar Tage in England, ehe wir mit Justin nach Kanada zurückfliegen.«

In ihrem Kopf wirbelten die Gedanken durcheinander.

»Aber Jon, meine Eltern sind doch nicht da«, wandte sie erregt ein. »Und ich habe noch lange nicht alles für meine Brautausstattung gekauft. Ich wollte mit Mami die letzten Sachen kaufen.«

»Ach, zum Teufel mit dieser Brautausstattung! Ich nehme dich auch in einem Zuckersack. Außerdem – einkaufen kannst du auch ohne deine Mutter. Dein Geschmack ist eher besser als der ihre.«

Sie schluckte heftig.

»Kannst du wirklich nicht ohne deine Eltern heiraten?«

»Ich – wollte nur ihnen gegenüber fair sein, Jon. Natürlich hätte ich es gern, wenn – sie hier wären. Aber wenn... Ach, ich verstehe es nicht! Warum ist die Hochzeit plötzlich so eilig?«

Er sah sie fest an, und sie wurde rot. Sie hatte Angst vor seiner Abstandslaune, Angst davor, ihre Eltern zu kränken, Angst vor der Hochzeit und vor der Brautnacht.

»Jon, ich...«

»Entschuldige!« sagte er und drückte ihre Hand. »Ich war ungeduldig und selbstsüchtig. Deine Eltern sollen selbstverständlich hier sein.«

»Vielleicht war ich auch selbstsüchtig«, gab sie beschämt zu. »Ich wollte eine stille Hochzeit...«

»Aber sie soll nicht so ruhig sein, wie ich das vorgeschlagen habe, nein?« Er war keineswegs böse. »Ist schon in Ordnung, Liebling. Wir machen es so, wie du es haben willst. Für dich ist die Hochzeit an sich viel wichtiger als für mich. Das ist ganz natürlich.«

»Ja, wahrscheinlich«, pflichtete sie ihm ein wenig verlegen bei. »Du warst ja schließlich schon einmal verheiratet.«

»Und deshalb bin ich so blasiert«, scherzte er.

Eine Weile aßen sie schweigend weiter.

»Sarah«, sagte er dann plötzlich. »Egal, wann wir heiraten, ich muß vorher noch mit dir über Sophia sprechen.«

Sie nahm einen Schluck Wein, um ihre Erregung zu überspielen.

»Wenn du nicht willst, mußt du nicht über sie sprechen, Jon. Ich würde es verstehen.«

»Ich will nicht, daß du dir einen Komplex zulegst.« Er legte das Besteck weg und lehnte sich zurück. »Sophia war kein exotisches Wesen, dem du dich nur auf Zehenspitzen nähern konntest. Sie war ein ganz gewöhnliches Mädchen mit sehr viel Sex-Appeal. Ich heiratete sie, weil ich Sex mit Liebe verwechselte. Der Fehler wird oft gemacht. Wir waren einige Zeit sehr glücklich, doch dann wurde ihr die Ehe ziemlich langweilig. Ich konnte sie nicht mehr so lieben und ihr auch nicht mehr so vertrauen wie zu Beginn unserer Ehe. Wir stritten sehr viel. Ich dachte schon an eine Scheidung, als sie verunglückte.

Für alle, die damals in Clougy waren, war dieser Unfall schrecklich. Man berichtete in der Zeitung darüber, und es entstanden Gerüchte. Man behauptete sogar, ich hätte sie umgebracht. Irgendein bösartiger Schwachkopf hatte gehört, daß wir uns nicht besonders gut vertrugen, und daraus hatte er dramatische Schlüsse gezogen.

Sophia ist über die Felsen gestürzt und hat sich das Genick gebrochen. Es war ein Unfall. Die Jury meinte allerdings, es könnte auch Selbstmord gewesen sein, weil sie in Clougy nicht glücklich gewesen war. Doch die Selbstmordtheorie ist lächerlich. Sie wußten nicht, wie lebenslustig Sophia gewesen war. Ihr Tod war ein Unfall. Eine andere Erklärung gibt es nicht.«

Sie nickte. Ober kamen und gingen.

»Und außerdem«, fuhr Jon fort, »weshalb hätte ich sie töten sollen? Eine Scheidung ist eine kultivierte Methode, eine ungeliebte Frau loszuwerden, und ich hatte keinen Grund, der Scheidung einen Mord vorzuziehen.« Er begann zu essen. »Aber ich komme vom Thema ab«, fuhr er fort. »Ich wollte dir eigentlich nur sagen, daß du niemals einen Vergleich mit Sophia zu scheuen hast, denn ein solcher Vergleich wäre unmöglich und unsinnig. Sophia liebte ich nur auf eine Weise – dich aus vielen Gründen. Das verstehst du doch, nicht wahr?«

»O ja, Jon«, antwortete sie. »Ich verstehe.«

Aber insgeheim dachte sie, auch wenn sie diesen Gedanken nie laut aussprechen würde, daß Sophia im Bett sehr gut gewesen sein mußte.

Jon lächelte sie über den Tisch hinweg an. »Willst du mich jetzt immer noch heiraten?« fragte er.

Sie lächelte zurück, und plötzlich war alles unwichtig außer ihrem Wunsch, ihn glücklich zu machen.

»Ja«, antwortete sie impulsiv, »ich will dich heiraten. Wir wollen nicht auf meine Eltern warten, Jonny. Ich habe es mir anders überlegt. Wir wollen so schnell wie möglich heiraten.«

2

Um halb zwölf rief Jon an jenem Abend eine Londoner Telefonnummer an.

»Alles in Ordnung«, sagte er. »Wir heiraten diese Woche, fliegen für zehn Tage nach Paris, bleiben anschließend ein paar Tage in London, um Justin abzuholen, und fliegen dann nach Kanada zurück. So ist die Gefahr nicht so groß, daß Sarah etwas von diesem anonymen Anruf erfährt. Sie braucht es nicht zu wissen.«

Er hörte eine Weile zu.

»Ja, das habe ich. Sie stellt keine Fragen wegen Sophia. Ich hielt mich an deinen Vorschlag... Aber wie soll ich das erklären? Es sieht sehr komisch aus, wenn ich dorthin zurückkehre, besonders nach dem, was ich ihr heute gesagt habe... Ja, natürlich. Doch, das klingt vernünftig... Gut. Wir sehen uns also in etwa zwei Wochen. Wiedersehen, Darling. Und denk an mich, ja?«

3

Das Hotel in Paris war sehr groß und sehr behaglich und elegant. Sarah fühlte sich trotz ihres fröhlichen Lächelns sehr klein, verloren und nervös. Der vorzüglichen Mahlzeit tat sie wenig Ehre an. Sie war zu unruhig und konnte nicht essen.

Anschließend gingen sie noch aus, doch es war noch nicht allzu spät, als sie wieder ins Hotel zurückkehrten.

Sie hatten eine Suite im ersten Stock. Jon ging in das Badezimmer. Sarah zog sich langsam aus. Sie hörte die Dusche im Bad und wußte, daß sie einige Minuten Zeit hatte.

Sie versuchte nicht an Sophia zu denken. Und trotzdem überlegte sie: Was hat Sophia wohl in der Hochzeitsnacht getan? Sicher hat sie nicht zitternd bei einem exotischen Dinner gesessen und mit ungeschickten Fingern an ihren Kleidern herumgefummelt. Vielleicht hatte Jon schon vor der Ehe mit Sophia zusammengelebt. Er hatte Sarah nie um so etwas gebeten, aber sie war ja auch anders als Sophia, nicht so attraktiv und fremdartig.

Sie setzte sich im Nachthemd an den Frisiertisch und beschäftigte sich mit ihrem Haar. Wie hatte Sophia wohl ausgesehen? Das hatte sie Jon nie gefragt. Sie mußte dunkel gewesen sein wie Justin, wahrscheinlich schlank und sehr schön. Dunkler und schlanker als ich, und natürlich schöner. Nein, ich darf nicht mehr an Sophia denken!

Jon kam aus dem Bad und warf seine Kleider achtlos auf einen Stuhl. Er war nackt.

»Ich bade wohl lieber«, sagte Sarah zu ihren Fingernägeln. »Macht es dir etwas aus?«

»Nicht im geringsten«, antwortete Jon, »nur wird es uns beiden nachher im Bett heiß werden.«

Das Badezimmer war eine Zuflucht aus Wärme und Dampf. Es dauerte lange, bis das Wasser eingelaufen war, noch länger brauchte sie, um sich zu waschen. Sie trödelte mit dem Abtrocknen herum und setzte sich dann auf den Hocker, weil Tränen in ihre Augen stiegen. Es gelang ihr nicht recht, sie zurückzuhalten. Und plötzlich überfiel sie ein heftiges Heimweh. Der Raum verschwamm vor ihren Augen, und sie heulte zum Steinerweichen, wie sehr sie sich auch dagegen zu wehren versuchte.

Wie sollte sie je in das Schlafzimmer zurückkehren können? Da drückte Jon auch schon auf die Klinke der verschlossenen Tür.

»Sarah?«

Sie antwortete nicht und weinte leise weiter.

»Kannst du mich nicht hineinlassen?«

Sie gab keine Antwort. »Bitte, Sarah!«

Sie wischte die Tränen ab, stolperte zur Tür, schloß sie auf, kehrte zum Hocker zurück und wartete auf einen Zornesausbruch.

»Sarah«, hörte sie ihn sagen, »Sarah, mein Liebling!«

Und dann nahm er sie ganz zart in die Arme, als wäre sie ein kleines schutzbedürftiges Wesen, und drückte sie fest an sich. Sie hatte nie geahnt, wie zart und zärtlich er sein konnte.

»Du denkst wohl an Sophia?« flüsterte er ihr ins Ohr. »Bitte nicht! Sarah, denk bitte nicht an sie! Niemals mehr, hörst du?«

Ihre Angst schwand dahin. Als er sich über sie beugte und sie leidenschaftlich küßte, zerfloß sie in seligem Vergessen.

4

Zehn Tage später kehrten sie nach London zurück. Jon verbrachte zwei Stunden mit Transatlantikanrufen wegen dringender geschäftlicher Angelegenheiten. Sein Vertrauensmann, den Sarah in Kanada kennengelernt hatte, kam nach Europa und speiste mit ihnen am ersten Abend in London in einem vornehmen Restaurant. Am folgenden Tag aßen sie mit Camilla in Knightsbridge zu Mittag. Auf der Rückfahrt zum Hotel wandte sich Sarah bestürzt an Jon.

»Wo war denn Justin?« fragte sie. »Niemand hat ihn erwähnt, und ich wollte nicht fragen.«

»Es gab eine kleine Unstimmigkeit, als er beschloß, mit uns nach Kanada zu gehen, um bei mir zu arbeiten. Er gab seine Stellung in der City auf, und ich sagte ihm, er sollte ein wenig Urlaub machen. Jetzt ist er in Cornwall bei meiner Kusine.«

»Oh, ich verstehe.«

Das Taxi verließ den Hydepark. Die Sonne brannte auf den geschorenen Rasen. Es war sehr heiß.

»Ich hätte es ganz gern«, sagte Jon und sah zum Fenster hinaus, »wenn du diese Kusine kennenlernen würdest. Wir könnten einen Wagen mieten und dieses Wochenende nach Cornwall fahren und ein paar Tage auf dem Land verbringen, ehe wir nach Kanada zurückfliegen.«

Sehnsüchtig sah Sarah hinauf zum wolkenlosen Himmel, dachte an goldenen Sand und das Meer.

»Oh, das klingt ja verlockend, Jon! Ich würde gern ein wenig länger in England bleiben. Das Wetter ist doch auch so schön.«

»Würdest du wirklich gern dorthin fahren?«

»Sehr sogar. Wo lebt deine Kusine?«

»Ja... Zufällig wohnt sie eben jetzt in Clougy.«

Das Taxi mußte an einer Ampel halten. Das Rot wurde zu Gelb. Röhrend starteten ein paar Wagen vor ihnen.

»Als ich vor zehn Jahren von hier wegging, wollte ich dieses Haus nie mehr im Leben sehen. Fast hätte ich es verkauft. In letzter Minute ließ ich die Absicht jedoch fallen und schenkte es meiner Kusine. Es ist ein so reizendes, einmalig schön gelegenes Haus. Ich liebte es bei meinem Weggang noch immer so sehr, daß ich es nicht übers Herz brachte, es an einen Fremden zu verkaufen. Meine Kusine ist ein paarmal im Jahr dort und vermietet es im Sommer zeitweise. Ich sah sie kurz vor deiner Ankunft in London. Und als sie von Clougy zu sprechen begann, hatte ich plötzlich Sehnsucht nach seiner Schönheit und hoffte, ich könnte es vielleicht wieder so friedlich erleben wie früher. Meine Kusine schlug vor, wir sollten für ein paar Tage kommen. Willst du? Oder hast du etwas dagegen?«

»Nein«, antwortete sie automatisch. »Ich habe nichts dagegen. Für mich sind ja keine Erinnerungen mit dem Haus verbunden. Wenn du willst, Jon, dann fahren wir. Nur das ist doch wichtig.«

Aber gleichzeitig überlegte sie, warum er dorthin zurückkehren wollte. Sie verstand es nicht, und das verwirrte sie.

»Ach, weißt du, und meine Kusine habe ich so lange nicht gesehen und werde sie vermutlich auch nie wiedersehen. Sie würde auch dich so gern kennenlernen.«

»Du hast mir noch nie von ihr erzählt«, war alles, was Sarah sagen konnte. »Gehört sie zu jenen Verwandten mütterlicherseits, die du nicht zur Hochzeit einladen wolltest?«

»Nein. Marijohn ist meine einzige Verwandte von meines Vaters Seite her. Bis ich sieben war, verbrachten wir die meiste Zeit zusammen. Dann ließen meine Eltern sich scheiden, und mein Vater schickte sie in ein Klosterinternat. Sie war sein Mündel, weißt du. Ich sah sie von da ab, bis ich fünfzehn war, sehr selten. Zu diesem Zeitpunkt kehrte mein Vater nach London zurück und holte Marijohn aus dem Internat.

Bis zu meiner Heirat sahen wir uns dann wieder oft; in Cornwall nur noch selten. Ich hatte sie immer sehr gern.«

»Warum hast du sie nicht zur Hochzeit eingeladen?«

»Ich machte ihr den Vorschlag, aber sie konnte nicht kommen. Ich weiß gar nicht, weshalb ich dir noch nicht von ihr erzählte. Natürlich verlor ich, als ich in Kanada war, den Kontakt mit ihr und rechnete nicht einmal, sie zu sehen, als ich nach London kam. Aber sie hörte von meiner Ankunft, und wir trafen uns. Weißt du, in den beiden Tagen vor deiner Ankunft passierte so vieles, daß ich alles vergaß, nur nicht die Pläne für unsere Hochzeit. Doch heute früh schien die Sonne so wunderschön, daß mir ihre Einladung nach Clougy wieder einfiel. Würdest du gern hinfahren? Oder ist dir London lieber? Sag ruhig, was du meinst.«

»Ich würde gern ein paar Tage an der See verbringen«, antwortete sie.

Ich verstehe so vieles noch nicht an Jon, überlegte sie, und er kennt mich in- und auswendig. Doch kennt er mich wirklich? Dann müßte er doch eigentlich wissen, daß ich nicht wünschen kann, jenes Haus zu besuchen, in dem er mit seiner ersten Frau lebte. Aber vielleicht bin ich nur zu empfindlich. Wenn er ein Familienheim hätte, würde ich auch dort leben, ohne zu fragen, wie oft er vorher verheiratet war. Und leben will er ja in Clougy nicht, nur einen Besuch machen, um seine Kusine zu sehen. Ich muß mich zusammenreißen.

»Erzähl mir von deiner Kusine, Jon«, bat sie, nachdem sie das Taxi verlassen hatten. »Wie war ihr Name?«

Doch dann kam Jons Geschäftspartner dazwischen, so daß Marijohns Name erst sehr viel später am Nachmittag wieder erwähnt wurde.

»Wir bekommen morgen einen Wagen«, berichtete Jon und lachte sie an. »Wenn wir frühzeitig wegfahren, schaffen wir die Strecke in einem Tag. Jetzt herrscht ja noch kein Wochenendverkehr.«

»Und deine Kusine? Freut sie sich?«

»Ja«, antwortete Jon vergnügt. »Sie freut sich riesig.«

5

Als Jon den Wagen in das nach Clougy führende Sträßchen lenkte, vibrierte sein ganzer Körper vor Erregung. Sarah spürte sie, konnte sie aber nicht teilen. Die etwas sterile, schwermütige Schönheit der Moore Cornwalls war ihr zunächst fremd.

»Ist es nicht wundervoll?« fragte Jon immer wieder, und seine Augen funkelten vor erwartungsvoller Freude.

Doch merkwürdigerweise – allmählich steckte seine Erregung sie tatsächlich an. Die Kargheit der Landschaft erschien ihr fast klassisch in ihrer Einfachheit.

Kurz darauf ging es bergab, und sie ließen die Gebäude des Flughafens von St. Just, die letzte Bastion der Zivilisation, hinter sich. Sie fuhren durch ein grünes Tal mit weit verstreuten Bauernhäusern. Die Weiden waren mit grauen Steinmauern eingefaßt. Das Sträßchen wurde zur Fahrspur und merklich steiler. Die See versteckte sich hinter sanft abfallenden Hügeln.

Schließlich wurde die Fahrspur zu einem steinigen Holperpfad. An einem Bauernhaus entdeckte Sarah den Wegweiser *Nach Clougy*.

Jon mußte sehr vorsichtig fahren. Von der See her wehte eine leichte Brise. Das hohe Gras zu beiden Seiten des Pfades wiegte sich im Wind. Der Himmel war tiefblau und wolkenlos.

»Hier ist das Wasserrad«, flüsterte Jon kaum hörbar, »und dort liegt Clougy.«

Der Pfad wurde wieder ein wenig breiter und endete in einer Zufahrt. Als Jon den Motor abstellte, hörte Sarah das Wasser, das über das stillgelegte Mühlrad stürzte.

»Wie ruhig es hier ist«, stellte Sarah fast. »Wie friedlich nach dem Trubel von London.«

Jon war schon ausgestiegen und ging auf das Haus zu. Sie folgte ihm, blieb dann aber stehen und sah sich erst einmal um.

Sie blickte auf einen tiefgrünen, nicht sehr großen Rasenplatz mit Schwingsitzen an einer Seite. Der kleine Garten war von Rhododendronbüschen eingefaßt, und ein paar Bäume hatten durch den ständigen Seewind bizarre Formen angenommen. Vor ihr stand das gelbe Haus mit den weißen Fensterläden.

Ein Vogel sang, eine Grille zirpte, und das Wasser rauschte. Sonst war es totenstill.

»Sarah!« rief Jon.

Fast verzaubert von der Stille und dem Frieden ging sie langsam weiter, bis sie entdeckte, daß er im Schatten der Veranda auf sie wartete.

Sie fühlte sich klein und verletzlich, als sie den besonnten Fahrweg überquerte, denn sie sah, daß er nicht allein war. Sie fühlte sich wehrlos, als ein Ausstellungsstück, das unbarmherzig von kritischen Richtern begutachtet wurde.

Wie lächerlich!

Ihr goldenes Haar schimmerte. Sarah sah die weit auseinanderliegenden Augen, den Bogen des schönen Mundes.

Unentschlossen blieb sie stehen und wartete auf Jon. Sie spürte die unendliche Stille der Landschaft und wartete auf etwas, das jenseits ihres Verstehens lag.

Jon lächelte die Frau an. Er sagte kein Wort, aber das spielte keine Rolle. Und plötzlich fiel es Sarah auf, daß die beiden, solange sie in Hörweite war, kein Wort gewechselt hatten. Ob Jon seine Kusine wohl geküßt hatte? Ob sie einander wohl in die Arme gefallen waren?

In diesem Augenblick trat die Frau aus dem Schatten in das volle Sonnenlicht.

»Hallo, Sarah«, sagte sie. »Ich freue mich so, daß ihr gekommen seid. Willkommen in Clougy, meine Liebe! Ich hoffe, du wirst dich hier sehr glücklich fühlen.«

6

Das Schlafzimmer war buchstäblich mit Sonne gefüllt. Sarah ging zum Fenster.

In der Bucht unter ihr schimmerte das von grünen Hügeln

eingerahmte Wasser. Sie hielt den Atem an, weil der Anblick so bezaubernd schön war. Sie freute sich, gekommen zu sein, und schämte sich jetzt ihrer mißtrauischen Gedanken.

»Hast du alles, was du brauchst?« fragte Marijohn und war ganz fürsorgliche Gastgeberin. »Sag es, bitte, falls noch etwas fehlt. Das Abendessen ist in etwa einer halben Stunde fertig, und wenn du baden willst – es ist genügend heißes Wasser da.«

»Oh, danke sehr«, antwortete Sarah lächelnd.

Jon kam gerade den Korridor entlang, als Marijohn das Zimmer verließ.

»Wann gibt es Abendessen?« fragte er. »In einer halben Stunde, ja?«

Marijohn mußte wohl genickt haben, denn Sarah hörte sie nicht sprechen.

»Wir kommen hinunter, sobald wir fertig sind.«

Er kam in das Schlafzimmer, schloß die Tür hinter sich, gähnte herzhaft und streckte sich behaglich wie eine Katze.

»Nun?« fragte er dann, »gefällt es dir hier?«

»O ja, es ist wunderschön hier, Jon«, antwortete sie lachend.

Er schlüpfte aus den Schuhen, zog das Hemd über den Kopf und streifte die Hosen ab. Genießerisch legte er sich auf das Bett.

»Was soll ich denn zum Abendessen anziehen?« fragte sie. »Wird sich Marijohn umziehen?«

»Ich weiß es nicht«, antwortete er. »Ist es wichtig?«

Dann schwieg er, und seine Finger glitten glättend über das frische Leinen. Das Schweigen bedrückte sie. Fast hatte sie vergessen, wie seine Abstandslaune sie immer deprimiert hatte.

»Komm zu mir!« sagte er plötzlich.

Sie zuckte unwillkürlich zusammen.

»Du lieber Himmel, was hast du denn? Bist du so erschrokken? Warum denn nur?«

»Oh, es ist nichts, Jon. Wirklich nichts.«

Er zog sie zu sich auf das Bett und küßte sie. Seine Hände taten ihr weh. Sie wollte ihm nicht angehören, solange er in dieser Abstandslaune war. Sie brauchte es auch nicht, denn ganz unvermittelt stand er auf, öffnete einen Koffer und leerte den ganzen Inhalt auf den Boden.

»Was suchst du denn, Lieber?« fragte sie.

Er hob die Schultern. Schließlich nahm er ein Hemd und zog es an.

»Du mußt schrecklich müde sein von dieser langen Fahrt«, meinte er.

»Ein wenig.«

Sie schämte sich, wußte aber nicht, wie sie das erneute Schweigen überbrücken sollte.

»Sex interessiert dich noch immer nicht sehr, was?« fragte er dann plötzlich unvermittelt.

»Doch«, erwiderte sie leise und war nahe am Weinen. »Es ist nur alles noch ziemlich neu für mich, und ich mag es eben nicht, wenn du mir weh tust.«

Er schwieg, wusch sich und zog dann frische Hosen an. Tränenblind kramte sie nach einem Kleid, das sie statt Rock und Bluse tragen wollte.

»Bist du fertig?« fragte er.

»Ja, fast.«

Sie wagte es nicht, sich noch mit dem Lippenstift aufzuhalten. Gerade konnte sie noch schnell über die Haare bürsten, ehe sie Jon in das Wohnzimmer nach unten folgte.

Marijohn war schon da, aber Justin blieb unsichtbar.

Sarah setzte sich. Ihre Kehle war wie zugeschnürt. Sie war sehr traurig.

»Was willst du trinken?« erkundigte sich Marijohn bei Sarah.

»Ist egal. Sherry oder einen Martini.«

»Ich habe trockenen Sherry. Willst du den? Und du, Jon?«

Jon hob die Schultern.

Du lieber Gott, was wird Marijohn denken, überlegte Sarah. O Jon!

Marijohn wartete nicht auf seine Antwort und reichte ihm ein Glas Whisky mit Soda.

»Ich habe mich gefreut, Justin hier zu haben«, sagte sie. »Es war geradezu faszinierend, ihn erneut kennenzulernen. Weißt du noch, wie wir uns seinerzeit die Köpfe zerbrachen, wem er wohl gleichsähe? Und dabei gibt es doch gar keinen Zweifel.«

Jon sah sie voll an.

»Er ist ganz wie du, Jon. Manchmal ist er mir geradezu unheimlich.«

»Er sieht mir absolut nicht ähnlich«, widersprach er.

»Das Aussehen hat doch wirklich nichts damit zu tun. Sarah, hier, nimm doch einen Cocktailbiskuit. Justin ist eigens nach Penzance gefahren, um sie zu besorgen. Wir müssen sie also wenigstens versuchen, Jon, und du wirst dich endlich setzen. Warum rennst du so herum? Ich bin ja vom Zuschauen schon erschöpft. Ja, so ist es besser. Eine wunderschöne Abendstimmung heute, nicht wahr? Sicher malt Justin wieder einmal heimlich eines seiner Aquarelle. Du mußt ihn danach fragen, Jon. Sie sind nämlich wirklich gut. Mir erscheinen sie wenigstens sehr gut, aber ich verstehe ja nichts davon. Malst du, Sarah?«

»Ja«, antwortete Jon, ehe Sarah etwas sagen konnte.

Er legte seine Hand auf die ihre. Sie war glücklich, daß die Abstandslaune wieder vorüber war.

»Von den Impressionisten und Renaissancemalern kennt sie jeden und...«

»Jon, du übertreibst ja!« protestierte Sarah lachend, und da erst bemerkte sie, wie golden das Abendlicht schimmerte.

Nach dem Abendessen ging Jon mit Sarah zur Bucht hinunter, um den Sonnenuntergang zu beobachten.

Es war eine kleine, von Felsen eingeschlossene Bucht mit Kiesstrand. Jon zeigte ihr sofort die Finne eines Atlantikhais, der sich langsam die Küste entlang zum Cape Cornwall bewegte.

»Es tut mir so leid«, sagte er plötzlich.

Sie nickte zum Zeichen, daß sie ihn verstand. Dann setzten sich beide. Er legte einen Arm um ihre Schultern und zog sie an sich.

»Wie gefällt dir Marijohn?« fragte er.

Sie überlegte einen Augenblick und beobachtete das wechselnde Licht auf dem Meer.

»Sie ist sehr – ungewöhnlich«, antwortete sie ein wenig unbeholfen, denn es fiel ihr nichts Besseres ein.

»Ja, das ist sie«, bestätigte er.

Es klang ruhig und zufrieden.

»Jon«, begann Sarah nach einer Weile des Schweigens, und er sah sie fragend an. »Wo ist Sophia...?«

»Nicht hier«, antwortete er sofort. »Weiter südlich an den Klippen, die nach Sennen führen. Die Klippen sind dort ziemlich flach und sandig. Man hat im letzten Krieg Stufen in den Fels gehauen, die nun zu den flachen Felsplatten hinunterführen. Aber keine Angst, dorthin gehe ich nicht mit dir.«

Die Sonne verschwand am Horizont. Sie blieben noch eine Weile und ließen sich von der See verzaubern. Erst als es fast ganz dunkel war, kehrten sie zum Haus zurück.

Marijohn kam ihnen ein Stück entgegen.

»Max hat angerufen, Jon. Er sagt, du hättest ihn für ein paar Tage nach Clougy eingeladen.«

»Ja, das habe ich. Als ich ihn in London traf, erwähnte er, er müßte eine Tante in Cornwall besuchen, und da sagte ich ihm, vielleicht wäre ich um diese Zeit in Clougy. Du lieber Himmel, das ging mir gerade noch ab, daß Max mit irgendeinem verdammten Weib im neuesten Rennwagen aufkreuzt! Hat er seine Telefonnummer angegeben?«

»Ja. Er hat von Bude aus angerufen.«

»Wahrscheinlich werde ich ihn ja zum Abendessen einladen müssen – oder über Nacht. Nein, ich mag nicht. Mir reichen seine ewigen Weibergeschichten noch von damals.«

»Vielleicht kommt er allein.«

»Max und allein? Lächerlich! Er wüßte ohne Frau doch gar nichts mit sich selbst anzufangen.«

»Er hat aber nichts von einer Frau gesagt.«

»Sag mal«, fragte Jon, »willst du ihn heiraten?«

»Du hast ihn doch in London eingeladen. Ich sehe nicht ein, wie du jetzt sagen kannst, er soll sich zum Teufel scheren.«

»Ich kann tun, was mir paßt«, erklärte Jon. »Sarah, ich habe dir doch von Max erzählt, ja? Hast du etwas dagegen, wenn er morgen zum Abendessen kommt und hier übernachtet? Nein? Wirklich nicht? Gut. Dann soll er eben kommen. Aber ich glaube, du bist müde. Geh zu Bett, ja? Ich rufe Max lieber gleich an, solange ich noch in einigermaßen gastfreundlicher Laune bin.«

Sarah war froh, daß sie zu Bett gehen konnte, denn sie war tatsächlich sehr müde. Als sie oben in der Diele einen Augenblick stehenblieb und hinuntersah, bemerkte sie, daß Marijohn lächelnd zu ihr hinaufblickte. Gleich darauf ging sie ins Wohnzimmer zurück zu Jon.

Sarah blieb stehen. Sie wußte selbst nicht, warum. Dann huschte sie leise die Treppe hinab, ging auf Zehenspitzen zur geschlossenen Wohnzimmertür und lauschte.

Jon war nicht am Telefon.

»Eine Sache ist mir noch immer rätselhaft«, hörte sie ihn sagen, und sie schämte sich entsetzlich, weil sie lauschte. »Dieser anonyme Anruf am Tag meiner Ankunft in London, daß ich Sophia ermordet hätte. Wer könnte es nur gewesen sein? Michael, Max oder Eve? Aber dann hätte doch eigentlich eine Erpressung folgen müssen. Sonst war der Anruf doch sinnlos.«

Eine lange Pause.

»Was meinst du?« fragte Jon scharf.

»Ich versuchte, es dir vor dem Abendessen zu sagen.«

Erneutes Schweigen.

»Nein«, sagte Jon endlich. »Das glaube ich nicht. Es kann nicht sein. Du meinst doch nicht...?«

»Doch«, antwortete Marijohn, und ihre Stimme schien von weither zu kommen. »Es war Justin.«

7

Justin verpackte eben sein Malgerät, als er vom Haus her Klavierspiel hörte. Als er näher kam, brach die Musik ab, und eine Terrassentür öffnete sich mit einem Klicken. Er sah eine Gestalt aus den Schatten der Rhododendronbüsche treten. Automatisch und ohne zu zögern huschte Justin hinter einen Felsen. Schritte näherten sich. Justin verbarg sein Malgerät hinter einem Felsbrocken und wartete.

»Ah, hier bist du!« sagte Jon und trat aus der Dunkelheit. »Ich dachte mir schon, du könntest hier gemalt haben.«

»Nein, ich bin spazierengegangen.«

Justin starrte auf das Meer hinaus. Sein Vater setzte sich neben ihm auf einen Stein und nahm sein Zigarettenetui heraus.

»Justin, ich möchte dich etwas fragen. Kann ich auf eine ehrliche Antwort rechnen?«

»Natürlich«, erwiderte Justin, und seine Handflächen wurden schweißfeucht.

»Erinnert dich dieser Platz hier zu sehr an deine Mutter?«

»Meine Mutter?«

Seine Stimme klang ein wenig überrascht, aber seine Augen sahen plötzlich nicht mehr in die nachtdunkle See vor sich, sondern die Schüssel mit den Kirschen, und er hörte, wie eine Frauenstimme ungeduldig sagte: ›Aber Justin, du wirst zu fett!‹

Er räusperte sich. »Ja, ein bißchen erinnert er mich an sie, aber nicht so, daß es mich stören würde. Ich bin froh, daß ich gekommen bin. Mir war, als käme ich nach langer Zeit in der Fremde wieder nach Hause.«

»Du hast deine Mutter sehr geliebt, nicht wahr?«

Justin schwieg.

»Ich wußte nicht«, sagte Jon, »daß du mich für ihren Tod verantwortlich machtest.«

Entsetzen überfiel Justin. Er stemmte seine Handflächen auf die Steine neben sich und starrte blicklos auf den Boden.

»Was ist los, Justin?« fragte sein Vater leise. »Warum hast du geglaubt, ich hätte sie ermordet? Hast du etwas gehört? Hast du uns vielleicht einmal streiten gehört?«

Justin schüttelte den Kopf.

»Was dann? Warum?«

»Ich...«

Er hob die Schulter und war froh, daß die Dunkelheit seine Tränen verbarg.

»Ich – weiß es nicht.«

»Aber du mußtest doch einen Grund haben. Ohne Grund hättest du mich nicht angerufen.«

»Ich habe dich gehaßt, weil du nicht geschrieben hattest, weil ich glaubte, du würdest nicht einmal jetzt, wo du doch in London warst, mit mir Kontakt aufnehmen. Aber jetzt ist alles anders.« Er holte tief Atem. »Es tut mir leid. Ich meinte es nicht so.«

Jon dachte nach und schwieg.

»Woher weißt du, daß ich angerufen habe?« fragte Justin.

»Marijohn hat es vermutet. Sie sagt, du bist mir so ähnlich, daß sie dich gut verstehen könnte.«

»Das begreife ich nicht, denn ich bin dir absolut nicht ähnlich.«

Sie schwiegen lange.

»Als ich zehn war«, erzählte Jon später, »machte mein Vater einen seiner seltenen Besuche in London. Aus der Zeitung erfuhren wir, daß er kam, denn seine Expeditionen waren ziemlich berühmt. Meine Mutter sagte den ganzen Abend über, er würde sich bestimmt nicht die Mühe machen, zu kommen. Daraufhin schickte ich ein Telegramm in sein Hotel und teilte ihm mit, ich sei tot. Du kannst dir das Chaos vorstellen, das sich daraus ergab. Meine Mutter weinte und sagte, sie könnte sich nicht vorstellen, wer so grausam sein kann, einen so makabren Witz zu machen, und mein Vater legte mich kurzerhand übers Knie und schlug mich windelweich.

Das habe ich ihm nie verziehen. Ich hätte das Telegramm nie geschickt, wenn er mich nicht so vernachlässigt hätte. Er hat mich im Grunde nur für seine eigenen Versäumnisse bestraft.«

Justin schluckte hart. »Du hast mich aber nicht vernachlässigt.«

»Doch. Ich hätte es nicht aufgeben dürfen, als du meine Briefe nicht beantwortetest. Sag, Justin, warum hast du geglaubt, ich hätte deine Mutter ermordet?«

»Ich – weiß, daß sie dir nicht – treu war.«

Er schloß die Augen, um die Gefühle, die ihn vor zehn Jahren beherrscht hatten, wieder ins Leben zu rufen.

»Ich wußte, daß ihr Streit hattet. Darum konnte ich euch beide nicht mehr zugleich richtig lieben. Es war wie in einem Krieg, in dem man sich für eine Seite entscheiden muß. Ich entschied mich für dich, denn du hattest immer Zeit für mich, warst stark und gut zu mir, und ich bewunderte dich mehr als sonst irgend etwas auf der ganzen Welt.

Damals, als sie starb, machte ich dich nicht für ihren Tod verantwortlich. Und ich dachte, ich könnte dir meine Loyalität am besten dadurch beweisen, daß ich zu dir hielt. Als du dann nach Kanada gingst und ich so lange nichts von dir hörte, begann ich allmählich zu glauben, ich hätte falsch geurteilt, und allmählich haßte ich dich. Deshalb rief ich dich im Hotel an, als du nach London kamst.«

»Aber Justin, ich habe deine Mutter nicht getötet! Es war ein Unfall. Das mußt du mir glauben, denn es ist die Wahrheit.«

Justin drehte ihm langsam das Gesicht zu.

»Warum hast du geglaubt, ich hätte sie getötet, Justin?«

Die Nacht war still. Die beiden Menschen saßen bewegungslos da.

Einen Augenblick lang hatte Justin den geradezu verzehrenden Wunsch, die Wahrheit zu erzählen, aber die sich selbst anerzogene Verschlossenheit ließ es nicht zu. Er hob die Schultern und sah wieder auf die dunkle See hinaus.

»Ich dachte«, erklärte er ausweichend, »du müßtest sie so gehaßt haben, daß du sie in den Tod gestoßen haben könntest. Ich wußte, daß ihr sehr viel Streit hattet, und ich war damals nur ein verwirrtes Kind, das gar nichts begriff.«

Stimmte es, daß sein Vater darüber erleichtert schien? Der Zweifel hatte Justins Sinne geschärft. Ich muß es wissen, sagte er sich. Ich muß die Wahrheit finden, ehe ich nach Kanada gehe.

»Gehen wir ins Haus zurück?« schlug er vor. »Es wird kühl, und ich habe keine Jacke dabei. Marijohn und Sarah werden sich wundern, wo wir stecken.«

8

Sarah gab vor, zu schlafen, als Jon gegen halb zwölf heraufkam. Er schlüpfte ins Bett und seufzte müde.

Am liebsten hätte Sarah ihn in die Arme genommen und ihn gefragt: Jonny, warum hast du mir von diesem anonymen Anruf nichts erzählt? Und warum bist du, nachdem Marijohn gesagt hatte, daß Justin angerufen haben muß, ans Klavier gegangen und hast jenes Mozartsche Rondo gespielt, von dem ich weiß, daß du es nicht magst? Du hättest mit Marijohn darüber sprechen müssen. Es ist alles so seltsam, so rätselhaft. Ich möchte dich so gern verstehen, dir so gerne helfen –

Aber sie sagte nichts, denn sie hätte sonst ja zugegeben, daß sie gelauscht hatte. Und außerdem war Jon sofort eingeschlafen.

Klavierspiel weckte sie. Es war schon neun Uhr vorbei. Als sie über den Korridor ins Bad ging, hörte sie, daß er wieder dieses Mozart-Rondo spielte.

Sie beeilte sich mit dem Bad, zog kurze Hosen und eine Bluse an und ging hinunter in das Musikzimmer.

Jetzt spielte er das Menuett aus der 39. Symphonie, aber durch sein Spiel ähnelte es einer Burleske.

»Hallo!« rief sie. »Seit wann liebst du Mozart?«

Sie küßte ihn auf die Stirn. Dann sah sie auf und bemerkte Marijohn auf dem Fensterplatz.

Jon gähnte und ging von klassischer Musik zu einem modernen Musical über.

»Das Frühstück ist fertig, Liebling«, sagte er beiläufig. »Justin ist im Eßzimmer. Er wird dir alles zeigen.«

Sarah wußte nicht recht, warum sie sich unbehaglich, fast genarrt fühlte. Das unbehagliche Gefühl warf einen Schatten auf den Morgen. Ja, sie fühlte sich bedrückt.

Sie betrat das Speisezimmer und wußte, daß sie keinen Hunger hatte.

»Guten Morgen«, sagte Justin. »Hast du gut geschlafen?«

»Ja«, log sie. »Sehr gut sogar.«

Sie setzte sich und sah zu, wie Justin ihr Kaffee eingoß. In diesem Augenblick fiel ihr wieder der anonyme Anruf ein, in dem Justin seinen Vater beschuldigt hatte, seine Mutter ermordet zu haben.

»Auf der Heizplatte stehen Würstchen und Eier. Willst du nicht etwas Warmes essen?« fragte Justin höflich.

»Nein, danke.«

Jon ging vom Musical zu Chopin über.

»Wirst du heute vormittag malen?« fragte Sarah Justin.

»Ich weiß es noch nicht. Vielleicht.« Er sah von seiner Zeitung auf und rührte seinen Kaffee um. »Warum?«

»Ich dachte, ich könnte vielleicht selbst auch einen Versuch machen«, erklärte sie und strich Marmelade auf ihren Toast. »Und ich wollte dich um Rat fragen, wo ich die besten Sujets für Aquarelle finde.«

»Ach, ich verstehe.« Er zögerte ein wenig. »Und was ist mit meinem Vater?«

»Ich glaube, er legt einen musikalischen Tag ein.«

Justin nickte.

»Spielt Marijohn auch Klavier?«

»Nein, ich glaube nicht.«

»Aber das Instrument ist sehr gut gestimmt.«

»Ja. Sie wußte doch, daß er kommen würde.«

»Bis gestern nachmittag wußte er es nicht sicher.«

Er sah sie an.

»Oh, sie wußte es schon länger! Sie ließ ja eigens einen Mann von Penzance kommen, der vergangene Woche das Klavier stimmte.«

Das Gefühl der Unbehaglichkeit schmerzte allmählich. Sarah mußte sich zur Ruhe zwingen, um den Kaffee nicht zu verschütten, denn ihre Hand zitterte, als sie die Tasse zum Mund führte.

Dann hörte das Spiel auf. Schritte kamen den Korridor entlang. Im nächsten Augenblick betrat Jon das Eßzimmer.

»Wie geht es dir, mein Liebling?« fragte er, küßte sie lächelnd und trat an das Fenster, um in den Garten hinauszuschauen. »Was hast du für heute vor? Etwas Besonderes?«

»Nein, ich dachte, ich könnte vielleicht ein bißchen malen, aber...«

»Wunderbar! Laß dich von Justin mitnehmen. Marijohn muß in Penzance einkaufen, und ich habe versprochen, sie hinzufahren. Oder willst du mitkommen? Das Städtchen wird von Touristen überfließen und sehr laut sein. Bleib du besser hier und tu, was du magst, ja?«

Er lächelte sie an.

»Gut, Jon.«

»Fein. Justin, du gibst auf sie acht und benimmst dich wie ein Musterknabe, ja?« Er ging zur Tür. »Marijohn?«

Aus der Küche gab Marijohn Antwort. Jon schloß die Tür hinter sich und ging zur Rückseite des Hauses, zur Küche.

»Willst du noch Kaffee?« fragte Justin.

Sarah schüttelte den Kopf.

Justin stand auf. »Entschuldige mich, bitte. Ich richte mein Malgerät her. Wann willst du weggehen?«

»Oh – ist eigentlich egal. Wann du willst.«

»Ich sage dir, wenn ich soweit bin.«

Sie trödelte noch eine Weile mit dem Frühstück herum, ehe sie nach oben ging, um ihr Malgerät aus einem der Koffer auszupacken. Da rief Jon herauf.

»Wir fahren jetzt, Liebes. Willst du wirklich hierbleiben?«

»Ja. Ich bin gleich fertig.«

»Na, dann viel Vergnügen!«

Türen fielen zu, ein Motor heulte auf, Reifen knirschten auf dem Kies.

Sie ging hinunter. Im Wohnzimmer fand sie Justin in korrekter englischer Sportskleidung. Er war für sie immer noch ein Fremder.

»In welche Richtung willst du denn gehen?« fragte er. »Wir können Marijohns Wagen nehmen und nach Sennen, Cap Cornwall oder zum Kenidjack Castle fahren. Um Kenidjack gibt es wundervolle Sujets. Würde dir das gefallen?«

»Ja, das klingt sehr verlockend«, antwortete sie.

Sie sprachen nicht viel auf der Fahrt nach Kenidjack. Am

Ende der Straße parkten sie hoch oben auf den Klippen den Wagen und kletterten an den Hängen herum, um die besten Ausblicke auf die ungemein reizvolle Landschaft zu finden. Die See war tiefblau. Dort, wo der Klippenpfad sich steil um die Felsen wand und die verwitterten Steine der alten Mine vor ihnen lagen, waren die Lichtverhältnisse besonders gut.

Keuchend vor Anstrengung setzte sich Sarah. Die Schönheit des Ausblicks begeisterte sie.

»Ich habe Limonade und Kekse mitgenommen«, sagte Justin, der auf seine Fürsorglichkeit stolz war. »Es war ziemlich anstrengend, nicht wahr?«

Schweigend tranken sie ein wenig Limonade.

»Für Hunde muß das hier ein Paradies sein«, meinte Sarah nach einer Weile. »Jede Menge Platz, um herumzurennen und Hasen zu jagen.«

»Wir hatten auch einen Hund. Einen Schäferhund. Er hieß Flip. Das ist eine Abkürzung für Philip. Er wurde nach dem Herzog von Edinburgh benannt. Meine Mutter war, wie die meisten Fremden, eine ergebene Verehrerin des Königshauses. Aber leider ließ ihn meine Mutter dann einschläfern, weil er eines ihrer besten Cocktailkleider zu Fetzen zerrissen hatte. Ich weinte die ganze Nacht hindurch. Als mein Vater nach Hause kam, gab es deswegen einen sehr heftigen Streit.« Justin packte ein Skizzenbuch aus. »Ich habe jetzt keine Luste für Aquarelle. Vielleicht mache ich eine Kohleskizze als Vorlage für ein Ölbild.«

»Darf ich ein paar deiner Sachen sehen?«

Er zögerte. »Sie werden dir kaum gefallen. Anderen als Marijohn habe ich sie bisher nie gezeigt. Aber sie ist ja auch anders.«

»Warum ist Marijohn anders?« fragte Sarah.

»Nun ja, sie ist eben anders als andere Menschen. Das hier ist die Bucht. Du wirst sie kaum erkennen.«

Sarah hielt den Atem an. Er wurde blutrot.

Das Bild war ein Wirbel aus Grau und Grün, der Himmel von Sturmwolken zerrissen, der Fels dunkel und zerklüftet wie ein Tiermonstrum aus einem Alptraum. Es strahlte eine wilde Kraft aus und war zugleich von bestürzender Schönheit.

Das war Jon, wenn er Rachmaninoff spielte. Könnte Jon malen, dann würden seine Bilder ebenso aussehen.

»Es ist sehr gut, Justin«, sagte sie ehrlich überzeugt. »Ich weiß nicht, ob ich es mag, aber es ist ungewöhnlich und eindrucksvoll. Kannst du mir sonst noch etwas zeigen?«

Er legte ihr noch drei weitere Blätter vor. Seine Ohren waren hochrot vor Freude. Er erzählte, daß er schon als Schuljunge mit diesem Hobby begonnen hätte.

»Aber Zahlen sind meine eigentliche Leidenschaft«, berichtete er.

Sie sah ihn fragend an.

»Mathematik, Kalkulationen und so weiter. Deshalb bin ich auch ins Versicherungsgeschäft gegangen. Aber es ist leider ziemlich langweilig.«

Jon hatte auf die gleiche Art von seiner ersten Stellung in der City erzählt, fast mit gleichen Worten. Auch die Handbewegungen Justins erinnerten sie an Jon.

»Du bist ganz anders, als ich gedacht habe«, sagte er unvermittelt, ohne aufzusehen. »Und ganz anders als die Leute, die immer nach Clougy kamen.«

»Und wahrscheinlich auch ganz anders als deine Mutter«, sagte sie und beobachtete ihn.

»O ja«, gab er zu. »Selbstverständlich.« Er begann zu zeichnen. »Meine Mutter hatte keine Interessen oder Hobbys. Ihr war leicht langweilig, und die Wochenendpartys waren das, wofür sie eigentlich lebte. Meinem Vater lag nichts an diesen Partys. Er ging lieber mit mir spazieren. Sie kochte exotische Menüs und veranstaltete mitternächtliche Schwimmpartys in der Bucht.«

»Es waren auch Gäste hier, als sie starb?«

»Ja. Onkel Max kam am Freitagabend aus London. Er hatte einen neuen Wagen, den er vorführen wollte. Er nahm mich auf eine Fahrt mit. Kennst du Onkel Max?«

»Nein. Ich habe ihn noch nicht kennengelernt.«

»Er und mein Vater lachten immer viel zusammen. Meine Mutter hielt ihn für einen Langweiler. Sie war nur an sehr gutaussehenden Männern interessiert und behandelte alle Männer, die nicht wie ein Omnibusheck aussahen, ausgesprochen schlecht. Onkel Max war sehr häßlich, aber er hatte trotzdem immer viele Freundinnen. Meine Eltern überlegten jedesmal: Wen wird Max diesmal mitbringen? Natürlich hatte er jedesmal ein anderes Mädchen dabei. An dem Morgen, als Max erwartet wurde, hatten sie sich auf eine kleine Rothaarige mit wasserblauen Augen geeinigt. Aber es kam eine große, schlanke, sehr elegante Blondine, die Eve hieß. Ich mochte sie nicht, weil sie mich einfach übersah.«

Er schlug das Skizzenbuch zu, setzte seine Sonnenbrille auf und lehnte sich an einen grasigen Buckel, um in den Himmel hinaufzusehen.

»Onkel Michael kam mit Marijohn. Sie hatten, glaube ich, geschäftlich in Cornwall zu tun gehabt. Onkel Michael war Marijohns Mann. Ihn nannte ich Onkel, sie aber nie Tante, ich weiß auch nicht, weshalb. Er war nett, aber anders als Onkel Max. Leute wie er lesen in der U-Bahn die *Times*. Manchmal spielte er auf dem Rasen mit mir Kricket. Und Marijohn... Um ehrlich zu sein, ich mochte sie damals nicht besonders, vielleicht weil sie nie für mich Interesse zeigte. Aber jetzt ist das anders. In den vergangenen beiden Wochen war sie reizend zu mir, und jetzt mag ich sie sehr gern. Vor zehn Jahren mochte niemand Marijohn, nur mein Vater. Onkel Max ging ihr immer aus dem Weg, und Eve, die große Blonde, redete kein Wort mir ihr, weil Marijohn viel schöner war als sie. Onkel Michael liebte sie natürlich, küßte sie vor den anderen Leuten und hatte immer ein besonderes Lächeln für sie. Du weißt ja, was man als kleiner Junge so bemerkt.

Das waren alle Gäste an jenem Freitagabend.

Vierundzwanzig Stunden später war meine Mutter tot.«

Sie hörten die Brandung, und die Möwen kreischten. Eine sanfte Brise streichelte sie.

»Und war es eine nette Party?« fragte Sarah.

»Nett?«

Justin richtete sich auf und stützte sich auf einen Ellbogen. »Schrecklich war sie. Alles ging schief. Onkel Max stritt mit der großen Blonden. Daraufhin sperrte sie sich im Schlafzimmer ein, und Onkel Max stieg in seinen Wagen, um sich seinen Zorn von der Seele zu fahren. Da erschien meine Mutter. Sie wollte, er sollte sie nach St. Ives mitnehmen, wo sie frischen Schellfisch kaufen wollte. Aber damit war mein Vater nicht einverstanden, und der nächste Streit war fällig. Sie fuhr aber trotzdem. Mein Vater ging dann mit mir zu den Klippen. Er redete kein Wort. Bald kam uns Marijohn nach, und mein Vater schickte mich zum Haus zurück, um zu fragen, wann das Mittagessen fertig wäre. Wenn wir Gäste hatten, war immer ein Mädchen zur Hilfe da. Als ich zum Haus kam, suchte Onkel Michael gerade nach Marijohn. Ich sagte ihm, wo sie war. Dann ging ich wieder hinunter zum Strand. Mein Vater kam mir entgegen, nahm mich mit zurück und setzte sich ans Klavier. Er spielte sehr lange. Das wurde mir langweilig, und ich verzog mich in die Küche. Damals hatte ich ständig Hunger.

Kurze Zeit später kamen Onkel Michael und Marijohn zurück und schlossen sich im Wohnzimmer ein. Ich sah durchs Schlüsselloch und versuchte zu lauschen, hörte aber nichts. Mein Vater, der mich erwischte, wurde furchtbar wütend und vertrimmte mich. Daraufhin flüchtete ich zur Bucht.

Meine Mutter und Onkel Max kamen nicht zum Mittagessen, und zu Eve mußte ich ein Tablett hinauftragen. Eine Stunde später hatte sie es noch nicht angerührt, und ich setzte mich auf die Treppe und aß alles auf.

Meine Mutter kam mit Onkel Max zum Tee zurück. Ich hatte Angst, weil ich mit einem schrecklichen Streit rechnete. Aber es geschah nichts. Die Stimmung war merkwürdig. Ich kann sie gar nicht beschreiben. Vater spielte Klavier, und Marijohn war bei ihm, soviel ich mich erinnere. Onkel Michael war zum Fischen gegangen.

Nach dem Tee ging meine Mutter mit Onkel Max an die Bucht hinunter zum Baden. Und noch immer geschah nichts. Ich folgte ihnen, aber meine Mutter schickte mich weg. So schloß ich mich Onkel Michael an. Wir unterhielten uns eine Weile. Später ging ich zum Haus zurück und holte mir etwas aus der Speisekammer, weil ich nicht wußte, ob ich mit den Großen essen durfte.

Endlich kam dann auch Eve herunter und fragte nach Onkel Max. Ich sagte, er wäre mit Mutter beim Schwimmen, worauf sie zur Bucht spazierte.

Um acht gab es Abendessen. Meine Mutter kochte sehr gut. Es gab Seezungenfilet mit Hummer garniert, Krabben und Garnelen. Ich nahm mir dreimal. Sonst aß kaum jemand etwas. Eve war wieder in ihrem Zimmer. Meine Mutter redete praktisch als einzige, aber schließlich verstummte auch sie. Und dann...«

Er schwieg und blieb bewegungslos sitzen. Die Hände hatte er flach auf die Erde gelegt.

»Ja, was war dann?«

»Dann redeten Marijohn und mein Vater; hauptsächlich über Musik. Ich verstand kein Wort, die anderen anscheinend auch nicht. Meine Mutter wollte mich zu Bett schicken. Ich versprach, beim Geschirrspülen zu helfen. Das war immer meine Ausrede, um länger aufbleiben zu können. Ich ging dann sofort zur hinteren Küchentür wieder hinaus. An diesem Abend erlaubte meine Mutter es aber nicht, und Onkel Michael brachte mich hinauf. Ich warf von der Treppe aus noch einen Blick zurück und sah, daß mein Vater in einen roten Pullover schlüpfte, als wollte er noch weggehen.

›Was guckst du denn?‹ fragte Onkel Michael.

Ich wollte ihm nicht sagen, daß ich heimlich aufstehen wollte, um ihn am Strand zu suchen.

Onkel Michael las mir eine Geschichte vor. Als er ging, war ich noch lange wach und hörte den Plattenspieler unten. Ich glaube, es war eine Sinfonie. Als die Musik aufhörte, beschloß ich, zu den Felsen hinunterzugehen. Ich stand auf und zog mich an.

Der Mond stand schon hoch am Himmel. Es war bereits

ziemlich spät. Plötzlich sah ich einen Schatten auf der Zufahrt. Ich huschte hinaus und folgte ihm.

Mir war unheimlich, als jemand vom Strand her auf mich zukam, und ich versteckte mich hinter einem Felsen.

Es war Eve. Sie atmete schwer, als wäre sie gerannt und hätte geweint. Gesehen hat sie mich nicht.«

Er schwieg und spielte mit dem kurzen Gras. Dann nahm er seine Sonnenbrille ab. Sarah bemerkte den düsteren Ausdruck in seinen dunklen Augen.

»Ich ging den Klippenpfad entlang. Ein ganzes Stück. Aber der Schatten, dem ich folgte, hatte zu viel Vorsprung, und der Lärm der See hätte meine Stimme übertönt. Einmal mußte ich auch noch stehenbleiben, um Atem zu holen. Dabei schaute ich mich um und sah jemanden, der mir folgte. Ich versteckte mich im Farnkraut. Die andere Person ging vorbei.«

Die zauberhafte Stille des Sommermorgens schloß sie ein, und sie schwiegen lange.

»Wer war das?« fragte Sarah schließlich beklommen.

»Meine Mutter«, antwortete Justin. »Ich sah sie nie wieder.«

9

Als sie nach Clougy zurückkehrten, stand der Wagen in der Zufahrt, aber das Haus schien leer zu sein. In der Küche brutzelte etwas im Bratrohr, und auf dem Herd standen zwei Töpfe. Auf dem Tisch lag ein Blatt Papier.

»Justin!« rief Sarah.

Justin packte sein Malgerät weg und meldete sich mit einem: »Ja?«

»Marijohn bittet dich, von der Farm Milch zu holen.«

Sarah legte den Zettel zurück und ging in die Halle hinaus. In diesem Augenblick kam Justin die Treppe herunter.

»Wo sie wohl sind?« sagte Sarah.

Er sah nach, ob er genügend Geld eingesteckt hatte.

»Vielleicht sind sie zum Strand gegangen«, meinte sie.

»Möglich.« Er schob den Geldbeutel wieder in die Tasche. »Willst du mitkommen zur Farm?«

»Nein, ich gehe zum Strand und sage ihnen, daß wir zurück sind.«

Er nickte und trat in den Sonnenschein hinaus. Der Kies knirschte unter seinen Füßen. Sarah folgte ihm ein Stück und bog dann zur Bucht ab. Nur das Rauschen des Wassers, das über das stillstehende Mühlrad stürzte, war zu hören. London schien tausend Meilen entfernt zu sein.

Der Pfad teilte sich nach einer Weile. Eine Spur führte zu den Klippen hinauf, die andere zur Bucht hinab. Langsam ging sie hügelabwärts und näherte sich der brandenden See und dem Kreischen einer einzelnen Möwe.

Die Einsamkeit war vollkommen. Am Strand blieb sie stehen und suchte die Felsen ab, aber weder Jon noch seine Kusine waren zu sehen. Sie kletterte ein Stück die Klippe hinauf, um einen besseren Blick über die Bucht zu haben. Es war Ebbe. Die Felsbrocken weit draußen lagen frei.

Sie ging um einen großen Felsen herum, von wo aus sie die Bucht nicht mehr sehen konnte. Der Pfad schlängelte sich durch dichtes Heidekraut. Unter ihr lagen die Felsen, unzählige Felsbrocken; die einen riesig, die anderen klein, bizarr, rundgewaschen und seltsam aufeinandergetürmt, als würde eine unsichtbare Hand sie festhalten.

Der Pfad teilte sich dann erneut. Ein Weg verlief in gleicher Höhe weiter, der andere führte über die Klippen zum Strand hinunter.

Sarah blieb stehen. Hier waren die Felsen größer, glatter, flacher. Eine Art Treppe reichte bis ans Wasser heran. Kleine Tümpel und winzige Zuflüsse spiegelten den blauen Himmel wider, und die sanften Wellen spülten zärtlich über die Felsen und kleinen Tanglagunen.

In diesem Augenblick bemerkte sie Jons rotes Hemd. Es lag auf den Felsen zum Trocknen und war mit Kieselsteinen beschwert, damit der Wind es nicht ins Wasser wehen konnte.

Vorsichtig ging sie weiter. Die Klippe war nicht sehr steil und auch nicht hoch, aber Sarah mußte erst ihren Weg erkunden. Eine der Stufen fehlte, eine andere schien lose zu sein. Der Sand zeigte keine Fußspuren.

Und plötzlich wurde sie zornig.

Hier war Sophia also gestorben, dachte sie. Das waren die Flat Rocks. Und Jon war hierher zurückgekommen, war absichtlich dorthin zurückgekehrt, wo seine Frau starb. Und Marijohn hatte ihn dazu verleitet. Er wäre nicht nach Clougy gegangen, wenn er nicht sie hätte sehen wollen. Jon hatte ihr gesagt, wie sehr er das Haus geliebt hatte; aber das war eine Lüge gewesen. Er war zurückgekehrt, um Marijohn wiederzusehen. Aus keinem anderen Grund.

Ihre Wangen brannten, und Tränen stiegen ihr in die Augen.

Warum weine ich? fragte sie sich. Warum bin ich so unglücklich? Warum bin ich so davon überzeugt, daß Jon nicht Clougy, sondern nur seine Kusine besuchen wollte? Und warum sollte er sie nicht sehen wollen? Bin ich eifersüchtig? Warum bin ich so zornig? Warum? Weil Jon mich angelogen hat. Er hatte diese Fahrt schon lange geplant, ehe er davon sprach. Deshalb ließ Marijohn ja auch das Klavier stimmen. Sie wußte, daß er kommen würde. Er bespricht mit Marijohn Dinge, von denen er mich ausschließt. Marijohns Gesellschaft war ihm heute lieber als die meine.

Sie trocknete ihre Tränen ab. Nein, sagte sie sich, so geht es nicht. Vertrauen ist die Grundlage einer jeden Ehe, und ich habe Vertrauen zu Jon. Es ist lächerlich, im Heidekraut zu stehen und zu weinen. Sie würde einfach zu ihnen hinuntergehen.

Sie fand auch einen Weg und kletterte dem roten Hemd entgegen.

Marijohn ist nicht wie andere Leute, hatte Justin gesagt. Marijohn konnte mit Jon reden, wenn er in dieser Abstandslaune war. Sie wurde mit ihm fertig. Marijohn –

Die Kletterei war schwieriger, als sie vermutet hatte, und auf einmal hatte sie das rote Hemd aus den Augen verloren. Sie blieb stehen, um sich zu orientieren. Da hörte sie Jon lachen.

Ihr Herz hämmerte. Das kam nicht von der Anstrengung des

Kletterns, aber eine andere Ursache wollte sie nicht wahrhaben. Langsam bewegte sie sich vorsichtig weiter. Man sollte sie nicht vorzeitig sehen.

Vor ihr lag jetzt ein großer, weißer, von Wind und Wetter rundgewaschener Felsen. Er fühlte sich kühl an unter Sarahs heißen Händen. Sie sah über die Schulter des Felsens hinunter und atmete erleichtert auf.

Marijohn lag auf einem flachen Felsen und genoß die Sonne. Sie trug einen weißen Badeanzug. Die Sonnenbrille hatte sie auf die Nasenspitze geschoben, die Arme hinter dem Kopf gekreuzt. Jon saß in einer schwarzen Badehose in einiger Entfernung am Rand der Lagune und ließ die Füße ins Wasser baumeln.

Sarah wollte ihn eben anrufen, als er erneut schallend lachte und mit den Füßen ins Wasser platschte.

Marijohn setzte sich auf und nahm die Sonnenbrille ab. Ihr Gesicht konnte Sarah nicht sehen, nur ihren tiefgebräunten Rücken und das schimmernde Haar. Als Jon sich umdrehte, duckte sich Sarah hinter den Felsen, damit er sie nicht entdeckte.

»Ich weiß nicht«, hörte sie ihn sagen, »warum ich so glücklich bin. Es gibt gar keinen besonderen Grund.«

»Ich weiß es«, antwortete Marijohn.

Dann schwiegen sie wieder.

Sarah spähte um den Felsen. Jon stand jetzt und sah auf die See hinaus. Marijohn war einige Schritte von ihm entfernt. Das Wasser schlug gegen die Felsen. Die Flut kündigte sich an. Doch sonst geschah nichts.

Sarah blieb es unverständlich, weshalb sie plötzlich von so panischer Angst überfallen wurde. Sie vermochte kaum noch zu atmen.

»Warum kommst du nicht nach Kanada?« fragte Jon seine Kusine.

»Mein lieber Jon«, antwortete sie, »welchen Sinn hätte das nach deiner Meinung?«

»Ich weiß es auch nicht.«

Es klang enttäuscht, irgendwie verloren.

»Über dieses Thema haben wir schon oft genug gesprochen, Jon. Hier – als deine Frau tot war.«

»Um Himmels willen hör auf, von Sophia zu reden!« schrie er. »Nicht wieder diese Szene!«

Er lehnte an einem Felsen und hatte die Hände zu Fäusten geballt.

»Marijohn«, sagte er nach einer Weile etwas ruhiger, »wir haben nie mit Worten davon gesprochen, weder früher noch jetzt, und wir sollten auch jetzt nicht darüber sprechen.«

»Ja, ich weiß«, antwortete sie rasch. »Und ich verstehe dich.«

»Aber warum, Marijohn? Warum? Du lieber Gott, warum?«

Sie sah ihn an. Der Bann war gebrochen.

Sie versteht ihn nicht, dachte Sarah. Und es war, als hätte sie mit dieser Erkenntnis einen Sieg errungen, den sie nicht zu erklären vermochte.

»Ja«, sagte Jon, »warum? Warum hast du Sophia töten müssen?«

Eine Welle brach sich an den Felsen und störte die Ruhe der Lagune.

Sarah hörte von oben einen Ruf. Sie sah hinauf. Justin stand auf der Klippe und winkte. Sarah duckte sich rasch und versteckte sich hinter einer bizarren Felsgruppe. Sie zitterte am ganzen Körper. Der Schock hatte sie überwältigt. Wie betäubt saß sie da. Erst als die Flut gegen die Felsen unter ihr donnerte, stand sie auf und stolperte tränenblind den Pfad entlang nach Clougy.

10

Als Justin mit der Milch von der Farm zurückkam, traf er den Postboten.

»Nur zwei Briefe heute«, berichtete der Mann und rieb sich mit einem riesigen Taschentuch die Stirn trocken. »Einer ist für

Mrs. Rivers, der andere für Sie. Himmel, heut ist's aber heiß! Ist aber gut. Hat zu viel geregnet.«

Justin pflichtete ihm höflich bei. Im Haus angekommen, stellte er die Milch ab und sah die Briefe an.

Der für Marijohn kam aus London. Vielleicht war er von Michael Rivers, der, wie Justin wußte, noch immer Marijohns Angelegenheiten erledigte. Auf dem anderen Umschlag prangte eine große ausgeglichene Schrift, die er nicht kannte. Er war an *J. Towers, Esq., Clougy, St. Just, Penzance, Cornwall* adressiert. Auch er kam aus London.

Justin riß ihn auf. Wer mochte ihm schreiben? Er setzte sich auf die Treppe. Die Unterschrift des Briefes war kurz. *Eve*, stand darunter. Da erst bemerkte Justin, daß der Brief gar nicht für ihn bestimmt war.

Automatisch las er:

Lieber Jon,

vergangene Woche aß ich mit Max in London zu Abend. Er wollte wissen, weshalb Du ihn nach meiner Adresse gefragt hast. Wir unterhielten uns ziemlich lange über die Zeit vor zehn Jahren, und schließlich erzählte er mir, daß Du wieder in Clougy bist und er Dich dort besuchen will. Ich dachte mir, es sei vielleicht gut, wenn ich Dich warne, denn er weiß mehr, als Du glaubst. Wenn Du mehr dazu hören willst, dann besuche mich doch. Ab Samstag bin ich unter der oben angegebenen Adresse und Telefonnummer zu erreichen. Ich bleibe ein paar Tage in St. Ives und reise nicht vor Dienstag ab. Eve.

Dreimal las Justin den Brief. Dann schob er ihn in den Umschlag zurück und steckte ihn in seine Brieftasche.

11

Ein silbergrauer Rolls-Royce stand in der Zufahrt, als Sarah zurückkam. Durch die Wohnzimmerfenster klang Lachen.

Ohne gesehen zu werden, huschte sie die Treppe hinauf und wusch sich die Tränenspuren vom Gesicht. Als sie wieder vor dem Frisiertisch stand, hörte sie Jon unten sprechen.

»... kann mir nicht vorstellen, wo sie steckt. Weißt du sicher, Justin, daß sie zur Bucht hinunter wollte?«

Justins Antwort verstand sie nicht. Sie lugte vorsichtig durch die Vorhänge hinunter.

»... besser suchen, falls sie sich verlaufen hat.«

Tränen verdunkelten ihr den Blick. Sie ging zum Frisiertisch zurück.

»Sie hat sich bestimmt nicht verlaufen«, hörte sie jetzt Marijohn sagen. »Wahrscheinlich macht sie nur einen Spaziergang.«

»Das muß ja eine Amazone sein!« ließ sich eine unbekannte Stimme vernehmen. »Den ganzen Morgen auf den Klippen in Kenidjack und anschließend zur Abwechslung auf den Klippen von Clougy. Jon hat gar nichts davon gesagt, daß seine Frau so sportlich ist.«

»Das hat er nicht, weil sie's nicht ist«, erklärte Marijohn.

»Na, Gott sei Dank! Aber wie sieht sie denn aus? Ist sie hübsch? Jon sprach von einer Ähnlichkeit mit Sophia.«

»Justin!« Marijohn drehte sich um. »Willst du...«

»Er ist verschwunden. Aber erzähl doch! Ist sie...«

»Du siehst sie noch früh genug.«

»Ist Jon sehr verliebt?«

»Er hat sie ja geheiratet.«

»Warum hast du eigentlich nicht wieder geheiratet? Was hast du nach der Scheidung getan? Warst du im Ausland? In London habe ich dich nie gesehen.«

»Ich habe einige Zeit in Paris gearbeitet, aber dort war's so langweilig, daß ich es kaum ein Jahr aushielt. Willst du Eis in deinen Drink? Nein? Ja, und dann kam ich nach England zurück.«

»Sofort nach Clougy?«

»Nein. Warum auch? Ich sah mich erst ein wenig um. Aber schließlich hat Clougy viele glückliche Erinnerungen für mich.«

»Oh«, sagte der Mann, und Sarah konnte sich deutlich seine hochgezogenen Brauen vorstellen.

Eine Möwe schrie.

»Ich muß schon sagen«, fuhr Max Alexander fort, »ich hätte

nie geglaubt, daß Jon nach der Sache mit seiner Frau hierher zurückkommen würde. Spricht er je von ihr?«

»Nein. Diese Tür hat er zugemacht. Warum hat er dich eigentlich gebeten, zu kommen?«

»Das weiß ich selbst nicht. Ich hoffte, du könntest es mir sagen.«

»Was meinst du damit?«

»Schließlich war Jon doch ganz verrückt nach Sophia. Eine Frau wie sie... Jeder Mann wäre ihr...«

»Sophia existiert nicht mehr. Jon hat sich ein ganz neues Leben aufgebaut, in dem Sophia keinen Platz mehr hat.«

»Er ist verheiratet mit einer Frau, die...«

»Männer bleiben meistens an einem Frauentyp hängen, doch das hat nichts zu bedeuten. Die Liebe ist schließlich nicht nur sexuelle Anziehung und körperliche Gemeinschaft.«

»Aber eine enge Beziehung zwischen Mann und Frau ist doch ohne Sex undenkbar«, wandte er ein.

»Nicht jedes Verhältnis zwischen Mann und Frau hängt allein vom Sex ab.«

»Ganz im Gegenteil! *Allein* vom Sex, möchte ich sagen. Sieh dir doch Jon an! Er kannte eine Menge Frauen, aber keine interessierte ihn, wenn sie ihn nicht physisch anzog.«

»Warum sollte Jon auf Sex verzichten? Die meisten Männer brauchen ihn. Aber was ist schon so Besonderes am Sex? Mit wirklicher Vertrautheit hat er meistens wenig zu tun. Warum sollte Sex also Anfang und Ende aller Dinge sein? Er ist nichts, nutzlos.«

Max Alexander zögerte ein wenig, ehe er schallend lachte.

»Das klingt ganz nach dem Standpunkt einer Frau«, meinte er.

»Möglich«, erklärte sie kurz. »Ich muß jetzt sehen, ob das Mittagessen schon ganz verbrannt ist. Entschuldige mich, bitte.«

Dann herrschte wieder Schweigen.

Sarah klammerte sich an die Kante des Frisiertisches und starrte in den Spiegel. Ihre dunklen Augen blickten düster, ihr

Mund war verkniffen, ihre Haare sahen unordentlich und strähnig aus.

Automatisch griff sie nach dem Lippenstift. Nur weg von hier, dachte sie. Jon, ich will weg von hier. Weg, weg, weg! Und diesen Max will ich nicht sehen. Ich kann solche Männer nicht ertragen, die nichts anderes kennen als Sex. Ich will weg, Jon! Ich will vor allem weg von deiner Kusine. Sie mag mich nicht, das spüre ich, und ich hasse sie. Ich hasse sie. Jon, ich muß weg, ich muß dem allen entrinnen. Sie mag mich nicht, ja, sie verachtet mich, das weiß ich. Sie verachtet mich ebenso, wie sie Sophia verachtet hat.

Nein, nicht an Sophia denken! Doch warum nur diese Lügen? Jon, du hattest mir geschworen, ihr Tod wäre ein Unglücksfall gewesen. Du hast mich belogen, Marijohns wegen. Ich will weg von hier, Jon, denn ich fürchte mich hier, und ich will dieser Angst entkommen.

Sie ging in den Korridor hinaus. Draußen war es kühl. Das Geländer fühlte sich glatt und kalt an, denn ihre Hand war heiß. Sie überquerte die Halle und betrat das Wohnzimmer.

Der Mann wandte sich um. Sie sah den humorvollen Zug um seinen Mund, die weit auseinanderstehenden blauen Augen, die ehrlich und vertrauenswürdig dreinsahen, die gebrochene Nase, Spuren plastischer Chirurgie von der Schläfe bis zum Kiefer. Die Falten um den Mund würden mit der Zeit tiefer werden. Es waren Kummerfalten. Er sah ein wenig älter aus als Jon.

Sie war verlegen und sah ihn nur an. Auch er hatte Schwierigkeiten, die richtigen Worte zu finden.

»Guter Gott!« sagte er endlich, und seine blauen Augen drückten ehrliches Staunen aus. »Himmel, Sie sind ja noch schrecklich jung! Ich dachte, Sie wären in Jons Alter. Niemand hat mir gesagt, wie jung Sie sind.«

Sie lächelte gezwungen. »So jung bin ich nun auch wieder nicht!«

Auch er lächelte. Ob er wohl der Meinung war, sie gleiche Sophia?

»Wo ist Jon?« fragte sie, weil ihr sonst nichts einfiel.

»Er ging weg, um Sie zu suchen«, erklärte Max Alexander.

»Oh! Dann müssen wir uns verfehlt haben.«

Sie griff nach einer Zigarette, und er gab ihr Feuer.

»Wann sind Sie denn angekommen?«

»Vor einer halben Stunde. Justin war allein zu Hause, deshalb ging ich erst einmal zur Bucht hinunter. Man hat mich anscheinend noch nicht zum Mittagessen erwartet. Jon sagte mir, Sie beide würden heute in Penzance noch Freunde besuchen.«

»Wirklich? Ich meine...« Sie errötete und lachte. »Ich habe Jon seit dem Frühstück nicht mehr gesehen. Er fuhr mit Marijohn nach Penzance zum Einkaufen...«

»Ah, da muß er es dann ausgemacht haben. Ich überlegte mir gerade, was ich mit mir anfangen soll. Marijohn sagte, sie hätte zu tun, und Justin fährt mit ihrem Wagen nach St. Ives. Vielleicht gehe ich schwimmen. Sonst bade ich ja nur im Mittelmeer, aber manchmal hat man spartanische Anwandlungen. Ah, da kommt ja Jon!«

Er lief durch die offene Verandatür und warf zur Begrüßung beide Arme hoch.

»Jon, du Schurke! Warum hast du mir nicht erzählt, daß deine neue Frau so jung und schön ist?«

12

»Ich will aber nicht«, sagte sie zu Jon. »Macht es sehr viel aus, wenn ich nicht mitkomme? Ich bin ziemlich müde.«

Die geschlossenen Fensterläden machten das Schlafzimmer kühl und dämmrig.

»Wie du willst«, antwortete Jon. »Ich traf diesen Burschen zufällig, als ich heute früh in Penzance war. Ich machte seinerzeit ziemlich viele Geschäfte mit ihm. Er lud uns zu einer Fahrt mit seinem Motorboot ein, und ich dachte, es würde dir Spaß machen.«

»Tut mir so leid, Jon.«

»Wenn du müde bist, mußt du natürlich ausruhen. Mach dir

keine Gedanken.« Er küßte sie auf die Stirn. »Vielleicht kommt Marijohn mit. Ich frage sie.«

»Sie sagte zu Max, sie wäre sehr beschäftigt.«

»Das war eine höfliche Lüge, damit er sich nicht an sie hängt. Ich will mal hören, was sie sagt.«

»Wenn du nicht allein gehen willst, Jon, dann...«

»Nein, du ruhst aus. Das ist wichtiger. Ich muß diesen Burschen jedoch unbedingt treffen und sein neues Motorboot bestaunen. Ich habe es schon versprochen. Wenn Marijohn nicht mitkommen will, fahre ich allein.«

Es stellte sich heraus, daß Marijohn nicht mitkommen wollte. Er verabschiedete sich von Sarah mit einem Kuß.

»Gegen sechs Uhr bin ich wieder zurück«, versprach er. »Schlaf gut!«

Aber sie konnte nicht schlafen. Sie zog Hosen und eine Bluse an und ging hinunter.

Justin war nach St. Ives gefahren, und Marijohn ruhte auf dem Rasen. Sie hatte Schreibzeug bei sich. Alexander war nirgends zu sehen.

Sarah wollte von Marijohn nicht entdeckt werden und verließ darum das Haus durch die Hintertür. Fünf Minuten später erreichte sie die Bucht.

Alexander hatte sein Hemd und die Schuhe ausgezogen und saß auf einem der Felsen. Er hatte ein Buch in der Hand und die Sonnenbrille auf der Nase. Er hörte ihre Schritte, drehte sich um und winkte ihr zu.

»Oh!« rief er, »ich dachte, Sie schliefen.«

»Nein. Einen so schönen Nachmittag kann man doch nicht verschwenden.«

Sie kletterte zu ihm herunter. Es war noch Flut. Die Brandung donnerte gegen die Felsen. Der Gischt sprühte zu ihnen empor.

Alexander war schon tief gebräunt. Brust und Schultern schienen muskulös, zeigten aber die Tendenz, Fett anzusetzen. Jon dagegen hatte harte, kräftige Muskeln. Wie oft mochte man Alexander früher mit Jon verglichen haben, und wie oft war dieser Vergleich zu seinem Nachteil ausgefallen?

»Erzählen Sie mir ein bißchen von sich selbst«, bat er und schlug sein Buch zu. »Wie kommen Sie nur nach Kanada?«

Erst fiel es ihr schwer, von sich zu erzählen, doch allmählich ließ die Anspannung nach. Dann berichtete er von seiner Rennfahrerlaufbahn.

»Es hat ja einen mörderischen Reiz, mit dem Tod um die Wette zu fahren, aber jetzt habe ich mehr oder weniger genug davon«, erklärte er abschließend.

»Und was tun Sie jetzt?« erkundigte sie sich.

»Das hängt davon ab, wie lange ich lebe«, meinte er lakonisch. »Ich habe Herzbeschwerden. Vielleicht lebe ich nur so in den Tag hinein und zahle meine Steuern, bis ich tot umfalle.«

Was sollte sie darauf antworten? Sie hatte das Gefühl, daß er bei weitem nicht so ruhig und entspannt war, wie er erscheinen wollte.

»Es muß Ihnen seltsam vorkommen, nach so langer Zeit wieder hier zu sein«, sagte sie plötzlich. »Freuen Sie sich, daß Sie hier sind?«

Sie konnte seine Augen nicht sehen, denn die dunklen Gläser schirmten sie ab.

»Ich habe mich gefreut, Jon wieder einmal zu sehen«, erwiderte er. »Ich war richtig erstaunt, als er mich anrief. Er möchte das Kriegsbeil begraben, sagte er. Sie wissen doch, daß es eines gab?«

»Ja«, sagte sie, ohne zu zögern. »Jon erzählte mir davon.«

»Natürlich. Ehrlich gesagt, ich wunderte mich, daß er Clougy besuchen wollte. Als er mich einlud, konnte ich deshalb nicht widerstehen. Ich muß herauskriegen, warum er zurückgekommen ist.« Er spielte mit seinem Buch und riß eine Ecke von dem Schutzumschlag ab. »Ich wußte nicht, daß Marijohn hier lebt.«

»Jon wollte sie vor unserer Rückkehr nach Kanada unbedingt sehen.«

»Das kann ich mir denken.«

»Jon hat mir alles erzählt. Über sich und Marijohn.«

Max Alexander sah sie scharf an.

»Ich wußte gar nicht, daß es da etwas zu erzählen gab«, antwortete er.

»Nun ja. Sie haben doch einen großen Teil ihrer Kindheit zusammen verbracht, nicht wahr?«

»Ja. Sicher. Sie haben einander sehr gern.« Er setzte sich auf. »Und was halten Sie von Marijohn?«

Sarah setzte zur Antwort an, aber er kam ihr zuvor. »Sophia haßte sie. Hat Jon Ihnen das auch gesagt? Es war ja eigentlich egal, denn Jon betete den Boden an, auf dem Sophia ging. Sie konnte tun, sagen und wünschen, was sie nur wollte. Eine beneidenswerte Lage, nicht wahr? Aber leider wußte Sophia das Glück nicht zu schätzen. Sie untergrub ihre Position so nachdrücklich, bis sie eines Tages keine mehr hatte. Aber natürlich hat Jon Ihnen das alles erzählt, nicht wahr?«

Er beobachtete das tobende An- und Abschwellen der Flut.

»Sophia tat mir leid«, fuhr er ruhig fort. »Ich war aber, glaube ich, der einzige, dem sie leid tat. Marijohn verachtete sie, Jon war sie gleichgültig geworden. Und Michael, diese Säule der Gesellschaft, rümpfte immer nur die Nase über diese Ausländerin, die zwar sehr sexy war, aber nicht mehr Moral besaß als eine Streunkatze. Mir tat sie einfach leid. Sie wußte zum Schluß nicht mehr, was sie tun sollte. Schließlich hatte sie Jon ja nicht mit einer anderen im Bett erwischt, und er hatte sie auch nicht geschlagen oder sonstwie schlecht behandelt. Das, was nicht stimmte, war nicht faßbar. Sie wußte nur plötzlich, daß ihr Ehemann sie nicht mehr liebte, doch sie ahnte nicht einmal, wie es soweit gekommen war.«

»Vielleicht hatte sie es verdient. Wenn sie Jon betrog...«

»Nein. So war es nicht. Sie benahm sich wie ein verwöhntes Kind, war trotzig und beklagte sich, aber betrogen hat sie ihn nicht. Sie flirtete natürlich und machte Jon damit die Hölle heiß, aber sonst... Sie war doch hier am Ende der Welt festgenagelt. Und ich glaube, sie hat Jon bei allem Trotz und allen Klagen geradezu verehrt. Erst als sie erkannte, daß sie ihn verloren hatte, da wurde sie ihm – im Versuch, ihn zurückzugewinnen – untreu. Sie war unglaublich sexy und versuchte, ihn damit in ihr

Bett zurückzuziehen, aber er blieb gleichgültig. Für eine Frau wie Sophia, deren einzige Waffe der Sex war, die nur mit ihrer Weiblichkeit zu kämpfen verstand, muß das eine entsetzliche Niederlage gewesen sein. Als ihr klar wurde, daß sie nichts mehr hatte, daß sie am Ende der Straße angelangt war, und sah, daß ihm das ganz egal war...«

»Aber – er hat sie doch sehr geliebt«, wandte Sarah ein.

»Ich will Ihnen lieber genau erzählen, wie sich alles zutrug, dann können Sie sich selbst ein Urteil bilden.

Ich kam an jenem Wochenende mit einer Freundin namens Eve nach Clougy. Damals stimmte schon nicht mehr alles zwischen Eve und mir, und wir stritten ziemlich viel. Nach dem Frühstück am Samstag schloß sie sich ein, und ich setzte mich in den Wagen. Autofahren beruhigt mich immer nach einer unerfreulichen Szene. Ich wollte gerade losfahren, da kam Sophia aus dem Haus. Gott, ich sehe sie noch genau vor mir! Sie trug hautenge schwarze Hosen und ein Oberteil, das die Taille freiließ, ja eigentlich kaum etwas bedeckte. Ihre Haare fielen wie bei Brigitte Bardot lang und lose auf die Schultern.

›Ah, Max!‹ rief sie. ›Fährst du nach St. Ives? Nimm mich mit!‹

Es klang wie eine Einladung ins Bett. Natürlich sagte ich, sie solle einsteigen.

Da kam Jon aus dem Haus und rief ihr etwas zu, aber sie gab keine Antwort. Er näherte sich deshalb dem Wagen.

›Sophia, ich habe mit dir zu reden‹, sagte er, aber sie erklärte nur, sie müßte zum Abendessen Schellfisch haben, den sie in St. Ives kaufen wollte.

›Hast du sie aufgefordert?‹ wandte Jon sich wütend an mich. ›Oder hat sie sich selbst eingeladen?‹

›Jon, mein Liebling, spiel dich nicht so auf‹, sagte Sophia, ehe ich noch antworten konnte.

Jon zitterte vor Wut.

›Glaubst du, ich hätte nicht bemerkt, wie du mit Max geflirtet hast?‹ schrie er. ›Und Eve hätte es auch nicht bemerkt? Du hast doch gehört, wie sie gestritten haben. Ich will nicht, daß meine Frau sich wie eine Hure benimmt, wenn ich Gäste habe. Entweder du steigst jetzt sofort aus dem Wagen und hörst auf, die Prostituierte zu spielen, oder mit diesen Wochenendpartys ist es ein für allemal aus.‹

Ich wollte vermitteln, hatte aber keinen Erfolg.

Sophia warf ihm vor, er wäre nur eifersüchtig, und sie sähe nicht ein, weshalb ich sie nicht mitnehmen dürfte, um Schellfisch zu kaufen. Sie tat so, als wäre Jon ein elender Kleinigkeitskrämer.

Ja, und da saß sie dann in meinem Wagen. Trotzig und mit Schmollmündchen. Du lieber Himmel, jeder Ehemann hätte da weiß Gott was alles vermutet! Ich wußte nicht recht, was ich tun sollte, denn sie weigerte sich, auszusteigen. Verzweifelt grübelte ich nach einer taktvollen Ausrede. In diesem Moment nieste jemand auf der Veranda. Es war Justin, der alles mit angehört hatte. Armer Kerl! Für ihn schien eine ganze Welt einzustürzen.

›Komm, Justin‹, sagte Jon. ›Wir gehen hinunter zu den Flat Rocks.‹

Justin sah vertrauensvoll zu ihm auf und legte seine Hand in die seines Vaters. Dann spazierten sie über den Rasen davon.

Sophia und ich fuhren nach St. Ives. Es war ein heißer Tag, fast so wie heute. Wir kauften den Schellfisch und fuhren dann weiter zu einer der Buchten, um zu baden. Niemand war in der Nähe. Es war eine winzige, versteckte Bucht, die man nur bei Ebbe erreichen konnte.

Ich entschuldige nicht, was ich getan habe, denn schließlich habe ich die Frau meines besten Freundes verführt, und dafür gibt es keine Entschuldigung. Natürlich hatte Sophia die Bucht gekannt, sich zuerst ausgezogen und mich zuerst berührt, aber hätte ich ein bißchen Anstand und Vernunft besessen, hätte nichts zu passieren brauchen. Doch vielleicht bin ich sowieso kein sehr anständiger Mensch. Denn ich habe mich auch ein klein wenig rächen wollen. Sehen Sie, wenn ich ein Mädchen mitbrachte, dann brauchte es nur Jon zu sehen, und ich war auch schon gestorben. Darum fing ich auch mit den Autorennen an. Doch bald darauf begann er sich ebenfalls dafür zu interessieren. Ich verschaffte ihm also die richtigen Verbindungen, und dann fuhr er besser als ich. So war es immer.

Es war nicht Jons Fehler, er war eben so konstruiert. Und an mir fraß der Groll, wenn ich es auch nicht zugab. Als seine Frau sich mir anbot, zögerte ich daher keinen Augenblick lang.

Gegen vier Uhr kamen wir nach Clougy zurück. Es war so still, daß wir erst dachten, das Haus wäre leer. Aber dann hörten wir das Klavierspiel.

Sophia lief den Korridor entlang und riß die Tür auf. Ich folgte ihr. Sie blieb stehen. Ich sah, daß Jon nicht allein war. Marijohn war bei ihm. Die Stimmung war seltsam. Sie saß glücklich und entspannt am Fenster, Jon auf dem Klavierhocker, ebenso entspannt und glücklich. Zwischen ihnen lag eine Entfernung von mindestens zwei Metern.

›Hast du den Schellfisch bekommen?‹ erkundigte sich Marijohn.

Ihre Augen waren sehr klar und blau. In diesem Augenblick ging mir auf, wie sehr Marijohn Sophia verachtete.

›Wo ist Michael?‹ fragte Sophia, und Marijohn sagte, sie wüßte es nicht.

›Wollte er nicht fischen?‹ fragte Jon.

Und sie lachten beide. Dann fing Jon wieder zu spielen an. Es war, als würden wir beide gar nicht existieren.

›Ich gehe mit Max zur Bucht hinunter‹, sagte Sophia schließlich, doch Jon nahm kaum Notiz davon.

›Aber seht zu, daß ihr keinen Sonnenbrand bekommt‹, warnte Marijohn boshaft. ›Heute ist es sehr heiß.‹

Sophia kochte vor Zorn, sagte aber nichts. Erst unten an der Bucht bemerkten wir, daß Justin uns gefolgt war. Armer Kerl! Sie jagte ihn weg. Er sah so unglücklich und verloren drein, als er hinter den Felsen verschwand.

Wir schwammen ein wenig und redeten. Sophia sprach hauptsächlich über Marijohn. Danach weinte sie.

›Ich hasse sie‹, schluchzte sie. ›Immer, wenn sie kommt, geht alles schief.‹

Sie war verzweifelt. Ich versuchte sie zu trösten, nahm sie in die Arme. In diesem Moment tauchte Eve auf, die mich suchte und in dieser kompromittierenden Situation fand. Es gab erneut Streit, und abends kam Eve nicht zum Essen herunter.

Das Abendessen war schrecklich. Sophia hatte die Küche überwacht und spielte die fürsorgliche Gastgeberin. Sie war wieder strahlender Laune und sehr gesprächig. Ich tat mit, so gut ich konnte. Gelegentlich stand mir sogar Michael bei. Marijohn und Jon sagten kein Wort. Nach einiger Zeit redeten auch wir weniger, und es herrschte schließlich ein bedrückendes Schweigen. Jons und Marijohns Schweigen ist schwer zu beschreiben, so seltsam war es. Es wirkte irgendwie verschwörerisch.

Nach einer Weile des allgemeinen Schweigens begann Marijohn dann zu sprechen. Aber sie redete nur mit Jon; über Musik. Wir verstanden nichts. Zehn Minuten hielten sie den Dialog durch, dann schwiegen sie wieder.

Sophia schickte dann das Kind zu Bett. Justin wehrte sich, und so brachte ihn Michael hoch. Ich hatte den Eindruck, er wollte nur diesem gespannten Schweigen entkommen. Wir ergriffen die Gelegenheit und standen auch alle auf, und Jon ging in die Halle hinaus. Er zog einen roten Pullover an und sagte: ›Marijohn und ich machen einen Spaziergang zur Bucht.‹

Zehn Minuten später kamen sie zurück und gingen ins Musikzimmer. Michael kam gerade die Treppe herunter und gesellte sich zu ihnen. Und ich half Sophia in der Küche beim Geschirrspülen. Der Plattenspieler war eingeschaltet.

›Ich gehe und schau mal nach, was sie tun‹, sagte Sophia.

›Nein, laß sie in Ruhe!‹ riet ich ihr. ›Michael ist ja bei ihnen.‹

›Ich möchte aber wissen, was er sagt.‹

Sie ließ sich nicht zurückhalten. In der Halle flüsterte sie mir noch zu, daß wir uns später treffen würden, wo wir miteinander reden und nicht belauscht werden könnten.

›Um zehn Uhr bei den Flat Rocks‹, sagte sie und schlich ins Musikzimmer.

Ich stand allein in der Halle. Jons roter Pullover lag über der Eichentruhe neben der Tür. Er sah wie eine Blutlache aus.

Ich ging zur Bucht hinunter und sah eine Weile aufs Meer hinaus. Dann wurde es ziemlich kalt, und ich kehrte ins Haus zurück, um etwas Warmes anzuziehen. Gegen zehn spazierte ich über den Klippenpfad zu den Flat Rocks und wartete auf Sophia.

Ich wartete einige Zeit, aber Sophia kam nicht. Ich hörte den Schrei, als ich gerade überlegte, was sie wohl aufgehalten haben könnte. Natürlich beeilte ich mich sehr, aber als ich sie erreichte, war sie schon tot.«

Er schwieg lange. Dann nahm er die Sonnenbrille ab, und Sarah sah erst jetzt seine Augen.

»Arme Sophia!« wiederholte er. »Es war schrecklich, daß ihr das zustoßen mußte. Sie hat mir immer sehr, sehr leid getan.«

13

Die Kirchturmuhr am Hafen schlug drei, als Justin in St. Ives einfuhr. Im Städtchen herrschte Touristentrubel, und er kam nur langsam vorwärts. Erst nach langem Suchen fand er einen Platz für den Wagen. Er wanderte zum Hafen und ging dann das steile Sträßchen hinauf, das zum Kamm des Hügels führte.

Er fragte nach Eve und wurde einen Stock höher geschickt.

»Kommen Sie nur herein«, sagte die Frau, die ihm geöffnet hatte. »Zweite Tür rechts.«

Die Frau sah ihm nach, als er die Treppe hinaufstieg. Oben blieb er eine Weile stehen. Ihm war ganz heiß geworden. Doch schließlich hob er die Hand, um an der zweiten Tür rechts zu klopfen.

Die Tür öffnete sich sofort. Er war wieder der kleine Junge, der das unberührte Tablett leergegessen hatte.

Sie schien ihn nicht zu erkennen und enttäuscht zu sein. Doch plötzlich spiegelte sich Verwirrung in ihrem Gesicht, und er bekam vor Verlegenheit rote Ohren.

»Wen suchen Sie?« fragte sie.

Er schluckte. All die Worte, die er sich so sorgfältig zurechtgelegt hatte, waren vergessen. Er starrte zu Boden. Sie hatte weiße Sandalen an, sah kühl und elegant aus, und ihre sportliche Kleidung war für ein paar Ruhetage weit weg von London viel zu schick.

»Moment!« sagte sie. »Ich kenne Sie doch.«

Er räusperte sich und blickte langsam zu ihr auf. Sie sah verwirrt drein, aber nicht feindlich, und ihm wurde wohler.

»Sie sind Justin«, sagte sie.

Er nickte.

»Kommen Sie herein«, forderte sie ihn auf.

Es war ein kleiner Raum. Vom Fenster aus sah man auf die Hausdächer weiter unten. Dazwischen schimmerte die blaue See.

»Sie sehen Ihren Eltern nicht sehr ähnlich, was?« fragte sie und schnippte die Asche ihrer Zigarette in einen Souvenir-aschenbecher. »Ich hätte Sie fast nicht erkannt, so schlank sind Sie geworden.«

Er lächelte ein wenig verlegen und setzte sich auf die Bettkante.

»Warum sind Sie gekommen?« fragte sie. »Hat Ihr Vater Sie hergeschickt?«

»Nein. Ich machte Ihren Brief an ihn irrtümlich auf und gab ihn dann nicht weiter. Warum wollen Sie meinen Vater in den Flitterwochen stören?«

»Und was versuchen Sie für eine Rolle zu spielen?« herrschte sie ihn an.

Seine ganze Schüchternheit fiel von ihm ab. »Sie wollten mit ihm über das sprechen, was vor zehn Jahren in Clougy passierte. Und Sie wollten über Max sprechen…«

»Mit Ihrem Vater. Nicht mit Ihnen.«

»Ich weiß mehr, als Sie glauben.«

Sie lächelte ihn zweifelnd an. »Wieso? Damals waren Sie doch noch ein Kind. Sie konnten gar nicht verstehen, was vorging. Was wissen Sie davon?«

»Ich sah, wie meine Mutter starb.«

Ihre Augen weiteten sich vor Verblüffung.

»Ich sah alles. Verstehen Sie jetzt? Ich folgte dem Mörder über die Klippe und sah, wie er meine Mutter hinunterstieß in den Tod.«

14

Kurz nach fünf kehrte Sarah von der Bucht zurück und sah nach, ob Jon schon da war. Alexander blieb unten. Ein blauer Hillman stand hinter Maxens silbergrauem Rolls-Royce in der Einfahrt. Wer mochte das sein?

In der Halle war es kühl und dämmrig. Vor dem Spiegel drückte Sarah ihre Frisur zurecht, ehe sie die Wohnzimmertür öffnete.

Marijohn saß am Schreibtisch zwischen den Fenstern. Sie hatte einen Kugelschreiber in der Hand. Links hinter ihr stand ein großer Mann und sah ihr über die Schulter. Er sah unauffällig gut aus, hatte ruhige Augen und einen klar gezeichneten Mund. Er und Marijohn blickten auf, als Sarah den Raum betrat.

»Oh, du bist es!«

Marijohn legte den Kugelschreiber weg.

»Michael, das ist Sarah. Sarah, das hier ist Michael Rivers.«

Er musterte sie mit den Augen eines erfahrenen Anwalts, doch dann kam Wärme in seinen Blick, und ein Lächeln lag um seinen Mund. »Darf ich Ihnen noch zur Hochzeit alles Gute wünschen?« fragte er. »Besser verspätet als niemals, nicht wahr?«

»Oh, vielen Dank«, erwiderte sie ein wenig schüchtern. »Ich wollte nur fragen, ob Jon schon zurück ist. Ich dachte...«

»Nein, er ist noch nicht da«, erwiderte Marijohn. »Sag mal, mein Lieber, wie viele Unterschriften muß ich jetzt noch leisten?«

»Nur noch das hier.«

Justin hatte ihr gesagt, Michael Rivers hätte seine Frau sehr geliebt. Seltsam, daß sie jetzt geschieden waren.

»Fein«, sagte Rivers. »Das nehme ich morgen alles mit nach London.«

»Wohnst du hier in der Nähe?«

»Bei den Hawkins in Mullion.«

»Wohnen sie noch immer in dem kleinen Häuschen am Hafen?«

»Nein, sie...«

Er lauschte. Auch Marijohn horchte. Auf dem Kies draußen waren Schritte zu hören.

»Das ist Jon«, sagte Rivers. »Ich muß jetzt gehen. Ich rufe dich dann an und sage dir, wie alles gelaufen ist, ja?«

Aber Marijohn hatte ihm nicht zugehört. Die Schritte waren schon auf der Veranda und näherten sich der vorderen Haustür.

»Jon!« rief sie.

Die Tür ging auf.

»Hallo!« sagte Jon und schien gar nicht überrascht zu sein. »Wie geht es dir, Michael? Sarah, mein Liebling, geht es dir wieder besser?«

Er beugte sich zu ihr hinunter und küßte sie.

»Viel besser«, erklärte sie und drückte seine Hand.

»Warum hast du nicht angerufen, daß du kommst?« wandte sich Jon an Rivers. »Bleibst du zum Abendessen? Nein? Ruf doch deine Freunde an und sag ihnen, du bleibst bei uns. Es macht ihnen sicher nichts aus.«

»Ich fürchte, es geht nicht«, lehnte Rivers freundlich ab. »Trotzdem vielen Dank.«

»Marijohn, überrede ihn doch, zu bleiben«, schlug Jon vor.

Jeder Nerv seines Körpers schien gespannt zu sein. Er barst geradezu vor Leben und Energie.

»Du hättest doch auch gern, daß er zum Abendessen bleibt, nicht wahr?« fuhr er hartnäckig fort.

Marijohn sah Rivers groß an.

»Oh, bitte!« sagte sie nur. »Ja?«

Michael hob die Schultern und machte eine hilflose Geste. Sie lächelte ihn strahlend an, und er schmolz vor ihr dahin.

»Wann haben wir zuletzt zusammen zu Abend gegessen?« fragte sie.

Und er hob wieder die Schultern, und Sarah sah, daß er nickte.

»Und wo ist Max, Sarah?« fragte Jon.

»Noch unten an der Bucht. Sonnenbaden.«

»Und Justin?«

»Wahrscheinlich noch in St. Ives«, sagte Marijohn und ging zur Verandatür. »Michael, komm doch heraus und setz dich auf den Schaukelsitz! Vergiß endlich einmal deine staubigen Akten. Jon möchte mit Sarah ein wenig allein sein.«

Das hat sie nur gesagt, um auf Michael Eindruck zu machen, schoß es Sarah durch den Kopf. Und Jon spielt mit. Oder er hat das Thema für den heutigen Abend gestellt, und sie spielt ihren Part. Michael muß zum Dinner bleiben, um zu beweisen, daß die Vergangenheit tot und begraben ist. Sie müssen ihm zeigen, daß sie nichts zu verbergen haben. Aber wie konnten sie sich so aufeinander abstimmen, wo doch nicht einmal Marijohn gewußt hatte, daß Michael zu erwarten war? Doch – Jon hatte es gewußt. Michaels Wagen stand ja draußen. Aber der Wagen war keine zehn Jahre alt! Und doch hatte Jon gewußt –

»Komm mit hinauf, Darling!« bat Jon. »Unterhalte dich ein bißchen mit mir, ja? Ich möchte duschen und mich umziehen. Erzähl mir, was du alles getan hast.«

Sie gingen hinauf, und sie hockte am Rand der Badewanne, während er duschte und sich mit dem Handtuch trockenrieb. Er erzählte von seiner Fahrt nach Penzance, vom Motorboot und dem Ausflug.

»Und jetzt will ich wissen, was du getan hast. Du hast den ganzen Tag kaum ein Wort mit mir gesprochen. Liebst du mich eigentlich noch?«

Ein Knäuel steckte ihr in der Kehle, und etwas zog ihr die Brust zusammen.

»O Jon!« war alles, was sie sagen konnte.

Und dann lag sie auch schon in seinen Armen und preßte

ihr Gesicht an seine Brust. Er küßte ihr die Tränen von den Augen und streichelte sie.

»Sarah, was ist denn, Kindchen? Habe ich dich irgendwie gekränkt?«

»Ich – Jon«, stammelte sie, »ich – habe einen großen Wunsch.«

»Sag es! Du sollst es haben, egal, was es ist.«

Sie holte tief Atem und kämpfte gegen ihre Tränen.

»Ich – ich würde gern nach Kanada zurückfliegen, Jon. Ich will nicht hierbleiben. Ich möchte heim. Bitte, Jon, laß uns heimfliegen! Es tut mir schrecklich leid, aber...«

»Das verstehe ich nicht. Warum willst du nicht bleiben? Ich wollte sogar noch eine Woche anhängen.«

Sie konnte nicht mehr weinen. Sie konnte ihn nur anstarren. Also ist alles wahr, dachte sie. Max hat nicht gelogen. Es ist etwas zwischen ihnen, das nicht benennbar ist. Es stimmt.

»Ich dachte, dir gefällt es hier. Was ist denn los? Sag es mir!« drängte er.

Sie schüttelte den Kopf und murmelte nur: »Marijohn.«

»Was ist mit Marijohn?« fragte er viel zu schnell.

»Sie mag mich nicht.«

»Quatsch!« rief er. »Unsinn! Sie hält dich für sehr hübsch und sagt, du wärst genau die richtige Frau für mich. Sie ist froh, daß ich ein so reizendes Mädelchen geheiratet habe.«

Sie versuchte sich aus seinem Griff zu befreien.

»Nein, du bleibst hier.«

Das Badetuch glitt ihm von den Hüften, und er zog sie mit sich aufs Bett. Sie klammerte sich an ihn in einem leidenschaftlichen Gefühlsausbruch und hatte gleichzeitig Angst, er könnte sie zurückweisen.

»Sarah!« sagte er erstaunt.

Und dann floß seine Leidenschaft mit der ihren zusammen. Erschöpft und mit tränenfeuchten Augen lag sie anschließend neben ihm.

»Ich liebe dich«, flüsterte sie. »Ich liebe dich.«

Er hielt die Augen geschlossen, als schmerzte ihn etwas.

Für ihn gibt es keine Entspannung, dachte sie, keinen Frieden. Auch für mich nicht. Wir sollten jetzt schlafen, aber wir können nicht. Hier finden wir keine Ruhe, keinen Frieden.

»Jon«, bat sie erneut. »Bring mich von hier weg! Bitte, laß uns morgen nach London, nach Kanada fahren, wohin du willst. Nur bring mich weg von hier.«

»Warum?« fragte er, und seine Stimme klang feindselig. »Warum? Gib mir einen guten Grund dafür!«

Sie schwieg. Er zog sie an sich.

»Bitte, noch ein paar Tage«, bat er liebevoll. »Bitte! Wenn du mich liebst, gibst du mir noch ein paar Tage. Ich kann jetzt noch nicht.«

Sie versuchte nach dem Warum zu fragen, doch sie brachte kein Wort über die Lippen. Statt dessen ging sie ins Bad und wusch sich. Als sie zurückkam, lag er noch so da wie zuvor. Sie zog sich stumm an. Auch als sie vor dem Spiegel saß und sich kämmte, sagte sie noch nichts.

»Sarah«, sagte Jon schließlich traurig. »Bitte, Sarah!«

Sie drehte sich zu ihm um. »Ist Marijohn deine Geliebte?«

Seine Augen wurden ganz dunkel.

»Nein. Natürlich nicht«, antwortete er. »Und sie war auch niemals meine Geliebte.«

»Hattest du ein Verhältnis mit ihr, als Sophia verunglückte?«

»Nein!« rief er und sprang vom Bett auf. »Nein!« wiederholte er und griff nach ihrer Schulter und schüttelte sie. »Nein, nein, nein!«

»Jon!« mahnte sie. »Scht, Jon!«

»Wenn du deshalb von hier weg wolltest, dann kannst du deinen Plan vergessen«, sagte er gereizt. »Zwischen Marijohn und mir ist nichts dergleichen. Sie...« Er zögerte. »Sie lehnt jede Form der körperlichen Liebe ab. Hast du das noch nicht bemerkt? Sie erträgt nicht einmal eine unabsichtliche Berührung von einem Mann. Hast du nicht gesehen, wie sehr ich es zu vermeiden versuche, sie zu berühren? Hast du nicht bemerkt, daß ich sie zur Begrüßung nicht einmal küßte? Hast du gar nichts bemerkt?«

Seine Hände zitterten.
»Ach, ich verstehe«, sagte sie.
Aber er wußte, daß sie nichts verstand.
Sie sah die Verzweiflung in seinen Augen, die Enttäuschung.

15

Als Sarah herunterkam, war es ganz ruhig in der Halle. Die anderen mußten wohl alle noch im Garten sein. Max Alexander war auch nirgends zu sehen.

Sie stand unter der offenen Haustür und sah zu den Hügeln hinauf, lauschte dem Rauschen des Wassers am Mühlrad und ging dann ins Wohnzimmer.

Sie hatte sich geirrt. Rivers und Marijohn waren nicht mehr im Garten. Als Sarah das Zimmer betrat, drehte sich Rivers zur Tür um, und auch Marijohn sah ihr entgegen.

»Oh, Verzeihung!« sagte Sarah. »Ich dachte...«

»Ist schon in Ordnung«, antwortete Rivers leichthin. »Kommen Sie nur herein! Wir fragten uns eben, ob Max von der Flut aus der Bucht gespült wurde.«

Marijohn stand auf. Sie trug ein einfaches, glattes Leinenkleid und kein Make-up und keinen Schmuck. Sogar den Ehering hatte sie abgelegt. Sie sah großartig aus.

»Wo willst du hin?« fragte Rivers.

»Ich muß mich um das Abendessen kümmern.«

Sie verschwand durch die Tür zur Halle. Rivers bot Sarah einen Drink an, doch diese lehnte ab. Was hatten die beiden wohl miteinander gesprochen, ehe sie so ins Zimmer geplatzt war?

Sarah überlegte angestrengt, wie sie wohl die Konversation einleiten könnte, als Rivers sie fragte: »Ist Jon oben?«

»Ja, er ist noch oben.«

»Hm. Ja.«

Er stand am Sideboard und füllte sein Whiskyglas mit Soda auf.

»Wollen Sie wirklich keinen Drink?«

Sarah schüttelte den Kopf.

»Wie lange bleiben Sie denn hier?«

»Das weiß ich noch nicht.«

Abrupt drehte er sich zu ihr um. Er schien zu wissen, was in ihr vorging.

»Sie möchten lieber weggehen?« fragte er.

»Nein«, log sie, denn sie war zu stolz, es zuzugeben. »Nein. Mir gefällt es hier ausgezeichnet.«

»Ich würde an Ihrer Stelle nicht allzulange hierbleiben.«

Sie hob die Schultern, als wäre ihr seine Meinung gleichgültig, und erklärte: »Jon will noch ein paar Tage hierbleiben.«

»Das kann ich mir denken.«

Er nahm einen Schluck von seinem Drink. Sie sah, wie seine Finger sich um den Stiel seines Glases krampften.

»Ich ahnte nicht, daß Sie beide kommen würden«, sagte er nach einer Pause. »Und ich glaubte auch nicht, daß er Marijohn wiedersehen würde. Sie war nämlich entschlossen, ihn nicht wiederzusehen. Das weiß ich. Ich nehme an, er hat sie überredet.«

Sarah starrte ihn verständnislos an. Aus der Küche hörte sie das Klappern von Geschirr.

»Ich weiß«, fuhr er fort, »daß *er* sie sehen wollte, denn er bat mich um ihre Adresse. Selbstverständlich sagte ich sie ihm nicht. Ich wußte nämlich, daß es für sie unheilvoll werden könnte, wenn sie...«

Auf der Treppe waren Schritte zu hören. Jon pfiff eine Musicalmelodie vor sich hin.

»Hören Sie!« drängte er. »Ich muß mit Ihnen sprechen. In unser beider Interesse, verstehen Sie? Ich muß mit Ihnen reden.«

»Aber ich verstehe nicht. Weshalb...?«

»Sie müssen Jon von hier wegbringen. Ich kann Marijohn nicht zwingen, wegzugehen. Wir sind ja nicht mehr verheiratet. Aber Sie können Jon zureden. Soll das... Sicher, Sie können es. Fliegen Sie mit ihm nach Kanada! Gehen Sie irgendwohin, nur weg von hier.«

»Wieso von hier?«

»Von Marijohn.«

Das Pfeifen verstummte, die Tür ging auf.

»Sarah? Ah, da bist du ja! Komm mit mir zur Bucht hinunter, Max retten.«

»Ich glaube«, sagte Rivers, »er kommt eben durch die Gartentür.«

»Ja, tatsächlich!« rief Jon.

Er lief Max entgegen.

»Wo hast du gesteckt, du Schuft? Wir dachten, du hättest dich in einem Tümpel ertränkt.«

Rivers trat rasch neben Sarah, die Jon folgte.

»Kommen Sie nach dem Abendessen mit auf einen Spaziergang«, flüsterte Rivers Sarah zu. »Ich erkläre Ihnen dann alles.«

Sie schüttelte den Kopf.

»Sie müssen! Ich glaube, Sie begreifen nicht, in welcher Gefahr Sie sind.«

Sie fühlte, wie sie blaß wurde.

Jon stürmte in das Wohnzimmer, um Drinks zu mixen. Alexander folgte ihm. Er trug eine anzügliche Miene zur Schau.

»He, Michael!« rief er. »Wie in alten Zeiten! Wie geht es dir? Noch immer Anwalt, was?«

Es folgte eine etwas wirre Unterhaltung. Max beschrieb die Vorzüge seines neuen Wagens, und Jon zog Sarah auf ein Sofa und küßte sie.

»Geht es jetzt besser?«

Sie nickte. Er nahm ihre Hand und hielt sie fest. Sie hörte nicht, was die anderen sprachen, sie wußte nichts, als nur das eine, daß Jon ein Fremder für sie war, dem sie kein Vertrauen schenken durfte. Hatte sie sich das Unglücklichsein jemals so vorgestellt? Dieser Schmerz ist allumfassend, absolut.

Etwas später kam Marijohn.

»Jon, weißt du, ob Justin zum Abendessen wieder hier ist?« fragte sie.

Er hob die Schultern. »Keine Ahnung. Ich denke aber schon.«

»Ich gehe noch ein bißchen in den Garten. Abendessen in einer halben Stunde«, sagte sie.

»Noch einen Drink, Jon?« fragte Alexander.

Jon gab keine Antwort. Sarah drückte sich an ihn.

»Jon!« flüsterte sie.

»Willst du mitkommen, Michael?« fragte Marijohn. »Ich gehe nur zur Bucht und wieder zurück.«

»Nein«, antwortete Rivers. »Ich kann meinen Whisky nicht im Stich lassen. Und danach brauche ich noch einen.«

»Schau mich nicht so an, Marijohn«, beklagte sich Max. »Ich habe heute mein Tagesquantum Sport schon hinter mir.«

Jon stand auf, zögerte und griff nach einer Schachtel Zigaretten.

»Willst du sie begleiten, Jon?« fragte Rivers freundlich.

»Eigentlich nicht«, erwiderte er, zündete seine Zigarette an und ging zum Kamin, um dort die Figuren und Krüge auf dem Sims neu zu ordnen.

Er sah hinter Marijohn drein, die langsam über den Rasen ging, wandte sich dann aber vom Fenster ab und ließ sich in den nächsten Sessel fallen.

»Warum gehst du nicht mit ihr?« fragte Rivers. »Du brauchst uns doch nicht zu unterhalten. Geh doch mit Marijohn. Sarah ist sicher eine bewundernswerte Gastgeberin.«

Jon sah dem Rauch seiner Zigarette nach.

»Wir waren heute schon unten«, sagte er.

»Oh. Bei den Flat Rocks zufällig?«

»Ich möchte nur wissen, was Justin in St. Ives zu tun hat«, sagte Max dazwischen.

»Nein, nur in der Bucht«, antwortete Jon.

»Seltsam. Marijohn sagte mir, sie wäre heute noch nicht unten gewesen.«

»Sarah«, sagte Max, »wissen Sie eigentlich, was Justin in St. Ives zu tun hat?«

»Es kostet dich doch eine Menge Zeit, wenn du Marijohn immer bei jeder Kleinigkeit persönlich besuchen mußt. Oder suchst du gute Entschuldigungen für deine Besuche?« fragte Jon.

»Wenigstens ist mein Grund, hierherzukommen, wesentlich

besser als der deine. Auf jeden Fall stichhaltiger«, erwiderte Rivers.

»Himmel!« brummte Max. »Warum geht denn keiner von euch mit Marijohn zur Bucht hinunter? Michael, dich hat sie doch gefragt. Warum drückst du dich davor? Du bist doch eigens gekommen, um sie zu sehen.«

Jon warf seine Zigarette in den Kamin und stand auf.

»Komm, Sarah! Wir beide gehen ihr nach.«

Alle sahen Sarah an.

»Nein«, sagte sie laut. »Nein, ich will nicht mitkommen. Ich bleibe lieber hier.«

Jon hob die Schultern. »Wie du willst«, meinte er gleichgültig und schlenderte, ohne sich auch nur einmal umzusehen, durch die Verandatür und über den Rasen.

16

Die weißen Häuser von St. Ives badeten in der Sommersonne. Die See war still und ruhig. In einem der Häuser auf halber Höhe des Hügels saß Justin mit einer Tasse dampfenden Kaffees in der Hand und wunderte sich darüber, daß er einer fremden Frau seine Lebensgeschichte erzählt hatte. Allerdings hatte sie ihn nach den Nachwirkungen dieses schrecklichen Wochenendes in Clougy ausgefragt.

Anfangs war er ziemlich reserviert gewesen. Doch allmählich war er aus sich herausgegangen, denn sie hatte ihn nicht ausgelacht. Irgendwie empfand er sogar so etwas wie Vertrauen zu ihr.

»Sie haben bisher keinem Menschen erzählt, was Sie damals sahen?« fragte sie schließlich.

»Ich dachte, meinem Vater würde es ja doch nichts nützen.«

»Und Sie sind überzeugt, daß er Sophia nicht getötet hat, ja?«

»Davon bin ich überzeugt, denn er hat es mir gesagt. Es muß ein anderer gewesen sein. Und ich muß herausbekommen, wer es war.«

Sie dachte eine Weile nach und beobachtete den Rauch ihrer Zigarette, der sich im Licht der Sonnenstrahlen zu einem goldenen Nebel auflöste.

»Damals dachte ich«, sagte sie leise, »Jon könnte sie getötet haben, aber dieser Verdacht kam nur daher, weil sie ihm an jenem Wochenende wirklich sehr viel angetan hatte.

Vergangene Woche rief Max mich nun an und lud mich zum Abendessen ein. Ich wußte genau, daß er sich mit mir darüber unterhalten wollte, weshalb Jon nach Clougy zu gehen beabsichtigte. Wir trugen wirklich jedes kleinste Fetzchen unserer Erinnerungen zusammen. Max erklärte, er wollte Jons Einladung nach Clougy annehmen, um herauszubekommen, was da vorgeht. Er war überzeugt gewesen, daß Jon Sophia umgebracht hatte, aber zu dieser Theorie paßte nicht recht, daß Jon seine neue Frau dorthin brachte. Ich nahm mir deshalb ebenfalls ein paar Tage Urlaub, um zur Hand zu sein, falls Max etwas entdecken sollte. Aber je mehr ich über alles nachdenke, desto mehr komme ich zu der Ansicht, man soll nicht schlafende Hunde aufscheuchen. Schließlich sind inzwischen zehn Jahre vergangen, und Jon ist wieder verheiratet. Mir gefiel plötzlich der Gedanke nicht mehr, daß Max nur deshalb nach Clougy fuhr, um eine Vergangenheit, die besser begraben bleiben sollte, heraufzubeschwören.«

»Und deshalb haben Sie meinen Vater gewarnt?«

»Ja. Ich dachte, er müßte Maxens Motive für dessen Besuch in Clougy kennen.« Sie drückte ihre Zigarette aus. »Merkwürdig, wie sehr Max davon überzeugt ist, daß Sophia ermordet wurde. Schließlich hat damals doch kein Mensch von Mord gesprochen, oder? Die Jury entschied, es wäre ein Unglücksfall gewesen. Aber vielleicht waren wir alle derselben Meinung wie Max und wagten nur nichts zu sagen. Denn jeder von uns hatte nämlich ein Motiv, sie umzubringen; deshalb schwiegen wir. Was ist los? Haben Sie denn nicht vermutet, daß ich auch ein Motiv hatte, Ihrer Mutter den Tod zu wünschen?«

Er schüttelte den Kopf und ließ sie nicht aus den Augen.

»Ich war von Anfang an eine Außenseiterin. Alle – außer Sophia – stammten aus einer anderen Welt; selbst Sophias Cafehauswelt in Soho war nicht die meine. Damals war ich achtzehn und kannte Max noch nicht lange. Ich wußte nur, daß er reich war und in einer teuren, aufregenden Welt lebte. Natürlich verliebte ich mich in ihn. Das fällt einem nicht schwer, wenn man achtzehn ist und mit dem Kopf in den Wolken herumspaziert.

Er nahm mich an diesem Wochenende mit nach Clougy. Ich schwelgte in romantischen Träumen. Clougy habe ich aber, glaube ich, vom ersten Augenblick an nicht gemocht. Jon fand ich interessant, aber die anderen Leute langweilten mich. Jon schien mich indessen völlig zu übersehen, denn er war mit seiner Frau und seiner Kusine vollauf beschäftigt. Seine Kusine – nun, wir hatten einander nichts zu sagen, sprachen faktisch zwei verschiedene Sprachen. Ihr Mann war nett. Allerdings viel zu höflich, um noch freundlich zu sein. Auch er schien in seinen persönlichen Problemen aufzugehen, und Sophia mochte ich absolut nicht. Aber es war keine aktive Abneigung. Mir erschien sie nur recht vulgär.

Eine Stunde nach unserer Ankunft begann Sophia mit Max zu flirten. Ich nahm es nicht ernst, und das war mein Fehler. Am nächsten Morgen gab es zwischen Max und mir einen erbitterten Streit, und er verschwand mit Sophia nach St. Ives, angeblich zum Einkaufen. Ich glaube, ich war niemals mehr so unglücklich wie damals. Am Spätnachmittag kamen sie zurück. Erinnern Sie sich noch, daß Sie mir damals sagten, die beiden wären zum Schwimmen an die Bucht gegangen? Ich bin den beiden daraufhin gefolgt. Ich hörte sie reden, ehe ich sie sah. Mit ihrem häßlichen ausländischen Akzent erklärte sie Max, daß sie Clougy gründlich satt hätte und unbedingt weg von Jon und nach London zurückkehren wollte. Max wäre ihr Retter, sagte sie und unterbreitete ihm ihre Pläne: Eine kleine Luxuswohnung in *Mayfair*, ein nettes Verhältnis, vielleicht auch eine nette Scheidung. Gott, wie ich sie haßte! Ich kann das gar nicht beschreiben. Als ich bemerkte, daß Max von ihren Plänen nicht übermäßig entzückt war, hätte ich am liebsten schallend gelacht. Erst versuchte Max ihr den Plan einigermaßen höflich und zartfühlend auszureden, doch dann wurde er ziemlich deutlich und erklärte ihr, daß er keine Luxuswohnung und kein nettes Verhältnis mit der Frau seines besten Freundes, keinen Skandal und keine Klage wegen Ehebruchs wollte. Nun, auf keinen Fall wollte er Sophia in London dauernd am Hals haben. Er wollte überhaupt kein Verhältnis mit ihr, weil er annahm, daß sie bald ausposaunen würde, daß sie seine Geliebte sei.

›Schau mal‹, sagte er, ›dein Spiel kann ich nicht mitspielen. Du suchst dir besser einen anderen Liebhaber.‹

Ich schloß erleichtert die Augen, während Sophia zischte: ›Ich muß hier weg. Du verstehst nicht. Ich werde wahnsinnig, wenn ich noch länger bleibe. Wenn du mich nicht nach London mitnimmst oder mir Geld gibst, daß ich anderswo bleiben kann, dann werde ich dich in ganz London unmöglich machen und deine Freundschaft mit Jon in Fetzen zerreißen.‹

›Weder das eine noch das andere wird dir gelingen‹, antwortete Max lachend.

›Wirklich nicht?‹ fragte sie herausfordernd. ›Dann laß es doch darauf ankommen.‹

›Ich werde darüber nachdenken‹, lenkte Max ein. ›Wir reden später noch mal drüber. Nach dem Abendessen treffen wir uns an den Flat Rocks, wo wir ungestörter sind.‹

In diesem Augenblick kam ich hinter den Felsen hervor. Max sah sofort, daß ich alles mitgehört hatte. Er wurde schrecklich wütend, weil ich ihm nachspioniert hatte, und ich warf Sophia alle Schimpfnamen an den Kopf, die mir einfielen, denn ich gab ihr an allem die Schuld. Sie lachte nur, was mich noch wütender machte.

Ziemlich aufgelöst rannte ich zum Haus zurück und heulte in meinem Zimmer zum Steinerweichen, denn ich wußte, mit Max war nun alles aus. Einige Wochen hindurch hatte ich mir vorgemacht, daß er mich liebte, aber ich war nur sehr dumm und sehr blind gewesen. Nun ja, mit achtzehn – da macht man leicht Fehler, nicht wahr?

Da ich wußte, wann er sich mit Sophia treffen sollte, wollte ich wenigstens versuchen, zuvor noch ein paar Worte mit ihm zu reden. Vielleicht würde er doch nicht auf Sophia hören, wenn ich ihm sagte, wie sehr ich ihn noch immer liebte. Leider kannte ich den Weg zu den Flat Rocks nicht.

Als ich hinunterkam, war es schon spät. Im Musikzimmer fand eben eine heftige Auseinandersetzung statt, aber die interessierte mich nicht. Ich hielt nach Max Ausschau und sah, wie er gerade in Richtung Bucht entschwand. Auf halbem Weg blieb er jedoch stehen. Als er umkehrte, sah er mich. Ich fragte ihn, wohin er ginge. Er hob die Schultern und sagte, er wolle ins Haus zurück.

›Hast du nicht eine Verabredung mit Sophia?‹ fragte ich. ›Warum gehst du wieder zurück?‹

Er antwortete: ›Es ist kälter, als ich dachte. Ich muß mir eine Wolljacke holen.‹

Ich ging mit und bat ihn, doch von Sophia die Hände zu lassen und sofort mit mir nach London zurückzukehren, aber er hörte nicht. Er ließe sich keine Vorschriften machen, sagte er, und er könne sein Leben auch ohne mich recht gut organisieren. Dann ging er ins Haus hinein, um eine Wolljacke zu holen. Ich blieb an der Gartentür stehen, weil ich ihm wieder folgen wollte, was ich dann auch tat. Aber er muß mich gesehen haben. An der Weggabelung hatten wir erneut einen heftigen Streit. Ich ließ ihn daraufhin allein zu den Flat Rocks gehen und setzte mich auf einen Felsen am Weg, um mich wenigstens ein bißchen zu beruhigen.

Im Musikzimmer brannte noch Licht, aber niemand war im Zimmer. Ich stand in der Halle, als Jon die Treppe herunterkam.

›Marijohn‹, rief er, als er mich sah, aber dann erkannte er mich. ›Wo ist Marijohn?‹ fragte er. ›Wohin ist sie gegangen?‹

Ich schüttelte den Kopf. Er sah sehr blaß aus.

›Ich muß Marijohn finden.‹

Er sagte das mehrmals.

›Wo sind denn alle anderen? Und wo ist Max?‹

Ich sagte es ihm. Er ging sofort zur Haustür, blieb nur noch einen Augenblick an der Truhe stehen, als suchte er etwas, und lief dann die Auffahrt entlang.«

Die Asche ihrer Zigarette fiel auf den Teppich.

»Ich habe Ihre Mutter nicht ermordet«, sagte sie nach kurzem Schweigen. »Ich hätte es tun können. Aber ich ging wieder in mein Zimmer hinauf und blieb dort, bis mir Max die grausame Neuigkeit erzählte.«

Beide schwiegen, und sie sah lange zu Boden. Als sie den Blick wieder hob, bemerkte sie zu ihrem Erstaunen, daß er sich in äußerster Konzentration vorbeugte und sie mit den dunklen Augen forschend ansah.

»Mein Vater war also im Haus, als Sie von der Bucht zurückkehrten?« fragte er.

»Ja. Das sagte ich Ihnen doch.«

»Und was hatte er an?«

»Was er anhatte? Du lieber Himmel, ich hab' wirklich keine Ahnung! Mir war in jener Nacht nicht so zumute, daß ich auf Kleider geachtet hätte. Warum?«

»Trug er eine rote Wolljacke?«

»Ich glaube nicht. Nein, bestimmt nicht. Er war, glaube ich, in Hemd und Hosen. Ja, jetzt fällt es mir wieder ein. Ich bemerkte sogar, daß sein Hemd am Hals nicht zugeknöpft und seine Haut schweißfeucht war. Er sah entsetzlich erschüttert und verstört drein. Er war weiß wie ein Laken und fragte nur immer nach Marijohn.«

17

Als es dunkel war, entschuldigte sich Sarah bei den anderen und sagte, sie wolle jetzt in ihr Zimmer gehen. Aber sie ging nicht hoch, sondern schlich sich aus dem Haus und wartete im Schatten neben der Gartentür. Es dauerte nicht lange, da erschien Rivers unter der Tür. Er huschte leise über den Rasen.

»Sarah?« fragte er.

»Ja«, antwortete sie. »Hier bin ich.«

»Gut.«

Er kam näher. Sie spürte seine Überlegenheit. Erleichtert

stellte sie fest, daß dieser Mann wohl mit jeder Situation fertig werden konnte. Er hatte sein Leben lang Probleme anderer Menschen gelöst; ja, vielleicht war er der einzige Mensch, der ihre Probleme voll verstand.

»Wir müssen ein Stück vom Haus weggehen«, flüsterte er. »Ich will auf keinen Fall, daß uns jemand belauschen kann.«

»Vielleicht zur Bucht hinunter?«

»Nein. Dort würden sie zuerst nach uns suchen. Wir gehen die Klippen hinauf.«

Rivers ging voran. Die Nacht war dunkel. Schwarze Wolken hingen am Himmel.

»Aber bitte nicht zu weit!« bat Sarah.

»Nur um die nächste Wegbiegung.«

Es war wirklich sehr dunkel. Sarahs Füße verfingen sich mehrmals im Heidekraut. Sie stolperte ein paarmal.

»Hier bleiben wir«, sagte er endlich.

Unterhalb des Weges war eine kleine Felsgruppe. Er half ihr hinunter, und sie setzten sich und sahen auf die See hinaus. Er bot ihr eine Zigarette an, doch sie schüttelte den Kopf.

»Darf ich rauchen?« fragte er, und sie nickte.

Wie höflich er ist, dachte sie. Er benimmt sich wie in einem Londoner Salon und nicht wie auf einer Klippe weit weg von allen Menschen.

»Wie haben Sie Jon kennengelernt?« erkundigte er sich.

»Bei einem Freund meiner Familie«, antwortete sie. »Frank hatte mit Jon geschäftlich zu tun. Jon hatte ein Mädchen dabei, das ich nicht kannte. Damals ahnte ich nicht einmal, daß Jon an mir interessiert sein könnte, aber schon am nächsten Tag rief er an und lud mich in ein Konzert ein. Ich ging mit. Nun, Frank war schon ein wenig enttäuscht, aber ich freute mich, daß ich Jon wiedersah.«

»Ja, so etwas sieht Jon absolut ähnlich«, bemerkte Michael und starrte lange auf die Asche seiner Zigarette. »Ich lernte Jon und Marijohn kennen, als der alte Towers starb. Ich war damals Junior in der Anwaltsfirma, die seine Interessen wahrnahm, und half bei der Testamentsabwicklung. Marijohn war achtzehn. Ich werde nie vergessen, wie ich sie kennenlernte. Ein paarmal ging sie mit mir aus, aber sie hatte sehr viele Freunde, die alle mehr Geld hatten als ich, älter waren und weltmännischer als ich. Marijohn zog nämlich ältere Männer vor. Trotzdem hoffte ich, bis ich auf einer Party ein paar Leute über sie sprechen hörte und erfuhr, daß sie absolut wahllos mit den Männern schlief, die sie am meisten verwöhnten.

Ich kümmerte mich daraufhin längere Zeit nicht mehr um sie, doch vergessen konnte ich sie nicht. Gelegentlich rief ich sie an, um zu erfahren, mit wem sie gerade zuammenlebte. Es war eine höllische Zeit für mich. Ihr war das natürlich gleichgültig.

Doch plötzlich änderte sich alles. Eine ihrer Affären ging schief. Sie wurde schwanger, wollte das Kind loswerden, hatte aber kein Geld. Da kam sie zu mir. Und ich half ihr. Ich kümmerte mich um alles und bezahlte die Ärzte. Ich, ein Rechtsanwalt, gab mich zu einem Verbrechen her! Aber niemand erfuhr etwas davon.

Sie war damals schwerkrank, doch allmählich erholte sie sich wieder, und ich brachte sie aufs Land, damit sie noch kräftiger wurde. Mit mir schlafen konnte sie aber nicht.

Nach einer Woche verließ sie mich und kehrte nach London zurück. Ich folgte ihr und entdeckte, daß sie nach Cornwall zu gehen beabsichtigte.

›Ich will Jon sehen‹, erklärte sie mir.

Ich sehe sie heute noch vor mir. Sie trug ein dunkelblaues Kleid, das ihr viel zu weit war, weil sie so mager geworden war, und ihre Augen waren sehr blau und klar.

›Ich muß ein wenig mit Jon allein sein‹, sagte sie. ›Wenn ich zurückkomme, bleibe ich vielleicht bei dir, und du kannst dich dann um mich kümmern.‹

Ich hatte ihr wiederholt den Vorschlag gemacht, sie sollte mich heiraten, aber sie meinte, sie müßte warten, bis sie von Jon zurückkommt.

›Du würdest auch dann nicht verstehen, was das mit uns beiden zu tun hat, wenn ich dir alles lang und breit erklären würde‹, fügte sie hinzu.

Einige Wochen später kam sie aus Cornwall zurück und war bereit, mich zu heiraten. Sie war wie verwandelt und sah auch viel besser aus als je zuvor. Die Hochzeit verlief sehr ruhig. Jon und Sophia kamen nicht, obwohl sie eingeladen worden waren.

Einige Zeit waren wir recht glücklich; ja, diese ersten sechs Monate waren so unbeschreiblich schön und friedlich, daß ich auch dann nicht auf sie verzichten würde, wenn alles, was danach kam, noch viel schlimmer gewesen wäre.

Eines Tages kam Jon von Penzance nach London. Und von da an wurde alles anders. Lange Zeit wurde mir nicht einmal klar, daß meine Ehe allmählich zerbröckelte. Marijohn wurde immer kälter, zog sich immer mehr zurück. Und je kälter sie wurde, desto mehr wollte ich sie. Und je mehr ich sie wollte, desto kälter wurde sie. Schließlich wollte sie sogar ein eigenes Schlafzimmer. Ich warf ihr vor, sie hätte etwas mit Jon, er käme ja oft genug nach London und würde sie ebensooft nach Clougy einladen.

›Er ist ja auch der einzige Mann von allen, die mir begegnet sind, der nicht mit mir ins Bett gehen will‹, antwortete sie.

Ich lachte und antwortete, das würde er verdammt gern tun, wenn er nicht so in seine Frau vergafft wäre.

›Das verstehst du nicht‹, erklärte sie mir. ›Die Frage, daß ich mit ihm ins Bett gehe, stellt sich überhaupt nicht.‹

Das war merkwürdig. Für mich war das ein Schock.

›Was, zum Teufel, soll das heißen?‹ fuhr ich auf.

Und sie erwiderte: ›Ich kann nicht beschreiben, wie friedlich es ist. Es ist die vollkommenste Sache der Welt.‹

Ich hatte Angst, und das schien sie zu spüren. Aber ich wußte gar nicht, wovor ich Angst hatte. Ich versuchte, die Barriere zwischen uns zu zerreden, aber sie nannte alles, was ich sagte, nur Unsinn.

›Mir ist egal, was du denkst‹, sagte sie wörtlich. ›Dein Gerede ändert nichts an der Tatsache, daß der Sex für mich keine Bedeutung mehr hat. Er erscheint mir unwichtig, ja lächerlich. Es tut mir leid, Michael.‹

Sie schien es zu meinen. Aber ich liebte sie noch immer. Ich versuchte, sie zu verlassen – doch ich konnte nicht. Und dann kam jene letzte Einladung nach Clougy.

Ich war entschlossen, Jon zur Rede zu stellen. Ich glaubte damals zwar, daß er ganz in seiner Frau aufging, aber wir waren noch keine fünf Minuten in Clougy, da wußte ich schon, daß Sophia ihn bis zum Äußersten trieb, daß sie seine Liebe zu ihr auf eine unerträgliche Probe stellte, bis er ihre Launenhaftigkeit und ihr oberflächliches Wesen nicht mehr ertragen konnte.

Als er sich von Sophia abwandte, da schien es, als würde er sich gleichzeitig Marijohn zuwenden.

Ich war außer mir und wollte mit Marijohn weg, aber sie weigerte sich. Als ich mit Jon redete, gab er vor, keine Ahnung zu haben, was ich von ihm wollte. Doch Sophia war es, die schließlich das ganze Unheil auslöste.

Sie hatte eine Affäre mit Max. Jon war mit Marijohn im Musikzimmer, während Sophia mit Max nach St. Ives fuhr. Ich wollte nicht der unerwünschte Dritte sein und ging zum Fischen, denn ich wußte nicht, was ich tun sollte. Der Junge kam und unterhielt sich eine Weile mit mir. Er lenkte mich wenigstens ein bißchen ab. Zum Abendessen kehrte ich ins Haus zurück.

Sophia war ziemlich verlegen. Sie redete viel, und die anderen schwiegen. Als sie zu reden aufhörte, begannen Jon und Marijohn sich zu unterhalten. Von uns übrigen nahmen sie keine Notiz.

Ich begriff, daß Sophia wußte, was los war und Stunk machen wollte.

Auch der Junge spürte offensichtlich die Spannung. Da ich von den anderen ohnehin weg wollte, brachte ich ihn zu Bett. Ich las ihm vor und blieb etwa eine halbe Stunde bei ihm. Doch ich konnte nur immer an Sophia denken und überlegte, was sie wohl vorhatte. Würde sie sich von Jon scheiden lasen oder er von ihr? Was würde dabei herauskommen? Und inwiefern würde es Marijohn beeinflussen? All diese Überlegungen schmerzten mich unsäglich. Mir war, als wollten sie mir das Herz sprengen.

Als ich wieder hinunterkam, waren Jon und Marijohn im Musikzimmer und spielten Schallplatten. Sophia war mit Max in der Küche. Ich schloß hinter mir die Tür.

›Sophia weiß es‹, sagte ich, ›darüber seid ihr euch doch klar?‹

Jon sah mich scharf an.

›Was weiß sie?‹ fragte er.

Ich sagte, sie sollten doch andere nicht für dumm halten, und Marijohn meinte, ich sollte mich nicht so aufspielen.

›Vielleicht betrügst du mich tatsächlich nicht mit meiner Frau‹, sagte ich zu Jon, ›aber ihr benehmt euch jedenfalls so. Und eure Behauptung, es wäre nichts dahinter, nimmt euch Sophia nicht ab. Ihr müßt aufhören, und zwar sofort, denn euer Spiel ist gefährlich.‹

Sie sahen zuerst sich, dann mich an, und ich wußte sofort: Sie verstanden einander wortlos. Trotz aller physischen Intimität zwischen Sophia und Jon war sie für ihn immer eine Fremde geblieben. Dieses Einvernehmen zwischen Jon und Marijohn ließ sich nicht in Worte fassen, nur spüren. Sophia konnte es nicht begreifen. Sie fühlte nur, daß es zwischen den beiden etwas gab, das sie ausschloß.

›Schau, Michael‹, begann Jon, aber in diesem Augenblick kam Sophia herein.«

Michael schwieg und sah auf die dunkle See hinaus.

»Bitte, nicht weitererzählen!« flüsterte Sarah. »Bitte, nicht!«

Aber er hörte nicht auf sie, er lauschte einem anderen Geräusch.

»Ich dachte, ich hätte eben etwas gehört«, sagte er, horchte, erzählte dann aber gleich weiter: »Es war eine schreckliche Szene. Ich weiß nicht mehr, was sie alles gesagt hat. Schließlich verließ Jon jedenfalls den Raum und ging über den Rasen davon. Marijohn verschwand in ihr Zimmer, und ich blieb allein mit Sophia.

Ich versuchte, ihr gut zuzureden, doch sie wollte mich nicht anhören. Statt dessen lief sie nach oben und zog andere Schuhe an. Damals wußte ich noch nicht, daß sie mit Max an den Flat Rocks verabredet war.

Da also mit Sophia nicht zu reden war, suchte ich Marijohn, fand sie aber nicht.

Nach Sophias Tod glaubte ich zuerst, alles würde sich wieder einrenken. Marijohn und Jon sprachen lange miteinander. Ich weiß nicht, was, aber sie beschlossen jedenfalls, sich im guten zu trennen. Sophias Tod mußte sie sehr erschüttert haben. Sie wußten, so konnten sie nicht weitermachen. Jon ging nach Kanada, Marijohn kam mit mir nach London. Aber sie blieb nicht lange, und wir lebten auch nicht wie Mann und Frau zusammen. Eine Weile war sie sogar in Paris, kam jedoch wieder zurück. Sie konnte sich nirgends und mit niemandem seßhaft machen. Meine Liebe wies sie zurück. Und schließlich wandte sie sich der Religion zu. Sie lebte in einem Kloster, als Jon vor wenigen Wochen nach London kam.«

Er warf seine Zigarette weg, die noch einmal aufglühte und dann erlosch.

»Sie verstehen also«, sagte er langsam und nachdrücklich, »wie wichtig es ist, daß Sie Jon von hier wegbringen. Es wird sich alles wiederholen. Ist Ihnen das nicht klar? Wir sind alle hier in Clougy wie damals, nur die Freundin von Max fehlt. Sie spielen Sophias Rolle.«

Schritte knirschten in der Nähe, dann flammte eine helle Taschenlampe auf.

»Was, zum Teufel, versuchst du meiner Frau einzureden, Michael Rivers?« dröhnte Jons harte Stimme gefährlich in der Dunkelheit.

18

»Bleiben Sie doch noch, und essen Sie mit mir zu Abend!« schlug Eve vor. »Ich kenne keinen Menschen in diesem Nest!«

»Nein, das geht nicht«, lehnte Justin ab. »Ich muß nach Clougy zurück.« Und weil seine Worte ein bißchen zu grob geklungen hatten, fügte er rasch hinzu: »Ich versprach, rechtzeitig zum Abendessen zu Hause zu sein.«

»Rufen Sie an, und sagen Sie, Sie hätten etwas vor.«

»Nein!« Er wurde rot und schüttelte den Kopf. »Es tut mir sehr leid, aber ich muß zurück. Ich habe mit meinem Vater etwas zu besprechen. Es ist schrecklich wichtig.«

»Hängt es mit dem Tod Ihrer Mutter zusammen?« fragte sie. »Ist es etwas, was ich Ihnen sagte? Wissen Sie jetzt bestimmt, daß er sie nicht umgebracht hat?«

»Ja. Und ich glaube, ich weiß jetzt auch, wer es getan hat.«

Er öffnete die Tür, blieb aber stehen und sah sie nochmals an. Sie lächelte.

»Dann kommen Sie eben, wenn Sie Zeit haben, um mir zu erzählen, was passiert ist.«

Plötzlich war er wieder schüchtern. Er dankte ihr verlegen, dann ging er.

Das goldene Licht des Abends tat ihm wohl. Er schritt rasch die Straße entlang, und das letzte Stück zum Parkplatz am Hafen rannte er.

Die See war ein dunkelblauer Spiegel, der goldene Lichter vom Himmel einfing, und weit weg brachen sich die kleinen Wellen an den Sanddünen von Hayle.

Er keuchte, als er beim Wagen ankam. Nervös suchte er nach seinem Schlüssel. Er fürchtete schon, er hätte ihn verloren, als er ihn in der Innentasche seiner Jacke fand. Am ganzen Körper war ihm der Schweiß ausgebrochen.

St. Ives war mit Touristenbussen vollgestopft, die alle gegen Abend die Stadt verlassen wollten. Er brauchte endlos lange, bis er endlich die Landstraße erreichte. Und dann begann plötzlich der Motor zu stottern und zu spucken und – erstarb. Justin sah nach der Benzinuhr. Der Tank war fast leer.

Er stieg aus, schlug die Wagentür zu und machte sich auf den Weg zur nächsten Tankstelle.

19

Rivers stand auf. Er hatte es nicht eilig.

»Mach um Himmels willen die Taschenlampe aus!« sagte er ruhig und nur leicht gereizt. »Ich kann ja nichts sehen.«

Es klickte, und gleich darauf herrschte tiefste Dunkelheit.

»Sarah!« sagte Jon.

Sie bewegte sich nicht. Sie versuchte es, doch ihre Glieder gehorchten ihr nicht.

»Sarah, was hat er zu dir gesagt?«

Rivers trat einen Schritt vorwärts, und sie wußte, daß er ihr damit Sicherheit geben wollte. Ihr Mund war trocken, als wäre sie lange Zeit gerannt.

»Sarah!« schrie Jon. »Sarah!«

»Du lieber Himmel, Jon«, sagte Rivers ebenso ruhig und leicht gereizt wie zuvor, »reiß dich doch zusammen! Ich schlage vor, wir gehen alle zum Haus zurück und reden vernünftig miteinander, ehe wir uns hier in dunkler Nacht und auf einer Klippe allerhand Grobheiten an den Kopf werfen.«

»Dann geh du!« knirschte Jon und versuchte an Rivers vorbeizukommen, doch Rivers wich nicht zur Seite. »Laß mich vorbei!«

»Beruhige dich doch!« riet Rivers, noch immer ruhig. »Sarah fehlt nichts, außer daß sie einen Schock erlitten hat.«

»Geh mir aus dem ...«

Sie rangen miteinander. Doch als es Sarah endlich gelang aufzustehen, ließ Michael Jon los und trat zur Seite.

»Sarah!« rief Jon und versuchte sie an sich zu ziehen.

»Laß mich!« wehrte sie ihn ab.

»Sarah, es ist nicht wahr, was er über Marijohn sagte. Es ist alles nicht wahr, was er sagte.«

Aber sie antwortete nicht.

Jon wirbelte zu Rivers herum. »Was hast du ihr eingeredet?«

Rivers lachte.

»Gib Antwort! Was hast du Sarah gesagt?« Er packte Rivers bei den Schultern. »Was hast du gesagt?«

»Ich sagte ihr so viel, daß sie Clougy so schnell wie möglich verläßt. Nicht mehr.«

»Was, zum Teufel, willst du...?«

»Ich erzählte ihr zum Beispiel nicht, daß Sophias Tod kein Unfall war. Auch nicht, daß jemand sie vom Klippenpfad hinuntergestoßen hat, jemand, der einen guten Grund hatte, sie zum Schweigen zu bringen.«

»Du! Du!« keuchte Jon wutentbrannt.

»Jon!« schrie Sarah angstvoll.

Er drehte sich nach ihr um. Seine Brust hob und senkte sich.

»Hat er es dir gesagt?« fragte er leise.

Sarah lehnte sich gegen den Felsen. Sie war so erschöpft, daß sie nicht mal mehr nicken konnte. Wie aus einer anderen Welt hörte sie das Gelächter. Rivers machte sich über Jons Angst lustig. Ihre ganze Haut prickelte.

Jon wirbelte wieder zu Rivers herum.

»Wie konntest du das tun?« schrie er. »Du liebst doch Marijohn. Wir haben doch vor zehn Jahren vereinbart, daß niemand die Wahrheit erfahren soll. Du selbst sagtest, es wäre am besten für Marijohn, wenn niemand erführe, daß wir...«

Er schwieg plötzlich.

»Jon!« warnte Rivers.

»Ja«, sagte Sarah leidenschaftlich, »was denn? Daß du und sie...«

»Daß wir beide Geschwister sind«, flüsterte Jon. »Mein Gott, wußtest du das etwa nicht?«

20

Justin fand einen Wagen, der ihn zur Tankstelle mitnahm. Er hatte gerade soviel Geld bei sich, daß er den Mechaniker bezahlen konnte, der mit einer Benzinkanne zu seinem Wagen zurückfuhr. Die Sonne war schon untergegangen. Ein dünner Nebel zog auf.

»Jetzt müßt's wieder stimmen«, sagte der Mechaniker, als er den Tankdeckel aufschraubte. »Probieren Sie's mal!«

Der Starter wimmerte, aber der Motor sprang nicht an.

»Muß an der Benzinzufuhr liegen«, meinte Justin, »denn es war ja noch Benzin drinnen, nach der Benzinuhr wenigstens.«

»Komisch!« meinte der Mechaniker und klappte die Motorhaube hoch. »Wollen mal sehen...«

21

Sarah rannte. Das Heidekraut zerkratzte ihre Beine. Sie keuchte, bis sie die Lichter von Clougy sah und wußte, daß sie der erstickenden Dunkelheit entronnen war.

Max Alexander kam in die Halle heraus, als sie durch die Vordertür taumelte. Mit geschlossenen Augen lehnte sie sich an die Wand, um wieder zu Atem zu kommen.

»Sarah, was ist los? Ist Ihnen etwas passiert?« fragte Max besorgt.

Sie ließ sich auf die Treppe fallen. Es war ihr egal, daß er ihre Tränen sah. Ein herzzerbrechendes Schluchzen erschütterte ihren ganzen Körper.

»Sarah!« sagte er zart und kniete neben ihr nieder und legte ihr einen Arm um die Schultern, »sagen Sie mir, was passiert ist! Wenn ich Ihnen helfen kann...«

»Wo ist Marijohn?«

»In der Küche, glaube ich. Geschirr spülen. Warum?«

»Max, wollen Sie – können Sie...?«

»Ja, was? Sagen Sie mir nur, was ich tun soll.«

»Ich – ich möchte weg von hier. Können Sie mich nach St. Ives fahren? Oder nach Penzance? Irgendwohin – und zwar jetzt sofort?«

»Ja, aber...«

»Ich muß allein sein. Nachdenken. Bitte, helfen Sie mir.«

»Ah, ich verstehe. Ja, natürlich. Gut, ich fahre den Wagen nach vorn. Und Sie packen ein Köfferchen, ja?«

Sie nickte, und er half ihr aufstehen.

»Geht es?« fragte er.

»Ja«, antwortete sie. »Ja. Vielen Dank.«

Er wartete, bis sie die obere Diele erreichte, dann ging er zur Haustür. Sie hörte seine Schritte auf dem Kies.

In ihrem Zimmer holte sie den kleinsten Koffer aus dem Schrank und überlegte, was sie einpacken sollte. Doch plötzlich spürte sie, daß sie nicht allein im Zimmer war. Sie drehte sich um. Es war Marijohn.

»Was ist?« fragte Sarah unsicher. »Was willst du?«

Die Tür fiel ins Schloß. Marijohn drehte den Schlüssel um und stellte sich vor die Tür. Unten begann das Telefon zu läuten. Niemand nahm den Hörer ab.

»Ich hörte eben deine Unterhaltung mit Max«, sagte Marijohn. »Da wußte ich, daß ich mit dir reden muß.«

Das schwere Schweigen hing wie ein Schwert zwischen ihnen.

»Wenn du jetzt Jon verlassen würdest, wäre das das Dümmste, was du tun könntest«, sagte Marijohn schließlich. »Nichts, was in der Vergangenheit geschehen ist, ändert etwas daran, daß er dich liebt und braucht.«

Sie ging zum Fenster und sah in die Nacht hinaus.

»Sophia machte einen großen Fehler«, fuhr sie dann fort. »Er liebte sie, aber sie warf ihm diese Liebe ins Gesicht. Sie liebte ihn nie wirklich; sie verstand ihn nicht. Aber du liebst und verstehst ihn doch, nicht wahr? Ich weiß, daß du's tust. Du bist anders als Sophia. Das wußte ich in dem Augenblick, als ich dich sah.«

Sarah vermochte kaum zu atmen. Sie grub ihre Fingernägel tief in ihre Handballen, bis sie schmerzten.

»Ich will, daß Jon glücklich ist«, sagte Marijohn. »Mehr will ich nicht. Ich dachte, es mache ihn glücklich, wenn er mit dir ein paar Tage hier sein könnte. Niemals habe ich geglaubt, daß es wieder zu irgendwelchen Problemen kommen könnte. Aber wir täuschten uns beide.

Wir werden nie mehr eine Gelegenheit haben, miteinander

zu sprechen. Weißt du, daß er morgen wegfahren will? Und wenn er geht, werde ich ihn nie wiedersehen. Das weiß ich.«

Sie strich über die weiche Seide der Vorhänge. Ihre Blicke hingen an einem imaginären Punkt in der Dunkelheit draußen.

»Ich weiß nicht, was ich tun soll. Ich habe noch nicht darüber nachzudenken gewagt. Wie soll ich dir nur alles erklären? Es ist so kompliziert, daß ich mich sehr primitiv ausdrücken muß.

Ich kann ohne Jon nicht leben, er ohne mich jedoch recht gut. Das habe ich schon immer gewußt. Mit Liebe hat das nichts zu tun. Er hat mich zwar gern und ich ihn, doch das ist unwichtig. Diese Beziehung zwischen uns würde auch bestehen, wenn wir einander haßten. Wenn ich es mit Farben ausdrücke, wird es wohl am verständlichsten. Ist er nicht da, dann ist die Welt grau; ich lebe nur halb und bin schrecklich einsam. Ist er aber da, dann wird die Welt bunt und strahlend, ich lebe, und das Wort Einsamkeit existiert nicht für mich. Mir geht es jedenfalls so, Jon leider nicht. Er lebt in einer ganz anderen Welt. Auch wenn ich nicht in seiner Nähe bin, lebt er ein volles, erfülltes Leben. Deshalb konnte er heiraten und glücklich sein. Ich kann nie wieder heiraten. Ich hätte auch Michael nicht heiraten dürfen. Aber Jon sagte mir damals, ich sollte es tun. Ich war unglücklich, immer unglücklich.

Ich weiß nicht, wann ich dieses Gefühl für Jon entdeckte. Es muß aber kurze Zeit nach der Scheidung seiner Eltern gewesen sein. Damals wurde ich von Jon getrennt und in ein Internat gesteckt. Die Welt war plötzlich so seltsam ohne ihn. Als ich dann vierzehn war, kam Jons Vater nach London zurück, nahm mich aus dem Kloster und brachte mich in sein Haus. Und damit war ich wieder bei Jon. Ja, damals entdeckten wir beide diese merkwürdige Anziehungskraft. Diese Entdeckung war so erregend, als hätten wir eine neue Dimension gefunden. Sein Vater verstand unsere Beziehung falsch und dachte das Schlimmste. Er trennte uns wieder. Und damit begannen meine Männergeschichten.

Ich konnte nie genug haben, denn ich wollte wieder Farbe in meine graue Welt bringen. Jon heiratete indessen Sophia und war glücklich. Ich war froh darüber, obwohl es für mich entsetzlich war, ihn zu verlieren. Es wäre vielleicht nur halb so schlimm gewesen, wenn ich sie gemocht hätte, aber sie war ein stupides Luderchen. Ich wußte gar nicht, was er an ihr fand. Ich machte also mit meinen Affären weiter, bis eine dann schiefging. Damals haßte ich die Männer, das Leben, die ganze Welt.

Jon hat mich geheilt. Ich ging nach Clougy, und er erweckte mich wieder zum Leben und versprach, mit mir in Verbindung zu bleiben. Kurz danach heiratete ich Michael. Armer Michael! Er war immer sehr gut zu mir, und ich konnte es ihm nie vergelten.

Auch Michael konnte diese Anziehungskraft nie verstehen. Auch er glaubte an eine unerlaubte Beziehung zu Jon. Aber es war nichts. Jon und ich haben niemals eine Zärtlichkeit ausgetauscht, die irgendwie auch nur im entferntesten als ungehörig ausgelegt werden könnte. Was uns verbindet, hat nichts mit Sex zu tun. Es ist etwas ganz anderes und bestimmt nicht schlecht.

Sophia begriff natürlich überhaupt nichts. Mein Gott, war sie eine dumme Gans!«

Irgendwo schlug eine Tür zu. Auf der Treppe waren Schritte zu hören. Jemand rief nach Sarah. Marijohn schloß die Tür auf, als Jon auf die Klinke drückte.

»Sarah«, begann er, stockte aber, als er Marijohn sah.

»Ich wollte es ihr erklären«, sagte Marijohn leise. »Ich versuchte, es ihr zu erklären.«

»Sie weiß es schon. Du bist zu spät gekommen.«

Marijohn wurde blaß. »Aber wie...?«

»Ich sagte es ihr selbst«, erklärte Jon. »Ich dachte, Michael hätte es ihr ohnehin schon gesagt. Wahrscheinlich vermutet sie, daß wir beide ein erstklassiges Motiv hatten, Sophia zu ermorden.«

22

Zum Glück hatte der Mechaniker eine Taschenlampe dabei. Justin war schrecklich ungeduldig und blickte sich dauernd hilfesuchend um. Und plötzlich bemerkte er Licht in einem Bauernhaus, das wenige hundert Meter entfernt war.

»Ich bleibe nicht lange aus«, rief er und machte sich auf den Weg. »Muß nur telefonieren.«

Die Frau, die ihm öffnete, war ziemlich abweisend, doch als er höflich bat, das Telefon benützen zu dürfen, führte sie ihn zum Apparat und ließ ihn allein.

Er rief Clougy an. Am anderen Ende läutete es ununterbrochen, aber niemand hob den Hörer ab.

»Tut mir leid, Sir«, sagte die Dame von der Vermittlung schließlich, »das Telefon scheint nicht besetzt zu sein.«

23

Beide sahen Sarah unverwandt an. In diesem Augenblick wurde ihre innere Verwandtschaft so klar und deutlich erkennbar wie nie zuvor.

»Womit hat Sophia gedroht?« hörte sie sich sagen.

Ihre Stimme klang erstaunlich kühl.

»Das kannst du dir doch vorstellen«, antwortete Jon. »Sie wollte Marijohns Namen in den kommenden Scheidungsprozeß hineinziehen. Kannst du dir vorstellen, wie gemein ihr eifersüchtiger Racheplan war? Kannst du dir vorstellen, wie sehr sie nach Zerstörung dürstete? Wie sehr sie verletzen und mit Schmutz um sich werfen wollte?«

»Ja, ich verstehe.«

Und sie verstand auch. So sehr, daß ihr übel wurde. Sie fühlte sich ganz benommen.

»Marijohn ist illegitim«, erklärte er. »Wir haben den gleichen Vater. Ihre Mutter starb kurz nach der Geburt, und mein Vater nahm sie trotz der Proteste meiner Mutter in die Familie auf.

Nach der Scheidung mußte er sie natürlich weggeben. Sie hätte unter Mutter allzuviel gelitten.«

»Jon«, sagte Sarah nach einem langen, bedrückenden Schweigen, »Jon, hast du...?«

Er wußte, was sie fragen wollte, er spürte es geradezu.

»Nein«, antwortete er. »Ich habe Sophia nicht getötet. Du mußt mir das glauben, denn ich schwöre, es ist die Wahrheit. Ich will dir jetzt auch sagen, warum ich dich belog, als ich behauptete, Sophias Tod wäre ein Unfall gewesen. Ich dachte, Marijohn hätte sie hinuntergestoßen. Alles was ich tat, diente nur dem einen Zweck: Marijohn zu schützen. Natürlich ahnte ich nicht, daß Marijohn glaubte, *ich* hätte Sophia ermordet. Trotz unserer sonstigen Einfühlungsgabe litten wir zehn Jahre lang unter diesem Irrtum. Ist das nicht eine Ironie?«

Sie sah ihn nur an, konnte aber nicht antworten. Nicht einmal bewegen konnte sie sich.

Jon trat auf sie zu. Marijohn stand an der Tür.

»Nach dem Abendessen hatte ich eine große Szene mit Sophia«, fuhr er fort. »Auch Michael war da. Anschließend ging ich in den Garten hinaus, setzte mich in einen Schaukelstuhl und dachte nach. Dann kehrte ich ins Haus zurück, um mit Marijohn zu sprechen. Sie war jedoch weder unten noch in ihrem Zimmer. Unten traf ich nur Eve in der Halle. Sie sagte mir, Sophia wäre zu den Flat Rocks gegangen, um dort Max zu treffen. Und da kam mir die Idee, Marijohn könnte Sophia nachgegangen sein, um ihr vernünftig zuzureden. Ich rannte also auch hinunter und den Pfad zur Klippe hinauf.

Ich hörte Sophia kreischen: ›Laß mich los!‹ Und dann folgte ein mörderischer Schrei. Ich war noch etwa hundert Meter von den Flat Rocks entfernt. Als ich außer Atem ankam, sah ich Marijohn am Rand der Klippe stehen und hinunterstarren. Auch sie keuchte, als wäre sie gerannt oder – hätte gekämpft.

Sie erzählte, sie hätte den Schrei gehört, als sie einen Spaziergang über die Klippen nach Sennen machte.

Wir gingen dann hinunter. Max beugte sich über Sophia. Er hatte unten auf sie gewartet. Das hat er wenigstens behauptet.«

Sarah wandte sich an Marijohn. »Welch ein Zufall, daß du gerade in der Nähe warst! Was veranlaßte dich, gerade in jenem Augenblick, als Sophia getötet wurde, über die Klippen zu gehen?«

Jon war blaß vor Zorn.

»Sarah!« knirschte er.

Doch Marijohn unterbrach ihn und erklärte: »Ich fühlte, daß Jon mich brauchte, ahnte, daß er nach mir Ausschau hielt. Deshalb blieb ich auch stehen.«

»Oh, wie interessant!« meinte Sarah ironisch. »An Telepathie habe ich allerdings noch nie geglaubt.«

»Was meinst du damit?« fuhr Jon auf. »Daß ich lüge? Daß Marijohn lügt? Daß wir beide lügen?«

Sarah ging an ihm vorbei und öffnete die Tür.

»Einer von euch muß lügen«, erwiderte sie. »Das ist doch klar. Sophia schrie, ehe sie fiel: ›Laß mich los!‹ Das heißt, daß sie sich gegen jemanden wehrte, der sie hinunterstieß. Jemand hat sie umgebracht, und jeder von euch beiden – das hast du selbst gesagt, Jon – hatte ein ausgezeichnetes Motiv.«

»Sarah!«

»Jon, laß sie gehen! Laß sie in Ruhe!«

Draußen auf dem Korridor holte Sarah tief Luft, als wäre sie lange Zeit in einer dumpfen Zelle eingesperrt gewesen. Sie eilte die Auffahrt hinunter. Die Nachtluft war köstlich frisch. Ein Stück vom Haus entfernt fühlte sie sich plötzlich wundervoll frei, unbeschreiblich erleichtert nach der ungeheuren Anspannung.

Er wartete am Gartentor auf sie. Sie war so mit ihren eigenen Gefühlen und ihrem Wunsch, allem zu entfliehen, beschäftigt, daß sie nicht einmal merkte, wie er ihr über den Klippenpfad folgte.

24

»Komisch!« sagte der Mechaniker, als Justin zurückkam. »Der Vergaser ist's nicht. Ich krieg' den Burschen nicht zum Laufen. Kann beim besten Willen im Moment nicht sagen, was da nicht stimmt.«

Justin überlegte. Bis zum Flughafen St. Just würde ihn sicher jemand mitnehmen. Von dort aus hatte er nur noch eineinhalb Meilen bis nach Clougy, und von St. Just aus konnte er auch noch mal anrufen.

»Gut. Ich werde versuchen, mitgenommen zu werden«, sagte er dem Mechaniker. »Können Sie dafür sorgen, daß der Wagen abgeschleppt wird? Sie können dann in der Werkstatt nachsehen, was fehlt.«

»Kann ich auch jetzt, wenn Sie wollen.«

»Ich habe keine Zeit. Ich muß zusehen, daß ich weiterkomme.« Er drückte dem Mann ein gutes Trinkgeld in die Hand. »Und vielen Dank für Ihre Mühe. Gute Nacht.«

25

Der Klippenpfad machte einen Bogen um einen Felsen. Die erleuchteten Fenster waren nun nicht mehr zu sehen. Sarah blieb einen Augenblick stehen, um dem Rauschen des Wassers zu lauschen und ein wenig zu verschnaufen. Unwillkürlich warf sie einen Blick über die Schulter, und da erst sah sie den Mann. Wie versteinert vor Angst blieb sie stehen. *Und Sie spielen Sophias Rolle,* klang es in ihren Ohren.

Die würgende Angst benahm ihr den Atem. Wellen der Benommenheit überfluteten sie, aber sie taumelte weiter, wagte nicht mehr stehenzubleiben, wagte auch nicht zu fragen, weshalb jemand ihren Tod wünschen konnte. Sie wußte nur mit schmerzhafter Klarheit, daß sie in Gefahr war und daß sie ihr entrinnen mußte. Aber wo sollte sie sich verstecken? Es gab hier kein Versteck.

Da fielen ihr die Felsen unten ein. Am Fuß der Klippen gab es unzählige Möglichkeiten, sich zwischen den Felsen zu verstekken. Und vielleicht führte sogar ein Pfad am Strand entlang zur Bucht und zurück zum Haus.

Sie folgte also dem nach abwärts führenden Pfad und kletterte die Stufen hinunter zu den Felsen. Das Meer dröhnte in ihren Ohren. Ihre Beine drohten unter ihr nachzugeben.

Der Mann rannte jetzt. Sie beschleunigte ebenfalls ihr Tempo. Vor Angst zitternd, klammerte sie sich an die steilen Vorsprünge und rutschte schließlich das letzte Stück einfach hinunter. Als sie zu laufen begann, stolperte sie und fiel. Mühsam richtete sie sich auf. Der Mann stand auf den Stufen über ihr. Sie rückte hinter den Felsen, neben dem sie lag, und wagte dann nicht mehr, sich zu rühren. Inbrünstig betete sie, er möge sie nicht gesehen haben.

»Sarah?« rief er.

Es klang besorgt. Sie antwortete jedoch nicht.

Vorsichtig stieg er die Stufen hinab.

Er soll fallen, wünschte sie, ausrutschen und fallen.

Der Mann fluchte laut vor sich hin. Es regnete Sand und Kieselsteine, weil er so ungeschickt herunterkletterte.

»Sarah?« rief er wieder. »Ist doch alles gut, Sarah. Ich bin's doch.«

Sie rückte noch näher an den Felsen heran. Ihre Schulterblätter schmerzten von dem Druck. Ihr ganzer Körper schmerzte.

Als er unten war, blieb er lauschend stehen. Über die Flat Rocks spielten die Wellen.

Und dann sah er sie. Langsam kam er auf sie zu.

Sie begann zu schreien.

26

Justin rannte. Er rannte an der Farm vorüber nach Clougy. Er wußte nicht, was er befürchtete, er wußte nur, daß der Mörder seiner Mutter sich im Haus befand und daß niemand die Wahrheit kannte außer ihm und dem Mörder. Er wußte nicht einmal, weshalb seine Mutter ermordet worden war. Die Sinnlosigkeit der Tat quälte ihn, aber er zweifelte nicht daran, daß er den Mörder kannte. Nach dem, was Eve gesagt hatte, konnte es nur einer gewesen sein.

Er hörte das Wasser am Mühlrad, und dann war er endlich in Clougy. Atemlos stolperte er durch die offene Tür in die beleuchtete Halle.

»Vater!« brüllte er.

Zum erstenmal seit zehn Jahren sprach er dieses Wort bewußt und selbstverständlich aus.

»Vater, wo bist du?«

Er stürmte in das Wohnzimmer, in das Musikzimmer. Nirgends sah er jemanden.

»Sarah!« schrie er.

Doch auch Sarah antwortete nicht.

Eine unheilvolle Ahnung überkam ihn, ein warnender Blitz. Er lief die Treppe hinauf, den Korridor entlang und riß die Tür zum Schlafzimmer seines Vaters auf.

Sie saßen nebeneinander am Fenster. Sein Vater sah unglücklich, fast verstört aus, und Marijohns stilles, schönes Gesicht war von Tränen überströmt.

»Justin, was, um Himmels willen...?«

»Wo ist Sarah?« Er keuchte vor Anstrengung und Erschöpfung. »Wo ist sie?«

Im Korridor waren Schritte zu hören. Eine Gestalt erschien unter der Tür.

»Sie ist mit Michael auf einem Spaziergang«, sagte Max Alexander.

27

»Schon gut, Sarah, schon gut. Ich bin's ja nur.«

Michael Rivers' Stimme klang beruhigend, aber sie kam wie aus weiter Ferne.

Sie zitterte noch immer. In ihrem Kopf drehte sich ein Karussell. Sarah ließ sich von Michael weiter nach unten führen, bis sie am Rand des Wassers auf den Flat Rocks standen.

»Warum – sind Sie mir – gefolgt?« konnte sie endlich fragen, als sie auf dem Felsen saß.

»Ich sah Sie weggehen und konnte mir einfach nicht vorstellen, wohin Sie wollten, noch was Sie vorhatten. Ich rechnete schon damit, daß Sie Selbstmord begehen wollten.«

»Selbstmord? Warum?«

Sie starrte ihn entgeistert an. Der Gedanke, all ihren Schwierigkeiten und ihrem Unglück durch Selbstmord zu entfliehen, war ihr nie gekommen.

»Wie lange sind Sie verheiratet? Zwei Wochen? Oder drei? Und nun entdecken Sie bereits, daß Ihr Mann mit einer anderen Frau ein – recht merkwürdiges Verhältnis hat und...«

»Wir reisen morgen ab«, unterbrach sie ihn. »Marijohn hat es mir gesagt. Jon wird sie nie wiedersehen.«

»Vor zehn Jahren hat er das schon mal gesagt. Ich würde nichts darauf geben, wenn ich Sie wäre. Und wie soll Ihre Ehe weitergehen? Er gehört Ihnen nie ganz. Ein Teil seines Herzens wird immer bei Marijohn sein. Guter Gott, ich muß doch schließlich wissen, wovon ich rede! Ich versuchte mit Marijohn weiter zu leben, nachdem Jon unsere Ehe zerstört hatte, aber es ging nicht. Es war nichts mehr rückgängig zu machen.«

»Hören Sie auf!« fuhr Sarah ihn an.

»Warum sollten Sie also nicht an Selbstmord denken, wo Sie doch wissen, daß Ihre Dreiwochenehe vorbei ist? Wenn Sie auch noch jung sind – der Schock war zu groß. Zur Zeit der Ebbe sind die Strömungen besonders gefährlich...«

Sie versuchte, sich von ihm loszureißen, doch er hielt sie fest.

»Ich dachte damals auch an Selbstmord, an jenem Wochenende«, fuhr er fort. »Ich ging zum Fischen und überlegte, was ich tun könnte. Ich war außer mir. Später kam der Junge und redete und redete auf mich ein, bis ich mit ihm zum Haus zurückging. Marijohn war im Schlafzimmer. Mir wurde erneut bewußt, wie sehr ich sie liebte, daß ich sie nie mit einem anderen

Mann würde teilen können, selbst wenn ihre Beziehung zu ihm absolut unverdächtig sein sollte. Das wollte ich Jon sagen. Ich rechnete mit einer Szene. Nun, die kam dann auch nach dem Abendessen. Aber ich gewann. Jon war erschüttert. Ich sehe sein Gesicht noch genau vor mir. Und dann, o dann mußte Sophia dazukommen und mit Scheidung und Skandal drohen. Du lieber Gott! Wenn ich mir vorstellte: Marijohns Name durch sämtliche Skandalblätter gezerrt, und wie meine Freunde und Kollegen nur noch ›armer Michael‹ sagen würden – scheußlich, einfach unerträglich scheußlich!

Sophia war dabei, meine ganze Welt zu zerstören.«

»Und deshalb haben Sie Sophia ermordet?«

Er sah sie voll an.

»Ja, ich habe sie ermordet«, sagte er gedehnt. »Jon ging nach dem Tod Sophias weg und versprach, sich nie wieder mit Marijohn in Verbindung zu setzen. Ich glaubte, Marijohn gehörte nun wieder mir, hoffte, wir könnten wieder glücklich sein.« Sein Gesicht verzerrte sich. »Aber sie wollte nicht zu mir zurückkehren. Ich hatte einen Mord begangen, um sie vor der Vernichtung zu bewahren, und ihre Antwort darauf war: Sie könne nicht mehr mit mir zusammenleben.«

Eine Welle spülte über den Felsen, auf dem sie saßen. Der weiße Schaum versprühte in der Finsternis.

»Sophia wußte, daß Jon und Marijohn Geschwister waren«, fuhr er nach einer Pause fort. »Hätte sie nichts davon gewußt, dann wären ihre Anschuldigungen in ihrer Tragweite nicht ganz so fürchterlich gewesen. Diese Blutsverwandtschaft war nur ganz wenigen Leuten bekannt. Man hatte sie immer geheimgehalten, um Jons Mutter Unannehmlichkeiten zu ersparen. Der alte Towers hatte anfangs behauptet, Marijohn wäre das Kind eines verstorbenen jüngeren Bruders, und später wollten sie nicht, daß Marijohn unter ihrer Illegitimität litt. Ich war immer der Meinung gewesen, Sophia hätte gar nichts davon zu wissen brauchen, aber Jon sagte es ihr bald nach der Hochzeit, und so wußte sie es von Anfang an.«

Sarah überlegte inzwischen fieberhaft, wie sie Rivers entrinnen konnte. War es möglich, die nächsten Felsen zu erreichen? Und wenn sie sich unauffällig nach rückwärts zurückzog?

Vorsichtig sah sie sich um und rutschte ein Stückchen zurück. Rivers sprach indessen weiter.

»Ja, sicher werden Sie sich bald von Jon scheiden lassen. Denn selbst wenn Ihre Ehe diese Krise überlebt – es folgen neue. Sie kennen jetzt – wie Sophia seinerzeit – die Wahrheit. Und darum wird Marijohns Name eines Tages in den Schmutz gezogen werden. Wenn es zur Scheidung kommt, werden Sie so verbittert sein, daß Ihnen jede Waffe recht sein wird, um zurückzuschlagen. Darin liegt die Gefahr für Marijohn. Und das will ich vermeiden, denn ich liebe sie noch immer, und ich gebe die Hoffnung nicht auf, daß sie eines Tages zu mir zurückkehrt. Doch auch wenn sie das nicht tut – ich werde sie immer lieben. Das weiß ich sicherer als sonst irgend etwas auf der ganzen Welt.«

Sarah hatte inzwischen festgestellt, daß ein Entkommen nicht möglich war. Der Pfad war so eng und steil, daß sie in der Dunkelheit leicht danebentreten und in eine Lagune stürzen konnte.

»Es wäre also wirklich sehr passend, wenn Sie Selbstmord begingen«, erklärte er nachdrücklich. »Die Schuld könnte ich auf Jon schieben, falls ein Mord vermutet würde. Auch bei Sophia hatte ich Jon die Rolle des Verdächtigen zuerkannt. Deshalb zog ich auch den roten Pullover von ihm an, damit im Zweifelsfall jeder bezeugen konnte, daß Jon zur fraglichen Zeit zu den Klippen gegangen war. Daß Sophia sich mit Max an den Flat Rocks verabredet hatte, hörte ich zufällig, als Sophia Max an den Treffpunkt erinnerte.

Nach dem Abendessen ging jeder seine eigenen Wege. Jon in den Garten, Marijohn ins Wohnzimmer und Sophia hinauf, um andere Schuhe anzuziehen. Diesen Moment nützte ich aus. Ich nahm Jons Pullover von der Truhe in der Halle und eilte vor Sophia zu den Klippen. Ich mußte nicht lange warten.

Ein Mord wurde nie vermutet. Die Polizei war dumm. Sie redeten von Selbstmord und Unfall, nie aber von Mord. Sehen Sie, niemand vermutete irgendwelche Motive.«

»Michael!« flehte Sarah.

Er drehte sich zu ihr um. Sie erkannte die düstere Trauer in seinen Augen.

»Michael, wenn ich nun verspreche, daß ich mich nicht von Jon scheiden lasse und das Geheimnis sicher aufbewahre...«

»Mein liebes Kind, Sie verschwenden Ihren Atem. Ich habe Ihnen einen Mord gestanden, und so ein Geheimnis behält kein Mensch für sich. Das ist ausgeschlossen.«

Sie wandte sich um und fragte: »Was ist das?«

Instinktiv drehte auch er sich um. Der Trick war geglückt. Blitzschnell war sie auf den Füßen und rannte zu den Felsen, um sich zu verstecken. Er schrie etwas, dann stürzte er hinter ihr drein.

Die Felsen sahen aus wie riesige Grabsteine. Die See rauschte noch lauter als das Blut in ihren Ohren. Der Granit zerschrammte ihre Hände, riß ihre Strümpfe in Fetzen und bohrte sich schmerzhaft durch die dünnen Sohlen ihrer Schuhe. Sie kletterte, quetschte sich zwischen Felsen hindurch, stolperte, fiel in ein Wasserloch und sprang wieder auf. Michael kam von Minute zu Minute näher. Als sie am Fuß der Klippen war, blieb sie mit dem Schuh in einer Spalte hängen und verstauchte sich den Knöchel. Unwillkürlich gab sie einen Schmerzenslaut von sich, und im selben Moment sah sie ein Lichtpünktchen oben auf dem Klippenpfad.

»Jon!« schrie sie. »Jon, Jon!«

Dann war Rivers neben ihr. Sie mußte um ihr Leben kämpfen. Verzweifelt biß, kratzte, schlug sie ihn, bis alles vor ihren Augen verschwamm. Noch ein letztes Mal versuchte sie zu schreien, doch sie brachte keinen Ton hervor. Seine Finger umschlossen ihren Hals.

Rote Lichter flammten durch ihr Gehirn. Sie versuchte zu atmen, doch es ging nicht. Ihre Hände wurden schlaff. Sie konnte sich nicht mehr gegen seinen Würgegriff wehren. Aber sie hörte noch den Ruf von oben und dann den klappernden Sturzbach aus Kieselsteinen.

Rivers keuchte, ließ dann los, fiel gegen die Felsen zurück und war im nächsten Augenblick verschwunden.

Eine Sekunde später hüllte wohltuende Dunkelheit sie ein und löschte Angst und Entsetzen aus.

28

Später erfuhr sie, daß ihre Ohnmacht kaum länger als eine Minute gedauert hatte. Als sie wieder zu sich kam, beugte sich ein Mann über sie. Der Mann war außer sich. Auf seiner Stirn perlte Schweiß, und seine Augen drückten Angst und Besorgnis aus.

»Sarah, Sarah, Sarah!« sagte er immer wieder, als würde es außer diesem Wort kein anderes mehr geben.

Sie hob eine Hand und legte ihm den Finger auf den Mund.

»Geht es ihr gut?« fragte eine andere bekannte Stimme.

»Wo, zum Teufel, ist Rivers?«

Der Mann, dessen Lippen sie eben berührt hatte, stand auf.

»Bleib hier bei Sarah, Max! Hast du verstanden? Laß sie keine Sekunde allein. Bleib bei ihr!«

»Jon!« flüsterte sie. »Jon!«

Er beugte sich nochmals über sie.

»Ich suche ihn«, sagte er leise. »Justin ist schon hinter ihm her. Max wird sich um dich kümmern.«

»Er – hat Sophia – ermordet. Jon, er hat es – selbst gesagt.«

»Das weiß ich, Sarah«, sagte er und rannte los.

Max Alexander atmete schwer, als sei diese unerwartete sportliche Übung zu anstrengend für ihn gewesen.

»Max!« flüsterte Sarah.

»Ja, ich bin da.«

Er setzte sich neben sie und tätschelte beruhigend ihre Hand. Sie hatte das Gefühl, daß er sich ehrlich um sie sorgte und sie gern hatte. Doch dieses Gefühl war im Moment zu beunruhigend. Sie zog es daher vor, sich auf die Erleichterung zu konzentrieren, daß sie noch lebte. Jon sprang inzwischen über die flachen Felsen am Ufer und leuchtete mit seiner Taschenlampe die Riffe und Lagunen ab.

»Justin!« rief er mehrmals.

Weit weg antworteten ihm ein Lichtzeichen und ein gedämpfter Schrei.

Jon sprang von Felsbrocken zu Felsbrocken, rutschte hin und wieder aus und stolperte in kleine Tümpel. Er brauchte mehr als zwei Minuten, bis er seinen Sohn erreichte.

»Wo ist er denn?« fragte er Justin.

»Ich weiß es nicht.«

Justins Gesicht sah im Licht der Taschenlampe sehr weiß aus. Seine dunklen Augen waren von tiefen Ringen umgeben.

»Hier war er vorhin!«

Er deutete und lenkte den Strahl seiner Lampe auf eine Stelle unter dem Felsen, auf dem sie standen. Das Wasser gurgelte und schmatzte.

»Er kletterte über diesen Felsen, ließ sich hinuntergleiten und verschwand.«

Jon leuchtete die ganze Umgebung ab. Doch sie sahen nur dunkles Wasser und weißen Brandungsschaum.

»Könnte er versucht haben, zur Bucht zu schwimmen?« fragte Justin.

»Sei doch kein Narr!« brmmte Jon. »Aber er könnte in der Finsternis gestürzt sein. Wenn man die Spitze eines Felsens erreicht, sieht man sich meist etwas um. Er könnte entweder durch diesen Kanal geflüchtet sein – oder er hat sich den Schädel auf dem Felsgrund aufgeschlagen. Dann müßten wir aber seine Leiche sehen. Vielleicht ist er doch weggeschwommen. Wir müssen unbedingt diese Felsen hier absuchen. Du suchst auf dieser Seite, ich auf der anderen.«

Doch ihre Suche blieb ergebnislos. Erst nach Wochen gab die See die Leiche von Michael Rivers frei.

29

»Und was tun wir jetzt?« fragte Justin seinen Vater. »Was wird passieren?«

Sie saßen im Wohnzimmer von Clougy. Mitternacht war vorbei. Justins Körper schmerzte vor Erschöpfung. Selbst als er sich setzte, schwankte der Raum noch um ihn.

»Wir müssen die Polizei holen«, erklärte Jon.

»Das ist Wahnsinn«, brummte Alexander, der auf dem Sofa saß. »Was willst du ihnen sagen? Daß Michael tot ist? Das wissen wir ja noch gar nicht bestimmt. Oder willst du angeben, daß er Sarah umbringen wollte? Die erste Frage der Polizei wäre, wieso ein angesehener Anwalt wie Michael Rivers, eine Stütze der Gesellschaft, plötzlich deine Frau zu ermorden versuchte. Mein lieber Jon, die Polizei würde in uns nur eine üble Verschwörergruppe sehen. Und wenn du erzählst, deine erste Frau wäre von Michael ermordet worden, dann wird man dich fragen, wieso du das nicht schon damals gesagt hast; und wieso du Marijohn hast beschützen wollen. Fragen über Fragen nach Motiven...«

»Um Himmels willen, Max!«

»Nun, dann hör auf, solchen Quatsch zu reden.«

»Hast du Angst um deine eigene Haut?«

»O Gott!« sagte Alexander und wandte sich an Justin. »Sag deinem Vater, wenn er jetzt zur Polizei geht, dann sind Sophia und Michael umsonst gestorben. Frag ihn, ob er Sarahs Namen in Balkenlettern auf allen Sonntagsblättern sehen will. *Horror und Honigmond* – eine treffende Schlagzeile, was? Oder: *Sensation! Erste Frau eines Millionärs ermordet! Millionär hilft der Polizei bei ihren Ermittlungen –*

So etwas wäre für euch alle unerträglich, oder?«

Die Tür öffnete sich, und Marijohn kam herein.

»Wie geht es ihr?« fragte Jon besorgt. »Hat sie nach mir gefragt?«

»Sie schläft jetzt. Ich gab ihr zwei von meinen Schlaftabletten.« Marijohn ging zu Justin, der in der Ecke saß. »Justin, du siehst ja ganz erschöpft aus. Warum gehst du nicht schlafen? Jetzt kannst du doch nichts mehr tun.«

»Ich – wollte nur noch wissen, was jetzt geschieht.« Er sah seinen Vater an. »Wenn du die Polizei...«

»Polizei?« fragte Marijohn entgeistert und drehte sich zu Jon um. »Polizei?«

»Sag ihm, daß er wahnsinnig ist, Marijohn«, riet Max.

»Schau, Max...«

Oh, jetzt geht der ganze Zirkus wieder von vorn an, dachte Justin. Polizei oder nicht – was gesagt wird und was nicht – ob Michael verschwunden oder tot ist. Oh, bin ich müde!

Er schloß die Augen. Die Stimmen wurden immer leiser, entschwanden. Jemand beugte sich über ihn, und er spürte den Rand eines Glases an den Lippen. Er trank, hustete und öffnete die Augen.

»Armer Justin!« hörte er die Stimme sagen, die er vor zehn Jahren über alles geliebt hatte. »Du gehst jetzt zu Bett. Trink den Rest hier aus, dann bringe ich dich nach oben.«

»Mir geht es ganz gut«, murmelte er. »Hab' nur schlappgemacht.«

Aber es waren unzählig viele Stufen, und seine Beine waren wie ausgeleierter Gummi. Doch schließlich lag er im Bett, und das Bett war weich und frisch, eine Zuflucht.

»Es geht schon«, murmelte er, als er vorsichtig ausgezogen und in seinen Schlafanzug gesteckt wurde.

»Ich fürchte, ich bin sehr selbstsüchtig gewesen«, sagte sein Vater. »Ich habe noch nicht einmal ein Wort des Dankes gefunden, und unten war ich so kurz angebunden. Aber ich werde nie vergessen, daß du es warst, der Sarah gerettet hat. Ich möchte, daß du das weißt. Wenn Sarah etwas passiert wäre...«

»Es geht ihr doch gut, ja? Es ist ihr doch nichts geschehen?«

Das Bett war so angenehm, das Kissen so weich. Widerstandslos ließ sich Justin zurücksinken. Er hörte nicht mehr, wie sein Vater das Zimmer verließ.

Als er wieder aufwachte, war es noch dunkel, aber von der Diele her fiel ein Lichtschimmer auf sein Bett.

»Wer ist da?« murmelte er schläfrig.

Marijohn beugte sich über ihn.

»Was ist denn los?« fragte er plötzlich hellwach. »Habt ihr die Polizei geholt?«

»Nein.«

Sie setzte sich zu ihm aufs Bett und strich ihm mit den Fingerspitzen sanft über das Gesicht. »Tut mir leid, daß ich dich aufgeweckt habe. Ich wollte nur nach dir sehen. Jon ist eben zu Bett gegangen, und Max trinkt noch den Rest Whisky aus. Wir haben drei Stunden lang miteinander geredet.«

»Und was habt ihr beschlossen?«

»Du fährst mit Sarah und Jon morgen weg«, erklärte sie. »Von London aus nehmt ihr das erste Flugzeug nach Kanada. Ich kümmere mich mit Max um die Polizei.«

»Wie? Was wollt ihr ihnen denn sagen?«

»Sehr wenig. Max wird Michaels Wagen in der Nähe des Flughafens im Heidekraut stehenlassen. Morgen oder übermorgen rufe ich dann die Polizei an und sage, daß wir uns wegen Michael Sorgen machen würden, daß wir fürchten, er könnte vielleicht Selbstmord begangen haben, da wir seinen Wagen auf der Heide gefunden hätten, nachdem ihr alle nach London abgefahren wart. Ich erzähle, Michael wäre gekommen, um mich zur Rückkehr zu ihm zu überreden, aber ich hätte mich endgültig geweigert, so daß es zu einer Szene kam, nach der er mit dem Wagen wegfuhr. Außerdem hätte er seinen Selbstmord angedroht. Die Polizei kann, wenn sie will, nach ihm suchen. Findet sie ihn, dann stützt das nur unsere Geschichte.«

»Und falls Michael nicht tot ist?«

»Das ist er sicher. Jon ist auch davon überzeugt. Michael hat nichts mehr, für das zu leben es sich lohnen würde.«

»Aber – warum ist es denn so wichtig, daß die Polizei nicht die volle Wahrheit erfährt?« platzte er ärgerlich heraus. »Ich meine – der Skandal wäre ja wirklich entsetzlich – aber ...«

»Es gibt Gründe«, antwortete sie. »Dein Vater erklärt sie dir.«

»Weshalb wollte Michael denn Sarah umbringen? Und warum brachte er meine Mutter um? Ich verstehe nicht ...«

»Er wollte mich schützen.« Ihre Stimme klang farblos. »Er tat es meinetwegen. Dein Vater wird dir in Kanada alles erklären.«

Justin sah sie noch immer an.

»Ich wußte, daß er der Mörder sein konnte; aber ich fand kein Motiv«, sagte er und schüttelte den Kopf.

»Was hat Eve dir gesagt, daß du plötzlich so von Michaels Schuld überzeugt warst?«

»Ich brachte sie dazu, mir ihre Erinnerungen von jenem Wochenende zu schildern. Zusammen mit meinen eigenen rekonstruierte ich den wahren Ablauf der Geschichte. Früher hatte ich gedacht, mein Vater hätte meine Mutter getötet, weil ich einem Mann mit rotem Pullover zum Klippenpfad gefolgt war. Ich sah, wie dieser Mann meine Mutter hinunterstieß und rannte über die Hügel nach Clougy zurück, weil ich fürchtete, mein Vater könnte mich auf dem Klippenpfad entdecken. Damals ahnte ich ja noch nicht, daß der Mann im roten Pullover nicht mein Vater war. Michael muß auf dem gleichen Weg wie ich nach Clougy zurückgekehrt sein, denn weder du hast ihn auf dem Rückweg von Sennen gesehen noch mein Vater, der über den Klippenpfad kam. Vater erzählte mir heute, daß ihr beide euch kurz nach dem Sturz meiner Mutter an den Felsstufen getroffen hättet.

Unterwegs stieß ich dann auch auf Eve. Ich versteckte mich, damit sie mich nicht sah. Heute erzählte sie mir nun, daß sie, als sie wieder ins Haus zurückkam, meinen Vater getroffen hätte. Sie erinnerte sich, daß er keinen Pullover trug. Also konnte der Mann im roten Pullover nicht mein Vater gewesen sein. Er hatte ihn wahrscheinlich ausgezogen und auf die Truhe gelegt. Somit mußte der Mann im roten Pullover entweder Max oder Michael gewesen sein. Nach Eve konnte es Max aber auch nicht gewesen sein, denn sie hatte ihn über den Klippenpfad zu den Flat Rocks gehen sehen, kurz bevor ich mich vor ihr versteckte. Sie sagte mir, sie hätte mit Max an der Weggabelung gestritten, und er wäre dann zu dem Treffpunkt mit meiner Mutter gegangen. Sie selbst hat sich an der Weggabelung auf einen Stein gesetzt, um nachzudenken. Sie hätte Max sehen müssen, wenn er von den

Klippen nochmals zurückgekommen wäre. Der Mann im roten Pullover aber, dem ich folgte, hatte das Haus erst wenige Minuten, bevor ich Eve zurückkommen sah, verlassen. Also mußte jener Mann Michael gewesen sein, denn mein Vater war noch im Haus, und Max war zu den Flat Rocks unterwegs.«

»Ja, ich verstehe«, sagte sie und stand auf und ging zur Tür. »Du schläfst jetzt besser wieder.«

Als sie sich umwandte, um die Tür zu schließen, fiel der Lichtschein voll auf ihr Gesicht. Etwas in ihrer Miene veranlaßte ihn, sie zurückzurufen. Doch sie hörte ihn nicht mehr.

30

Marijohn ging hinunter, um die Lichter auszuknipsen und abzusperren.

»Hallo«, sagte Max, der eben mit dem Whisky fertig geworden war, aber nicht betrunken zu sein schien. »Wie geht's meinem Mitverschwörer?«

Sie antwortete nichts, sondern schob nur die Vorhänge zurück, um die Verandatüren zu verriegeln.

»Du weißt doch, weshalb ich's tue?« fragte er düster. »Nicht für dich oder für Jon. Ihr beide habt einen guten Mann vernichtet, und ihr seid indirekt auch für Sophias Tod verantwortlich. Ich tu's des Mädchens wegen. Sarah kann nichts für das alles. Warum soll sie noch mehr leiden, als sie schon gelitten hat? Du hältst mich jetzt wohl für einen Don Quichotte? Amüsant, was? Aber für Frauen habe ich mich von jeher zum Narren gemacht. Du lieber Himmel, welch ein Narr war ich mit Sophia! Sie tat mir leid, sicher, aber ich hätte sie mir andererseits auch am liebsten tot gewünscht. Ich habe Sarah heute nicht erzählt, daß Sophia mich zwingen wollte, sie mit nach London zu nehmen, daß ich dieses Rendezvous an den Flat Rocks vorgeschlagen hatte, um sie zur Vernunft zu bringen. Damals sagte ich selbstverständlich auch nichts, denn ich hatte ja auch ein Mordmotiv. Du brauchst keine Angst zu haben, daß ich quatsche, Marijohn. Ich habe nicht mehr lange zu leben, und wenn ich tot bin, seid ihr alle in Sicherheit – du, Jon, Sarah und Justin. Der Junge muß natürlich die Geschichte in allen Einzelheiten erfahren. Ich beneide Jon nicht, wenn er es ihm erklären muß. Du hast doch den Jungen gern, nicht wahr? Er erinnert dich an Jon?«

Ja, sagte sie sich voll Kummer, und ich werde ihn immer mit anderen zu teilen haben, wie Jon.

»Mit Justin habe ich keine seelische Verbindung«, sagte sie laut. »Er erinnert mich nicht an Jon.«

»Und was wirst du jetzt tun, Marijohn?« fragte Alexander. »Du bleibst sicher nicht länger hier als unbedingt nötig.«

»Nein«, antwortete sie. »Jon will, daß ich Clougy verkaufe. Er sagt, er will dieses Haus nie wiedersehen.«

»Armer alter Jon!« sagte Alexander ganz unlogisch und trank den letzten Rest des Whiskys aus. »Wer hätte gedacht, daß er Clougy einmal niemals mehr würde sehen wollen! Schließlich behauptet er auch noch, er will dich nie mehr wiedersehen.«

»Das braucht er nicht erst zu sagen«, erwiderte Marijohn, und Tränen brannten in ihren Augen wie heiße Nadeln. »Das weiß ich schon.«

31

Als Sarah erwachte, hing weißer Nebel vor den Fenstern. Sie drehte sich um und griff nach Jon. Instinktiv zog er sie an sich und küßte sie. »Nun, wie fühlst du dich?« erkundigte er sich besorgt.

Sie kuschelte sich in die Geborgenheit seiner Arme. »Jon!«

»Wir fahren mit Justin nach dem Frühstück weg«, sagte er. »In London nehmen wir das nächste Flugzeug nach Kanada. Später erkläre ich dir, wie Marijohn und Max es mit der Polizei halten werden. Du brauchst dir keine Sorgen zu machen.«

Sie folgte mit sanften Bewegungen den Umrissen seines Gesichtes. Dann küßte sie ihn.

»Jon, ich liebe dich«, flüsterte sie. »Hörst du? Ich liebe dich.«

»Ich verspreche dir, mein Liebling, daß du niemals mehr durch eine solche Hölle gehen mußt«, sagte er. »Wir werden niemals mehr nach England zurückkehren.«

»Oh!« Sie seufzte erleichtert und war erstaunt, daß sie kein bißchen Traurigkeit verspürte. »Wir müssen uns aber noch von deiner Mutter verabschieden. Sie tut mir leid. Justin wird ihr sehr fehlen.«

»Sie wird drüber wegkommen«, meinte er, und sein Mund wurde hart. »Sie ist wie die meisten schönen Frauen sehr exzentrisch und selbstsüchtig und sorgt sich um keinen Menschen, nur um sich selbst.«

»Unsinn, Jonny!« wandte sie trotzig ein. »Auch ein Außenstehender spürt, daß sie dich liebt. Nein! Widersprich mir nicht! Ich weiß, was ich sage. Wir müssen sie nach Kanada einladen. Sie hat genug Geld und kann uns besuchen, sooft sie mag. Justin soll auf jeden Fall mit seiner Großmutter in Verbindung bleiben. Schließlich hat sie ihn aufgezogen. Er muß sehr an ihr hängen. Ehe wir abfliegen, müssen wir uns unbedingt noch mit ihr treffen.«

Er wollte widersprechen, doch sie legte ihm eine Hand auf den Mund.

»Bitte, Jon!« flüsterte sie und küßte ihn auf den Mund.

Seine Augen wurden weich, und er lächelte. Sie wußte nun, daß sie in Zukunft seine Abstandslaune nicht mehr zu fürchten brauchte.

Und sie wußte auch, daß er niemals mehr einer anderen Frau gehören würde.

Epilog

Als alle gegangen waren und Marijohn allein im Haus war, setzte sie sich im Wohnzimmer an den Schreibtisch und legte ein Blatt Papier vor sich hin. Der Himmel draußen war tiefblau, und am Ende der Zufahrt rauschte das Wasser über das Mühlrad.

Mein lieber Jon, schrieb sie rasch und entschlossen. *Wenn Du diesen Brief bekommst, bist Du in Kanada und in Deinem neuen Leben. Ich weiß, es wird Dir vieles bieten, mehr als das zuvor, denn Sarah und Justin werden bei Dir sein, und bald wird Sarah eigene Kinder haben. Du sollst wissen, wie glücklich ich darüber bin, denn ich wünsche mir nichts auf Erden sehnlicher als Dein Glück, als ein erfülltes, reiches Leben für Dich.*

Ich habe beschlossen, in jene Welt zurückzukehren, in der ich glaube, leben zu können: in die von Anselm's Cross oder in die eines anderen Klosters. Ich dachte daran, Deinem Vorschlag zu folgen und auf Reisen zu gehen, aber ich glaube, ich würde nirgends den ersehnten Frieden finden, den ich hier in Clougy nicht mehr finden kann.

Wenn ich zurückschaue, dann verstehe ich, daß alles meine Schuld war. Auf irgendeine Weise habe ich Sophia getötet, dann Michael, schließlich fast Sarah. Ich habe Michaels Leben zerstört, fast auch Deines. Ich glaube, beides könntest Du mir verzeihen, niemals aber das, was Sarah in jener Nacht geschah. Max sagte immer, Du wärst derjenige, der seiner ganzen Umgebung Gefahr bringt, aber das stimmt nicht. Ich war die Ursache aller Gefahren, ich und nicht Du. Wenn Du ehrlich vor Dir selbst bist, wirst Du es ebenso klar sehen wie ich.

Beim Abschied sagtest Du, wir könnten einander in ferner Zukunft einmal wiedersehen. Nein, Jon, das wird nie der Fall sein. Du hast das nur gesagt, um meinen Schmerz zu lindern. Ich werde Dich niemals mehr sehen, nicht deshalb, weil Du glaubst, es wäre besser für uns beide oder für Sarah oder Justin, sondern weil Du mich gar nicht mehr wiedersehen willst, weil Du ebensogut weißt wie ich, daß Sarah fast meinetwegen ihr Leben verloren hätte, daß Deine zweite Ehe beinahe so zer-

brochen wäre wie Deine erste, und Du weißt, daß Du kein weiteres Risiko eingehen darfst. Ich tadle Dich deshalb nicht, mein lieber Jon. Das Wissen, daß ich Dich niemals wiedersehen werde, hilft mir, den für mich richtigen Weg einzuschlagen.

Drei Dinge habe ich Dir noch zu sagen: Bemitleide mich nicht, mach Dir selbst keine Vorwürfe und versuche niemals, mit mir wieder Verbindung aufzunehmen, auch nicht aus Herzensgüte, auch nicht, wenn viele Jahre vergehen.

Für Dich, mein Liebster, alle Liebe und alles Glück der Welt, alles, was Du Dir je erträumst.

Immer Deine

Marijohn

Susan Howatch
Meisterin des psychologischen Familienromans

Geboren wurde Susan Howatch 1940 in Leatherhead, England. Schon als junges Mädchen entdeckte sie ihre Liebe zur Schriftstellerei. Ihre beruflichen Pläne gingen jedoch zunächst in eine ganz andere Richtung: Sie begann, an der Universität London Rechtswissenschaften zu studieren. Nach erfolgreichem Studienabschluß arbeitete sie in einer Anwaltskanzlei. Doch schon bald merkte sie, daß das Schreiben ihre eigentliche Berufung war. Mit zwei Koffern und 200 Dollar reiste Susan Howatch im März 1964 nach Amerika. Sie arbeitete zunächst als Sekretärin. Doch schon ein Jahr später konnte sie sich, durch erste schriftstellerische Erfolge finanziell unabhängig, ganz der Schriftstellerei widmen. 1971 gelang Susan Howatch mit ihrer Familien-Saga *Die Erben von Penmarric* der Durchbruch als international anerkannte Bestsellerautorin.
»Alle meine Romane beruhen auf wahren Begebenheiten, die ich lediglich in die moderne, heutige Zeit übertrage. Mein Ziel ist es, die Emotionen meiner Leser zu wecken.« Mit dem Fingerspitzengefühl des Routiniers beschreibt Susan Howatch die handelnden Personen. Doch sie vermag die Entwicklung der Charaktere nicht nur zu schildern, sondern auch mit psychologischem Einfühlungsvermögen zu erklären. »Nichts in dieser Welt ist nur schwarz oder nur weiß; man kann die Menschen nicht in zwei Gruppen teilen und ihnen Schilder mit der Aufschrift ›gut‹ und ›böse‹ anheften. So wird der Leser mit allen Formen sozialen und asozialen Verhaltens konfrontiert.«

Es ist kein Zufall, daß Susan Howatchs Romane Familienromane sind. »Ich benutze das Motiv der Familiengeschichte, um das Verhalten der Menschen, ihre Beziehungen zueinander über einen längeren Zeitraum darlegen zu können. Sehr viele Handlungsweisen sind durch die Zeit selbst und durch den gesellschaftlichen Wandel erklärbar.«
Seit 1982 lebt Susan Howatch wieder in England. Sie liest selbst sehr gerne und interessiert sich für Geschichte. Ihr Wunschtraum wäre, an der Universität Geschichte zu studieren, aber sie meint, daß sie noch sehr weit davon entfernt sei, sich diesen Wunsch zu erfüllen: »Ich habe immer wieder ein neues Buch im Kopf, das ich schreiben möchte.«

Verzeichnis lieferbarer Titel

(Stand Oktober 1989)

Anruf bei Nacht (01/5920)
Die dunkle Küste (01/5974)
Die Erben von Penmarric (01/5820)
Geheimnis im Moor (01/6015)
Die Herren auf Cashelmara (01/7908)
Die Reichen sind anders (01/5715)
Das Schloß am Meer (01/5786)
Die Sünden der Väter
Teuflische Liebe (01/5859)
Der ungebetene Gast (01/5742)
Der Zauber von Oxmoon
Der ungebetene Gast/ Das Schloß am Meer/ Geheimnis im Moor (23/12)

Die Bandnummern der Heyne-Taschenbücher sind jeweils in Klammern angegeben.